审美·艺术·人生

王元骧文艺思想研讨会论文集

苏宏斌　主　编
朱首献　副主编

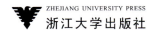
ZHEJIANG UNIVERSITY PRESS
浙江大学出版社

大会主席台

会场全景

我国当代文艺理论建设暨王元骧教授从教60周年学术讨论会

2018.11.17

大会合影

目　录

第二辑　文艺学美学基础问题研究

附　录

王元骧教授从教 60 周年学术研讨会致辞

何莲珍　浙江大学副校长

尊敬的各位来宾：

大家早上好！

在这个晚秋时节，我国当代文艺理论建设暨王元骧教授从教 60 周年学术研讨会在美丽的西子湖畔开幕了，我谨代表浙江大学全体教职员工，向来自全国各地的专家学者致以诚挚的问候和热烈的欢迎！光临此次会议的既有兄弟院校的领导，也有中国中外文论学会、中国文艺理论学会、中国文学批评研究会、全国马列论著研究会等国家一级学会的会长，更有文艺学界的众多知名学者，可以说是名流荟萃、风云际会，这既是对王元骧教授卓越的学术成就和高尚的道德品格的充分肯定，也是对我们浙江大学建设和发展的极大支持，我对此表示衷心的感谢！

王元骧教授是我校中文系文艺学研究所的一位老教师，从事学术研究和教学工作已经整整 60 年。在这漫长的岁月里，他一直潜心学术，心无旁骛，淡泊名利，志存高远。王元骧教授可以说是我校文艺学专业的开创者和见证人。在他上个世纪 50 年代刚刚留校任教的时候，与他一起从事《文学概论》课教学的只有一位教师，由于这位老师身体不好，他在很长时间内独立承担起了这门课的教学工作。在繁重的教学工作之余，他努力钻研理论问题，积极关注学界的理论动态，以“初生牛犊不怕虎”的精神介入了当时学界关于阿 Q 典型问题的讨论，在 1964 年的《文学评论》杂志上发表了《对阿 Q 典型研究中一些问题的看法》一文，一鸣惊人，引起了学界的广泛关注。经过长期的积淀，进入上世纪 80 年代之后，王元骧教授迎来了自己学术研究的爆发期。他关于审美反映论和审美意识形态论的研究堪称那个时代的标志性成果。此后，他并没有故步自封，而是勇于突破自我，相继在艺术实践论、文艺本体论和艺术人生论等方面进行了深入的研究和开掘。时至今日,他已经 84 岁高龄,仍然没有停下自己探索的脚步,还在继续坚持思考和写作。在他的努力之下,我校的文艺学学科从小到大,从弱到强,今天已经在国内学界享有了很高的影响和地位。可以毫不夸张地说,王元骧教授是改革开放 40 年来,我国文艺学研究的引领者和见证人。今天我们在这里召开王元骧教授学术思想专题研讨会,就是对他学术成就的充分肯定和证明!

王元骧教授之所以能够赢得学界如此广泛的赞誉和尊敬,除了他卓越的学术成就之外,还与他崇高的道德品格和人生境界有着密切的关系。数十年来,他从不追名逐利、趋时媚世,对于世俗的物质追求和享受不萦于怀,保持着艰苦朴素的生活作风。在生活中,他总是慷慨助人,提携后进。他曾多年担任国家社科基金评委,但却几乎没有为自己申报过课题,总是把机会留给别人。因此,我们这个研讨会不仅应该关注王先生的学术思想,也要把他的道德品质发扬光大,这对于我们营造良好的学术氛围和风尚,无疑是大有益处的。

各位专家,王元骧教授作为我校广大教师队伍中的杰出代表,彰显的正是我们浙江大学所要树立的学术风范。当前,我校正在按照党和国家的要求,朝着世界一流大学的目标稳步迈进。我们殷切地期望,我校教师队伍中涌现出更多像王元骧教授这样德才兼备的优秀人才。我们也相信,通过这次研讨会,一定能够极大地促进我校文艺学的学科建设,并且推动我国文艺学研究的发展。希望大家在会上能够畅所欲言,以文会友,收获丰硕的学术成果。感谢大家对我校文艺学学科的支持,也希望大家今后能够继续对我校的发展提供帮助和指导。

最后,祝愿大会圆满成功! 也祝愿与会专家们在杭期间身体健康,心情愉快!

谢谢大家!

2018 年 11 月 17 日

王元骧教授从教 60 周年学术研讨会致辞

高建平　中国中外文论学会会长

尊敬的各位领导、各位朋友、各位同行：

今天，我们相聚在这里，隆重纪念王元骧先生从教 60 周年。我谨代表中国中外文论学会，向王元骧先生这位我们学会的原副会长、学会的顾问，表示热烈的祝贺。感谢王先生培养出这么多文论界精英，成为当代文论界的栋梁；感谢王先生写出了许多优秀的学术文章，使同代人和后代青年学子、使中国文论界从中受益无穷。

苏宏斌教授最初给我打电话，说起这个会的动议。当时，我以为是一个很小的师门纪念会。想不到会议参加人数像滚雪球一样，越滚越大，成为今天这样的百人盛会。在 11 月诸会繁多之时，殊属难得。这也是王先生精神感召的结果。这么多人从全国四面八方赶到杭州，表达对王元骧先生的敬意，也表达自己的心愿。

我们首先要表达的是，对理论研究的重视。王先生一生坚持文学基本理论研究，在当今的许多人的眼光中，研究文学史重于文学理论，史料钩沉重于理论创新。许多人用大笔的科学经费，将史书资料集编成印刷精美的大书，这很了不起，也便利学界查找；但我更重视像王先生这样，写出一篇又一篇论文，说现实问题，碰理论难题。也许，这样写出的东西看上去不起眼，堆起来不厚，且随着时间的变化、话题的转换，容易变得陈旧。但是，做理论就是需要这种坚持的态度。黑格尔说，密纳发的猫头鹰总是在夜间飞翔，智慧总是在静悄悄地成长。理论永远是灰色的，不时髦，不靓丽。耐得住寂寞，才能在理论上有真正的创造。像王老师这样，咬住一些基本理论问题不放松，坚持下去，这是从事理论研究的学者需要的素质，而这在今天尤为难得。

其次，我们要表达对王先生这样在理论上的守正创新态度的敬意。中国社会科学院文学研究所的钱中文先生曾说过，学术要前沿，但不要时尚。

勇追前沿，拒绝时尚，老一辈学人为我们树立了榜样。王先生一方面坚持自己的学术观点，又随着时代的发展，研究新问题，守住学术之正，又能面对新形势、新任务，作出新的应对、新的创造，这在当下是难能可贵的。以赛亚·伯林区分两种类型的思想家，即狐狸型和刺猬型，用希腊的谚语："狐狸多机巧，刺猬仅一招"。如果以此来区分，王先生的学问，更像是刺猬型的，坚守一个道理，坚持一个方向，挖一个理论的深坑，种一株理论的大树。狐狸型和刺猬型这两种学术类型各有所长，两种学问都需要，不同的学者有不同的天性。但当下，狐狸式的学问多了一些，还是要多倡导这种刺猬型的学问。

再次，我们更敬重王先生这种矢志不渝、心无旁骛的治学精神。在当今，有各种诱惑，评价机制复杂，激励手段繁多，以致一些人在这些外在的功名利禄面前迷失了方向。有人说，要这要那，压力太大，我容易吗？其实，放下，就容易了。不忘初心，就是要像王先生这样，不忘学术的恒心，不忘学术的良心，不忘学术的真心。

我在担任《文学评论》和《中国文学批评》编辑时，发表了不少王先生的文章。每次得到王先生寄来的文章，我都很高兴。听说，在一些杂志上发文章，学校都有奖励。但王先生退休了，不能得到奖励。学校有学校的制度，要通盘考虑问题。但我还是冒昧地提一个建议，能否在可能的范围内，也给王先生适当的奖励。当然，王先生不会计较这些。但这么做，可以激发学术生产力，对学校也有好处。毕竟，王先生向我们展示，人退了，学术工作没有退，学问是一辈子的事。

王先生耳朵不好，我与他交谈不多。但每次见面，都感到非常亲切。说两件小事，以示王先生对我的提携之情：

一是我曾在《文艺争鸣》上发了一篇短文《理论的理论品格与接地性》，王先生写了一篇长文，呼应我，深化了我提出的问题。

二是一位北京的老师，在有一次与我见面时，拿出一封信，是王先生写给他的，其中有这样的句子：基本理论问题要好好谈谈，此事可约高建平。

我对此深表感谢。也感到，要向王先生学习，在理论研究上多下功夫。

王先生的微信名为"背时佬"。我觉得他既背时，也不背时。对当下浮华社会的功名利禄，他很背时；但是，对理论的前沿性、时代性和理论深度的追求，他一点也不背时，一直在与时俱进。

祝王先生健康长寿，学术生命常青。祝各位朋友相聚愉快。

2018 年 11 月 17 日

王元骧教授从教 60 周年学术研讨会致辞

南　帆　中国文艺理论学会会长

尊敬的王元骧教授,各位学界同仁:

很荣幸能够参加王元骧教授从教 60 周年学术研讨会。我谨代表中国文艺理论学会向王元骧教授表示祝贺,同时表达我个人对于王元骧教授的景仰之情。

王元骧教授是具有突出成就的老一辈文艺理论家。王教授理论功底扎实,学养深厚,著述丰富,对于马克思主义的文艺理论和美学思想进行了深入的研究,他的学术观点为学术界同仁带来了深刻的启迪。王教授积极参与文艺理论界的学术讨论,既尊重别人的意见,同时又勇于争鸣,他的学术足迹不断地出现在文艺理论的前沿地带。王元骧教授对于文艺的基本原理和美学进行了深入的探讨,在学理的基础上阐述的许多真知灼见,令人钦佩。

今年是改革开放 40 周年。与中国的社会经济发展一样,中国文艺理论风雨兼程,取得了显著的成就。40 年来,中国文艺理论界的众多同仁"放眼看世界",积极了解世界文艺理论的发展现状,吸收各种学术观点为我所用,极大地开阔了学术视野。由于各种不同的学术视角,许多新的文学现象和理论问题得到了中国文艺理论家的关注和思考。如果说,20 世纪五六十年代中国的文艺理论仅仅活动在一个相对狭窄的地带,那么,20 世纪 80 年代之后,文艺理论肯定属于中西文化相互交流最为广泛的领域之一。这个过程中,许多中国文艺理论家高度重视马克思主义学说,高度重视辩证唯物主义和历史唯物主义,认真研究马克思主义的文艺思想,注重以马克思主义的立场、观点、方法分析问题和解决问题。最近几年,如何建立中国的文论话语体系已经引起广泛的讨论,许多学术界同仁积极献计献策。这种状况同时表明,中国文艺理论家的思考正在不断深入。众多中国文艺理论家之中,王元骧教授的学术成就十分突出。当然,文艺理论界的各种争论仍然存在,学术观点的分歧在所难免。从另一个方面看来,这些争论也可以视为活跃局面的表征。

这种状况是几代文艺理论家共同努力的结果。20世纪70年代末至80年代,几代文艺理论家共同参与思想解放运动,清除僵化的文学观念、文学命题构成了思想解放运动的一个重要组成部分。许多人还能清楚地记得当时文艺理论界的踊跃气氛。必须指出的是,许多老一辈文艺理论家为这个局面做出了突出的贡献。他们的学术道路通常始于20世纪五六十年代,既了解、熟悉当时文艺理论的背景以及各种观点的针对性,也对于这些理论观念的弊病、缺陷乃至危害之处具有深切的体会,甚至"身"受其害。因此,清除僵化的文学观念、打开人们思想上的枷锁,老一辈的理论家常常一马当先。借用鲁迅杂文中的意象,如果没有老一辈文艺理论家肩起闸门,众多年轻的后续者恐怕还要等待很长的时间才能来到一个宽阔的学术舞台,享受踊跃的气氛,进行多种探索和思考。王元骧教授是老一辈文艺理论家之中的杰出一员。20世纪80年代,他对于文学本质、艺术规律、创作个性与审美的论述都提出了独到的见解,这些论述令人耳目一新,从多方面加深了我们对于文艺的理解。

老一辈文艺理论家的一个明显共性是社会责任意识。这种意识可以追溯至五四新文学形成的文学观念,还可以追溯至古老的文以载道传统。多数老一辈文艺理论家始终秉持文艺必须有益于世道人心的基本观念。他们的理解之中,强调审美、强调个性、强调艺术形式仍然必须是上述观念的组成部分。因此,他们对于非理性或者后现代的一部分游戏文化乃至娱乐文化往往保持一种反感的态度。很大程度上,这种特征同样是历史的馈赠。艰难的年代同时造就了他们严肃的文化性格。我们也可以在王元骧教授的学术研究之中察觉这种文化性格。他对于审美的研究始终与社会责任意识保持密切的联系。王元骧教授对于文艺之中的私人化写作、欲望化写作持批评态度,他强调公民意识,强调文艺不是彻底回避政治,而是通过现实人生的深刻描写参与政治。审美必须成为思想教育的一种方式,意识形态以审美的方式体现。王元骧教授并不是把文艺视为消遣,也不是个人情感的宣泄,他对于审美自由的阐述是与人的解放这个重大目标联系在一起的。人的解放是马克思主义美学之中一个极为重要的主题。

近年来，王元骧教授的多篇论文对于实践论美学进行了深入的思考，提出了许多非常有价值的美学观点。他对于马克思主义美学理论中的一系列命题进行了深入思考，同时延续了 50 年代美学大讨论遗留下的线索，重新探讨了审美涉及的一些重要范畴及其相互关系。

王元骧教授重新考察了"主观"与"客观"、"主体"与"客体"之间的差别，继而将主体、客体纳入历史实践的范畴，分析了二者如何成为人化的自然与自然的人化，在二者相互关系的基础上讨论审美。这种观点不仅解释了人类的文化感官如何与自然构成了观赏的关系，同时，为审美与具体的社会关系、历史文化的彼此呼应提供了思考的方向。很大程度上，审美与功利、经验与超验、艺术与人生等一系列美学考察之中涉及的重要分歧都可以置于这个理论场域进行再思考。这个观点对我同样具有很大的启示意义。在我看来，这是美学讨论之中跨出的重要一步。借助这个发言机会，我要再度为王元骧教授在文艺理论领域做出的学术贡献表示感谢。

祝王元骧教授健康长寿，青春永驻！祝会议圆满成功！

谢谢大家。

2018 年 11 月 17 日

第一辑

王元骧的文艺思想和理论贡献

温馨的回忆与王元骧教授
"守故创新"的学术品格

——庆祝王元骧教授从教 60 周年

曾繁仁 *

　　今年是我国著名文学理论家王元骧教授从教 60 周年,我有幸参加这样一个隆重的纪念大会,并与谭好哲教授一起代表山东大学文艺美学研究中心表达我们对于王老师的敬意与谢意。衷心祝愿王老师健康长寿,学术青春常在。今天会有很多朋友发言,我想用两点表达我的感受。首先我想讲一下"温馨的回忆"。王老师是我非常尊敬的挚友,我是在 1981 年庐山全国文艺理论研究会上认识王老师的,那次会议就是著名的文艺与政治关系的讨论会,我与王老师在会议中间交换了很多看法,王老师的见解对我启发很大。这次会议之后王老师又邀请我到当时的杭大,那是我第一次到杭大,在王老师的陪同与安排下,我拜访了杭大的许多著名学者,学到许多东西,开阔了眼界。这样的机会对于一个人来说,一生只有一次,谢谢王老师。后来我们一起参加了不少于 20 次的各种学术活动,特别是我们山东大学文艺美学研究中心组织的学术活动,王老师几乎都要参加,直到王老师已经 80 多岁以后还参加我们的会议并发言,给学生做报告,最近的一次是王老师于2018 年即今年的 6 月 1 日参加我们中心的学术活动并给学生做学术报告。当时王老师已经是 84 岁高龄。王老师对于我们山东大学文艺美学研究中心以及山大学术建设非常关心与支持,我永远记得王老师与人大陈传才老师在我们中心刚刚成立不久与我的一次谈话,基于人才建设的情况他们婉转地批评我在带领青年学者走向全国学术前沿方面做得不够。大家知道,这样的话只有对于自己最亲近的学生与挚友才能说的,当时两位老师的话

---

　　* 曾繁仁:山东大学文艺美学研究中心教授。

使我非常震撼,也深受教育,在这方面做了一定的补救与努力。感谢王老师无私的关爱,我永记终生。当然,我也不会忘记与王老师交往 37 年的许多难忘时光,包括王老师以他独特的艺术眼光为我留下的照片。相信这样的时光不仅会永记而且会继续。

下面讲一下我对王老师学术贡献的粗浅认识,主要谈一下王老师"守故创新"的学术品格。王老师可以说是 60 年如一日,直至退休之后仍然毫无功利地奋战在科研的第一线,王老师学术工作的勤奋与严谨保持一生,直到最近王老师还发表了一万多字的长文,理论创新,论述严谨,文献引用一丝不苟,被我们中心青年教师作为写作的范文。王老师学术工作的无功利性与严谨性是我的榜样。王老师在学术上的创新性也是非常突出的。就以王老师从 1984 年开始,历时 34 年,四易其稿的《文学原理》教材为例,王老师的这部教材科突出反映了王老师"守故创新"的学术品格。所谓"守故"就是王老师在 34 年的漫长岁月里始终坚持马克思主义的唯物主义历史观,始终坚持唯物的实践的能动的反映论,认为这是文学理论研究的基本出发点。而其创新之处在于吸收了新时期以来一切有价值的文艺理论成果,将语言论、价值论与生存论艺术观有机地融入其中,走出了一条"突破和超越传统的反映论的文艺观的道路",创新性地提出了"文学活动论"文艺观,改变了传统的"作品中心论",而将文学的存在方式由静态引向动态,将文学的作用由单面的感染引向对于人生的介入,使得文学回归生活,进入人的生存世界。这本教材凝聚了王老师将近 40 年的心血,是我国文艺理论界以马克思主义唯物史观为指导的文学理论的教学与研究的重要成果,它不仅适用于课堂,而且完全可以介绍到全世界。感谢王老师的辛勤劳动与杰出贡献。

最后,再次祝愿王老师健康长寿,永远年轻。谢谢各位。

王元骧文学理论的"风骨"谈片

党圣元[*]

内容提要：王元骧先生既是新时期文学理论的建设者，又是新时期文学理论的见证者，他发表的学术论文和出版的专著、教材，展现了新时期四十年文学理论发展演变和学术深化的历史轨迹。本文尝试以中国文论固有的"风骨"这一关键词，来简要地表达对王元骧先生文学理论的认知。王元骧先生的文学理论是有"风骨"的，刘勰在《文心雕龙·风骨》篇中强调的文章精神，在王元骧先生的文学理论文章中都得到了充分的体现。王元骧文学理论学术论文的"风骨"主要体现为：一、充满文气，有"风力"有"骨鲠"。于他的论文总是有"风"通体灌注。二、善于锻炼文骨。三、取熔经典著作、广泛吸收中西文论精华。王元骧的论文有主干"骨鲠"，有人文情怀，才气锋颖出众，在追求"风骨"方面，给我们树立了一个很好的典范，值得我们学习、领悟。

关键词：王元骧；新时期文学理论；风骨；风力与文骨；取熔经典

很感谢浙大文艺学研究所给我提供了这么一个前来学习和向王元骧先生表达敬意的机会。王元骧先生是文学理论界的老前辈，我对王先生的人品和学品，以及他在文学理论方面的卓出建树，一直敬仰不已。王元骧先生的文学理论研究，在经过漫长的准备期之后，终于从 1978 年开始如"井喷"般地涌发，到如今整整四十年了，他以其锐利的理论锋芒和鲜明的学术立场，以及严谨的治学态度，贡献了许多篇足以载入新时期四十年文学理论发展史的论文大作，有力地推动、促进了新时期文学理论的发展与深化。所以，王元骧先生既是新时期文学理论的建设者，又是新时期文学理论的见证

---

* 党圣元：中国社会科学院大学人文学院教授，中国社会科学院文学与阐释学研究中心研究员。

者,他在文学理论方面的思考、建构,以及他发表的学术论文和出版的专著、教材,展现了新时期四十年文学理论发展演变和学术深化的历史轨迹。

我本人自 1978 年以来,因对文学理论的强烈兴趣而逐步开始这方面的学习,在学习和成长的过程之中,受益于王元骧先生文学理论论文的启迪很多很多,深深地被他的问题意识、思想深度、理论风范所折服。总之,就是喜欢读王元骧先生的论文,每读必有所获,必有所开悟和启迪。近些时日,为了参加这个会,我专门又翻阅了他的《审美超越与艺术精神》、《审美:向人回归》这两本大著,感慨不已,收获甚多。王元骧先生在 60 年的学术和执教生涯中,勤于著述,硕果累累,但是我认为,这两本非常厚重的著作中所收的论文,都是他的学术代表作,其所展示的思想之深邃、理论之透彻、逻辑之严谨、学艺之精湛,无不令人叹服。我还认为,王元骧先生的诸如《关于艺术形而上学性的思考》、《关于文艺意识形态性的思考》、《文艺理论研究中的“文化主义”与“审美主义”》、《文学研究的三种模式与理论选择》等许多篇论文,已经成为当代中国文学理论中的名篇,无疑属于传世之作。全面认识与评价王元骧先生的文论体系及其理论贡献,需要全面、深入细读他的全部论著,需要对中西文论、美学的历史和现状有坚实的学术功底,这实非我所长,在座的各位在文论方面都中西皆治、通贯中西,肯定能做出中肯的论析。那么,我讲点什么呢? 这时我想起了刘勰的《文心雕龙》,想到了《文心雕龙》中的《风骨》篇,我尝试以中国文论固有的“风骨”这一关键词,来简要地表达一下我对王元骧先生文学理论的认知。因为我认为,无论是王元骧先生本人,还是他的文学理论,都是有“风骨”的,刘勰在《风骨》篇中所讲的、所呼唤的那些,在王元骧先生身上和他的文章中都得到了充分的体现。在传统文论中,“风骨”的义界涉及、涵盖了创作论、风格论、作家论、作品论诸多论域,是一个重要范畴。“风骨”作为一个文学理论批评术语,其生成渊源有自,到《文心雕龙》则正式得到确立,并且成为一个标识性的概念。历来对于“风骨”的诠释,歧义较多,这里搁置不论。需要指出的是我们以往对“风骨”的解释,受西方文论中内容与形式关系论的影响,甚至完全套用内容与形式关系,将“风”指认为内容,将“骨”指认为形式,这样的解释不能说完全不着边际,但是毕竟遮蔽、过滤掉了“风骨”所包含的更多的意涵。刘勰在《文心雕龙·风骨》篇中说:“是以怊怅述情,必始乎风;沈吟铺辞,莫先于骨。故辞之待骨,如体之树骸,情之含风,犹形之包气。结言端直,则文骨成焉;意气俊爽,则文风清焉。若丰藻克赡,风骨不飞,则振采失鲜,负声无力。……故练于骨者,析辞必精;深于风者,述情必显。捶字坚而难移,结响凝而不滞,此风骨之力也。若瘠义肥辞,繁杂失统,则无骨之征也;思不环周,牵课乏气,则无风之验也。"刘勰在这里当然是针对文学创作而言的,但是事实上中国传统文学观念与现代"纯文学"观念在内涵与外延方面存在着明显的差异,我们有充分的理由认为刘勰这里所讲,也包括我们现在所说的学术论文写作,或者说刘勰所讲也完全适应于学术论文的写作。

如果按照刘勰所说的这些话来衡量王元骧先生所写的文学理论学术论文,或者说我们带着刘勰对文章"风骨"要求之期待来阅读王元骧先生的论文,我们是不是觉得他的论文很有"风骨"呢? 答案是肯定的。任何文学创作论、风格论、作品论都离不开文学主体论,离开文学主体谈创作、谈文本、谈风格,是有违于"知人论世"文评传统的,很可能使我们的理论和言说走向偏窄、极端。因此,谈到王老师文学理论学术论文的"风骨",我们当然要先说,王元骧先生论文的"风骨"是来源于他本人思想、性格的"风骨",他的论文的"风骨"与他身上所焕发出的人格、思想的"风骨"是相互贯通、内外表里的。王元骧先生思想性格和立世为人之"风骨",我相信在座的大家都深有感受,这里无须展开。我所要说的是正是他思想、性格的"风骨"成就了他文章的"风骨",成就了他文学理论的"风骨",从而使他的文论研究焕发出思想的辉光、理论的坚定、文章的飞扬,而这一切都可以以"风骨"来概括之。那么,王元骧先生文学理论的"风骨"到底体现在哪些方面呢? 由于时间的原因不可能面面俱到地发长篇议论,所以我在这里只谈如下几点:

一、充满文气,有"风力"有"骨鲠"。我们知道,《诗经》"六义","风"列首位。按照刘勰在《文心雕龙·风骨》篇中所讲的观点来看,"风"是文章产生教化作用与感染力量的最为重要的因素,也可以径曰为本源性力量或前提性条件。在一篇文章中,"风"实际上就是作者所要表现的思想感情和精神风采在文本中的具体展示,并且成功展示后所产生的一种综合审美效应。所以,包括"论"体在内的文章写作,要表达作者心中的思想与感情,事实上理论文章也无可避免地或隐或显地体现着作者的价值情感,而且这种价值情感越充沛,理论的穿透力、说服力就越强。所以,我们即便是言说文学理论问题,撰述为理论文章,也应该先从注重文章之"风"的教化、感染作用开始;而在具体的表述过程中精心选择、推敲文辞,来传递所要表述的思想意涵，这一点也同样重要。因为只有这样，才可以更加有效地增强"风"的力度，使其发挥更大的作用。因此，就文章写作而言，"骨"的作用实际上与"风"同等重要，"风"与"骨"在功能上具有同一性，在文本中它们的关系是一种互相依存关系，各以对方为存在条件。从中国传统的"人化"批评的角度来看，一篇文章犹如一个活生生的人，人无骨则不立，而文章亦同样如此。所以，刘勰才说"沈吟铺辞，莫先于骨"，言下之意即是说文章依赖于"骨"而后成，犹如人体不能没有躯干；文章是表达作者的情思之具，但是所要表达的情思中不能不包含着"风"，这就像一个人的形体中必须包蕴血气，否则便是一具木偶、土俑而已。尤其是对于文学理论批评文章的创作而言，如果词语运用能够做到端正有力，那么文章就有了结实有力的躯干；如果表述的思想和理论观点明快爽朗，并且具有作者自己的鲜明而独到的情思，那么整个文章就有了理论穿透力和思想感染力。刘勰认为，文章写作如果一味地追求辞藻的艳丽丰富，但是缺乏风骨，那么整篇文章便不飞扬灵动，文章风格更谈不上鲜明。于此，我们还可以补充，就是对于"论"体文章而言，如果缺乏"风骨"，那么其分析阐述就无法有力。因此，即便是文学理论学术文章的写作，在运思作文之时，也需要保持旺盛的志气，以刚健的文辞确切而精准地表述自己的思想见解和人文情怀。如此，所写文学理论批评文章，才能闪耀出思想与人文情怀的光辉。刘勰认为，"风骨"在文章中的作用，就像征鸟远飞要使用它的翅膀一样。我们认为，文学理论学术文章之有待于"风骨"，情况同样如此。但是，我们看到，随着文学理论越来越呈现出"知识化"的发展趋向，出现了文学理论文章写作越来越脱离作者思想情怀而向着程式化、公式化的发展趋势，许多文学理论文章中的言说，不是出之于作者自己的对于社会、人生、文学的感受、体验，而是完全依靠一套现成的、他人的概念、术语、话语来作业，完全是照着说、跟着说，唯西方文论和文化理论批评马首是瞻，以西方文论、文化批评之问题为问题，以西方文论、文化批评之概念、术语为组织框架来堆砌成文，而如果我们去掉这些文章中的那些冗长的稀释性的话语，那么可能就仅仅剩下一些孤零零存在的西方文论、文化批评的概念和术语，而这样的文学理论文章是缺乏"风骨"的，这也是现在大量文学理论学术文章不受待见的主要原因之一吧？但是，我们阅读王元骧先生的文学理论文章的感受，与阅读时下流为风气的一些文学理论学术论文的感受大不一样。我们可以从王元骧先生的论文中感受到一股来之于他思想深处的真力弥满的理论正气,体会到一种发自于他胸怀之中的人文情怀,这种理论真气和人文情怀,便呈现为他文章中之"风"。比如,我们读王元骧先生的《关于文艺意识形态性的思考》《质疑文学评价中的"人性"标准》《文学研究的三种模式与理论的选择——对于文学理论的性质和功能的思考》《文学理论的科学性与人文性》《李泽厚美学思想基础还是历史唯物主义吗?》等一系列论文,便可以深深地体会到他对有关文学理论重大问题的思想价值立场和文化情怀。这些文章,都是他在对问题进行长期追踪和深入思考的基础上撰写的,文章的理论观点守正创新,持论务求公允全面,充满了历史理性精神,而不是为了某种偏窄的意识形态主张而曲张其说,更不是为了单纯求"新"而置经验与常识于不顾,体现出强烈的思想担当和理论责任感;敢于亮出自己的观点,不随波逐流,不隐晦自己的见解而吞吐其言,不以满纸时髦的西方文论和文化研究术语来文饰思想之匮乏,体现出了理论文章应该具有的刚勇而又稳健的风格。因此,王元骧先生的文学理论论文,写得总是那么有风力、有气度,通体显示出一种理论的透彻性,焕发出一种人文的忧思情怀,所以才那么有说服力,而究其原委,正在于他的论文总是有"风"通体灌注。

二、善于锻炼文骨。所谓锻炼文骨,就是指能精确地运用词语,包括概念、术语的使用和逻辑的谨严。所以,我认为似乎可以援引索绪尔结构语言学的"意指作用"这一概念来解释《文心雕龙》中的"风骨"这一范畴,如果运用适度而得法,实际上是有助于解决向来众说纷纭而莫衷一是的对于"风骨"之诠释的。我们知道,能指与所指是结构语言学的一对范畴,而在索绪尔的结构语言学中,"意指作用""能指"和"所指"是三个紧密相连的概念,人们用一定的语言符号来表示具体事物或抽象概念,"意指作用"则表示语言符号与所表示的事物或概念两者之间的关系,索绪尔把表示事物或概念的语言符号称为"能指",把语言符号所表示的事物或概念称为"所指";"能指"指单个的词语的词形或词音,"所指"指词语所要表示的对象或意义。参照索绪尔的说法,"风"大体上相当于"所指","骨"大体上相当于"能指",而"风"与"骨"合二为一所组成的"风骨"则大体上相当于"意指作用"。我认为"意指作用"这一概念的引入,有利于我们从整体的角度来理解和诠释"风骨"的意涵,而避免割裂彼此,避免在诠释时出现见"风"不见"骨"或见"骨"不见"风"的现象。按照刘勰在《文心雕龙》中的相关说法,凡是文章高手,都是深明"风骨"之义和擅长锻造文骨之人。"文骨"在文章中的作用,在于可以使所要表达的思想更加鲜明突出。刘勰主张一篇文章的字词,要锤炼得坚实而难于更易,全篇则讲究言语凝练、文脉贯通,而不可以敷衍了事,乃至堆砌辞藻而板滞不堪。刘勰认为,锻炼"文骨"是文章具有"风骨"力量的必由途径。事实也是如此,如果一篇文章内容贫乏而辞藻繁富,文理混杂而没有条理,那就是没有"文骨"的典型症状。对于理论文章的写作而言,情况尤其如此,刘勰所提出的文章写作"析辞必精""述情必显"的要求,其实更适应于文学理论批评文章的写作。如果所要讲的道理不通达,理论思辨不周密,只是将一些碎片化的所谓文学理论知识勉勉强强地拼凑在一起,依靠若干个牵强附会挪用来的概念范畴而为之强说,缺乏一以贯之的文意,这就是刘勰所批评的"思不环周",就是"瘠义肥辞,繁杂失统",就是"牵课乏气",从而也就无从谈起文章之"风骨"。王元骧先生的文学理论批评文章则不然,他的论文非常讲究锻炼文骨,在文字锤炼、条理畅达等方面,是非常考究的,这无不增强了他文章的"风骨"。比如,我们读他的《对于文艺研究中"主客二分"思维模式的批判性考察》《认识文艺与政治关系首先须解决的两个问题》等文章,就可以感受到他为更加条畅、更加清晰地阐释自己的理论观点而在遣词用语方面确实非常考究,许之以达到了刘勰所说的"结言端直",我认为并不过分,而这正是他善于锻炼文骨之鲜明的表征。

三、取熔经典著作、广泛吸收中西文论精华。古人作文,讲究取熔经典著作,以经典著作为范式,吸收借鉴经史百家的为文之术,这样方能知晓文情变化,熟悉文体规范,然后在此基础上萌发出新颖的文意,撰写出组织有方、析理透彻、逻辑严谨、意气飞扬的文章。刘勰在《文心雕龙·风骨》篇中云:"若夫熔铸经典之范,翔集子史之术,洞晓情变,曲昭文体,然后能孚甲新意,……若骨采未圆,风辞未练,而跨略旧归,驰骛新作,虽获巧意,危败亦多,岂空结奇字,纰缪而成经矣。"指的正是这一点。刘勰当然主要是针对文辞创作而言的,但是他的这些主张其实同样适应于传统诗文评类文章的写作,也适应于当代中国人文类学术论文的写作。按照文体分类,我们现在的文学理论学术论文,自然属"论"体,其主要功能在叙"学"。按照文体规范要求,"论"体文章的写作,也有自己的体制要求,也要做到"得体",也要讲究"风力"。在这方面,我认为刘勰所讲的诸如"结言端直"、"析辞必精",不可以"瘠义肥辞"、"繁杂失统"而几成"文滥"。但是,文体意识弱化现象在当代文学理论批评文章写作中一直程度不等地存在着,这无不影响了文学理论功能与作用的发挥。在如何有效地克服这种不足的问题上,王元骧先生的文学理论论文可以给我们提供一些有益的启示和经验。笔者手头还有一本王元骧先生的论文集《艺术的本性》,其中收入他的文学理论研究和美学研究方面的论文20篇,他在撰写这些论文时,取熔古今中外经典理论著作而又不拘泥于一家一派,不追逐当下时髦的热点话题,而是充分结合当下的文学发展现实,针对文学理论发展中出现的一些重要的思潮性现象而进行深度研判和精确分析阐释,重在对有关文学理论的基本问题作出深刻的理论辨析,力求对这些基本理论问题的探讨提出具有时代高度的新见,从而推动和深化文学理论基本问题的研究和学科建设。我们读王元骧先生的这些论文,能充分地感受到他对"论"体文章写作所具有的娴熟学艺,因此文意新颖而不杂乱,不是为了文辞奇巧而任意拼凑,在文章骨力和文采方面确实进入了一种圆熟的境地。当然,王元骧先生能做到如此,确实来之不易,如果没有艰辛的思辨过程,写作时没有对文章的风力和辞藻进行磨炼,是达不到这一点的。这也告诉我们,正如刘勰援引《周书》中所言"辞尚体要,弗惟好异"而告诫人们要慎防"文滥"那样,虽然"文术多变,各适所好",但是敬畏经典,传承经典精神,注重"论"体文章的文体规范,却是非常必要的。刘勰特意引用《周书》中的这两句话,其用意无非告诉人们,要防止文章过于追新逐异而出现虽"新"而实"讹"的文弊。因为,目无经典,处处要跨过已有的规范,好高骛远地追逐新异,虽然可以获得一时的奇特的言语效果,能博得许多眼球,但最终却会导致文章谬误而轻浮,成为过眼之烟云。理论文章要耐读,耐读的理论文章才有学术生命力,而王元骧先生的文学理论论文正是耐读的文章。多年来,学界一致评价王元骧先生的文学理论学术论文能谨守"论"体文章写作规范,文辞鲜明刚健,使人读来感到风力清新、骨力峻拔,文章中闪耀着一种由"风"与"骨"合力而成的思想、情怀、理论光彩。于此,我认为,"风清骨峻"四字,不仅适应于评价王元骧先生的人格,也适应于评价他的一系列文学理论论文。我们从王元骧先生精神风貌、为人处世、言谈举止和他的一系列文章中,也可以深深地感受到"风清骨峻"这一特点。

　　总而言之,正如刘勰在《文心雕龙·风骨》篇中强调的那样,情思与志气相伴,言辞与骨力并存,是文章写作的不二法门。我们认为,即便是纯学术的文学理论论文写作,如果能写得明朗刚健,文章便可具有思想的感染力和理论的穿透力,照样可以达到理想的文章境界,或者说达到理论与文章并臻的"化境"。我们读王元骧先生的论文,感到他的文章有主干骨鲠,再加上他人文情怀饱满,才气锋颖出众,这就使他的文章非常耐读,而这正是他写文章十分注重"风骨"使然。王元骧先生的文学理论文章,在追求"风骨"方面,给我们树立了一个很好的典范,值得我们学习、领悟。

勇于探索,坚持真理

——新时期王元骧美学和文论的品格

张　弓　张玉能*

内容提要:王元骧教授是我们十分崇敬的一位学者,他在中国当代美学和文论方面成就卓著。他的美学和文论研究具有勇于探索、坚持真理的学术品格。我们从他新时期关于文艺审美反映论、实践概念、人性批评标准的论述中就可以看到他的学术品格。他坚持马克思主义美学和文论的文艺反映论原理,同时又极力开拓文艺的审美情感之维,提出了"文艺审美反映论"。他坚持马克思主义关于"实践"的物质生产基本含义,又从本体论、价值论、认识论、方法论等多层次阐述了实践的含义。他坚持马克思主义美学和文论的美学标准和历史标准,质疑"人性标准"的模糊和偏差。新时期王元骧的美学和文论思想充满着历史唯物主义辩证法。

关键词:新时期;王元骧;美学和文论;品格

　　王元骧教授是我们十分崇敬的一位学者,他在中国当代美学和文论方面成就卓著。他从事美学和文论教学工作已经 60 年,培养出了一批批学有所成的教授、学者、专家。他以 85 岁高龄仍然笔耕不辍,勤奋耕耘在中国当代美学和文论的园地中,结出了累累硕果。尤其是新时期以来,他一直与时俱进,努力学习,深入钻研,融合中西美学和文论,在新时期,美学和文论一系列重大问题上提出了自己的独到见解,特别是他在"审美意识形态论"、"文艺审美反映论"、"人生论美学"、"文学价值论"、"文学批评标准"等问题上坚持了马克思主义美学和文论的基本原则,批评了各种或左或右的美学

---

　　* 张弓:华东政法大学传播学院副教授,马克思主义理论研究中心兼职副研究员;张玉能:华中师范大学文学院教授,南京大学、华中师范大学文艺学博士生导师,中华美学学会常务理事,中国文艺理论研究会常务理事,湖北省美学学会学术顾问、原副会长。

和文论观点，在中国当代美学和文论界产生了广泛的影响，对新时期美学和文论的发展和繁荣做出了独特的贡献。我们从王元骧教授的新时期美学和文论思想中，看到了他的美学和文论研究具有勇于探索、坚持真理的学术品格。在这里，我们不可能面面俱到地论述王元骧教授的美学和文论思想，我们仅仅从他关于文艺审美反映论、实践概念、质疑人性批评标准的论述中以一斑窥全豹的方式概观王元骧教授勇于探索、坚持真理的学术品格。

一、文艺审美反映论

众所周知，中国现当代美学和文论，由于受到西方近代"认识论转向"以后认识论美学和文论以及苏俄"正统马克思主义美学和文论"的直接影响，关于文学艺术的本质和功能等关键问题流行着单一的认识论和能动反映论的理论观点，把文学艺术仅仅当作是自然和现实生活的"认识"或者"能动反映"，文学艺术的主要社会功能就是"认识"或者"能动反映"自然和现实生活，从而达到教育人们、团结人们进行社会阶级斗争的目的。这种单一的认识论或者能动反映论的文艺本质论和功能论最终就导致了庸俗社会学和"左"倾教条主义的美学和文论。这种美学和文论对中国现当代美学和文论产生了极其深重的影响，一方面促进了中国新民主主义革命和社会主义革命及其建设，另一方面也把文艺束缚在"认识或者能动反映自然和现实"以及成为阶级斗争的工具、"为政治服务""附属于政治"的范围之内，一直发展成为"文化大革命"十年浩劫的"四人帮"篡党夺权的工具，从而使得文艺园地百花凋零、杂草丛生。"文化大革命"以后，党的十一届三中全会把中国引入了解放思想、改革开放的新时期，美学和文论以及文学艺术进入了拨乱反正、正本清源的阶段。正在这时，刚刚发生了"社会本体论转向"（包括精神本体论和语言本体论转向）的西方现代主义和后现代主义的美学和文论，也蜂拥而至，冲击着中国现当代美学和文论的单一认识论或者能动反映论的美学和文论，形成了本体论、价值论、认识论、语言论、符号论、表现论、再现论等美学和文论观点多元并存的态势，同时也出现了一些以纠正庸俗社会学和"左"倾教条主义为借口极力否定认识论或者能动反映论美学和文论观点的论调。

　　面对着新时期这种多元共存的发展态势和全盘否定认识论或者能动反映论美学和文论的论调,王元骧教授坚持马克思主义美学和文论的文艺反映论原理,同时又极力开拓文艺的审美情感之维,提出了"文艺审美反映论"。他从新时期开始参加关于"审美意识形态论"的讨论起,就注意到了以往被单一的认识论或者能动反映论所忽视的"审美情感"维度,主张文学艺术的认识与情感和意志相统一的整体性观点。他旗帜鲜明地突出:"反映论文艺观不应缺席。"他明确指出:"文学作品作为一种审美的意识形态,一种作家所创造的艺术美,就在于它是通过作家的审美情感来反映生活的。而情感本质上乃是以体验和态度的形式所表达的人们对于客观对象的一种评价,它总是以肯定或否定的形式,直接或间接、这样或那样地表达作家一定的理想与愿望。它虽然与一般的行为目的不同,不要求人们直接诉诸行动,而只是为人们提供一种仅供'观照'的对象;但由于它是作用于人的感觉和体验的,却又比一般的行为目的更能激励情感和感发意志;它虽然需要凭借躯体的活动显现于外部行为,但却是由内部动机所驱动的。"①王元骧教授就是这样把文学艺术中的认识(反映)、情感和意志(目的)有机结合起来,全面而又整体地阐释了文学艺术的本质和功能,从而既反对了庸俗社会学和"左"倾教条主义的单一认识论或者反映论美学和文论,又坚持了全面正确的关于文学艺术的本质和功能的美学和文论观点,而且,完全符合马克思主义美学和文论关于文学艺术的全面多元的理论观点。马克思关于文学艺术主要有三种观点:一是艺术生产论,把文学艺术当作是"按照美的规律来构造"的"生产的特殊方式";二是"意识形态论",把文学艺术视为最终由社会的经济基础决定的,受到社会的上层建筑和其他意识形态制约的"意识形态"或者"意识形态的形式";三是"实践—精神的"掌握世界的特殊方式,把文学艺术作为一种既是"实践的",又是"精神的""掌握世界的特殊方式"。马克思主义美学和文论的这种多元开放的艺术本质论给王元骧教授的论述以强有力的支持,特别是"实践—精神的""掌握世界的特殊方式"就明确指出了文学艺术既不能缺乏"精神(包括认识、情感、意志)的"因素,又是一种"实践(包括目的及其外在实现)的"活动。因此,我们可以看到,王元骧教授是在坚持马克思主义美学和文论的基本原理,进行了多元开放的探索,得出

---

　　①　王元骧:《反映论文艺观:我的选择和反思》,《中国文学批评》2017 年第 2 期。

了他的"文艺审美反映论"的。

二、"实践"概念的辨析

"实践"是马克思主义哲学和美学的最基本的范畴概念，因为马克思、恩格斯早在 1845 年的《德意志意识形态》中就自称为"实践唯物主义者"，因此，从这个意义上来看马克思主义哲学也可以叫作"实践唯物主义"。在新中国成立以后，在 20 世纪 50—60 年代第一次美学大讨论中美学界曾经出现了一种以马克思主义哲学的"实践观"为哲学基础的美学流派，叫作"实践美学"或者"实践论美学"。不过在新时期以前，实践美学关于"实践"概念的含义主要只是指"物质生产"，因此，实践美学关于美根源于"实践"的观点，往往遭到了一些反对者的质疑和诟病，因为在这些人看来物质生产的"实践"不仅产生"美"的东西，也生产出"丑"的东西，甚至一切人造物都是"实践"的产物，所以"美根源于实践"以及派生出的"美是人的本质力量的对象化"的命题是不成立的。这种对于实践美学的质疑和诟病，在新时期的 90年代爆发了一场实践美学与后实践美学的争论。由此可见，"实践"概念不仅对于实践美学来说是至关重要的，而且对于中国当代美学的进一步发展也是举足轻重的。因为在 90 年代，实践美学已经成为中国当代美学的主导流派，直接影响到中国当代美学进一步发展的趋势。

王元骧教授就是在这种实践美学和与实践美学的争论中坚持马克思主义关于"实践"的物质生产基本含义，又从本体论、价值论、认识论、方法论等多层次阐述了实践的含义，从而成为推进实践美学发展的重要学者。尽管他并没有自称为实践美学派或者新实践美学派，但是，实质上他是一位实践美学的推进者，新实践美学的开拓者。他鲜明地指出："从本体论意义上所理解的'实践'，主要应该是指物质生产劳动而言。实践论美学的基本精神就是，认为正是由于劳动，改变了人与自然的关系：从客观方面，使世界、自然从'自在'而变为'为我'的，从原本与人疏离和对立的变为密切的和亲和的；从主观方面，使人的感官从自然的感官经由历史和文化的改造而变为文化的感官。这才有可能使得人与世界的关系在原初仅仅是利用与征服的关系的基础上，又形成了一种超越功利的、观赏的关系，从而表明美并非自然的、完全脱离人的活动而存在的，它本质上是一种历史的成果，是人类生产劳动的产物。因而，正如生产劳动是马克思所创立的社会历史本体论的核心概念那样，实践论美学在美学研究中也只不过是一种本体论或本质论、本原论的美学，它不像有些人所误解的，认为美就是生产劳动的直接产物，而只是表明，我们今天许多被称为美的事物，在原始人那里并不以为美，这种现象只有放到生产劳动这一人类实践活动的基础上才能找到科学的解释。实践论美学所阐明的这种美的本体论、本原论和本质论，虽然不能直接用来说明复杂的审美现象，却是维护美学自身的社会性、科学性，使之具有思想深度，从而避免走向相对主义、心理主义、主观唯心主义的不可缺少的理论保障。有些学者认为，'从西方思想背景来看，实践从来不是单纯指物质生产劳动，而且主要不是指物质生产劳动'，并认为'马克思主义对于实践概念的理解主要来自西方传统思想理论，特别是继承和改造了康德以降的德国古典哲学的实践观而来的'，这显然是没有看到实践这一概念的多义性以及马克思对实践概念的创造性理解和运用，由此混淆了本体论意义上的实践与伦理学意义上的实践。"①王元骧教授的这种理解应该是符合马克思主义哲学和美学的"实践"概念的基本含义的，是坚持了中国当代实践美学的最基本的要义的。因此，他的这种本体论的解读对于反驳后实践美学对实践美学的误读和歪曲，是一种有力的支持。

王元骧教授从马克思主义的观点立场方法来阐释"实践"概念，强调"实践"与"活动"的区别。他指出："在马克思主义的观点看来，实践固然是一种人的活动，但人的活动未必都能被视为实践。首先，凡是被称为'实践'的活动，都具有两个条件：一是目的性，是人类通过改造客观世界来满足自身需要的有目的的活动，而目的不是主观自生的，凡是通过实践所能达到的目的，总是建立在对客观规律的正确认识的基础上。所以，不仅那些盲目的、非理性的冲动不能算作实践，而且那些否定认识在确立目的的过程中的作用，把它看作只不过是一种手段的观点，像实用主义那样，也只能使实践成为马克思所批评的'卑污的犹太人活动'，是与真正的实践观背道而驰的。二是对象性，是一种旨在在对象世界实现自己目的的感性活动。那些抽象的、思辨的、心理的、精神的活动，像王阳明所说的'一念发动处便是行'，也

---

① 王元骧：《关于美学文艺学中"实践"的概念》，《文学评论》2015 第 2 期。本节中引文都见于该文，不再一一注明。

不能算作实践。所以,从严格的意义上来看,西方现代人本主义哲学的本体观只能说是活动论而不能说是实践论的,否则就分不清唯物的和唯心的实践观的差别。其次,即使从宽泛的意义上把活动也视作实践,马克思主义的实践观与现代人本主义也有着根本的区别。从活动的主体来看,虽然西方现代人本主义主要还是立足于从本体论层面上对意志、生命作哲学思考,不像后来的存在主义那样只是致力于对现实的、'在世的'人的研究与分析,但由于它们按生物本能的观点看待意志、生命,故落实到对人的理解上,只能是将人视为抽象的、与社会分离的人。马克思主义看重的则是处在一定社会关系中、由社会所造成的'社会性的个人'。从活动的内容来看,西方现代人本主义所理解的人的活动,一般也只是指个体的生命活动和生存活动。马克思主义所说的人的活动,则主要是指人类总体的实践活动,首要的是物质生产劳动,并把它看作不仅是个人生存而且也是社会发展和历史进步的基础,认为人类社会的一切现象,只有放到这一基础上,才能最终获得科学的解释。这就是马克思所创立的'实践唯物主义'亦即'历史唯物主义'的实践观。自 20 世纪五六十年代以来在我国兴起的'实践论美学',就是建立在这一理论基础上的。"王元骧教授的这种区分应该是非常中肯的,而且,如果没有深厚的马克思主义哲学和西方哲学的知识积累和储备,也是不可能达到的。

　　王元骧教授运用他的深厚的哲学知识进一步从西方哲学的源头——古希腊哲学来区分了伦理学和创制学上的"实践"概念。他指出:"本体论在古希腊属于理论科学、思辨科学,与之相对的是行为科学,亦即实践科学,包括伦理学和创制学。实践的理论最早即源于此。前面说过,古希腊哲学中的本体论不仅是一个'实在论'概念,同时也是一个'目的论'的概念,认为'宇宙万物都是向善的'。在现实生活中,'善'作为人所追求的一种目的是通过人的活动而达到的。这样,哲学的目光就从形而上的转向形而下的,从理论科学转向实践科学。这种以'善'为目的的人的活动就被亚里士多德称为'实践',如他在谈到伦理学时,认为'这门科学的目的不是知识而是实践','不是理论而是行动',同时认为在实践科学和创制科学中,运动的本原不是在对象中,而是在'实践者中',这才突出了人在世界中的本质优先地位、人的主体性和能动性的作用。但伦理学和创制学又各有自己的目的:伦理学追求的是'内部的善',而'创制学'追求的是'外部的善';达到内部的善要凭

'德性',而达到'外部的善'要凭'技术'。"在此基础上,他指明了中国的实践美学的代表人物的"实践"概念的含义。他说:"新中国成立以后,朱光潜在学习马克思主义、批判主观唯心主义美学观、清算自己以往美学思想的过程中,一直把克罗齐的美学思想作为反思的对象,但由于缺乏唯物辩证的观点,而把意识活动与表现活动、心灵活动与传达活动分割、对立起来,这又导致他的认识从一个片面走向另一个片面,在提出艺术'重点在实践'时,把认识论说成是'唯心美学所遗留下来的一个须经重新审定的概念',因而也就排除了'实践'概念原本所具有的意志的自由活动这一伦理的内容以及与认识活动之间的内在联系,而将之缩小为'一种生产'、一种制作活动,仅仅视艺术为一种'劳动创造的产品'。如此一来,对艺术的实践性的研究也排除了它的内在环节,而成为只不过是'艺术劳动创造过程的研究',从而否认了艺术创作是一种思想活动、心灵活动等精神性的内容,像本雅明那样把它降低为纯技术的、工艺学的水平。"在此,尽管王元骧教授在分析和批判中也有一点不够精准之处,但是,他强调"实践"概念的层次区分却是非常正确的。不然的话,马克思主义美学和文论的艺术生产论就可能与西方的精神性的伦理学的"实践"相混淆了,就显不出马克思主义美学和文论的实践唯物主义的特征了。

　　王元骧教授还分析了认识论中的"实践"概念。他明确揭示了:"把实践的观点引入认识论,按实践的观点对近代认识论哲学的成果加以改造,把认识与实践有机地结合起来,乃是马克思主义在人类哲学发展中所作出的伟大贡献。它与近代认识论哲学的不同至少有以下两个方面。首先,马克思主义反对把'主客二分'理解为'二元对立',认为它们都是建立在人的实践活动的基础之上,是在实践活动过程中分离出来的,认为'人的思维的最本质和最切近的基础,正是人所引起的自然界的变化,而不单独是自然界本身;人的智力是按照人如何学会改变自然界而发展的'。就客体来说,它不是原本的自然界,而是人类'世世代代活动的结果',也就是说,只有当'自在'的自然通过人的活动与人发生了某种关系而成为'为我'的自然之物,它才有可能进入人的认识领域而成为人们认识的对象,即所谓客体,所以客体中有主体的因素。而就主体来说,只有当人在活动中所积累起来的经验内化为自身的认知结构,使感官这一思维对外的门户从自然的感官得以'人化',成为文化的感官之后,人才会具有认识的能力,成为认识主体,因而主体中也有客体的因素。而且这两者又是互相影响、互为前提的:一方面,认识以实践为基础;另一方面,认识又为实践确立目的,使实践增强自觉性、减少盲目性。这表明主客体既是二分的,又是互渗的,这就超越了'二元对立'而达到'辩证统一'。其次,反对对认识论作唯智主义的理解。认识固然以求知为目的,但现实中的人是作为知、情、意统一的整体参与认识活动的,这就使得知识不只是纯粹'真'的问题,它还应关涉'善'与'美'。但近代认识论哲学由于受到自然科学的影响,把认识的目的仅仅理解为求'真',使认识从人的整个意识活动中,从与意志、情感的联系中分离出来,而使认识论陷入唯智主义。弗·培根对此很早就有所发现,并予以批判,认为'人类理解力不是干燥的光,而是受到意志和各种情绪的灌浸的','情绪是有着无数的而且有时觉察不到的途径来沾染理解力的'。马克思对这一观点十分欣赏,说'唯物主义在它的第一个创始人培根那里,还在朴素的形式下包含着全面发展的萌芽。物质带着诗意的感性光辉对人的全身心发出微笑',但'在以后的发展中变得片面了。……感性失去了它的鲜明的色彩而变成了几何学家的抽象的感性。……为了在自己的领域内克服敌视人的、毫无血肉的精神,唯物主义只好抑制自己的情欲,当一个禁欲主义者。它变成理智的东西,同时以无情的彻底性来发展理智的一切结论'。这表明,与近代认识论哲学的那种唯智主义倾向不同,在马克思看来,人不是作为一个像笛卡尔所说的'全部本质或本性只是思想''一个在思想的东西'参与认识活动的,人在认识世界的过程中还必然会有所评价和选择,必然会有情感和意志活动的渗透和介入,这就使得认识的成果不只限于'是什么',亦即'真'的问题,还必然包含'应如此',亦即'善'与'美'的问题。而'应如此'是以思维的形式对现状所做的一种评判和选择,它是一个理想的尺度,需要通过人的行动才能实现,所以它不仅在实践的基础上产生,而且还必然会推动着认识回归实践。"王元骧教授就这样把马克思主义认识论的"实践"概念区别于西方近代认识论的"实践"概念,从而坚持了马克思主义哲学和美学的"实践"概念,并且指明了将实践观点引入认识论对于美学和文论的重要意义。他说:"将实践的观点引入认识论,将认识主体与实践主体统一起来,就为我们全面理解文学的性质提供了一个科学的哲学基础。文学作为一种意识现象,虽然说到底都是现实生活的反映,但是实践主体不同于认识主体,不只是'一个在思维的东西'。在实践中,人是作为知、意、情的整体投入活动的,不像认识活动那样只是为了求知,而且还包括评价、选择等环节和情感、意志的意向的介入。这表明文学对人的影响必然是全身心的。但由于受近代认识论哲学的影响,我们以往对文学性质的认识往往偏重于'知'、偏重于认识的价值,针对这种倾向,我们发掘它的'行'的精神,表明审美情感就其性质来说是一种价值判断,它对人的行为具有定向和激励的作用,这就使得价值论、伦理学视角的研究在文学理论中重新得以回归。但由于伦理学从亚里士多德以来、特别是康德以后着重强调行为自觉、自愿、意志自律,致力解决实践主体'内部的善'的问题,这也容易使价值论视角的研究走向主观主义和唯心主义,以致以往我们深受苏联哲学界的影响,不作具体分析,把价值论当作'现代唯心主义哲学的主要部门之一'来加以排斥。从实践论的认识观研究文学,就可以把价值论与认识论、意志的自由与认识的必然、价值标准和真理标准统一起来,使我们的理论更趋完善。"王元骧教授的这种鞭辟入里的分析,使得"实践"概念在美学和文论中的具体含义得到了澄清和彰显,从而在学理根据上说清楚了问题。由此可见,王元骧教授的美学和文论研究是充分学理性的,是深入西方哲学和美学的根基之上的,是勇于探索、坚持真理的实事求是的辨析,是充分展开了马克思主义的唯物辩证法的,是把马克思主义观点立场方法运用到中国当代美学和文论研究之中的典范,也是深入西方哲学和美学的源流(古希腊和近现代哲学和美学)上刨根问底的范例。这样的研究对于实践美学和新实践美学的发展和繁荣都是极大的推动力和镇定力,可以使得实践美学和新实践美学在康庄大道上扎扎实实地不断前进。

三、质疑文艺评价的"人性标准"

　　新时期解放思想、改革开放的过程中,各种思想都在相互碰撞,同时也出现了一些模糊和偏差的理论观点,而在文学艺术评价中的所谓"人性标准"就是一种表现。在章培恒、骆玉明主编的《中国文学史》、黄修己的关于现代文学史的论著中,在邓晓芒的关于美学和文论的论著中,都表现出这种文学艺术评价的"人性标准"的观点和阐述,从而在新时期产生了很大的影响。特别是在反思和批判长期以来苏俄"正统马克思主义"美学和文论的庸俗社会学和"左"倾教条主义观点在文学批评的标准上的政治化、政策化倾向的过程中,文学批评"人性标准"的观点也就盛行起来,给文学批评实践和文学史评价带来了解放思想中的困惑。关于人性和人道主义,在新时期美学和文论界展开了好几次反反复复的争论,一时间中国当代美学和文论界出现了歧义纷呈、莫衷一是的复杂情况,而且由于当时宣传这种观点的专家学者和文学史著作以及文学批评实践都具有一些广泛影响和一定权威性,因此,这种观点的传播和影响也相当巨大,对于当时美学和文论界的思想解放和批判继承西方现代主义和后现代主义美学和文论,产生了一些混乱和争鸣。

面对着新时期这种解放思想和大量西方美学和文论潮流的复杂局面,王元骧教授坚持马克思主义美学和文论的美学标准和历史标准,质疑"人性标准"的模糊和偏差。王元骧教授以实事求是的历史唯物主义辩证法来分析和对待倡导"人性标准"的权威性的专家和论著。他从马克思主义创始人关于"一般人性"和"具体人性"的论述的分析出发,辨析了"人性"和"人性标准"。他说:"作为章培恒先生提出评价文学作品的人性标准的理论依据的,就是马克思所说的'人的一般本性'的思想。所以,关于评价文学作品的'人性'标准能否成立,我觉得还得从对马克思的'人的一般本性'作深入的探讨入手。那么,什么是马克思所说的'人的一般本性'呢? 在学界不少学者认为是指人的'自然本性',章序中就突出地表现了这种倾向。这我认为是值得商榷的。我觉得马克思的'人的一般本性'只是相对于私有制社会'异化劳动'而造成的'异化'的人而言的,认为这种异化劳动使'动物的东西成为人的东西,而人的东西成为动物的东西',人也就不再是真正意义上的人了。所以他提出'人的自我异化的扬弃,对人的本质的真正占有,是人向自身、社会的(即人的)人的复归'。这个人的复归就是'人的全面而自由的发展',这我认为才是马克思所说的'人的一般本性'的内容。但是这种'个人的全面而自由的发展'却被章先生理解为是人的'原欲'本能的个人欲望的最大解放,认为'最无愧适合于人类本性'的社会,就在于个人欲望'不受压抑',使'每个人的个人利益都能得到最充分的满足',并认为他的这种理解是与马克思在《神圣家族》中所摘引的 18 世纪法国哲学家爱尔维修的:'人……是服从于自己的利益的'、霍尔巴赫的'人……只爱他自己',以及英国功利主义理论学家边沁的'个人利益是唯一现实的利益'的思想是一致的。但是,只要我们去查阅一下《神圣家族》,就不难发现章先生这些摘录是断章取义、歪曲原意的。由于篇幅关系,我们只好摘录马克思援引的其中一段:霍尔巴赫:'人在他所爱的对象中,只爱他自己;人对于和他自己同类的其他存在物的依恋只是基于对自己的爱。……但是,人为了自身的利益必须要爱别人,因为别人是他自身幸福所必须的……道德向他证明,在一切存在物中,人最需要的是人','真正的道德也像真正的政治一样,其目的是力求使人们能够为相互间的幸福而共同努力工作。凡是把我们的利益和我们同伴的利益分开的道德,都是虚伪的、无意义的、反常的道德'。……'美德不外就是组成社会的人们的利益'。……'人若对同类的一切漠不关心,毫无情欲,自满自足,就不成其为社会的生物……美德不外是传送幸福。'另外援引爱尔维修和边沁两段话所表述的意思也基本相似。马克思在引这些话之前有一句说明,说'18世纪的唯物主义同19世纪的英国和法国的共产主义的关系,则还需要详尽地阐述'。这表明马克思只是作为英法共产主义的思想资源来引用这些话的,并不表明他就认同这些观点;即使这样,我还是认为章先生的理解与这些话的原意有很大出入,甚至是相反的。这些思想源于亚里斯多德的《政治学》,它们的本意在我看来实际上是在表达一种'合理利己主义'的伦理观,强调利己的同时还应该利他,认为只有顾及别人和社会的利益,自己的利益才能得到保障。这在某种意义上也说明了人的生存是离不开社会的,人只有进入社会,与社会、与别人建立联系之后,才能成其为人,即马克思所说的'作为人的人'。这个'人的人'不同于自然的人,是社会造成的,是通过社会化的过程来实现的。这是由于人不同于一般动物,一般动物降生到世上是已经完成了的,它先天地已经具有日后生存的一切能力;而人降生到世上是未完成的,他只有进入社会、接受社会的文化的熏陶和教育,即经过'社会化'的过程,摆脱纯粹的原欲支配的自然状态,才能成为真正意义上的人。所以马克思说'社会生产作为人的人','只有在社会中,人的自然存在对他来说才是人的存在'。这就要求我们不能'把社会当作抽象的东西与人对立起来,个人就是社会的存在物'。这种思想其实在古代就已经萌生,如亚里士多德在《政治学》中指出:按自然形成的顺序和时间先后而言,个人与家庭先于城邦;但按照人的本性而言,城邦先于个人和家庭,表明社会对于个人来说,总是逻辑先存在的。不过,他还没有说明何以如此。黑格尔比他的前人的高明之处就在于他把'人的自我产生'理解为'劳动',认

为是由人的自身活动,是通过历史发展的辩证法来完成的。但这种劳动被
黑格尔理解为一种抽象的精神活动。马克思批判了黑格尔这种唯心主义的
劳动观,而首先把劳动看作感性的物质生产活动,提出'世界历史是人通过
劳动而诞生的过程,是自然界对人来说的生成过程',这在他看来只有到共
产主义社会才能最后完成,所以他说共产主义是'人的本质对人来说的真正
实现'。因此,他提出的人的自由解放并非像章先生理解的那样是一种回到
'原欲'支配的状态,而把一切社会关系和社会规范看作都是对人性的压抑;
相反地,对于'原欲'恰恰是采取批判的态度的。他不仅强调'人的机能'不
同于'动物的机能',批判资本主义异化劳动'使动物的东西变成人的东西,
而人的东西成为动物的东西';而且在谈到'具有条顿血统并有自由思想的
那些好心的热情者'(按:疑指卢梭)试图'从史前的原始森林去寻找人们自
由的历史'时还说,'假如我们自由的历史只能到森林中去找,那么,我们的
自由历史和野猪的自由历史又有什么区别呢?'所以,我觉得马克思所谈的
'人的一般本性'主要是为了批判资本主义异化劳动,吸取了德国古典哲学
思辨理性的先验方法论的合理成分,在理论上的一种预设。这种从预设的
观念出发来考察现实问题的方法也是以往西方哲学家研究现状所常用的一
种方法,如同罗素在谈到卢梭的'自然状态'时所说的那样'只不过带着几分
假定口吻',……'为适当判断现今的状态,所需要有的正确的观念'。因而
我很赞同邓晓芒先生所说的:'实际上,当马克思从人的本质角度对资本主
义异化现象进行历史分析和批判时,他是有一个'一般人性'作为参照系的,
否则他凭借什么来判定人的本质遭到了'异化'?但是,这'一般人性'是什
么呢?是一个现实的尺度还是理想的尺度?邓先生并没有作任何具体的说
明。如果按邓先生的所谈是马克思凭借'本质直观'而'看'出来的普遍的超
越结构'、一种'永恒和共同的人性'的说法,那么我认为'本质直观'在'面向
事物本身'、通过个别东西的直观来把握事物的共相过程中,就不免带有意
向性和想象性的成分,它就不可能只是经验事实的概括,同时也是对意向目
标的一种追求。这样,它所把握到的就不完全是一个事实的尺度而更是一
个理想的尺度了。所以卡西尔认为:'伦理思想的本性和特征决不是谦卑地
接受'给于',而永远在制造中。伟大的政治和社会改革家们确实总是不得
不把不可能的当作仿佛是可能的那样来看待。'他认为卢梭提出'自然人'的
概念是'试图把伽利略在研究自然现象中所采取的假设法引入到道德科学

的领域中来',就像他自己所说'我们在这里可以从事的研究不应当被看作是历史的真理,而仅仅是作为假设的有条件的推理,它们较适合于用来阐明事物的本性而不是用来揭示事物的真正根源'。从马克思的著作来看,我认为它也只是一个供推论用的预设的尺度,不过与卢梭的那种'现在已不复存在、过去也许从来没有存在过,将来也许永远不会存在'的纯属虚构的人的自然状态的理论预设不同,它同时建立在科学论证的基础之上,被作为历史发展的一个目标提出来的,认为只有到了共产主义社会,才能实现'人的本质的现实的生成',使'人的本质'对人来说得到'真正的实现','是人的本质作为某种现实的东西的实现'。但是邓先生却忽略了这一点,而把它误认作一个现实的尺度,并认为凭着这样'永恒普遍人性','我们就用不着任何故弄玄虚,而能对艺术作品的永恒性问题作一种近乎实证的说明';从而得出文学艺术的本质就是'将阶级关系中所暴露出来的人性的深层结构展示在人们面前,使不同阶级的人也能超越本阶级的局限性而达到互相沟通',而把历史上一切描写不同阶级之间的矛盾、斗争的作品都看作是艺术自身本质的'丧失'。有这样一种作为'永恒普遍人性'而存在的'人性的深层结构'吗?我是持怀疑态度的。马克思说:'人并不是抽象的栖息在世界以外的东西,人就是人的世界,就是国家、社会',表明人是与他所生存的社会现实是须臾不可分离的,他的一切思想、内心活动本身必然是具有一定的社会内容的,即就邓先生列举的他最为欣赏的一些作家、作品所描写的人物的心理活动和内心生活来看,也无非是社会上的一些弱势群体、市井草民、一些被损害者和被侮辱者身处生存困境所产生的生存体验,由此所反映出来的那些'最无能'、'最无力'、'最无奈'的生存状态,没有类似经历和经验的豪门望族是无法领会的。这就说明它们本身就是有着非常现实的社会历史内容的。所以我们也只有不仅从心理学的角度,而且从社会学的角度,把两方面统一起来进行研究,才能深入揭示这些作品的思想内容,否则,就等于把人性完全心理学化了。因为在文学作品中,人物性格的刻画与对社会生活的反映这两者之间本来就是合二为一、不可分割的。当然,过去一些描写现实斗争题材的作品可能比较多地侧重描写外部现实,存在着对人物的内心世界揭示得不够的缺陷,但我们在理论上很难把这归结为由于反映现实斗争而导致的艺术本质的'丧失';如果我们把人性完全心理学化,把文学艺术的'归位'最终只是落实到描写在一个充满现实矛盾和斗争的社会里、超越这些矛盾和斗争的人的'普遍人性'或'永恒的共同人性',那么,这个人就非邓先生自己所主张的是'具体的、历史的和发展着的人性',而只能是一种'抽象的、栖息在世界之外的东西了'。"①王元骧教授的这些分析应该是充分说理的,有理有据的。的确,马克思主义美学和文论所说的"人性",不可能是永恒不变的、抽象的,而是一种理想形态的,是自然性与社会性相统一的,绝不可能是所谓的自然性的"原欲"。正因为这种"一般人性"概念的理想性,非现实性和不确定性以及不可操作性,似乎不能用作文学艺术的评价标准,更不能把它自然化、原欲化,从而歪曲了马克思主义美学和文论的真正意义。

王元骧教授还专门分析了黄修己先生的观点。他指出:"黄修己先生看问题的角度与章、邓二位先生略有不同,他主要不是从人性本身,而是从反映在人的意识中的价值观着眼来看待中国现代文学研究中的问题的。认为以往我们研究中国现代文学'都从社会价值判断来评价文学。而社会价值观在不同国家、民族、人群中有非常大的差异,有的就不能互通',这样就制约更多人对中国现代文学的理解而'不能适应全球化的历史趋向'。为了适应这一趋向,他竭尽全力去寻求一种'全人类性'的标准——'中国现代文学全人类性的阐释体系'。其内容是:一,'以人性论为理论基础,研究现代文学在特定的时代背景下,如何反映或表现人类共有的人性';二,'承认人类共同的价值底线,以此为标准来衡量、评价现代文学的得失,解释它的历史'。从而建构一个'超越了民族、国家、阶级集团的价值观,是持不同的社会价值观的人们都能理解、接受,都能在这个思想层面上沟通的','反映了全人类公共利益需求'、'为人类公认为价值原则和行为原则'。但我认为这一理论同样是不切合实际的,之所以不切实际,是因为价值观作为人们在现实生活中对于价值观体系的选择和追求的观念形态,是人们现实需求在意识中的一种反映。在现实生活中,由于人们经济、政治、社会地位的不同,在价值选择和追求上也必然有着不同的倾向,因而也就不可能有为不同阶级、阶层和社会集团所共同接受和认同的价值观,这在社会矛盾激化的历史年代表现得更为突出。既然黄先生自己也承认'当今世界上,还存在着价值观的相互矛盾、冲突',要形成'全人类性的价值底线',还'要有非常长的历史

---

①　王元骧:《关于文学评价中的"人性"标准》,《文学评论》2006年第2期。本节中引文都见于该文,不再一一注明。

过程'。而黄先生也承认中国 20 世纪'是一个阶级矛盾、民族矛盾空前激化的年代'。文学作品总是现实生活的反映，它不可能超越现实去虚构世界大同的美梦。作为代表着这个时代、反映时代精神的文学，也必然是与这些现实斗争息息相关的作品。既然这样，又怎么能以这种非现实的'全人类的价值底线'为标准去评价反映现实人生的文学作品？所以，试图以所谓反映'全人类公共利益需求'的'全人类性的价值底线'来分析评价我国现代文学、发掘为各阶级所接受的全人类人的内容，在我看来简直是方枘圆凿！"王元骧教授的这种分析也是一针见血、一语中的的。的确，在阶级存在的社会中，价值观、人性都是不同的，历史的，社会的，变化发展的，当然就无法设想一种不可能现实存在的"人性标准"了。我们认为，王元骧教授的阐述是实事求是的，合乎现实状况的，也充分表现了他的勇于探索、坚持真理的学术品格。

王元骧教授进一步分析了运用"人性标准"来评价文学艺术作品的弊病。他指出："一、由于把人性抽象化、自然化而导致对文学社会内容、思想意义的贬损和否定。章先生在《中国文学史·导言》中就集中地反映了这种认识上的偏颇。章先生通过前文所谈到的对马克思在《神圣家族》中所摘引的爱尔维修、霍尔巴赫等人的言论断章取义的转引，认为马克思所提出的'最无愧于和最适合于他的人类本性'就是霍尔巴赫所说的'对自己的爱'，这种'对自己的爱'要求反对一切压制和束缚而使'每个人的个人利益都得到最充分的满足'，并以此来作为衡量人的自由解放的尺度和评价文学作品的标准。这样一来，本来很有社会内容的作品经由章先生一分析，就成了只不过是对个人欲望的一种表现。如对李白的《将进酒》和辛弃疾的《水龙吟·登建康赏心亭》的分析，就是典型的两个例子。二、由于把'人性'与社会性相分离，必然导致否定文学反映现实、反作用于现实的社会功能。文学作品是描写人的，但又不是仅仅为写人而写人，而是为了通过人来反映现实生活。之所以能通过人来反映现实生活，是由于人的本质'在其现实性上，它是一切社会关系的总和'，人处于一定的社会关系之中，社会关系又必然会交织在人的身上，因而通过人的描写，也必然会这样那样地反映一定社会历史时期的各种社会关系。在阶级社会中，这种社会关系自然也离不开阶级的关系。所以从社会的观点来看，由于阶级地位的不同，就必然会产生不同的价值观念和价值取向，被压迫、被剥削、被奴役的广大劳动人民要求正义、自由、平等,而在剥削阶级看来却成了大逆不道的行为,就像麦金太尔所说的,在这里'暴露了我们拥有太多全异的,互竞的道德观念',迄今还'没有提供任何方式来合理地解决它们之间的争端','在我们的社会是不可能指望达成道德上的共识的'。这就迫使作家在创作时必须在这样对立的两种价值取向中作出自己的选择。历史上凡是有良知的、有正义感的、有人道主义精神的作家,总是站在广大被压迫、被剥削、被奴役的人民大众这一边、为他们摆脱苦难,争取自由、平等的生活而进行呼吁和奋斗。黄修己先生在谈到'五四'新文学运动的先驱如鲁迅等人的创作主张时认为:'从最低的人权要求出发,鲁迅提出'一要生存,二要发展,三要温饱','鲁迅自己说他写小说意在提出一些问题来,揭示'病态社会'和'不幸人们',目的也在于让人能'幸福的度日,合理的做人'。又如在谈到信奉'有了爱就有了一切'的冰心的'问题小说'时说,她写小说'归根到底是要探究怎样才能有幸福、合理生活的人'等之后,得出'把人的问题、人自身的完善作为重大的主题,这是新文学的一大鲜明特点'。这我认为毫无疑问都是准确的。但是黄先生却不应有地忽略了对问题作这样一种基本的分析和追问,即:在当时社会里,不能'幸福度日、合理做人'的是哪些人? 鲁迅等人提出这些问题时具体指向的又是为了哪些人? 毫无疑问,是指文学研究会宗旨中谈到的那些'被损害者'和'被侮辱者',即身处水深火热生活中的广大劳苦大众。尽管像鲁迅等新文学的先驱人物在当时由于思想上和认识上的局限,笼统地以'人'来称呼,但是只要联系当时的社会历史环境来加以考察,他们的具体指向是明显不过的。有些伟大的作品之所以具有永恒魅力,在我看来并不是什么由于表现了'一般人性'从而'使不同阶级的人也能超越本阶级的局限而达到相互的沟通';更不是以它表现了一种基于'对自己的爱'的'追求的强烈'和'欲望的炽热'所生的'令人战栗的悲壮'来打动世代的读者。而最根本的还是由于它所表现的这种普世情怀。如果一个作品所表现的只是一种单纯的个人欲望,那么,读者就会有理由像别林斯基在批评那些在诗歌中进行顽强的自我表现时,借莱蒙托夫的诗所提出的诘问:'你的痛苦与快乐,与我们有什么关系?'因此,从价值论的角度来看文学的永恒性,我认为在很大程度上就是源于作家有感于现实的不公、不平、黑暗、丑恶而产生的对于社会公平、正义、人类亲善、友爱的美好人性和人生的不懈追求的普世情怀所带给我们的感动和激励。在迄今为止的人类社会里,这种美好人生也还只是一个梦,而文学就是这种梦想的最生动的呈现。只要世界上还存在这不公、不平、黑暗、丑恶，人们对于美好人性和人生的追求就永远不会停止，这个梦就将会永远做下去，它会激励、鼓舞人们为现实美好人性和人生去进行奋斗，并为人们在奋斗的过程中增添信心、增强意志。这我认为才是文学永恒性的一个比较符合事实的答案。"的确，王元骧教授所说的这些以"一般人性"来评价文学艺术作品的弊病是不可避免的，"美好的人性"作为一种理想和追求，是无产阶级和中国特色社会主义的美学和文论应该而且必须须臾不忘的，但是，在还没有完全消除劳动异化、人的本质异化、人对人的异化达到"异化"现象的社会主义初级阶段，我们却不能以这种抽象的、脱离社会历史具体状况的"一般人性"或者"人性标准"来评价中国古代、现代、当代的文学艺术作品，那样只会导致文学艺术作品脱离了现实生活，淡化了社会历史内容，成为一种虚无缥缈的乌托邦世界的梦幻，真的像弗洛伊德所说的"原欲（力比多）的升华"，"诗人的白日梦"。

总而言之，王元骧教授新时期的美学和文论研究充分表现出了勇于探索、坚持真理的学术品格，值得我们学习和崇敬，为了进一步繁荣发展中国当代美学和文论，我们需要继续发扬王元骧教授的这种学术品格。

本文写作受华东政法大学文化产业管理学科建设项目（编号：A-3101-15-121）资助。

文学理论建构的延续性与递进性

——再评王元骧教授的文学理论探索

姚文放*

内容提要: 王元骧教授的文学理论探索显示了从"审美反映论"到"审美意识形态论",到"文学实践论"、"文学价值论",再到"文学本体论"的清晰路径。以上"五论"不仅具有内在的逻辑联系,体现了一种延续性,而且呈现不断深入、不断进取的趋势,体现了一种递进性。在王元骧教授不断延续、不断递进的文学理论探索中我们可以发现其堪称圭臬的治学风格和学术风范。其一是不断进行自我反思、实现自我超越。其二是永怀问题意识。其三是为文学理论正名。

关键词: 王元骧;文学理论;建构;延续性;递进性

多年前我曾为王元骧教授《审美反映与艺术创造》写过一篇书评,发表在《中国图书评论》1993 年第 5 期上,屈指算来,已是四分之一个世纪前的事儿了。当时我的第一本学术专著《现代文艺社会学》刚刚出版,拙著的核心问题就是用"中介论"的观点来建构文学艺术与社会生活之间的关系,因此将王元骧教授在该书中提出用"反映—中介"论把握文艺本质的思路引为同调,予以高度评价。

为参加今天此次会议,我抽出时间较为系统地研读了王元骧教授的近作,虽然平时也有零星的阅读,但集中研读感觉还是不同。让我感到十分震撼的是,王元骧教授的文学理论探索已经从我以往所了解的原有基础上大大向前迈进了。概而言之,可以勾勒出一条从原先的"审美反映论"("文学反映—中介论")到"审美意识形态论",到"文学实践论"、"文学价值论",再

---

* 姚文放:扬州大学文学院教授。

到"文学本体论"的清晰路径。

王元骧教授不赞同将他 30 年来先后提出上述"五论"的嬗变视为"转轨",他强调这是始终沿着同一轨道推进的,所有以后的这些"论",其实都是从"审美反映论"中生发出来的,是"审美反映论"已经蕴含了的,或者说是由于对"审美反映论"认识的深化和发展必然导致的理论指向。

首先,他明确指出,"审美反映论"和"审美意识形态论"这两个概念是互相联系的:"审美反映"是就文学与现实的关系而言,而"审美意识形态"则是就审美反映的成果而言,它以审美反映为基础和前提。因此要揭示文学作为审美意识形态的性质,那就先要厘定什么是审美反映。"审美反映论"是一种认识论文艺观,但它在反映现实生活时,总会把审美情感引入其中,总是以作家的审美情感为中介而与现实生活建立联系的。因此文学创作与科学研究不同,总是带有作家自己的主观态度、作家自己的评价和选择的成分,因而它反映的不只是一种客观事实,而总是包含着作家的主观愿望、企盼、追求和梦想。所以文学反映的不是"实是的人生",而是"应是的人生",它所表达的不是一种"事实意识",而一种"价值意识",它与其他一切意识形态一样,对于人们的活动具有某种定向和激励的作用,具有凝聚和动员一定社会集团成员的力量,为实现某一共同目标去进行奋斗的功能。但就其特点来说,它不是一种理性意识,而是一种直接建立在对情感对象的直接感知和体验基础上的"感性意识",成为一种"诗性的观念",一种"审美的意象",从而进入文学作品,对读者的心灵产生影响,较之一般意识形态更能深入人心,更能为人所乐意接受。这就使我们有可能在坚持文学意识形态的前提下维护文学自身相对独立的价值。这就是"审美反映论"与"审美意识形态论"之间联系的内在逻辑。

其次,既然文学反映的不仅是"实是的人生",而且更是"应是的人生",那么它所追求的目标需要人们通过自己的行动去争取。马克思说:"思想根本不能实现什么东西,为了实现思想,就要有使用实践力量的人"。① 这里所说的"实践力量"不仅指实际操作的能力,而且更指支配行动的心理能量和精神动力。这表明一切在理性上所认识到了的东西,只有"内化"为自己的意志和愿望,才能成为实践的力量,进而转化为行动。所以文学作为一种

---

① ［德］马克思、恩格斯:《马克思恩格斯全集》第 2 卷,人民出版社 1957 年版,第 152 页。

"审美意识形态"，一种作家对社会人生的审美反映的成果，它在凝聚人的情感，激励人的意志，引导人们朝着美好的人生目标奋斗，从这个意义上说，文学作为一种审美意识形态，它不只是认识性的，而且是实践性的。

另外，我们说文学也是一种意识形态，就是说作家是社会的人，他对于社会现象不可能是完全采取价值中立的态度，而总是有所褒贬，有所评判，有所倡导，因而必然会对读者的思想行为产生这样那样的影响。既然意识形态是指价值意识而言，它的内涵就不应该只指政治意识，像伦理意识、审美意识都应包括在内。当然，文学作为一种特殊意识形态，它与其他人文社会科学如哲学、伦理学、政治学等又不同，它不是借助理论思维而是通过作家的审美感知和体验来反映生活的，感知和体验是未经逻辑分解的一种全身心的活动，所以黑格尔认为它的特殊内容也只有以感性的形式才能形成具体生动、神完意足的表达。总之，科学旨在表明"是什么"，属于事实意识；文学旨在表明"应如何"，属于价值意识。因此对于文学也应在"价值论"的角度进行考量。

再次，进而言之，实践的活动不仅需要人们去认识它，而且还需要对它的经验进行反思，作出评判，以求引导实践朝着正确的方面发展，这样就产生了理论。同时也决定了理论不仅是说明性的，它只是以说明现状为满足，而且是反思性的，它要为我们评判现状提供一个思想原则和依据。另外，文学要表达"应如何"的价值判断，但我们又凭什么来判断某种价值取向是否具有正当性、健全性？这就需要我们找到一个进行价值评判的具有客观真理性的标准，把"文学认识论"研究经由"文学价值论"研究再进一步推进到"文学本体论"的研究。按照亚里士多德的说法，"本体论"就是对于事物本原和始基的追问，对于文学理论来说，它的价值就在于为我们看待文学问题提供一个终极的依据，为文学价值论奠定一个坚实的理论基础。"文学是人学"，它是以人为对象和目的的。因此，"文学本体论"的问题深入下去也就必然关涉到"人学本体论"的问题，关涉到对于"人是什么"和"人应如何"等本体论问题的追问。

总之，要使文学理论走向完善，应该从"审美反映论"、"审美意识形态论"、"文学实践论"、"文学价值论"研究的基础上进一步向"文学本体论"研究推进，最终实现"五论"的有机融合。唯有如此，才能找到关于文学问题圆满的答案，文学理论也因之而成为真正有根的文艺学。由此可见，王元骧教授的文学理论探索所建构的"五论"不仅具有内在的逻辑联系,体现了一种延续性,而且呈现不断深入、不断进取的趋势,体现了一种递进性,从而在思想和理论的不断延续与不断递进中达成了一种"思维具体",一种"丰富的总体"和"多样化的统一"。

　　在王元骧教授不断延续、不断递进的文学理论探索中我们也可以发现其堪称圭臬的治学风格和学术风范。其一是不断进行自我反思、实现自我超越。据王元骧教授自陈,其初版于 1987 年的《文学原理》主要是从认识论的视角来阐述文学问题的,在 2002 年出版的第一次修订版引入实践论的观点,试图对文学问题作更为全面、正确的阐述,但由于自己一时对这一问题的理解尚不是十分透彻,所以未能在其中各个章节得到充分的贯彻和体现修订的意图,有的部分甚至还明显地保留初版仅仅从认识论视角来加以论述的痕迹。他对此一直耿耿于怀、心有不甘。一直到 2006 年,该书第二次修订版被教育部列入"普通高等教育'十一五'国家级教材规划选题",才使他这个愿望终于得到实现,有可能进一步突破从纯认识论的视角来看待文学的局限,而使认识论与实践论统一的观点在全书得到充分贯彻和体现,这就是后来的 2007 版的第二次修订版《文学原理》。如果说从其《文学原理》的初版到第一次修订版再到第二次修订版实现了"三连跳"的话,那么此后十余年间他在大量论著中取得的种种突破和超越则是"更上一层楼"。正是这种不断反思和突破自身的局限、不断超越自我、不断追求真理的精神风范,使得他的文学理论探索得以征服一个又一个高峰而能够一览思想的无限风光。

　　其二是永怀问题意识,王元骧教授的文学理论探索所取得的每一次突破和超越都有鲜明的现实针对性,都是旨在直面和解决当下的理论问题的。他不止一次自陈:"我的每一篇文章几乎都是针对现实问题发言的。"[①]譬如他关于"审美反映论"的文章大都作于 20 世纪 80 年代的中后期,当时学界掀起一股批判和否定"反映论"的思潮,认为它"重视客体忽视主体","遏制作家的主观意识",因此只有否定"反映论","从反映论向主体论转移"才能改变我国文艺理论的现状,推进理论的创新。这些文章虽然有一定的道理,但在思想方法上却是不够辩证的,背离了"意识与存在的关系",在理论上就

---

　　① 　陈飞龙、王元骧:《求实严谨的科学态度,求真创新的学术精神——王元骧教授访谈》,《文艺理论与批评》2014 年第 2 期。

更难以成立。但是为什么会出现这一思潮呢？他认为与我们以往忽视认识主体在反映过程中的作用而对"反映论"所做的机械、直观的理解是分不开的。要使我国的文学理论得到健康的发展，那就需要对"反映论"进行全面、深入的阐释。而这些想法，后来就成为他有关论著的写作动机。又如到了90年代中期，"反映论"与"主体论"的论争似已告一段落，而随着市场经济的发展所产生的物欲膨胀、道德滑坡，以及消费文艺的畸形发展已引起了社会的普遍忧虑，那么文学作为一种精神产品，它对于改变这种不良的社会风气有什么作用呢？这就成了他当时所着重思考的一个问题。他借助伦理学和人生学方面的路径和方法，将对于文学性质和功能的认识从以往认识论的限囿中突破出来，肯定文学不只限于给人们以认识的启示，而更主要的是帮助人们确立人生的目的，服务于人们的实践活动。从王元骧教授开列的每个时期的论著来看，都能发现其中时代风云和理论嬗变留下的深刻印记，可见他的每一次突破和超越其实都是借助当下的现实问题而发力的，在这个意义上说，都是时代需要的激活、理论发展的召唤。正如他自己所说："我对文学性质的认识深化的过程，也是在解决现实问题中求得理论自身发展的过程。"①

　　其三是为文学理论正名。一直以来，学术界流行一种"文学理论无用论"，经济体制转型以来，这一论调更是盛炽一时，这在作家那里更多见到，而在评论家那里也不乏其论，是说文学理论不仅无助于创作，而且无助于批评，唯有理论的终结才有批评的开始。王元骧教授对此不予认同，以鞭辟入里、具体而微的论证和分析提出驳议。综括他的意见，指出造成这种片面认识的原因有三个方面：一是不了解理论的性质，把理论当作是一种教条、法规、一种操作工具，而不了解文学理论是在对文学本质规律认识的基础上提出的一种文学主张，它为文学创作和文学批评提供一个指导思想原则，使人们在创作和评论的实践中增强自觉性而减少盲目性。所以古往今来的许多著名作家都十分重视文学理论的研究，把它看作不可或缺的一种学养。二是从目前我国文学理论研究的现况来看，本身也存在着明显不足。他提出，真正的理论家应该具备几个条件，即问题意识、人文情怀以及良好的艺术修养和较强的理论思维能力，他不仅是一个鉴赏家也应该是一个思想家，唯此

---

① 陈飞龙、王元骧：《求实严谨的科学态度，求真创新的学术精神——王元骧教授访谈》，《文艺理论与批评》2014年第2期。

才能使文学理论在创作和批评实践中发挥积极作用,并在解决现实问题的过程中求得自身的发展。但现在有些文学理论研究既缺乏对现实问题的研究和思考,又没有对艺术真切的感受和体会,很少能就文学问题谈出自己的真知灼见,给人以认识上的启示,更谈不上对创作和批评实践有什么指导意义。但这并不是理论本身的过错,而是理论工作者自身的问题。所以"文学理论无用论"的流行与当今文学理论研究自身存在的问题有很大的关系。要改变人们的这种偏见,就需要理论工作者自身端正学风,面向实际,努力提高理论研究的水平。三是从文学理论的功用来说,文学理论的核心问题是一个文学观念的问题,是在观念层面上对于文学的一种理解和把握。"一部文学理论著作,说到底就是某种文学观念的具体展开,是某种文学观念在文学问题上的具体演示。"①因此文学理论作为反思文学问题的一种理论预设,一种思想前提而存在着,使我们看待复杂的文学现象有了一种眼光、一种思维方法、一种思考问题的依据和准则,从而引导我们按照这一思想前提的指引去进行评价和选择。"名不正而言不顺,言不顺而事不成",王元骧教授正是通过这种具有说服力和公信力的驳议,论证了文学理论在文学大家族中不容置疑的"名分",拥有不可动摇的崇高地位,进而有理由理直气壮地发挥规范文学创作、指导文学批评的强大功能。

---

① 王元骧:《当今文学理论研究中的三个问题》,《文学评论》2008 年第 1 期。

"实践"贯通美学、文艺学的传统学术之路的意义与拓展空间

——以王元骧学术研究为中心

刘俐俐 *

内容提要:本文以王元骧学术活动为中心考察改革开放40年来"实践"贯通美学及文艺学的传统学术之路的总体面貌与特质,他借鉴马克思主义唯物史观为基础的德国古典美学为主的理论资源,批判地承续了我国20世纪60年代实践论美学成果。在美学文艺学观念层面,始终以实践观念为精髓,抓住关键和辐射性问题分散地逐一解决,又以实践论将美学文艺学贯穿一体。完整地呈现了美学文艺学在观念与思维方式方法、说明性与反思性等诸维度互动互联和理论严谨的特质,成就了文艺本体论、审美反映论、人生论美学、拯救人性的美育观等若干重要命题。

关键词:实践;实践论美学;传统学术;兼容;拓展空间

以"实践"贯通美学与文艺学的传统学术之路是我国改革开放语境的约定俗成表述。"传统"仅指学术研究的逻辑与风格。人文科学成就及其价值为累积型,对待传统和新兴理论均应辩证看待学术链条的作用和意义。其兼容性、拓展性和发展性尤其应予以重视。通过阅读学习梳理王元骧教授全部著述,最外延性地概括出他以"实践"贯通美学与文艺学的传统学术理路,若干重要观念和思想成果为其内涵,考察兼容性、拓展性和发展性,以彰显其意义和价值。

王元骧教授学术活动领域为哲学美学和文艺学,并以哲学美学为根基。他具有自觉的哲学美学与经验美学的区分意识。美学"从哲学的角度对于

---

* 刘俐俐:南开大学文学院教授。

美的问题所做的哲学思考","它可以帮助我们从根本上规定美和审美活动的性质,为我们研究和探讨实际的美学问题包括艺术问题提供了一个理论前提"。① 文艺学是研究文学的学问,通常所说的"文艺学",一般认为也是由文艺理论、文艺批评和文艺史三部分组成。② 他的文艺学研究,主要是文学观念为核心以及宏观阐述文学发生发展及其活动,属基础性、原理性的文学理论,并未具体研究文学活动、作家创作、作品构成以及接受批评等问题。他以"实践"为基本概念予以观念性阐述,交叉和融通性地处理和贯穿美学、文艺学两个一级学科及其重要理论问题。演化为"实践"观念在这些学科和一系列问题中的具体"实践"思想:观念贯穿始终。王元骧学术活动最大特点和成就即由此而来。

一、"实践"为基础性、关键性概念贯穿美学及其延伸领域

(一)抓住和反思"实践"概念为学术活动基础

学界已有共识:20 世纪 60 年代美学大讨论最重要成果是"实践论美学"。③ 王元骧基本认可"实践论美学"及其成果:"由于它比其他学派更接近真理,因而也很快在我国美学界流传开来而成为我国的主流美学。它的价值就在于为我们的美学研究找到了一个科学的理论依据和思想原则。"实践论美学"按历史唯物主义实践观,特别是马克思的《1844 年哲学经济学手稿》的思想,通过改造关系论美学创立"。思想精髓是依托"社会存在本体论,把实践视作人与现实的审美关系,包括审美客体与审美主体形成的现实根源来看待"。致思方式为对人与现实的审美关系形成和发展缘由的一种追问。特别肯定实践论美学"把美看作是在人类生产活动中因'自然的人化'而产生的审美价值的载体"的观点。④ 他认可"美"有载体,以之为基础追求美学的形而上本质,提出了不可简单地将实践论美学看作客观论美学

---

① 王元骧:《"文艺美学"之我见》,《河南师范大学学报》2001 年第 4 期。
② 王元骧:《对于文学理论性质和功能的思考》,《文学评论》2012 年第 3 期。
③ 诸多著作论文就此都有表述,最晚近的可以祁志祥的《中国现当代美学史》(商务印书馆 2018 年版)为代表。
④ 王元骧:《实践论美学的思想精髓和理论价值》,《文艺研究》2016 年第 9 期。

和认识论美学来批判和否定,他也不同意将美学问题归结为审美心理问题。他始终警觉非本质主义美学观念,警觉主观主义和相对主义美学趋势。王先生对李泽厚为代表的"实践论美学"的反思集中在两点:其一,仅限于"美论",尚未将美是在人类生产活动中因"自然的人化"而产生的审美价值的载体这一"美论"思想贯彻到"美感论"中;其二,视美感只不过是"对美的反映和模写"的直观反映论。王先生的实践论美学观念以此反思为基础性借鉴和发展。

(二)创造性理解阐述认识论与实践论的关系,确定美学、文艺学哲学基础

马克思主义的哲学认识论汲取以康德为代表的认识论哲学基础而形成。王元骧怀着透彻理解辩证地抵近马克思主义认识论精髓的愿望,抓住了马克思主义认识论的认识世界更要改变世界的目标性质。辨析了其与旧唯物论的区别并获得如是理解:第一,实践性的认识论。认识随着人类实践而发展。第二,认识不排除情感和意志参与及其作用,以此获得人类追求真善美三者统一的哲学基础。第三,认识是主体情感和意志渗透到认识活动并经过主体认识结构的整合同化后的心灵活动。概言之,此为积极性认识论:克服了机械论和撇开人的情感以及横截面静止性等弊端,乃为主体选择建构性的认识论,由此具有与实践论合乎逻辑性结合的合理性。王先生将其凝练概括为:其一,在人的整个活动过程中,认识与实践互相渗透和规定、互为前提、辩证统一。实践中介着认识,认识也中介着实践;"实践性的真理"作为实践活动的内部环节,其本身即为知、意、情三者的有机统一,由此方能从观念领域转换到行为领域。此乃实践活动的物质与精神的双重性;实践作为感性物质活动具有个体性,又具有缘于社会关系制约的社会性。个人实践与社会实践两者有机统一。① 其二,全面考察并将"实践"定位在"存在论"("社会生活在本质上是实践的")、"认识论"、"价值论"和"历史论"(感性物质活动与社会历史活动相统一)等几个特质的有机统一地位。其三,秉承社会存在本体论精神,将实践视作人与现实的审美关系,包括审美客体与审美主体形成的现实根源。实践形成了物质和精神两方面合一的价

---

① 详见王元骧:《实践论美学的思想精髓和理论价值》,《文艺研究》2016 年第 9 期;《艺术实践本性论纲》,《社会科学战线》1998 年第 3 期;等等。

值世界。精神价值体现着人的情感、意志和愿望。与理性形态并置的感性形态的就是美,感性形态的美包括存在于对象世界中的自然美、社会美和艺术美。

(三)"实践"观念贯通美学、文艺学延展的相关问题及其机制

王先生的研究绝非对某理论流派跟踪性研究;也非建构某一美学或文艺学体系性研究;他跟踪乃至发现我国美学、文艺学发展的重要问题。他或从正面立论,或针对某种理论和现象辨析乃至争鸣和批评。"实践"观念就是这样贯通美学、文艺学并延展出相关问题的。

有怎样的延展机制呢?

王先生认为各学科均有实践观念切入和探究自己问题的合理性,他据此机制延展出若干问题。最主要是文艺本体论问题。"本体论是对存在的终极追问,属于形而上学研究的对象。"①终极追问就是到根本处去追问。他从哲学本体论起步,以"实践"观念为机制而产生了哲学本体论—人学本体论—文艺本体论等的逻辑。由文艺本体论等的逻辑而获得文艺活动论的理论基础。以之为考察研究美学文艺学分支问题的逻辑通道和理论依据。作家、作品和接受活动各个环节的含义由此获得了理论基础,也使文艺活动各环节的分支性研究确定了实践论性质。在哲学本体论层面看,他先行地涵盖和确定了此概念包括知识本体论和道德本体论两大方面,此看法受西方古典哲学尤其康德哲学影响。他说:"研究文艺本体论,……主客体两方面都关涉到人的问题,关涉到人'是什么'和人'应如何'这样两个问题。这不仅表明文艺本体论与人的存在论是不可分割的,从某种意义上是二而一、一而二的问题。"②接着哲学本体论是人学本体论,由人学本体论而抵达文艺本体论。学术理路为:沿着实践观念渗透的认识论原理,进入美学和文艺学,定下美学和文艺学基本观念,并由实践打通两个学科。两学科所涉领域有:文艺美学、文学理论、文学批评理论文学、马克思主义文艺学、审美教育、艺术本体论、文化研究、形式本体论、审美趣味、理论与批评思维方式及其方法等,"实践"观念以其关键性、基础性特质贯通、贯穿诸问题和思考之始终。"关键性"指理路枢纽位置,以实践解决诸问题可上下左右贯通;"基础性"指

---

① 王元骧:《文艺本体论的现实意义与理论价值》,《浙江大学学报》2007年第5期。
② 王元骧:《文艺本体论的现实意义与理论价值》,《浙江大学学报》2007年第5期。

原理性。重要理论问题为深刻的逻辑关联和互相制约。"贯通性"指各理论问题的解决所获的观念和思想成果，趋向抽象归纳，可归属于哲学美学；趋向艺术活动领域包括文学活动领域推演，可归属于艺术哲学和文艺学。随之可从扩大外延或潜入内涵继续提出相关问题。

二、"实践"观念兼容拓展美学问题的空间及其机制

（一）可从王元骧跟踪、分析和探究"实践论美学"之后的各种美学思潮并论辩而展开"实践"观念和思想说起[①]

他先后分析并争鸣的美学派别有潘知常的"生命美学"；杨春时的"超越美学"。[②] 他将两者名之为"后实践美学"，意为 20 世纪 50－60 年代实践论美学之后的不同于自己的那些美学派别。他赞同"超越"思想和生命活动原则，但认为"生命活动的原则"与"实践活动的原则"绝非对立。认为在实践能动性前提下，可真正从外部和内部实现人对现实关系的全面超越而进入自由，把人的全部心理能力的知、意、情都调动起来投入活动中去。概言之，内在超越和外在超越不可分割地有机地联系在一起，并以外在的超越为基础和前提。核心思想依然为"实践"。王先生参与争鸣的还有以朱立元为代表的"实践存在论美学"，王元骧教授认为"实践存在论美学"的思想核心是"生成论"，认为应予以重视。实践论美学也是一种生成论美学。他与"实践存在论美学"的"生成论"之不同之处，是对"生成"的现实根源理解不同。所谓"生成"之对象，是指"审美关系"。王元骧的理解为："审美关系"首先应该指在人类实践活动中特别是生产劳动中，人与世界建立起来的一种客观的、社会的关系。相对于在具体审美活动中形成的个人与审美对象所发生的那种主观的、心理的关系来说，不论在时间上，还是在逻辑上，都是先在的。而

---

① 详见王元骧：《"后实践论美学"综论》（《学术月刊》2011 年第 9 期）、《再谈"实践存在论美学"》（《中山大学学报》2013 年第 3 期）等论文中。

② 详见潘知常《生命美学》（河南人民出版社 1991 年版）、《生命美学论稿》（郑州大学出版社 2002 年版）；杨春时《超越实践美学建立超越美学》（《社会科学战线》1994 年第 1 期）、《走向后实践美学》（安徽教育出版社 2008 年版）等。人们一般称之为"后实践论美学"。

且前者应是后者的前提条件。① 王先生参与争鸣的第四个派别是以邓晓芒、易中天为代表的"新实践论美学"。王元骧认为此派理论主要问题在于，以"心"规定实践主体，并以能否直接"迈向具体生动的审美经验"要求"实践论美学"，实际上把实践理解为个体的生存活动和心理活动，已非马克思主义实践论的本意。这派美学一方面否认审美对象的客观属性，把审美判断和认识判断绝对对立起来。另一方面把"美感"视为"一切审美评价和审美判断的最终标准"，认为"它没有真正客观标准的依据，而只能是主观的、相对的"。这是以主观来解释审美的普遍有效性，实质是没有评判的客观标准了。② 可见其辨析、借鉴和反思，进一步凝练、彰显、印证了来自"实践"观念的学术力量。

（二）从思维方式和方法论看"实践"观念贯通和兼容以及拓展其他美学学派的可能性

王元骧美学和文艺学一般采取自上而下的、思辨的、演绎的思维方式。王元骧的实践论即以此为主，此开放的方式具有每两个环节之间具有过渡性的关联。那么，其他美学学派可否在王先生传统实践性观念逻辑中具有各自合理性呢？我以为朱立元教授的"美不是现成的，而是生成的"观点与王元骧实践观念在外延调整前提下具有相互兼容，而且，朱立元教授另外一个思想可为兼容和拓展空间提供依据，即朱立元在《我为何走向实践存在论美学》③提出的："实践论美学"把实践直接作为美学的基础，跳过许多中介环节，直接推论到美学基本问题；审美强调超越性，而实践没有超越性；审美强调个体性，而实践往往是群体的、集体的、社会的活动；审美强调感性，而实践强调理性，带有目的性等。朱立元认为，来自"生命美学"、"生存美学"方面对实践论美学的这些批评不无道理，显然，朱立元对此也认同。朱立元教授指出的实践论美学"跳过许多中介环节"的思想有启发性和合理性。其实，王先生的美学和文艺学研究思维的层次性反思性，学理上也是支持朱立元教授的美学研究需要中介环节的想法的。其他如超越性、生命活动的原则，在实践理路中是否也可在中介环节让它们具有合理性，使之可以被兼

---

① 详见王元骧：《再谈"实践存在论美学"》，《中山大学学报》2013 年第 3 期。
② 详见王元骧：《"后实践论美学"综论》，《学术月刊》2011 年第 9 期。
③ 详见朱立元：《我为何走向实践存在论美学》，《文艺争鸣》2008 年第 11 期。

容?"兼容"含义可有两个理解,一个是以王元骧代表的新时期的"实践"概念的美学思想兼容其他所谓"后实践美学"以及朱立元的"实践存在论美学",即以实践为贯穿点的思路兼容其他,另一个是其他美学充分汲取"实践"观念对自己的"生命""超越"等外延性思维,使自己的美学思想更合理。"拓展"的含义也有两方面:领域拓展和问题拓展。领域拓展指汲取实践观念的同时,发现借助此逻辑形成的研究新领域,问题拓展指提出有价值的新问题。两者在层级性思维逻辑中都具合理性和可能性。杨春时、潘知常、易中天、邓晓芒以及朱立元等学者的成果也都显示了如上的可能性。由此在我看来,王元骧"实践"观念与思想价值,恰恰在于笔者说的如上理论兼容和学术空间拓展。

三、以"实践"观念为枢纽沟通贯穿于文艺学及其延展领域

(一)以"实践"观念确立"审美反映论"和"审美意识形态"思想

"审美反映论"是新中国文学理论的基本观点并持续到改革开放之初。1964 年出版的以群的《文学的基本原理》提出"文学属于由经济基础决定的上层建筑,是一种反映现实生活的社会意识形态"。蔡仪的《文学概论》提出"文学是反映社会生活的特殊的意识形态"。十四个院校编写的《文学理论基础》提出"用形象反映生活是文学的根本特征"。[①] 新时期以来学术界摈弃了审美反映论。如何正确认识文学反映论?王元骧认为,反映论涉及人与现实的审美关系,从关系角度切入美的客体与主体,是文学活动各环节都摆脱不开的由美学观念贯穿到文学理论的根本问题。他以"实践"为立论依据予以反思,提出"立足反映论,超越反映论"的观念。[②]

首先涉及"超越"。何为"超越"?他发现学术界特别是苏联美学文艺学界理解的"反映论"有诸多片面和漏洞,他将"实践"作为"超越反映论"的关

---

① 详见三部教材目录,分别为:上海文艺出版社 1964 年版;人民文学出版社 1979 年版;上海文艺出版社 1981 年版。

② 王元骧:《立足反映论,超越反映论——谈我对苏联文艺学模式的认识历程》,《杭州师范学院学报》1996 年第 5 期。

键点:"马克思主义创始人把实践的观点引入反映论,在理论上把认识世界与改造世界统一起来,而发展成为能动的反映论。"质言之,以"实践"为精髓可以给文学活动的审美反映论以理论根据。于是,文学理论可沿着"实践"含义展开。

审美反映论必定涉及审美意识形态问题。"审美意识形态"是新时期跨越美学、文艺学的重要问题。王元骧的"实践"观念自然切入了审美反映论与文学意识形态本质关系的思考。

审美意识形态,主要是由钱中文、童庆炳教授提出的。王元骧先生也在此建设脉络。1984年,钱中文在《文艺理论的发展和方法更新的迫切性》一文提出文学是"一种审美意识形态"。1986年在《最具体的和最主观的是最丰富的》一文重申:"文学是一种审美的意识形态,其重要的特性就在于它的审美性和意识形态性。"1987年以《文学是审美意识形态》为题发表论文,再次正面切入这个问题。[1] "在钱中文提出这个观点的同时,童庆炳也做出了主题相近而思考独特的论述。"[2]童庆炳指出"文学是一门审美意识形态","审美是文学的特质",[3]因此,童庆炳特别着力地探究了文学审美特征理论。王元骧教授"不仅是审美意识形态的信奉者和播扬者",而且也是"审美意识形态"的提出者。他在《文学原理》(浙江教育出版社)中明确提出文学是一种审美意识形态。[4] 他对于审美意识形态分别从意识形态和审美两个方面分析论证的看法为,应在特殊性的层面上以"审美的"来规定文学艺术"意识形态"特性,即批判地吸取康德的审美目的论,亦即以人为目的的思想,把美以及美的文学艺术从根本上看作是通过陶冶人的情操、开拓人的胸襟、提升人的境界,达到人们培育社会主义的人生观、价值观、道德观和审美观主义根本目的的有效途径。[5] 对于审美反映论与文学的审美意识形态特性两者的关系,则提出:"这两个概念我认为是互相联系的:'审美反映'是就文学与现实的关系而言,而'审美意识形态'则就审美反映的成果而言,它以审美反映为基础和前提。所以要论述文学作为审美意识形态的性质,首先

---

① 钱中文:《文艺理论的发展和方法更新的迫切性》,《文学评论》1984年第6期;《最具体的和最主观的是最丰富的》,《文艺理论研究》1986年第4期;《文学是审美意识形态》,《文艺研究》1987年第6期。

② 祁志祥:《中国现当代美学史》(下),商务印书馆2018年版,第487页。

③ 童庆炳主编:《文学理论导引》,高等教育出版社1988年版,第78页。

④ 详见王元骧:《我对"审美意识形态"的理解》,《文艺研究》2006年第4期。

⑤ 详见王元骧:《我对"审美意识形态"的理解》,《文艺研究》2006年第4期。

我们就要厘定什么是审美反映。"①笔者以为,就两者关系的如此理解与阐述只有在社会存在本体论的基础上才能实现。

(二)"实践"观念渗透的文学理论产生与发展思想

文学理论性质、发展及效应等都是文艺学的重要问题,并且都关涉文学理论与批评的关系问题,王元骧认为很值得探究。基于"实践"观念基础和理路,提出文学理论产生和发展都来自于实践。从实践特性看来,理论既具说明性又具有反思性:文学理论可用来说明,文学批评理论是文学观念的延展和文学理论分支。批评理论基于复杂文学现象必定具有反思性。批评选择了正确的文学观念,即给文学批评理论的阐述以思想前提,才有了批评的眼光、视界、见识、思维方式,以及思考问题的依据和准则。实践思想其核心。具有说明性,缘于理论是对实践的总结和概括,具有说明的理路和逻辑;有反思性,缘于理论贯穿"实践"思想,即可给现实挑战以对应的思路、方法和警觉,而且可将此现象向自己秉承的文学理论提出问题,促使理论更完满更自洽。说明性为"规定判断",反思性为"反思判断"。可见说明性反思性与"规定判断""反思判断"两对范畴相互比拟的思想,始终贯穿着"实践"之精髓:理论与批评看作互动的实践活动。这恰是理论的实践性之体现,也就是王元骧教授不断提示和论证"对于文学观念尚需进一步的拓展和完善"②的学理根据。

(三)"实践"思想贯穿于文艺学的延展性思考

王先生多次提出以"实践"为精髓的审美反映论观念,距离达到完善境地还有距离。换句话说,沿着审美反映论的实践性逻辑,尚有更完满的拓展空间。他的诸多论文涉及了一些这样的问题或者说空间。大致可列如下:审美反映过程中的"形式建构"和"艺术传达",③关键词是"形式建构"和"艺术传达"。与此说法相应,另篇论文说:目前"对审美反映论的解释不足以充分体现实践的精神。……所以从实践的观点来看审美反映,传达和物化的

①　王元骧:《当前文学理论研究中的三个问题》,《文学评论》2008年第1期。
②　王元骧:《当今文学理论研究中的三个问题》,《文学评论》2008年第1期。
③　详见王元骧:《当今文学理论研究中的三个问题》,《文学评论》2008年第1期。

工作无疑应该是其中不可缺少的一个重要环节"。① 在我理解,"物化"和"传达"不是一回事。"物化"与"形式建构"是一个意思,王先生在他处也叫过"创制学"。"传达"与"艺术传达"是一个意思。笔者均以"形式建构"和"艺术传达"的表述来讨论。

关于"艺术传达",在我看来,此概念固然需要"形式建构",但更主要的应是文学活动逻辑链的问题。"传达"既是理论问题更是实践问题。随着现代科技特别是多媒体以及多媒体终端接收的发展,必定影响传达的多样性,此多样性与"形式建构"和接受都有关系。"艺术传达"问题由此成为跨学科问题而值得学界关注和思考。

关于"形式建构",具体到文学,即以语言为媒介如何构成可让人审美的文学作品。形式乃为历史积淀而成,建构指现在时的艺术家(作家)依据形式积淀和经验之所为:历史与现实交织中最具个性化的"实践"之所为。此实践活动落实到理论家那里,则需要对之理论总结提升。概括为动态与静态相结合的"形式建构"理论。顺着"实践"精髓赋予的动态静态结合以及主体客体结合的思维方式,可延展到诸如叙事学、文本学等更下一级学科领域。"形式建构"涉及"文艺本体论"问题,现在展开前面提到过的这个问题,我的看法是:同样一个"文艺本体论"概念,不同文学观念中其含义有很大区别。从笔者梳理的王元骧以实践引入美学、文艺学的理路即哲学本体论—人学本体论—文艺本体论等逻辑,可清晰显示王元骧教授的"文艺本体论"是以马克思主义哲学本体论为逻辑起点,经由人学本体论再到文艺本体论。贯穿始终的是主体与客体互动性实践精神活动。如此抵达的"文艺本体论"则是具体的文学(文艺)作品本体论的逻辑起点。概而言之,他的"文艺本体论"是实践逻辑链式的文艺本体论,属于文学观念性质的基本理论。他曾经说过:"文学就是人类在对意义世界的探询过程中产生的,它通过想象和幻想把人们所追求和向往的理想人生化为一个美的幻象,从而使之与现实人生形成一种必要的张力,使人在苦难中不失对未来的信心而奋发有为,在幸福中不忘人生的忧患而免于沉沦。这就可以达到诗化人生的目的,使人生因为有了理想而发出光彩、变得美丽。这就是文学的本真的意义之所在,表明文学作品所反映的'应是的人生'并非只是由于作家的创作活动、作家的

---

① 王元骧:《反映论文艺观:我的选择和反思》,《中国文学批评》2017 年第 2 期。

审美情感激发下的艺术想象所赋予的；它同时也是人的本真生存状态的显现，是现实生活中所存在于人们心灵中的一个真实的世界。一个文学作品，只有当它真实地显现了人的这种生存的本真状态，它才有可能是美的。这是'文学本体论'研究所给予我们的对于文学性质的回答，并因此为我们的文学价值论研究提供了一个客观真理性的标准。"①这么长的引述是想表示：王先生的"文艺本体论"是从哲学出发的以"人学本体论"为基础的关于文学性质和作用的理论，为演绎的、思辨的、自上而下的、纵向的艺术本体论概念，由"蜘蛛织网"式思维方式编织而成，此概念可以分解为一个概念群下的若干概念。同时，恰恰是"蜘蛛织网"式的思维方式，才可能逐步拓展新的学术空间。换角度看，此"文艺本体论"并未涉及文学"如何"的具体问题，缘此具体问题具有了可分类形成各自领域的合理性。这就要涉及王元骧先生和弟子苏宏斌教授《关于"形式本体"问题的通信》了。我很赞赏敬佩苏宏斌教授"爱吾师更爱真理"的高境界和品格，更尊敬王元骧教授认真严谨善待弟子。编者赞赏说："我们认为，发表这些通信，对于推进有关形式问题的研究、加深对现代艺术的理解，都是不无裨益的。同时，针对当前学术界普遍存在的那种抱团混战、党同伐异的不良现象，我们十分倡导这种以探求真理为目标的、同志式和商讨式的健康学风。"②回到问题本身，我以为，苏宏斌教授认为形式可以成为本体。这是随着西方现代艺术发展而来的理论必然。我赞同苏宏斌的某些观点。师生分歧的主要点，固然在艺术的功能、欣赏趣味和艺术风格等方面，但更是文艺本体论相关的分歧：我以为，苏宏斌的"艺术本体论"为横截面的狭义本体论，学术目标为搞清楚艺术特别是抽象艺术等西方现代艺术"如何"以及此"如何"的原因和功用。在艺术发展规律等方面对于王先生的哲学本体论起步的文艺本体论有所质疑和讨论。我进一步意识到，我自己多年来也秉承着苏宏斌教授这样的"形式本体"思想和批评方法。我称之为《关于文学"如何"的文学理论》③，我确实曾经深受英美新批评文学内部研究思想和形式本体思想影响，现在置于王元骧先生的文艺本体论逻辑链看，我直觉地悟到可以被兼容和涵纳，当然尚未得到理论论证。基本道理大概在于，王先生纵向的、演绎的、自上而下、思辨的思维

---

① 王元骧：《当今文学理路研究中的三个问题》，《文学评论》2008 年第 1 期。

② 王元骧：《关于"形式本体"问题的通信》，《学术研究》2011 年第 6 期。

③ 刘俐俐：《关于文学"如何"的文学理论》，《文学评论》2008 年第 4 期。

方式为基础的文艺本体论,逻辑上具有涵纳横截面的艺术本体论的合理性和空间。苏宏斌在论文中也说过:"一场持续了一个世纪之久(包括您所说的半抽象艺术)、至今仍未结束的艺术运动,其背后怎么可能不包含艺术发展的内在规律? 又怎么可能没有深刻的社会和历史原因?"最后这句"深刻的社会和历史原因"已然印证我如上看法。同时,也需我们时刻意识到:同为"文艺本体论"的概念内涵和外延很是不同。

四、以"实践"观念为精髓的文艺学研究思维方式和方法论开启文艺学研究空间的价值

实践观念渗透美学、文艺学而形成以实践为精髓的研究思维方式和方法,此乃王元骧重要学术成就之一部分。王元骧文艺学研究思维和方法探究,绝非归纳地自下而上式的,而是在西方哲学和文化思想背景下,参考中国古代哲思和文化成果,特别是经学理论证而得,具有严密的理论性和逻辑力量,让人信服的同时,也具有指出具体研究领域逻辑的特质。这个特点集中呈现于《文艺理论的创新与思维方式的变革》《当今文学理论研究中的三个问题》等论文中。

(一)关于思维方式

王先生特别强调时间性思维方式:时间性思维方式把过去、现在和未来看作一个整体,把现在看作是过去通向未来的中途点。在此思维中,文艺学研究既应对现状有深入分析,又要以历史为参照,以未来为目标,从而赋予理论以反思和批评精神。这个思维方式关涉几个关键词及其关键性思想。第一个是"历史的高度"与"阐释有效性的标准",意为不能以追随现状、迎合现状作为看待阐释有效性的标准,而应站在历史高度,以反思和前瞻眼光对现状分析和评判,要思维方式变革与回答现实问题相结合。第二个是"目的论的高度"与"人的本体建构"。目的论高度,意为不能站在现实高度,而应知道文艺理论研究的最终目的、目标。确切地说,就是文学性质与终极性功能是什么。他认为,文学是人学,意味文艺对完成人的本体建构担负着应有的精神承担,这是文学的性质,也就是"目的论的高度"。"人的本体建构",

认可柏拉图把人的心理结构分为知(认识、知识)、意(意志、能力)、情三方面的思想,但认为"情感作为一个兴趣、爱好、意向、愿望的总和,它不仅直接导致人的行为的发生,而且还支配着人们对自己行为目标的选择,决定他的行为在社会上所产生的正负效应,知识和能力也只有经过情感的整合才可能成为整体人格的有机部分"。质言之,"人的本体建构",就是以具有高尚的心灵、充实而自由的精神、优雅的审美感受、健全的人格等综合的人性为目标的建构,也就是马克思所说的人的全面发展。① 在我看来,王元骧先生倡导的这种思维方式,与他基于"文学是人学"生发的人与现实在社会历史中的物质实践与精神实践有机统一所形成的"审美反映论"美学观念,是"体"与"用"相互吻合。质言之,如此美学观念来自如此思维方式,如此思维方式方可产生如是美学观念。

(二)关于研究方法

王元骧的理论逻辑是审美反映论观念内涵本身为综合的,"研究方法也应该在唯物辩证思想的指导下,在分析的基础上走向综合,走分析与综合相结合的道路",即将认识论、价值论、本体论三者研究相结合,此乃宏观方面而言。"在看待文学实体方面的同时兼顾静态的研究和动态的研究,走静态的、层次论研究和动态的、活动论研究的综合的道路",此乃微观方面而言。关于静态和层次,他提出把事物的本质分为普遍性、特殊性和个别性三个层面来考察,对应文学理论则是文学是一种社会意识形态(普遍性);文学不同于一般意识形态而是审美意识形态(特殊性);文学不同于其他艺术样式,而是以语言为媒介的艺术(个别性)。三个层次互相渗透、互相规定构成文学所以是文学的具体本质。关于动态的、活动论,则把文学创作、文学作品、文学阅读三者视为一个整体和活动过程。静态层次和动态活动论的两个大方面很好结合,是理论创新的微观方面的研究方法。② 从这些方法的介绍,可以贯通地看到审美反映论、文学活动论、文学价值论等观念和思想的逻辑地图。顺着这些观念和思想,最终都追溯到"实践"观念及其思想。概而言之,宏观与微观两方面的方法,形成综合性,内部以文学反映观为基础、以实践为核心,综合了认识论、价值论、本体论的一套方法论原理。

---

① 详见王元骧:《文艺理论的创新与思维方式的变革》,《文学评论》2009 年第 5 期。
② 详见王元骧:《当今文学理论研究中的三个问题》,《文学评论》2008 年第 1 期。

（三）以"实践"为精髓的思维方式和方法切入的文艺美学思考

先说文艺美学。

关于这个概念，《"文艺美学"之我见》表述为："文艺美学是美学的一个分支和子系统，而不是一般的的艺术理论。"以笔者孤陋的看法认为，除了《"文艺美学"之我见》一文之外，我几乎未见到王先生过多用"文艺美学"概念的论文。为什么？王元骧既然认定"文艺美学是美学的一个分支和子系统"，自然在方法论上强调需要有"蜜蜂采蜜"式方法的同时，强调"当我们的思维在克服传统美学研究中的纯思辨的推演的方法而转向对艺术实践的总结的时候，就不能完全排除和抛弃'文艺美学'作为美学的一个分支和子系统应该具有的反思的特性，惟其这样，我才能使'文艺美学'保持美学应必具的哲学韵味，而不至于完全等同于艺术理论"。①

这段话有几个地方值得我们深思。其一，文艺美学不等同也不应等同艺术理论。其二，虽然文艺美学也需要有"蜜蜂采蜜"式的自下而上的、归纳的、经验的方法，但恰恰因为哲学为其主要基因才具有反思性。落脚在反思性来看，王先生的《对于文学理论的性质和功能的思考》曾提出，"自古至今，文学研究的模式大致可以分为规范型、描述型和反思型三种。其中反思型是文学理论研究最为成熟的一种形态。反思所直接面对的不是经验事实，而是现实发展过程中出现的问题。所以按反思型研究的精神，文学理论研究的操作规程从逻辑上来说就是发现问题、提出问题、分析问题，并通过对问题的正确回答来寻求和确立既反映客观规律又合乎时代要求的文学观念，以推动文学实践和理论自身的发展"。进而认为，作为研究文艺的学问，即通常所说的"文艺学"，一般认为也是由文艺理论、文艺批评和文艺史三部分组成的。据此，可以把描述型研究归之于文艺批评，反思型研究归之于文艺理论，而文艺史的方法则是描述型与反思型两者的有机结合。② 笔者认为，王元骧始终是跟着美学和文艺理论问题并主要采取反思型研究方法，现在，倡导文艺美学应具有反思性足以见出他认定"文艺美学"应突出其理论性质。所有论述中不用"文艺美学"字眼的原因也就明了了：不自指。但是，如何解释文艺美学"蜜蜂采蜜"方式和此方式的对象呢？王元骧并未给出具

---

① 王元骧：《"文艺美学"之我见》，《河南师范大学学报》2001年第4期。
② 王元骧：《对于文学理论性质和功能的思考》，《文学评论》2012年第3期。

体说法。

现在回到"蜘蛛织网"与"蜜蜂采蜜"各自概念以及两种方法的关系。

在我看来，提出该问题的价值，既属于方法论更属于实体性理论问题：哪些领域的问题以"蜜蜂采蜜"方式和"蜘蛛织网"方式的领域结合？即由方法问题引申出实体性问题。现在分说王先生论及文艺美学的"蜘蛛织网"与"蜜蜂采蜜"两个概念。"蜘蛛织网"式指演绎的、思辨的、自上而下的思维方式方法。"蜜蜂采蜜"式指归纳的、经验、自下而上的思维方式方法。两者各有适宜学科领域又并不必然分割，某些领域内更宜结合，文艺美学即是两者适宜结合领域。此两个概念之外，王元骧还提出层级概念，层级概念属性为方法论，渗透在诸多问题中，如"审美意识形态"概念就是通过层级分解获得很好阐释。各学科相互之间也具层级性，层级性与"蜘蛛织网"与"蜜蜂采蜜"双向辩证关系结合，成为观察学术研究学科和领域分布的一种眼光。固然，研究领域和问题需要某种与之相适应的眼光，反过来说，眼光也可成为发现值得研究领域和问题的资本或立足点。立足此看法就可问：文艺美学适宜用"蜘蛛织网"与"蜜蜂采蜜"结合的方法，那么，艺术哲学是否适宜？还有哪些领域适宜？如果得知这些领域或问题适宜，那么，这些领域或问题所属层次如何？或者问，"蜜蜂采蜜"式方法采来的经验，概括提升与抽象到哪个层次？知道了层次即知道了领域。这就是笔者意识到的思维方式方法所具的拓展学术空间的机制。

(四)以"实践"为精髓对本人研究领域学术定位的启发

如上分析共同呈现了王元骧先生的一幅清晰明确、可以启发各分支领域位置的学术地图。相关学者沿此可展开思考。

以笔者研究领域"文艺评论价值体系"来看。价值体系，指适合当代中国经济发展和文化现状以及文学创作，以文学批评为主并可给予借鉴参照的价值体系。借鉴参照审美反映论之外，就位置所获启示为，属于文艺学之下带有美学特质的"价值批评美学"。"价值批评美学"概念乃尝试性提出。按王元骧的观念，审美反映论的哲学属性为认识论，价值与评价应该相互区分。价值只有被判断和评价才可彰显。"文学是人学"，以人为根本必定关涉价值，文学认识论研究要进入价值论研究。价值论研究包括价值和评价两方面。两方面均置于价值体系之下。价值乃合成之物。如何合成？王元骧和朱立元两位教授就"生成"远因和近因的辩证讨论成果可资借鉴。可分别从社会需求系统和文学作品的艺术本体特质两大方面考察。评价方面则要以哲学美学基本观念为依据,以符合需求和艺术本质特性特点等为立足点建设。这样看,"价值批评美学"既有上线亦有下线。上线指来自实践精髓的美学观念,下线指来自批评实践经验提供反思性判断材料,需要文体学、作品论等方面知识以支撑和反思。质言之,"实践"精神具有层级性,具体化地贯穿如上思考的机制。"价值批评美学"具有理论的说明性和反思性。

五、以"实践"观念为精髓的美育问题以及兼容拓展意义

美育概念的外延设置在哪里非常值得研究,但不是本文要探究的问题。美育是美学分支,属于王元骧教授关注研究领域的哲学美学范围。

(一)美育理念的逻辑起点和理路

哲学美学研究决定了王先生美育研究立足在美育概念和观念目标层面。他的美育论文主要有:《关于推进"人生论美学"研究的思考》、《美育并非只是"美"的教育》、《拯救人性:审美教育的当代意义》、《梁启超"趣味"说的理论构架和现实意义》、《"需要"和"欲望":正确理解"审美无利害性"必须分清的两个概念》等。①

根据哲学本体论—人学本体论—文艺本体论等的逻辑,可向下分叉地推演为:人学本体论—人生论美学—美育……即以人为中心确定美育观念。

(二)立足人学本体论的审美需要合理性与合法性

沿着人学本体论向美育合理性方面展开思路,有两方面的重要工作。

其一,以人为目的,确认人的需要的合理性。区分了人的需求及其分类,他认为,由层次性原理,人的需求可分为物质需求和精神需求,两者均为人需要的自然体现而具人学合理性。从人学和伦理学看,"需要是人的活动

---

① 依序分别发表于《学术月刊》2017 年第 11 期;《学术月刊》2006 年第 3 期;《文艺研究》2012 年第 3 期;《文艺争鸣》2008 年第 3 期;《杭州师范大学学报》2014 年第 6 期。

的内在动机，是人的活动的积极性的源泉"。"相对于精神需要来说，物质的
需要是第一性的"，但不能仅仅从物质需要考虑问题。"精神相对于物质而
言，指的是人的心理活动和意识活动，这是人类进入社会以来不断社会化的
积极成果，是人不同于动物的根本特征，它体现在人的认识活动、意志活动
和情感活动之中"。此三种活动印证了人的精神需要的必然性与合理性。
人的审美活动即归属情感活动范围，是人的正常需要。"审美作为一种确保
人格独立和人格完善的精神享受对于每个人的生存来说，都是不可或缺的，
它是人的一种'精神食粮'"。① 审美需要具有合理性，欲望则为挣脱了实践
理性的个人受欲望支配而不自由状况。在需要区分意义上应否定欲望。

　　其二，美育之"育"，作为动词具有功利性，是否与"审美无利害性"矛盾
呢？王元骧梳理辨析和重申了康德"审美无利害性"的正确含义。首先，通
过康德将"无利害关系的自由愉快"作为"审美判断力"的"质"的契机，和与
之并存的"量"、"关系"、"情状"三个契机联系作为一个整体看，其目的就是
为了使"实践理性"排除内部和外部的强制而使人的道德行为进入自由境
界，即通过不否认"意志"让审美判断成为沟通"现象世界"与"本体世界"的
人的心灵活动起作用。审美活动内涵与蕴含个人因素的社会整体意志由此
相互联系起来，社会大视野看待审美性质与功效具有了合理性，也可以说让
意志具有了合理性。王元骧认为，康德思想显示出"因为意志作为人的追求
一定目的的活动，它的合理与否不在于意志本身，而在于它要达到的目的"。
因此，辨析怎样的意志，也给审美教育依托于怎样平台和社会环境的考察预
留了合理性。其次，借鉴康德思想资源，王先生就此矛盾在美育问题之外其
他论文已做过辨析并具有了理论基础。他提出，不能片面理解康德的"审美
无利害性"命题。康德把审美判断的特征从"质"的契机上界定为"无利害关
系的自由愉快"，用意在借助审美来抵制人的思想行为受"欲望"支配，从而
使人具有自由意志和独立人格，表明审美乃是"作为一个人的人"所不可缺
少的一种精神需求。② 概言之，"康德的所谓审美的无利害感，主要是将美

---

① 王元骧：《"需要"和"欲望"：正确理解"审美无利害性"必须分清的两个概念》，《杭州师范大学学
报》2014年第6期。

② 王元骧：《"需要"和"欲望"：正确理解"审美无利害性"必须分清的两个概念》，《杭州师范大学学
报》2014年第6期。

感与实际的欲望,审美关系与实际利害关系区别开来"。① 第三,"审美无利害性"命题沉潜着二律背反原则:审美愉快与善的愉悦之间的二律背反。康德既将无利害感作为美与道德之间区别的重要标志;又在先验辩证论中设专节讨论"美作为道德的象征"。美不同于道德,同是又是道德的象征,这就构成了二律背反。② 二律背反原则让审美教育获得了保持审美无利害性与客观教育功能的合理性。

(三)美育:美育定性与审美功能定位

美育之"育"的功能与审美效应乃为一体两面。王元骧是在动态静态结合、感性理性结合、个人与社会结合、横截面与历时面结合的思路看待文艺活动,美学观文艺观得以展现和实施于社会大视野中。这是在最高层面对美育功能的认定。最高层面与美育诸多功能互相依托。

审美教育定性在情感教育:"审美教育属于情感教育,它不仅在学校教育中,而且在国民教育中都有着十分重要的地位。"这与康德的《判断力批判》置于《纯粹理性批判》《实践理性批判》之间的中介地位相一致。美育的正确理解:美育并非只是"美"的教育。"审美教育的内容不等于艺术教育,它包括从现实生活中所获得的一切具有审美价值的情感体验在内。凡是立足于感性对象和个人趣味,又能实现对个人欲望的超越,使人到达感性与理性、个人性与社会性的统一而进入生存的自由境界的内容,都属于什么教育所要培养的情感。它是由美(优美)和崇高感两方面所构成的。所以,要造就健全的人格,除了美的教育外,还需要崇高的教育,只有同时兼顾这两者,我们对美育的理解才是完整的。"③

关于审美教育的功能,当下学界对美育功能探究非常活跃、丰富。学界不少学者认为"美育"是美学走向实践的最重要手段。如朱立元教授就提出,美育是美学走向生活实践的重要一环,更有"生活美学"概念并得到诸多响应与参与。朱立元说"生活美学"可以看作是美学发展的必然命运。还有学者提出"以改善美育提升美好生活"等观点,④批评了美育理念的几个误

① 朱志荣:《康德美学思想研究》,上海人民出版社 2016 年版,第 100 页。
② 详见朱志荣:《康德美学思想研究》,上海人民出版社 2016 年版,第 104 页。
③ 王元骧:《美育并非只是"美"的教育》,《学术月刊》2006 年第 3 期。
④ 刘悦笛:《以改善美育提升美好生活》,《人民日报》2018 年 4 月 27 日。

区,包括美育矮化为技巧教育;美育窄化为艺术教育;美育仅限于学校教育;等等。此批评和区分与王元骧教授对美育的定位吻合。但在功能方面,生活美学与王先生注重的功能有些区别:王元骧教授更注重维护和提升人性中所固有的同情心和敬畏感。这来自重温康德关于优美和崇高感两种美的形态的区分,以及由两种美的客体而引发的两种美的形态对于审美主体要求难度的区分。确切地说,王元骧由崇高感延伸他就美育主要功能的看法:美育主要功能是培育人的"爱"与"敬畏"的情感,以维护和提升人性中所固有的同情心和敬畏感。①

(四)人格培养与社会整体意志

王先生将美育主要功能定位在培育人的"爱"与"敬畏"的情感,以维护和提升人性中所固有的同情心和敬畏感,审美教育的当代意义就在于"拯救人性"。人性怎么了? 他从人类社会历时性发展,确认和强调"科学的进步、经济发展不仅不能造福人类,反而导致道德的堕落、风气的败坏,甚至给社会带来灾难"。因人性丧失而需要拯救人性,这是以大视野历时性思维方式来看审美教育。美育对于整全人格培养的重大意义在此视野中得到确认。具体地说,"人只有在情感生活中才能意识到个人的存在";"人只有通过情感生活才能超越个人存在";"情感生活激发人的自我意识和生存自觉,使人具有自由意志和道德人格,而在自己身上实现个人性与社会性的统一。我们把这样的人称为'社会性的个人',表明这种统一不像以往人们所理解的那样,是个人性消融在社会性之中,以社会性吞噬个人性,使个人成为群体力量的工具,而恰恰是立足于个人,将社会性融入个人性之中,突出和提升个人性在活动中的地位和作用"。② 如此表述显示了美育特质可在社会机制实现,并不消弭个人性且可让个人性意志在社会性中获得自由挥发。

(五)兼容与拓展

运用如前所述的王先生关于美学文艺学思维方式方法,可见出如上基本美育观念具有兼容和拓展空间。美育作为情感教育不同于学校教育、美术或者舞蹈、唱歌等艺术技巧教育。王元骧认为,两者的根本区别在于:美

---

① 详见王元骧:《拯救人性:审美教育的当代意义》,《文艺研究》2012 年第 3 期。
② 王元骧:《拯救人性:审美教育的当代意义》,《文艺研究》2012 年第 3 期。

育教人做人；后者是教人做事，是知识和技能的传授。① 但是后者与前者并不对立相悖。属于不同层次关系，后者是否有理由纳入或者归属于情感教育性质的美育之下的一个层次？现在，随着艺术学一级学科的设置，如何准确处理艺术技艺类教育必定与美育理念息息相关。

美育有诸多问题值得深入研究并拓展。最重要问题之一是为什么王先生在强调优美与崇高感的同时，特别指出"但若把美育局限于爱的教育，则很可能导致人格的柔性化。所以为了避免这种倾向，我们还需要有刚性的教育。这就凸显了崇高在美育中的重要地位。崇高感的特点就是'敬'"。② 笔者的问题是："优美与崇高具有一致性，那就是两者都是自身令人愉快的，即以合乎反省判断为前提条件。"但是，康德从客体和主体的角度区分两者。以自然美为例，自然美原本具有整体性，自然的优美在形式里带着合目的性，对象的形式先验地符合主体的判断力，对象自身就构成了愉快的对象。崇高则不同，引发崇高感的对象往往没有固定的秩序或规则，所以，对审美主体来说，要求更高。由此，康德继而区分审美主体。仅说崇高感的审美主体，"主体的理性强迫着想象力向极限决战，通过扩张和对心意的威力，肩负着道德上的使命感，这就完全超过了自然对象的感性形态领域"。③ 质言之，崇高感的产生对主体理性力量带来的想象力要求很高。所以，康德把崇高感带来的快感称为"消极的快感"，优美的快感称为"积极的快感"。④ 这样回到审美现实就可发现，"优美"的形态美，无论是大自然还是艺术作品，较为容易得到人们喜欢和接受。但是崇高类型的大自然或艺术作品，尤其崇高型的文学艺术作品，知音少，不受大众喜欢和接受。由此"对于崇高的评判需要主体有相当的文化修养，不同的文化环境熏陶下的人，文化修养程度不同的人，对于崇高的评判是有一定的差异的"。⑤ 此即康德强调人类先天基础的同时强调后天文化差异的原因。如果说美育倡导注重培育人们崇高感，社会文化教育培育人的理性也很重要。这样一个问题就提出来了：在以优美温柔为审美时尚的今天，社会文化教育与美育的崇高感培育之互动

① 详见王元骧：《拯救人性：审美教育的当代意义》，《文艺研究》2012年第3期。
② 王元骧：《拯救人性：审美教育的当代意义》，《文艺研究》2012年第3期。
③ 朱志荣：《康德美学思想研究》，上海人民出版社2016年版，第148页。
④ 朱志荣：《康德美学思想研究》，上海人民出版社2016年版，第145页。
⑤ 朱志荣：《康德美学思想研究》，上海人民出版社2016年版，第158页。

关系如何?

结　论

简要概括王元骧教授学术活动总体面貌和特质如下:借鉴马克思主义唯物史观为基础的德国古典美学为主的理论资源,批判地承续了我国20世纪60年代实践论美学成果。在美学文艺学观念层面始终抓住关键性、核心性、辐射性问题,以实践观念为精髓,既分散性逐一解决又缘于观念而将美学文艺学贯穿一体,呈现出两者在观念、思维方式方法、说明性与反思性等诸维度的互动、互联和理论严密特质,成就了诸如文艺本体论、审美反映论、人生论美学、拯救人性是当代审美教育的重要意义等若干重要命题。从命题和基本观念看,可毋庸置疑地归属于传统学术之路。它的意义不在于是"传统学术之路",而在于这样的学术之路与时俱进,可以有理据地回答一些理论困惑,可以有效地回应现实问题。最为重要的是,此传统学术之路与美学、文艺学以及更深远的人文思潮并不相悖,它具有兼容和沟通其他美学学派及思想和文艺学思想的机制与能力;具有给予属于美学、文艺学分支的处于基本观念层面之下的具体研究领域以学术定位的启示和机制;具有给各重要学术连接点之过渡空间提出重要问题的机制;以实践论为精髓的思维方式和研究方法,具有最大范围的适用性。这提醒学人:学术优劣不以传统与时尚为区分准则,仅以开放、拓展、兼容以及可持续发展为准的。

本文系教育部哲学社会科学研究重大课题攻关项目"文艺评论价值体系的理论建设与实践研究"(项目编号:15JZD039)的阶段性成果。

精微而致远

——王元骧美学思想管窥

马大康*

内容提要：反映论是王元骧美学思想的底色。王元骧不断地对反映论做出新的阐释、开掘和拓展，并从反映论延伸为实践论、人生论美学。他精审地区分、辨析了审美客体与审美对象，为美学理论奠定了坚实的基础。以人为核心，以人的完善为目的，决定着他对审美意识形态、目的论、崇高的解释，并赋予其美学思想以鲜明的理想色彩。

关键词：王元骧；美学思想；反映论；人生论美学；审美意识形态

在新时期美学研究中，王元骧是一位做出重要理论贡献的学者。他从不盲目追随纷纭变幻的理论新潮，而是直面社会现实，抓住美学的核心问题，踏踏实实而又满怀理想地构建自己的美学理论。王元骧又是一位富有学术个性的学者。在平常的学术交流中，他从不张扬，从不高谈阔论，总是谦和地微笑着，静心倾听年轻学者的发言。即便在他的学术论著中，也看不到呼风唤雨、剑拔弩张般的惊人之语，他常常抓住人们因熟悉而不假思索的美学概念和基本范畴，经过精微细致的辨析，以严密的逻辑阐发出崭新的意蕴，进而为整个美学理论体系奠定坚实的基础。王元骧的美学思想有一个发展变化过程，但是，这种发展变化并非跳跃式的，其间不存在断裂，他总是执着于自己的信念，一步一步艰辛探索，坚持不懈地走向高远的审美理想。

---

* 马大康：温州大学人文学院教授。

一、认识论、实践论、人生论

王元骧是秉持反映论开始他的美学思考的，反映论始终贯穿于他的理论研究中，直至他提出"人生论美学"的主张，也仍然坚持反映论的基本观念。在他的美学思想中，反映论是一以贯之的理论底色，他不断地对反映论做出新的阐释、开掘和拓展，并由反映论而延伸为实践论、人生论美学。但是，与一般人所理解的"模仿说"、"镜子说"不同，"反映"在王元骧眼里绝不是对现实的刻板模仿，更不是一对一的照相，而是在认识活动的同时包含着意志活动和情感活动的"审美反映"。审美主体不仅以感性现实为对象，而且将主观情感渗透于知觉表象之中，能动地再造了知觉表象。这其间，审美感知、审美体验、审美创造相互交织，理性与感性、认知与直觉、意识与无意识相互融合，共同创造着审美对象。"在审美反映过程中，反映与创造则是交融一起的，主体所反映的对象也就是他自己所创造的对象。"①因此，王元骧所说的"审美反映"，实质上就是内含着创造性活动的对于客观现实的"评价性反映"。

当审美反映本身同时就是审美创造和评价，当认识活动又包含了意志活动和情感活动，那么，这种审美反映也就必然立足于实践，内含着实践，并且通向实践论。因此，对于王元骧来说，从反映论到实践论并不是思想转换或认识跳跃，而是理论思考的自然延伸，是针对特定时期理论研究的具体语境和具体问题，思考重心的迁移。

王元骧深入辨析了实践论美学的各种观点。他指出，"实践"这个概念可以从本体论、伦理学、创制学等方面做不同理解，而一些学者只是从创制学角度来解释审美实践，把审美实践仅仅视同于物质形式的生产，这就把实践论美学的精髓丢失了。

马克思的"人化自然"说为实践论美学奠定了坚实的理论基础，遗憾的是一些学者仅仅用此来阐释美的本质及历史生成，把理论局限于美论，而没有贯穿到美感论，没有把审美活动纳入人类实践的整体过程中来思考，没有

---

① 　王元骧：《审美反映与艺术创造》，《审美反映与艺术创造》，杭州大学出版社 1992 年版，第 76 页。

认识到审美活动既依赖于实践,而且本身也是一种特殊形式的实践,因此造成不少误释。

正是在人类实践活动中,自然被人化,人则被自然化,人和自然都在实践活动中得到塑造,双方突破了主客二元关系而回归于统一,使人在知识世界之外又形成了价值世界。实践是人与世界建立联系的唯一途径,也是建立审美关系的客观基础。如果说,人类实践给自然打上了精神印记,与自然建立了亲密关联,使自然成为"人化自然"并生成了审美客体,那么,作为审美客体的自然,就已经蕴含着相对于人的需要而存在的精神价值,必须在人的直接参与下并经由"评价"方式才能把握。因此,美感实际上就是人通过想象来重构审美意象并以情感体验的方式对审美客体做出评价,同时,也成为激发和推动实践活动的动力。如此,王元骧就将实践论贯穿于美和美感,贯穿于整个审美活动。"实践论美学从人类生产实践过程所形成的人与现实的审美关系中理解美的本质,把美看作是一种'人化的自然',就表明美作为一种精神价值的载体,不止由人的活动所创造,带有人的活动的印迹,而且它只能是为人而存在,从而从根本上与把美看作只是一种物的自然属性的古典美学区别开来。"①无论是美、美感,王元骧都将其置于实践活动的视野中做出理解和解释,既批评把美与美感相割裂,仅仅从实践角度来解释美而忽略美感问题;又反对那种无视美的客观性,而把美的根源归因于个人心理,归因于"当下生成"。

由于实践只能是人的实践,在王元骧强调实践活动对于审美的首要性的同时,也就强调了人的核心作用,把"人学"置于美学理论的出发点。鉴于实践常常被等同于生产实践而被局限于目的性、功利性活动,也鉴于实践论美学实际存在的种种误释,同时,为了超越实践论美学与存在论美学之间的理论鸿沟,王元骧提出了"人生论美学"这一主张,以此来修正谬见,拓展实践论美学的内涵。生存活动是生命的根本,人的生存活动既涵盖了实践,又以实践为基底。在生存活动中,人是作为整体的人而存在的,社会性与个体性集于一身,感性与理性是统一的,知、意、情是交织交融的,思维与行动是相互影响和协作的,人不断地实践着,体验着,认识着,创造着,评价着,并且实践、体验、认识、创造、评价是相交织、相贯通的,人与世界之间繁复多样的

---

① 王元骧:《实践论美学的思想精髓和理论价值》,《文艺研究》2016 年第 9 期。

关系就在人的生存活动中得以建构，审美关系正孕育于其中。

人类实践本身就具有极其复杂的特性，"按'社会历史本体论'而言，它是指作为社会历史的基础和推动社会历史发展的人的物质生产劳动；按'人学本体论'来看，它是指人的实际生存活动，是人在对世界、对社会人生的实际介入过程中来实现自我建构的活动；所以如果说认识的出发点是物，那么实践的出发点则是人"①。这就是说，王元骧所说的"人"是在具体的社会历史语境中生产生活生存的人，是身与心、自然性与文化性、个人性与社会性相统一的活生生的人。显然，"人生论"中的人已经全然不同于以往"人学"中抽象空洞的人。"它与一般的所谓'人学'不同，在于它的对象不是'类'而是具体的、处身于一定现实关系中的'社会性的个人'；其目的是为了探寻人生的方向和目标，为人们理解人生的意义和价值提供评判的准则，而使人在实际生活过程中把自己从'实是'的状态提升到'应是'的境界。所以它是一门综合性的学问，它的内容在我看来至少应涵盖'目的论'、'价值论'和'生存论'这样三个方面，是立足于人的生存活动来对目的论和价值论的意义所作的一种阐释。"②以社会的、具体的人作为理论出发点，把人生方向和目标作为解释意义和评判价值的标尺，势必赋予王元骧美学思想以鲜明的特色：在他的美学研究中，始终可以看到一位既脚踏现实又怀揣理想、执着探索的人的身影。

从认识论到实践论，再到人生论，王元骧的美学思想并没有发生断裂或转换，而始终是一以贯之的，是一个视野不断扩大、思考不断深化、理论不断自我超越的过程。

二、"审美客体"与"审美对象"

现代美学的一个显著倾向是研究重心从美论转向美感论。关于美的本质问题历来意见纷纭、争论不休，随着反本质主义思潮的兴起，美的本质问题也备受冷落，甚至被搁置了，研究者转而从主观方面去思考美感。维特根斯坦更是坦言：寻找美的本质是个错误。并不存在确定的美的事实，也不存

---

① 王元骧：《论审美反映的实践论视界》，《文学评论》2016 年第 3 期。
② 王元骧：《关于推进"人生论美学"研究的思考》，《学术月刊》2017 年第 11 期。

在所谓美的理念,美只是语言概念的误用。

　　与这种理论转向不同,王元骧则坚持以实践来统一美论和美感论。他把"客体"(object)与"对象"(target)做了细致的区分,并指出:"'客体'是一个哲学的、泛指的概念,指在人类实践活动中所建立的与社会主体相对的客观事物,而'对象'则是一个心理学的、特指的概念,只有当客体在实际活动中与个人的知觉、情感和意志发生关系,它才能成为对象。"①王元骧以马克思的"人化自然"说作为美学的理论基石来阐释"审美客体":人类实践活动构建了人与自然间的关系,既塑造着自然,为自然打上人的精神价值的印记,使自然人化,又塑造着人自身,使人自然化,从而在人与自然之间形成相互协调、相互适应的亲密关系,一种充满意义的价值关系。审美就是这样一种价值关系,作为被打上人的精神价值而人化的自然则成为"审美客体",获得了"美"的特征。从这个角度看,美是客观的,它取决于自然与人相协调、相适应的特征,并且这种特征在人类实践过程中被赋予了人的意义和价值,因此,美的客观性既由于自然的客观性,又由于人类实践的客观历史性。

　　相对于在人类实践的历史过程中形成的"审美客体","审美对象"则不同,它是在具体的审美活动中重构的,只能在审美活动中"当下生成"。也就是说,审美对象是在审美主体与审美客体相互作用中构建的"意象"或"幻象",是客观统一于主观,双方都失去了外在性,于是,主体也就再造并体验了蕴含在客体中的精神价值,获得了审美愉悦。"一切价值都不可避免地还原为直接欣赏,还原为感性的或生机的活动。"②区别于审美对象的"当下生成",审美客体则是"历史生成"的;区别于审美对象的"生成",审美客体则是"预成"的;区别于审美对象是精神价值的实现,从属于个人体验,审美客体的价值则是潜在的,与人的类本质密切相关;而区别于审美客体的原生性价值,审美对象的价值则是次生的、再造的,并以审美客体的原生性价值为基础。这两者间的实质性区别,也决定着对审美客体的研究可以是哲学思考,而对审美对象的研究则需要审美心理学的介入。王元骧对审美客体与审美对象所做的甄别,使他的美学体系具有了开放的性质。

　　在审美活动中,审美客体生成为审美对象之际,其精神价值之所以能够得以重构和体验,就源于人类实践的连贯性,是实践活动塑造着自然和人,

① 王元骧:《实践论美学的思想精髓和理论价值》,《文艺研究》2016 年第 9 期。
② [美]乔治·桑塔耶纳:《美感》,缪灵珠译,中国社会科学出版社 1982 年版,第 20 页。

协调、统一了自然和人,自然的人化与人的自然化是在实践过程齐头并进的,因此,人类实践的连贯性势必赋予审美价值以相对稳定性。同理,由于人类实践的普遍性及交互作用,也由于作为审美主体的人是在人类实践活动中塑造出来的,享有相互接近的精神结构和心理结构,因而,即便不同的人在具体的审美活动中也会心灵相通,这就是康德所说审美"共通感"的实践基础。无论是美论或是美感论,都必须在反映论、实践论的基础上做出解释。

然而从历史发生的角度看,审美客体与审美对象并不存在孰先孰后的问题。人类在实践活动中与自然逐步建立起和谐关系,并且由于生产力的发展,人不再仅仅把自然视为直接的功利对象,而是从功利关系中超脱出来,把自然作为欣赏对象,由此获得精神体验,产生愉悦的情感,此际,审美活动就发生了。作为给审美活动提供精神愉悦的不可或缺的一方,人化自然就成为人的审美客体;而作为审美关系中生成的"中介"则是审美对象。因此,在历史维度上,审美客体与审美对象在审美活动发生之际又是同时生成的,只不过所指对象不同。自此,审美客体成为客观的存在,而审美对象则必须在每一次审美活动的当下即时生成。如果说,实践活动从根本上塑造着自然和人本身,日积月累地培养人掌握自然的能力,那么,审美活动则不断拓展着人的心灵,陶冶着人的心灵,提升人的审美能力,实践及审美都通过塑造审美主体的人来推进审美活动。很显然,审美客体与审美对象的区分,为美学理论奠定了坚实的基础。

审美客体与审美对象的区分,也为人类审美发展提供了新的解释。审美活动所构建的审美对象,既以审美客体为出发点,又蕴含着审美主体的主观创造,因此,反过来也就把主体所创造的价值投射给审美客体,使审美客体的精神价值得到增益,或者使审美客体得以拓展,乃至产生新的审美形态。这就是人们所说的审美"积淀"。在审美发展过程中,审美客体与审美对象之间是交相作用和影响的。审美客体与审美对象的统一,也就意味着美与美感的统一。

三、审美意识形态

早在 1989 年出版的教材《文学原理》中,王元骧就提出"审美意识形态"

这个概念,并明确地把文学界定为审美意识形态。他分别从一般、特殊两个层面来阐释文学艺术的意识形态属性。

从一般性质来看,所有精神产品,都是现实世界的反映,文艺作品自然也不例外。但是,人对现实世界的反映并非被动的,而是能动的,认识活动总是以实践为基础,不仅受到具体的社会历史条件的制约,并且由于不同的目的和态度,反映现实的方式就会迥然不同,所反映的成果也存在两种基本形态,即"事实意识"和"价值意识"。"事实意识"尽量按照事物本身存在的样子来反映事物,目的在于表明"是什么",自然科学就属于这一类;"价值意识"则按照人的主观需要和愿望来反映现实,目的在于表明"应如何",通常就称为"社会意识形态"。文学艺术并非知识生产,而是充满情感的价值现象,它必然属于价值意识,属于社会意识形态。同政治、法律、宗教、道德一样,文学艺术是无法摆脱意识形态属性的。

从特殊性质来看,文学艺术"不仅由于它本身还包含着技巧、工艺学的不属于思想意识的成分,而且也不像其他意识形态形式那样以系统的、理论的形态出现,而只不过是在具体的形象描绘和情感表述中体现了某种思想观念和倾向,因而我们常常以'意识形态性'来界定整个艺术,包括文学的本质属性"。①

一方面,文学艺术最显著的特征即情感体验,但是,情感有高低之分,层次愈低的情感与自然需要直接相关,也愈狭隘、偏私,难以相互交流;而高层次需求所引起的情感体验则愈具有普遍性,蕴含着愈多的理性内容,愈容易在交流中引发共鸣,这种情感势必包含着普遍的社会性,包含着意识形态性,它具体表现为评价与认识的统一,个人体验与社会功效的统一。另一方面,文学艺术的意识形态性只能渗透于具体的感性形象中,渗透于审美主体的选择、提炼、重构等创造性活动中,在审美活动过程才得以实现,因此,它又是一种区别于其他意识形态的特殊的意识形态,即"审美意识形态"。审美与意识形态是融合一体的,它不是"'审美的'意识形态",可以用审美的"无功利性"来悬置和抵消意识形态性;也不是"审美的'意识形态'",把审美只是作为意识形态的一种外在装饰。

王元骧对"审美意识形态"做出自己的独特理解和规定:"把审美与意识

---

① 王元骧:《我对"审美意识形态论"的理解》,《审美超越与艺术精神》,浙江大学出版社 2006 年版,第 296 页。

形态融合，认为文艺的意识形态性只能以审美的方式予以体现，一切价值观念包括政治观、道德观、人生观在内，都只有经过作家自身的真切体验，转化为自己的信念，一种自己确信、坚信的思想，才能在文艺作品中获得成功的表现，才能以此来感动读者，为读者乐于接受，正是为了克服以往我们谈论文艺的意识形态性最容易产生的理性强制和抽象空泛的弊病，使意识形态的一般理论与文艺的特性相融而在文艺理论中找到自己真正的落脚点。"①这种规定与他对人和人生的本质，以及审美本质的认识是分不开的。

在《论国人对康德美学的三大误解》中，王元骧从人及人生的本质出发深入阐释了康德的"无目的的合目的性"。他指出，"关系契机"，即无目的的合目的性，是康德审美判断分析四个契机中最基本的契机，只有对它做出深入理解，才能真正把握其他几个契机，把握康德的美学思想。关系契机是联系对象所产生的效果来对对象做出评价的机能，与目的性密切相关。

康德将"客观的合目的性"区分为"外在合目的性"和"内在合目的性"。外在合目的性即"有用性"，它总是具体的、有限的，既是"目的"，同时又是"手段"；而内在合目的性则以人本身为目的，追求人的"完善性"，是无限延伸、永无止境的"终极目的"。

审美"无目的性"是针对外在合目的性而言的。假如我们只关涉对象的实在，就难免引起占有、享用的欲望，目的性也就衰变为有用性，对象则从目的蜕化为手段和工具而丧失自由的本性，美感也不复存在了。因此，从外在合目的性来看，审美必须是"无目的性"的。只有当对象成为想象中的主观的表象，成为形式，从而悬置了有用性而获得"形式的合目的性"，我们才能从这种关系中体验到自由感，体验到审美愉悦，这是审美判断的前提条件。"凡是在一个客体的表象上只是主观的东西，亦即凡是构成这表象与主体的关系、而不是与对象的关系的东西，就是该表象的审美性状。"②

从内在合目的性来看，形式的合目的性所给予的自由还不是最终目的，人作为有意识、有意志的自觉的存在，这种自由为他自身臻于完善提供了契机，从而使人有可能自觉走向自我完善和全面发展，实现内在合目的性，也即最终的目的。在此过程中，审美表象及给予的自由并没有因此沦为自我完善的手段，审美始终和自由一道，陪伴人共同走向完善。审美、自由与完

---

① 王元骧：《对"审美意识形态论"的再反思》，《西南大学学报（社会科学版）》2009 年第 5 期。

② ［德］康德：《判断力批判》，邓晓芒译，人民出版社 2002 年版，第 24 页。

善是相伴而生、互为因果的,并共同归属于人之内在目的。"只有人才是'世上唯一拥有知性因而具有把他自己有意决择的目的摆在自己向前的能力的存在者',也就是说,唯人由于具有自觉意识和自由意志,具有按照自己的理想目标来求得自身完善的能力,是以自身为目的而不是作为达到其他事物目的的手段而存在的,他才最有资格'做自然的主人'。所以在自然这个目的论系统中,人也自然成了'最终的目的'。"①因此,王元骧认为,康德的"目的论"与"伦理学"是相互一致的,目的论既是伦理学的出发点和依据,也是伦理学的最终归宿,正如康德所说,"美是道德的象征"。

当王元骧从康德美学中获得启示,把审美判断的合目的性落实为人的内在合目的性,把目的锚定人的完善,也就势必使得他的美学思想闪耀着理想光芒,而这种审美理想与他对审美意识形态所做的特殊规定是完全统一的。或者说,正是对审美判断内在合目的性的确认,促使他特别强调审美意识形态正面的、积极的作用,强调审美意识形态必须有助于人的自由和全面发展。

与此相应,王元骧对崇高这一审美形态情有独钟。他认同康德的崇高观并认为,崇高不仅因对象的"无形式",以巨大的力量令人敬畏,由此激发超感性的使命感,超越人自身的有限性,提升人的精神力量,而且是与道德感密切相关的。正如崇高包含着敬畏,又克服了畏惧而转化为赞叹,道德法则也是让人敬畏的,但是,当法则的正义性被认识,执行法则被自觉地视为自身的职责,这时,他律就转变为自律,强制转变为自由,压抑转变为振奋,敬畏也转变为崇敬,这种道德感也就和崇高感相一致。"我认为在康德美学中,'美'与'崇高'不是'始终对立',而是互相渗透的,从'美的分析'到'崇高的分析'不仅不是'前后矛盾',而且恰恰是为了把人的意识从有限向无限、从经验的现象世界向超验的本体世界推进的一种逻辑的必然,同时也决定了在他的美学思想中,'崇高'的地位远高出于'美'。因为它比美更加接近道德本体,与完成对人的本体建构,实现他所要达到的'人是目的'这一理论的终级目标更接近了一步。"②

以人为核心,以人的完善为目的,决定着王元骧对审美意识形态、目的论,以及崇高的解释,并赋予他的美学思想以鲜明的理想色彩。玛克斯·德

① 王元骧:《论国人对康德美学的三大误解》,《社会科学战线》2011年第7期。
② 王元骧:《论国人对康德美学的三大误解》,《社会科学战线》2011年第7期。

索说,要欣赏崇高,"人就必须超越自己而又忘却他自己……他必须将他所碰到的令人吃惊的东西理解为他自身中的人类基本特点"。① 超越自己,忘却自己,将自己与人类融为一体,去赢得人的自由和完善,是王元骧对自己的要求,也是对人类未来的期许,于是,他把这一理想贯穿到自己的美学思想之中,贯穿到文学艺术的审美评价之中。

---

① [德]玛克斯·德索:《美学与艺术理论》,兰金仁译,中国社会科学出版社 1987 年版,第 149 页。

审美反映论的理论贡献及其当代意义

——以王元骧先生学术研究为个案

王　杰　廖雨声 *

内容提要：王元骧的审美反映论，以马克思主义为理论基础，同时兼顾了文学艺术的认识性与审美性，并与实践论相结合，形成了独特的理论品格。在特定历史条件下，审美反映论的内涵发生着异变，学界对其存在着理论上的误读，并由此导致过度的批评与质疑。审美反映论实际上就是马克思所说的艺术地掌握世界的方式问题，当代美学的发展从未能够绕过这一视域，相反，如何把握"现实"和"实在界"的问题仍是当代美学的核心问题，亦是审美反映论提出和研究的问题。在中国美学界正确认识以王元骧为代表的审美反映论，对当代美学建设具有重要的意义。

关键词：王元骧；审美反映论；审美认知；当代意义

今年是中华人民共和国成立70周年，也是中国文学理论和美学在新的历史和文化条件下发展的第70年。回顾这70年文学理论和美学的发展，并从一个更大的历史视角来反思70年中的理论论争和发展变化，是一件有益而重要的工作，它可以使我们当代的理论思考和研究有一个相对扎实的历史基础。在这70年的发展历程中，关于审美反映论的论争值得认真反思、深入讨论，它始终贯穿于新中国成立之后的文艺理论与美学发展中。我们试图厘清"反映论"问题争论的实质，并对其理论贡献以及当下意义作出评价与阐释。

---

　*　王杰：文学博士，浙江大学传媒与国际文化学院"求是特聘教授"，教育部长江学者特聘教授，《马克思主义美学研究》主编；廖雨声：浙江大学中国语言文学博士后，苏州科技大学文学院讲师。

一、审美反映论的学理基础及其意义的历史异变

作为一种哲学观点，反映论思考的是认识的来源问题，它强调认识的社会现实根源，因此它本质上是一种认识论。审美反映论将反映论运用到了文学艺术领域，认为文艺通过具体的艺术形象来反映社会现实，达到对社会关系的深刻认识。20 世纪 80 年代以来的一批学者将传统的文艺反映论与当时兴盛的审美论联系在一起，赋予了文艺反映特殊的性质，形成了颇具中国特色的审美反映论美学观。

文艺反映论在 20 世纪初期就传入中国，但对文学理论和美学上"反映论"理论的批评首先来自对"文革"时期极"左"文艺思潮的批判和反思。"文革"时期，主流意识形态层面推崇"反映论"，此时"反映论"的基本内涵乃至全部内涵被规定为文艺服从政治并反映国家政策。随着改革开放的到来，学界对包括"反映论"在内的很多理论问题进行反思与批评，其中一种重要的思路就是将"反映论"等同于极"左"文艺思潮，提倡反映论就是提倡文艺为主流政治服务，"反映论"也被看作是极"左"思想在文艺思想和美学研究方面一系列重大错误的根源。按照这种思路，要真正反思"文革"以来的极"左"文艺思潮，就必须彻底推翻反映论。现在看来，这种思路有简单武断之嫌。①

历史唯物主义是审美反映论的基础。按照这一学说，社会存在决定社会意识，而社会存在的变化也会通过社会意识的变化显现出来。恩格斯说："我们的思维能不能认识现实世界？我们能不能在我们关于现实世界的表象和概念中正确地反映现实？"②这里谈论的就是我们的意识与客观实在的

---

① 在我国，对反映论的反思几乎与改革开放同步，刘再复、童庆炳、杨春时、王若水、周忠厚、王元骧、钱中文等诸多学者都就反映论问题进行了深入的思考。严格上说，绝大部分学者更多的是批判性反思，反思机械的反映论，而不是简单否定反映论。他们主要认为，反映论不能解释文艺的特殊性质，因此，应该与主体性、情感论、实践论、价值论等理论相结合。直接将反映论等同于极"左"文艺思潮的，主要有夏中义在《南方文坛》2016 年第 6 期发表的访谈文章《从审美反映论到"思维乌托邦"——文学研究方法论探索答问》中，他直接将审美反映论称作是"原教旨"主义。

② ［德］恩格斯：《路德维希·费尔巴哈与德国古典哲学的终结》，《马克思恩格斯文集》第 4 卷，人民出版社 2009 年版，第 287 页。

反映关系问题。列宁一方面继续发展这一学说,认为"我们的感觉、我们的意识只是外部世界的映象;不言而喻,没有被反映者,就不能有反映,但是被反映者是不依赖于反映者而存在的"①。另一方面将反映论运用到文学艺术的评论中。他在评价托尔斯泰时,认为托尔斯泰是俄国革命的一面镜子,"反映出革命的某些本质方面"。② 之后别林斯基、车尔尼雪夫斯基等俄国革命民主主义者也不断地阐释、发展审美反映论。从本质上来说,审美反映论的核心是强调文学艺术对社会现实的真实再现以及对社会历史的本质规律的深刻揭示。其最基础的内容是认识性的,文学艺术通过审美的方式反映现实的审美关系和社会关系。反映论也推崇文学艺术的社会实践作用,改造社会,并存在着与实践人生相结合的可能性,但是认识性是实践性的基础和前提。马克思主义美学中的反映论对西方美学来说意义重大。西方美学自柏拉图推崇理念以来,经由中世纪的上帝观念,再到黑格尔的绝对理念,这些抽象的观念一直占据着根本性的地位,具体的社会人生却被放逐。回到艺术与社会的关系,是马克思主义审美反映论的出发点和核心,在这一点上,"在对艺术与生活的关系以及审美特性的理解上,马克思主义美学达到了人类审美意识发展史至今未曾超越的高度"③。以审美的方式,重新建立艺术与社会的关系,审美反映论意义重大。而且,审美反映论的认识维度是基础性的,也是坚持历史唯物主义的应有之义。

　　然而,在历史发展中,由于特殊的国际环境和国内特殊的政治和文化条件,审美反映论的内涵却不断地发生变异,使得其偏离了本来的意义,受各种因素影响不断僵化,逐渐失去理论的活力。20 世纪 30 年代开始,苏联的反映论不断地被简单化、政治化。反映论一度被认为是唯一合法的认识论:"根据反映论,人的感觉、概念和全部科学认识都是客观存在着的现实的反映。"④从认识论角度谈论反映论,本身没有问题。但也正是从 30 年代开始,苏联确立社会主义现实主义的创作原则,提倡文学的社会改造能力。但这一原则却将政治标准放在第一位,忽略了文学的文化特殊性。联共(布)

----

①　[苏联]列宁:《唯物主义与经验批判主义》,《列宁全集》第 18 卷,人民出版社 1988 年版,第 65 页。

②　[苏联]列宁:《列甫·托尔斯泰是俄国革命的镜子》,《列宁全集》第 2 卷,人民出版社 1988 年版,第 369 页。

③　邹华:《重建中国马克思主义美学的认知性维度》,《探索与争鸣》2013 年第 9 期。

④　[苏]罗森塔尔、尤金编:《简明哲学辞典》,生活·读书·新知三联书店 1973 年版,第 39 页。

中央委员会书记日丹诺夫的观点代表了当时的官方意见："艺术描写的真实性和历史具体性，必须和那以社会主义精神从思想上改造和教育劳动人民的任务结合起来。这种文学创作和文学批评的方法，就是我们称之为社会主义现实主义的方法。"① 表面上提倡艺术反映真实情况，但是这种反映是有前提的，那就是符合苏联的政治意识形态。官方的观点支配着学术界，季米菲耶夫的《文学原理》将阶级斗争的观点彻底贯彻到了文学反映论中，认为作家对生活的认识和了解主要为阶级斗争的条件所决定。此时，反映论中的政治意识形态层面已经完全压过了其认识性层面，丧失了其理论出发点，审美反映论实际上变成了文艺工具论，历史唯物主义的基础已经瓦解，因此它并不符合真正的马克思主义美学精神。在此背景下，文艺与现实的关系原来越远，文艺开始粉饰太平，与主流意识形态保持一致。

不幸的是，20 世纪 50 年代以来的中国对反映论的接受主要受到的是苏联模式的影响，特别是"斯大林模式"的影响，这在"文革"时期达到巅峰。共和国成立后，反映论构成了文学理论和美学理论的基础，强调文学作为一种社会意识形态，是客观现实在作家头脑中的反映，而文学艺术的独特之处则在于用形象来反映生活。② 从表面上看，这种文学反映论坚持了马克思的历史唯物主义立场，将社会存在置于最基础的地位。但是仔细考辨，就能发现其中的问题，因为文学在反映社会现实时是有前提的，"文学为一定阶级的政治服务，最主要的一面就表现为各种阶级都要求文学根据本阶级的观点来反映现实，宣传本阶级的思想情感，维护本阶级的利益，成为阶级斗争的武器"③。也就是说，阶级立场和情感是文学反映的前提，无产阶级的革命文学必然要求作家站在无产阶级的立场上，来歌颂社会主义的伟大胜利，因为"如果没有正确的思想立场、进步的世界观，就不可能提炼出事实的本质，不可能反映生活的真实"④。以社会现实为前提和以阶级立场为前提，这是两种基本的理论基础，而显然前者才是马克思主义反映论的合理路径。但是我们的文学反映论从新中国成立以来就违背了马克思主义反映论的学理基础，它表面上提倡认识论，实际上认识论被政治意识形态所掩盖。

---

① ［苏］日丹诺夫：《日丹诺夫论文学与艺术》，人民文学出版社 1959 年版，第 9 页。
② 以群主编：《文学的基本原理》（上册），作家出版社 1964 年版，第 13—35 页。
③ 以群主编：《文学的基本原理》（上册），作家出版社 1964 年版，第 93 页。
④ 蔡仪主编：《文学概论》，人民文学出版社 1979 年版，第 17 页。

其出发点是政治意识形态,而不是马克思主义认识论。这种趋势在"文革"时期达到顶峰。"把反映论运用于文学艺术,首先就要从客观实际出发,来解决文艺为谁服务的根本方针问题。"①文艺反映论不是文艺如何真实再现客观现实的问题,而是为政治服务的问题。在此理论指导下,文学艺术的题材和主题变得单一,文艺与现实的距离越来越远。"革命的主题思想只能从革命的题材内容即人民群众的革命实践中概括、提炼出来。"②所谓的文艺反映论则成了单一的歌颂:"在无产阶级和劳动人民当权的新社会里,由于推翻了反动统治阶级的剥削与压迫,已经变成了光明的天地。作为无产阶级的革命文艺家,必须热情歌颂这个伟大光明的历史时代。"③这种歌颂与反映论的精神是相违背的,事实上是粉饰现实和对现实的扭曲反映。

　　在当代学术背景和语境下反思审美反映论,必须要认识到马克思主义审美反映论与我国50年代以来特别是"文革"时期文艺反映论的本质区别。简单地将50年代以来的反映论看作是认识论,就没有真正把握马克思主义审美反映论的本质内涵及内在理路。马克思主义审美反映论坚持历史唯物主义,追求文艺的社会现实根源,努力阐释艺术形式与复杂的社会生活的内在联系,赋予了文艺深厚的社会历史意蕴。而中国特定历史阶段的反映论则违背了其本应有的反映客观现实的认识论维度,反而将政治性作为文艺的根本标准,是某种形态的文艺工具论。另一种情况是,把审美反映论看作是认识论,却简单地因其认识论性质而被否定,则没有认识到审美反映论重大的美学意义。80年代以来,主体论美学、现象学论美学、存在论美学等美学思潮兴盛,许多学者认为,以反映论为代表的认识论美学简单地把文艺看作是认识活动,忽略了主体的因素和审美的因素,因此无法解释文艺活动,是应被抛弃的。而且,改革开放之前的很长时间里,马克思主义文艺理论独占鳌头,文艺反映论更是地位空前。而在主流美学观念的支配下,文艺创作却毫无活力。因此,历史证明这种观念是错误的。这种看法的问题首先在于上文所论的没有认识到审美反映论的本质内涵,从而将特定历史阶段中被歪曲的反映论看作是真实的马克思主义审美反映论,将这种错误导致的

①　方刚:《文艺问题上两种认识论的斗争》,《文艺评论集》,上海人民出版社1973年版,第19页。
②　方刚:《文艺问题上两种认识论的斗争》,《文艺评论集》,上海人民出版社1973年版,第23页。
③　辽宁大学中文系评论组:《歌颂革命的光明是无产阶级文艺的职责》,《文艺评论集》,上海人民出版社1973年版,第39页。

后果归结为审美反映论的理论后果。这显然是有问题的。问题的根本在于，从"十七年"以来到"文革"的历史过程中，所谓的文艺反映现实的现实本质上就是一种虚幻的现实，真实的社会历史现象无法进入文艺的视野，文艺创作公式化、概念化，活生生的社会历史被排斥和否定，这正是没有坚持审美反映论的后果。审美反映论将真实社会历史生活作为起点，并揭示其内在的真理。这是构建马克思主义美学体系的理论基础，也是让文学艺术贴近现实、永葆活力的理论保证。

二、王元骧先生审美反映论的理论贡献

由于特殊的历史进程，学界对审美反映论存在诸多的误解，从而影响了对它内在机理的深入思考。同时，跟所有其他的理论一样，审美反映论也存在着某种不足。但是，需要明确的是，构建当代中国马克思主义美学体系，审美反映论起着至关重要的作用。在此背景下，以王元骧先生为代表的一批学者坚定地支持审美反映论，对其进行了深刻的反思，并且结合中国实际，做出了创造性的阐释，从而为建构中国马克思主义美学与文艺学体系提供了坚实的理论基础。我们以王元骧先生的审美反映论为例，梳理其理论思路，并分析其理论贡献。

在王元骧看来，要真正回答清楚文学的问题，必须回到历史唯物主义的基本立场，坚持文学反映论："我们从根本上把文学看作对现实生活反映的产物，虽然不能说明文学的全部问题，却是正确研究和回答文学问题所不可缺少的理论依据和思想前提。"[①]以反映论作为文学研究的前提与依据，这是坚定地站在马克思主义的立场上。但是，他不是要重复"十七年"和"文革"时候的出现的文学反映论，而是回到社会生活这一原点。在他看来，无论是我们所谓的现实性文学还是虚构性文学，都是在社会生活中获得启发，以现实生活为依据创作出来，本质上说都是反映。同时，王元骧对反映进行了新的解释：首先，文学反映的现实并不只是感官所及的外部世界，还应包括人内心的意志、愿望、想象和幻想等内部世界，它们都属于实际存在的东

---

① 王元骧：《文学原理》(第四次修订版)，浙江大学出版社 2018 年版，第 19 页。

西,也就是雷蒙·威廉斯所说的"感觉结构"的主要内容,这就极大地扩展了
文学反映的对象世界,有效地解释了很多侧重于表现型、抒情型的文学作
品。其次,文学反映不是机械式的"照镜子",而是主客体交互作用的过程。
主体带着他的过去进入文学活动中,构成了主体的深度,主动地建构一个文
学的世界。客体也必须融入主体的体验中,才能够在作品中反映出来。因
此,这个主客体交互作用的过程实际上是一个创造性的过程。这也很好地
回应了文学反映只是简单模仿的观点,赋予了审美反映的创造性特征。第
三,在所达到的深度上,反映能够解释社会历史的真理,而不是简单描绘事
实。"由于人的认知结构并非只是由个人的感觉经验内化而来,同时也是社
会交往活动的产物,它体现了整个人类积累起来的认识结果;这就使得作家
凭着社会和人类的经验,使个人的认识有可能达到历史的深度和高度,从而
突破和超越直观经验的限制而深入事物内部关系,预测现实的规律。"① 王
元骧认为,是由于处在社会历史中的个人认识的深度,使得他能够达到客观
性与真理性的统一。在新中国成立后的很长的时间里,思想立场和世界观
被看作是反映达到真理的前提条件,政治性是反映论的基础。王元骧将反
映论的基础又拉回到了社会现实,个人的经验以及整个人类的历史实践沉
淀到个人的身上,使得反映能够认识现实的情感结构和社会关系。在这一
点上,王元骧与卢卡契的相关理论工作具有了很大的相似性和可比性。卢
卡契承认在文艺与政治意识形态之间错综复杂的关系,但是他否定政治性
决定了文艺反映的真实性。"使巴尔扎克成为一个伟大人物的,是他描写现
实时的至诚,即使这种现实正好违反了他个人的见解、希望和心愿,他也是
诚实不欺的。"②在他看来,正视现实、客观反映现实,才是真正意义上的现
实主义。在强调社会现实的本体论地位上,王元骧和卢卡契是一致的。

在将审美反映论拉回至社会现实的认识论基础,并对反映进行了重新
界定的同时,王元骧认为,单纯的认识论并不能解释其作为审美活动的独特
内涵,因为"'反映'与'认识'这两个概念是不能完全混同的,反映的内涵要
比认识大得多"。③ 从根本上来说,文学反映与其他反映形式的区别就在于

---

① 王元骧:《文学原理》(第四次修订版),浙江大学出版社 2018 年版,第 21 页。
② 〔匈牙利〕卢卡契:《卢卡契文学论文选》(第二卷),中国社会科学出版社 1980 年版,第 160 页。
③ 王元骧:《文学原理》(第四次修订版),浙江大学出版社 2018 年版,第 25 页。

它是审美的。① 而文学艺术的审美属性最基本的特点则是情感,因此在王元骧的审美反映论中,情感的因素尤其明显。作为一种审美情感,它排除了一般情绪的不稳定性,与理性相结合,渗透于审美反映的各个环节:从反映的对象来看,情感反映的是在实践过程中为主体所真切感受到的、与人的生存活动休戚相关的并引发个人的内心体验的东西,一切自然景物,也只能是作为人的情感的对象、情感的寄植体才能反映到文学作品中来;从反映的目的来看,情感是以主体自身的需要出发来反映对象,并以自身的需要能否满足为转移的,所以它以体验的形式表达主体对事物的正负价值,所显示的是"应如此",其主要目的不在于认识真理而是陶冶情感的感发意志;从反映的方式来看,情感的发生不仅基于对感性事物的感觉和体验,而且与主体的内部状态,如性格、气质、兴趣、爱好、心境和情绪有着密切的联系,常常是因人、因时、因地而异,不但同一对象在不同的人那里所引发的体验不完全相同,即使同一主体在不同的时空条件下也会产生完全不同的内心感受,带有鲜明的个性特征。② 现实生活通过艺术家的情感这一中介进入文学艺术中,因此现实与文艺的关系不是简单的复制,而是内在地融合在了一起。同时,艺术语言与艺术形式在审美反映中也起着重要的作用,构成了"审美"的另一个重要内容。王元骧认为,传统的观念将艺术形式与语言的问题只看作是物化阶段才出现,从而将审美反映的内容与形式分裂开来,这是不恰当的。事实上,二者是相互伴随的,离开具体的艺术语言与形式,意象的建构也不可能。"作家、艺术家对于现实生活的审美反映总是以一定的艺术语言与艺术形式为'中介'的,正是因为这些艺术语言和艺术形式参与了审美感知,作家、艺术家才有可能对纷繁杂乱的感性材料进行选择、整理,并把它纳入一定的艺术形式中去。"③艺术形式是审美反映论的重要组成部分,对艺术语言和艺术形式的研究也必须纳入审美反映论的框架中去,如此才能够比较完整地把握这一理论。在王元骧看来,艺术语言与形式从根本上来说都是为了传达艺术家从现实中所获得的审美意象而创造的,是建立在对所表现对象深刻理解与领悟的基础上。"优秀的文艺作品的形式之所以是新鲜的、独创的、不可重复而给人以美感,从根本上说是由它的内容决定的。

① 王元骧:《文学原理》(第四次修订版),浙江大学出版社 2018 年版,第 26 页。
② 王元骧:《反映论文艺观:我的选择和反思》,《中国文学批评》2017 年第 2 期。
③ 王元骧:《审美反映与艺术创造》,《文艺理论与批评》1989 年第 4 期。

正是由于生活世界的丰富多彩、光怪陆离以及作家感受、体验的情景性和独创性，才促使作家为求真切生动的表达去寻求和创造别人所未曾有过的表达方式，进而推动了艺术形式的不断创新。"①艺术形式根基于艺术对现实生活的反映。另一方面，艺术形式作为既有的规范，参与并影响作家对社会生活的感知、写作素材的选择以及写作内容的使用，同时自身也在不断的艺术实践中发展，生成新的规范。

　　审美反映论虽然奠基于认识论，但是它并不局限于认识论，审美反映还有实践论的视阈。因为反映的主体是处于现实关系中的知、情、意统一的人，审美反映一方面是认识性的，同时也是实践性的，是二者的统一。王元骧认为，"把认识与实践分割开来，或者把实践只是当作认识的前提，而没有同时看到它又是认识的归宿，因而在文艺问题上，看不到文艺反映生活的目的是为了改造生活，它的功能是由文艺本身的性质所规定了的。这样，就把文艺完全纳入纯认识论领域中去进行研究，从而排除了它与实践论、价值论之间的联系，从而陷入了纯认识论的思想倾向"②。因此，王先生赋予了审美反映论以实践论的内涵：在反映的对象上，文学反映的是作家、艺术家在人生实践中为他们所感受和体验到了的现象。现实世界只有在实践中与艺术家发生了关联，融入了艺术家的实践之后，能够为他们真正地把握，并通过艺术反映出来；在反映的目的来看，文艺为我们展示的是人生的意义与价值，而不仅仅提供事实与认识。艺术家"通过自己笔下的人物、事件的描写总会是这样，直接（以肯定、赞美的方式）间接（以否定、批判的方式）地表达自己的某种人生态度和人生理想，对自己所认为应当的人生的渴望和追求"③。在反映的功能上，文艺不仅是"静观"的，而且也是"实践"的，它"从根本上说就在于唤起人们的生存自觉并为创造自己美好人生充实心理能量和精神动力"④。也就是说，文学通过审美反映的方式提升人的精神境界，改造现实人生。

　　20 世纪 80 年代以来，思想解放的思潮贯彻到了各个领域，整个理论界

①　王元骧：《审美反映与艺术形式》，《杭州师范大学学报》（社会科学版）2015 年第 3 期。
②　王元骧：《立足反映论，超越反映论——谈我对苏联文艺学模式的认识历程》，《杭州师范学院学报》1996 年第 5 期。
③　王元骧：《论审美反映的实践论视界》，《文学评论》2016 年第 3 期。
④　王元骧：《论审美反映的实践论视界》，《文学评论》2016 年第 3 期。

也进行着拨乱反正。针对长期以来的教条主义、庸俗社会学和机械反映论等文艺理论思想，当时的理论界敢于反思、勇于探索，以王元骧为代表的中国学者在对反映论的反思中，没有简单否定审美反映论，相反他们坚定地站在了历史唯物主义的立场，"立足反映论，超越反映论"。立足反映论，意味着坚持了文学反映现实这一基本理论前提。超越反映论则是突破了其认识论的范围，赋予了它丰富的审美内涵，并与马克思主义实践论相结合，做出了创造性的理论阐释，形成了鲜明的"中国审美学派"，①有效地在审美领域发展了反映论，纠正了全盘否定反映论的简单粗暴的观点，深化了文学特性的深入研究，推进了当代中国马克思主义文论与美学的发展。

三、审美反映论的当代意义

马克思在《关于费尔巴哈的提纲》中曾表达了一个重要的观点："哲学家们只是用不同的方式解释世界，而问题在于改变世界。"②当马克思在表达改变世界这一观点的时候，其实隐含了一个理论前提，那就是首先必须真正认识世界。正是在这个意义上，马克思批判了"意识形态"这个概念，认为其颠倒了客观现实与意识的关系，不从现实的社会实践出发，反而从观念出发，提供了虚假的认识，后者说只是一种幻想性的存在。在认识世界的问题上，审美反映论为艺术与审美切入世界提供了关键的路径，使得艺术与现实紧密地联系在一起。因此，我们可以说，审美反映论在任何历史条件下都不过时，坚持审美反映论，也不是某些学者所说的"原教旨"主义者。③

事实上，如何把握现实是当代美学的一个核心命题。当代美学正经历文化论、情感论和人类学等转向，但是始终未能够绕过审美反映论的问题，也就是马克思所说的"艺术地掌握世界的方式"问题。在拉康和齐泽克看来，我们所说的现实（reality）是由符号界与想象界构成，由各种象征性网络

---

①　吴子林：《中国审美学派：理论与实践——以钱中文、童庆炳、王元骧为研究核心》，《马克思主义美学研究》2009年第2期。

②　[德]马克思：《关于费尔巴哈的提纲》，《马克思恩格斯文集》第1卷，人民出版社2009年版，第502页。

③　夏中义：《从审美反映论到"思维乌托邦"——文学研究方法论探索答问》，《南方文坛》2016年第6期。

交织而被建构。"我们普通的日常现实,即社会宇宙的现实,最后证明不过是幻觉而已。如此幻觉的成立,依赖于某种'抑制'和对我们的欲望之实在界的忽视。因此,这样的社会现实只是脆弱的、符号性的蜘蛛网,它随时可能因为实在界的入侵而土崩瓦解。"① 被建构的现实是不可靠的,实在界(the Real,齐泽克也称之为硬核)才是真正意义上的真实,是符号现实的终极支撑,在我们看来,也就是马克思所说的现实生活关系。齐泽克认为,艺术,特别是他着重讨论的电影,可以穿越层层迷雾,重返实在界。电影并非是对现实的反映,而是对遮蔽的实在界的真实抵达,比我们的现实更加真实。艺术与客观真实在更深层次上联系在了一起。我们甚至可以说,当代马克思主义美学和艺术批评对现实的追索是审美反映论在当代的一种新形态。

当代美学正在生成一种新的关于社会生活的审美认知模式。审美认知在追求客观现实认知的同时,它还伴随着情感体验和价值判断,其认知过程是复杂的,这一点已经得到了认知神经美学的证明。而且,审美人类学科的发展也告诉我们,审美认知还受文化的影响,地方性知识和社会结构都支配着审美认知的实现。同时,审美认知不仅仅是现实社会文化的被动反映,还"更多地表现为对现实中不够完美的社会文化现象的批判,从而对抽象的、也许从来也未能在现实生活中被体认到的文化理想形貌加以具象化、感性的表达"。② 因此,要对社会生活作出深入的审美认知,必须将美学向其他学科开放,"作为一种新的美学理论和认知模式,马克思主义美学比欧洲的现代主义美学更为复杂,它延伸至人文学科的不同领域,在发展的过程中,与社会学、管理学、经济学、人类学和心理学等实证性社会科学也较好地融合,并且与当代艺术实践有了一种结合,从而呈现出一种新的理论形态,美学的功能也正在发生某种变化。简单地说,美学在当代对现实生活的介入逐渐加深,当代美学在改变世界的过程中正在发挥着越来越重要的作用。"③

以王元骧为代表的当代中国审美反映论的实践转向,将文艺的认识论

① ［斯洛文尼亚］齐泽克:《斜目而视:透过通俗文化看拉康》,季广茂译,浙江大学出版社 2011 年,第 28 页。

② 海力波:《艺术人类学视野下的审美认知研究》,《思想战线》2011 年第 5 期。

③ 王杰、［斯洛文尼亚］阿列西·艾尔雅维奇:《当代美学的基本问题及其理论阐释模式》,《江西师范大学学报》(哲学社会科学版)2017 年第 1 期。

拓展到了社会生活实践论,强调艺术与审美介入现实中,促进社会的改变与进步。事实上,审美反映论在传入中国之初,就一直承担着改变社会的责任,而不仅仅是认识论的问题。鲁迅坚持文学文艺从现实出发,深刻反思社会问题,强调文艺对社会的治疗效果,试图通过文学的途径唤醒当时人们麻木的精神状态。周扬则将反映论与现实革命联系在一起:"进步的现实主义的方法就是在现实的革命发展中真实地具体地历史地去描写现实,以图在社会主义的精神上去教育勤劳大众。在发展中去认识和反映现实,这是一个重要的方法论的原则,因为看不见发展的人决不会把握真实。"①周扬的观点明显受到苏联社会主义现实主义思潮的影响,强调艺术在真实反映现实的基础上为社会主义革命提供动力。

但是,在很长的一段历史时期内,审美反映论脱离了其历史唯物主义的认识论基础,单方面强调其政治功利性。事实上,文艺与社会现实之间非常复杂,意识与存在、经济基础与上层建筑、文化与社会、艺术与现实生活之间的关系是一种复杂的辩证关系,其中情感结构起着关键的中介作用。这一点在当代美学中得到了充分的关注。阿列西·艾尔雅维奇在考察 20 世纪先锋派艺术时认为,先锋派艺术不仅反映世界,而且致力于改变世界。而改变世界的途径则是经由改变感知结构:"审美先锋派则通过多种方式影响我们的感知,从而引起更深层次的转变,并且他们的活动与效果已经超越了艺术领域而步入生活的其他领域。"②朗西埃则用"感觉的重新分配"来描述这一过程,即当代艺术通过形式创新与实验,突破传统的规则,打破原来的感受机制,使得感知得以重新分配。我们可以将这一过程具体描述为:艺术家必须对现实产生真实深入的审美认知,并将这种认知贯彻到艺术作品的创作过程中,进行形式的创新。通过艺术作品的接受,人们的情感结构发生某种变化,促使审美制度发生改变,从而从总体上推动社会的进步。也就是说,必须要深刻认识到审美与情感在其中的关键作用,而不是简单地将文艺当作工具。

这里我们以王小帅导演的电影《地久天长》为例,分析审美反映论的当代意义。电影通过两个家庭在 70 年代末至今的三十年经历,来反映普通中

---

① 周扬:《周扬文集》(第一卷),人民文学出版社 1985 年版,第 174 页。

② Ales Erjavec, *Aesthetic Revolutions and Twentieth-Century Avant-Garde Movements*, Duke University Press,2015,p5.

国人在这 30 年社会结构性变化中的情感结构。刘耀军和沈英明本是挚友，两家人气氛融洽，一起吃喝玩乐，两家孩子刘星和沈浩同时出生一起长大。刘耀军的夫人王丽云怀上二胎，却被作为计生干部的沈英明夫人李海燕发现，强制流产。之后在一次几个孩子到水库游泳时，刘耀军的儿子刘星意外身亡，从此两家人走上了截然不同的人生道路。刘家夫妇离开家乡躲到福建的渔村，领养的小孩无法融入家庭。沈家夫妻财运亨通，却因当年的意外另有隐情，生活一直未得安宁。多年后，因李海燕绝症将去，两家人重聚。这个电影与很多类似题材的电影在再现内容上并无大的区别，计划生育、严打、国企下岗、下海经商、出国热、房地产热等这段历史时期内出现的重大社会结构性变化都逐一出现，真实地反映了这段时期的社会现实变化。但是，电影的成功之处在于，它着重关注每一个有个性的个体在这些变化中的感觉结构。刘耀军家人遭遇的每一次变化都可能给人以毁灭性的打击，那个时代所造就的种种悲剧，他们只能默默地接受，隐忍、逆来顺受的行为背后隐藏的是绝望、无助等悲剧性的情感结构。电影使用了一些深刻的镜头语言来表现人物的情感，比如孩子水库溺水时，镜头放在了高远的凉亭，人物在远处来来回回，镜头所造成的距离感反衬出人物在当时的无助。刘耀军两次抱着亲人去医院，那粗重的喘气声诉说主人公的绝望。电影通过其独特的形式创造，表达了导演对改革开放中国社会现实的深刻的审美认知，同时影响着观众的情感感受。人们随着电影悲痛、伤感、绝望，同时也重新思考着社会的每个重大变化，重新思考着个体与社会的关系。如此，当新的审美制度在悄悄地发生变化时，整个社会也因为审美的介入发生着某种微妙的变化，艺术成为社会变迁和个体变化的重要杠杆。

结　论

　　审美反映论以历史唯物主义为基础，强调文学艺术对社会现实的真实再现以及对社会历史的本质规律的深刻揭示。在认识的基础上肯定文艺的社会实践作用。但是在苏联反映论模式的影响下，改革开放之前的中国审美反映论将政治功利性置于首位，违背了其学理基础，实际上是对审美反映论的扭曲。王元骧先生将审美反映论拉回至了历史唯物主义，肯定其审美特性，并与实践论相结合，形成了独具特色的理论体系。在当代美学中，审美反映论仍具有重要的理论意义。我们不能简单地将特殊历史时期的被政治扭曲的反映论看作是审美反映论的本意，更不能因其认识论内涵而简单地否定它。

王元骧先生的致思路径及其文艺美学主张

祁志祥*

内容提要： 本文从方法论、本质论、人论、美论、文论五方面系统阐释了王元骧先生的致思路经及文艺美学基本主张。王先生在兼顾主客交流的同时坚持主客二分的认识方式，在吸收存在论合理成分的基础上肯定事物的本质存在，并相继提出了对人的本质、美的本质、文学艺术本质的思考结果。他认为，人的本质是兼顾基本感性权利的理性存在、社会存在，美的本质是给人带来无私的自由的超功利的快乐，文艺的本质是审美的意识形态，美和艺术都通过审美超越实现人的本质存在，使人的灵魂、人格变得更加美好。

关键词： 方法论；本质论；人论；美论；文论

王元骧先生是新时期中国文艺理论界的代表人物之一。王先生的著作，除《文学原理》外，其余大都是论文集。如《审美超越与艺术精神》（2006）、《论美与人的生存》（2010）、《审美，向人回归》（2015）、《艺术的本性》（2016）等皆然。王先生的论文集，扉页的作者像之下往往影印有一段作者的手稿笔迹，一笔不苟、遒劲有力，这恰恰是王先生为人为学姿态的写照。王先生的论文集，不是从理论演绎、体系建构出发，而是从当时文艺理论和美学界讨论的重大现实问题出发，调动自己的理论积累和现实思考，作出自己的理论回应，体现了强烈的问题意识。王先生对于这些问题的论述是分散的。如何透过这些分散的论述，指出王先生文艺美学思想的内在理路，对此有一个整体系统的把握？本文试做阐述。

　* 祁志祥：首都师范大学美学研究中心特聘研究员，北京师范大学文艺学研究中心兼职研究员，上海政法学院研究院教授，上海市美学学会会长。

一、方法论上,在更高的层面上坚持主客二分

新时期之初,伴随着对过去文学本质论中机械的唯物论的反映论的拨乱反正,文学的主体论、表现论蔚为文学理论界之大观。不过,如果片面强调文学是作家自我的表现,完全割断客观现实的来源,否定文学的本质是对现实生活的反映,进而否定唯物主义反映论,就可能产生新的流弊。在王元骧看来,文学诚然"在反映现实的过程中同时也反映着自身,反映着自己的思想感情、自己对现实的态度和评价",但作家自身及其思想感情、态度评价"归根到底也是客观现实的产物",因此,不能因为文学既反映客观的社会现实也反映主体的思想情感就否定主客二分的唯物主义反映论,"要建立科学的文学理论,它的哲学基础毫无疑义应该是辩证唯物主义的反映论"[①]。机械的唯物主义反映论是单向的由物及我的认识论,能动的唯物主义反映论是双向的由物及我与由我及物辩证交流的认识论。这种主体对客体的能动的由我及物的介入活动,表现为作家艺术家"从自己的审美心理结构出发"去感知、选择、吸收和改造生活中的感性材料[②]。"由于审美反映过程中作家审美心理结构这一中介环节的加入","使得文学与生活之间的关系变得极其复杂而曲折,几乎已经没有任何线性的因果关系可寻"。但是否应当因此取消主客二分的唯物主义反映论,"从主观方面、从脱离现实的主体性和超越性方面"去把握文学的本质呢? 不。"文学与生活两者之间的关系表现得愈复杂、愈曲折,要透过现象正确地把握文学的本质,我们就愈应坚持辩证唯物主义的反映论。"要之,对文学本质的解释,既要坚持主客二分的唯物论,又要兼顾主客互动的辩证法。或者说,在坚持主客互动辩证法的前提下,坚守主客二分的唯物论。[③]

世纪之交以来,受当代西方哲学思潮和文艺理论思潮的影响,文艺理论

---

① 王元骧:《反映论原理与文学本质问题》,《文艺理论与批评》1988 年第 1 期,又收入《艺术的本性》,复旦大学出版社 2016 年版,第 25 页。

② 王元骧:《反映论原理与文学本质问题》,《文艺理论与批评》1988 年第 1 期,又收入《艺术的本性》,复旦大学出版社 2016 年版,第 38—40 页。

③ 王元骧:《反映论原理与文学本质问题》,《文艺理论与批评》1988 年第 1 期,又收入《艺术的本性》,复旦大学出版社 2016 年版,第 41 页。

界对"主客二分"的思维模式愈来愈持否定态度。在美学领域也是如此。这种批判诚然有一定的合理成分,但完全否定"主客二分"的思维模式在认识对象规律、真理活动中的作用,总是说不通的。2004年,王元骧在《学术月刊》第5期上发表《对文艺研究中"主客二分"思维模式的批判性考察》,对"主客二分"在认识真理过程中的积极作用作了充分肯定:"主客二分思维模式的出现,某种意义上说,正是人类文明发展和历史进步的积极成果。""这种主客二分思维模式的产生表明人与世界开始从原先混乱的状态中分离出来,把世界当作自己认识和意志的对象,由此使得人的活动开始从自然的状态进入文化的领域,从而使得社会得以发展、人类得以进步。所以,没有主客二分,也就没有现代的科技文明。"①马克思主义辩证唯物论的出现,给"主客二分"的思维模式注入了强大生机。这种建立在能动的、辩证的、双向交流基础上的"主客二分"思维模式乃是从事文艺理论研究乃至美学研究的基本方式。2007年。王先生发表文章,呼吁"美学研究走两大系统融合之路",2008年他又再次发出同样的呼吁。这两大传统,一是亚里士多德所开辟的外观的、经验的知识论、认识论美学道路,主张用"外在感官"发现"可见的美",这种"美"往往表现为"优美";一是柏拉图所开辟的内省的、超验的人生论、伦理学美学传统,推崇用"内在感官"去发现"不可见的美""灵魂的美",这种"美"的表现形态往往就是"崇高"②。当王先生主张将外观的与内省的结合起来、将经验的与超验的融合起来时,不就意味着主客交流吗?但这种主客交流不是泯灭主客二分的,因为正是坚持基本的主客二分,我们对于对象性的事物的本质、规律、特征才有可能去加以研究、思考、认识。

二、本体论上,在新的历史起点上肯定本质论

伴随着当代西方哲学和文艺理论对"主客二分"思维模式的否定,对象性的事物的本质、规律于是不存在了,因为它们是在认识主体的观照中生成的,没有绝对的客体,一切事物的关系都是主体间性的关系。因此,理论不再探讨事物的本质和规律,一切都是当下的、充满差异的现象。于是文艺理

---

① 王元骧:《对文艺研究中"主客二分"思维模式的批判性考察》,《学术月刊》2004年第5期。
② 王元骧:《论美与人的生存》,浙江大学出版社2010年版,第103页、第144—147页。

论、美学理论成为阐释作品、分析现象的工具,不再承担反思审美现象背后本质的一种立场、视界、依据。有鉴于此,2004 年,王元骧先生发表《关于艺术形而上学性的思考》,反对艺术理论消解"艺术的本质属性"和"美的超验的形而上学的意蕴"①,并重提艺术的"形而上学性"问题。"形而上学就是一种超越经验之上的追问,是本体论的一大特征。"②"本体论作为世界的终极存在,它不属于经验的世界,而是一种超验的实体","它与形而上学是同义语"。③ "艺术的形而上学性是它的对象本身所必有的。"④"艺术的形而上学性又是为人的生存所必需的。"⑤"形而上学性也是一切美的艺术所必具的。"⑥2007 年,王先生发表《文艺理论:工具性的还是反思性的?》一文,明确声称:"理论学科不同于经验科学,它旨在探讨的就是事物的内部关系、事物的本质和规律,若不能实现这一目的,理论科学也就失去了自身存在的价值。"⑦文学理论、美学理论也是如此。因此,他反对从维特根斯坦、海德格尔到德里达"简单粗暴"的反对一切有关本质的研究的态度。受此影响,我国不少学者也认为,主张文学有本质的理论"已经成了人们文学欣赏和批评的一大束缚和障碍","只有当文学理论终结,文学批评才能开始"。于是出现了"反本质主义",导致中国当下的文学理论走向"零散化、技术化、实用化、肤浅化"。王元骧批评说:"长期以来,我国学界许多人都把理论看做是一种认识工具,满足于仅仅以说明和描述现状为目的。……这种观点与近几年引入的后现代主义的反本质主义、反基础主义、反宏大叙事结合在一起,几乎把文学理论逼到无地自容的绝境,而导致我国文学理论、特别是文学基础理论研究的空前萎缩。"⑧相对于丰富多彩、变动不居的现象而言,"本质"是属于相对稳定的"一"的东西,作为现象背后的统一性,它是客观存在的。理论的职责就在于反思这种本质。"现在有些学者对理论所提出的非难是没有道理的,它反映了对于理论的深刻偏见和严重误解。这种偏见

---

① 王元骧:《艺术的本性》,复旦大学出版社 2016 年版,第 49 页。
② 王元骧:《艺术的本性》,复旦大学出版社 2016 年版,第 49 页。
③ 王元骧:《艺术的本性》,复旦大学出版社 2016 年版,第 57 页。
④ 王元骧:《艺术的本性》,复旦大学出版社 2016 年版,第 59 页。
⑤ 王元骧:《艺术的本性》,复旦大学出版社 2016 年版,第 60 页。
⑥ 王元骧:《艺术的本性》,复旦大学出版社 2016 年版,第 62 页。
⑦ 王元骧:《论美与人的生存》,浙江大学出版社 2010 年版,第 2 页。
⑧ 王元骧:《论美与人的生存》,浙江大学出版社 2010 年版,第 94—95 页。

和误解不仅导致这些年来我国文艺基础理论研究的严重萎缩,使许多学人疏离了具有重大的理论意义和现实意义的文艺问题的研探讨,使文学理论走向零散化、技术化、实用化、肤浅化,而且也使得我们的文艺批评由于缺乏坚实的理论支撑难见深度和力量,甚至丧失自己的根本职能。"据此王先生强调:"事实证明,批评的开始不是'元理论的终结',而恰恰应是元理论的加强!"①2012年,王元骧发表《对于文学理论性质和功能的思考》,指出后现代主义的"反本质主义"对"本质"理论缺陷的批判还停留在柏拉图层面,不了解柏拉图之后西方关于"本质"的理论本身就是在发展变化的,"特别是到了黑格尔那里,已经完全扬弃了柏拉图那种把事物本质看作是永恒不变的形而上的见解,而认为本质是不离关系的,它是运动的、流逝的",如他说"在本质中一切都是相对的","它们只是在它们的相互关系中才有意义"。黑格尔还把"对本质的认识看作是思维对客体的永无终止的接近的过程"。可见,"反本质主义"所强调的"个性""差异性"其实在西方传统的本质理论中并非不存在,以此将传统本质论当作"同质化""齐一化"的同义语加以批判只能带来严重的"思想混乱"。②

三、人的存在本质:理性存在、社会性存在

文学是人学。美是人的本质存在的表现,审美是为了向人回归,使人成人。那么,人的本质是什么呢？存在主义强调人是个体的、当下的存在,否定人有普遍的本质。王元骧与此相左。王先生也说"人的存在"。他所说的"存在",不是海德格尔的无规定性的"存在",而是西方古典哲学所说的"理性存在"与马克思说的"社会存在"。人既有感性、欲望、个性,但不止于此,还有理性、灵魂、社会性,人区别于动物的根本属性是后者,所以真正的名副其实的"人的存在",是理性存在、精神性存在、社会性存在。在这方面,我们可以看到西方古典哲学对王元骧的影响。"人正如黑格尔说的是一种'自在自为'的存在,所谓'自在对',就是'作为自然物而存在',他必然具有自然的

① 王元骧:《文艺理论:工具性的还是反思性的?》,《社会科学战线》2008年第4期,又收入《论美与人的生存》,浙江大学出版社2010年版,第17页。
② 王元骧:《艺术的本性》,复旦大学出版社2016年版,第15页。

属性并接受自然规律所支配；所谓'自为的'，就是人不同于动物，他还'为自己而存在'，他不仅能'感觉到自身'，而且还'思考到自身'，即具有自我意识，具有对自身生存活动反思和评价的能力，即思考人为什么活？怎样活才有意义？唯其具有这样一种自我意识，他才能从当下的实际存在中超越出来，开始有了自己的追求、期盼和梦想。"①理性、灵魂是人的存在的本质维度。文学作为"人学"，其根本意义是说作家要为人类灵魂而工作，是人的人格不断提升。"美"与"人的生存"的关系，即"美"使人成为真正的人的存在，也就是理性的、灵魂的、社会性的存在。这就是《论美与人的生存》《审美，向人回归》的确切涵义。不过，王元骧并不同意将人的存在仅仅等同于理性存在，否定人的感性欲望存在的权利。那是过去极"左"时期的观念。他补充说："当然，我这样说并不意味着要求回到人是理性的人的主张，因为这种人只是思辨哲学所创造的抽象的、没有血肉的概念，已非活生生的现实生活中的人。所以，正确的理解我认为还是应从感性与理性的辩证统一的观点来看。"②就是说，人可以追求感性欲望的满足，但必须符合理性的考量，只有在理性规范内的感性活动，才是属人的感性活动。文学对人的表现也应坚持这二重性。"只要我们承认人是在感性与理性所构成的张力状态下不断地自我建构而求得发展的，那么美的文学是永远不会消失的，因为它是人自身生存和发展的需要。"③在 2012 年发表的文章中，王元骧再次论及这一主张："综观两千五百年来各家的学说，概括起来大概就是从两种视域出发，一是从普遍性出发，视人为理性的、社会的、道德的人……一是从个别性出发，立足于人的自然本性、自然权利个个人存在的价值……而自 19 世纪以来，又以后者居优势占上风。尽管双方思考的路径完全不同，但深入分析下去，就不难发现它们所要达到的目的却是基本一致的，即使近代西方的人学理论从总体倾向来看是转向自然人性和个体本位，但仍然没有从根本上否定人的理性、社会性和人的伦理德性。"如后来的哲学人类学创始人舍勒吸取两者的合理因素，把人定义为"具有精神能力的生物"。④

---

① 王元骧：《艺术的本性》，复旦大学出版社 2016 年版，第 59 页。
② 王元骧：《论美与人的生存》，浙江大学出版社 2010 年版，第 89—90 页。
③ 王元骧：《论美与人的生存》，浙江大学出版社 2010 年版，第 94 页。
④ 王元骧：《艺术的本性》，复旦大学出版社 2016 年版，第 17—18 页。

四、"美使人快乐"与"人生论美学"的提出

美与人的生存是有密切联系的,同时又是有自己的本质、特点的。在这个问题上,王元骧首先坚持美的客观性。他指出:"世界上不是没有美,而在于你能否发现。"①美的存在尽管离不开与审美主体的审美关系,但不能因此否定美的客观性。关于审美关系,他认为可从美的本质论与美感论两个方面来把握。美的本质论是美感论的来源和前提。美的本质论应从宏观的、社会历史角度看,美感论则应从微观的、个人心理的角度看。在与朱立元的"实践存在论美学观"论争中,王元骧认为朱立元无视美感产生的美本质前提,是片面的。他同意朱立元主张的美在"社会的、历史的生成",但并不认同朱立元提出的美在"个人的、心理的生成"的观点,理由就在于前者并不影响美的客观性,后者则会导致走向否定美的客观性的唯心论。②

如何"对美有一个正确的理解"呢?就是不要把"美"仅仅当作实现道德功用的"手段",而应把美本身就当作"目的"。美的目的是什么呢?是使人产生无私的自由的超越物欲的快乐。关于美的本质,王元骧曾经发表过一篇重要文章,题为"美,使人快乐、幸福"。"什么才是真正意义上的快乐和幸福呢?在我看来,恐怕应该是首推审美所给人的愉快。"③美所给人的快乐,不是一般的快乐,更不是物欲满足的快乐、感官的快乐,而是"由美(包括优美和崇高)的感知和体验所生的无利害的自由愉快"④。"它从消极的意义上可以抵制物的诱惑,从积极的意义上可以培养一种'爱'(美感)与'敬'(崇高感)的情感。"⑤"审美作为一种对于审美对象的感性观照所产生的无利害的自由愉快,不仅在于它仅凭对象的外观而使人感到喜爱,并不对之产生占

---

① 王元骧:《论美与人的生存》,浙江大学出版社 2010 年版,第 244 页。

② 王元骧:《再评"时间存在论美学"》,《审美:向人回归》,浙江大学出版社 2015 年版,第 195 页。

③ 王元骧:《美,使人快乐、幸福——"人生论美学"刍议》,《论美与人的生存》,浙江大学出版社 2010 年版,第 239 页。

④ 王元骧:《美,使人快乐、幸福——"人生论美学"刍议》,《论美与人的生存》,浙江大学出版社 2010 年版,第 241 页。

⑤ 王元骧:《美,使人快乐、幸福——"人生论美学"刍议》,《论美与人的生存》,浙江大学出版社 2010 年版,第 241 页。

用的冲动,而且由于美的两种基本形态优美和崇高让人激发起来的是爱(慈爱、仁爱、爱悦)与敬(敬畏、敬重、敬仰)的情感,受驱使人无私奉献,敬则激励人奋发有为。"①美所带来、审美所产生的超越一己利害关系的无私的快感,包括对他人的慈爱、敬仰,与伦理道德上的心灵净化是相通的,所以美学是走向道德学的根本通道,并且由于美所带来的无私的快感是自觉自愿的、没有丝毫勉强的,所以其道德作用特好。"审美不仅可以起到道德教化的作用,而且由于它是在感性观照、情感愉悦之中不知不觉地进行的,对人没有丝毫强制的成分,如同席勒说的在感性的层面上进行着理性的工作,因而就更能为人所乐于接受,也更能深入人心,转化为自己的内心追求,并以此为中介,把知识和能力在一个人身上整合为整体人格。"②审美在人的情欲上升为情操过程中具有重要地位,"可以起到净化人的心灵、陶冶人的情操、拓展人的胸襟、提升人的境界,以美的精神来塑造人格、完成人的本体建构的作用"③。美没有道德目的,但最终又暗合道德目的。这就是"没有目的合目的性"。王元骧认为,认识到美的快感的无私性、自由性、超越性很重要,它是"一把打开全部美学理论奥秘的金钥匙"④。

由此出发,王元骧对"把美看作只是消遣、享乐的工具,一种仅仅满足感官享受的对象"的"日常生活的审美化"主张提出明确的批评:"按这样的思路来考虑问题,(超功利的)美的享受比之于维系人的生命存在的物质生活条件的需求来自然是次要的,因而也就难以进入劳苦大众的生活空间。这观点看似正确,其实未必全面。这除了受感觉论、经验论的影响,对于美的价值没有作出正确而完整的理解之外,更在于它仅仅从社会学的、外部决定论的观点来看待问题,而没有同时顾及从伦理学的视角来看问题。"⑤"美不是什么奢侈品,不只仅仅是供人消遣、娱乐的,不是什么有钱人的专利。我们若要按照人的生存方式生活、维护自身人格的独立和尊严,实现自己的人生意义和价值,享受真正意义上的人生的快乐和幸福,那就一刻也离不开审

---

①   王元骧:《论美与人的生存》,浙江大学出版社 2010 年版,第 244 页。

②   王元骧:《论美与人的生存》,浙江大学出版社 2010 年版,第 244 页。

③   王元骧:《美,使人快乐、幸福——"人生论美学"刍议》,《论美与人的生存》,浙江大学出版社 2010 年版,第 241 页。

④   王元骧:《美,使人快乐、幸福——"人生论美学"刍议》,《论美与人的生存》,浙江大学出版社 2010 年版,第 241 页。

⑤   王元骧:《论美与人的生存》,浙江大学出版社 2010 年版,第 245 页。

美。我们研究美学,我觉得也应该从这里出发,从这里起航!"①

在此基础上,王元骧提出"人生论美学"的口号。所谓"人生论",即"研究人的生存活动及其意义和价值"的学说。②"美对人到底有什么意义?在我看来最根本的就是使人真正活得快乐、幸福。"所以,美学属于"人生论美学"。③"所以我认为,美学就其性质来说不是认识论的,它不只限于艺术哲学,而是属于人生论、伦理学的。"④他虽然肯定美的客观性和外观的认识论美学传统存在的合理性,但同时又主张与内省的人生论美学传统融合,改变单纯的认识论倾向,推进美学与人生论接轨,使审美、艺术与人生走向统一。⑤

在对美的目的、功能、作用这些本质特征的论述中,美的人学维度,美与人的存在的一致性关系得到了具体确切的揭示。

五、文艺本质论:人的存在论与审美意识形态论

艺术是人类创造的一种特殊的美。美的快感特质是对物欲、私利的超越,所以"艺术精神"即"审美超越"。王先生有一部文集《审美超越与艺术精神》,两者的内在联系即在这里。

具体说来,王元骧的文艺本质论体现为两个主要形态。

一是"文艺本体论"。2007 年,王元骧发表《文艺本体论的现实意义与理论价值》一文,明确提出"文艺本体论"。"本体论是对存在的终极追问,是属于形而上学研究的学问。""文艺本体论所研究的就是文艺之所以是文艺的终极依据。""我们研究文艺本体论,就应该把作为反映对象的社会人生与反映主体的作家统一起来举行把握。这样,就从主客体两方面都涉及人的问题,关涉到人是什么和人应如何这样两个问题。"可见,"文艺本体论与人的存在论是不可分割的,从某种意义上是二而一、一而二的问题"。"文艺本

---

① 王元骧:《论美与人的生存》,浙江大学出版社 2010 年版,第 248 页。
② 王元骧:《论美与人的生存》,浙江大学出版社 2010 年版,第 160 页。
③ 王元骧:《美,使人快乐、幸福——"人生论美学"刍议》,《论美与人的生存》,浙江大学出版社 2010 年版,第 238 页。
④ 王元骧:《论美与人的生存》,浙江大学出版社 2010 年版,第 244 页。
⑤ 王元骧:《论美与人的生存》,浙江大学出版社 2010 年版,第 159 页。

体论"即"人学本体论"。①　文学是人写的，又是写人的，文学作为现实人生状况和作家自身心理的反映，说明"文学是人学"，一切文艺都是"人学"。于是，在坚持唯物主义反映论的基础上，人的存在成为文艺本体。人是什么？不是物质肉体，而是理念灵魂。在这个基本问题上，王元骧继承了西方古典哲学的人性观。苏格拉底认为，德性、理性才能显示人的本真存在，使人区别于并优于其他动物，因而人应当"对灵魂操心"。从苏格拉底、柏拉图、亚里士多德到康德、黑格尔，无不坚持理性、意识是人区别于其他动物的根本特性。马克思在"意识"的基础上提出"劳动""实践"，肯定人是"社会存在物"，亦然。直到当代，现代主义哲学家克尔凯戈尔也说："人是什么？只能就人的理念而言。""那些庸庸碌碌的千百万人不过是一种假象、一种幻觉、一种骚动、一种噪声、一种喧嚣，从理论的角度看他们等于零，甚至连零也不如。因为这些人不能以自己的生命去通达理念。"②以古往今来对人的灵魂特性的论述为据，王元骧强调："文艺的特性是'美'，但这美已不限于获得感官的享受和满足，而应该是一种通过对理想的、可能的、真正意义上的人所应有的生存方式的生动显现所带给人的精神愉悦。"③真正的人是有崇高理性和灵魂的。真正的作家、艺术家永远属于那些"对灵魂操心"、"为人类灵魂工作"、"使人的人格不断提升和完善的人"。④　在 2007 年发表的《论人、文学、文学理论的内在张力》一文中，王元骧批判当下文艺创作人物塑造中的非理性主义倾向："对于真正意义上的人的生存来说，是不可能没有理性、社会性、精神性的维度的。"⑤"那种片面地宣扬人的感性特征，把人性等同于自然性、生物性、动物性的观点不仅理论上完全不能成立，而且在实践上也只能导致人走向沉沦。这些年来，文学创作中所出现的低俗化、颓废化的倾向，什么欲望写作、身体写作等堕落的所谓文学层出不穷，也与这种理论的误导是分不开的。"⑥"真正美的、优秀的、伟大的作品不可能只是一种存在的自发显现，它总是这样那样地体现作家对美好生活的期盼和梦想，而使

---

① 　王元骧：《文艺本体论的现实意义与理论价值》，《论美与人的生存》，浙江大学出版社 2010 年版，第 47 页。

② 　[丹麦]彼德·罗德选编：《克尔凯戈尔日记选》，上海社会科学院出版社 1992 年版，第 129 页。

③ 　王元骧：《论美与人的生存》，浙江大学出版社 2010 年版，第 53 页。

④ 　王元骧：《论美与人的生存》，浙江大学出版社 2010 年版，第 54 页。

⑤ 　王元骧：《论美与人的生存》，浙江大学出版社 2010 年版，第 88 页。

⑥ 　王元骧：《论美与人的生存》，浙江大学出版社 2010 年版，第 89—90 页。

得人生因有梦而变得美丽。""历史上许多伟大的作家,如屈原、陶潜、李白、杜甫、苏轼、陆游、施耐庵、曹雪芹、鲁迅、荷马、但丁、莎士比亚、歌德、雨果、雪莱、巴尔扎克、狄更斯、列夫·托尔斯泰等人的作品,虽然过了几十年、几百年、甚至几千年,何以还是那么脍炙人口、深入人心?! 其中的奥秘在我看来就在于,它们那里都有一个美丽的梦,都是以不同的方式在呼唤和展示人所应该有的、可能有的美好生活。它们之所以万古长青,世世代代被广泛传诵,并不因历史的发展丧失其艺术的魅力,也就在于它们都以不同方式应和了人们这种追求美好人生的愿望! 这就是美对现实人生所产生的一种张力的效应!"①2012 年,王元骧先生进一步重申:"文学在给人以精神的抚慰的同时,又使人从中获得一种鼓舞和激励,促使人从'实是的人'向'应是的人'提升,而非仅仅满足于一种感官上的享受和满足,更非在这种享受和满足中把人引向沉沦。"②

二是文艺特质论。文学的特殊本质是"审美",是"以审美情感、审美体验和审美评价的形式来反映生活"③。因此,王元骧提出:文学是"审美意识形态"。他独立撰写的《文学原理》,就体现了"审美意识形态论"的理论建构。这个定义有两个要点:首先,意识形态是文学及一切艺术的基本属性④;其次,文学艺术这种意识形态的特殊属性是"审美"。

关于审美意识的特点,王元骧指出:"它总是个人的,离开了个人的感觉、体验、想象和幻想就无所谓审美判断,也不可能形成审美意象。""它是自发的,不受强制、不计利害得失而仅凭对对象本身的感觉、体验以及由此引起的想象和幻想而能使人感到愉快的。"⑤审美的"不计利害"使得审美能够达到"提高人的德性"的目的。这就决定了审美并不是一个单纯的超功利的形式快感、感官快感问题,而是与理性、意识交融一起的,本身就具有意识性。所以"审美意识形态"并不仅仅是"审美"与"意识形态"的简单相加,而可能是"审美意识"的形态。当然,文学是"由作家的审美意识物化而来的","由于审美意识是一种感性意识,它本身是具有形式的,所以必须凭借一定

①　王元骧:《论美与人的生存》,浙江大学出版社 2010 年版,第 92 页。
②　王元骧:《艺术的本性》,复旦大学出版社 2016 年版,第 18 页。
③　王元骧:《论美与人的生存》,浙江大学出版社 2010 年版,第 2 页。
④　王元骧:《我对"审美意识形态论"的理解》,《文艺研究》2006 年第 8 期,又收入《艺术的本性》,复旦大学出版社 2016 年,第 95 页。
⑤　王元骧:《论美与人的生存》,浙江大学出版社 2010 年版,第 114 页。

的物质媒介和使用媒介的技巧才能得以表达"①,这就使得审美意识具有一定的形式性,其表现是特定的艺术媒介所呈现的形式美。在《审美反映与艺术形式》一文中,王元骧开宗明义:"我们把文学艺术的性质界定为审美的意识形态,就在于它是审美反映的物化形式。""它只有凭借一定的物质形式才能得以存在。"②如上所述,"审美意识形态"意味着"审美"既有区别于"意识形态"的特殊性,又具有与"意识形态"的有相容性。"审美意识是一种价值意识,所以就其性质来说,是与政治意识、道德意识等列于同一意识层面,并互相交融、互相渗透的。这就决定了任何审美判断都不可能是纯粹的。"③正是在这个意义上,文艺与政治不能彻底脱离,因为广义的政治包括家国伦理:"我们把政治与伦理统一起来,把政治意识看作也是一种公民意识,亦即个人作为国家的公民对国家、社会和人民大众的责任意识和使命意识;这样就不能说明文艺与政治不是绝缘的,而且也使文艺与政治的关系从他律的化为自律的,强制的化为自愿的,从文艺工具论、从属论化为文艺本体论,使文艺与政治之间达到内在的有机的统一。"④

　　王元骧先生在坚持主客二分思维方式下对本质论的坚守和对人的本质、美的本质、文学本质的研究成果,是运用马克思主义辩证唯物论的世界观和方法论对相关问题的虔诚思考,凝聚着深厚的历史经验与教训,语重心长,在反本质主义盛行的当下中国文艺理论界和美学界,具有不同流俗、发人深省的现实意义。

---

　　①　王元骧:《论美与人的生存》,浙江大学出版社 2010 年版,第 115 页。
　　②　王元骧:《艺术的本性》,复旦大学出版社 2016 年版,第 119 页。
　　③　王元骧:《论美与人的生存》,浙江大学出版社 2010 年版,第 114 页。
　　④　王元骧:《重审文艺与政治》,《论美与人的生存》,浙江大学出版社 2010 年版,第 56 页。

王元骧文艺思想的主轴、维度和张力

金健人 *

内容提要：王元骧的文艺理论研究，始终坚守审美反映、审美实践和人生论美学这一主轴。由此主轴沿着各个维度向美学和文艺学有关方面拓展，既充满着理论张力，又以一元化的哲学基础保证其精神的守正不移逻辑自洽。从侧重于认识视角的研究向侧重于实践视角的研究深化；由价值—情感—功能之维，向艺术本体掘进；由意志—静观—超越之维，向实践本体掘进；由群体—个体—人生之维，向人学本体掘进，形成多层面多维度的内在结构，以开放的态度使其理论体系兼容并蓄又合理扩展，创造性地为马克思主义文艺学的现代化和中国化，以及思想理论体系建构提供了新的思路。

关键词：理论主轴；多维综合；思想张力；内在逻辑

王元骧先生从教已经 60 周年，从他 1963 年在《文学评论》发表《对阿 Q 典型研究中一些问题的看法》至今，也已半个多世纪过去了。他的论著性教材《文学原理》和 200 多万字的学术论文，都得到了学界相当高的评价。《文学原理》获"第二届全国高校优秀教材奖"；几乎所有论文都被人大复印资料全文转载，多数被列为头条位置；国内各大刊物在出版纪念文集时几乎都收有他发表在该刊上的论文，他的《审美反映与艺术创造》论著，荣获 1995 年首届中国高校人文社会科学研究优秀成果一等奖。他的研究成果大多以论文形式发表，因为他看到改革开放以来，美学界和文艺理论界的观念发生了很大变化，许多问题都需要作进一步的辨析和清理，把主要精力花在对这些难点、疑点、争论的焦点和突破的关键点的研究上，比起腾出整块时间静态

＊　金健人：浙江大学中文系教授。

地建构自己的理论体系更为需要。特别在他七十高龄以后,进入一个理论创造的爆发期:新世纪开始以来,他以每年七、八篇论文的高产奉献给学界,特别是 2006 年一年间,竟然发表了 12 篇高质量论文。

一、守正创新的理论主轴

有人把王元骧的理论进路划分为三个阶段:20 世纪 80 年代到 90 年代初为审美反映论阶段,90 年代中期到 2003 年左右为审美实践论阶段,而 2003 年至今为人生论美学阶段。① 如果作为论述方便,当然可以,如果作为实质评价,则未必恰当,因为审美实践论和人生论美学原本就包含在审美反映论之中;或者反过来说也一样,随着审美实践论的展开,审美反映思想同时得到了明晰,随着人生论美学的展开,审美实践思想也同时得到了深化。

王元骧的理论研究,坚守审美反映、审美实践和人生论美学这一主轴,这与马克思主义创始人自始至终以认识世界和改变世界为旨归的追求是分不开的。在这一主轴上,从事研究者甚多,但如王元骧这样至今坚守反映论立场的,不说独一无二,那也是寥若晨星。传统认识论文学观早期陷入直观式的镜子说,无法摆脱机械的模仿论而遭非议,尽管通过强调认识主体的主观能动性,可以用不同人的不同价值追求为理由,或人的不同时、地、景、境所表现的偶然性、个别性和特殊性为变化,但还是遭遇了逻辑障碍。正如他本人所言,当刘再复根据李泽厚的主体论人类学提出"文学主体性",并以此否定反映论文艺观时,他觉得要使文艺理论研究有所突破又不违背科学精神,就应该从对反映论文艺观的反思入手。

1985 年岁末和 1986 年年初,刘再复《论文学的主体性》的发表,一时掀起否定反映论的主体性热,不加分析地把反映论一概归之于机械反映论,片面强调"主体"的作用,断言"如果说,过去的反映概念侧重于说明认识与客体的相符性,同一性,那么新的思维科学则更突出地揭示了人们能动地认识现实的机制,侧重阐明人的认识的选择性和创造性。这种从反映论向主体论的转移,不是要根本抛弃反映论的原则,而是对它的超越和补充"。② 王

---

① 陶水平、张学文:《试论王元骧人生论美学的理论探索及其意义》,《美育学刊》2018 年第 3 期。

② 刘再复:《论文学的主体性(续)》,《文学评论》1986 年第 1 期。

元骧快速做出了反应，指出这类主体性热的表现，既没分清机械的反映论与辩证唯物论的反映论的根本区别，又在否定反映论的基础上，以客体与主体的关系来取代存在与意识的关系，把文学理论的根本问题当作是主客体的关系问题来加以论证。王元骧与刘再复的最大分歧，不在于肯定主体在创作和欣赏中的重要作用，也不在于承认情感和潜意识在文学中所占有的重要地位，而在于刘再复把认识与情感对立起来，把意识与潜意识割裂开来，把前者归结为反映，把后者仅仅归结为主体，而没有像王元骧这样认识到这些主体的"表现"，也是"反映"的结果，同样也来源于现实生活。对此王元骧很明确地指出："有些同志为艾杂的现象所迷惑，试图撇开文学的根源转向从主观方向，从主体性和超越性方向去寻找解决问题的途径。这我认为是不正确的。"① 对于这种把主观的东西与客观的东西对立起来，把"自我"看作是创作的源泉，一味地强调文学对生活的超越的理论倾向，王元骧犀利地指出"这只能导致作家脱离严峻的客观现实，蜷缩在个人狭小心灵的深处，把微不足道的个人的悲欢当作是全世界"，"使作品的内容陷于极度空虚而贫乏的状态"。② 中国文坛后来的创作实际，在很大程度上验证了他的这一预判。

其实，王元骧是中国当代最早肯定情感重要性的理论家之一。早在发表于 1983 年《文学评论》的《情感——文学艺术的基本特性》一文中，就提出了艺术的基本特性是情感的重要命题。尽管情感的产生往往是突发的，看不出抽象思考和逻辑推理的痕迹，但就其实质来说，总是这样那样地反映着人们对现实与自身关系的某种认识，而艺术所表现的情感，更由于与一定的价值观、人生观、审美观紧密地联系在一起，所以又是"一种情理交融的内心体验"，"这样，我们就可以从根本上划清在情感问题上唯物主义与形形色色唯心主义，如表现主义、直觉主义、非理性主义的界线，对于艺术特性的问题，或许能够得到比较科学、比较准确的解释"③。认为情感是艺术的基本特性，这在今天已成常识，但在当时的理论环境下，以致有人认定他的文章是在宣扬主观唯心主义文艺观。

这样的批评尽管不符合事实，但促使王元骧反思，需要对情感的性质和

① 王元骧：《反映论原理与文学本质问题》，《文艺理论与批评》1988 年第 1 期。
② 王元骧：《反映论原理与文学本质问题》，《文艺理论与批评》1988 年第 1 期。
③ 王元骧：《情感——文学艺术的基本特性》，《文学评论》1983 年第 5 期。

情感与认识的关系以及情感与表达的关系有个深入的分析，仅仅看到情感的感性形式与认识的理性形式作为审美反映与科学反映的本质区别是远远不够的。王元骧认为，从认识论角度来说，审美反映是建立在作家人生实践基础上的以情绪体验的方式所表达的对现实人生的一种评价性反映，他所把握的不是事实意识（是什么）而是价值意识（应如何）。价值意识是一种意向性的心理，是属于实践的意识，所以反过来又必然要指向现实，即按照人的评价和选择的尺度来反映世界，根据人的意志和愿望来改变世界，使世界朝着人所追求的目标发展。"文学艺术是以作家的审美情感为心理中介对于现实人生所作的评价性反映的产物，它的对象是人，他把作家的主观目的体现在对自己笔下反映的现实人生的褒贬和扬抑之中。"①

正因为引入价值意识，价值意识又由实践而生，王元骧指出实践与人的目的性的关系，强调实践是人的一种实现人生价值的自觉行为。这样，由"知"到"情"再到"意"形成有机的动力机制而进入审美实践，既实现了对传统理论把"反映"局限于认识论层面的突破，又纠正了刘再复等人把"能动的""创造的"归根于"主体性"和"主观方面"的偏向，坚持了以社会存在为基础的历史唯物论立场。"实践作为一种意志行为并不只是将行动计划付诸现实的过程，而且必然包含着一个在意识中选择目的和行为方式的内部环节"。也就是说，实践先在地制约着认识的深度与广度，并不是任何东西都能进入认识的视野，认识的对象应该是在实践中与人发生这样那样联系的事物。"目的则成了认识与实践这两个领域构成联系的中介。它既是认识的终点，又是实践的起点。这样，人类活动包括艺术活动在内也就成了一个以目的为网络的认识与实践双向逆反的流程，一个动态的结构，这样理解人类活动的过程和结构才是完整而深刻的。"②通过这一反思，不仅厘清了马克思主义能动反映论与传统唯物反映论的区别：前者是实践的，后者是直观的；前者不排除情感和意志的参与和作用，后者是唯智的，冷冰冰的，工具性的；前者是主客双向运动的、建构和创造过程中的，后者是客体向主体单向运动的，主体只能被动机械地接受。还与多数学者以放弃反映论文艺观甚至把反映与实践相对立而进入审美实践论的做法不同，王元骧的审美反映

---

① 王元骧：《对我国马克思主义文艺理论研究的哲学反思》，《马克思主义美学研究》2013 年第 1 期。

② 王元骧：《艺术的实践本性》，《文学评论》1995 年第 6 期。

论从认识层面逻辑地深入实践层面，使"知"与"行"真正地统一了起来。他的关于审美反映与艺术实践的反思，就此飞跃到一个新的层面。

合乎逻辑地，人生论美学在王元骧这里便被置于理论前景。人生论美学的核心问题是关于"人"的研究，该问题在当代文坛可谓众声喧哗。自古希腊开始，传统的人学研究都把人的本质定位于理性的动物，中国当代学界主流观点亦复如是。无论把这"理性"看作是心灵、灵魂、精神、智慧，还是知识、真理、德性、意志，其相似处都是对人类意识共性的强调和对逻各斯的推崇。与这种重视人的理性能力和理性活动的观点不同，叔本华否定世界的目的论原则和基本秩序的体现，认为决定世界的是形而上实质的"意志"；尼采对构成人类常识的几乎一切观念和方式提出质疑，认为构成世界的基础就是普遍的神秘感和虚构；萨特等人坚持世界的最终不可知性以及与思维范畴的相背离性，克尔凯郭尔干脆认为通过理性术语解释或证明世界整体性的企图本身就存在着某种不可理喻的东西和某种根本错误，等等。这些思想观念尽管千差万别，但有一条是共同的，即理性可以解释的那个世界并不存在，人的存在取决于偶然、欲望和选择。威廉·冯特的实验心理学和弗洛伊德、荣格等人的精神分析学说，使个体的心理经验、心理结构和心理过程受到空前的重视，感觉、情绪、本能、潜意识等变成了人的"本质"。这些理论思潮和相关作品一起进入中国，引发了中国文坛的观念革新和方法论热，对于"人"在文艺理论中的内涵、地位、作用，出现了各种各样的新探索、新观念和新发展。

王元骧看到这些变化，文坛的现状是既可以从理性的、社会的维度研究人，也可以从感性的个体的维度研究人，还可以从宏观的、中观的或微观的角度研究人，由此形成了不同的批评流派和方法，虽然所获得的各种极化观点相对于对立方都具有一定意义上的补充作用，如后实践美学从感性的、个体性的研究就补弥了传统实践论美学仅从宏观的、社会意识的视角进行研究的不足。但他认为这些单向度的互相割裂的研究，都是脱离了人的现实生活境况所做的抽象概括，所以，他还是坚持从现实人生出发，以"普遍的联系的"观点来研究"人"这个核心问题："我们提倡人生论美学，就是为了改变以往把人作抽象的、分解的理解，把审美关系中相对于审美对象而言的审美主体看作是处身于现实关系中的感性与理性、个人性与社会性统一的、现实的、具体的人。"①这就既克服了实践论美学在人的普遍性、物类性的基础上对美进行本体论探讨,难以对生动活泼的审美现象做出解释的局限,也克服了后实践美学回归人的感性、个体性,以西方非理性哲学为基础,但又只能从经验角度作审美现象描述的弊病。

人生论美学以处身于一定现实关系中的实际的、个体的人为对象,研究人的生存活动及其意义和价值在文艺中的体现,把对审美价值的理解在以往情—理维度的基础上进一步向情—志的维度推进,更重要的是:由审美反映论到实践论美学,由"完整的表象蒸发为抽象的规定",这是个由具体到抽象的过程;而由实践论美学到人生论美学,由"抽象的规定在思维行程中导致具体的再现",这是个由抽象到具体的过程,这是符合马克思所讲的关于完整把握对象所必须经过的前后相继的两条认识道路的理论的。② 不是由起点循环到终点,而是上升到更高的阶段,"这才有可能使之成为人生论美学研究的立足点和出发点,同时改变以往我们美学研究把本体论或认识论作分离研究所造成的科学化的倾向,也才能显示它对于现实人生的人文情怀而突出它的人学的、伦理学的内容"③。

二、有机统一的多维综合

王元骧的学术研究不但扎根于审美反映、实践论美学和人生论美学这一主轴,由此自然地衍生出各种各样的现实问题,串接成各个维度犹如枝丫生发于主干般地向众多领域展开,显示着丰富的内涵、深刻的学理和强烈的探索精神。其中可以归纳为这么几种主要维度,向美学和文艺学的重要方面进行拓展。

(一)价值—情感—功能之维,向艺术本体掘进

从科学反映到审美反映,王元骧不是沿袭当时众多学者所致力的"形象化"研究,如何把科学反映的"真"转化为艺术表达的"美",而是探讨"知"与

---

① 王元骧:《关于推进"人生论美学"研究的思考》,《学术月刊》2017年11期。
② [德]马克思、恩格斯:《马克思恩格斯选集》第2卷,人民出版社1995年版,第18页。
③ 王元骧:《关于推进"人生论美学"研究的思考》,《学术月刊》2017年第11期。

"情"之间的艺术特性联系。他一向反对传统认识论文艺观的纯知主义、唯科学主义倾向,把认识仅看作是一种思维活动、智力活动,把人仅视作是一个"在思想的东西"而把人分解了。而情感活动则把它与知和意统一起来,回归为整体的存在,故审美反映活动主客体都是作为整体的人而存在的,这一特殊的内容只能是以形象这种具体的感性形式才能表达。① 尽管情感可以看作艺术的基本特性,但只有探明了情感之维的内在规定是"价值",是人的价值选择决定了审美反映注重的是"应如何",而不是科学认识的"是什么",从社会存在到艺术作品的"知—情—意"之间的内在动力机制才能得以形成。但是,宗教情感和伦理情感也是情感,也是价值选择,它们与"审美情感"有何区别? 这就需要艺术本身具有某种确定性。这种确定性在俄国形式主义那里被表述为"文学性",影响到中国则被强化为叙事、技巧、语言、形式等那些使文学区别于非文学的东西。王元骧认为艺术创作确实如同其他工艺一样,必然也有一个制作的环节,"艺术不仅是一种'知'(认识),而且还是一种'能'(技能、技巧)",实践作为一种目的性的活动,当然需要达成预定目的相关的手段活动,也就是对语言、媒介、技巧等艺术形式的运用,这种"艺术创制"对于艺术实践来说,不仅是"生成的",而且是"预成的","语言、媒介并不是像以往人们想象的那样,只是到了传达的阶段才自发产生;事实上在构思阶段,它就渗透在艺术家的想象活动中了"②。

但如果把艺术实践仅仅理解为这一方面,那就只能认为是停留在技术性浅表层面上,只能使文学研究的工艺学特征更趋精巧和细腻,并不能全面深入地触及艺术本质。所以除了从"创作论"角度来理解之外,他更强调从"功能论"角度来看,这样,创作就必然指向阅读。创作—作品—阅读三位一体,这三者既是顺向的,又是逆向的,是一个交互作用的动态流程推动着文学的发展③。真正的审美实践,应该是包括艺术家、现实社会、艺术传统、接受者的完整系统。静态的是关系,动态的是功能。这样,对美的本质的探求,就必然融入真正的人类审美实践中,形成艺术家个人的艺术实践与人类审美经验的结合。

---

① 王元骧:《审美:向人回归》,浙江大学出版社 2015 年版,第 270 页。
② 王元骧:《艺术本质:从认识性和实践性的统一中寻求——兼评当今文艺理论界对于艺术本质的探讨》,《社会科学战线》1993 年第 2 期。
③ 王元骧:《文学原理》,浙江大学出版社 2018 年版,第 231 页。

(二)意志—静观—超越之维,向实践本体掘进

　　传统的观点对于从功能上理解艺术的实践性存在着两大障碍:其一是按叔本华的理解把意志等同于欲望;其二是认为"静观"就是对意志的完全否定。实践的最基本要义是生产劳动,就群体和个体来说,当然是意志和行动,而意志和行动,无不关乎利害,在此便又遭遇到一个关键问题,那就是西方美学思想史上流行的审美"无利害"的"静观"思想对意志行为的排斥,特别是对"欲望"的拒绝。根据康德哲学的基本主题,可以发现,美在形式无关利害的内涵,康德所拒斥的是"眼前利害"和"有限目的",其内在追求是"最高利害"和"绝对目的"。因为"眼前利害"和"有限目的"只能把人引向现实功利,[①]"总之,从反省判断这一思维方式来看,审美的无利害性只不过是表明审美在思维方式上是'静观'的,'既不是理论的,也不是实践的',不仅得不出与一切利害关系绝缘的结论,而且按康德的意图,所要论证的正是在这种无利害性中,所包含的'最高的利害关系'"。[②]

　　艺术作品只有通过阅读,其潜在的功能才能转化为实在,这潜在—实在维度就是艺术介入社会人生、影响世人行为的路径。王元骧从"心—身"维度,指出康德在论述崇高范畴时,也包含着"自身结合着心意的运动:这运动将经由想象力或连系于认识能力,或是连系于意欲能力"的思想。这都表明,关于美的理解并不能与意志绝缘,当然,更不能把意志混同于欲望。这样,人的关于"实是"与"应是"的认识层面所形成的"情—理"维度,通过"心—身"维度的中介,转化为"情—志"维度,进入实践层面,审美认识也深化为审美实践。引进康德"知"、"意"、"情"的人学理论结构,改造成以"知"生"情",以"情"动"意"的实践美学动力机制,独具特色地完善了从审美反映到审美实践再到人生论美学的马克思主义文艺学基础理论。王元骧还特地指出,这里的"知",不再是通常所说的"认知",而是"体知",即不再是张载所谓的"闻见之知",而是"德性之知"。前者由人的感官观察所得,通过思维掌握经验世界;后者由人的内感体悟所得,通过心灵通达超验世界。由此两"知"之间的张力,使人活动于现实功利与终极追求之间,"唯有在审美中不

---

　　① 王元骧:《论国人对康德美学的三大误解》,《社会科学战线》2011年第7期。
　　② 王元骧:《何谓"审美"?——兼论对康德美学思想的理解和评价问题》,《社会科学战线》2006年第2期。

仅能把双方有机地统一起来,而且还能使之调整到最佳的状态:它作为呈现于感性形式中的一种应是人生的愿景……而把人不断地引向自我超越"①。

"心身一体"、"知行合一",把知、情、意统一起来,还人以一个整全的、现实的、具体的人,审美能达到这一目的。这样理解文艺的实践本性,也就超越了以往认识论框架的局限,从理论思辨层面转向实践人生层面。

(三)群体—个体—人生之维,向人学本体掘进

"对于人这个问题,我赞同这样的一种观点,即他是马克思主义哲学的核心问题而不是基本问题。"②审美活动和艺术活动都是建立在感觉体验的基础上的,这决定了活动主体必然是现实的、个体的、心理的人,但现实的人总是生活在一定的社会关系之中,是社会造成了"作为人的人"。这说明任何人又必然是个人性与社会性的统一体,同时也决定了不论是认识活动还是实践活动,都是在这样两个层面上进行的。实践不仅是认识的基础,同时还应是认识的归宿。这样,人的活动也就成了以目的为中介而展开的认识与实践两者互相渗透、互相规定、互为前提的双向可逆的动态流程。这同样适合于文艺活动的全过程。实践论文艺观把主体论与反映论辩证地统一起来,认为人对现实的一切反映活动都是在人的实践的基础上所形成的以目的为中介的,主客体之间是互相规定、互相制约的活动。它既是一定审美观念和审美理想支配之下,直接或间接地体现着作家所追求的人生图景物化形态;又是读者以自己的审美观念和审美趣味为尺度,选择领略或拒绝作品的一种"对话"和"交往"活动。

无论是作为人的活动还是活动的人,都离不开个体的存在和社会的存在。"要探讨马克思主义文艺理论在当代的发展,就应该从人的活动与活动的人、活动论与层次论这样横纵两轴交错所形成的四个维度来开展全方位的考察。"③关于整体性的人,王元骧还自制了一幅图示,以十字交叉的纵横两轴虚实八维来说明处在一定社会历史关系中的人的活动的完整系统:横轴左端是"认识"维度,右端是"实践"维度,纵轴上端是"个体"维度,下端是"群体"维度;而中心焦点是"人"。所以对于文学,我们也可以分别从四个维

---

① 王元骧:《文艺本体论的现实意义与理论价值》,《浙江大学学报》2007 年第 5 期。
② 王元骧:《对于推进马克思主义文艺学在当代发展的思考》,《社会科学战线》1997 年第 10 期。
③ 王元骧:《对于推进马克思主义文艺学在当代发展的思考》,《社会科学战线》1997 年第 10 期。

度来进行了解。

从"群体—认识"维度展开是属于意识层面，主要把文艺看作是一种社会的思想形式，以文艺能否深刻反映生活的本质和规律作为衡量文艺作品成败的最高准则。绵延欧洲文艺史两千余年的现实主义文艺传统，与此维度高度重合。如果对此维度强调过分，则会以理性认识排斥非理性因素，以社会认识过滤个人特点，难以深入文艺活动的微观世界和体察特殊规律而流于空泛。从"个体—认识"维度展开的是心理层面，该层面研究主要以意识的个体形式为对象，以人的内在世界反映外在世界，个人性的、非理性的、潜意识的因素和个人认识活动的特点得到了发现和重视，补弥了传统文艺理论多从宏观的、社会意识的视角进行研究的不足。但对此维度强调过分，则忽视了人类心理发生的社会学前提，以及通过历史文化陶铸所形成的共同的社会基础和现实根源。从"个体—实践"的维度展开是人生层面，该层面研究经近现代人本主义思想推进发展，已成为现代西方文艺理论的一个主潮。它把实践归结为一个伦理学的范畴，而没有从根本上把实践看作是在一定社会关系形式下实现人与物、主体与客体相统一的活动过程。这一维度被强化所带来的偏向，就是把个人与社会对立起来，把实践看作是一种基于个人心理体验基础之上的自由选择活动，看作一种只维系着个人生存欲求、实现个体人生价值的生存活动，否定个体与群体之间的血肉联系，导致个人与社会的对立。从"群体—实践"的维度展开的是社会层面，这一维度的研究虽然在 19 世纪三四十年代英国"宪章派"诗歌和法国"巴黎公社"文学中就已产生，但直到苏联和西方马克思主义某些思想家的研究中才得以展开。它们把文艺看作是社会斗争的一种武器，强调文艺作为意识形态的上层建筑必须为经济基础服务。这一维度的极端化表现，便是要求文艺成为政治的工具。

当个体与认识发生关系构成了"心理的"维度，个体与实践发生关系构成了"人生的"维度；当群体与认识发生关系构成了"意识的"维度，群体与实践发生关系构成了"社会的"维度。意识之不同于心理，就在于它是经过语言的整理和加工的，马克思主义认为"意识一开始就是社会的产物"①。而"人"作为活动的主体，不仅居于这个坐标的中心，而且还支配和操纵着这些

①　[德]马克思、恩格斯：《马克思恩格斯选集》第 1 卷，人民出版社 1972 年版，第 35 页。

活动的展开。这些活动不是孤立的,而是互相渗透、彼此交融的,所以,也正是通过这些活动,才使得人作为认识主体与实践主体,个人主体与社会主体达到了有机的统一,从而确证了人的本质的具体丰富的内涵。

把马克思主义"人学"的逻辑起点建立在这四个维度上,正是由于马克思主义文艺学与人学之间具有一种内在的联系和同一的性质,即都是从认识与实践、个体与群体相统一的意义上完整地来看待人和人的活动,具有认识与价值、个体与群体互渗的特征,也就决定了马克思主义文艺学与马克思主义人学的研究一样,它们的方法也必然既是科学的又是人文的,亦即历史的与逻辑的、理解的与解释的方法的统一。这是以往马克思主义文艺学研究所忽视的,因而这种方法的更新也就成了马克思主义文艺学走向当代的一条重要的途径。而以这四个维度围绕"人"这个核心概念所形成的整体性,相互联系辩证统一的有机性,成为王元骧文艺思想鲜明的和一贯的理论特色。这样,王元骧将其人生论美学的内容区分为"目的论"、"价值论"和"存在论"这样三个方面,就具有体系的框架:"人是目的",具有"最高的利害关系",从终极意义上讲,代表着"绝对价值",所以,目的论对应于形而上层面;价值论则是"绝对价值"的相对实现,因为价值总是在一定的历史和环境中得以体现的,所以对应于社会性层面;存在论对应于现实性和个人性层面,它必须与前两个层面结合才能建构起现实生活中知情意合一的整体的人。对这四个维度的整体的有机的把握,也是目前众多形形色色"人学"理论所不具备的。

三、多方拓展的学术张力

王元骧文艺思想的内在结构,建基于上述艺术本体、实践本体和人学本体三个侧面的多维展开的有机综合,形成了对外多方扩展的学术张力。

(一)马克思主义文艺学与文艺学学科体系

在王元骧眼里,这二者是二而一、一而二的一体两面。马克思主义文艺学是马克思主义基本原理在文艺领域里的具体运用,而文艺学学科体系,则应该形成能揭示文艺活动规律的知识系统,它们都统一于科学性和真理性。

早在 1989 年,王元骧在《就建构马克思主义文学理论体系问题谈三点意见》一文中提出了三个问题:文学理论是不是纯粹的知识体系? 如何建构马克思主义文学理论的体系? 马克思主义文学理论的逻辑起点应该是什么? 从那之后,王元骧的几乎所有文章,可以说都围绕着这些问题展开,试图回答和深化着相关方面的认识。

　　文艺理论不是纯粹的知识体系,它与自然科学的最大不同,就在于同时还是价值学说。马克思主义创始人,由于大时代的情势需要,主要致力于政治、哲学、经济和社会文化方面的理论著述,没能留下关于美学或文艺学的专门论著,后人只能从零散的片段论述去学习、领会其有关美学和文艺学的思想闪光,尝试构拟其理论体系。苏联、西马都留下了许多学术遗产。西方马克思主义文艺理论,以卢卡奇、柯尔施、葛兰西为代表的第一代,以霍克海默、弗洛姆、阿多诺、马尔库塞、本雅明、阿尔都塞为主的第二代,以杰姆逊、伊戈尔顿、哈贝马斯为代表的第三代。他们有的以坚持和发展马克思主义为基本宗旨,努力构建马克思主义文艺美学思想体系;有的试图重新解读马恩原著,特别是早期著述、包括手稿,发掘马克思主义的潜在思想资源;有的面对新的社会思潮,采取开放的姿态兼容并蓄,提出要"发现马克思主义"、"创造马克思主义"等,出现了黑格尔主义马克思主义、存在主义马克思主义、结构主义马克思主义、精神分析学马克思主义、新实证马克思主义等等。不管怎么说,这些努力在突破机械反映论、否定文艺工具论、强调人的主体重要性方面,起到了很大的推动作用。

　　在当今学界,能够坚持从能动反映论到实践论再到现实美学和文艺学问题展开研究的,王元骧无疑是杰出的代表。他所区别于人的最为显著的特点,就是反对脱离具体语境从片言只语来理解马克思文艺思想,强调把握基本精神,把马克思主义看作是对待文艺问题的立场、观点和方法而进行创造性地运用。从第一篇学术论文发表开始至今,半个多世纪以来一以贯之地以马克思主义基本原理为指导,面对国内外学术思潮的风起云涌,坚定不移地掌控着自己的学术航向,时时针对美学和文艺学的各种重大现实理论问题发声,并且总能以有力的论据、严密的逻辑和平实的风格,论证自己的创造性的观点,孜孜以求地构筑马克思主义文艺理论体系。这个体系应该具有巨大的包孕性和覆盖面,是一个按照严密的逻辑结构组织起来的知识系统:"在这里,较低、较浅层面的知识是建立在较高、较深层面知识的基础之上，是由较高、较深层面的知识派生出来的，又是对较高、较深层面的知识的进一步的丰富和具体化。所以，最一般、最简单的规定始终统率、并层层渗透在中间层面和浅表层面的知识之中。这决定了我们的文学理论局部而论是'多元'的，而从整体而论必须是'一元'的。否则，就只能是一个缺乏内在逻辑联系的各种知识的大杂烩。"①他的论著型教材《文学原理》，就是这一主张的自我实践，而这个最一般、最简单的基础，就是审美反映论。

以此为基点的逻辑延伸，让王元骧在马克思主义经典作家没能完成的美学和文艺学理论大厦建设中，显现出独特的价值。众所周知，马克思主义的理论来源，就包括了德国古典哲学、英国政治经济学和英法空想社会主义。试想如果马克思主义创始人有时间进行美学或文艺学理论建设，相信其一，必然与其辩证唯物论和历史唯物论的基本原理以及方法论逻辑自洽；其二，也必然会吸收康德、黑格尔等传统美学思想的合理因素，以此构建和丰富马克思主义文艺理论思想体系。王元骧以其深厚的学养，发掘和汲取传统古典哲学的合理资源，丰富马克思主义美学和文艺学理论。阅读他的论著，不能不为他追本溯源的学理辨析折服、探幽发微的道心契合叫绝。而王先生以其耄耋之年，矢志不移，笔耕不辍，一直在为构筑马克思主义文艺理论大厦添砖加瓦。

从侧重于认识视角的研究向侧重于实践视角的研究并轨，是马克思主义文艺理论现代发展的基本走向。马克思主义创始人把自己的哲学看作是"实践的唯物主义"，他们尽管没有以实践的观点来对文艺作出具体解释，但是，按照其精神，是可以与现代西方人本主义的那些建立在实践论基础上的文艺观开展对话，获得沟通，并通过批判性改造，被马克思主义文艺理论所吸取和融合的。与传统认识论文艺观要求向人们提供普遍知识、类型人物和趋向理性不同，实践论文艺观肯定感性物质活动和感性世界对象，实践主体也总是以生命个体的形式参与特定时空的具体活动，要求文艺回归现实生活。与传统认识论文艺观把文艺看作不同于明晰、高级的知识哲学的一种"朦胧的"、"低级的知识"不同，实践论文艺观认为文艺所表达的是对于人生目的、意义、价值的一种探寻和追求，是艺术家通过自己的创造性的劳动为人的生活所营造的一个精神家园和精神归宿，而且必须经过读者的阅读

---

①　王元骧：《就建构马克思主义文学理论体系问题谈三点意见》，《理论与创作》1988 年第 4 期。

才能实现，作者、作品和读者就处于动态的关系之中。①　可以这么说，实践
论文艺观及审美实践理论，是经过几代中国学人的努力，奉献给国际学界关
于马克思主义文艺学建设的丰硕成果，而建立在此基础上的人生论美学，以
马克思主义精神特质与存在主义、人本主义、生命哲学、精神分析等美学学
派，展开了别开生面的理论对话。

（二）深入现实理论问题与中国传统文论创新

恩格斯说过："随着自然科学领域中每一划时代的发现，唯物主义也必
然要改变自己的形式。"②马克思主义必然要随着自然科学、社会科学和思
维科学的发展而发展。19 世纪末及 20 世纪以来，现代主义和后现代思潮
的出现，一方面冲击着马克思主义，另一方面也促使着马克思主义的发展。
王元骧始终保持着年轻人般的好学精神，在其著述中，对西方现代、后现代
的种种观点随手拈来，如数家珍，对其中代表理论的精妙评析随处可见，用
以补充马克思主义美学或文艺学的具体内容又常常恰到好处，以开放的态
度让其理论体系兼容并蓄合理扩展，又以一元化的哲学基础保证其精神的
守正不移逻辑自洽。同时，他又时时保持着年轻人般的学术敏感，在吃透各
种代表思想的精神实质的基础上，于微细处洞悉各种新潮观点的原则差异。

理论的与时俱进的最根本点，就是在理论研究中确立反映时代要求的
价值观念和价值取向，这就必然要求关注现实重大理论问题，努力开创中国
特色文艺理论之路。理论的使命不是"解释世界"，而是"改变世界"，马克思
主义从它产生的那天起，就注定了它必须介入现实，适应国情。对当下人欲
横流导致种种社会病态的愤怒抨击中，可以感受到论者的拳拳赤子心。仅
仅只需粗粗浏览一遍王元骧的著述目录，就不能不对他竟然会对那么多的
重大理论提出富有创见的观点深感惊讶，几乎涉及美学和文艺理论的方方
面面，且多是重点、难点和疑点。在他的一系列关于建构马克思主义美学或
文艺学学科体系的文章中，主要内容都是针对现实中的中国文坛学界的关
注热点。

马克思主义文艺学如何中国化，不仅是个如何运用马克思主义基本原
理，本土化西方文艺理论的问题，同时也包括中国的古代文论如何进入现代

---

① 王元骧：《实践的思想与马克思主义文艺理论研究的变革》，《江苏社会科学》2002 年第 1 期。
② ［德］马克思、恩格斯《马克思恩格斯选集》第 4 卷，人民出版社 1972 年版，第 224 页。

话语体系,如何成为中国文艺理论的有机组成部分的问题。王元骧对此也发表了自己的意见。不得不承认,中国古代文论中的大多思想,"都只是凭感悟和直觉所把握的,没有经过科学的分析,因而又不免陷于混沌、含糊、迷离,而未能获得科学的规定"①。尽管其中有些"对于文学独特的颖悟和灵光",能补西方文论知性分析之网的遗漏之失,但大量经验现象的描述,还得经过分门别类的分析综合,揭示其规律,建立起范畴体系,经过知性分析这一环节,遵循现代科学理论思维的工具——辩证逻辑的方法,成为建设当代中国特色的马克思主义文学理论的思想养料。如对梁启超力求把趣味(审美)、艺术与人生三者有机地统一起来的评述;对蔡元培从知识论、认识论的观点来理解宗教,以艺术进行审美教育来取代宗教作用的当代肯定;对王阳明与康德作为中西哲学史上两位杰出代表的审美理解的相似和思想体系的相异之间的比较分析;包括关注到马克思主义美学与中国传统文化的核心内容都是"人",其中的结合应该存在着深厚的文化内容和宽广的理论空间,批判地吸取其中的思想精华,对创建具有民族美学特色的当代马克思主义文艺学具有重要意义,等等。

(三)层层深入的本质探索与创新变革的研究方法

把王元骧的研究联系到一起整体来看,可以发现,他始终把对"美的本质"和"文艺的本质"的探求作为中心任务,然而并未落入所谓"本质主义"研究的窠臼。我们知道,本质主义认为事物具有超历史的、普遍的永恒本质,王元骧当然反对这样的"本质主义",但他坚定地捍卫"本质研究"的学术合法性。罗蒂的"大写的哲学",德里达的"延异",维特根斯坦的"家属相似",阿多诺的"星丛"理论,利奥塔的否定"宏大叙事"而倡导"小叙事",都具有否定"同一哲学"的共同基础。认为任何事物的现象背后都有着决定该事物是其所是的唯一的固定不变的"本质"的观点,其要害就在于抹杀了事物的差异性。而王元骧所坚持的本质探索,恰恰就是寻找、发现、强调这类事物现象背后的"差异性",以"差异"为基础来探寻美和文艺的特定本质。这恐怕就是他在"反本质主义"风潮盛行的现时代,坚持美和文艺的本质研究而不为人诟病,竟能成果迭出的奥秘所在。他从来不把美的本质看作某种静止

---

① 王元骧:《试论古代文论的"现代转换"》,《学术研究》1997年第1期。

的不变的理念的抽象演绎,而是始终在诸多相互联系的对象之间着眼于它们的差异,在差异中建构起关于"本质"的规定性。换句话说,就是从普遍性(一般性)和特殊性(个别性)的关系方面来考虑:"例如把意识形态视为文艺与社会人文科学的共同性,而审美是文艺不同于社会人文科学的特殊性;又如审美价值是一切文学艺术的共同性,而不同艺术的媒介、形式是它们各自的特殊性等等。"①这样,就不是从某个宏大的形而上的本质观念推演出研究结论,而是在上述艺术本体、实践本体、人学本体的不同侧面的层层深入所展现开来的种种理论维度的阐释中,自然地导引出美和文艺的本质建构。关于事物本体的理解与相关的思维方式、研究方法达到了内在逻辑的高度一致。

王元骧既善于以恢宏开阔的历史的学科的眼光来阐述美学原理,也善于以探幽发微的涵泳于文情体味于语意的慧心来解析文艺问题。在实在论、认识论和语言论维度研究陷入困境之时,他建议将目的论的思想作历史唯物主义的改造引入文学理论的研究,这对于正确理解文学本体论有着十分重要的意义。在肯定"五四"以中国现代文艺理论接受西方古希腊知识论哲学的科学精神建立起文论体系时所做的选择,认为其基本方向正确的同时,提醒不可忽视希伯来文化以信仰论为基础的超验的、动态的思想观点和思维方式,与前者不仅具有横向的互补关系,还有纵向的传承和发展的功效,从而把对人的理解由社会的、理性的维度推进到个体的、心理的维度而具有创新性的启迪。这也与他一再倡导的把西方美学思想史上对"审美"的理解的两大系统,即由柏拉图所开创的超验性、内省性的审美传统和由亚里士多德所开创的经验性、外观性的审美传统统一起来,走两大系统融合之路的建议相互一致。他概括自古至今的文学研究模式可分为规范型、描述型和反思型三种,认为反思型是文学理论研究最为成熟的一种形态,其所直接面对的不是经验事实,而是按反思型研究的精神,发现问题、提出问题、分析问题,并通过对问题的正确回答来寻求和确立既反映客观规律又合乎时代要求的文学观念。② 正如他在 2009 年第 5 期《文学评论》所发文章《文艺理论的创新与思维方式的变革》题目所表述的那样,他正是如此一直努力着

---

① 郑玉明:《把理论思辨与现实情怀统一起来——访文艺理论家王元骧》,《中国文艺评论》2018年第 2 期。

② 王元骧:《对于文学理论的性质和功能的思考》,《文学评论》2012 年第 3 期。

的。读王元骧的文章，严密的推理，缜密的思路，从根子上解决问题的鞭辟入里和选字择词的严谨认真一丝不苟，是读者们的共同感受，在遵循学术论文的逻辑法则之外，他似乎还在追求着某种个人风格的美学法则。

文学理论研究的主要对象是作品、世界、作者及读者四要素所展开的关系之网，以其各自侧重或四要素中以何者为中心，产生了各不相同的理论体系和批评流派。王元骧认为马克思主义文艺学应该以作品为中心，从作品与世界、作家、读者三方面的综合，而不是割裂地开展对于它们之间所形成的审美联系的研究格局，以审美反映这一文艺的特殊本质为逻辑起点，强化"情—能"这一特殊维度对文艺活动的形式化、技能化、语言（媒介）化的重要，展开由审美反映、审美实践和人生论美学所构成的马克思主义文艺学的体系主轴，以人的活动和活动的人为研究的核心问题，以活动论与层次论这横纵两轴交错所形成的四个维度来支撑其结构框架，以"知—情"、"情—理"、"情—志"等维度变化来丰富其具体内容，在情感为基本特性的"心—身"动态机制内，把各种相关知识有机地组织到这个网络型的理论结构中来。这是王元骧的学术生涯所显露出来的总体理论构架。

马克思主义文艺学与整个马克思主义一样都不是教条而是行动的指南，这决定了它必然随社会历史的变化而发展，与以往研究中那种仅以演绎马克思主义著作中的个别字句和结论来建构马克思主义文艺理论的倾向不同，王元骧一直坚持以马克思主义基本原理来解决现实文艺理论问题，以实践论文艺观改造传统反映论文艺观，把认识论与主体论、科学方法与人文方法统一起来，从审美反映论到文艺价值论再到文艺本体论，创造性地为马克思主义文艺体系建设提供了新的思路，在当今西方各种文艺思潮的挑战中把中国马克思主义文艺理论研究推向一个新的水平。

试论王元骧晚近人生论美学的
理论探索及其意义

陶水平　　张学文*

内容提要:王元骧先生近年来所倡导的人生论美学,是其学术思想在强烈的人文关怀精神的推动下,向人生本体论方向的深入。人生论美学的"中观"视角既能涵盖实践论的宏观研究又能走向后实践论美学的微观、具体研究。王元骧先生把美学研究的起点规定为与"抽象的人"相对的"社会性的个人"或称"具体的人"。对审美对象的内感性、超验性以及审美关系的意向性静观性质的阐发,构成了人生论美学的主要理论内涵。对审美主体、审美对象以及审美关系这三者的创造性阐发,正是人生论美学的理论创新价值所在。其实践价值则突出地体现在他的美育理论中。

关键词:王元骧;人生论美学;"具体的人";内感性;意向性静观

王元骧教授是一位令人敬仰的勤勉型学者,多年来笔耕不辍,凭着扎实的理论基础和强烈的问题意识,在文艺学、美学基础理论研究方面卓有建树。近年来,他发表了多篇论文,不遗余力地倡导和构建人生论美学。这一由王元骧先生晚年贡献出来的理论成果,以其厚重的学术分量和创新色彩,在学界引起了较大反响。作为一个有着深厚学术功力并早已建筑起自身成熟体系的理论家,王元骧先生晚年走向人生论美学绝非一个偶然事件,其中必然蕴含着某种深思熟虑的学术考量。因此,王元骧先生为何转向人生论美学本身构成了一个重要的、有意义的美学问题。而这一问题又理所应当地将我们引向对人生论美学的理论建构、理论内涵及其价值意义的探寻。

---

　　* 陶水平:江西师范大学文学院教授、北京师范大学文艺学中心兼职研究员,博士生导师,中国中外文艺理论学会理事、中国文艺理论学会理事、中华美学会中国美学学术委员会委员;张学文:江西师范大学文艺美学硕士研究生。

一、王元骧人生论美学的理论背景

　　王元骧先生的美学生涯可划分为三个阶段：审美反映论美学阶段（80
年代到 90 年代初）、审美实践论美学阶段（90 年代中期到 2003 年左右）和
人生论美学阶段（2003 年至今）。需要说明的是，前两种作为美学观是从他
的文学理论思想中抽绎出来的，虽然王先生到晚年才从文学理论研究转向
美学研究，但在此之前，他的文论研究始终有着将美学理论与文艺理论相互
阐明相互印证的文艺美学理论特色。

　　王元骧先生的审美反映论美学观在其"文革"前的学术发端期便初现端
倪。他在《对于阿 Q 典型研究中一些问题的看法》中认为典型化的概括"总
是伴随着个性化的原则来进行的"，"它不仅是生活的反映，同时还是作家的
发现和创造"①。这些思想明显不同于机械反映论，显示出审美反映论的初
光。到了新时期，反映论受到了普遍攻击。为了维护反映论，他在 1987 年
发表了《反映论原理与文学本质问题》一文，这篇文章反驳了刘再复以"文学
主体性"理论彻底否定反映论的观点。他提出情感反应论作为对反映论的
修正。他说反映"从横向来看，除了认识之外还有情感和意志；从纵向来看，
除了意识还有无意识"②，在反映中加入了主体的情感因素，一定程度上解
决了反映论主体缺失的理论盲点。但后来"觉得情感是一个较为笼统、宽泛
的概念，像理智感、道德感、宗教感、美感等都包括在内"③。所以他在接下
来发表的《艺术的认识性与审美性》、《审美反映与艺术创造》等文中将"情感
反映"改成了"审美反映"。从 20 世纪 90 年代中期开始，他从审美反映论走
向了审美实践论。审美反映论虽然将主体情感因素引入文艺的本质，但仅
仅从"反映"这一维度来看待文学作品是远远不够的。因为"知"是为了
"行"，"认识不是为了知识而知识，它产生于实践的需要，最终也是为了付诸
实践，并在实践中得到进一步的丰富和发展"④。因此我们还需要考察艺术

① 王元骧：《对阿 Q 典型研究中一些问题的看法》，《文学评论》1964 年第 3 期。
② 王元骧：《审美反映与艺术创造》，浙江大学出版 1998 年版，第 24 页。
③ 王元骧：《审美：向人回归》，浙江大学出版社 2015 年版，第 296 页。
④ 王元骧：《艺术的实践本性》，《文学评论》1995 年第 6 期。

对人的价值关系和实践要求，也即是考察艺术的功能性质。那么，文艺的功能也即是它的实践性何在呢？文艺作为价值意识的载体具有引领人、激发人改造对象世界、实现道德提升的功能，它能激发人合乎规律的实践意志。但这种实践意志是一种情感上的选择，它比建立在认识之上的选择更加体现人的自主性，比由情欲激发所做出的选择更符合道德理性。它"不仅有利于把美所昭示的人生目的真正内化为属于自己的东西，而且还使得意志通过审美按人性的要求获得改造"①。因而艺术或审美具有自由解放的性质。

王元骧先生于 2003 年发表的《"美是道德的象征"——康德美学思想辩证》一文，可大致视为他开启人生论美学研究之路的标志。此后他先后出版了两部论文集《论美与人的生存》(2010)与《审美：向人回归》(2015)，从各个方面对人生论美学进行了理论构筑。王元骧先生思考的重点之所以由文学理论转向美学，是出于两点考虑，一是因为文学理论的许多根本问题追问到哲学本体的层次其实就是美学问题，他希望通过加强美学的基础研究，以促进文学理论的发展。二是因为他想弥合实践论美学和后实践美学之间的冲突和对峙。后者则促使他走向了"人生论美学"的建构。

总体而言，新时期美学的发展是在后实践论美学与实践美学（及其各种创新形态）的批评与反批评中进行的。实践论美学从宏观的、社会历史的观点来理解审美关系，探讨了审美关系所产生的社会根源。后实践论美学则认为，实践论美学将"实践"作为美学的逻辑起点和基本范畴，使得实践活动的普遍性遮蔽了审美活动的特殊性，难以对鲜活的审美体验做出令人信服的解释。他们认为实践论美学有重社会性轻个体性、重物质性轻精神性、重现实性轻超越性的缺陷。因此需要彻底地抛弃其实践论基础。王元骧先生则认为实践论美学为美学提供了合理的、科学的理论基础，必须坚持。美的超越性、个体性、非理性等属于美学的微观研究层。而实践论美学是一种宏观的哲学美学，"它的意义和作用不在于具体地描述和说明审美的经验现象，却保证了我们的研究不迷失方向而朝着科学的道路前进"②。对美的具体的、个体的、经验的研究是实践论美学所提出的内在要求。要推动美学的前进，仅需要在实践论美学的基础上加强这些具体的微观的研究即可。这一考虑，成为他人生论美学的理论出发点之一。他认为"怎么使微观的个人

---

① 王元骧：《艺术的实践本性》，《文学评论》1995 年第 6 期。
② 王元骧：《审美：向人回归》，浙江大学出版社 2015 年版，第 80 页。

心理的研究与宏观的社会历史的研究统一起来？于是我想到了‘人生论美学’”①，“因为‘人生论’所理解的‘人’既非没有个性的只是作为社会历史的普遍的人，也非游离于社会历史之外的个体的心理的人，而是两者统一的现实的整体的人”②。人生论美学采取的是一种中观的视角，它既能包含实践论美学的宏观视野下的本源论研究，又能向心理学的、具体微观的研究进一步深入。因此，在王元骧先生看来人生论美学与实践论美学是一种相互补充相互配合的关系，而后实践美学则被其剔除了非理性哲学基础之后融合在自身之内。

二、王元骧人生论美学的理论建构

美作为一种价值属性，是相对于人的需要而言的。因此，以“美”为研究对象的美学，其理论基础与逻辑起点应当是“人”。人生论美学的建构正是从廓清对“人”的误解、正确认识“人”入手。

对人的不同理解决定着各美学理论流派的最终面貌。当前中国美学流派便是建立在两种相互对立的“人的内涵”的理论基础之上。在这两种对人的认识和理解当中，一种是只看到人的理性与社会性，把人看作是理性的人与社会的人。西方的理性主义传统始自于柏拉图，一直到 19 世纪末的叔本华、尼采才受到质疑。在这期间的漫长的历史长河中，人们始终相信理性是作为人区别于动物的根本属性，是人认识真理、发现幸福的最终法宝。柏拉图认为理性是灵魂中最高贵的因素。亚里士多德把人直接定义为天生的政治动物。哪怕是中世纪的宗教也始终在寻求着与理性的艰难结合，形成了晦涩难懂的经院哲学。唯名论与唯实论之争在 16 世纪发展为经验主义与理性主义之争。理性作为一种万能认识工具的身份虽然间或受到质疑，但它作为人的本质属性这点却无可怀疑，这一点在康德哲学解决了理性主义与经验主义之争之后，变得无可置疑。理性主义的传统在 19 世纪后期受到了叔本华意志主义的挑战。理性法则无法回应人的快乐诉求，成为道德的人并不意味着成为快乐的人。道德律所承诺的自由也是一种抽象的、远离

---

① 王元骧：《审美：向人回归》，浙江大学出版社 2015 年版，第 331 页。
② 王元骧：《审美：向人回归》，浙江大学出版社 2015 年版，第 300 页。

人的生命感受的自由。叔本华、尼采转而把人看成是感性的人、个体的人，彻底否定理性的人、社会的人，进而诞生出另一种从感性的、个体性方面定义人的观念。

王元骧先生认为，不管是前者还是后者，都把人作了抽象的、割裂的理解。他说："不论取理性、社会性的立场，还是感性、个人性的立场，都是离开了人的生存的具体的现实关系、环境和条件，对人作抽象的理解，把人视为观念中的而非现实生活中的实际存在的人。"①中国当代美学便难免陷入这一窠臼当中，将人作了遗忘具体存在的抽象理解。实践论美学把人看成是"实践"的动物，实践意味着人的活动的自由自觉性，人通过自由自觉的活动由动物过渡到人，将自然改造成社会，这即是人的外在自然与内在自然的双重人化。审美就是在这种双重人化的过程中发展出来的。实践论为美学提供了科学的思想基础，意义重大。但它是在人的普遍性、物类性的基础上来对美进行本体论、本源论的探讨，这就决定了它只能对人当作整体性的理性与社会性的看待。因而使它难以对生动活泼的审美现象作出解释，也难以对人的现实生存有所启迪。后实践美学认识到了这一缺陷。后实践美学回归人的感性、个体性，以意志哲学为代表的非理性哲学为其哲学基础，从心理学的、经验的角度研究审美现象，对审美作主观论的研究。但这一研究又把人理解为抽象的心理过程，同样不是现实生活中从事具体活动的人。因而二者都只对人作了抽象理解。美学应该建立在具体生动的人的生存基础之上。这种存在于现实生存中的人，既不纯然以理性也不纯然以感性面对这个丰富多姿的世界，而是作为理性与感性、社会性与个人性相统一的人参与到复杂的现实关系中。人生论美学正是本着这样一种对人的认识进入美学研究当中，它综合了认识论与本体论，兼具科学性与人文性。

王元骧先生认为，人生论把人看作"社会性的个人"，它包含着三个维度："目的论"、"价值论"以及"生存论"。人生论就是综合这三个维度，"立足于人的生存活动来对目的论和价值论的意义所作的一种阐释"②。这一人生论哲学为其人生论美学奠定了理论基础。

人生论中的目的论含义是以人为目的，这一思想来源于康德。康德认为自然界的一切都是既是目的，又同时是手段。但必定存在一个不作为手

---

①　王元骧：《关于推进"人生论美学"研究的思考》，《学术月刊》2017 年第 11 期。

②　王元骧：《关于推进"人生论美学"研究的思考》，《学术月刊》2017 年第 11 期。

段的最终目的。在自然界中,唯有有理性的人才能自我立法,设定目标。人才是"世上唯一拥有知性因而具有把他自己有意抉择的目的摆在自己面前的能力的存在者"①。换言之,人是自然的目的,只有人才有资格成为既源于自然法则又超越自然因果链条的终点。康德的"目的论"哲学既照顾到人的不可或缺的形而上的慰藉,又有充分的理性基础。"人是目的"在确认了人的存在意义的同时,也为人生前行提供了一个永恒的方向,成为人生论哲学不可或缺的维度。

价值论可视为目的论的进一步具体化——以人为目的作为人的行为的最终价值取向。它与目的论有内在的联系,并离现实的人更近了一步。如王元骧先生所说,"我们把目的论视为人生论的形上层面,也就是为了让人们认清有限目的和终极目的、相对价值和绝对价值之间的利弊得失,而按终极目的和绝对价值,亦即'至善'的观念作为评价人生意义和价值尺度和一个人的人格的最高准则"②。价值论所探讨的价值不仅包含外在事物对人的物质与精神价值,更包括人对自身内在价值的确认。通过对价值论的探讨,就是要使人在现实生活中区分出有限的、私人的价值与终极的、普遍的价值,使人具有内在的精神引领。

存在论则是"从现实生活中人的实际存在状况出发来研究人生的学问"③,它已经切切实实落实到人的现实生存当中、活生生的生命体验当中,而不只是前两个层面的理论性的分析和探讨。关于"目的论"、"价值论"和"存在论"的关系,王元骧先生指出,"如果说目的论是属于人生论的形上性的层面、价值论是属于人生论的社会性层面……那么,存在论则属于现实性和个人性的层面"④。存在论着眼于活动的人,而人的活动起于意志,存在论将人的意志引入情理分析中,建构起现实生活中知情意合一的整体的人。人生论哲学便是由这三个层次共同组成。建立在人生论哲学基础之上的美学,就是要联系这三个层次,思考美对于人格完善、人生价值和意义的实现作用。这就是人生论美学中的"人生论"含义。

---

① ［德］康德:《判断力批判》(下卷),商务印书馆 1984 年版,第 94 页。
② 王元骧:《关于推进"人生论美学"研究的思考》,《学术月刊》2017 年第 11 期。
③ 王元骧:《关于推进"人生论美学"研究的思考》,《学术月刊》2017 年第 11 期。
④ 王元骧:《关于推进"人生论美学"研究的思考》,《学术月刊》2017 年第 11 期。

三、王元骧人生论美学的理论内涵

如果说人生论美学理论建构的起点在审美主体（社会性的个人），那么对"什么是美（审美对象）？"、"审美关系是何性质？"的回答则构成了人生论美学的主要理论内涵。

审美对象的性质是美学研究的核心问题和基本问题，是任何美学研究必须回答的问题，人生论美学也如是。如金雅教授所言，"对美的内涵和精神本身的把握和理解问题，不仅关系到人生论美学能否确立的问题，更是关系到建构怎样的人生论美学的问题"①。人生论美学不能只停留在对美学的人文性的呼唤上，它更应该实际行动起来，对作为审美对象的"美"作出某种有新意的解释。这是使人生论美学在新的时代背景下实现自我更新，摆脱陈腐之气、获得新生的命门所在。

人生论美学的创构体现出浓厚的阐释学色彩，它对美的性质的研究也如是。王元骧先生认为，根据对审美对象认识的差异，可以区分出两大相互对立的美学传统。这两大传统，一是由亚里士多德开创的认识论美学，二是由柏拉图开创的人生论美学。前者把审美对象看作是一种"经验性的、外观性"存在，即承认一种诉诸人的耳目感官的外观美，它带给人的是一种悦耳悦目的直接的感官愉快。亚里士多德认为美在于事物的感官性质，在于"适当的体积和秩序、匀称、变化统一的形式"②，显示出鲜明的感觉论、经验论倾向。鲍姆嘉通认为美是感性认识的完善，所走的也是从感性形式方面研究美的路径。如果认为美的根源在感性直观的话，那么艺术则是这种感性直观的完美形态。正因为如此，黑格尔明确地提出"美（艺术）是理念的感性显现"命题的同时，将美学直接等同于艺术哲学。后世的英国经验主义美学、意志论美学、非理性美学和后现代美学，更是不断把审美的感性快乐问题对象极致。这些美学家虽然都不同程度用不同方式提示了美的人生内容，但由于其根本上偏重于审美的感官愉悦性，因此往往催生出一种享乐主义的人生哲学，视肉体欲望的满足为人生追求，化身为道德上的虚无主义者。

---

① 金雅：《人生论美学的价值维度与实践向度》，《学术月刊》2010年第4期。
② ［古希腊］亚里士多德：《诗学》，人民文学出版社1962年版，第26页。

　　而柏拉图一派的"人生论美学传统"则主要视美为体验的对象、内感的对象,注重美的超验性。王元骧先生将其冠之以人生论美学之名,是因为它重视审美体验对人的本体建构作用,倾向于将美与理想、自由以及幸福等概念联系起来。柏拉图认为美在理念,一件事物之所以美是因为对理念的模仿,美感起于事物所引起的对理念的回忆,理念是世界的本体。因此,美在柏拉图眼中不是外在事物的感观性质,而是超验性的、内省性的东西。这一基本观点被新柏拉图主义、基督教神学美学以及剑桥柏拉图主义者所继承,他们主张一种只能通过"精神的眼睛"才能看到的美,认为理念精神的美高于"感性的美"、"可见的美"。王元骧先生认为,这一美学传统抓住了美的性质的主导方面,且提示出人的超越性生存和本体存在,因而较另一方有更大的合理性。但它的缺陷也同样明显,那就是失之于玄思妙想,缺乏科学的说服力。这一问题直到康德美学的出现才得以很好的解决。王元骧先生认为,康德"通过对于美与崇高的分析把审美活动的经验性和超验性、外观性和内省性有机地统一起来,而达到两大系统的融合"①。

　　在康德的美学理论中,"美涉及对象的形式",而"崇高也可以在一个无形式的对象上看到","真正的崇高不包含在任何感性形式中,而只针对理性观念"。② 但美与崇高的关系不是割裂的,崇高的地位高于美,但以美为前提。这就说明了内感美并不排斥和否定美的外在感官性质,而是以内感性作为美的主导性质。通过对西方美学史以及康德美论与崇高论的独特阐发,王元骧先生发现了内感美的合法性地位。"内感美"意味着人在审美活动中,主要运用的是主体的"内在感官",内在感官使得审美的对象不再局限于外在感官事物的形象(比如艺术作品和特定的自然景观),而是可以包含所有的人生经历、体验和情思。据此,"内感美"搭建起美、艺术与人生之间的桥梁,为人生美化、艺术化提供了可能。

　　对于审美关系,人生论美学并不是像实践论美学那样从社会历史的宏观角度来考察,而是主要关注它的具体发生。对"审美静观"的阐发代表了人生美学对审美关系的认识。"静观"一词作为正式的美学术语滥觞于康德。对它的通行理解是将它视作康德"审美无利害"观念的代名词,并由此发展出后来的形式主义美学。"静观"表示一种隔绝意志的、只对对象形式

---

　　① 王元骧:《再论美学研究:走两大系统融合之路》,《文艺研究》2009 年第 5 期。
　　② [德]康德:《判断力批判》,人民出版社 2002 年版,第 82—84 页。

产生兴趣的纯粹观照，对对象本身表现出一种纯然的淡漠。这样来理解形成审美关系现实发生的"静观"，完全隔绝了美与意志的关系，否定了美的"合目的性"。王元骧先生认为这是对康德"静观"概念的误解。他认为，"静观"在形式上虽然是无功利的，但其实质则隐含着意向性。这里所说的意向性是与无目的性相对的，指的是一种意志的指向性和目的性。因为伴随着"静观"所获得的审美情感，必然是具有意向性的。因为"情感……实际上是以情欲体验的方式所表达的人们对于客体对象的一种态度和评价，对现实世界的一种愿望和期盼，它总是隐含着一种'合目的性'的观念和指向，是人的一种意向性心理"。正是通过对静观的隐含意向性特征的肯定，王元骧先生表明，审美绝非是与意志无关的，它隐含着人生的终极诉求和理想信念。审美也绝非是通过舍弃一切意志活动使人获得内心和谐的乌托邦，相反，它时时刻刻提示着人的超越性存在，激发人奋勇向前。审美静观的意向性，确保了以美来建构人生幸福的可能性。对内感美以及意向性静观的阐发，也构成王元骧先生人生论美学的一个重要理论内涵。

四、王元骧人生论美学的理论意义与实践价值

王元骧先生从"美对于建构人生的价值和意义"这一致思方向出发，对审美活动的审美主体、审美对象以及审美关系这三个方面做了全面而富有新意的阐发。其新意最主要的体现在人生论美学的理论起点——社会性的个人上。以往美学研究中不是把人作社会性、理性的理解，就是把人理解为抽象的心理过程。因而都具有科学主义的倾向，远离人的现实生活。建立在具体的人的基础上的人生论美学，纠正了以往美学研究把人抽象理解的倾向，建立起美、艺术与人生之间的联系。除此之外，人生论美学的理论意义还具体体现在以下几个方面。首先，将审美对象主要定义为一种内感性的存在，有效地克服了传统的主客二分的认识论美学窠臼，同时将审美对象扩展到整个的人生情思，实现了审美对象的极大扩展。其次，对审美关系具体发生时的隐含意向性的强调，纠正了对"审美无利害"观点的误解，有力地反驳了形式主义美学观，在创新的同时又显示出守正的色彩。通过对这三个方面的阐发，王元骧先生总体上实现了对美学基本问题的理清。再次，给

中国古典美学的现代转化以良好的启发。审美人生论哲学——美学精神是华夏民族的悠久传统。人生论美学由美学精神凝聚为美学理论，传承了这一古老美学精神的同时，也融合了西方美学研究的思想成果。这使得它不仅是中西美学思想交流的良好场阈，对于建设具有民族特色的中国当代美学更有着突出意义。正如金雅教授所言："今天，对于人生论美学的民族资源予以梳理和新构，应是当下发展推进民族美学建设、促进当代生活实践和人自身建设的一个重要方面。"①最后，人生论美学以其激动人心的话语方式，重新唤醒了美学的生命力。人生论美学将美与人生联系起来，使美学走出单纯认识论的窠臼，关注人的现实生存，"知识"只有在与人自身的命运息息相关，并为自身幸福指示出某种方向时，这种"知识"才具有存活的价值。王元骧先生的人生论美学正是秉持着这种信念。

最后，王元骧人生论美学还具有突出的实践性品格。这集中体现在美育在人生论美学中所占有的突出地位。王元骧在对人生论美学的阐述中，多次将人生论与伦理学并举甚至等同，揭示出人的幸福自由与道德之间的密切关系，显示出美善相谐的基本美育观点。在当前社会拜金、拜物盛行，道德原则被弃之不顾的大的时代背景下，人与人之间时常陷入紧张的相互敌对状态，社会犹如丛林。王元骧先生的人生论美学所揭示的一条美善相谐之路，为迷失于欲望丛林的现代人寻求幸福指明了一个方向。他对当代美育的新阐释的另一个特点是把"崇高"教育置于突出地位，他认为崇高教育有利于塑造刚强有力、奋发向上的民族精神。这就使人生美化避开了过于追求内心圆融与宁静而忽视向外生长、改造现实的陷阱。

王元骧先生的人生论美学在当今美学的多元发展格局中别具特色，为美学发展提供了一条可资借鉴的突破之途。这一当代人生论美学理论形态即是对中国现代人生论美学（尤其是现代浙派人生论美学）的赓续，更是在新的历史条件下对传统人生论美学的创新发展。它直接关怀现实、关怀人生的品格，使它成为当代诸多美学流派中最有温度的理论话语。更为重要的是，它为当前社会道德滑坡、个体的精神苦痛与迷茫提供了一个疗救的药方。人生论美学作为王元骧先生会通中西方美学并加以创新发展的产物，是他在古稀之年为世人奉献出来的一份独特而厚重的学术财产。

---

①　金雅：《人生论美学的价值维度与实践向度》，《学术月刊》2010 年第 4 期。

王元骧与新时期马克思主义文论创新

汪正龙[*]

内容提要:王元骧先生是我国当代著名的马克思主义文艺理论家。王元骧吸收主体论与价值论改造了文艺反映论成为审美反映,认为文学具有改变人的内部心理结构与人的内在需要的作用,具有实践性,而文学因为表现着一定的观念体现着一定的社会信念体系,以审美情感为心理中介与现实生活建立联系,从而把文艺的认识论(审美反映)、实践论与意识形态论统一了起来。

关键词:王元骧;审美反映;实践论;审美意识形态论

王元骧先生是我国当代著名的马克思主义文艺理论家。按照他自己的说法,"马克思主义所倡导的唯物(社会存在决定社会意识)的观点、实践的观点、辩证的观点,在我看来都是颠扑不破的真理,都是我思考文艺问题的一些基本的指导原则"。[①] 他又说,"我对马克思主义的接受不是由于听从了什么政治宣传盲目地接受的,而是以我的生存体验为根基的,是与我的生命和灵魂融化在一起的"。[②] 王元骧把理论探讨的信念、热情和对于社会现实的强烈关怀相结合,与时俱进,为新时期马克思主义文艺理论研究创新做出了多方面的贡献。本文主要从对认识论文艺观的突破、审美意识形态论的建构、走向综合创造的学术研究方法论三个方面简略地加以论述。

---

* 汪正龙:文艺学博士,南京大学文学院教授。
① 王元骧:《在解决现实问题中求得理论自身的发展》,《审美超越与艺术精神》,浙江大学出版社2006年版,第327页。
② 王元骧:《七十感怀》,徐岱主编:《在浙之滨——王元骧教授七十寿庆暨浙江大学文艺学研究所成立五周年纪念文集》,广西师范大学出版社2004年版,第23—24页。

一、认识论文艺观的突破：从反映论到审美反映再到实践论

　　王元骧意识到我国马克思主义文艺理论研究存在的一个根本问题，即认识论视角。"我们以往的马克思主义文艺学研究并没有完全理解马克思主义的精神实质，把马克思主义文艺学只是放在意识与存在的关系这一哲学基础上，仅仅从认识论的视角——具体说是从唯物主义反映论的视角去进行研究；并把唯物与唯心当作区分马克思主义与非马克思主义的基本准则，这就把马克思主义哲学与文艺学'近代化'了。"①王元骧反思了认识论视角形成的两个来源。其一是19世纪俄国革命民主主义者别林斯基、车尔尼雪夫斯基等人认为文学要再现生活、描写生活、把文学与科学都视为认识生活的形式的主张。例如别林斯基就说，"政治经济学家被统计材料武装着，诉诸读者或听众的理智，证明社会中某一阶级的状况，由于某一种原因，业已大为改善，或大为恶化。诗人被生动而鲜明的现实描绘武装着，诉诸读者的想象，在真实的图画里面显示社会中某一阶级的状况，由于某一种原因，业已大为改善，或大为恶化。一个是证明，另一个是显示，可是他们都是说服，所不同的只是一个用逻辑结论，另一个用图画而已"②。王元骧认为类似这种说法是近代哲学思维理智化、工具化的产物，忽视了文学的创造本性和自身相对独立价值，使文艺疏远了与感性世界的联系。其二是对马克思、恩格斯关于社会存在决定社会意识，文学是植根于一定经济基础之上的意形态主张进行简单化理解。苏联文艺理论家季摩菲耶夫于1948年出版的《文学原理》便从唯物主义认识论与反映论看待文学，认为文学"是依照作家对生活的认识和理解而或多或少地反映着生活的真理"③。上述从哲学认识论角度理解文学的做法，对新中国成立后的文艺理论研究产生了深远的影响。人们常常把马克思、恩格斯的相关表述庸俗化地理解为文学必须

---

　　①　王元骧：《论马克思主义文艺学在当代的发展和意义》，《论美与人的生存》，浙江大学出版社2010年版，第55页。

　　②　［俄］别林斯基：《1847年俄国文学一瞥》，《别林斯基选集》第2卷，时代出版社1952年版，第429页。

　　③　［苏联］季摩菲耶夫：《文学原理》第一部《文学概论》，查良铮译，平明出版社1953年版，第15页。

反映社会生活的本质方面。王元骧将这种思维模式追溯到古希腊亚里士多德以来盛行于西方的摹仿说,因为摹仿说把作家、艺术家的活动限定在认识的范围内,当作一种求知的活动加以界定。王元骧承认艺术是对现实的一种反映,但又引入价值论视角,对反映论的文艺观进行了改造。艺术不仅仅是对生活的一种认识,同时也是对人生意义的评价。王元骧进一步认为艺术活动其实是一种审美反映,致力于揭示审美感知过程中在作家、艺术家的意志和情感作用下知觉的误差和变异。具有主体意识的作家以感性现实为对象,经由情感活动与对象发生联系,"审美反映是通过作家、艺术家的审美感受和审美体验而做出的,是理性与感性、智力与直觉、意识与无意识的统一"。而作家、艺术家要把意识中创造的审美意象加以物化,就必须为审美意象找到适当的艺术语言和形式,就是说,作家、艺术家对现实生活的审美反映总是以一定的艺术语言和形式为"中介",才有可能对纷繁复杂的感性材料做出选择、整理,把它纳入一定的艺术形式中去。而艺术语言和艺术形式在作家、艺术家审美反映过程中之所以成为"中介"环节,对艺术意象起着定型作用,就是因为它们不是由简单模仿事物的关系、结构和形态而产生,而是凝结着一个时代、民族乃至人类丰富的艺术经验和审美需求。①

在王元骧那里,艺术作为审美反映表达了作家的情感取向,展示了一幅应是人生的图景,具有改变人的内部心理结构与人的内在需要的作用,由此他便由审美反映论过渡到实践论。本来,在我国马克思主义文论研究中,把文艺纳入实践环节来研究始于 20 世纪 50 年代的朱光潜。朱光潜先生曾经说过:"把文艺看作一种生产,这是马克思主义关于文艺的一个重要原则……单从反映论去看文艺,文艺只是一种认识过程,而从生产观点去看文艺,文艺同时又是一种实践的过程。"②但既然视文艺为一种生产,便局限于艺术劳动创造过程的研究,着眼于生产而忽视消费。王元骧认为,"马克思主义哲学虽然是在继承唯物哲学传统的基础上发展起来的,但与传统哲学不同,它把世界不只是看作是直观和抽象理论活动的对象,同时也是人类感性物质的实践活动的对象。这就决定了认识与实践是不可分割地联系在一起的"。认识与实践作为人类活动的两个基本领域,虽然各有侧重,但又是

---

①　王元骧:《审美反映与艺术创造》,《审美反映与艺术创造》,杭州大学出版社 1992 年版,第 78—84 页。

②　朱光潜:《论美是客观与主观的统一》,《哲学研究》1957 年第 4 期。

相互联系、相互渗透。这当中目的成为沟通认识与实践的中介,是整个实践活动过程的意识前提和行动目标。艺术固然是社会生活的反映,但这种反映不是直接的摹仿和再现,而是在实践的基础上通过主客体的相互作用而做出的,具有创造的性质,而且以艺术家的审美情感为中介与客体建立联系的,并通过审美情感的选择和调节,把自己的心灵倾注于自己所构造的意象之中。这就决定了一切艺术作品都是再现与表现、反映与创造的统一。更重要的是,艺术在对人的思想、情感等内部世界的建构方面还有着重要意义和作用,即艺术的实践性不仅指能动地改变对象的感性物质活动,通过这种活动创造出艺术作品,还指能通过对人的内心世界的改造而间接地改造物质世界。艺术与科学理论不同,它的价值不完全取决于是否真实、深刻地反映生活,使人获得认识上的满足,更重要的是在于它作为作家所创造的美的形态,还会发动和调控人的情感,引导读者对社会人生的积极介入。“从实践的角度来理解艺术,我认为它的价值就在于通过强化人的自我意识,来帮助人在人生实践中确立普遍而自由的行为原则。”“艺术作为一种精神现象,一种社会的意识形态,它的实践的本性主要也在于按照自由的原则来改造人的意志,为人生实践确立高尚的目的和理想。”①所以艺术的实践性是一种双重创造,不仅创造了作品,而且通过对人的改造,最终实现改造世界的目的。这样就把艺术与人生、艺术的认识效用与评价效用、艺术的实践性与人生的实践性关联起来。概而言之,在王元骧看来,“凡属真正美的艺术都必然包含着对现实生活的反映、人生意义的评判以及行为准则的厘定这三方面的内容。这就是我们所主张的知、意、情”②。

二、审美意识形态:对文学作为意识形态的再认识

文艺意识形态论是新中国成立以来试图吸收马克思主义基本原理,又借鉴苏联文论而形成的一种文艺观。但是在 20 世纪正统马克思主义理论

---

①　王元骧:《艺术的实践本性》,《文学理论与当今时代》,浙江大学出版社 2002 年版,第 51 页、第 66 页、第 69 页。

②　王元骧:《黑格尔纯认识论文艺观的得与失》,《探寻综合创造之路》,陕西师范大学出版社 2000 年版,第 170 页。

研究中,意识形态概念被认识论化,对于意识形态的实践性、意识形态对经济基础的反作用估计不足,存在着严重的教条主义和机械论的倾向,以抽象的普遍原则取代对具体事物的研究与分析。王元骧早年认为,文学具有意识形态性与非意识形态性的双重特性。这是由于通常所说的文学是一种社会意识形态,是从哲学、社会学的角度对文学本质所作的界定,而"文学不同于一般社会意识形态的特点就在于它是作家审美活动的成果……要认识什么是文学,仅仅从社会意识、理性意识和思想观点的角度去认识是不够的,还必须从个人意识、感性意识和知识材料等方面去对它进行考察"①。文学创作中个人意识的鲜活性、感性意识的丰富性等等都超出了社会意识与理性意识的范围。后来,王元骧逐步修正了他的说法,一方面,他借鉴国外马克思主义如阿尔都塞把意识形态视为一个与社会信仰有关的表象系统等的看法,充实意识形态概念的内涵,"我们通常所说的意识形态,它作为反映一定社会和集群的利益、愿望、要求的信念体系,就是一定社会、集群的价值观念的集中体现。它的功能就是为了凝聚和动员社会和集群的力量,共同参与到为自己的理想、信念奋斗的行列中去"②。文学其实表现着一定的观念。另一方面,他把审美与意识形态连结起来,走向审美意识形态论。他既不同意把意识形态仅仅归结为政治的说法,又反对把文学与意识形态、政治完全割裂开来的"纯文艺"观点,认为文学"是以语言为物质载体和媒介的。语言是思想的直接的现实,这使得它所表现的内容必然会超越音乐、绘画等艺术在表现观念方面的朦胧性,而与意识形态有着一种天然的血肉联系"③。王元骧从审美具有构建人的实践性的角度论证他的"审美意识形态论"。他认为意识形态的核心在于其价值属性,也就是说意识形态只有融入人的日常生活及社会心理,甚至渗入人的无意识,才能转化为一种改造社会的实践力量,指出"意识形态"与"审美"的关系,是"我们在特殊性的层面上以审美目的来规定文学艺术的意识形态特性,也就是批判地吸取了康德的审美目的论,亦即以人为目的的思想,把美以及美的文学艺术看作通过陶冶

---

① 王元骧:《文学的意识形态性与非意识形态性》,《审美反映与艺术创造》,杭州大学出版社1992年版,第94页。

② 王元骧:《就〈文学原理〉第二次修订版谈"审美意识形态论"的理论建构》,《论美与人的生存》,浙江大学出版社2010年版,第113页。

③ 王元骧:《试析"文学意识形态论"的理论疑点与难点》,《论美与人的生存》,浙江大学出版社2010年版,第176页。

人的情操，开拓人的胸襟，提升人的境界、激发人的生存自觉来达到培育人们社会主义的人生观、价值观、道德观和审美观这一根本目的的有效的途径"①，把文艺当作一种社会现象放到整个社会结构中加以考察。也就是说，意识形态作为一种信念体系其主要性质不在于认识性，而在于实践性。在文学中，审美成为实现意识向实践转化的有效机制。

　　王元骧的审美意识形态论是建立在对康德美学、道德哲学和马克思主义的创造性重新解释之上的。就康德哲学来看，王元骧指出，长期以来，学界对于康德的审美理论多有曲解和误解，特别是以他的审美无利害性的思想为依据，否定文艺作品的思想和意义，把美当作是一个纯粹的形式问题来理解。其实，康德提出审美无利害性的真正意图是在思维方式上，为人们在物质世界之外建构一个"静观"的世界，使人在利欲关系中有所超越；在人学目的上，可以沟通经验世界和超验世界，把人引向"最高的善"。其用意都是为了使人摆脱物的奴役，保持人格的独立和尊严，完成自身道德人格的构建。审美判断注意事物的表象而不关心它的实体，使得审美可以超越利害关系在情感上与别人沟通，因此虽属于单称的判断，却具有普遍的有效性。审美判断所隐匿的认识与评价的成分，就是真与善的内容。这就使得文学艺术以作家审美情感为中介与社会意识形态获得沟通。就马克思主义哲学来说，王元骧认为，马克思主义在活动论的基础上把认识论与实践论统一起来，使认识既源于实践又回归实践。由于马克思主义界定了文艺在社会结构中的地位和意识形态的实践指向，文艺作为意识形态的载体体现着一定的价值意识，即一定社会和集团成员的理想、信念、利益和要求，可以凝聚与动员一定的社会力量。王元骧发现了审美反映与意识形态都是价值意识的共同点，文艺作为审美反映以审美情感为心理中介与现实生活建立联系，所反映的对象既有实是人生，又有应是人生，审美意识形态就是文学中所体现的某种价值意识，是由作家的审美感知与体验转化而来的审美的意象、诗性的观念，进而把社会的、普遍的价值观念与读者的追求、企盼与梦想相契合。经过这样一番论证，王元骧便"把文学的他律性与文学的自律性有机地统一起来，使我们在坚持文学意识形态的前提下又维护了文学自身相对独立的

---

　　①　王元骧：《我对"审美意识形态论"的理解》，《审美超越与艺术精神》，浙江大学出版社 2006 年版，第 308 页。

价值"①，从而把文艺的认识论（审美反映）、实践论与意识形态论统一了起来。

三、走向综合创造：学术研究方法论

王元骧在坚持马克思主义基本原理的同时，对马克思主义有自己的独立见解。在他眼中，马克思主义文艺学不应是工具性的、说明性的，"马克思主义所倡导的哲学是反思性的、批判性的。这一观点同样适合于马克思主义文艺学"。"我们今天来研究马克思主义文艺学，探讨马克思主义文艺学在当代的发展，就应该把学理上的探讨与捍卫马克思主义这种反思和批判的精神结合起来，把马克思主义作为认识、反思、评判现状的思想武器，从推进和实现人的自由解放、社会的全面进步这一历史的高度，来研究我们当今的文艺现象，从中发现和提出值得我们去思考和解决的问题"。② 这不仅使得他的学术研究常常能针对我国当下的文艺现象与社会思潮发声，具有强烈的本土语境意识与现实关怀，还有着兼容并包的学术胸襟与气度，对自己的理论研究有自觉的反省意识和推进意识，能够博采各家学术之长，不断调整自己的概念陈设，修正自己的理论视角，完善自己的理论体系。王元骧认为，"要使我国的美学和文艺理论有所发展、有所创新、有所建树，应该立足于我国实际，根据现实需要，在有批判地吸取中西优秀理论成果的基础上，走中西融汇的道路"③。他自己是这样说的，也正是这样做的。

作为老一辈文艺理论家，王元骧一贯坚持马克思主义的反映论，认为文学艺术作为一种精神现象不是主观自生的，而是根源于一定的客观现实。即便还有许多幻想、夸张、非现实、超自然的作品与现实生活离得很远，但是透过曲折的形式，分析其思想实质，从根本上说仍然是作家、艺术家头脑对现实的一种反映。但是王元骧对反映论有自己的理解，他认为马克思主义

---

① 王元骧：《当今文学理论研究中值得认真思考的三个问题》，《论美与人的生存》，浙江大学出版社 2010 年版，第 78 页。

② 王元骧：《论马克思主义文艺学在当代的发展和意义》，《论美与人的生存》，浙江大学出版社 2010 年版，第 71—72 页。

③ 王元骧：《〈梁启超美学思想研究〉序》，《审美超越与艺术精神》，浙江大学出版社 2006 年版，第 313 页。

的反映论是能动的反映论，是客体向主体的运动和主体向客体的渗透的双向运动，"这就决定了反映的内容必然包含着这样两个方面，即'是什么'和'应如此'"①，也就是事实意识与价值意识的统一。这时候王元骧又引入实践论的视角，他把实践论主要理解为一种人生论，一种对现实的介入。这样理解文学固然比先前的审美反映论推进了一大步，但是对文学具有重要意义的叙事、语言等形式范畴就不好摆放，只得被归于实践活动中"技艺"范畴。后来王元骧又走向文艺本体论，认为文学的对象是人和人的生存状态，文学创作对各种人物的态度和评价显示作者对人生意义和价值的理解与倡导，告诉我们人是什么和人应如此。这样王元骧便通过对人的本质、人的生存活动的思考去探寻文学的终极依据，走向认识论、实践论、本体论三者的统一，对文学做宏观的全方位的考察。在微观方面，王元骧又兼顾文学的动态研究与静态研究。就静态的、层次论的观点看，文学的本质可以分为三个相互规定的层次：从普遍性的层面看，文学是一种社会意识形态；从特殊层面看，文学不同于一般意识形态就在于它是审美的；从个别的层面看，文学不同于其他文化样式在于它是以语言为媒介的。而从动态的、活动论的观点看，文学是作家创作、文学作品与读者阅读三者构成的整体。晚近王元骧试图进一步完善他的审美意识形态论，把人学本体论和文艺本体论相融合，认为文艺在反映"应是人生"方面承担着重大的责任。在这里美作为人类永恒的企盼，不断把人引向自我超越，不断完成对人自身的建构，显示了其对于人的生存不可缺少的意义。②

　　王元骧先生深得马克思主义与德国古典哲学思维之精髓。他考察学术问题时，处处正视研究对象自身的复杂性，学术视野之开阔、历史感之厚重、概念陈设之明晰、逻辑推理之缜密、分析之辩证、综合之全面、学理之深邃令人惊叹。他孜孜以求地追求理论的普适性，擅长从多个不同角度透视同一现象与问题，从而最大程度地保证了理论思考的自恰与圆通，体现了他学术思考的执着、细腻与严整，用他本人的话来说叫"综合创造"、"守正创新"，其学术思考达到了常人难以企及的理论高度。王元骧先生毕生所关注的文学

　　①　王元骧：《论马克思主义文艺学在当代的发展和意义》，《论美与人的生存》，浙江大学出版社2010年版，第58页。

　　②　王元骧：《对"审美意识形态论"的再反思》，《论美与人的生存》，浙江大学出版社2010年版，第234—235页。

的情感性、审美反映、文学的实践性、意识形态性、形而上学性等等都是文学理论的基本问题,有的甚至是老问题,但是先生以其创新的勇气与思辨的力度做出了全新的解答,成为新时期文艺理论研究思想解放与学术转型的主要开拓者与推动者之一。这也充分说明,学术研究固然是不断提出新的问题的过程,却也常常需要以新的知识图式重新审视已有的问题。学术研究学理的推进和脉络的传承便是在这样的纵横往复中曲折前行的。

我们敬重王元骧先生对我国当代文艺理论建设所做出的重大贡献,并不等于说先生的理论研究就无懈可击。在我看来,王元骧先生对艺术的实践性、文艺本体论的建构更多地体现在思想层面,如何把对于文学艺术具有重要意义的语言、形式等范畴纳入其中成为有机的构成进而落实到具体文学作品的分析还有待于进一步深入。换言之,王元骧以真善美为中轴构筑的反映论—审美反映论—实践论—本体论理论构架虽然视野渐开渐大,立意渐高渐远,终究还是一个以人的活动为中心的同心圆结构。而如果从语言、符号论的角度看,文艺或许也可以视为一种以语言构造世界和自我指涉的方式。与此相关,王元骧先生在对后现代学术背景下如何推究知识本身的形成条件与构成方式,还原知识的生产情境,对自身的概念进行元陈设与对方法论进行元反思方面似乎还有所欠缺。例如,王元骧先生早在 20 世纪80 年代末就提出了文学的意识形态性与非意识形态性,马克思本人也提到过"跳出意识形态"①的可能性,这本来是认识到意识形态概念对文学的适用范围,迈向有限性知识的有益尝试,但他却很快走向对意识形态的大全式思考。王元骧先生的理论研究追求系统、全面、周严、放之四海而皆准,在不断反思前人和自己既往研究成果的基础上适时加以调整与变通,使自己不同时期的学术思考相互接续贯通、趋于圆满,但较少反思自身看问题的观察视点本身,对理论的相对性、地方性、有限性与适用范围不够重视。其实马克思本人在对资产阶级国民经济学的批判中已经表达了对知识形成历史条件和有限性的认知,由此构成福柯、德里达、布尔迪厄等人思想的重要来源。如何把马克思的相关思想和做法进行现代转换,在新形势下进一步推进马克思主义文艺理论研究,也许正是王元骧先生在给我们树立了一个巨大的学术丰碑的同时,给我们留下的学术难题。

---

①　[德]马克思、恩格斯:《德意志意识形态》,《马克思恩格斯全集》第 3 卷,人民出版社 1960 年版,第 98 页。

实践论美学与人生论美学建构的公民立场

李咏吟 *

内容提要：实践论美学与人生论美学，既是现代中国美学的两大重要流派，也是现代中国美学的两种基本思想建构方式。现代中国实践论美学的建立，源于马克思的实践立场，即通过对劳动实践的价值肯定，确证人的生命本质力量；现代中国人生论美学的建立，则源于先秦儒家的诗乐人生理想或先秦道家的道法自然观念，强调人生的幸福自由。从变革意义上说，确立实践论美学与人生论美学的当代方案，如果引入公民原则，就能超越美学观念之争或美学概念辨析的积弊，为两种美学理论建构提供切实可行的实践路径。

关键词：实践论美学；人生论美学；美学主张；实践方案

一、对两种美学理论的反思

"实践论美学"与"人生论美学"，作为现代中国美学中两个最重要的理论构造方式：前者的最初建构可以追溯到 20 世纪 50 年代至 60 年代，后者的系统建构则可以追溯到五四时期。在现代中国美学史上，人生论美学比实践论美学兴起更早，但其思想影响力并不如实践论美学。虽然实践论美学与人生论美学一直被人们视作两个重要的美学派别，但是，二者之间有着内在的联系，只是理论家们的解释重点不同而已。

新世纪以来，王元骧、聂振斌、朱立元、邓晓芒、杨春时、高建平、徐碧辉

＊　李咏吟：哲学博士，浙江大学人文学院中文系教授。

等学者不断发表有关论文,极大地推进了这两大美学理论系统的研究。①
事实上,还有许多其他美学理论与之相关,例如,生命美学或身体美学、生存
论美学与文明论美学、生态美学或环境美学,等等,他们的内在价值取向与
思想宗旨也与实践论美学和人生论美学有着根本联系。其实,现代中国美
学的这些理论主张之间,并没有严格的科学划界,彼此的内涵与外延有许多
重合关联处。② 正如前文所言,实践论美学与人生论美学,虽然是两个不同
的理论体系或理论主张,但是,其实质内容却有异曲同工之妙,或者说,他们
关心的问题从根本上说具有内在的一致性。由于实践论美学与人生论美学
关涉美学的真正自由思想本质,所以,我们应该持续深入地研究其中的关键
问题。

　　20 世纪 50 年代至 90 年代,现代中国美学家一直注重实践论美学对现
实社会生活观念的改造。实践论美学,涉及马克思主义美学的许多重大问
题。只要真正研究实践论美学的有关问题,就能获得美学解释的合法性或
正当性。如果忽略中国传统哲学中实践的观点,就可以看到:运用马克思主
义实践论观点对审美问题进行探讨与反思,正是现代中国马克思主义美学
理论家的重要贡献。中国马克思主义实践观点的建立,离不开毛泽东的重
要探索。1937 年 7 月,毛泽东在延安的窑洞里写成《实践论》、《矛盾论》等
著作,提出了鲜明的实践哲学主张,这是中国思想家结合中国社会的现实生
活对此前的马克思主义的实践理论进行改造的中国化成果。应该说,这样
的实践理论,真正建立了实践与认识的现实生活关系,确立了实践对于真理
认识的重要意义。

　　在现代中国美学史上,最早运用马克思主义的实践观点解释美的活动
与美的本质,是李泽厚美学理论建构的自觉选择。1956 年,李泽厚在《哲学
研究》上发表《论美感、美和艺术:兼论朱光潜的唯心主义美学思想》;1962
年,李泽厚发表《美学三题议:与朱光潜同志继续论辩》。③ 这两篇文章,通
过马克思主义实践观点的运用,初步建立了实践论美学的理论框架。与朱
光潜和蔡仪等当时主要致力于从认识论出发讨论美学不同,李泽厚直接从

---

　　① 徐碧辉:《美学何为:现代中国马克思主义美学研究》,中国社会科学出版社 2014 年版,第 206—
263 页。
　　② 李咏吟:《文艺美学综论》,浙江大学出版社 2016 年版,第 8—10 页。
　　③ 李泽厚:《美学旧作集》,天津社会科学院出版社 2002 年版,第 1—2 页。

马克思《1844 年经济学哲学手稿》和车尔尼雪夫斯基的《美学与生活》中发现了社会实践与审美生活之间的重要联系。这种思想的独立取向,蕴含着重要的美学创造价值。为了更加准确地理解马克思的实践观点,20 世纪 60 年代至 80 年代,朱光潜对《费尔巴哈论纲》与《1844 年经济学哲学手稿》的关键段落和关键概念进行重新翻译和诠释,并且通过黑格尔美学实践观点的发掘,建立了马克思实践论美学的新认识。① 应该说,李泽厚与朱光潜最早建立了现代中国美学有关实践论美学的系统理论解释。

　　20 世纪 90 年代至新世纪初,蒋孔阳、刘纲纪、王元骧、蒋培坤、邓晓芒、朱立元、张玉能、杨春时等学者,出于对实践论美学的深刻理论反思,开始重新探讨艺术实践论与实践论美学的问题,他们承继了朱光潜与李泽厚的有关论述,使实践论美学问题重新焕发了生命活力。刘纲纪的《艺术哲学》、王元骧的《论美与人的生存》和《审美:向人回归》、邓晓芒与易中天的《黄与蓝的交响:中西美学比较论》、朱立元的《艺术与实践》、杨春时的《走向后实践美学》对实践美学进行了新的探讨。此外,赵士林、徐碧辉、戴阿宝、刘悦笛、宛小平、李世涛、章辉与吴仕红等学者,更是以现代中国实践美学的历史论争为主题,系统地梳理若干历史文献并做出清晰的当代思想评论,为现代中国实践论美学的推进提供了重要理论线索。

　　由于李泽厚与朱光潜的实践论美学建构,不能充分满足后来学者有关实践论美学的理论想象与思想要求,因此,通过对李泽厚等的实践论美学的批判,当代美学界形成了新实践论美学、后实践论美学与实践存在论美学等“修正性主张”。这些理论主张,或者片面强调实践的内容,或者片面强调实践观念的内涵,力图以自我的新主张取代李泽厚或朱光潜的主张。在这一过程中,我们发现一个有趣的现象,即不少学者将“实践论美学”与“李泽厚”等同起来,将实践论美学看作是李泽厚的思想专利,完全忽略了实践论美学的普遍思想意义。显然,这是错误的思想方式。

　　在这一理论建构过程中,实践论美学应该容纳人生论美学的内容,但是,许多理论家往往有意忽视实践论美学的人生论内容。同样,人生论美学的重新讨论,仿佛是与实践论美学无关的事情,不少学者完全忽视人生论美学的实践内容。人生论美学问题的讨论,本来就是五四时期美学界或文艺

---

① 朱光潜:《美学拾穗集》,百花文艺出版社 1980 年版,第 2 页。

理论界最热衷于讨论的问题,尤其是在文艺理论界,是坚持"为人生而艺术"还是"为艺术而艺术",是坚持实用的审美主张还是坚持纯粹的审美主张,生发了我们关于人生意义、人生境遇、人生自由、人类命运等问题的持续讨论,由此揭开了"人生论艺术"或"人生论美学"的理论大幕。

其实,人生论美学比实践论美学更加古老,其理论渊源,在中国有其久远的思想传统,甚至可以直接追溯到先秦时期。我们通过对《周易》、《论语》、《道德经》、《孟子》、《庄子》等的解读,通过对《诗经》、《楚辞》的想象,就能建构中国人的诗意人生观与自由的人生美学理想。这种理论建构本身,充分蕴含着人生论哲学与人生论美学的丰富内涵,因此,先秦诸子的美学思想就是现代中国人生论美学思想的直接理论渊源。

人生论美学,从理论上说具体表现为对艺术与人生关系的新认识。在现代美学史上,人们提出"为人生的艺术"与"为艺术而艺术",就是人生论美学的具体实践。虽然梁启超、王国维、蔡元培、鲁迅等文化先驱都有创造性的人生论美学认知,但是,真正继承中国人生论美学的自由传统,并且寻求中西人生论美学的文明互通的理论家则是朱光潜。我们可以说,朱光潜的美育立场,就是人生论美学的理论投射;朱光潜的系统美学构想乃至中西通观的自由人生认知,就是人生论美学的完整建构。他从中国诗歌出发理解诗意人生的意义,他从儒道思想出发理解生命德性与生命审美的整合,从希腊美学与德国美学乃至英国美学的翻译与诠释,建立审美与人生自由的文明建构。凡此,皆体现了朱光潜对人生论美学的丰富想象。人生艺术化与艺术人生化,是朱光潜人生论美学最为基本而重要的美学主张。

近几年来,王元骧、聂振斌、张玉能、王旭晓、杜卫、金雅等学者发表了若干学术论文致力于探讨人生论美学的有关问题,为人生论美学的发展提供了新的思想智慧。[①] 虽然不少学者将人生论美学视作独立的思想建构,但是,人生论美学与实践论美学,实际上是一体两面的东西。实践论美学更加明确地提出了人生的审美创造任务,人生论美学更加强调以人为本,以人为目的,追求人类生命存在的审美自由化与理想化。从理论指向上看,人生论美学的实际导向,非常强调人生艺术化与艺术人生化。当然,如果这样的话,人生论美学的内容就很容易被狭隘化了。有的学者主张,人生论美学必

---

① 王元骧:《关于推进"人生论美学"的思考》,《学术月刊》2017 年第 12 期。

须追求人生的内在超越性。王元骧明确指出："人生论是研究人的生存的意义和价值的学问，'人生论美学'就是从人生的角度来探讨美对于人生的意义，具体说也就是对于提升人的生存的价值，使人具有自己独立的人格而成为真正自由的人的作用的问题。"①显然，这是从普遍意义上给人生论美学的规定。

我们之所以强调实践论美学与人生论美学的内在关联，就是想从不同的视角推进人类的生存自由想象。第一，人生论美学有其时间的尺度，即我们生命的当下境遇与生命整体的幸福与自由有关。人生论美学有其自己的时间概念，即将生命视作整体，追求生命的自由美感，又强调生命的当下，追求生存的自由意义。第二，人生论美学还有自己的生存状态考察。即我们的人生的苦痛状态与非自由状态，必须过渡到审美状态与自由状态，因此，我们需要从生命的重轭下逃离出来，这样，人生的艺术化与人生的诗性自由就成为理想生活的目标。第三，人生论美学必须关注人生意义的探究。我们处于各种各样的人生状态之中，我们选择不同的生存方式，为了达成普遍的共识，人生论美学要求我们思考人生的真正意义与普遍价值。第四，人生论美学要求我们形成达观的人生态度。人生不如意事十有八九，我们不可能追求绝对的自由，因此，如何通过人生论美学的想象达成自由人生的想象，就变得极为关键。如果我们无法摆脱生存的重负，那么，就必须选择正确的人生态度，因为无数人生的存在方式，彼此各不相同。在人生论美学中，我们在体验人生也在想象人生。我们需要通过人生论美学寻找个体的自由幸福，这并非仅仅通过物质生活与财富人生的单一维度就可以评价的。

通过对实践论美学与人生论美学思想的简单历史回顾，我们可以发现，两种美学派别的建构与争论，主要还是基于"概念的分析"，并未充分展开实践论美学与人生论美学的丰富性内容。为了超越这些具体的美学论争，综合实践论美学与人生论美学的现代思想成果，我们可以引入"公民原则"，继续推进实践论美学与人生论美学的理论建构，寻求实践论美学与人生论美学的当代性理论规范，真正促进这两大美学流派真正向人生回归与自由实践回归。"公民原则"就是要求我们从现实的人与现实的生活出发，从"政治人"的角度入手强调人的现实生活权利与自由权力，克服认识论与实践论意

---

① 王元骧:《审美:向人回归》,浙江大学出版社 2015 年版,第 283 页。

义上的主体观念与自我观念的弊端，同时，确立公民应有的权利与责任观念，在现代政治经济法律的基础上，真正实践人生论美学与实践论美学的理论主张，并且能够最终在"世界公民"意义上扩展实践论美学与人生论美学理论的思想视域。

二、实践论美学的再建构

　　根据前面的论述，实践论美学的主要代表人物，一直致力于实践的本体论意义的研究，同时，也致力于实践概念的辨析。显然，许多人把实践论美学等同于"李泽厚的美学"，这是对实践论美学的深刻误解。的确，无论是李泽厚的实践论美学解释，还是朱光潜的实践论美学解释，都带有鲜明的实践论思想特征，但是，实践论美学具有普遍的思想意义，并不是李泽厚的"思想专利"，也不专属于朱光潜的思想创造。我们可以说，李泽厚与朱光潜的实践论美学建构并不完善，因此，实践论美学的推进，就需要我们共同赋予它以时代新内涵。还是王元骧比较客观，他说，"我国的马克思主义美学研究是在 20 世纪中叶美学大讨论中随着'实践论美学'的兴起而开始的，这里有李泽厚先生的一份功劳。"①显然，现代中国的实践论美学，李泽厚有重要贡献，但并不等于李泽厚的思想。

　　从现代美好生活建构的意义上说，实践论美学，需要我们不断确立现代公民社会的审美自由实践方向。从当代性意义与实践性意义上说，我们最根本的任务，就是要提供实践论美学的实际行动方案，为当代中国公民的审美生活与审美实践确立有价值的思想方向与行动方向或价值方向。虽然每当实践论美学的主体阐释处于思想困境时，一些美学探索者便将矛盾指向李泽厚，仿佛只要批判并否定了李泽厚的美学，就可以对实践论美学加以否定，就可以推进现代中国美学的进步。显然，这是极其错误的思维模式。虽然有关实践论美学的讨论形成了"主观论与客观论的争辩"，"积淀说与突破说的论争"，"新实践美学的畅想"，"后实践美学的批判反思与超越"，但是，这些美学观念往往各执一端，并没有形成真正的自由综合或思想交融。这

---

　　①　王元骧：《审美：向人回归》，浙江大学出版社 2015 年版，第 19 页。

样,我们的实践论美学或反实践论美学,往往成了对某人的美学思想的批判否定或理论辩护,至于真正的实践论美学到底应该干什么,大家好像谁也不在乎。基于此,我们主张,实践论美学的丰富性社会生存内容的再建构,就具有极为重要的现实思想价值。

实践论美学曾经特别强调以生产劳动为中心,将物质生产与精神生产皆视作劳动实践的具体内容。这一实践观念,尽管包含了实践的基本内容,但是,在实践问题的现实展开方面未能充分展示"实践传统"所包含的丰富内容。我们试图从新的实践维度出发探讨实践论美学的现实意义。为此,我们要先建立"广义的实践概念",不能单纯从劳动或生产入手讨论审美实践或人生实践问题。实践美学的真正目的,就是要建立系统的主体生命实践内容,从而确立主体审美自由实践的真正价值。总的说来,"实践概念"包含四个方面的积极内容,我们的审美生活实践应该从这四个方面展开。

一是"物质生活实践",以生存快乐为中心。这一实践方向,就是要求实践论美学回到生存的根本事实中来。我们的生存离不开物质生活实践,人类的生活从来就不是单纯被动的"自然生活"或"精神生活",而是直接充满创造性的经济生活与审美生活。马克思在《1844年经济学哲学手稿》中要解决的根本问题,就是生产劳动、商品劳动、异化劳动与商品经济的关系。在马克思那里,人的本质力量与物质生活自由创造,人的审美与五官感觉的解放等等,无不重视物质生活实践的基础问题。我们可以说,这是马克思为现代美学指引的正确物质生活美学方向。在马克思看来,"异化劳动"创造了美,但使人变成了畸形;"自由劳动"创造了美,则必然使人生充满了自由美好。① 物质生活实践,是人的主体生命实践最根本的内容;没有物质生活实践,人的生命存在就失去了意义。实践论美学坚持物质生活实践的方向,不仅满足了主体的现实物质生活要求,而且给予了主体真正的现实生活自由。

现代中国美学追求物质生活的审美建构,极大地改善了中国公民的生活环境与生活质量。随着物质生活的丰富,随着科学技术对人类生活的极大改善,人从最艰苦的生活重轭下解放出来,并且可以自由地在自然的审美创造、环境的审美创造、工业的审美创造以及公共生活空间和私人生活空间

① 李咏吟:《走向比较美学》,安徽教育出版社2000年版,第78—92页。

的审美创造上,体现出公民主体的自由智慧,因此,公民的物质生活自由与审美自由获得了高度的统一。我们发现,公民主体的身体美学创造以及人格精神的创造,都以现实的物质生活的审美创造为基础,体现了现代中国美学对公民的真正尊重,体现了中国社会人生审美的重大思想进步。我们不再提供苦难式的审美超越,或者在物质生活极端贫穷的条件下的"审美自由享受"。物质生活审美实践,在很大程度上,是通过科学技术实现的。随着科学技术生产能力的极大提高,现代人的物质生活的审美创造变成了自由而美好的事情,这是实践论美学在当下的应有之义。

二是"社会生活实践",以公平正义与自由秩序为中心。这一实践方向,就是要求实践论美学关注公平与正义。"社会生活",是以政治经济法律为中心的生产、生活活动。社会必须建立自己的理论秩序,政治生活实践必须追求正义的理想与原则。社会生活实践,从根本上说,就是为了建立理想的社会秩序,确立理想分工原则,让人尽其才,物尽其用,这样,人的个体生命创造能力就能得到最大限度的发挥。审美生活实践,就是要保证公民生存自由与创造自由的权利,让公民能够最大限度地发挥自我的才能,在社会生产中找到自己的理想职业,形成自由美好的社会分工。当公民能够自由地选择自己的职业,最大限度地发挥自我的创造力时,就会拥有审美自由的快感。因此,政治制度与法律制度乃至经济制度和文化制度的建立,对于实践论美学的现实生活价值建构就具有极为关键的作用。

在社会生活实践中,为了保证公民的审美自由,自由而理想的政治经济法律制度,是公民审美人格与自由精神建立的关键。不同的制度必然造就不同的公民,只要以公民的审美自由为目标,就能建立良好秩序。社会的生活实践,绝对不是盲目的,它需要民族国家的自由想象与自由创造,它需要最大限度地发挥每个公民的审美自由创造力。近二十年来,中国社会奇迹的发生,在很大程度上,就得益于中国的现实社会生活制度能够最大限度地激活社会生活创造力。正因为我们的政治经济法律制度提供了公民物质生活自由创造的权利,所以,当代中国公民的个体生活发生了天翻地覆的变化。当然,我们的政治经济法律制度,还有许多不完善之处,这也是审美社会生活实践必须努力改进的目标。

自由秩序的建立与公共财富的创造,必然要求社会物质生活的发展需要科学技术的支持。如果公民在自由创造中能够保证公平正义,那么,公民就可能最大限度地创造国家的政治、经济、文化、生活奇迹。社会生活实践强调每个公民的自由解放，同时，它必须共同促进政治、经济、法律秩序的建构。在社会生活实践中，人不再是孤立的个人，而是社会的公民。这就要求公民必须承担起社会的责任，维护共同的审美自由价值。显然，这种社会生活实践始终具有美学的性质，也是"政治美学"所极力推崇的现实内容。

三是"德性生活实践"，以友爱与奉献为中心。这一实践方向，就是要求实践论美学关注公民的伦理生活实践与自由美好的现实生活秩序的真正建立。德性生活实践，对审美自由秩序的建立极为关键。无论是实践论美学还是人生论美学，都不是单向度的实践方向能够真正保证的。德性生活实践，追求美善的自由结合。德性生活，一方面要求公民在审美生活实践中坚守底线伦理，即公民必须要遵守基本的德性生活秩序要求，人人是德性法则的坚守者与实践者，另一方面，它也要求公民能够超越普遍的德性生活要求，要求公民超越一般德性原则之上，最大限度地追求自由实践的自我超越与自由精神。因此，公民的德性生活实践，一方面要以友爱为中心，另一方面也要有崇高的德性精神，这样，德性生活实践就能形成自由的美善结合，具有切实而具体的现实德性生活自由与审美生活自由的实践指引。

德性生活实践是善的事业，也是美的事业。德性生活追求的至善生活目标，与美的德性实现之间具有内在的联系。德性生活实践，要求公民不仅要追求个体的完善，而且要最大限度地满足个体生命的审美自由要求。按照周易的德性生活实践准则，当个体最大限度地发展出生命的自由创造力，并将"美善的德性"最大限度地作用于社会时，个体生命就会获得内在的圆满，这就是生生之德精神，也是美善和谐自由精神。德性生活实践，就是要最大限度地发挥公民的积极创造力量，最大限度地确证公民的个体生命价值。德性生活的追求与德性生活的完善，显然，在实践论美学中是极有意义的事情。

德性生活实践，是社会积极美好的价值风尚的体现。当它成为全体公民崇尚的德性准则时，就会给社会带来普遍的和谐与秩序。德性生活实践有助于公民自身价值的自由提升，它并不完全追求公民的极端个体的审美享受，相反，它需要公民回避个体的过度享受与过度自我中心。公民的德性生活实践，由于秉承美善和谐的原则，它不仅能够给予其他公民以德性的快乐，而且还可以通过这种自由与快乐的创造本身充分享受主体的审美幸福。

因此,德性生活实践,必然成为实践论美学的审美自由的根本内容。如果每个公民皆以自我为中心,甚至不遵守法律与道德的约束,那么,公民社会必然失去基本的价值秩序,更没有任何美可言。因此,公民的德性生活的自由或美善的统一,就是公民审美自由与社会自由的必然保证。

四是"艺术生活实践",以个体自由创造为中心。这一实践方向,就是要求实践论美学关注艺术的自由创造,通过艺术的自由创造彰显生命存在的自由价值。从"生活艺术化"或"艺术生活化"意义上说,我们可以建立广义的艺术观念与生活观念,将纯粹艺术与应用艺术结合在一起,将公民在生活与艺术创造中的一切,都视作审美的艺术的自由创造。事实上,纯粹艺术与生活艺术乃至工艺美术,都可以体现个体的审美自由创造。

在社会中,每一个体的艺术创造是公民审美自由创造的必要内容。我们每个公民都是自由的审美者,也是审美自由的追求者,更是审美自由的创造者。无论是怎样的艺术实践活动,我们都必须追求公民自由的真正法权原则与真正平等原则。在人类审美生活实践过程中,我们都要以个体的自由创造为中心,这样,我们的个体生命自由创造都可以丰富公民社会的自由美好生活。一般说来,艺术生活实践具有两方面的内容:一方面是艺术实践的自由,另一方面则是生活实践的艺术。艺术实践的生活化或生命化,生活实践的审美化或艺术化,就成了公民生命自由实践的必要内容。无论是艺术实践的自由还是生活实践的自由,公民个体的生命自由创造是最为要紧的事情。

通过以上四个方面的规定,我们涉及了实践概念所包含的四个方面的内容,即物质生活实践、社会生活实践、德性生活实践与艺术生活实践。应该说,公民的全部生活实践内容,都可以容纳在这四种审美生活实践中。我们由此强调"实践论美学",就超越了单纯的学术概念之争,将实践论美学真正由书斋引入火热沸腾的现实生活实践中去,让实践论美学真正充满了丰富的生命内容,使公民能够真正体会审美生活实践的自由与欢乐。正如王元骧所强调的那样:"正是马克思主义的实践观,第一次把它放到历史唯物主义的背景上来加以论证,认为只有通过发展生产最后才能实践这一目标为我们找到了超越性的现实基础和最终答案。"①这一论断本身,显然具有

---

① 王元骧:《论美与人的生存》,浙江大学出版社 2010 年版,第 211 页。

科学的历史的思想意义。

三、人生论美学的再建构

在人生论美学的思想建构过程中,我们发现,人生论美学的一个重要倾向是:通过自由审美强调人生的超越,通过自由审美强调人生的非物质生活取向,即通过精神超越战胜现实困境,这是我们并不赞同的思想主张。虽然人生论美学总是主张我们应该尽力淡忘人生的苦痛,尽量淡忘人生的功名利禄的世俗幸福,但是,这种人生的诗意化与人生的超越性,确实具有"消极避世"的思想倾向。我们能否通过纯粹的审美获得真正的人生幸福,这是完全可以存疑的事情。当然,人生论美学的这种精神超越性追求,也能为我们人生的自由想象提供审美的可能。实际上,人生论美学的世俗化追求,与人生论美学的超越性追求或诗意化追求并不存在根本矛盾,两者之间其实完全可以统一起来。

我们既要追求世俗生活的幸福与自由,又要追求理想人生的审美自由超越。如果否定世俗的人生快乐,人生论美学就找不到坚实的生命地基;如果只追求世俗生活的幸福,那么,人生论美学只能沉沦在世俗生活的享受之中,最终可能迷失人生的正确方向。因此,人生论美学必须要有精神的内在超越。我们可以通过诗性超越与德性超越,寻找并想象更加美好的人生境界。真正的人生论美学,必须寻求"世俗人生"与"理想人生"两方面的自由,失去任何一个方面,人生论美学就会变成有缺憾的事情。

人生论美学,涉及人生的现实美感体验、现实美感的自由创造,也涉及人生的自由想象与人生的审美创造。应该承认,人生论美学的丰富内容,已经在不少美学家的探索中得到了充分展开。我们的人生论美学,就是要将世俗生活的美学与自由超越的美学有机地结合在一起。从对世俗人生美学的肯定意义上说,我们当然要追求物质生活的幸福。例如,干净舒适的住房,干净美好的服饰,干净美味的食品,这一切都是世俗人生美学的现实追求。与此同时,我们也必须追求德性生活的自由,追求美善的自由统一,借助艺术自由地想象美好人生,最终实现审美创造的自由价值。总之,我们要更要加深刻地探讨自由生存的本质,更加广阔地探求人生的无限丰富性。

"人生论美学"必须照顾四个方面的内容,这就要求我们从哲学的高度思考人类生命自由存在的本质,从现实生活自由的角度想象人类生命的物质生活世俗性与精神生活自由性,从社群生活的角度探索人生的现实利益关系与审美实践关系,从公民生命意志自由表达的角度探讨人生审美的自我否定与自我肯定。只有避免消极的人生论哲学影响我们的审美判断,趋向积极乐观的人生态度,才能使审美生活与生命自由之间形成高度的契合。这四个方面的内容,完全符合康德哲学的质、量、关系和模态的分析方法,我们可以由此去探索人生论美学的丰富性内容。① 当然,这样的人生论美学必须充分贯彻公民原则,即必须把人看作是现实的人而不能把人当作抽象的人。只要是纯粹从抽象的概念出发讨论人生,那么,我们就可能丧失对人生的丰富而自由的审美体验。

一是从质的规定出发看人生的"生存本质探讨",我们必须以公民的"自由"为中心。生存的自由本质,必然在物质生活与精神生活两个方面得以展开,这两个方面存在着根本的矛盾。人生论美学,自然必须先探讨人生的本质。如果对人生缺乏真正的理解,那么,人生论美学的建构只是感性的体验,而不可能形成智慧的把握与审美的彻悟。

从普遍意义上说,我们对于人类生存本质的探讨,不外乎生存的自由追求与存在的现实或历史荒诞,但是我们并不能完全主宰我们的生存自由。宿命论的思想与享乐论的思想,都只是从简单的时间维度看待人类生命的存在,并未在无限丰富性的生命关系中规定生命存在的根本价值。正如李泽厚所言,"人活着,这是一个事实。"的确,"人生",先必须面对生死存亡问题。人总是要死的,而从根本意愿上讲,人是不愿意死的,因此,与死亡的斗争是人类生命一直不息的主题。我们要生命自由地存在,我们想象这是人生论美学的理想状态。问题在于,现实的人生体现了极其丰富的内容,甚至可以说,人生的苦痛与悲剧往往超越了人生的自由与幸福。为此,我们应该如何表现人生,我们应该如何对待人生? 显然,这需要人生论美学提供思想的智慧与艺术的智慧。

从特定意义上看,对于青春生命来说,生死存亡问题就是生存竞争与生存权利的斗争。这样,生存意志与生存欲望或生存自由,就变成了青春生命

---

① 康德:《逻辑学讲义》,许景行译,商务印书馆 1981 年版,第 31—57 页。

存在者最关注的根本性问题。人生面临无穷的欲望,而欲望是不可能顺从自由意志而得到充分满足,甚至可以说,人生处处面临着苦恼。生存是享乐还是创造,生存的积极意义是吃喝玩乐还是自由创造? 不同的思想,就有不同的人生答案;怎样的审美人生价值规定,就有怎样的人生审美方式。因此,人生论美学必须解决生命的存在意义问题。或者说,不确立正确的人生观,我们的人生论美学就成了单纯世俗生活享乐的代名词。我们不能只追求享乐,我们也无法回避人生的审美享乐,因为只有这种享乐才能让公民真正感受到生命的幸福与生命存在的价值。

事实上,人生的荒诞感与人生的无力感,是公民社会必须时时面对的现实生活问题与现实生命实践问题。我们经常无法理解人生的荒谬,我们经常受到人生的戏弄,但是,我们并不知道谁是我们的自由或我们的命运的主宰者。我们一直在质疑:谁能引导我们度过美好的人生? 什么样的美好人生才是我们自由公民所吁请的? 必须看到,我们有时被命运的陀螺带着转动。虽然我们不得不随之而转动,甚至经常可能处于“西西弗斯的境遇”,但是,在我们的审美自由想象中,我们永远希望逃离这种生命困境。因此,生命存在的悲剧性,便成为人生论美学最为关注的重要问题。无论是顺从命运还是反抗命运,人生的悲剧性大幕就此拉开,人生论美学必须就此进行自由解释。

的确,人生必须面对现实性与理想性问题,悲剧绝望与乐观希望的问题,这就需要公民自由地领悟与自由地超越。正是基于这种生死感、欲望感、命运感与超越感,人类生命存在的本质显得极其复杂。没有人生本质的认知,就没有人生论美学的深度。因此,人生论美学更需要质的规定性,即更需要思想的自由创造,毕竟,丰富而自由的审美人生方式,是许多公民凭借自己的审美创造力与想象力可以无限丰富地创造出来的。我们可以看到很多美好的人生审美方式,但是,我们很难获得自由而智慧的人生想象与人类生命存在的自由价值规定。人生论美学,通过审美艺术的方式或审美哲学的方式加以展开。无论是通过艺术的方式还是哲学的方式,我们都期待抵达生命的真理性。生命的真理性,就是人类生存本质的自由认知。

二是从量的规定出发看人生的生命过程以及公民个人生活的获得,以公民的“幸福”为中心。在现实的人生境遇中,我们追求个人的生命获得。人类生命,常常以时间或寿命作为存在尺度。人生幸福与圆满的时刻极为难得,我们常处于生命的缺欠之中,我们有无数的生命遗憾。对于社会来说,无数的公民组成了庞大的社会群落。生命存在的过程,往往必须顺从大多数人的选择。我们有时不是为自己活,而是为他人活着,为着他人的评价而活着,这是我们难以摆脱的事情。完全彻底自主地存在不可能,因为我们生活在社会关系中,我们与无数的生命或无数的人生,构成了必然的联系。我们用不着孤立地寻求自己的自由存在方式,当我们脱离了社会或大众生活时,人生会显出特别的孤独感。

人生的孤独,在很大程度上就是由于少数人的选择方式。虽然我们可以固执地坚持自己的人生方式,但是,在社会里,我们的个体生存方式有时可能根本得不到理解,甚至可能有来自社会的巨大排斥和敌视。因此,我们建立了自己的人生哲学或人生论美学方式。人生论美学告诉我们,要乐观地生活,幸福地生活,知足常乐地生活。这样,我们就要遵从社会的生活秩序与生存哲学。

我们选择社会普遍存在的方式生存,我们有可能是生活的胜者,也可能是生活的失败者,但是,从公民幸福原则与公民乐观主义原则出发,我们要乐观而勇敢地生活下去,因此,"绝望"不是生命自由或审美人生的最终肯定方式,尽管悲剧性人生体验在审美艺术中可以唤起主体最强烈的生命共感。相信公民社会的普遍价值秩序,通过审美创造乐观地生活,在"众乐乐"的自由生存方式中肯定人生,这就是人类生命存在的普遍性规定。

三是从关系的规定出发看人生个体创造与他人幸福,以公民的"创造"为中心。在社会的自由存在中,人类的生命活动,必须以智慧科技的创造、现实质感的享乐创造、自由艺术创造与生命德性创造为必然表现形式。在社会里,人从来不是孤立的个人,公民是处于共同体,处于公民的自由生存关系之中。

一方面,我们必须充分关心作为生命个体的公民,必须时刻看护好生命自身,因为在无限的生命存在关系中,必然有着根深蒂固的矛盾冲突。如果我们不能很好地看护生命自身,我们的生命存在就会处于危险之中。另一方面,我们必须极尽公民的职责与本分,承担法权社会公民必要的责任,必须遵守公民社会的必要规范。我们之所以反对从主体的角度或个人的角度探讨人生论美学,在很大程度上,就是为了避免人生探索的普泛化。我们必须回到公民原则自身,通过人生观念与公民观念的结合,就可以寻找到现实生命存在的真正自由方式。

人生论美学，必须关注公民个体的生命自由与生命美学想象。由于无数的生命个体始终处于真实的审美自由境遇与审美自由关系之中，每一公民都可能有自己的审美创造智慧，因此，只要我们稍加留意，就可以发现：生活世界与生命世界，充满了许多人生论美学的自由创造者。他们从现实生活出发，从吃穿住用出发，从娱乐游戏出发，从家庭亲情出发，从生活情趣出发，创造无数的审美人生享乐方式。他们将自己的人生过得丰富多彩，充满阳光与自由的力量。在这方面，人生论美学永远主张自由的创造与自由的学习。人生的审美创造没有止境，只要生命存在，就应该追求最大限度的审美人生的自由创造。

人生论美学更应该提倡的实践方向，是民族、国家的审美自由创造方向。我们期待自己幸福自由地生活，我们还应希望我们的邻里幸福自由，希望我们的社区，希望我们的民族共同体，期望我们国家的所有公民的幸福。人生境界越高大深邃，人生论美学的内容就更加广阔丰富。为了每一公民和所有公民的生存自由价值，我们在审美自由创造中，必须最大限度地追求人类生命的福祉。为此，我们需要承担普遍的社会责任，遵守共同的价值法则，创造共同的审美价值，这是人生论美学创造的积极内容与应有之义。正如王元骧指出的那样，"美对人到底有什么意义？在我看来最根本的就是使人真正活得快乐、幸福。"①

四是从模态的规定出发看人生的生命自由价值确证，以公民的"意志"为中心。人类生命存在，生命意志是人类生命最大的秘密。它既是生命创造的动力源泉，又是生命悲剧的至深根源。我们可以把握自己的生命意志，我们可以调节自己的生命意志，同时，我们又无法完全主宰自己的生命意志，更重要的是，我们完全无法实践自己的生命意志。人类的生命意志是可以无限想象的，意志在自我的想象中可以与天地齐平，也可以与日月同光，它绝对的想象自由是无法受到控制的。或者说，人类的生命想象有多么自由，人生的生命意志就有多么广阔。问题在于，生命意志的实现必须以生命主体的现实能力或生命潜能为前提，即人的生命能力才是自我创造与自我超越的动力。不同的公民具有不同的生命意志，也具有不同的人生命运。

① 王元骧：《论美与人的生存》，浙江大学出版社 2010 年版，第 238 页。

无数的公民组成了社会无限多元的生存方式,公民生活实践本身最终都需要公民进行自由的生命价值确证。

人生论美学并没有确定无疑的标准,即使是最好的人生论美学,也不能引导每位公民通往幸福与自由。因此,人生论美学只能寻求一般性规定,即只要是自由的审美创造,积极的乐观的人生美学选择,就可以得到普遍的肯定。这样,人生论美学就是寻求共鸣的生命美学,也可能是寻求启示性的美学。它并没有感性具体的形态,而是取决于公民自由创造与自由表达。在丰富多彩的现实历史生活中,我们可以感受到无限的生命存在,我们在无限的生命存在中可以发现不一样的生命美学。

生命意志可以野性地生长,它有时可能逃离公民的自我控制,但是,在大多数情况下,公民的理性生活自律可以控制野性意志的自然生长。"生命意志",是人最为宝贵的财富与力量;没有自由的生命意志,人可能一事无成。在自由的生命意志作用下,人可以最大限度地释放自我的生命创造力。当公民的自由创造力与公民的生命意志构成真正的契合时,它会释放出巨大的生命潜能。对于审美创造者来说,生命创造的才能越强大,生命意志的实现就越自由。天才的艺术家,之所以能够最大限度地表现自我生命意志,是因为他的艺术才能与艺术磨砺足以支撑他的自由意志。

相反的情况是,当公民的自由才能无法满足公民的野性意志需要,公民的理性又无法管束自我意志的野性生长,特别是当它被嫉妒等否定性意志主宰时,就可能形成强大的破坏性生命力量。它不仅可能毁灭公民的生命自身,而且可能危及其他公民的生命,甚至可能给生活世界带来不可估量的破坏性后果。我们看到,当公民的积极生命意志自由发挥作用时,它可能带给人们自由与幸福;当公民的破坏性生命意志无节制或非理性地发挥时,它可能造成巨大的生命危害。人生论美学追求自由意志的积极发挥,强调生命意志对生命创造的积极作用,强调生命意志的自由发挥必须以审美自由与法权自由为原则。公民社会的幸福生活与审美生活,在很大程度上取决于生命意志的自由表达,这是人生论美学必须坚持的正价值立场与正确理论方向。

人生论美学,从根本上说就是人生的自由实践。我们的人生美学实践,可以自由地进行理想选择,也可以进行现实的生命选择。它与实践美学不同之处在于,它没有那么明确的目的性。实践论美学就是为了达到具体的实践目标,并且,在实践目标的实现中确证公民的自由存在价值。人生论美学并没有明确具体的实践目标,它所激发的人生体验与人生想象更多的是启发性的。我们的人生论美学的最大任务,就是要开启无限多样的审美人生启示。人生论美学最根本的任务,不是审美实践目标的确证,而是生命的自由教育。我们必须通过人生的感性形象教育或理性生命教育,去领悟人类生命的丰富性、伟大性、传奇性,这才是人生论美学的任务。

正是通过实践论美学与人生论美学的探讨,我们可以看到,这两种美学体系只是采取了不同的观照视角,两者之间并没有根本性的价值冲突,也不是完全异质的美学理论系统。实际上,实践论美学与人生论美学有许多相通相融之处,因此,我们必须寻求实践论美学与人生论美学的共同本质。实践论美学与人生论美学的普遍价值,从目的论意义上说,就是要寻求生存自由的审美想象。生存自由本质的探讨,肯定是美学的根本价值所在;只有真正促成人类的解放与自由解放,才能迎接美学自由时代的到来。人的自由本质,可以在人生实践与社会实践中得到审美确证。通过个体自由走向人类自由,通过人类自由保证个体自由,这是实践论美学与人生论美学的理想原则,也是公民的最高价值目标。

王元骧先生文艺美学思想的理论品格与启益

金　雅　刘广新[*]

王元骧先生是我国当代著名文艺理论家。他的文艺美学思想不仅密切关注文艺发展的实践,也密切关注社会时代的发展,深切关怀人的生存意义和生命幸福感,体现出思想的深邃、论证的严谨、鲜明的问题意识和现实针对性。他在中国当代文艺理论和美学理论发展的若干重要历史关节点上,都旗帜鲜明地发挥了重要的引领作用。他的文艺美学思想取得的突出成就及其鲜明的理论品格,给予我们后学丰富深刻的启益。下面,我们着重从四个方面谈谈个人学习的体会。

一、关注现实,洞悉时代,切中问题

王元骧先生的著述总是从问题出发,关切现实而发,关注时代而思。他追求理论之真之美,但从不为理论而理论,脱离现实与生活,而是以学理的深度思考和探索来观照解决现实的、时代的问题,是"在解决现实问题中求得理论自身的发展"。他过:"我每篇文章都是有所感而作,是针对现实发言的! 只是因为我认为解决问题是不能就事论事,只谈点感想和意见,必须从学理上作出论证和说明。"[①]在《审美:向人回归》一书的扉页题词中,他写道:"鲍尔生说哲学与时代的关系,与其说是反映这时代所拥有的东西,毋宁说是表现这时代所缺失的东西。人们期望于美学与文艺学的大概也是这

---

　　* 金雅:浙江理工大学中国美学与艺术理论研究中心教授;刘广新:浙江理工大学中国美学与艺术理论研究中心副教授。
　　① 王元骧、赵建逊:《"审美超越"与"终极关怀"》,《文艺争鸣》2009 年第 9 期。

样。"①美学、文艺学理论一定要结合社会问题,洞悉时代脉搏,这是王先生一贯秉持的学术理念。

在当今时代变幻繁复的纷纭现象中,什么是影响社会和谐、降低人的幸福感的最基本、最核心的弊病,王先生认为首先就是功利主义的欲求。

王先生在自己的文章和访谈中,常常谈到此问题。在《关于"人生论美学"的对话》中,他感慨道:"现在是一个功利化、欲望化而没有神圣感和敬畏感的时代,是一个肤浅、浮躁,只求快、求新,不求精、不求深的时代,是一个凭感觉、随大流的、无需反思精神的、只有个人而没有个性的时代。"②在《梁启超"趣味说"的理论构架和现实意义》中,他指出:"就人的生存状态来说,这些年来我们的物质生活虽然有了极大的提高,但精神生活反不及以往物质匮乏时代来得充盈,人倒反完全被物所支配了,使得许多人在做事中只是考虑'无为不有',完全以眼前的成败、得失等功利目的计,甘心把自己当做工具和手段,甚至为了达到功利目的不惜丧失自己的人格,以致在活动中除了受物欲驱使之外,已找不到其他的精神源泉和动力了,吃、穿、玩、乐几乎成了人们所追求的全部生活内容。这实在是一种生命的消退,'趣味'的沦丧。这样的生活也就必然会陷于干枯、乏味、平庸、空虚,这也是导致当今社会道德滑坡、文化失范、各种社会问题孳生的一个重要原因。"③

王先生认为,"人是目的"本应是人类社会的根本原则,但现代科技理性等的发展,催生了功利主义的盛行,造成包括文艺和审美的工具化在内的诸多问题,其中最致命的就是作为"最终的目的"的人也有被工具化的危险。

王先生对康德思想有着长期而深入的研究,他认为国人存在视康德哲学和美学为形式主义理论的片面看法。他通过对康德"无目的的合目的性"这一重要思想的分析,指出康德揭示了审美现象的实在,但并未将"美"与"善"割裂开来,而是在"人是目的"这一主题下,"不仅把'无目的性'与'合目的性',而且把审美判断力的四方面契机统一成了一个有机整体";康德"审美无利害性的观念就是从'无目的的合目的性'这一核心思想出发而提出的",康德"认为对于审美,不应该按'有限目的'的观点只是看重它的'有用

---

① 王元骧:《审美:向人回归》,浙江大学出版社 2015 年版。
② 王元骧、赵中华:《关于"人生论美学"的对话——王元骧教授访谈录》,《中文学术前沿》(第三辑),浙江大学出版社 2011 年版,第 132 页。
③ 王元骧:《梁启超"趣味说"的理论构架和现实意义》,《文艺争鸣》2008 年第 3 期。

性'把它作为一种'有用的工具'去实现美和艺术领域以外的其他目的服务；而认为美应该有它自己的'绝对目的'这目的就是为了人"。① 王先生认为，这就是康德"通过'无目的性'的分析所要达到的'合目的性'意旨所在"。他指出，"康德哲学的中心议题"就是"人是目的"；"康德认为由审美带给人的自由愉快，虽然不附带任何利害关系，但却能'赋予人作为一个人格的生存的存在以一绝对的价值'，'它在自身里面带着最高的利害关系'颇似庄子所说的无用之用乃为大用。这就是康德美学中所说的'人是目的'的精义所在。"②

王先生高度评价梁启超的"趣味说"，认为其倡导的就是"任何时候都是不为眼前功利所计的一种人的生命的活跃和激扬的状态"，具有鲜明的反"功利主义"倾向。他说："梁启超把功利主义概括为'为而不有'主义，与之相对的他提出'知不可而为'主义，它的意思就是要人们在'做事时候把成功与失败的念头都撇在一边'，'明白知道它不能得着预料的效果，甚至一无效果，但认为应该做的便热心去做'，'一味埋头埋脑去做'，不要只一心想着成功而讳言失败。"③

王先生强调，"由于科技理性和功利原则的盛行，正在日益把情感还原为欲望，以致人完全物化、异化、工具化了。"④就文艺而言，王先生认为，人们借文艺来"消遣娱乐、宣泄情绪、缓解压力"无可厚非，"但如果把这看做就是文艺的本性所在，就是审美所需要达到的根本目的，那就等于否定了文艺本身所固有的目的，亦即以人为目的，以有限目的来取代根本的、最终的目的，美也就转而成为一种工具和手段了"。⑤ 王先生指出我国文艺活动"就目前的情况来看，一个有目共睹的事实摆在我们面前：自改革开放以来随着市场经济的发展，文艺从以往作为政治的工具和道德的工具的束缚中摆脱出来之后，又沦落为娱乐的工具和谋利的工具，同时也造成了文艺观念空前的混乱。"⑥他强调，"我认为审美虽然离不开感官的享受，但它与物欲主义、

① 王元骧：《论国人对康德美学的三大误解》，《社会科学战线》2011年第7期。
② 王元骧：《美：让人快乐、幸福》，《学术月刊》2010年第4期。
③ 王元骧：《梁启超"趣味说"的理论构架和现实意义》，《文艺争鸣》2008年第3期。
④ 王元骧、赵中华：《关于"人生论美学"的对话——王元骧教授访谈录》，《中文学术前沿》（第三辑），浙江大学出版社2011年版，第130页。
⑤ 王元骧：《对"审美意识形态论"的再反思》，《西南大学学报（社会科学版）》2009年第5期。
⑥ 王元骧：《对"审美意识形态论"的再反思》，《西南大学学报（社会科学版）》2009年第5期。

功利主义、乐享主义是不相容的；因为它们都把美当作手段而背弃了它自己的目的。这是我们理解美的一个基本尺度，一条底线！"①

二、弘扬美的价值和信仰

如何反抗当代社会日益弥漫的"异化"、"工具化"，成为本真的人，真正实现"人是目的"？王先生认为迫切需要弘扬美。他说："我们若要按照人的生存方式生活、维护自身人格的独立和尊严，实现自己的人生意义和价值，享受真正意义上的人生的快乐和幸福，那就一刻也离不开审美。我们研究美学，也应该从这里出发，从这里起航！"②

美何以当此重任？王先生指出，美"给人以一种由美（包括优美和崇高）的感知和体验所生的无利害的自由愉快。它从消极意义上可以抵制物的诱惑，从积极的意义上可以培养一种'爱'（美感）与'敬'（崇高感）的感情，从而可以起到净化人的心灵、陶冶人的情操、拓展人的胸襟、提升人的境界，以美的精神来塑造人格、完成人的本体建构的作用"。在对人的教化上，审美"虽然不像道德教化那样具有直接的功利目的，但在对于人的精神上的影响却比道德教化更能深入人心，更能为人们所乐于接受，更能融入人的各个生活领域"。王先生强调，这是"一把打开全部美学理论奥秘的金钥匙"。③

王先生称审美为"世俗的宗教"、"人生的宗教"。他指出审美具有超越性，人的生活也要具有超越性："超越性是以人的意识性为前提的，而意识不仅是指对外界的意识，也包括对自身的意识（反思）——思考自己为什么活，怎样活才有意义。这样他在经验生活中就有了一个超乎经验生活之上的世界。经验世界是人的物质生活的世界，在这个世界中，人所追求的都是一种有限的、暂时的目的，不管您有多少财富，生不带来，死不带去，也只不过供您活着时享用；超验世界是人的精神生活的世界，只有进入这个世界，人的生活才有了无限的、终极的目的。这思想最早来自宗教，柏拉图、康德谈的超越性都深受宗教思想的影响，都是以'灵魂不朽'为前提的；今天人们不会

---

① 王元骧：《"文化美学"随想》，《深圳大学学报（人文社科版）》2004年第1期。
② 王元骧：《美：让人快乐、幸福》，《学术月刊》2010年第4期。
③ 王元骧：《美：让人快乐、幸福》，《学术月刊》2010年第4期。

再相信以灵魂不朽来保证终极目的的实现,但是并不等于丧失了它的合理性和现实意义,如果您所从事的事业、所创造的业绩是有价值的,它就会在别人那里得到延续,以致进一步发扬光大,并不会因您的肉体的消亡而终止。所以它的意义是无限的、永恒的。这正是一个具有生存自觉的人所追求的,因而他的生活中就不可能没有超验的世界和终极的目标。"①

王先生说,审美"既吸取了宗教的精神,又是对宗教的一种超越"。因为审美超越可以将处于因果关系之中的日常人生在精神层面予以提升,从而实现理想的人生,践行"人是目的"的终极价值。他说,"我谈论'审美超越'为的是使之能更紧密地与美学结合在一起,因为审美就是一种凭借情感体验来把人带入一个超越'实是'而进入'应是'的境界,唤起人们生存自觉的最为有效的精神生活的方式,这种超越性可以从两方面来看,从空间上看,就在于超越一己的利害关系在情感上进入别人的空间,通过情感的交流把自己与别人融为一体,这才会意识到自己活着对别人、社会应尽点什么义务和责任;从时间上,美作为一种永恒的期盼,它会激励人生命不息,奋斗不止,他的目标永远是在前头,这样也就拓展了人的情怀和境界,激发了人的生存自觉,提升了人的生命的意义和价值,同时也是对当今社会日趋物化、异化险境中的人的一种疗救。"②

王先生特别厘清了宗教与迷信的区别。他指出迷信"是完全没有主体意识和自我意识的盲信,它把希望完全寄托在鬼神身上,而不求自己灵魂的得救,像现在许多人到庙里去烧香拜佛那样,祈求菩萨赐福,保佑能升官、发财、延寿,而对宗教的教义毫无虔诚之心和践行之意,这实际上把社会上流行的那一套关系学也运用到菩萨身上,把菩萨不是看作是信仰的对象而只是利用的工具",因此迷信完全没有"宗教所固有的神圣感和救赎感"。③

在王先生看来,审美不但关系到人类的认知,更关系到人类的实践和信仰,审美具有促使人行动的积极力量。他曾深情地谈道:"我们每个人都是自己生命旅途的跋涉者,这个旅途中,我们难免要遇到崎岖和险谷,但这条路我们总得要继续走下去,所以我们需要有所激励,有所鼓舞,需要有一个

---

① 王元骧、赵建逊:《"审美超越"与"终极关怀"》,《文艺争鸣》2009 年第 9 期。

② 陈飞龙、王元骧:《求实严谨的科学态度 求真创新的学术精神——王元骧教授访谈》,《文艺理论与批评》2014 年第 2 期。

③ 王元骧:《从"美感的神圣性"说到审美与宗教的关系》,《美育学刊》2015 年第 4 期。

理想和目标来照亮自己的前程,这样我们才会百折不挠地使自己坚持到底,并能有所作为。这才会有流传的'人生有梦才美丽'之说。而美和美的艺术之所以对人会有这样的一种激励和鼓舞作用,就是由于凡是我们感到是美的东西,我们不仅会在精神上对它心驰神往,而且还会转化为行动的动力。因为在人的行动中,总是观念优先的,就像萨丕尔所说,只有当我们头脑中有了'自由'、'平等'这些概念,我们才会有为争取'自由'、'平等'的实际行动。所以,审美活动尽管在形式上是静观的,但是其性质却是实践的,它使人的行动有了方向和目标。这说明从工具的观点来看,美以及美的艺术尽管没有实际的意义;但是从目的的观点,亦即对人自身生存意义和价值的观点来看,美却可以成为人的一种精神的火炬,照彻着人前进的道路。"①

王先生明确反对审美消费主义。他指出:"(康德)提出审美所带给人的是一种'无利害关系的自由愉快',正是为了他的'人是目的'思想在美学中得到贯彻和落实。因为在他看来,在世界这一切都是互为目的和手段所构成的因果关系体系中,人之所以'有资格来做整个自然目的论上所从属的最后目的',就在于人具有一种'超感性的能力(即自由)',他能从因果性的规律即眼前的利害关系之中解放出来意识到'以之为其最高目的的东西,即世界的最高的善',使人作为一个'有理性的存在者在道德律下存在'。"②他批评"现在美学界受感觉论、经验论的影响,把美看作只是供人感官享受的,把美感等同于快感,纯属于消费性、娱乐性的,这理解似乎太片面、太浅俗了"。③

值得注意的是,王先生并未无限夸大审美的作用。他说,在当今时代,美"对于我们被物欲吞噬了的灵魂至少可以起某种净化和消解的作用。这样,审美在某种意义上也就成为抵制工业文明和科技理性对人的奴役,维护人自身真正意义的生存价值的有效方式"。④

---

① 王元骧:《论美的艺术》,《湖南师范大学社会科学学报》2005年第6期。
② 王元骧:《关于推进"人生论美学"研究的思考》,《学术月刊》2017年第11期。
③ 王元骧:《从"美感的神圣性"说到审美与宗教的关系》,《美育学刊》2015年第4期。
④ 王元骧:《"文化美学"随想》,《深圳大学学报(人文社科版)》2004年第1期。

三、实践立场、辩证思维和自由超越

王先生说:"超越性是人的主观能动性的集中体现,唯此,人能从现实关系的束缚中解放出来进入自由,它毫无疑问是美学所要探讨的核心问题。"①王先生认为,"'自由',拉丁文(libertas)的原意是从束缚中解放出来。马克思主义创始人把人首先看作是'现实的有生命的个人',把人的活动首先看作是一种感性物质的活动,表明人在现实世界就是生命在一种束缚之中,因为'说一个东西是感性,就是指它是受动的','人作为自然的、肉体的、感性对象性的存在物是受动的、受制约的和受限制的存在物',这意味着作为现实的有生命的个人在其活动过程中,必然要与现实发生关系和联系并受着这些现实关系所制约,这种客观的现实制约性就是一种束缚。这些束缚主要来自两方面:一是外部自然规律的束缚,二是内部自然欲望的束缚。所以,若要摆脱束缚,一方面要求人们掌握自然规律,按客观法则行事;另一方面则要求控制自然欲望,按社会规范行事。这种使自己的意志行为既遵照规律与规范,又能驾驭规律和规范,从而在活动中达到既不受外部自然又不受内部自然约束,这样一种完全自主的随心所欲不逾矩的境界,就是我们所说的自由。"②

王先生坚持实践论的立场,认为必须"把人的生命活动、生存活动与实践活动统一起来,放在由于人的实践活动所形成的主客体的关系中,按历史唯物主义的精神来理解超越与自由的问题,这才使对生命和生存的理解进入科学的轨道"③。他主张一定要立足社会实践:"因为从哲学上来看,超越与自由问题的提出,就是以人来到世间总是处身于一定的现实关系之中、并必然被一定现实关系所规定和约束这一认识为前提的……所谓超越与自由,就是人凭着自己的主观能动性,要求从这种必然性中解放出来按自己的意愿和意志从事活动。所以恩格斯说'自由不在于幻想中摆脱自然规律而

---

① 王元骧:《"后实践论美学"综论》,《学术月刊》2011 年第 9 期。
② 王元骧:《从"美感的神圣性"说到审美与宗教的关系》,《美育学刊》2015 年第 4 期。
③ 王元骧:《"文化美学"随想》,《深圳大学学报(人文社科版)》2004 年第 1 期。

独立’，而‘在于根据自然界的必然性的认识来支配我们自己和外部自然界’。”①王先生进一步指出：“要真正从外部和内部来实现人对现实关系的全面超越而进入自由，就需要把人的全部心理能力知、意、情都调动起来投入到活动中去。实践的能动性需要凭认识、意志的力量。认识是为了透过现象来把握事物的本质，为的是使我们的行动遵循客观规律而避免主观盲目；意志根据对现实世界内在规律认识提出目的，通过意志努力在对象世界实现这一目的，最终实现对外在的、物质世界的超越。这种超越在历史唯物主义的观点看来，最根本的就是人通过自己的生产劳动，从物质世界获得满足的过程中来摆脱物对人的支配和奴役。”②

其次，王先生也强调要以辩证的思维来思考和解决问题。如谈到创作自由时，他指出，艺术家必须在自由的状态下才能充分发挥创造性，但是艺术家的“自由”并非绝对。他说：“文学创作是一种艺术美的创造活动，是在个人意识的层面上进行的，这使得作家的想象也必然是以个人幻想的形式出现，只有那些为作家个人所真切感受到、并从他心底里自然流露出来的东西，才有可能获得成功。所以一切优秀的文学作品总是独创的这就需要以作家的创作自由来保证。但由于对于一个社会人来说，他个人的心理、意识活动总受一定的客观条件的制约；再加上审美意识作为一种价值意识与其他价值意识，如政治意识和道德意识等是互渗的；所以它必然具有社会性的特点，总是这样那样反映着作家所属的时代、民族、集群的意志和愿望，就根本性质而言，都是属于一定时代、民族、集群的信念系统的。这就使得艺术形象具有某种意识形态的性质。所以我们又不能把作家的创作个性和创作自由加以绝对化，而强调作家应对社会负责。这样使得我们从理论上所揭示的审美的意识形态的感性与理性、个人性与社会性、审美性与意识形态性的内涵，通过对创作活动的分析得到具体的落实。”③再如谈到实践美学，有些学者认为这种理论已不合时宜，但王先生却联系具体审美现象谈道：“在美学上，我之所以一直坚持‘实践论美学’的立场，是因为它解决了曾经在我头脑中存在的这样一个困惑：从审美文化史来看，为什么我们今天许多为之

①　王元骧：《“后实践论美学”综论》，《学术月刊》2011 年第 9 期。
②　王元骧：《“后实践论美学”综论》，《学术月刊》2011 年第 9 期。
③　王元骧：《谈“审美意识形态论”的理论建构——以我的〈文学原理〉（2007 年版）为个案》，《高校理论战线》2007 年第 6 期。

倾倒的被视为美的事物——如山水花鸟等——在上古人甚至中古人那里却都并不以为是美的?"他指出,尽管对待具体的审美问题及其结论,我们在研究中也要具体分析考察,但"从根本上可以按'实践论美学'的观点找到有效的答案"。①

四、对人生论美学的倡导

王先生反对我国当代文艺学和美学唯西是瞻之现象。他以开阔的理论视野,高瞻远瞩的智慧,立足现实,从问题出发,着力沟通中西,探索综合创新之路。近年来,王先生将理论重心转向倡导"人生论美学",认为这是我国当代美学研究的一条重要路径。他说,"什么是人生论? 简单的说,就是研究人的生存活动及其意义和价值的学问,其目的就在于如何使人超越必然摆脱束缚而进入自由,使人成为真正具有独立人格和人格尊严的人"。②"人生论美学"就是从人生论的角度来探讨美对于人生的意义,具体说也就是对于提升人的生存的价值,使人具有自己独立的人格而成为真正自由的人的作用的问题。③ 在这个意义上,他也指出,"人生论美学"与"文艺本体论"之间,"是可以互补互证的"。④

王先生强调,"人生论美学"是"最能亲近人生,满足人的生存需要,实现美学回归人生的最具现实意义、也最能体现我国传统美学思想精神的一种理论形态"。他指出,"人生论美学"将审美与人生、人生论与实践论融合起来,真正实现了审美、美学以及人的自身目的。他说:"虽然从本体论、从社会历史层面,和从认识论、个人心理的层面的研究对于美学来说都非常重要,但是由于它们的立足点和出发点不是抽象的人类,就是抽象的个人心理过程,而与现实生活中实际存在的人的生存活动相分离,所以都不足以完满地解释现实生活中实际的审美关系;只有把两者统一起来,把与审美客体相

---

① 王元骧:《再谈实践存在论美学》,《中山大学学报(社会科学版)》2013 年第 3 期。

② 王元骧:《再论美学研究:走两大系统融合之路》,《文艺研究》2009 年第 5 期。

③ 王元骧、赵中华:《关于"人生论美学"的对话——王元骧教授访谈录》,《中文学术前沿》(第三辑),浙江大学出版社 2011 年版,第 127 页。

④ 金雅:《文艺理论的使命与承担——文艺理论家王元骧访谈》,《文艺报》2012 年 10 月 15 日。

对应的审美主体看作既不是一般的、社会的人，也不是个别的、心理的人，而是感性与理性，自然性与文化性、个人性和社会性统一的在现实世界从事实际活动的人，这才有可能使之成为人生论美学研究的立足点和出发点，而改变以往我们美学研究把本体论或认识论作分离研究所造成的科学化的倾向，也才能显示它对于现实人生的人文情怀而突出它的人学的、伦理学的内容。"①

　　王先生认为"人生论美学"与中国悠久的文化传统紧密相连，"是我国传统美学的特色和优势之所在"，"提倡'人生论美学'，在某种意义上也是对我国传统美学思想的一种继承和发展"。② 但他也指出，中国传统美学过于强调"美"和"优美"，"崇高美"的"地位几乎丧失"。因为"我国传统哲学是在儒、道两家（后来又融入了佛家）的对立互补中发展起来的，虽然它们都视'道'（天道）为世界的本体，并把'天人合一'视为人生追求的最高境界，但儒家的道是指'人伦之道'，而道家的道是指'自然之道'，所以前者倾向于'入世'，把践仁成圣作为人生的最高目标，而后者倾向于'出世'，把清静无为、顺应自然看作是人生的理想状态。这就在一定程度上造成了在我国传统哲学熏陶下所成长起来的知识分子人格上的两面性：虽然在他们之中大多在社会理想上倾向于儒家，但在美学思想上则往往倾向于道家，以致历来许多以儒家思想为人生理想的知识分子都以'达则兼济天下，退则独善其身'作为自己处世行事的准则，少有像屈原那样'虽九死其犹未悔'的为自己理想赴汤蹈火的献身精神。所以一旦匡时济世的理想受到打击，就往往从寄情山水中获得一种精神上的慰藉和解脱，就像王维的诗中所言'自顾无长策，空知返旧林'，在'松风吹解带，山月照弹琴'的生活中过着逍遥自在的日子；并通过一些文学艺术作品把这种生活境界描写为一种至美的，也就是最值得人们所向往、羡慕、留恋的理想境界。不像康德和席勒那样把'振奋性的美'和'融洽性的美'、崇高与美看作是对立互补、内在统一的。这样，审美也就成了对人生挫折、逆境、苦难、厄运的一种逃避，而消解了抗争、奋斗的决心和意志。"③因此，王先生主张要融合中西，在新的时代高度上发展人生论美学。

---

① 王元骧：《关于推进"人生论美学"研究的思考》，《学术月刊》2017 年第 11 期。
② 王元骧：《关于推进"人生论美学"研究的思考》，《学术月刊》2017 年第 11 期。
③ 王元骧：《关于推进"人生论美学"研究的思考》，《学术月刊》2017 年第 11 期。

  王先生提出，"人生论美学"是美学研究的真正鹄的，也是符合时代需求的美学发展方向。因为"美虽然在艺术活动中最能得到充分的体现，但却不能看作仅仅限于艺术活动；在人们活动中所追求的凡是没有直接功利目的的善都应该被看作是'美'。如果这一理解能成立的话，那么美学的对象也就逸出了艺术的狭小范围！实现与整个现实人生接轨而走向人生论美学。这才是真正回到了美学的原点！也是美学发展所应努力和追求的方向"。[①]同时，"'人生论'必须把个人与社会统一起来探讨人的生存的意义和价值，并通过对个人生存意义和价值的探讨唤醒人的良知，促进人的生存的自觉"，因而提倡"人生论美学"，"在某种意义上说，也是对'文艺为人民服务'这一宗旨所作的美学论证和美学阐释"。[②]

  王先生对"人生论美学"寄予厚望。他说："如果更全面、广泛地概括和总结两千多年来中西美学思想史的成果，将美学不仅与艺术学、而且与伦理学加以融合，来建设一门人生论美学，我认为是更能显示美学这门学科的本性和效能的。"[③]

  ① 王元骧：《再论美学研究：走两大系统融合之路》，《文艺研究》2009 年第 5 期。
  ② 陈飞龙、王元骧：《求实严谨的科学态度求真创新的学术精神——王元骧教授访谈》，《文艺理论与批评》2014 年第 2 期。
  ③ 王元骧：《美：让人快乐、幸福》，《学术月刊》2010 年第 4 期。

关于审美反映论的语言维度

刘　阳[*]

内容提要:作为我国当代文艺学界最具影响力的学者之一,王元骧教授近年来所持的审美超越论,是其在新时期产生很大学术影响的审美反映论的有机发展。因为他在新时期初将艺术从认识论思路支配中解放出来、赋予其审美性特质时,所持的一个基本理由是艺术家具有"审美心理结构":不仅能借此在反映中发挥选择作用而"经过作家审美心理结构的分解和筛选",而且能借此在反映中发挥调节作用而以"自己的审美心理结构去反映现实"。这便区隔了审美心理与一般心理,已孕育了审美超越思想。但区隔根本上仍是认识论思路支配的策略。因为按语言作为符号系统的替代本性,所有领域都建立于"被语言说成"这个共同而唯一的基准,不再有区隔及其超越性后果。晚近国际学界对审美主义的反思对此提供了理据。从理论体系上追溯,这与王元骧教授当时主要吸收的贡布里希预成图式思想有关,进而与他对语言在审美反映中所处位置的看法有关。在充分肯定这一理论探索取得的成果之际,似乎可以追问这种为艺术家所特有的"审美心理结构"是否存在,其神秘性有否沦入被维特根斯坦论证为不可能存在的私有语言,预成图式作为艺术家观看世界的起点是否足以解释艺术创造,被定位于心理机制的选择与调节作用如何协调于语言。语言论的学理挑战从而可以成为审美反映论进一步发展自身的方向。

关键词:审美反映论;语言维度;审美心理结构;预成图式

　　王元骧教授是新时期以来我国文艺学界最具学术影响的大家,也是审美反映论的主要理论代表之一。在笔者看来,王元骧教授的审美反映论客

---

* 刘阳:华东师范大学中文系教授。

观上代表了审美反映论的最高水平。这不仅是由于他基于一贯的辩证思维而在提出与论证这一理论时所秉持的严谨缜密的学理性，更是由于他早在建构这一理论的 20 世纪 80 年代末，便已赋予了这一理论鲜明的现代性特征，即从学理上充分考虑到了语言在审美反映中的重要位置并予以凸显，这在当时仍主要从物化与传达角度看待审美反映中的语言的普遍情况下，是显得很可贵的。王元骧教授建构并形成相对完整、深刻的审美反映论体系的著述，主要是发表于 1987—1990 年间的《反映论原理与文学本质问题》、《艺术的认识性与审美性》与《审美反映与艺术创造》等重要论文，以及完成于 1987 年、出版于 1989 年的论著性教材《文学原理》，发表于 2015 年的《审美反映与艺术形式》一文，也应视为他数十年后对前几篇论文的进一步推进。这其中较为集中地涉及了审美反映论的语言维度的，是《审美反映与艺术创造》一文的第三部分，以及近年新完成的《审美反映与艺术形式》一文，它们应该也是作者自己在理论上相对比较满意的一个总结，其概括性与代表性，可以从作者直接以《审美反映与艺术创造》这一篇名来命名自己的首部学术文集窥见一斑。而且我们注意到，在 1990 年之后，王元骧教授很少再专门就审美反映的语言维度这一理论问题、甚至语言问题本身作进一步阐释。① 因此，以这几篇代表性论文为对象来探究王元骧教授有关审美反映论中语言维度的思想，应是合适的。

　　语言问题是审美反映论所面对的重要问题。因为在一般的理解中，反映论所面对的挑战是语言论，后者通过一整套同样严谨缜密的论证，主张"语言的功能是反应而不是反映"②，提出了能否通过语言实现反映的重要问题。索绪尔最为典型地从语言学上道出了与传统反映论相反的发现及其原因：从能指（音响形象）看，作为发音的 shù 与这棵活生生的树不存在符合关系，我们也可以指着这棵树说"这是一条 yú"，这并没有改变这棵树的存在；从所指（概念意义）看，作为概念意义的"木本植物的通称"也以其抽象概

---

　　① 王元骧教授集中探讨文学理论中语言问题的论文主要有两篇。一是发表于 1990 年的《文学与语言》一文（后收入《审美反映与艺术创造》一书，杭州大学出版社 1992、1998 年版），二是发表于 1999 年的《症结与出路：文学语言研究的新视野》一文（后改题为《谈文学语言研究的出路》，收入《文学理论与当今时代》一书，浙江大学出版社 2002 年版；又收入《艺术的本性》一书，复旦大学出版社 2016 年版）。此外，《文学原理》第一、六章也分别论述了文学语言问题，并出于"角度和分工都不够明确，内容也有些交叉"的考虑，而反复修订过多次（见 2013 年第三次修订版校后记）。

　　② 陈嘉映：《简明语言哲学》，中国人民大学出版社 2013 年版，第 133 页。

括性,而与这棵具体的树无关。包含了上述两个层面的语言符号,从而确实与事物不具备必然的联系,[①]而是一种自具规则的符号系统,其被理解与得到交流与传承的根据,其实是语言共同体(言语链)中的符号之间基于可区分的差别。这表明了,我们看到的世界如果是有意义的,那即是呈现在语言思维中的、被语言所浸润的世界,"理解是一种语言现象"[②]。这样,考虑到反映也总是得通过语言来进行,如果语言论展示出语言不再是一面可以经由它去看到外面世界的透镜,审美反映论如何应对这一学理挑战呢?

王元骧教授对审美反映中语言地位与作用的阐述,不来自对西方现代语言论文论的直接吸取与挪移。这固然与 20 世纪 80 年代语言论文论整体上在我国学界尚缺乏足够充分的介绍有关,也是出于一位前辈学者对文论的批判继承性的悉心看护。具体而言,他认为语言对审美反映的重要性体现在:

在过去我国流行侧重于从哲学、社会学的角度来研究文学艺术的文艺理论中,对于艺术语言和形式在作家、艺术家审美反映过程中的地位和作用的探讨几乎完全被忽视了,或者,把它们看作只是在传达阶段才去考虑的问题,即当作家、艺术家在意识中完成了审美意象的创造之后,才去寻找表现它的艺术语言与艺术形式。这样,就把本当在审美反映过程中结合在一起的内容与形式这两个方面完全分离开来了。大量的事实向我们表明:在作家、艺术家的创作过程中,构造意象与寻找语言和形式总是同步进行的。这是因为:"艺术家的这种构造形象的能力不仅是一种认识性的想象力、幻想力和感觉力,而且还是一种实践性的感觉力,即实际完成作品的能力。这两方面在真正的艺术家身上是结合在一起的。"所以,他们在感知现实、构造意象的过程中,不仅总同时孜孜不倦地在探寻使意象获得整理和定型的艺术语言和形式,而且,这种审美意象也唯有借助于一定的艺术语言和艺术形式,才能存在于他们意识中。离开了旋律、节奏、曲式、调性,作曲家头脑中就无法形成音乐的"形象";离开了线条、色彩、透视、构图,画家头脑中就无法形成绘画的形象;离开了语言、体裁、情节、场面,作家头脑中也不可能会有文学的形象。正是由于审美意象与艺术语言和艺术形式有着这样一种天

---

① Ferdinand de Saussure: *Course in General Linguistics*. 见 Robert Dale Parker: Critical Theory. Oxford University Press,2012. p.38-41.

② [美]霍埃:《批评的循环》,兰金仁译,辽宁人民出版社 1987 年版,第 7 页。

然的血肉的联系,所以,一个美妙的姿态和动作可能会顿时激发起画家不可抑制的创作欲望,却未必能唤得起作家的艺术灵感;而一场唇枪舌剑或耐人寻味的对白可能会立刻使剧作家陷入对生活深沉的思考,却未必能勾引起作曲家联翩的乐思。因为这里缺乏他们所掌握的艺术门类所特有的艺术语言和艺术形式。因而鲍桑葵特别强调:对于艺术家来说,"他的受魅力的想象就生活在他的媒介能力里,他靠媒介来思索、来感受;媒介是他审美想象的特殊身体……"卡西尔在谈到诗的创造时也说:"一首诗的内容不可能与它的形式——韵文、音调、韵律——分离开来,这些形式并不是复写一个给予的直观的纯粹外在的或技巧的手段,而是艺术直观本身的基本组成部分。"这些言论都向我们说明:作家、艺术家对于现实生活的审美反映总是以一定的艺术语言和艺术形式为"中介"的,正是由于这些艺术语言和艺术形式参预了审美感知,作家、艺术家才有可能对纷繁杂乱的感性材料做出选择、整理,并把它纳入一定的艺术形式中去。所以冈布里奇认为:在审美反映过程中,"决没有中立的自然主义。画家在他着手'摹写'现实之前需要有个语汇表,这一点上同作家没有两样"。[①]

这意味着语言形式决非只待审美反映到了物化传达阶段中才出现,而从一开始就内在于审美反映的过程中,是审美反映不可或缺、起着重要作用的一个有机组成部分,或者说审美反映是主动介入了语言形式的能动反映活动。不难感受到,被作了这样界定的审美反映论,已是一种具备了相当个性的反映论,或者说在反映论的方向上已经走到了最远,因为它客观上把20世纪以后语言论所积极倡导的"语言创造意义"这一点,完全以朴素而明确的方式吸纳于自身理路中了。正因此,王元骧教授所说的审美反映,与艺术创造不是两个具有先后发生序列的割裂环节,而是同时发生、融为一体的,审美反映即(基于了语言形式的)艺术创造,审美反映论已是一种鲜明的艺术创造论。他进一步阐述道:

这都说明审美反映是不可能没有预成的艺术语言和艺术形式的参与和

---

① 王元骧:《审美反映与艺术创造》,《审美反映与艺术创造》,杭州大学出版社1998年版,第80—81页。值得注意的是,他特意用黑格尔《美学》第一卷中的这句话来表明现代语言论早有传统植基:"艺术家的这种构造形象的能力不仅是一种认识性的想象力、幻想力和感觉力,而且还是一种实践性的感觉力,即实际完成作品的能力。这两方面在真正的艺术家身上是结合在一起的。"体现出了对经典原著的深厚理论功底。

介入的。所以,冈布里奇通过对大量绘画作品的分析、研究得出的结论是"摹仿是通过预成图式和修正的节律进行的",这种"预成图式"乃是艺术反映的起点。正如任何反映活动都是从主体自己的认知结构出发,并把外界的信息纳入这种认知结构所作出的那样,在审美反映的过程中,"画家也只是被那些能用他的语言表现的母题所吸引,当他扫视风景时,那些能够成功地和他所学会运用的预成图式相匹配的景象会跳入他的注意中心,样式像媒介一样,创造一种心理定向——它使艺术家去寻找周围风景中那些他所能表现的方面,画画是一种主动的活动,因此艺术家倾向于去看他所画的东西而不是画他所看见的东西"。正是由于这样,在审美反映的过程中,要是"没有一些起点,没有一些初始的预成图式,我们就永不能把握变动的经验,没有范型便不能整理我们的印象"。这对画家来说是如此,对其他艺术家也不例外。①

　　这里明确显示出,王元骧教授探讨与解决这一重要理论问题的一个基本理论依据,是当时(1987年)正好在国内(湖南人民出版社)中译出版的贡布里希(中译本译为"冈布里奇")的《艺术与幻觉》一书,以及这部著作中提出的"预成图式"概念。此前不久,王元骧教授已在论述审美反映论的能动环节与主体性原则时,吸收了当时同样已在国内中译出版了的皮亚杰《发生认识论原理》一书中有关"图式"的思想,但认为"这些心理学的成就所揭示的还只是人的反映活动的一般机制"②。为了将关于一般机制的探讨进一步深入地推进至艺术独特机制层面,他又进一步吸收了贡布里希上述著名的预成图式思想。从积极的方面看,王元骧教授对这一思想的吸取与融合,是充分考虑到了与自身理论体系建构的严密洽适性的。这表现在,预成图式作为艺术创作(其实也包括欣赏)活动中的无法被使用一次后立即抛弃的"审美反映中格式的作用",不是先验存在的,而同样是实践的产物,离不开艺术家自身存在的现实关系与历史条件。这就与作为马克思主义文艺学哲学基础的反映论的"社会的、群体的、历史的观点"③,保持了理论上的严格

---

　　①　王元骧:《审美反映与艺术创造》,《审美反映与艺术创造》,杭州大学出版社1998年版,第83页。

　　②　王元骧:《反映论原理与文学本质问题》,《审美反映与艺术创造》,杭州大学出版社1998年版,第83页。

　　③　王元骧:《七十感怀》,徐岱主编:《在浙之滨——王元骧教授七十寿庆暨浙江大学文艺学研究所成立五周年纪念文集》,广西师范大学出版社2004年版,第25页。

一致,是具有现实意义的。这是王元骧教授审美反映论中最富于理论个性与特色之处,值得我们重视。

这种吸取是否已足以揭示语言在审美反映中同时内在的地位与作用(或直接称之为艺术语言),笔者认为尚有进一步探究的必要。这是因为,正如王元骧教授同样准确指出的那样,贡布里希提出预成图式,确立起的乃是艺术活动(王元骧教授称为艺术反映)的起点。起点自然很重要,它在某种程度上甚至相当程度上潜在地规定了艺术活动接下来的方向,对艺术创造的前景作了估计性奠基;但起点本身毕竟不代表终点,这中间还有相当长的、充满了未知因素与风险的路要走,甚至最终都无法走达预期的终点,可以说艺术活动的全部魅力恰恰来自于、维系于这个过程的创造性运作。贡布里希预成图式理论的一个主要特点也就在这里:预成图式的存在只是表明了艺术家“可以这样创作”,却并未在对艺术而言更为重要的意义上说明艺术家“必须这样创作”、“不得不这样创作”、“非如此创作不可”。也就是说,预成图式提供的是艺术活动的充分条件,却还不是对艺术的优劣成败来说更为关键的、起着先决性作用的必要条件。确实,每种艺术都有自身经过长期历史承传积淀而逐渐形成的定型格式,例如国画创作无论如何就离不开皴、抹、染等必须具备的特殊笔法,否则,一幅国画的可能性也就在普遍意义上无从谈起,皴、抹、染就是国画艺术的预成图式。我们平常所说的画家比一般人多了双慧眼,其慧也正在于预成图式的潜在主动调控。但光有这些预成图式,离决定一幅国画的品质还有多远呢?经过一定训练的国画家都具备皴这一预成图式,何以刘海粟选定而念念不忘的作画对象是黄山,傅抱石却对画华山情有独钟?更重要的是,具备了预成图式,又是否可能同样具备创作的旺盛动机、活力与激情?傅抱石在成功创作了大量山水画后,仍不时遇到放不开笔、找不着感觉的情况(这也是所有艺术家确定无疑都共同具有的境况),而习惯于“借酒之力,开张胆魄”①。按常理,酒力带出的意识模糊性只会干扰对预成图式的提取、调遣、修正与试验(比如说,在“醉眼朦胧”的情况下误读对象),可画家相反看重的,正是这份意识模糊性将自身置入的物我相契的创作境界。这恐怕不能被简单视为画家的癖性与笑谈,而蕴含有深刻的义理在,那就是,尽管有预成图式作为绘画的准备性条件,一

----

① 朱伯雄、曹成章主编:《中国书画名家精品大典》第四卷,浙江教育出版社1997年版,第1932页。

幅杰作佳构的真正成就，却不取决于预成图式，而取决于(已将艺术家吸纳于其中了的)生存世界的召唤，后者是一种客体性、本体性的吸引力量，它也才是艺术活动的根本动力。虽然贡布里希也强调对预成图式进行不断的修正与试验(这在"醉眼朦胧"的无意识情况下恐怕无法普遍展开)，但这项工作的落脚点是主观因素，他似乎未更多地顾及对艺术更重要的客观因素的一面(审美反映论尤其强调这一面)，而在相信"制作仍然先于匹配"的情况下，认定对预成图式的修正与试验"归根结底，它不是决定于刺激怎样，而是决定于态度怎样"①，因此无法回答上述要害的一问：有了它，必然就注定有了艺术尤其是好艺术吗？

　　如果以上分析不谬，那么审美反映论在考虑语言维度建设时，对预成图式理论的吸收虽具有相当推进意义，却也仍是存在着限度的。这限度体现为，它从根本前提的意义上确保了审美反映在语言介入下进行与展开，但似还缺乏对审美反映过程中语言地位与作用，尤其是如何发挥创造作用的具体阐释，尽管后者对审美反映是更为重要与更有意义的。笔者觉得，贡布里希的预成图式学说，其实可以视为从艺术学的角度道出了20世纪以海德格尔等人为理论代表的现代解释学所揭示出的先见这一生存本体根据。但正如海德格尔、伽达默尔的解释学完全是一种本体论哲学，不是方法论更非具体的方法，只是确立起了根本前提，却无法直接从他们的哲学中推出与建构起解释活动的具体机制(比如如何运用于文学解释)，预成图式作为相当于先见的起点，非常重要却毕竟也还远未囊括艺术创造(观看)活动的具体机制。何况我们还不应忘记，贡布里希讨论预成图式的一个理论归宿正如其书名所示，乃认为艺术由此成了一种因染上了预成图式(包括其修正与试验)而导致的视觉把戏——幻觉(illusion，后出中译本译为"错觉")。然而艺术难道仅是一种幻觉而不是真实？审美反映论不会认为审美反映得到的成果是幻觉而不是真实。诚然，吸收一种理论时可以取其可取之一点，但对这所取的一点在学理脉络上所可能内在导向的结果方向，似亦应同时有所顾及，否则可能也难以在理论建构中全然避开埋藏着的理路，而无形中占有了一个自己原先并不想占有的立场。

　　那么，王元骧教授有否进一步吸收贡布里希有关预成图式在形成后又

_____

① ［英］贡布里希：《艺术与错觉》，林夕、李本正、范景中译，湖南科学技术出版社2000年版，第233、239页。

须得修正与试验这一理论路线呢？回答是肯定的。他这样指出："只有根据对象实际，拥有对预成形式加以创造性的具体灵活运用的智慧和能力的作家，才能做到'得心应手'"并由此实现"预成的和生成的"相互转化与有机统一。① 与贡布里希类似，这里强调的也是对预成图式的修正与试验，尽管"根据对象实际"这六个字似乎给人以母题召唤的印象，但由于这里所说的对象实际显然是先行存在着的、外在自明的实体性现实（因为王元骧教授将语言在审美反映中的作用仍看作是媒介，详下文分析），而非被语言符号所浸透了的符号性现实，因此，起点与创造过程，其实仍是彼此外在的，"生成"的交融性就绽出了疑点。追溯起来，可以发现，王元骧教授在深入、细致探讨审美反映的心理机制时，引人瞩目地提出的审美反映过程中的选择与调节这两个环节及其作用，似乎相当于对预成图式的发展。但细观王元骧教授的论述，他是在心理知觉层次上探讨这两个相互渗透、同时进行的环节的，不仅把两者都视为"心理机制"便已表明了这一初衷，而且他吸收了马斯洛等人的需求理论，强调选择与调节都源于"需要"，需要便只能是心理的、知觉的需要，如王元骧教授所中肯指出的那样，它带出了情感与评价。正是通过对选择作用与调节作用的分析，他提出了"审美心理结构"这个独特概念。这个概念的提出，当然旨在将艺术（尤其是在我国）从过去长期受认识论思路支配的格局中独立出来，赋予其审美性特质。艺术活动的独特性，取决于艺术家的独特心理结构，即他具有一般人没有的"审美心理结构"：不仅能借此在反映中发挥选择作用而"经过作家审美心理结构的分解和筛选"②，而且能借此在反映中发挥调节作用而以"自己的审美心理结构去反映现实"③。至于这两种作用如何落实、协调于语言，则在论述中被回避了。因此综合起来看，尽管确立起了语言论意义上的预成图式作为审美反映的语言起点，但由于具体论述中有意无意仍受到的认识论思维方式的某种影响，使得王元骧教授对审美反映中语言的地位与作用似乎未能贯彻始终，却仍隐隐地流露出将语言视为媒介来达成审美反映的想法，如认为"语言在文

---

①　王元骧：《审美反映与艺术形式》，《杭州师范大学学报》2015 年第 3 期。

②　王元骧：《反映论原理与文学本质问题》，《审美反映与艺术创造》，杭州大学出版社 1998 年版，第 39 页。

③　王元骧：《反映论原理与文学本质问题》，《审美反映与艺术创造》，杭州大学出版社 1998 年版，第 41 页。

学作品中的审美价值主要不是因为它自身,而首先由于它生动地传达了一定的意象和意蕴而产生的"①,这与前面所强调的审美反映构造意象与寻找语言同步发生,便显然存在着某种矛盾。将语言有意无意地每每视为"形式",恐怕也是这种矛盾的流露。矛盾体现为:一方面,将预成图式所形成的语言形式确立为审美反映的内在环节;另一方面,在从预成图式形成的语言形式这一审美反映的语言起点出发后,又将语言视为传达的媒介。这是否会导致预成图式仍旧成为王元骧教授所试图避免的"僵化模式"与"成法"呢? 令人产生这种怀疑的原因并不复杂:媒介是工具,工具是可重复的,可重复的则是容易导致凝固不变的。② 如果按照王元骧教授的理解,"审美反映之所以离不开一定的艺术形式与艺术语言的介入,不但只是到了传达阶段为了物化审美意象的需要,同时还因为它是作家对现实进行审美反映的先决条件和心理中介"③,语言在审美反映中就被切割成了本源性的与媒介性的两个前后阶段(以"不但……同时"句式并列),那么对后一阶段来说,选择与调节作用便都只是存在于心理、知觉与意识中的环节,仍等待着语言去"物化"它们。无论这两个环节如何丰富了审美反映的内涵(这种丰富是客观存在的),便都始终仍然有一个在理论上甚为棘手的、与语言的关系问题。

　　进一步考察,审美反映中的选择与调节作用根因于也归宿于"审美心理结构",这应该是王元骧教授比较看重的一个原创概念。④ 从某种意义上看,这个概念体现出了王元骧教授文学理论研究与美学研究并不截然分家

---

　　① 王元骧:《文学与语言》,《审美反映与艺术创造》,杭州大学出版社 1998 年版,第 218 页。

　　② 这点正是德里达解构在场形而上学的入口。按德里达,可重复的是不可经验的,超验而无限重复为同一理想对象,必然包含在场的盲点,成为历史上各种形而上学的隐秘而值得被解构。他的原话是:"当场而且立即独立于经验主体性事件和活动的——这经验主体是追求理想对象的——理想对象无限地被重复而始终还是同一个对象。"(《声音与现象》,杜小真译,商务印书馆 1999 年版,第 95 页)

　　③ 王元骧:《对于推进马克思主义文艺学在当代发展的思考》,《审美反映与艺术创造》,杭州大学出版社 1998 年版,第 509 页。

　　④ 这也可以从他指导杭州大学中文系 1985 届本科生王迅完成以"论美感直觉与审美心理结构"为题的毕业论文见出一斑。该文后被收入周勇胜等编的《八十年代大学生毕业论文选评》一书(福建人民出版社 1986 年版)。兹录文末王元骧教授评语如下:"过去,由于受机械论的影响,不少人都把审美感知看作是审美主体对于审美对象的直线的反映。本文力求以马克思主义唯物辩证的观点为指导,试图吸取皮亚杰的'图式'学说和乌兹纳捷的'定势'学说,论证主体的审美心理结构是审美感知活动的出发点,一切审美活动都只有从主体的审美心理结构出发对客体进行'同化'才能实现,并进而对审美心理结构的形成和层次作了较深入和细致的探讨。文章论述辩证、逻辑严密、有分析、有说服力。尤其是出于一个十九岁的青年之手,更是令人可喜。"(第 355 页)

的特色,①以及在美学上同样深厚的研究造诣。它的提出,便区隔开了审美心理与一般心理,孕育了王元骧教授晚年以后进一步逐渐形成的审美超越思想。换言之,王元骧教授近年来所持的审美超越思想,尽管借助实践论探索作为中介而在漫长的研究生涯中逐渐成形,事实上却在其早年的审美反映思想中已有清晰的伏脉与植根,这就是"审美心理结构"概念的提出。超越性观念是区隔的必然产物,而区隔则根本上是认识论思路支配的策略,因为按语言作为符号系统的替代本性,所有领域都建立在"被语言说成"这个共同而唯一的基准上,不再有区隔及其超越性后果。晚近国际学界对审美主义的反思,对此提供了理据。如英国当代马克思主义理论家托尼·本尼特的《文学之外》便分析指出,人们所习惯于采取的总体化方案,倾向于从原则上将所有事件都排列组合进入一个被认为是不断进步着的总体历史,这成为了导致"许多成见和程序显而易见已经陷进审美话语中"了的、抑制与限制了社会历史化推动力、从而需要得到重新估量的审美主义的变相演绎,其依赖于精神有效性,持有唯心主义机制基础上的总体化、普遍化观念与术语,与 19 世纪以来的浪漫主义批评相联系,属于一种在许多方面令所想要整合成的目标走向了反面的唯心论残余,主要表现即"说明文学艺术作为超越了其规定条件的实践的前定观念",即先验地以被区隔出的文学艺术的某种永恒性,来试图从总体上阐明文学艺术的一般特征,由此对"艺术的超历史物质的预先规定"做出默许,但这种默许只能揭示个别艺术品的意义,无法揭示艺术本身的特性,仍在真艺术与伪艺术、伟大艺术与一般艺术之间强化着区隔的"幻象"②,即把艺术作品从现实琐事中抽离出来进行普遍构成特性方面的先验分析。循此,本尼特将立论的基点集中为"非审美",认为比格尔这样的先锋派理论家虽然想对艺术自律的制度化与艺术被用作布道工

---

　　①　1963 年,受当时国内美学热的影响,在当时主管文科的副校长林淡秋的热情支持下,王元骧教授(时任助教)便为中文系本科生试开过美学课。拨乱反正后,1981—1985 年间王元骧教授在杭州大学中文系承担的课程也是美学。"同年(1981 年),中文系安排他开设新课《美学概论》。为开此课,他花一年时间,涉足于柏拉图、亚里士多德、黑格尔、车尔尼雪夫斯基的书海中。他苦苦耕读、思索、探求,终于创出自己的教学开课体例,高质量地给杭大中文系本科生及夜大 82 年级中文专业生上了《美学概论》。这一年多时间,他一周夜晚六节课给夜大上,白天一周六节课给本科生上,另外,他带几名研究生要上六节。一周要上十八节课,对大学教师来讲是少有的,我初听一惊,再再细问,实没听错,我不得不佩服他的'教书育人'的精神。"(郑祖武:《教书育人心血浇灌——记玉环籍杭大教授王林祥先生》,载《玉环文史资料》第 5 辑,第 143 页)

　　②　[英]托尼·本尼特:《文学之外》,强东红等译,人民出版社 2016 年版,第 8、34、154—156 页。

具这两点进行协调,但两者存在明显冲突,按福柯,尤其是布迪厄的反思社会学看来,艺术自律观念是社会制度复杂建构进程中的一个动态环节,这使审美主义也有个被"组织化"的问题。所谓"非审美"因而不是取消审美,而是将审美得以发生与发展的一系列复杂(符号)建构性条件与因素,全面地视为其组成部分并努力还原出来。这显然是语言论学理的进展使然。以此观照,鉴于构成"审美心理结构"两翼的选择与调节作用主要在心理知觉层面展开,其与语言的关系基本未被论及,这一概念便流露出某种神秘性,让人想到了维特根斯坦在《哲学研究》第 243—315 节中论证阐明为不可能存在的私有语言,那"是只能被一个人使用和理解的语言"①,有其形而上学空隙。其在理论上形成的区隔后果及其值得反思之处,实皆语言论学理带出的挑战。

　　其实,王元骧教授并非没有认识到这种挑战的存在。从早在 1990 年前后发表的《文学与语言》《西方三大文学观念批判》等论文中,都可以感觉到他对索绪尔语言学理论的关注(尽管不一定直接引用)。不过,这几篇论文中的思想,与稍后王元骧教授在四度精心修订《文学原理》一书的过程中对语言所持的观念与看法是一致的,即明确表示吸收洪堡而非索绪尔的语言学思想来开展对文学问题的阐述。理由是,洪堡注重语言的交往功能,使"文学语言对于作家创作来说毕竟首先是一种媒介,它的职能主要是为了反映现实生活,表达思想情感",而索绪尔的理论则流于修辞化思路而"把语言当做一个自足的概念系统,完全离开人的实际生活和交往活动来作封闭的研究",与维特根斯坦一样都显得"方法仍然是封闭的"②。这里至少有两个问题值得进一步研究。首先是洪堡的语言学思想与索绪尔是否具有这样一种根本的差别,以及洪堡是否直接视语言为媒介。笔者认为,两人的语言学思想在归宿上是具有共性的,对此需另文专题展开论述。但可以肯定的是,

---

① 陈嘉映:《简明语言哲学》,中国人民大学出版社 2013 年版,第 138 页。笔者还进一步想到,"审美心理结构"这个概念,颇近似于李泽厚先生在 20 世纪七八十年代的多种哲学、思想史与美学著作中提出的著名概念"文化心理结构",前者有否受到后者的影响,是个饶具兴味的学术课题。但从维特根斯坦的角度看,"文化心理结构"(Cultural psychological forming)这一自创概念,同样难免于私有语言之嫌。据笔者推测,李先生本人并非对此毫无觉察,其晚年屡屡表示分析哲学"只是一种方法",不足以动摇与取代康德与马克思等致力于正面建构的哲学,某种意义上似乎流露出了对分析哲学可能构成的理论挑战的防备心理。

② 王元骧:《谈文学语言研究的出路》,《文学理论与当今时代》,浙江大学出版社 2002 年版,第 380、377、383 页。

在对后世文论发展的影响上,索绪尔客观上远大于洪堡,这恐怕恰恰说明了其具有更大的现实效应。所以,其次是能否以封闭性来看待与批评索绪尔语言学。事实上,索绪尔语言学对符号学的推动,带出了包括后殖民主义、性别理论与各种族裔理论等"理论"在当代的蓬勃发展,它无论如何不是封闭而是积极针对与改变现实的,这些"理论"祛魅所得的成果,无不来自对言语链上符号区分与操作的深层结构奥秘的敏感与发现。例如族裔理论试图揭示,自我与他者的二元对立实际上来自自我对他者形象的想象,这就需要来分析自我是如何在语言上把他者说成了某个样子的,这个分析过程对准的是"自我—他者"这个被符号区分而成的二元深层结构,表明了看似天经地义的自明现象,实则是符号在言语链上作二元区分与操作的结果。包括族裔理论在内的 20 世纪后期以来蓬勃兴盛的"理论",虽均不同程度地存在着可圈可点之处,但却都是深受索绪尔、罗兰·巴特(侧重内部符号学诗学路径)与福柯(侧重外部话语权力政治学路径)等思想家的语言论思想影响的成果,整条语言论演进的轨迹,恰恰走在从内向外深刻进展的道路上。我们只要简单想一想,从索绪尔到福柯不正走出着一条不仅没有走向封闭、反而走向了广阔社会文化天地的路子吗——语言是不与事物存在必然符合关系的符号系统(替代品),必然始终替代(即重新说出而非传达)着事物,而去替代事物,即在符号区分中创造(建构)新"物";符号的区分是语言的具体使用——话语,区分则带出位置的差别(不等),说出着现实中的等级,此即话语权力(文化政治);替代的实质因而是使作为深层结构的话语权力不知不觉地实现为自明表象。此即这条学理路径的清晰概貌。所以,关于索绪尔陷入了封闭理论境地的判断是否公允,还是值得再作探讨的。

当然,这一判断本身就审美反映论理论体系的自洽来说无可厚非,因为审美反映论以及与之密切相关的审美意识形态论,坚持存在决定意识这一唯物史观根基,必然将语言视为去传达存在的媒介,存在始终是第一性的。这也就最终需要回到王元骧教授建构审美反映论的历史语境中来。作为传略早已辑入了美国传记学会《500 名有影响的领袖人物》等国际国内书集、被学界推许为"在深度和广度上都代表了新时期马克思主义文艺理论研究的新水平"的著名学者,[①]王元骧教授又是一位充满自觉反思精神与品格的

---

① 　郑小明、郑造桓主编:《杭州大学教授志》,杭州大学出版社 1997 年版,第 2 页。

学者,迄今看来,他为文艺学学术史所深深记取的主要成就,仍是审美反映论。这自在情理中,因为审美反映论的提出看似"直接是为了反击'文艺主体论'与'自我表现论'对马克思主义文艺学基本原则的歪曲和诋毁而开展"①,但实际上凝聚了王元骧教授自 1958 年大学毕业后从事文学理论教学与研究三十余年的思考功力,②不是一蹴而就的。尽管他此后的研究重心有相对的嬗变,即从 80 年代的审美反映论逐渐推进至 90 年代的审美实践论,再推进至 2000 年以后的审美本体论与人生论美学。特别是 2000 年至今,王元骧教授在此前研究的基础上自觉走出认识论立场,不仅引入以目的为中介的实践,而且进一步立足于人学本体论提出了审美超越思想,引起了学界关注。正如他多次强调的那样,这些思想嬗变不是突变性的转向与转轨,而是在认真、严肃而艰辛地扬弃先前研究成果基础上的、一以贯之与一脉相承的发展。笔者完全赞成这一说法,认为是符合客观事实的,并从阅读学习王元骧教授的一系列著述中获益良多。富于意味的是,这些后期的

---

① 王元骧:《对于推进马克思主义文艺学在当代发展的思考》,《审美反映与艺术创造》,杭州大学出版社 1998 年版,第 511 页。

② 诚如王元骧教授在 1994 年前后的自述:"文学不同于其他意识形态的特点,在我看来,就在于它是通过作家的审美感受和审美体验来反映生活的。……这思想我在写《对于阿 Q 典型研究中一些问题的看法》时就已经萌生了(文中也初步涉及),经过 20 年的思考这认识不但没有转变,反而更加坚定"(王林祥:《我的学术生涯》,载《玉环文史资料》第 9 辑,第 12 页)。事实确实如此:"文学作品……就在于它是通过作家的审美情感来反映生活的"(王元骧:《反映论文艺观:我的选择和反思》,载《中国文学批评》2017 年第 2 期)。也正因此,在 1995 年由国家教委(今教育部)举行的全国高等学校首届人文社会科学研究优秀成果奖评比中,王元骧教授由二十篇文学基础理论研究论文组成的、客观上凝聚了自己三十余年研究心血功力的论文集《审美反映与艺术创造》荣获一等奖。杭州大学中文系同获首届一等奖的其他两部著作——姜亮夫教授的《楚辞通故》与蒋礼鸿教授的《敦煌变文字义通释》,其成书时间也同样都经历了四十余年。这是良足以垂范与鞭策后学的当代学案。同样,王元骧教授看似"当初也是由于教学任务所逼而不得不写的"《文学原理》一书(见《论美与人的生存》一书校后记,浙江大学出版社 2010 年版,第 333 页),实则如学界所中肯评价的那样是他"几十年来从事文艺教学和科研的结晶"(肖ános:《浙江文艺理论研究概述》,载《浙江社会科学》1992 年第 2 期),即同样是他三十年悠久岁月沉潜思考的成果,因而一问世即引发了强烈反响,据王元骧教授回忆:"这部教材后来以《文学原理》命名,于 1989 年由浙江教育出版社出版,引起了国内同行们的普遍关注。早在本书出版之前,于 1988 年 8 月在北戴河召开的有北京大学、中国人民大学、北京师范大学等 10 所院校的同行专家参加的'全国高校第三届文艺学研讨会筹备会'上,大家看了此书的小样之后,就对它发生很大的兴趣,并列为向研讨会推荐的三部有特色的教材之首向国家教委提出(后因北京发生风波,此会没有开成)。在本书出版后不久,由国家教委主办的《中国高等教育》杂志上又发表书评,认为本书既坚持马克思主义思想指导,又广泛地吸取新知,对文艺问题作出了科学而系统的论述,是'文学理论教材建设的新成果',并考虑向全国高校推荐。"(王林祥:《我的学术生涯》,载《玉环文史资料》第 9 辑,第 12—13 页)这部教材的初版于 1992 年荣获国家教委第二届全国普通高校优秀教材一等奖。

研究,在王元骧教授自己看来是不断的深化与推进,但整体学术影响却似乎未超出前期审美反映论。这自然有 20 世纪 90 年代中后期以来社会时代大气候已发生了巨大变化,尤其是各种后现代西学资源纷纷植入我国而转移着学界理论注意力的原因,但在笔者看来,还有一个内在理路上的原因可循。这就是,从反映论转入实践论,从"是什么"转向"应如何",实则仍然是范式内部的调整,或如王元骧先生近期接受访谈时所深刻自我反思的那般,这些研究"还是没有完全跳出认识论的理论框架"①。其中道理据笔者之见,也有并不难解之处,因为从"知"到"行",这本身也是一种自然而然的逻辑推导,还属于托马斯·库恩所说的范式内部的维护或辩护。但让反映论与语言论真正融合,在现有基础上进一步考虑审美反映论的语言维度建设,则孕育了库恩所向往的"反常和危机",进而将有可能"在新的基础上重建该研究领域的过程"②。鉴于这实在是一个极其重要而绕不过去的、带有全局性的基础理论问题,我们期待着有幸看到王元骧教授在这方面的新的理论探索,并衷心祝愿敬爱的王元骧老师体笔双健,杖朝高年!

---

① 王元骧:《把理论思辨与现实情怀统一起来》,《中国文艺评论》2018 年第 2 期。
② [美]托马斯·库恩:《科学革命的结构》,金吾伦、胡新和译,北京大学出版社 2003 年版,第 111、78 页。

论王元骧审美意识形态论的独创性

范永康*

内容提要：王元骧是国内审美意识形态论的倡导者之一，但是，他对"审美""意识形态"以及二者之间的融合方式的理解不同于钱中文、童庆炳，也不同于西方马克思主义文论家。王元骧从"审美反映论""文学价值（实践）论""文学本体论"等多层视角，阐发出"审美意识形态"的审美性、价值性、实践性、人文性，建构出具有代表性的当代中国化马克思主义文学本质观。王元骧的审美意识形态论具有独异性、独创性，为创建当代中国马克思主义文艺理论体系做出了重要贡献。

关键词：王元骧；审美意识形态论；马克思主义中国化

1987年，钱中文正式提出"文学是审美意识形态"（简称为"审美意识形态论"），其核心论点是："文学作为审美的意识形态，是以感情为中心的，但它是感情和思想认识的结合；它是一种自由想象的虚构，但又具有特殊形态的多样的真实性；它是有目的的，但又具有不以实利为目的的无目的性；它具有社会性，但又是一种具有广泛的全人类性的审美意识的形态。"①从1992年起，童庆炳将这一理论写进了高等师范院校文学理论教材，他在其主编的《文学理论教程》中专设章节来阐释"文学的审美意识形态性质"："文学作为审美意识形态，它既是无功利的，也是功利的；既是意象—直觉的，也是概念—推理的，既是评价的，也是认识的。"②由于童编教材发行量大，使用面广，审美意识形态论得以广泛传播，对当代中国文论产生了深远的影响。钱中文和童庆炳也因此被认为是审美意识形态论的主倡者和理论

---

* 范永康：文学博士，绍兴文理学院人文学院教授。
① 钱中文：《论文学观念的系统性特征》，《文艺研究》1987年第6期。
② 童庆炳主编：《文学理论教程》，高等教育出版社1992年版，第85页。

代表。

　　王元骧也是审美意识形态论的倡导者之一,其实早在 1989 年,王元骧就将审美意识形态论写进了他所独著的《文学原理》教材,但是,他从一开始就表现出与审美意识形态论主流派迥异的理论取向,有学者指出:"从某种意义上讲,这一派(王元骧——引者注)观点只是在字眼上跟其他'审美意识形态'论者取得了一致,而其理论精神实质则与'审美意识形态'论的主流派大异其趣。"①这种说法略有夸大之嫌,但确实觉察到了王元骧审美意识形态论的独异性,可惜并未对之加以深入阐释。本文的主旨就在于以中西马克思主义审美意识形态论为比照,发掘出王元骧审美意识形态论的独异性、独创性,并由此凸显王元骧对当代中国马克思主义文论的独特贡献。

一、王元骧审美意识形态论的内涵与特质

　　正如王元骧所说,文学理论的核心是文学观念,"文学观念在文学理论中所居的核心地位,决定了不同的文学观念和思维方式,也就会有不同的文学理论。文学理论的发展,从根本上说就是一个文学观念的演变和更新的问题,它总是以观念的演变和更新为前导的"。② 笔者认为,要想深入地理解王元骧审美意识形态论的内涵和特质,须先梳理他这些年在文学观念方面所做出的探索。

　　关于王元骧的文学观念的演变和发展,有人概括道:"王先生从新时期迄今的学术研究常被简洁地划分为审美反映论或者说情感反映论(20 世纪80 年代中后期到 90 年代初期)、文艺实践论(20 世纪 90 年代中期到新世纪初期)和文艺本体论(2003 年左右至今)三个主要发展阶段"③,可见,"审美反映论""文学价值(实践)论""文学本体论"是王元骧文学观念的三大核心构件。首先,出于对机械反映论的纠偏,以及对"认识论文艺观"进行丰富和完善之目的,王元骧提出了"审美反映论",认为文艺虽然与科学一样,都是人类对现实反映的产物,但文艺总是以作家的审美情感为心理中介来反映

---

①　董学文、金永兵等:《中国当代文学理论 1978—2008》,北京大学出版社 2008 年版,第 164 页。
②　王元骧:《论美与人的生存》,浙江大学出版社 2010 年版,第 77 页。
③　郑玉明:《王元骧文艺思想述评》,《中文学术前沿》(第二辑),浙江大学出版社 2011 年版。

生活的,它要反映的不是事物的实体属性,而是事物的价值属性;它要把握的不是"是什么",而是"应如何"。其次,由于"应如何"的人生愿景是需要通过人的行动去争取的,因此,文艺不仅仅提供审美反映,还应当具备实践功能,承担着引导人们为实现美好的人生理想去奋斗的职责,此乃"文学价值(实践)论"之要义。再次,在当今价值多元的时代,文艺的终极价值依据为何? 这就进入到"文学本体论"层次。在王元骧看来,文学本体论的根基就是"人的生存本体",就是人在现实活动基础上和终极目标指引下不断地追求自我超越的本性,文艺的终极价值其实就是为了把人引向自我超越,把当下引向未来,把有限引向无限,把经验引向超验,把知识引向信仰。不难看出,从"审美反映论"到"文学价值(实践)论",再到"文学本体论",王元骧的文学观念的发展具有明显的逻辑自洽性,他没有片面地从一个极端走向另一个极端,而是在历史唯物主义的基础上把"文学认识论""审美反映论""文学价值(实践)论""文学本体论"统一起来,最终实现了文学观念的综合创新。

　　王元骧对文学观念的创新性理解,直接决定着其审美意识形态论的内涵与特质。首先,在论述文学的意识形态一般性时,王元骧就鲜明地指出,"意识形态"不同于一般的意识形式,它是从意识主体的意志、愿望出发对客观现实所做出的一种评价性反映的结果,它不仅有知识的成分,还包含价值的成分,而价值意识又是一种实践意识,所以,"意识形态就其性质来说必然是反映性、认识性与实践性的统一"①。前辈学人虽然也提出"文学是反映社会生活的特殊的意识形态",但他们对意识形态的理解有两大缺陷:一是由于纯科学倾向而忽略了意识形态的价值属性,二是因为纯理论倾向而遮蔽了意识形态的人生实践功能。其次,在论述文学的意识形态特殊性时,王元骧主张文学是审美的意识形态,但是,他对"审美意识形态"的理解同样也立足于反映论、价值论、本体论等多层次的理论视角。其一,审美意识形态的理论基础是"审美反映论",文艺要经由作家的审美感知、审美体验、审美情感、审美理想和艺术想象才能反映生活,而作家又总是生活在一定的社会关系之中,作家的审美理想和审美追求必然又会反映出他所属的阶级、阶层和社会集团的利益、愿望,因此必然带有社会意识形态的性质。其二,意识

---

① 王元骧:《文学原理》,广西师范大学出版社 2013 年版,第 16 页。

形态具有突出的实践功能,它要以一定社会和集团成员的理想和信念来凝聚人心、振奋精神,进而指导人们的实际行动。文学作为一种审美意识形态,其实践性表现为"通过强化读者对美好人生的信念,从内部激活人们实践活动的心理能量和精神动力,并非简单地视为对政治、道德等实践活动的直接配合"①。其三,从"文学本体论"来看,文学作为审美意识形态的终极目的是为了人性的提升、人格的完善和人的全面发展。王元骧说:"从这个意义上来看,我们对于文学艺术的功能的理解应该是宽泛的,应该从根本上、从有利于人格的完善和社会的进步方面来认识。这正是审美既实现文学的意识形态功能又为一般意识形态所不能企及的特殊意义和价值之所在。"②综上所述,王元骧的审美意识形态论是独具特色、自成体系的,植根于他对文学观念的探索和创新,其独异性和独创性将会在下文的比较研究中得到进一步的彰显。

二、与钱中文、童庆炳审美意识形态论的区别

在笔者看来,王元骧与钱中文、童庆炳的审美意识形态论的区别主要体现于以下三个方面:

第一,对"审美"的理解不同。钱中文、童庆炳注重从审美意识、审美方式的角度来理解审美,其立论依据主要是康德的"纯粹美"概念;王元骧则注重从审美价值、审美伦理的角度来理解审美,其立论依据主要是康德的"依存美"概念。钱中文指出:"'文学审美意识形态'的逻辑起点不是意识形态,而是'审美意识'"③,而他所说的"审美意识"实际上就是"艺术思维"。他在人类早期的原始思维和神话思维中找到了艺术思维的萌芽,即感性、情感、想象、形象、拟人化、心灵化等审美心理机制。童庆炳认为"审美方式"包括三个方面:从目的看,审美是无功利的;从方式看,审美是形象的;从态度看,审美是情感的。他还聚焦于审美情感,对"审美"解释道:"'审美',最简明的概括,就是'情感的评价'。人在实践中形成了情感。……人以自己的情感

---

① 王元骧:《文学原理》,广西师范大学出版社 2013 年版,第 268 页。
② 王元骧:《文学原理》,广西师范大学出版社 2013 年版,第 267 页。
③ 钱中文:《文学意识形态与不是意识形态论引起的争论》,《中外文化与文论》2007 年第 14 辑。

去评价周围的生活,产生美、丑、悲、喜、崇高、卑下等各种情感体验,这就是审美所获得的体验。"① 很显然,他们都传承了康德在"知—情—意"三分的心灵结构中开辟出的以艺术情感为核心的美学传统,对"审美"的理解基本上奠定于康德的"纯粹美"概念之上,突出了审美的情感性、形象性、无功利性、无目的性。王元骧对审美的理解则更加侧重于康德的"依存美"概念,更加强调审美的道德指归和人学本体价值取向。王元骧从审美的无功利性、无私性上看到了审美具有普遍必然性的"共通感"的社会交往维度,又在"美是道德的象征"这一命题中发掘出审美价值和审美伦理的蕴涵,认为康德美学的要义就是通过审美可以使感性的人上升为理性的人,自然的人上升为自由的人。在王元骧看来,康德的审美理论"对于抵制当今社会由于物对人的奴役所造成的人自身的失落,提高人自身的生存自觉和人生境界,维护自身人格的独立和尊严,促进人的全面发展和推动社会的全面进步,都是很有现实意义的"②。

第二,对"意识形态"的界定有别。"意识形态"是一个聚讼纷纭的概念,但就其语义的价值取向而言,可以分为肯定性的意识形态、中性的意识形态和否定性的意识形态。钱中文和童庆炳主要采取中性的意识形态,而王元骧主要采取肯定性的意识形态。在钱中文看来,意识形态的内涵包括四个方面:一、意识形态是耸立在经济基础之上的各种观念形态;二、意识形态具有价值导向,显示出各个阶级、集团的思想、理想与信仰;三、意识形态具有实践功能,既要维护统治阶级的合法性,也要批判与之对立的生活形态和思想意识;四、意识形态是历史现象,并具有进步和落后之分。③ 可见,钱中文对意识形态概念的理解比较客观化和中性化。在童庆炳那里,为了突出文学艺术的审美独立性,甚至对这种中性的意识形态也做出淡化处理。他指出,"所谓的'意识形态'是对各种社会意识形态的抽象,并不存在一种称为'意识形态'的实体"④,而只存在哲学意识形态、政治意识形态、法律意识形态、道德意识形态和审美意识形态等意识形态的具体形态,这些不同形态的意识形态各有自己独特的内容和形式,形成了各自独立的思想领域。相对

---

① 童庆炳:《文学审美论的自觉》,北京师范大学出版社 2011 年版,第 83 页。
② 王元骧:《何谓"审美"?》,《社会科学战线》2006 年第 2 期。
③ 钱中文:《文学意识形态与不是意识形态论引起的争论》,《中外文化与文论》2007 年第 14 辑。
④ 童庆炳:《审美意识形态论作为文艺学的第一原理》,《学术研究》2000 年第 1 期。

而言,王元骧对意识形态的理解贯穿了其价值论、本体论立场,其马克思主义的思想倾向性更为突出。王元骧指出,意识形态"是一定民族、社会和时代的精神的集中体现,它的核心是一个价值观的问题。这就使得意识形态对于一个社会总具有价值定向作用,具有凝聚社会成员的思想,动员社会成员的力量,把他们的行动引导到同一方向,为着同一的目标去进行奋斗的职能"①。他强调说:"马克思主义把文艺的性质界定为一种社会意识形态,一种社会上层建筑现象,它的伟大的贡献就在于要求我们把文艺放到整个社会结构以及人类解放的历史进程中去进行考察,以能否推动和促进人的自由解放和人类社会的全面进步为评判标准"②。与童庆炳过于强调各种具体意识形态的独立性不同,王元骧指出,意识形态作为一个国家、一个社会价值观最高、最集中的体现,决定了各种具体意识形态的一致性和统一性,所以,"文学艺术作为意识形态的一种特殊形式,虽然有其相对的独立性,但却不可能完全脱离政治和道德而绝对独立"③。

第三,对"审美"与"意识形态"的融合方式看法不一。简要地说,关于"审美"与"意识形态"的融合方式,钱中文提出了"发生"论,童庆炳提出了"溶解"论,王元骧则提出"同构"论。钱中文认为,文学审美意识形态的逻辑起点是审美意识,而非意识形态。从发生论角度来考察,人类的原始思维和神话思维中孕育着审美意识的萌芽,这些审美意识历史地生成口头的审美意识形式——前文学,前文学随后融入蕴含了民族文化精神的语言文字结构,最终历史地生成现代意义上的审美意识形态,文学由此具备了审美与意识形态相互交织的复式特性,即"诗意审美与意义、价值、功利之间的最大的张力与平衡"④。钱中文的真实意思是,文学的根本属性是源自审美意识的审美性,随着人类实践活动的历史展开,政治、道德、哲学、法律等意识形态因素才逐步渗透进去,于是,文学性质由单纯的审美性变成了审美性和意识形态性水乳交融般的复合特性。如果说,钱中文的审美意识形态论突出了历时性维度,那么,童庆炳凸显的则是共时性维度。他指出,文学作为审美

---

① 王元骧:《文学原理》,广西师范大学出版社 2013 年版,第 19 页。

② 王元骧:《论美与人的生存》,浙江大学出版社 2010 年版,第 69 页。

③ 王元骧:《我对"审美意识形态论"的理解》,《文艺研究》2006 年第 8 期。

④ 北京师范大学文艺学研究中心编:《文学审美意识形态论》,中国社会科学出版社 2008 年版,第 46 页。

意识形态"有巨大的溶解力,一切政治的、道德的、教育的、宗教的、历史的甚至科学的内容都可以溶解于审美意识形态中,……正是由于审美意识形态的巨大的溶解力,文学的天地才是无比辽阔和自由的"①。与钱、童二人的知识论的致思路径不同,王元骧对审美与意识形态如何融合的思考更加具有本体论的色彩。在他看来,"审美"具有"止于至善"的目的,总是指向人类美好的理想愿望而拒斥假、丑、恶,因此,"只有那些体现人类进步理想、美好愿望、合乎历史发展规律和方向的意识形态,才有可能达到与审美融合而组成一个具有内在逻辑统一性的复合词组",即"审美意识形态"。王元骧进而强调,"'审美意识形态'则应该是一个非中立的、肯定性的概念,在今天,我们主要是作为界定我国社会主义文学的性质的概念来使用的"②,因为社会主义的意识形态正好"反映着人类社会的发展方向和广大人民群众的理想愿望,所以它与人类对美的理想是同构的"③。可见,王元骧是在"审美"和"意识形态"所应当共同拥有的"止于至善"的目的论和本体论层面来解决问题的,使得"审美意识形态"的内在学理更加具有逻辑自洽性。

三、与西方马克思主义审美意识形态论的差异

西方马克思主义文论家们并没有直接将文艺本质界定为审美意识形态,但是,出于对资本主义社会意识形态的揭露和反抗,他们对文艺观念的理解及其所开展的批评实践活动,一直处于"审美——意识形态"的辩证关系之中,所以,西方马克思主义确实拥有一套丰富驳杂的审美意识形态理论话语体系。与之相比,王元骧审美意识形态论的独创性体现于他的以下三个论点:

(一)坚守审美人学理念

众所周知,"审美"是西方马克思主义区别于正统马克思主义的一面理论旗帜,甚至有人称之为"红色康德"。但是,就其主流而言,西方马克思主

---

① 童庆炳:《怎样理解文学是"审美意识形态"?》,《中国大学教学》2004 年第 1 期。
② 王元骧:《论美与人的生存》,浙江大学出版社 2010 年版,第 186 页。
③ 王元骧:《从"审美反映论"和"审美意识形态论"说开去》,《文艺争鸣》2009 年第 1 期。

义审美理论主要是对康德的形式主义美学思想的批判、继承和发展。一方面,在法兰克福学派传统中,从布莱希特、本雅明、阿多诺直至马尔库塞,他们都将"形式"看作艺术自律、艺术独立、艺术革命的主要因素。马尔库塞的观点极具代表性,他宣称:"与正统的马克思主义美学相反,我认为艺术的政治潜能在于艺术本身,即在审美形式本身。……艺术通过其审美的形式,在现存的社会关系中,主要是自律的。在艺术自律的王国中,艺术既抗拒着这些现存的关系,同时又超越它们。"①另一方面,在阿尔都塞、"阿尔都塞学派"乃至"后阿尔都塞学派"一脉,他们也特别强调文本形式与意识形态之间的批判性距离。但是,综观西方马克思主义这两大派系,形式主义和结构主义的方法论基础决定了他们对"审美"的理解必然会摒弃人文主义的审美要义,忽视人的情感在审美活动中的核心作用,所以,西方马克思主义的文学意识形态批评往往显得政治性有余而审美性不足。相比而言,王元骧则坚持以"人学本体论"视域来观照审美问题,其文学观念有机地融入了文学主体论的合理成分。譬如,他认为,在文学创作环节中,意识形态通过作家个体的审美体验、审美情感、审美理想而渗透到文学的内容和形式之中;在文学接受论环节,意识形态又通过激发读者的情感动力来发挥人生引导功能。这种审美人学理念显然有利于马克思主义意识形态批评紧扣"文学"核心,而不至于泛滥为没有边界的文化批评。

(二)坚信社会主义意识形态的先进性

"意识形态"是西方马克思主义核心概念之一,同样拥有一套复杂的话语谱系,根据詹姆逊的概括,大致可以划分为七种模式:错误意识、领导权或阶级合法化、物化、日常生活的意识形态、心理主体和意识形态国家机器、支配权的意识形态、语言上的异化。② 但是,总体看来,西方马克思主义是在否定性的意义上使用意识形态概念的,这一点秉承了马克思关于意识形态是"虚假意识"的批判传统。在马克思那里,意识形态原是为了维护少数人的特殊利益而编造出来的欺世谎言和虚假观念,必须对之进行"元批判"才能"去意识形态之蔽","元批判和去蔽是马克思对批判理论做出的重要贡献,也使其意识形态始终保持其历史的高度而坠不下来。在这个意义上可

---

① [美]马尔库塞:《审美之维》,李小兵译,广西师范大学出版社2001年版,第190页。
② [美]杰姆逊:《后现代主义与文化理论》,唐小兵译,北京大学出版社1997年版,第257页。

以说,正是马克思的批判理论为我们走出当代西方马克思主义意识形态理论的迷宫提供了一条阿里阿德涅线"①。从卢卡奇的"物化"、葛兰西的"文化领导权",到阿多诺"被全面管制的世界"、马尔库塞"单向度的社会""单向度的思想",再到阿尔都塞"意识形态国家机器"、詹姆逊关于晚期资本主义文化意识形态的论述,无不体现出西方马克思主义对资本主义社会意识形态的揭露和反抗。相反,以消灭剥削、消除两极分化、最终达到共同富裕、为人民大众谋幸福为价值标准的社会主义制度已经在中国落地生根、开花结果,在王元骧看来,社会主义社会的意识形态是反映人类社会历史前进方向的意识形态,"我们相信我们的事业是正义的,是合乎历史发展方向和最广大人民群众的利益和愿望的,是千百年来人类所追求的终极目标所在。所以作为真正社会主义文学所表现的意识形态也应是最能体现美的精神而被称之为审美的意识形态的"②。

(三)社会主义文艺必然具有"审美"与"意识形态"的契合性

由于西方马克思主义觉察到资本主义社会意识形态的虚幻和异化的实质,所以,用文学艺术等审美样式来批判和超越意识形态,是其必然的理论选择。以俄国形式主义"陌生化"理论被西方马克思主义文论加以吸收和改造为例,可窥见一斑。什克洛夫斯基提出的"陌生化"理论原指一种使所描述事物变得反常化的艺术技法,只为增加艺术感知的难度和时延。布莱希特将这一理论改造为戏剧"间离理论",目的是帮助观众从"共鸣"的幻觉中解放出来,转而批判虚假意识形态。在布莱希特的启发下,马尔库塞认为艺术形式的陌生化效果有助于打破社会意识形态的"习以为常性",进而培养出具有社会解放意义的"新感性"。也是在布莱希特的影响下,本雅明的"震惊效果"、阿多诺的"新异"、阿尔都塞和马歇雷的"离心结构"等美学概念得以产生,成为"审美"对抗"意识形态"的利器。由此可见,西方马克思主义文论主要视"审美"与"意识形态"为二元对立关系。然而,"相比较于西马诸流派,中国的马克思主义文艺理论家和美学家在审美意识形态的问题上,更重视审美意识形态的建构性,强调一定的审美意识形态对社会进步与历史发

---

①　汪行福等:《意识形态星丛:西方马克思主义的意识形态理论及其最新发展态势》,人民出版社2017年版,第9页。
②　王元骧:《论美与人的生存》,浙江大学出版社2010年版,第187页。

展的积极作用。"①这是因为,当代中国主流文艺的属性是"社会主义文艺"。社会主义文艺的主要任务是以社会主义思想来塑造人的灵魂,培育社会主义"四有"新人,其主要目标是促进人的全面发展和社会的全面进步,最终实现共产主义理想。显然,社会主义文艺与社会主义意识形态在价值理念上是完全一致的,所以,王元骧指出:"我们今天探讨文学艺术的意识形态的主要目的,我认为就是为了进一步明确和支持、维护我国文学艺术的社会主义的性质和方向。"②

四、构建当代中国化马克思主义文学观念和文论体系

众所周知,以辩证唯物主义和历史唯物主义为哲学基础,以"经济基础—上层建筑"为社会框架,视文艺为一种观念的上层建筑,一种社会意识形态,乃是传统马克思主义文艺本质论的核心观点。但是,一些教条主义者往往片面地强调文艺的意识形态性,忽略并抛弃了文艺的审美属性,在极端情况下甚至使文艺沦落为政治斗争的工具。有鉴于此,钱中文、童庆炳、王元骧等人通过研究马克思《1844 年经济学哲学手稿》中的美学思想,深入理解了经典马克思主义关于艺术地掌握世界的方式、"美学观点和史学观点"的结合与统一等美学论述,注重挖掘文艺的审美特性,提出了"文学是审美意识形态"的学说。对此,有学者高度评价道:"在中国化马克思主义文学理论对于文学本质的长期探索中,新时期中国学者提出的文学是审美意识形态的文学本质论,是当代中国化马克思主义文学本质观的重要理论成果。"③还有学者认为,他们已经建构出一个以"审美意识形态论"为核心思想的马克思主义文艺理论新体系,堪称"中国审美学派"④。

但是,如前所述,钱、童二人采取的是中性化的意识形态概念(甚至进行了淡化处理),并且,毋庸讳言,在"审美"和"意识形态"这两个基本点上,他

---

　　①　王杰:《当代中国语境中的审美意识形态理论》,《文艺研究》2006 年第 8 期。

　　②　王元骧:《审美超越与艺术精神》,浙江大学出版社 2010 年版,第 298 页。

　　③　冯宪光:《意识形态与审美意识形态——马克思主义文学本质观研究》,《中外文化与文论》2006 年第 13 辑。

　　④　吴子林:《"中国审美学派"论纲——以钱中文、童庆炳、王元骧为研究中心》,《中国社会科学院研究生院学报》2009 年第 5 期。

们偏重于文学的审美属性。他们一方面强调文学要反映一定人群、集团乃至阶级的感情思想,另一方面又强调文学的审美描写具备超越一定人群、集团乃至阶级的感情思想的"全人类性",极大地拓宽了意识形态的内涵。很显然,他们试图将"文学是审美意识形态"推广为一种超社会的、超国界的、普世的文学观念。以至于董学文等人对之提出了批评和质疑:"'审美意识形态'已经不再是传统的具有特定社会倾向性、阶级性的那种意识形态了,最根本的变化在于,当意识形态性同审美性结合而成为审美意识形态性时,它也可以包括不具有阶级性、倾向性的社会意识。"①在这一问题上,王元骧的态度和立场要明确得多,他认为,意识形态作为自觉地反映一定社会经济形态和政治制度的思想体系,其核心是一个价值观的问题,其功能就在于凝聚社会成员的力量,动员社会成员为实现一定社会的共同目标去进行奋斗。他指出:"社会主义的政治纲领是通过发展生产来消灭压迫、剥削,使人民群众走向共同富裕,为最终实现全人类的自由解放,建设千百年来人们所企盼、梦想的共产主义社会创造条件,因而它也必然成为我国社会主义意识形态的核心观念和基本取向,决定着我国文学艺术的社会主义根本性质和我们作家在自己创作中所奋斗的理想和目标。这是作家作为一个共和国的公民对国家和社会所应尽的义务和责任。它表明社会主义文学从本质上说不同于私人化、个人化或者所谓'纯美的'文学,而是自觉地维护社会主义制度、有鲜明的立场和宗旨的文学,亦即列宁所说的'党的文学'。"②另外,对童庆炳主编的《文学理论教程》和王元骧独著的《文学原理》稍作比较便知,王元骧将这种当代中国化马克思主义文学本质观较深入地融汇到作家责任、艺术想象、文学主题、文学功能等具体章节中,其意识形态的倾向性比童编教材更加明晰,更加具体化、实证化。因此,我们可以认为,在所谓的"中国审美学派"中,王元骧的审美意识形态论在构建当代中国化马克思主义文学观念和文论体系方面更具有理论代表性。

从国际背景来看,当代西方马克思主义对"意识形态"的理解与王元骧大异其趣,如果说王元骧还坚守着经典马克思主义的历史唯物主义哲学原理,那么,当代西方马克思主义则步入了"后马克思主义"阶段,对历史唯物主义哲学原理,尤其是"经济基础—上层建筑"的社会结构论进行了质疑和

---

① 董学文、金永兵等:《中国当代文学理论 1978—2008》,北京大学出版社 2008 年版,第 162 页。

② 王元骧:《我对"审美意识形态论"的理解》,《文艺研究》2006 年第 8 期。

颠覆。这一点在作为西方马克思主义创始人之一的葛兰西那里已经初见端倪，经过阿尔都塞、雷蒙德·威廉斯、詹姆逊等人的推进，到了斯图亚特·霍尔、鲍德里亚、拉克劳、墨菲等人的手里，"意识形态"不仅取得了与经济基础平起平坐的地位，还与"文化"概念混同起来，并联系福柯的"权力"概念，沦落为微观的"文化政治"。譬如，汤普森就明确地反对王元骧所采取的意识形态观念，即"把意识形态视为一种'社会胶合剂'，它通过把社会成员联合到一起并提供集体共有的价值观与规范，成功地稳定社会"①。在他们看来，意识形态更主要地表现为文化符号形式，并与日常生活中各种类型的微观权力发生复杂的纠葛。落实到文学理论领域，像伊格尔顿这样的著名西方马克思主义文论家虽然确认文学理论是政治和意识形态的一部分，但他所说的政治或意识形态"所指的仅仅是我们把自己的社会生活组织在一起的方式，及其所涉及的种种权力关系"②，而并非简单地指人们所持有的非常牢固的信念。又因为权力关系不断地处于历史流变之中，文学的价值判断标准也随着历史而不断变化，所以，文学是没有本质、不可定义的。这也就是托尼·本尼特给自己的论文集命名为"文学之外"的原因所在，像伊格尔顿一样，他要"在审美之外构建一种话语空间"，要将"文学"视为"文本的使用和产生效果的历史特定和制度地组织的领域"，要研究建构文学活动的话语实践、机制/制度和权力关系，"将文学历史地、制度地理论化，是要使其浸染更加具体的存在，而不是从任何审美观中获取的，因而，也会使文学政治问题以一种更加具体特定的方式来提出。"③可见，当代西方马克思主义文学观念的主流是反美学、反价值、反本质的。

王元骧坚持认为，不能盲目认同和屈从当代西方的去审美化、去价值化、去本质化、去人文化的后现代文论，而应当从我国社会和文艺的实际出发来确立文艺理论研究的目标和方向，应当增强独立自主意识，坚持在经典马克思主义文论的基础上进行守正创新，进而创构出当代中国化马克思主义文学观念和文论体系，"只有这样，才能与西方文论开展真正平等和对等

---

① ［英］约翰·汤普森：《意识形态与现代文化》，高铦等译，译林出版社2005年版，第8页。

② ［英］特里·伊格尔顿：《二十世纪西方文学理论》，伍晓明译，北京大学出版社2007年版，第196页。

③ ［英］托尼·本尼特：《文学之外》，强东红等译，人民出版社2016年版，第10页。

的文化交流,而真正起到文化互动的作用"①。当然,构建当代中国化马克思主义文论体系是一项极其艰巨的事业,需要几代人的努力,王元骧不可能凭借一人之力来搭建理论的大厦,他的审美意识形态论在总体上也还存在着抽象化、纯粹化的弊端,他对康德美学的偏爱和倚重也使得其理论观点留下了若干值得商榷之处,但是,无可否认,王元骧的审美意识形态论已经给后来者奠定了一块具有支柱性的理论基石。

　　基金项目:国家社科基金重大招标项目"马克思主义经典文艺思想中国化当代化研究"(项目编号:17ZDA269)阶段性成果。

---

① 王元骧:《审美超越与艺术精神》,浙江大学出版社 2010 年版,第 177 页。

审美正义与人生论美学诠释

胡友峰*

　　从攻读博士学位开始算起，我与王元骧先生的学术交往已经十余年，现在想来，和王老师的交往都与学术相关，每次见面，无一次不谈学术。王元骧先生作为国内文艺理论界执牛耳的人物，在我读博之前，他是一位教科书上存在的人物，于我来说，仿佛是遥不可及的。2004 年 9 月，我考入浙大中文系，跟随李咏吟老师攻读文艺学专业博士学位，也由此拉开了我与王元骧老师的学术交往。和他的学术交往让我有一种春风化雨的感觉。

　　进入博士研究生学习的第一学年，王老师给我们上"文艺学前沿问题研究"这一门博士生学位课。王老师上课非常认真，每一次上课讲稿准备得非常充分，当时"日常生活审美化"问题席卷全国，王老师也积极参与其中，后来在《文艺研究》上发表的《文艺理论中的"文化主义"与"审美主义"》就是在我们这门课讲稿的基础上整理出来的。对于当时的文化研究思潮，王先生充满了忧虑，他认为文艺研究的根本任务是塑造具有本体论意义上的人，因为人一出生并不是一个完整的人，必须经过文化滋养和塑形，摆脱欲望的束缚，使人的感性与理性相互统一起来，文艺研究的根本任务就是重塑人性，王老师站在审美主义的立场上，对文艺研究中的文化主义思潮进行了批评，重新论及"审美"在文艺研究中的真正地位。那么，何谓"审美"？为了弄清楚这一问题，王先生认真地研究康德的《判断力批判》，认为康德为"审美"进行了"正义"，在《何谓"审美"？——兼论对康德美学思想的理解和评价问题》一文中，王先生认为：康德为审美构建了真正的意图，要理解审美的要义必须深入理解康德美学。康德提出审美无利害性的真正意图是在思维方式上，为人们在物质世界之外建构一个"静观"的世界，使人在利欲关系中有所

　　* 胡友峰：山东大学文艺美学研究中心教授。

超越；在人学目的上，可以沟通经验世界和超验世界，把人引向"最高的善"。其用意都是为了使人摆脱物的奴役，保持人格独立和尊严，完成自身道德人格的构建。王先生对康德美学的这种理解为审美问题的研究建构了一种真正的学理依据。而作为当时在校读书的学生，作为正在以康德美学作为自己主攻方向的博士研究生，王老师对康德美学的理解对我产生了重要的学术影响，我的博士论文《康德美学中的自然与自由观念研究》就积极地吸收了王老师当时的研究成果，认为康德美学的主题在于"自然与自由的和谐论"，也就是康德通过审美沟通了人的内在法则系统自由与人的外在法则系统自然，从而达成人的完整。博士论文答辩时王老师作为我的答辩主席，他对我的康德美学的博士论文给予了极大的褒奖。

　　2007年博士毕业之后，我去了温州大学工作。作为年轻的教师，我在做好教学工作的同时也在积极地从事文艺学的科研工作。王老师对我还像我在浙大读书一样关怀备至，专门来信问我的工作和学习情况，他那个阶段所写的每一篇论文都在没有发表之前寄给我看，很谦虚地说是让我提提意见，在我的印象中，他那一阶段发表的《李泽厚美学的思想基础还是历史唯物主义的吗？——兼与刘再复商榷》《论国人对康德美学的三大误解》《美学研究：走两个系统融合之路》我都是先睹为快。王老师这段时间出版的教材《文学理论》，以及几本重要的学术专著都寄给了我。王先生的问题意识、历史语境意识和对现实问题的关注一直影响着我的学术研究，可以说，正是在认真研读王先生著述的基础上我才找到了学术研究的方法论原则，对于学术论文写作来说，王老师一直坚持在理论语境中寻找解决问题的思路、学术研究要从现实出发、要解决问题等都深深地印刻在我的脑海之中。

　　2009年，我的博士论文经过修改，在浙江大学出版社出版，我诚惶诚恐地寄给了王老师，还请王老师给我提意见，不久收到浙江大学出版社宋旭华兄转来的王老师给我的专著写的书评，在该书评中，王老师说："读了胡友峰博士的《康德美学的自然与自由观念》（浙江大学出版社2009年版）一书，觉得这是近年来研究康德美学的一部很有分量的论著，这出自一位仅过而立之年的青年学子之手，尤为难得！"王老师的这句褒奖深深地激励着我，让我在学术研究的道路上不敢有丝毫的松懈，虽然现在我对康德美学有了新的理解。这与王老师的鼓励是密切相关的。

　　浙大毕业后，作为一名青年教师，由于忙于生计，与王老师的交往逐渐减少，只见过王老师四次。前两次都是毕业不久在浙大见到的，王老师搬了新家以后和宋旭华兄去看过他一次，看见他住进了新的房子，我们都觉得浙大做了一件大好事，王老师为浙大奉献了一辈子，在晚年终于有了一个可以安身的地方。在搬入新家之前，王老师的居住条件实在是太差了，我在浙大读书时，每次去王老师家里，看到他居住在如此狭小、拥挤不堪的房子里，心里都不是滋味。现在王老师能够在这个宽敞明亮的房子里从事学术研究，也算是浙大对王老师多年对学校贡献的一种回馈。每次和王老师见面他都问我在研究什么，我总是兴致勃勃地向王老师汇报我最近的一些研究成果及对康德美学的最新理解，王老师总是不吝啬地给我鼓励，正是王老师的不断鼓励，让我在学术研究的道路上越来越自信。

2016 年 11 月，在复旦大学召开的"德国古典美学高峰论坛"上，我和王老师都参加了这次会议，虽然有好几年没有见到王老师，但是他对我这几年发生的事情都了如指掌，知道我入选了国家"万人计划－青年拔尖人才"，知道我调动到了山东大学工作，还说在《文学评论》上看到我发表的论文，对我又是褒奖一番，最后对我说：你又长胖了，要多运动，注意身体啊！我真汗颜至极，这几年我因为忙于生计，和王老师之间的交往极少，他还关注着我的学业境况、事业发展和身体状态。先生之风，山高水长啊。

2018 年 6 月，王老师来山东大学文艺美学研究中心参加狄其骢先生文集发布会，作为学生，本应该和老师好好聊聊，向他汇报一下我近年来的生活工作情况，但是由于当天下午要去北京参加一个非去不可的培训会，在会场上和王老师匆匆交流了几句之后，我就去北京参加培训会议去了，就是在这短短几分钟的交流中，王老师还一再告诫我，要注意身体。先生对学生的关爱溢于言表。

先生今年 85 岁，他经历了共和国文艺学发展的整个历程，他对中国文艺学学科发展的贡献有目共睹，他的人格魅力及其学术风骨在学界声名远扬。作为学生，我没有资格去评价先生的学术成果和研究的贡献，但是，从我与他的学术交往的这几个片段中，先生的人格形象就高高矗立在我的面前，让我高山仰止，景行行止。最后还是祝愿先生身体健康，学术之路长青。

科学性、知识性与人文性、智慧性

——论王元骧先生对文论品格的本体建构

朱首献*

内容提要：在中国当代文论史上，王元骧先生的文论思想以深邃的问题追问力、精准的理论判断力、缜密的逻辑演绎力、杰出的理论建构力和鲜明的人文关切力而称誉于学界。他对文论本体及文学研究新观念、范式探寻和重建上的杰出努力不仅厘清了当代中国文论在重大基础性问题上的一些陈习宿念，而且建构了一种真正具有前沿意识并切入文论深层结构的学术路径。文论是人学，它包含价值也是价值本身，是文论家面对文学现象时基于自身生命的一种人生自觉。王元骧先生以其特有的人文视野对文论在文论家生命建构中的作用和地位做出了独到的体认，在当下文论研究多元、泛化的时代，这些体认既推动了人文主义在文论中的回归，也是对历史上诸多重要思想家文艺思想的回应，又在历史新维度上开拓了文论的精神内涵，其鲜明的人文意识和优秀的理论品格，不仅值得学界充分重视，也势必引导中国当代文论走向更加良性的发展。

关键词：科学性；知识性；人文性；智慧性；王元骧；文论品格

在中国当代文学理论的流变历程中，王元骧先生的研究以深邃的问题追问力、精准的理论判断力、缜密的逻辑演绎力、杰出的理论建构力和鲜明的人文关切力而称誉于学界。赖大仁教授曾认为，自 20 世纪 70 年代末到 90 年代中期，中国文论历经了一条"破、引、建三者交织互动"的发展路径，所谓的"破"，他认为，就是破除既往"文艺为政治服务"之类单一僵化的理论模式，寻求文论观念的变革；所谓"引"，就是引进西方各种现代文论资源，拓

＊　朱首献：浙江大学中文系副教授。

宽理论视野，获得启示借鉴；所谓"建"，就是在破除旧的理论观念和模式的同时，寻求新的理论观念与范式的重建。① 就当代中国文论发展的史实看，这个归纳很有道理。当然，如果换一个角度，将这三种路径分别视为当代中国文论的三种品格的话，其实也是合适的。所谓当代中国文论"破"的品格，是指其在发展中破除甚至颠覆文论旧习，寻求观念和范式的突破而确立的一种品格。这种品格在当代中国文论发展的不同历史阶段均有显或隐的体现。例如，20 世纪 80－90 年代"阶级论"、"意识形态论"、"机械认识论"、"庸俗社会学"、"政治理性论"等以及 21 世纪初期"本质主义论"等的被反拨，都是中国当代文论"破"的品格的突出体现。所谓"引"的品格，是指引介西方现当代文论资源，为中国文论开拓研究视阈提供异质支持的品格。其在 20 世纪 80 年代初思想解放后体现尤甚，迁延至今而无衰退之象。可以说，自 20 世纪后期至今，西方文论中几乎所有重要的文论资源，在当代中国文论中均有声影，有些甚至被进行了过度的引介和开发，诸如接受理论、存在主义、形式主义、文本诗学、解构主义等。而当代中国文论的"建"的品格，则是指立足于中国当代文论的历史和现实，突破其历史局限性，辩证建构其新的理论图景和研究范式的品格。这种品格在审美反映论、艺术生产论、文学主体论、文艺人学论、文艺活动论、文艺实践论等开拓了当代中国文论的研究视阈，为其学科建构做出重要贡献的诸种文论中均有突出的体现。需要指出的是，当代中国文论的这三种品格并非截然对立的，我们之所以这样区分，主要是就当代中国文论中不同的理论家或者流派在特定时期理论品格上的核心特色而言。以此言之，王元骧先生的文论研究就兼有上述三种品格，而其中最突出的则是第三种，这具体体现于其对文学、文论的本体以及文学研究新的观念、范式的探寻和重建上的杰出努力，这些努力不仅厘清了当代中国文论在重大的基础性问题上的一些陈习宿念，而且建构了一种真正具有前沿意识并切入文论深层结构的学术路径。

一

文学理论是知识形态还是智慧建构，是现象解释还是人文反思？ 这些

---

① 赖大仁：《当代中国文论面临的问题及其理论反思》，《江西师范大学学报》2017 年第 4 期。

问题既是文论学科的本源性问题,也是建构文论学科的逻辑原点,更是关乎文论研究范式的"生命线",这些问题不得到澄清,势必会给广大文论研究者带来无谓的困扰,进而影响到我们文论研究水平的真正提升。众所周知,中国具有现代意义上的文学理论是在20世纪早期才被逐渐建构起来的,在建构中,它深受西方19世纪以来立足于自然科学观基础上的科学精神的影响,因此,推崇文论的科学品质,进而强调其知识属性就成为贯穿该时期中国文论的核心品格。具体体现在:第一,在学科性质上,认为文学研究隶属于自然科学,甚至用"文学科学"来指称文学理论。例如,钱歌川就认为用"文学科学"来指称"文艺学"显然更加"显明而恰当",因为文艺学在学科性质上和自然科学无异。基于此,他对狄尔泰等人的体验主义文论颇有微词,因为,在那里,"现代的文学科学,早已不是科学了"。① 无独有偶,李长之亦持同论,他指出,"文学的创作是一件事,欣赏又是一件事,研究别是一件事。创作靠天才,只那有创作的才能,随你怎么写。……欣赏也有你的自由,任何人没有欣赏自己所不喜欢的作品的义务。研究却不同,研究就要周密,精确,和深入。中国人一向不知道研究文学也是一种'学',也是一种专门之学,也是一种科学"。② 姜亮夫也提出,"此后要建设真的文学的理论,以其说是文学家或感情的哲学家的事;无宁说是语言学家,考古学家,社会学家,或许更是自然科学家的事,更为彻底一点"。③ 第二,在研究态度上,倡导自然科学的纯客观态度。对于科学态度,李长之曾指出,"'科学态度'四个字看来似乎很容易,其实误解的人很多,因为不明白科学态度,到现在还不信科学是大道的人还有"。④ 那么,何为科学态度?他认为,信任科学的方法,"便是科学态度"。⑤ 科学的方法,在他看来,就是与情感无涉的"理智的硬性":"治学要狠,要如老吏断狱,铁面无私;要如阿吒太子,析骨还父,析肉还母;要分析得鲜血淋漓;万不能婆婆妈妈,螯螯蝎蝎。所以我常说,应该提倡'理智的硬性',我不赞成脑筋永远像豆腐渣一样,一碰就碎。"⑥ 邓季宣在法国文论家朗松的《科学精神与文学史的方法》的译者附识中也指出,科学的

---

① 钱歌川:《文学科学论》,《新中华》1933年第11期。
② 李长之:《文艺史学与文艺科学》译者序,商务印书馆1943年版,第1—2页。
③ 姜亮夫:《文学概论讲述·自序》,北新书局1944年版,第5页
④ 李长之:《从陈桢〈普通生物学〉说到中国一般的科学课本》,《清华周刊》1931年第36卷第8期。
⑤ 李长之:《从陈桢〈普通生物学〉说到中国一般的科学课本》,《清华周刊》1931年第36卷第8期。
⑥ 李长之:《文艺史学与文艺科学》译者序,商务印书馆1943年版,第6—7页。

方法是文学研究的"十分正当的办法"。① 第三,在文艺追求上,将生活真实作为文学评价的唯一标准,突出文学的认知特性,进而将写实乃至自然主义视为文学之正路。例如,茅盾就推崇实证、实验科学与文学研究相结合,并对追求仿效科学方法来实现认识社会的客观效果之自然主义文论垂爱有加。在创作方法上,他主张作家首先"用科学的眼光去体察人生的各方面",然后"用科学的方法整理、布局和描写",将科学的原理,作为自己作品的"背景"。② 甚至对于人生,茅盾也主张要用"纯然客观心理"、"客观的冷静头脑"去看,丝毫"不搀入主观的心理"。③ 不仅如此,对名士派"重疏狂脱略","蔑视写真"的创作,他也表达了不满,④并号召人们将自然主义者"事事必先实地观察的精神"作为中国文学的"南针"。⑤ 谢六逸也认为,中国最需要"以科学方法,研究人生的自然现象"的自然派小说,国人应"努力的介绍;渐渐的去创作","余日望之!"⑥郑振铎甚至发出《金瓶梅》乃中国小说"极峰"之论,他的依据是《金瓶梅》写的是"真实的民间的日常的故事",将传奇的成分"完全驱除于书本之外",其思想、事实、描写方法"全都是近代的",采取的是"纯然以不动感情的客观描写",是"纯粹写实主义的小说"。⑦ 这显然是立足于近代自然科学视域中的知识论文学观所理解的文学的"真"。正是如此,他称赞严羽的"真取心肝刽子手"、"自家实证实悟"、"若那叱太子,析骨还父,析肉还母"之论诗态度,且指出,"大批评家自非有这种精神不可"。⑧

随着 20 世纪 20 年代马克思主义在中国的传播,部分学者逐渐尝试运用马克思主义的社会观、阶级论等进行文学研究。但整体言之,他们对马克思主义的认知,多染有自然科学的机械论色彩。正是在这种意义上,何中华指出,"'科玄论战'以来盛行起来的科学主义思潮,构成了中国人接受马克思主义哲学的一种无法剔除的解释学背景。"⑨正是受这个背景的左右,中国早期的马克思主义者将近代西方科学精神嫁接在辩证唯物论上,形成一

---

① 朗松:《科学精神与文学史的方法·译者附识》,邓季宣译,《东方杂志》1929 年第 26 卷第 4 号。
② 茅盾:《对系统的经济的介绍西洋文学底意见》,《时事新报·学灯》1920 年 2 月 4 日。
③ 茅盾:《自然主义与中国现代小说》,《小说月报》1922 年第 13 卷第 7 号。
④ 茅盾:《什么是文学》,松江暑期演讲会《学术演讲录》第 1、2 期合刊,新文化书社 1926 年版。
⑤ 沈雁冰:《自然主义与中国现代小说》,《小说月报》1922 年第 13 卷第 7 号。
⑥ 谢六逸:《自然派小说》,《小说月报》1920 年第 11 卷第 11 号。
⑦ 郑振铎:《中国文学史》,朴社 1932 年版,第 1238 页。
⑧ 郑振铎:《中国文学史》,朴社 1932 年版,第 813 页。
⑨ 何中华:《"科玄论战"与 20 世纪中国哲学走向》,《文史哲》1998 年第 2 期。

种贴着马克思主义标签的机械唯物史观,对 20 世纪 20 年代后较长一段时间内中国的学术,包括文论研究,影响甚重。该时期的知识学文论就是重要的标志。新中国成立后,苏联认识论文论在国内流布甚广,知识论文论得到更趋深化的发展。1949 年后影响中国的文论品格的两部苏联文论教材——毕达可夫的《文艺学引论》和季莫菲耶夫的《文学概论》——的理论架构均是以知识论为核心。例如,在《文艺学引论》中,毕达可夫认为,"研究文学的科学,叫做文艺学"。① 至于文论,他认为其属于文艺学中的"一个独立的知识部门",②是"研究文学中如何反映现实的科学",③唯一目的是"认识真理"。④ 他并且从认识论出发指出,俄罗斯文学大胆地揭露了"剥削制度的全部非正义行为和残酷行为",从迫害人民的剥削者、压迫者的脸上撕毁了"所有的一切假面具"。⑤ 1953 年,平明出版社刊行季莫菲耶夫的《文学概论》,译者这样评价它:"作者想从文学的复杂的现象中,抽出文学作品和文学发展的规律,使文学的研究,可以和自然科学的研究一样的精确化。"⑥ "它的科学研究的精神,我们可以借鉴。"⑦事实上,该作也确实将文学原理视为文学科学的重要构成。就新中国成立后中国学者的文论研究看,突出其科学性和知识品格也是通行现象。1956 年 8 月教育部颁布的《师范学院中国语言文系文学概论试行教学大纲》明确:"文艺学是关于文艺的科学","文学理论是研究文学的社会性质、特点、发展规律、社会作用,是研究分析文学的原则和方法的科学"。⑧ 该大纲不仅是师范院校文论教学的指南,对非师范院校也有着重要的规范。如 1958 年厦门大学蔡厚示著的《文艺学引论》就认为,文艺学和数学、物理学、化学、生物学等学科一样,都是"科学",它研究的是"文学创作如何反映现实及其历史发展的客观规律",⑨它的任

---

① ［苏联］毕达可夫:《文艺学引论》,高等教育出版社 1958 年版,第 1 页。
② ［苏联］毕达可夫:《文艺学引论》,高等教育出版社 1958 年版,第 13 页。
③ ［苏联］毕达可夫:《文艺学引论》,高等教育出版社 1958 年版,第 3 页。
④ ［苏联］毕达可夫:《文艺学引论》,高等教育出版社 1958 年版,第 37 页。
⑤ ［苏联］毕达可夫:《文艺学引论》,高等教育出版社 1958 年版,第 5 页。
⑥ ［苏联］季莫菲耶夫:《文学概论》,查良铮译,平明出版社 1953 年版,第 1 页。
⑦ ［苏联］季莫菲耶夫:《文学概论》,查良铮译,平明出版社 1953 年版,第 4 页。
⑧ 中华人民共和国教育部编订:《师范学院中国语言文系文学概论试行教学大纲》,高等教育出版社 1957 年版,第 2—3 页。
⑨ 蔡厚示:《文艺学引论》,厦门大学教学科学研究处 1958 年 3 月版,第 1 页。

务就在于"阐明文学如何反映现实的规律"。① 同时,和毕达可夫一样,蔡厚示也认为文论属于"一个独立的知识部门"。② 在对文学的要求上,他认为文学与科学一样,应该提供而且真地提供"客观的和绝对的真理"。③ 同时期,冉欲达的《文艺学概论》、李树谦的《文学概论》也强调文学理论是"研究文学反映现实的科学",④"现实和文学的关系问题是文学理论中的最重要,最根本的问题",⑤伟大的作品之所以具有永久的意义,就是因为它"通过生动的形象表现了生活的真理"。⑥ 其后,以群主编的《文学的基本原理》和蔡仪的《文学概论》除了在意识形态上具有强烈色彩外,在知识论文论方面也相当典型。它们都强调文学是社会生活的反映,而且以群的《文学的基本原理》在 1964 年 10 月第 2 版的修订本中还特别加上了这样一句话:"文学的基本原理,顾名思义,讲的是文学现象中原来就客观存在着的一些基本道理。换句话说,它是以人类社会的一切文学现象作为研究的对象,从中阐明文学的性质、特点和基本规律的一门科学。"⑦但在此前 1963 年 2 月第 1 版的版本中,却没有这样的表述。 另外,以群还认为,文论是科学的、客观的、解释的,要求文论"以辩证唯物主义和历史唯物主义作为思想武器","从今天的社会发展和文学艺术发展的实际状况出发,对文学的性质作出比较全面的、科学的阐明"。⑧ 当然,拘于机械论科学观和知识论思维,他不可能认识到文论的人文性、反思性、理解性、智慧性。 进入新时期,虽然文论界对知识论、科学论文论的局限性做了一些反思,但这些反思主要滞留在文学的本质究竟是机械反映还是能动审美反映的层面,而对于科学论、知识观在文论的学科归属、研究对象、研究目的、价值取向等这些属于文论的本体层面上所造成的问题的反思则鲜有所见。 就此而言,王元骧先生对文论的人文性、反思性、理解性、智慧性的研究和探索就更为值得学界重视。

---

① 蔡厚示:《文艺学引论》,厦门大学教学科学研究处 1958 年 3 月版,第 6 页。
② 蔡厚示:《文艺学引论》,厦门大学教学科学研究处 1958 年 3 月版,第 8 页。
③ 蔡厚示:《文艺学引论》,厦门大学教学科学研究处 1958 年 3 月版,第 48 页。
④ 冉欲达等编著:《文艺学概论》,辽宁人民出版社 1957 年版,第 1—3 页。
⑤ 李树谦等编:《文学概论(第一编)》,东北师范大学函授教育处 1956 年 7 月版,第 13 页。
⑥ 李树谦等编:《文学概论(第一编)》,东北师范大学函授教育处 1956 年 7 月版,第 56 页。
⑦ 以群主编:《文学的基本原理》,上海文艺出版社 1964 年 10 月第 2 版,第 1 页。
⑧ 以群主编:《文学的基本原理》,上海文艺出版社 1963 年 2 月第 1 版,第 12 页。

二

　　保罗·H.弗莱曾认为,"理论有时暗含了价值,即使它没有如此公开宣称"。① 事实上,返回文论本体,我们就会发现,它绝非像科学论、认识论、知识论文论所认为的那样研究的是文学现象中"原来就客观存在着的一些基本道理",以及它和数学、物理、化学、生物等学科一样,都是"科学",能够真地提供"客观的和绝对的真理"。文论的本体结构由两个层次的关系构成:第一层,是文学事实和现象内部的关系,也即知识论文论所谓的文学内部的规律,它是客观的,不以人的意志为转移。文论需要去发现、把握文学现象内部的这种规律,正是它构成了文论的认识性、知识性与科学性。第二层,是文论研究者与文学事实和现象之间的关系,其核心内容是文学事实和现象所引发的文论研究者的个体感受、体验以及审美判断等主观性较强的反应,它们是文论研究者在面对文学事实和现象时的一种审美超越和理性自觉。所以,作为人文学科的研究主体,文论家面对文学事实和现象绝不可能像自然科学那样仅仅保持纯客观的态度,只有"理智的硬性",而没有情感的共鸣、价值的判断、个体的体验和理性的自由。说到底,文论研究必须建立在文论家对作为文学事实和现象核心的文学作品的鉴赏和审美判断的基础之上,所以,文论家必须具备良好的艺术修养,必须对文学要有真切的感受和体会。这样,我们就会发现,文论研究中不仅只是认识的活动,而且还是审美感悟和体验、理性自觉和超越的活动,正是这后一种活动注定文论研究不可能只是一种知识图式的生产,它同时也是一种价值实践和智慧的生产。因此,从文论本体构成的二重性看,文论研究的突破和创新,首先就需要超越认识论、知识论、科学论的樊篱,对文论的人文性、反思性、实践性和智慧性予以充分的关注,而这正是王元骧先生近年来文论研究的核心诉求。在《论人、文学、文学理论的内在张力》中,王元骧先生指出,长期以来,学界普遍把理论视为一种"认识工具",仅以"说明和描述现状为目的",②但事实上,理论绝非只是认识的工具和经验的简单集结,它是实践的派生物,并在

---

① 　[美]保罗·H.弗莱:《文学理论》,北京联合出版公司2017年版,第6页。
② 　王元骧:《论人、文学、文学理论的内在张力》,《文艺争鸣》2007年第11期。

实践需要的推动下才能产生。实践活动需要人们去认识它,更需要对其经验进行反思、评判,进而引导其朝正确的方向发展,这就是理论的成因,它也决定着理论不仅是说明性的,更是反思性的,即为人们评判现状提供思想原则和依据。王元骧先生认为,卡西尔之所以提出"理性不是知识、原理和真理的容器",而只是"引导我们去发现真理、建立真理和确定真理的独创性的理智力量",其缘由正在此。同时,王元骧先生又指出,康德之所以把"审美判断"视为"反思判断",就是因为它作为一种立足于个别来寻求一般的思维方式,绝非遵循逻辑的推理,而是建立在对审美对象的感觉和体验的基础上,也只能在理解力和想象力合作的方式下凭判断者的"机智"和"敏锐"的感悟能力才能把握,在性质上它又属于"先天的综合判断",只有以一定的"先天知性的概念"去整合经验性的知识,才能形成,而且,这种先天知性概念不是"僵硬的合规则性",只是一种反思的思想前提和依据。① 在这种理论观的基础上,王元骧先生指出,理论不仅是认识的,也是实践的,我们不能把它仅看作是一种"知识",也必须把它看作是"指引我分析问题和解决问题的一种'智慧'",②这种智慧与知识不同,它不只关乎自然,同时"关乎人事,包括对人生的见解。"③在肯定理论的实践性、智慧性前提下,王元骧先生阐发了全新的文论本质观。他指出,作为理论的诸形态之一,文论同样不只是"知识系统",是"科学",更是"价值伦理",是"学说",其功能也不只是"说明性的、描述性的",更是"反思性的、批判性的"。④ 作为反思性、批判性的文论是一种人生智慧,是文论家自身的文学经验的理性升华,既体现着"理论家个人对于文学的认识和理解",也凝聚着"人类文学历史经验的结晶和成果"。⑤ 所以,我们绝不能把文论误为教条、法规和操作工具,而是应当把它看作文论家在认识文学本质规律基础上所形成的一种"文学主张"。⑥

那么,以往被视为客观真理的文论何以在王元骧先生的理解中却转而成为一种"文学主张"、解决问题的"智慧"? 在他看来,这根本上是由人生存

　①　王元骧:《当今文学理论研究中的三个问题》,《文学评论》2008 年第 1 期。
　②　王元骧:《文学理论的科学性与人文性》,《杭州师范大学学报》2012 年第 6 期。
　③　王元骧:《文学理论的创新与思维方式的变革》,《文学评论》2009 年第 5 期。
　④　王元骧:《析"文学理论的危机"》,《社会科学战线》2010 年第 8 期。
　⑤　王元骧:《论人、文学、文学理论的内在张力》,《文艺争鸣》2007 年第 11 期。
　⑥　王元骧、陈飞龙:《求实严谨的科学态度求真创新的学术精神——王元骧教授访谈》,《文艺理论与批评》2014 年第 2 期。

的自觉性决定的。他指出,理论在本质上并非只是知识形态,而是与人的生存自觉紧密关联。自然状态的人不会思维到自身,能够思维到自身,就表明在他的生活中除物质、经验世界外,还有一个意义的世界和精神、超验的世界。经验世界对应人的自然需要,人在其中追逐的只是一种"有限的目的";超验世界对应人的精神需要,在其中,人才能找到其生存的"无限的目的"、他永无终止追求的"终极的目的"。这样,他才会有为何活、如何活才有意义等"自觉的意识",从而与当下的、感性的生活形成一种必要的张力,激发其生存自觉而"免于走向沉沦"。① 显然,在王元骧先生这里,文论的主张性、智慧性本源于文论家在面对文学现象和事实时所积极产生的那种根于其内在生命结构的审美自觉,正是如此,他非常强调文论研究者的个体体悟和认知在理论生发中的决定性地位,并反复强调,正如马克思所言,"哲学不只是为了'说明世界','问题在于改变世界'",一切理论包括文论"都应该是这样",它不仅"有知识的成分",而且有"价值的成分",总是带有"某种批判性和超越性的品格",反映着"理论家本人的某种理想、信念和追求"。② 基于此,王元骧先生提出了文论的特殊功能,即"通过对文学现状的分析和评判,推进文学在日趋物化和异化的人的生存险境中,为使人自身获得拯救而发挥自己的作用"。③ 对于文论研究者,他要求他们应该"能以自己的生命通达理念",使自己文论的最终目的指向"人的自由解放"。王元骧先生进一步分析认为,这里的"自由"并非随心所欲的自由,而是相对于"必然"、基于"必然"又超越"必然"的自由。他指出,"必然"是一种基于客观规律的制约性,人作为一定社会关系中的有生命的个人存在,必然会受自然和社会关系的制约,但仅如此,他会沦为"必然性"的奴隶。人类历史的发展、进步,就是要使人从"必然"的强制中解放出来而"做自己的主人",唯此,他在行动中才会进入"自由",使主观与客观,外部的强制与内部的意愿达到和谐统一。这种"自由的人",也是中国哲学中的进入"天地境界"的人,这种人的理念,是今天一切人文学科所追求的"共同目标"。④ 特殊的性质和功能,注定使文论

---

① 王元骧:《论人、文学、文学理论的内在张力》,《文艺争鸣》2007年第11期。

② 王元骧等:《理论偏见是怎样形成的——关于文艺理论创新的对话》,《文艺报》2003年7月19日。

③ 王元骧:《论人、文学、文学理论的内在张力》,《文艺争鸣》2007年第11期。

④ 王元骧、陈飞龙:《求实严谨的科学态度求真创新的学术精神——王元骧教授访谈》,《文艺理论与批评》2014年第2期。

与自然科学在对象、情怀与问题域上有着根本不同。对此,王元骧先生指出,不同于自然科学,文论属于"人文科学",其对象是"人和人的生存状态",问题域是"人的生存的意义和价值",它们决定着文论有着充分的人文性且需要研究者的人文情怀,文论研究者应该抓住"文学是人学"这个根本问题,对"人是什么? 文学对人有什么意义? 文学理论在为实现文学自身目的方面又有什么作用?"给予充分的"考虑和解决"。[①] 同时,立足于唯物辩证法,王元骧先生强调,他所理解的人文性是主观与客观、个人与社会、内部关系与外部关系、自由与必然、情感与理智、非理性与理性辩证统一的人文性,绝非那些宣扬主观主义、相对主义和非理性主义的"人文性"[②]。

　　文论性质和功能的特殊性需要与之相应的思维方式,对此,王元骧先生也进行了深入思考,并借此阐发了文论的独特价值取向。长期以来,国内不少研究者普遍将文论视为认识的工具,其价值仅在描述和说明现状。对此,王元骧先生认为,这其实是"一大误解",由这种误解所带来的追求文论有效阐释现实的理想也是行不通的。因为果如此,文论就只能在现状后面亦步亦趋而不可能再具备反思和批判现状的功能,其与现实之间也就失去了"一种必要的张力",这既于改变现状无益,又会"默认和助长现实中的某些不良的倾向"。王元骧先生进一步认为,上述误解的成因在于这些文论家思维能力的不足,这反过来又使其研究较多地停留于经验的说明和描述,无法对文学的一些根本问题"作哲学思考",其认识不仅"难免肤浅",而且往往存在"种种误判",自然也就失去了"存在的意义和价值"。[③] 如何改变这种状况? 他指出,理论虽立足于经验现象,但其性质却不在描述而在反思,是以提出问题、分析问题、解决问题的路径展开的,因此,理论不能仅停留于"是什么",还须追问"为什么"和"应如何"。唯如此,才能减少实践的盲目性、确保其自觉性并推动其朝正确的方向发展。要做到这一点,当代文论就不能走由经验事实直接提升为理论的路径,必须要借助"思维的力量",这种思维的力量就是文论的"反思性和批判性"。为更深入地阐明此问题,王元骧先生立足于文论的历史指出,历史上存在过规范型、描述型和反思型三种文论类型,第一种源自古希腊,带有目的论的痕迹,要务是寻找文学不变的基本原

---

　　① 王元骧:《论人、文学、文学理论的内在张力》,《文艺争鸣》2007 年第 11 期。
　　② 王元骧:《文学理论的科学性和人文性》,《杭州师范大学学报》2012 年第 6 期。
　　③ 王元骧:《论人、文学、文学理论的内在张力》,《文艺争鸣》2007 年第 11 期。

理,并以此为"逻辑起点",演绎、推导出"整个理论体系",来规范文学创作和批评。这种文论追求原则、一般,强调原则对个别的规约和权威,要求文艺活动必须"按此执行"。第二种推崇"科学精神",强调从文学作品、现象实际出发,重文本细读,力求研究中"还原事实",这注定了它只能走微观、实证的道路而排斥宏观、思辨的研究,只能限于作品论、批评论而很难上升到本质论的高度。第三种强调以经验现象的研究为基础,但又不仅仅"囿于经验事实",因为在它那里,"仅凭经验事实的描述是不能成为知识的",要使经验事实上升为"理论",需经由"一定思想观念、认知结构的整合和同化"。这种文论虽立足于原理,但这原理不是认识论的而是实践论的,它要求人们不仅掌握"普遍的知识",而且还应该"通晓个别事物",并根据实际情况对普遍知识加以自由灵活的运用,这按亚里士多德说法,就是一种"明智",是实践的智慧。王元骧先生认为,这种文论是最成熟的文论形态。①

三

20 世纪以来,具有现代特性的中国文论的建构被迫无数次接受"科学"的规约,文论家们津津乐道于其科学情怀,按照"自然科学的榜样和模式"构建了现代中国的文论图景。② 客观地讲,这个图景如今在某些文论家的心目中依然是笼罩着光环的,以至于他们经常游弋在机械论和庸俗学之间,使文论的人文情怀出现了"不可思议的空缺"。③ 退而言之,我们不反对文论的认识性、科学性、知识性,韦勒克就曾指出,否认文学研究是一种"科学",完全强调文学研究的"个人特色",这种反科学的方法有"很明显的危险性":"个人的'直觉'可能会引到仅仅是情绪上的'欣赏',会引向完全的主观"。④因而,彻底摒弃文论研究中的科学方法,否定文论的认识性、知识性显然是不明智的。但另一方面,韦勒克也不看好那种自认文学研究可以达到"普通

---

① 王元骧:《对文学理论的性质和功能的思考》,《文学评论》2012 年第 3 期。
② [德]卡西勒:《启蒙哲学》,山东人民出版社 1988 年版,第 5 页。
③ [德]阿伦特:《精神生活·意志》,江苏教育出版社 2006 年版,第 13 页。
④ [美]韦勒克、华伦:《文学论——文学研究方法论》,王梦鸥等译,台湾志文出版社 1976 年版,第 25 页。

科学目标的客观性、自然性和确定性"的论调,①他甚至将其视作是科学对文学研究的"侵入"。② 不仅如此,他还指出,"要想在文学里面找出普遍的法则常常是失败的","没有任何普遍的定律可以假定能够达到文学研究的目的:愈是概括便愈是抽象,也因此显得愈是空洞,那我们也就愈抓不住艺术作品中的具体事物了"。③ 但是,从总体意向上看,在文论的科学性、知识性、认识性和其人文性、价值性、智慧性、批判性、反思性之间,韦勒克更倾向于后者。因此,他认为,"文学研究应该是绝对'文学的'",④它关心的是"个性和价值的问题",而绝非什么"普遍的法则"。⑤ 他并且警示人们,大部分提倡以科学的方法研究文学的人,"不是承认失败、宣布存疑待定来了结,就是以科学方法将来会有成功之日的幻想来慰藉自己"。⑥ 同时,我们还需注意,在《文学理论》中,韦勒克开篇的第一句话就是"文学研究……如果称为科学不太确切的话,也应该说是一门知识和学问"。⑦ 英文版中,这句话是这样的:"literature and literary study……if not precisely a science,is a species of knowledge or of learning."⑧ 显然,在韦勒克的理解中,"knowledge"、"learning"是同"science"相对的。据词汇学家雷蒙·威廉斯的考证,"science"一词大概形成于 14 世纪,在早期的用法中,和"knowledge"含义相同。19 世纪中后期开始,其内涵逐渐集中于指称具有客观性的物理、实验等自然科学,与"knowledge"内涵的差异越来越大。"knowledge"在英文中不仅指一般意义上的知识,还兼有"智慧"即"wisdom"之意。"learning"的英文含义则比较单一,专指人文科学的学问。由此可见,"science"虽在早期的英语中与"knowledge"同义,但其词义的演化却是不断扬弃"knowledge"所包含的智慧等强调主观性知识的内涵,最终

①　[美]韦勒克、华伦:《文学论——文学研究方法论》,王梦鸥等译,台湾志文出版社 1976 年版,第 21 页。

②　[美]韦勒克、华伦:《文学论——文学研究方法论》,王梦鸥等译,台湾志文出版社 1976 年版,第 21 页。

③　[美]韦勒克、华伦:《文学论——文学研究方法论》,王梦鸥等译,台湾志文出版社 1976 年版,第 24—25 页。

④　[美]韦勒克、沃伦:《文学理论》,生活·读书·新知三联书店 1984 年版,第 19 页。

⑤　[美]韦勒克、沃伦:《文学理论》,生活·读书·新知三联书店 1984 年版,第 4 页。

⑥　[美]韦勒克、沃伦:《文学理论》,生活·读书·新知三联书店 1984 年版,第 3 页。

⑦　[美]韦勒克、沃伦:《文学理论》,生活·读书·新知三联书店 1984 年版,第 3 页。

⑧　René Wellek,Austin Warren,*Theory of Literature*,Penguin books1985,p15.

成为客观知识的科学,尤其是自然科学的指称的过程。据《文学理论》中韦勒克将"science"同"knowledge"、"learning"对举的使用看,他显然不赞成把文学研究称之为"科学",更遑论是"自然科学"了。其实,在《文学理论》中,韦勒克接着还有一句表述,即"研究者必须将他的文学经验转化成知性的(intellectual)形式,并且只有将它同化成首尾一贯的合理的体系,它才能成为一种知识"。① 这句话的英文是:"He must translate his experience of literature into intellectual terms,assimilate it to a coherent scheme which must be rational if it is to be knowledge."② 从这句话中我们可以看到韦勒克对"knowledge"的基本特征的规定,即"知性的(intellectual)形式"与"首尾一贯的合理的体系"。既然韦勒克将"knowledge"与"learning"并置,再将二者与"science"对举,这至少说明,"knowledge"的两个基本规定——"知性的(intellectual)形式"与"首尾一贯的合理的体系"——也是"learning"所具备的。作为自然科学的"science"当然更具备这两个基本的规定。所以,无论"science"还是"knowledge"、"learning",它们当然都要以"知性的(intellectual)形式"和"首尾一贯的合理的体系"呈现出来。但是,如上所述,"knowledge"还具有智慧等强调主观性知识的内涵,这却是"science"所没有的,这正是韦勒克将"science"与"knowledge"对举的根本缘由。韦勒克之所以这样做,一方面在于他希望将文学研究与自然科学研究截然区分开来,强调二者只是在"知性的(intellectual)形式"和"首尾一贯的合理的体系"上有着一致性,而在人文性、智慧性上则有着根本的差异,另一方面也在于他希望同那种完全将文学研究视为主观"再创造",否认文学研究具有"知性形式"性和追求"合理体系"的必要的主观主义划清界限。正是在这种意义上,他指出,真正的文学研究应该"既是'文学性'的,又是'系统性'的"。③ 也正是如此,美国学者马丁·巴科指出,韦勒克反对把自然科学的方法运用于文学研究,因为在韦勒克看来,"自然科学和人文科学的方法和目的是截然不同的",所以,他所提倡的是文学研究的"个性的价值"。④ 而就韦勒克个人而言,他其实也是非常反对把"文学理论"称为"文学科学"的,他认为,

① 〔美〕韦勒克、沃伦:《文学理论》,江苏教育出版社 2005 年版,第 3 页。

② René Wellek,Austin Warren,*Theory of Literature*,Penguin books1985,p15.

③ 〔美〕韦勒克、沃伦:《文学理论》,江苏教育出版社 2005 年版,第 4 页。

④ 〔美〕马丁·巴科:《韦勒克》,中国社会科学出版社 1992 年版,第 93 页。

这不仅是因为"科学"一词在英语中主要被"限制在自然科学的范围之内",更重要的是,文学理论包含有"批评、评价、思索的含义"。① 所以,在《文学理论》中,韦勒克特别提出了文学研究的重要的目标,即对艺术尤其是文学艺术进行"理智性的探讨",同时,他不仅否定自然科学方法在文学研究中的适用性,②并认为文学研究自有不同于自然科学的有效方法,即"理智性的方法",③文学研究者必须将他的文学经验转化成"理智的(intellectual)形式"。④ 韦勒克的上述思考显然是非常深刻的,也是基于其对文论的特点与方法的深刻洞见。因此,认识论、知识论、科学论文论在研究中排斥和漠视文论的实践性、智慧性、反思性、价值性和人文性,是我们必须予以坚决反对的,这其实也是王元骧先生反复重申文论上述诸性的深层理论基础。文论确实如王元骧先生指出的那样,隶属于人文学科,它的对象是"人的生存状态及其意义和价值",目的是"使人按照自身应该有的状态来进行生活"。所以,它兼有"知识系统"和"价值学说"两种品质,它所做出的任何判断、任何结论也一定与"研究者的立场、观点和价值取向"休戚相关,专出己意,"对于同一对象,从不同的立场、观点和价值取向出发往往就有不同的甚至截然相反的判断"。⑤ 从中外文论史上那些具有一定成就文论家的理论主张来看,没有任何一位文论家与其他人的立场、观点和价值取向是完全一致的,它们无不是独一无二、闪耀着智慧的火花的,无不是该文论家对文学事实、文学现象的真"智"灼见,而不仅仅是真"知"灼见。

国学大师王国维曾言,"可爱者不可信,可信者不可爱",金岳霖也认为,哲学家应当具有两种不同的态度,一是知识论的态度,另一是元学(本体论)的态度,知识论的态度是指在研究中保持客观性、实证性,不带入哲学家本人的情感;元学的态度则是指本体的观念,它凝结着主体的理智、情感、意志,反映着一个人、一个民族的精神自觉。因此,金岳霖指出,对于哲学家来说,知识论的态度固然是重要的,但元学的态度也不能少。虽然他是就哲学研究而言的,但对文论的研究来说,他的观点也具有重要的启示意义。具体

---

① ［美］韦勒克:《批评的诸种概念》,四川文艺出版社1988年版,第9页。
② ［美］韦勒克、沃伦:《文学理论》,生活·读书·新知三联书店1984年版,第2—3页。
③ ［美］韦勒克、沃伦:《文学理论》,生活·读书·新知三联书店1984年版,第3页。
④ ［美］韦勒克、沃伦:《文学理论》,生活·读书·新知三联书店1984年版,第1页。
⑤ 王元骧:《也谈文学理论的"接地性"》,《文艺争鸣》2012年第5期。

到文论而言,伊格尔顿就指出,"以为文学研究就是研究一个稳定、明确的实体,一如昆虫学是研究各种昆虫,任何一种这样的信念都可以作为妄想而加以抛弃。"①正是如此,王元骧先生坚持将文论研究与文论家的生存自觉联系起来,反复重申文论"不仅有知识的成分,而且还有价值的成分",因此"总是带有某种批判性和超越性的品格",从某种意识上说,都"反映着理论家本人的某种理想、信念和追求",②它能够"通过对文学现状的分析和评判,推进文学在日趋物化和异化的人的生存险境中,为使人自身获得拯救而发挥自己的作用"。③ 可以说,这样的文论,不仅是可信的,而且也是异常可爱的。

文学是人学,事实上,文论也是人学,它包含着价值而且也是价值本身,是不同的理论家以不同的言说表达人的致思的窗口,更是其阐发生存自觉与人文关切的一面镜子。王元骧先生以其特有的人文视野对文论在文论家生命建构中的作用和地位做出了独到的体认,在当下文论研究多元和泛化的时代,这些体认推动了人文主义在文论中的回归,既是对历史上诸多重要思想家如孔孟、老庄、刘勰、王夫之、康德、马克思、狄尔泰、海德格尔等的文艺思想的回应,又在历史新维度上开拓了文论的精神内涵,其鲜明人文的意识和优秀的理论品格,值得我们充分重视。总之,文论研究与科学研究有着本质性的差异,从根本上言,它是文论家面对文学现象和事实时基于自身生命的一种人生自觉,王元骧先生对文论的人文品格和智慧品格的建构从学科本体层面为我们深入理解文论的性质、功用开辟了一个新门径,它势必引导中国当代的文论研究实现更加良性的发展。

---

① 伊格尔顿:《20 世纪西方文学理论》,吴晓明译,陕西师范大学出版社 1987 年版,第 12 页。

② 王元骧等:《理论偏见是怎样形成的——关于文艺理论创新的对话》,《文艺报》2003 年 7 月 19 日。

③ 王元骧:《论人、文学、文学理论的内在张力》,《文艺争鸣》2007 年第 11 期。

论王元骧对文艺实践论的探索

张　瑜*

作为当代杰出的文艺理论家,王元骧先生在审美反映论、文艺实践论、文艺本体论、人生论美学等诸多理论领域都取得了令人瞩目的成就。其中他在文艺实践论方面的探索,在学界虽不如审美反映论那样引人注目,但我认为却是对当代文艺理论建设,尤其是马克思主义文论的创新发展,最具启发性的理论探索和贡献。众所周知,新时期以来,文艺实践论是我国马克思主义文论创新和发展的主要趋势之一,王先生在这方面的探索是独树一帜的,值得关注和总结。正是出于这样的认识,本文试图联系当代理论背景对王元骧先生在文艺实践论方面的探索做一简略和系统的考察和评述。

一

王元骧先生是在 20 世纪 90 年代中期以后转向文艺实践论研究的,促使他转向文艺实践论探索有多方面原因,首先是出于他对当代文艺理论发展现状的宏观思考。中国文艺理论界自 20 世纪 80 年代新时期以来,为清算极左的文艺路线和政治工具论,建设科学的文艺理论体系,对新中国成立以来受苏联文艺学影响下的新中国文艺理论做了全面的反思,尤其对占据主流地位的反映论文学观做了深入的批评和反省。王先生也对这一发展现状做了深入的探究和思考,他的着重点是对“苏联文艺学传统模式”的反思,他指出“现在许多同志都认为要建设有中国特色的马克思主义文艺理论,关键之一就是要突破‘苏联文艺学的传统模式’,对此,我十分赞同。但什么是

*　张瑜:浙江工商大学人文与传播学院教授。

'苏联文艺学的传统模式'？它有什么利弊得失？如何入手进行突破？我问过一些同志,似乎都答不上来。因此,这口号也带有很大的盲目性。也就很难付诸实践,这就使得我不得不对之去进行探究和思考"。① 经过很长的思考历程,王先生得出结论"我认为,苏联文艺学模式,从根本说,说一种纯认识论或者说唯科学主义理论模式"②,这种模式在取得一定成绩的同时,也带有不可避免的弊端,那就是对人的问题没有予以足够的重视,"它们虽然也接受了'文学是人学'这个口号,但一般把人仅仅看作是文艺反映的对象,而忽视了他同时又是文艺的目的"③。在王先生看来,"人是马克思主义哲学的核心问题而不是基本问题",而马克思主义对人的正确理解是从人的活动,即实践角度理解的。"因为人不是孤立存在的,他生活在一定社会关系之中。这种社会关系是人通过自身活动所形成的,它既是人的活动的具体形式,反过来又制约着人自身的活动,决定着人的本质","因而把实践提到哲学的高度来阐释,也就意味着把人在哲学中的地位突现了出来而跃居于哲学的中心地位,并表明活动不仅是人存在的基本方式,是构成社会、历史、人化的自然和实现自身价值、把社会推向全面进步的途径,而且在实现自身价值和把社会推向全面进步的同时,也使得人自身不断得到塑造,在知、意、情方面达到全面的发展"。④ 因此,王先生认为"要真正实现对苏联文艺学的传统模式突破,从根本的意义上说,我认为还应该引入实践的范畴,应该对文艺的实践本性在认识上有充分的估计,在理论上给予其应有的地位"。⑤"我认为文艺在马克思主义视野中就不能仅仅看作是一种认识现实的形式,而应该视为一种变革现实的力量,它的性质不是属于'知'而是属于'行',它的目的就是为了人,就是通过促进人的全面发展和人类的自由解放

---

① 王元骧:《立足反映论,超越反映论——兼谈我对苏联文艺学模式认识上的突破历程》,《文学理论与当今时代》,浙江大学出版社2002年版,第81页。

② 王元骧:《立足反映论,超越反映论——兼谈我对苏联文艺学模式认识上的突破历程》,《文学理论与当今时代》,浙江大学出版社2002年版,第81页。

③ 王元骧:《对于推进马克思主义文艺学在当代发展的思考》,《审美反映与艺术创造》,杭州大学出版社1998年版,第480页。

④ 王元骧:《对于推进马克思主义文艺学在当代发展的思考》,《审美反映与艺术创造》,杭州大学出版社1998年版,第482、484页。

⑤ 王元骧:《立足反映论,超越反映论——兼谈我对苏联文艺学模式认识上的突破历程》,《文学理论与当今时代》,浙江大学出版社2002年版,第83页。

来推动社会的进步"。① 显然,实践范畴的引入,是与王先生对当前突破苏联文艺学模式的必要性和对马克思主义文艺学的认知直接相关的。

其次是出于他对自身提出的"审美反映论"的学理反思。在转向文艺实践论探索之前,王元骧先生已经完成了对"审美反映论"的建构和阐释,并得到学界普遍的认同。但是王先生没有停留在所取得的成就上,而是对自身理论做了严格和清醒的分析和反思,提出自己独到的看法。一方面,王先生没有像流行的观点一样全面否定反映论,而是提出,"我始终坚持,艺术作为一种精神现象并非主观自生,而是现实生活在艺术家头脑中反映的产物,它不可能没有知识的成分和真理的成分,这是艺术家对生活进行审美评价所依据的认识论前提"②;另一方面,他清醒地指出,反映不等于"照相"和"模仿",反映有两种形式,一种是认识性反映,一种是情感性反映,前者回答的是"是什么",后者回答的则是"应如何",科学反映属于前者,而审美反映属于后者。文学艺术是审美反映,"它们所反映的都是人们意识所追求的,而不是现实生活中所已经存在的和实际存在的东西。所以只有通过人的意志努力去争取,才能得以实现,因而也就必然带有实践的指向,是一种属于实践的意识",所以,"我们不能像以前那样只是局限在意识活动的领域内,仅仅从认识的角度,从创作的角度来进行探讨,同时,还必须从实践的角度,从接受的角度来加以研究"③。在另一篇文章中,他更为明确地指出了反映论的两大思想局限:"一是只强调反映的知识层面,而无视反映的价值层面,因而也就不能全面、深入地说明文艺的审美特质",这是指传统反映论还停留在苏联文艺学模式的认识论框架内,他所提出的审美反映论实际上已经对此做了较好的补充和完善。"但是还有一个问题似乎至今还没有为学界所发现和重视,即不论反映论还是审美反映论文艺观,所着眼的都只是文艺的性质,而几乎完全忽视了它的功能。性质和功能作为事物规定性的两个方面,不仅是互相联系,而且是互相阐释的。一方面事物的性质决定了它的功能……另一方面,只有在功能中,事物的性质才能得到充分的显示","所以,

---

① 王元骧:《对我国马克思主义文艺理论研究的哲学反思》,《审美:向人回归》,浙江大学出版社2015年版,第220页。

② 王元骧:《立足反映论,超越反映论——兼谈我对苏联文艺学模式认识上的突破历程》,《文学理论与当今时代》,浙江大学出版社2002年版,第91页。

③ 王元骧:《立足反映论,超越反映论——兼谈我对苏联文艺学模式认识上的突破历程》,《文学理论与当今时代》,浙江大学出版社2002年版,第92页。

要充分、深入地了解文艺的性质，我们就必须从体用一致，性质与功能统一的观点出发，联系读者的阅读以及通过阅读所产生的社会效应来进行考察"。① 因此，王先生才引入实践论和价值论视野。在这里还可以看出，王先生理解的文艺实践主要是指文艺的功能，即对读者接受及其产生的社会效应而言的。

再次是出于对社会现实的观察和反思。王元骧先生是一位始终关注社会现实，具有人文情怀的文艺理论家，他的理论探索和思考不是来自教条式的纯理论的移植，而是来自对现实问题的思索和回答，他曾说过"我对马克思主义的接受不是由于听从了什么政治宣传盲目地接受的，而是以我的生存体验为根基的，是与我的生命和灵魂融化在一起的"②。王先生转向文艺实践论研究，也是出自他对 20 世纪 90 年代中国社会现实的关注和思考，"现在回想起来，促使我认识发生变化的深层原因恐怕还是出于对随着市场经济的发展所产生物欲的膨胀、精神的滑坡，以及由此而引发的消费文艺的畸形发展的深刻忧虑"，③王先生认为这是随着人的"异化"而来的文艺的一种"异化"现象，因此他转而强调对文艺功能，艺术实践本性的研究，希望文艺在抵御人的物化和异化方面成为一道最后的防线。王先生在这里不仅把文艺实践理解为文艺的功能，而且更突出强调了实践的伦理指向和价值指向。

正是出于对中国当代文艺理论发展的宏观思考，对审美反映论学理的具体反思和对外部社会现实的关注和忧虑，促使了王元骧先生转向了文艺实践论的探索和研究。

二

在王元骧先生转向文艺实践论探索和研究之前，中国新时期文论发展

---

① 王元骧：《我所理解的反映论文艺观》，《探寻综合创造之路》，陕西师范大学出版社 2000 年版，第 310 页。

② 王元骧：《七十感怀》，徐岱主编：《在浙之滨——王元骧教授七十寿庆暨浙江大学文艺学研究所成立五周年纪念文集》，广西师范大学出版社 2004 年版，第 23—24 页。

③ 王元骧：《探寻综合创造之路·后记》，陕西师范大学出版社 2000 年版，第 345 页。

中已经出现了把马克思的实践范畴引入文艺理论的实践,并形成了一些有
影响的成果。其中最有名的就是"艺术生产论"和"文学活动论"。对这两种
理论,王先生都进行过深入地研究和评论,这些评述应该是王元骧先生文艺
实践论探索的重要组成部分,但是学界往往对这部分比较忽视,值得在此
一谈。

　　王先生在 1997 年到 2000 年之间所写的《对于推进马克思主义文艺学
在当代发展的思考》和《艺术生产论研究中值得展开的两个问题》等文章中,
对"艺术生产论"的来龙去脉做过详细的考察。他指出"艺术生产论"的理论
基础首先来自于马克思在《1844 年经济学哲学手稿》和 1845 年与恩格斯合
著的《德意志意识形态》中,把艺术作为一种"特殊形态的生产",亦即"精神
生产"来理解的观点。西方马克思主义者本雅明、马歇雷、伊格尔顿等人率
先运用了马克思主义实践范畴最基本的含义,即生产劳动观点来探讨文艺
理论问题。在中国,王先生特别指出最先把文艺问题纳入生产论框架进行
研究的是朱光潜,在 60 年代发表的《生产劳动与人对世界的艺术掌握》一文
中,以马克思的"生产实践"的观点为指导,提出"艺术本身就是一种实践"的
观点,这是我国文艺理论界第一次向纯认识论的文艺观提出的严正挑战,虽
然当时并没有引起学界广泛注意。新时期以来,董学文、程代熙、何国瑞、朱
立元等人先后开展了"艺术生产论"的研究,形成了非常有影响的一种文艺
实践论。

　　王先生肯定了"艺术生产论"研究更富有创新精神和理论探索的勇气,
不仅向我们展示了艺术生产所包含的丰富而深广的内容,而且也阐明了从
生产论视角来研究文艺活动所具的意义和价值,"它对于我们突破长期以来
在我国广为传播的、建立在知识论基础上的马克思主义文艺理论传统模式,
推动马克思主义文艺学的创新和发展,无疑都具有十分重要的意义。"

　　更值得注意的是王先生对"艺术生产论"存在问题的批评,他指出"艺术
生产论"研究还远没有达到完善的境地,它主要存在两个主要问题,第一,
"在把文艺纳入到社会生产的理论,作为一种社会生产的形态来进行研究
时,不同程度上都存在着把艺术生产与一般生产混同,把一般生产的理论套
用到艺术生产中来的倾向"。王先生特别分析和指出了苏联的"列夫"派、西
方马克思主义者本雅明和马歇雷的"艺术生产论"研究都具有这一弊端,他
指出朱光潜以及国内的研究者也没有克服这一弊端,"其原因就在于没有辩

证地处理物质生产与精神生产两者之间的关系，没有充分认识到艺术生产作为一种精神生产，一方面以物质生产为基础，为物质生产所制约；而另一方面，它作为一种观念性的生产，不仅又不能脱离认识论研究的领域，而且它的价值也只是为了满足人的精神需要，为人生实践提供认识论和价值论的前提"。① 这里的关键因素，是对实践范畴的理解问题。我们知道，把实践范畴理解为生产劳动是马克思主义最基本的含义，但是这种生产劳动含义有物质生产和精神生产之分，把文艺纳入生产劳动框架容易忽视文艺具有精神生产的特殊含义。王先生曾自述自己最早对艺术实践性概念的理解是受到朱光潜的影响，"借朱光潜先生的话来说，艺术不仅是一种'知'（认识），而且还是一种'能'（技能、技巧）。这里就涉及实践的问题了"。但是王先生很快意识到，把艺术家头脑中的认识和形象物化和对象化，这样的制作、实践和生产活动还只是停留在技术性和工艺学层面上，而他根据实践范畴的历史发展，很快发现，"实践这一概念一开始就是与人的价值意识与创价活动联系在一起的；主要是指人的一种实现人生价值的自觉行为，而不只是一般的制作活动"。② 也就是说王先生更关注实践具有的价值和伦理指向，而不仅仅是一般的生产性和技术性。因此在对"艺术生产论"的评析中，他特别强调艺术生产作为一种精神生产，实质是一种特殊的意识形态生产，它不应该仅仅当作一个技术性的生产问题直接放在社会生产的领域，作为社会生产的组成部分来加以理解。如果以一般生产的理论来解释艺术生产，那就容易把文艺生产看作是一种经济方面的实践，一类商品的生产。艺术生产具有自身特殊的规律，它与一般生产之间的关系需要我们做出辩证的理解和正确的说明，而"我们今天在研究艺术生产论时强调艺术生产不同于一般物质生产，它作为一种特殊的精神生产，在性质上是意识形态的生产，就是为了提醒我们：不能为了追求经济效益而迷失它作为美的艺术所必须具有的一种有利于人们的思想情感朝着高尚的方向发展的正确的价值取向"。③ 很显然，王先生对"艺术生产论"的评析也是紧密联系现实因素的。

---

① 王元骧：《对于推进马克思主义文艺学在当代发展的思考》，《审美反映与艺术创造》，杭州大学出版社 1998 年版，第 514—515 页。

② 王元骧：《立足反映论，超越反映论——兼谈我对苏联文艺学模式认识上的突破历程》，《文学理论与当今时代》，浙江大学出版社 2002 年版，第 86、89 页。

③ 王元骧：《艺术生产论研究中值得展开的两个问题》，《文学理论与当今时代》，浙江大学出版社 2002 年版，第 469 页。

　　与之紧密相关的是第二个问题,即艺术生产论所研究的应该是一般社会条件下的艺术生产还是资本主义社会特殊条件下的艺术生产,这个问题的提出也是具有现实背景的,即 90 年代以来我国进入市场经济社会以后,在市场经济大潮冲击下,文艺商品化的倾向愈演愈烈,这使得王先生提出"艺术生产论"还应该扩大研究艺术的审美属性与商品属性的关系,艺术家的自由劳动与雇佣劳动关系,以及精神消费与物质消费的差别性关系等问题。他指出这些问题毫无疑问应该成为我们艺术生产研究的主要内容,但可惜还很少为我国学界所关注。的确,即使在目前的研究中,针对这些问题的研究也仍然是不充分,亟待深入探讨的。王先生认为正确处理艺术生产自身的基本规律与市场经济条件下艺术生产的一些特殊规律的关系,能使得艺术在市场经济条件下不至于完全被一般商品所同化而始终保持自己的独立品格,而这些正是马克思研究艺术生产的真正用意所在,同时也充分体现了马克思主义文艺理论的现实性和实践性品格。

　　文学(艺术)活动论是新时期另一种影响极大的文艺实践论,它的主要特点是把文艺活动看作是人的活动的一种方式来进行研究。王先生在《关于艺术活动论的思考》中考证过这种观点最初是在 20 世纪 80 年代中期彭富春和扬子江发表的《文艺本体与人类本体》一文中提出过,虽然带有非常鲜明的生命哲学和生存哲学的印记,但却提出了一些深刻而富有建设性的思想。其后蒋培坤、童庆炳和杜书瀛等人则将文艺活动与马克思关于"人的活动"理论联系起来,使其哲学基础转到了马克思主义理论之上。马克思关于"人的活动"理论最早萌芽在《1844 年经济学哲学手稿》中,后来在《德意志意识形态》和《关于费尔巴哈的提纲》得到了全面系统的论述,在《德意志意识形态》中,马克思恩格斯说"我们的出发点是从事活动的人",在《关于费尔巴哈的提纲》中,马克思批评一切唯物主义的主要缺点,在于对事物、现实、感性,只是从客体的或者直观的形式去理解,而不把它当作人的感性活动,当作实践去理解。在这里,实践被理解为人的活动。

　　王先生肯定了文艺活动论的优点在于反对对文艺性质作静止的、抽象的、形而上的探讨,而是主张把文艺与人的活生生的生存活动联系起来进行研究。具体体现了三点:第一是把文学活动放在整个人的活动系统中去考察和定位,"把艺术活动看作是人生存的一种特殊方式,并进而提出,'当我们说文学艺术活动是人的一种生存方式时,就意味着文学艺术活动也是人的本质力量的自我确证'，这样，也就把文学活动与人的本质联系起来"，从维护人的自身生存和发展的需要着眼，肯定了文艺的性质、地位和作用，这思想无疑是深刻的；第二是在阐述文学活动问题时引入了需要理论，并由此把文学活动问题从抽象的哲学层面转向具体的审美心理学层面，这是文学活动论把文学活动结合文学自身特征加以具体化的一个重要表现；第三是提出了一个从作家创作到读者阅读的流动的完整的模式，"从而改变了长期以来我们只注重于从生活向作品转化，即从艺术家的创作活动一维来研究文学艺术问题，而忽视甚至完全无视从读者接受活动一维的研究在理解文学艺术问题的意义和价值的倾向，把'生活→作家→作品→读者'这四个要素联结起来，当做一个主客体之间的置换、互动的过程来进行分析"，"这不仅提高了阅读活动在整个艺术活动中的地位，而且也是对文艺性质所作的一种全新的阐释和把握"。①

对于文艺活动论的缺陷，王先生主要指出，在把马克思人的活动理论引入文艺理论过程中，还没有充分结合艺术活动自身的特征来进行具体、深入的探讨，因而在不同程度上存在着生搬硬套的情况。他具体指出了三个问题需要进一步澄清和解决：

第一，部分文艺活动论有意无意地把马克思主义的人的活动概念与生命哲学的活动概念混淆起来，分不清两者的本质区别。王先生这个看法实际上涉及的还就是对马克思的实践范畴的理解问题。王先生指出生命哲学的活动，是作为生命的一种自发行为，它只能凭借直觉、体验和本能而不是依靠认识来把握的，而马克思的人的活动概念的特征，"总是把自由与自觉（亦即有意识）联系起来，不仅指出'人类的特性恰恰就是自由的有意识的活动'，而且强调自觉性总是人的活动的最基本的特性，认为正是'有意识的生命活动把人同动物的生命活动直接区别开来'"。王先生对马克思的实践范畴的理解是非常准确的，作为人的感性活动的实践，在马克思那里是严格与动物本能活动区分开来的，前者主要是从自由自觉的意识活动这一角度理解的。

第二，王先生指出文艺活动论虽然把艺术活动看作是一个"生活—创作—作品—阅读"的动态流程，从体与用、结构与功能统一的意义上来理解

---

① 王元骧：《关于艺术活动论的思考》，《文学理论与当今时代》，浙江大学出版社 2002 年版，第 438、441 页。

文艺本质,具有深刻之处,但也感到目前艺术活动论对这一流程的理解大多还停留在外部关系,着眼于四要素构成的外部联系上,而尚未能深入对造成这一流传的内部结构去进行探讨,特别是难以与马克思关于人的活动特性在于自由的、有意识的理解融合起来。简而言之,这样的理解还只是在技术层面上,难以与文艺实践的伦理指向、价值指向结合起来,这是王先生对文艺活动论特别不满意的地方。

第三,王先生认为对马克思的人的活动理论的理解不能直接套用到文艺理论中来,直接对艺术活动的性质进行定义,还需要我们结合艺术活动自身的特点来对它做出具体的阐述。例如,对于"自由"概念,在各种活动领域中的内涵是不完全相同的,在哲学认识论和美学艺术活动中理解就不完全一样。王先生这个看法是中肯的,涉及的仍然是对实践范畴的理解,马克思在《关于费尔巴哈的提纲》多处以"实践"为核心立论,而到了《德意志意识形态》,实践这个范畴就被具体化了,《德意志意识形态》通常被认为是对《关于费尔巴哈的提纲》进行具体阐发的文本,但我们却很难找到"实践"这个名词,原因何在? 有学者指出,实际上,实践在这两个文本中存在着一个概念从抽象到具体阐发的过程,即在《关于费尔巴哈的提纲》中,实践还处于相对一般的逻辑层面,而到了《德意志意识形态》,即进入具体的社会历史进程中,实践本身就从一个一般的总体性范畴进一步分解为一个由复杂的多层面构成的人类具体的主体行为系统。马克思与恩格斯从人类历史的角度把实践具体分解为包括物质生产劳动、人自身生产和交往等方面。因此,在《德意志意识形态》中,我们几乎看不到实践的范畴,而是生产等具体的人类实践活动。从这个角度来看,马克思的实践范畴在被引入文艺和美学领域时,仍然是一个需要具体阐发的概念,王先生的看法显然是正确的。

可以看出,在对"艺术生产论"和"文艺活动论"的评析过程中,王先生的文艺实践论探索已经初显了自己的特色,尤其是对实践范畴的理解,已经在评析中显露出轮廓。

三

王元骧先生对文艺实践论的探索主要集中在《艺术的实践本性》、《再谈艺术的实践性问题——兼与俞兆平先生商讨》《论艺术研究的实践论视界》《实践的思想与马克思主义文艺理论的变革》等论文中,后期所写的《关于美学文艺学中"实践"的概念》等文中也有涉及。根据这些文章,我们可以看出和分析王先生的文艺实践论的主张。

对文艺实践论而言,最重要的首先是对实践、艺术实践范畴的理解问题。关于实践范畴,历史上有多种不同的理解。王先生考察了历史上的各种观点后,总结道"我的基本思想是:在马克思之前,不论是亚里士多德还是康德,不论认为实践低于认识还是实践高于认识,都是侧重于从伦理学与价值论,联系个人的政治和道德行为、个体的生存活动来谈的;与之不同,马克思则侧重于从社会历史科学来谈的。首先是从生产劳动的角度,联系人类的生存活动来谈的。他们对'实践'理解的着眼点虽然并不一样,但他们所阐明的思想我认为都属于'实践'所包含的内容范围之内。这是因为作为活动主体的人本身就是个体与类的统一"①。因此,王先生综合各家观点,给实践下来一个哲学定义:"即与'知'相对的'行'的意义上来理解实践的,用哲学的语言来说,凡是确立目的,通过意志努力改变对象,并在对象上实现自己的目的的活动,都称之为实践"②。王先生一再指出,这是从最宽泛的意义上对实践范畴的理解,它容纳了历史上各家不同的观点。联系到后面艺术实践的阐释,可以看出王先生对实践范畴的理解实际上分两个层面:一个是本体论意义上的,把实践主要理解为一种物质生产劳动,另一个层面则是来自价值论意义上,把实践意义与伦理学、人生论的指向联系起来。前者显然来自马克思,而后者通常认为来自于亚里士多德和康德。这里就带来了一个问题,一些论者指责王先生把马克思的实践范畴与亚里士多德和康德的实践范畴混淆起来,歪曲了马克思的理解。王先生对此做了辩护,他主要从技艺实践和伦理实践都统一在一个类与个体统一的人本身角度和马克思主义是个开放体系,能够吸收一切优秀成果丰富自己的角度来辩护的。

实际上,这里的关键点是,马克思所谈的物质生产劳动有没有价值和伦理指向问题。物质生产劳动是不是只停留在外部生产技术层面,而不深入

---

① 王元骧:《再谈艺术的实践性问题——兼与俞兆平先生商讨》,《文学理论与当今时代》,浙江大学出版社 2002 年版,第 204 页。

② 王元骧:《再谈艺术的实践性问题——兼与俞兆平先生商讨》,《文学理论与当今时代》,浙江大学出版社 2002 年版,第 203 页。

到人的内部感受、心理和精神层面。从马克思的论述看,显然不是的,马克思的物质生产劳动不仅改变了外部自然环境,同时也改造了人的自身。王南湜先生在一篇文章《实践、艺术与自由——马克思实践概念的再理解》中谈到过这样一种观点,他认为,马克思的物质生产劳动仍然是有一个原型的,即"马克思是把生产劳动在本质上视作为艺术活动了"①,这是因为马克思把生产劳动也视为"自由自觉的活动",认为人在生产劳动中,"懂得按照任何一个种的尺度来进行生产,并且懂得怎样处处都把内在的尺度运用到对象上去;因此,人也按照美的规律来建造"②,显然,"生产和艺术在这里都成了自由的活动的典范,从而也就成了实践的当然内容"。他并指出历史上关于实践概念有三种范式:伦理行为范式、艺术活动范式和技术—功利主义范式。他指出"马克思实践概念的根本特征是以艺术为自由活动之典范,因而从根本上说是一种艺术活动范式,而非技术—功利主义范式。这一范式最为显著的优越之处,在于它为社会批判提供了一个理想的基准。事实上,马克思无与伦比的典范意义也正是在于他基于其社会理想而对于现实的深刻批判"。③ 我认为这个观点是符合马克思主义的,许多学者把物质生产劳动只理解为人的外在的东西,而不属于他的本质,实际上否定了物质生产劳动在马克思那里同样具有伦理意义的指向和追求。

王先生对实践和艺术实践性的理解实际上也符合这样的观点,因此,他对艺术实践性的理解也是包含了两个层面,是从双重创造的角度来把握的,他说:"我们把艺术实践性看作说一种双重创造,认为它不仅创造了作品,而且通过对人的改造,最终实现改造世界的目的,因此要全面理解这个问题,我们就不能只从艺术创造本身,还必须联系它的功能来加以考察"④。

王先生对实践范畴理解的另一个特征是他始终把实践与认识范畴相并列而论。他对实践的上述定义实际上就是从与认识相对的意义上概括的。他认为认识是追求知识,实践则是创造价值,这就决定了实践总是与人的生活世界、人的需要、动机、活动,与人生的目的、意义、价值不可分割地联系在一起的。在王先生看来,"在马克思主义哲学中,认识与实践作为人类活动

① 王南湜:《实践、艺术与自由——马克思实践概念的再理解》,《哲学动态》2003 年第 6 期。
② [德]马克思、恩格斯:《马克思恩格斯全集》第 3 卷,人民出版社 1995 年版,第 274 页。
③ 王南湜:《实践、艺术与自由——马克思实践概念的再理解》,《哲学动态》2003 年第 6 期。
④ 王元骧:《艺术的实践本性》,《文学理论与当今时代》,浙江大学出版社 2002 年版,第 58 页。

的两个基本领域,虽然各有侧重,但又是相互联系、相互渗透、互为前提的",
"这不仅因为认识必须以实践为基础,即现实世界只能通过实践与人发生了
关系与联系之后,才能成为人们认识的对象,而且还在于认识的目的是为了
实践","而这当中,目的则成了认识与实践这两个领域构成联系的中介。它
既是认识的终点,又是实践的起点。这样,人类活动,包括艺术活动在内,也
就成了一个以目的为网络和中介所构成的认识与实践双向逆反流程、一个
动态的结构。这样理解人类活动的过程和结构才是完整而深刻的。这也是
马克思所创立的辩证唯物主义的精髓只所在"。① 王先生据此对以往的艺
术本质认识上的局限做了批评,指出正是由于我们对认识与实践理解上所
存在的某种分割、对立倾向造成我们对艺术本质的认识缺乏完整性。他具
体分析指出反映论和审美反映论只着眼于认识论视角,直视从外到内、从存
在向意识、从生活到艺术的转化,还没有把眼光进一步投向实践,投向艺术
功能环节;同样,古人从技艺、制作、创造角度理解艺术,以及五六十年代朱
光潜提出的把艺术看作是一种实践和生产劳动的观点,也只停留在技术和
制作层面,侧重的是从内到外、从审美意象到物化形态,即从对象化的角度
来看待艺术活动。尽管这也属于艺术实践论不可缺少的组成部分,但是仍
然没有向艺术的功能方面延伸,而王先生始终坚持认为文艺作为一种作家
创造的审美价值的载体,它的艺术功能应该要从人生的意义和价值角度来
理解文艺的本性,这就是艺术的实践本性。王先生强调,认识与实践是统一
的,因此,在文艺学中,艺术的实践本性包含了双重的内涵:"它不仅指能动
地改变对象的感性物质活动,通过这种活动创造出艺术作品,而且还指它通
过作品能动地改变读者精神世界和心理素质,并通过对人对内心世界的改
造而达到间接地改造物质世界的功效"②。

　　综上所述,可以看到,王先生对实践范畴和艺术实践性概念的理解是既
遵循了马克思主义的思想,同时也吸收了其他的实践范畴含义,走的是一条
他自己始终倡导的综合创造之路。他既把实践范畴首先理解为本体论意义
上的物质生产劳动含义,同时也保留了对实践作伦理学和价值论方面的解
释。因此在艺术实践性概念的理解上,也呈现了双重性,即既把艺术实践理

---

① 王元骧:《艺术的实践本性》,《文学理论与当今时代》,浙江大学出版社 2002 年版,第 54、51、54
页。

② 王元骧:《艺术的实践本性》,《文学理论与当今时代》,浙江大学出版社 2002 年版,第 57 页。

解为一种创造和制作活动,同时也把艺术实践的本性定性为对读者精神世界的改造,从而推动读者间接地改造世界的目的。这是王先生文艺实践论的核心观点。

四

王元骧先生对实践和艺术实践性范畴的理解都是从双重意义上把握的,但是他是有侧重的,他更看重实践的伦理指向以及艺术实践性对读者人生意义的影响,这是王先生的文艺实践论一个重要特征。当然他强调这不是要艺术去直接担负改造世界的任务,而是通过对人的影响和改造,影响到他的行为,最终实现改造世界的目的。为全面阐述这个问题,王先生对文艺实践性的性质、特点和内在机制做了细致的探索和阐释。他认为实践是一种意志活动,是一种追求世界"应如何"的行为过程,它包括内部与外部、决定和执行、目的和手段三个环节。其中目的是作为意志的核心内容,对整个实践活动起着引发、支配和调控的作用。而艺术的目的就不仅以反映社会为己任,它的功能从最本质的意义上来说就是为人生实践探求和确立一种指导我们行为的普遍而自由的原则。由此他把艺术的实践本性与人生实践联系起来。王先生把社会实践分为科学实践和人生实践两大领域。他指出人生实践不同于科学实践,就在于人生实践是一种价值活动,它不是消极地完全由外部规律所规定,而是按照主体自己的价值观念(目的、信念和理想)所进行的一种自由选择的活动。而艺术对于人生实践具有重要的价值和意义。"我认为:艺术作为一种精神现象,一种社会的意识形态,它的实践的本性主要也在于按照普遍而自由的原则来改造人的意志,为人生实践确立高尚的目的和理想。它既不只是指艺术创作过程中的制作活动,更不是指可以经由阅读来直接引发人的实践行为,而只要求通过意志立法,去控制和调节人的心理结构和功能,达到充实、提高和强化实践和内部环节和内在动力的作用。"①王先生在这里特别强调艺术的实践性主要在于立法而不是执行这个特点,即主要在于充实和强化人生实践的内部环节,以此与传统的文学

---

　　①　王元骧:《艺术的实践本性》,《文学理论与当今时代》,浙江大学出版社 2002 年版,第 69 页。

效用观点区别开来,应该说这是非常必要和科学的。

王先生还具体阐述了艺术实践本性发挥作用的心理机制。他认为,人的整体心理结构是由知、情、意三种心理机能共同组成的,它们虽然各司其职,但却是不可分割,相互渗透和有机结合在一起的,其中任何一方面的变化,都会引起整个心理结构的变化。其中情感处于认识与意志之间,起着中介作用,因而决定了艺术欣赏过程中所激发的审美情感能够必然辐射到认识和意志两极,从而影响和改变整个人的心理结构,从认识和意志两个方面激活和强化读者对艺术作品所昭示的人生目的的理解和追求。他还对文艺如何影响读者实践机制的过程做了具体的阐释,他把这个过程分为"内化"和"外化"两个环节和作用。所谓内化环节和作用就是指艺术作品在读者心中所唤起的审美体验不同于理智的认识,也不同于日常生活中的体验,它是一种特殊的情感体验,"当读者在阅读时为作品所感动之后,也就意味着他已经为艺术家的思想情感所控制,已站到艺术家的立场上",以艺术家的眼光来观看和评判。这就是说,艺术家的价值观念和人生理想内化为读者的思想情感,使其被艺术家争取过去,在思想情感上与之完全打成一片。所谓外化环节和作用则是指"审美观照向人们昭示的人生目的虽然不同于一般的实践理性,它不具有直接现实性的要求。但是当这种美的理想一旦在读者灵魂中扎下根来,就会成为一种感发意志的力量"①,它不仅会使人对现实世界保持一种超越性的批判眼光,而且必然会产生一种驱动的作用,使理想冲破心理的樊篱,在行动中得以实现。

王先生不仅对艺术实践性的微观作用和机制做了深入的探索和阐释,而且还从宏观角度对以艺术实践性为核心构建的实践论文艺观的内涵和特征做了具体阐释,这方面首先是通过与传统认识论文艺观相比较来阐述的,他总结了四个主要的不同特点:第一,与传统的认识论文艺观以追求知识为目的不同,"实践论的文艺观所侧重强调的就必然是以人为本、以人为目的;它不只是从本原的意义上把文艺看作是对现实生活的反映,而更强调文艺是艺术家按照自己的愿望所创造出来一个'第二自然'、一个'超验的事实'、一个理想世界,其价值就是为了维护人性、拯救人性,以求使人身上一切美

---

①　王元骧:《艺术的实践本性》,《文学理论与当今时代》,浙江大学出版社 2002 年版,第 76、77 页。

好的东西在物欲主义和功利主义的侵蚀下不至于走向沉沦和衰朽"①。第二,与认识论文艺观认为的文艺创作的价值是力求向人们提供一种普遍知识不同,实践论文艺观并不把文艺创作只看作一种对生活本质和规律的反映,而是同时看作是艺术家一种生存方式,是他自己人生经历、体验、自己意志、愿望的一种表达,是与他的生存活动和生存状态须臾不可分离的,因而"实践论文艺观要求文艺回归生活",而不是趋向理性。第三,与认识论文艺观把文艺看作一种与明晰、高级知识哲学所不同的"朦胧""低级"的知识,由此贬低文艺的地位不同,实践论文艺观认为文艺所表达的是对于人生目的、意义、价值的一种探寻和追求,是艺术家通过自己的创造性的劳动为人的生活所营造的一个精神家园和精神归宿,"它的目的不仅在于帮助人们正确认识生活,而且还在于帮助人们正确地参与生活"。实践论文艺观所强调的文艺对人、对社会的批判功能、补偿功能、立法功能、拯救功能、变革功能,都张扬和提升了文艺的价值。第四,与认识论文艺观着重研究的只是作家的创作的成果,是一种静态的研究不同,实践论文艺观非常重视读者阅读的环节,要求作家在创作时必须把读者考虑在内,并在读者那里取得相应的效果。同时实践论文艺观并不只立足于作品的静态研究,而是要求联系文学的阅读的环节,"把创作与阅读作为一个整体,把阅读看作是完成创作目的、实现文学功能的一个不可缺少的环节来进行考察,这样就必然要指向动态的研究"。②

　　除了与认识论文艺观进行比较,王先生还从艺术对象、艺术创作和艺术功能几个方面对实践论文艺观的主张做了具体的阐述。就艺术对象来看,文艺实践论思考问题的出发点不应该是物,而首先是人,即从人出发,把世界与作家的关系看作是一种"为我的关系",所以文学的反映不是机械的、消极的,以冷静、旁观者的态度来对待事物,而是以人的实践活动为中介而作出的,所以其艺术对象必然带有作家自己个人的经历、思想、情感的印记,是一种与作家自己生活和与之长在一起的东西。就艺术创作而言,按照实践的观点,创作不仅以作家的生活实践为基础,而且它本身就是作家人生实践

---

　　① 王元骧:《实践的思想与马克思主义文艺理论研究的变革》,《文学理论与当今时代》,浙江大学出版社 2002 年版,第 489 页。

　　② 王元骧:《实践的思想与马克思主义文艺理论研究的变革》,《文学理论与当今时代》,浙江大学出版社 2002 年版,第 492、493 页。

的具体内容,是作家人生实践在另一个层面上的延伸和展现。就艺术的功能来看,实践论文学观认为创作的成果只是作家与读者建立联系的一个中介,而非目的,所以只有经由读者的阅读、通过与读者在思想上开展交流,并对读者的思想和人格乃至行为发生了一定的影响之后,作家的目的才算最终获得实现。而读者从阅读作品所获得的滋养总是全身心的,它不仅只是一种认识上的启示,而且还包括情感上的陶冶和意志上的激励,从而使得他的整个人格都从中获得升华,并从知、情、意统一的意义上激励和引导着人们按照一种美好的人生理想和目标去进行生活,去变革和创造生活。

从微观到宏观,从艺术实践性的概念到对象,从性质和特征到内在机制,王先生都做了具体和细致的探索和阐释,可以说王先生已经建构起相对系统的文艺实践论体系。

五

王元骧先生对文艺实践论的探索和构建,对当代文艺理论建设和马克思主义文论的发展都具有重要的理论价值和现实意义。首先,他继艺术生产论和文艺活动论之后为新时期文艺实践论的发展再开辟了一条新的探索之路。新时期以来,中国当代文艺理论和马克思主义文论发展的一个重要的趋势就是从以往的认识论模式走向了实践论模式。这很大程度上是受到我国理论界对马克思主义哲学认识深化的影响。众所周知,在新时期之前,中国学界主要受苏联马克思主义模式的影响,把辩证唯物主义认识论视为马克思主义哲学的核心,因而在文艺理论方面也受到苏联文艺学模式的影响,形成了以反映论为主导的文艺观。而新时期之后,我国理论界则对苏联模式的马克思主义理论做了全面的反思,逐步突破了认识论的框架,认识到马克思主义哲学是行动的指南,是为了改造世界,实现人类自由和解放的理论,具有强烈的实践品格,由此从认识论模式走向了实践唯物主义模式。同样,在文艺理论界,我们看到王先生转向文艺实践论的探索,很重要的一点也是出于对苏联文艺学模式的反思,对当代文艺学认识论模式的反思。所以王先生的转向是顺应了时代的发展,顺应了当今马克思主义文艺理论的发展趋势,在艺术生产论和文艺活动论之外,又建构了一种新的文艺实践论，为文艺实践论和当代马克思主义文论的发展做出了新的贡献。

其次，王先生的文艺实践论探索是独树一帜的，具有鲜明的创新特色。尽管把实践引入文艺理论领域已成为新时期文艺学发展的一个重要趋势，但是在如何理解马克思的实践范畴含义，如何将实践范畴介入到文艺理论领域，结合文艺自身性质做出准确的阐释，以及如何准确地理解文艺的实践性特征等问题，在我国文艺理论界甚至美学界都存在着诸多的争议和分歧。王先生则在处理和解答这类问题上显示了自己独到之处。例如对实践范畴的理解，他从综合创造的角度对实践做了一个最宽泛的定义，但在对文艺实践性的具体理解上，则把文艺实践性理解为一个双重创造。这与艺术生产论和文艺活动论相比，克服了把实践和文艺实践性理解或者过于狭隘（只局限于生产劳动）或者过于宽泛（人类活动）的弊端，贴近了文学自身特点，具有自己独到之处。又如与艺术生产论和文艺活动论相比，可以看出王先生建构的文艺实践论要更为突出和强调文艺的实践性特征，他直接把艺术的实践性称之为艺术的实践本性，并以此提出建立实践论文艺观的思想，这大大提高了文艺实践性功能地位，这是对以往我国文艺理论的一个重要的突破。再如，我们还看到，如果说艺术生产论和文艺活动论的诸多阐释还停留在文学的外部研究上，那么王先生对文艺实践本性的阐释，则深入到文学的内部研究中，力求结合文艺的自身性质做出阐释。这些努力和探索都是非常具有创新价值和启发意义的，值得当代文艺学界和马克思文艺理论界细细研究。

再次，王先生对文艺实践论的有益探索还具有强烈的现实针对性，他转向文艺实践性研究包含了直接针对 90 年代以来中国社会转向市场经济所带来的精神滑坡、文艺异化等负面问题，由此重新思考了文艺的性质和功能，希冀发挥文艺的实践性功能来抵御现实社会的精神堕落。这很大程度上可以看作是对社会现实向文艺理论研究提出的时代问题的回答，因而具有很强的现实意义和指向，这对我们今天如何发展文艺实践论，如何抓住和结合时代深层的脉搏，都具有重要的启迪意义。

关于王先生的艺术实践论的不足，李咏吟在《审美认知到实践反思——评王元骧先生的审美反映论与艺术实践论》一文中提到了一些看法。作者认为，"王元骧先生似乎过于重视人生论意义上的实践目的和实践价值的说明，忽视了艺术的技艺实践与道德实践的关系，或者说应如何把'道与技'结合起来探讨艺术实践"，这个看法是比较中肯的。王先生的文艺实践论虽然包含了文艺制作与伦理实践，也就是技与道两个部分，但他强调和突出的是文艺的伦理和价值实践指向。实际上，文艺制作的物化过程，形式、技艺和语言因素是不是单纯地只体现在技术实践层面上，这是一个需要探讨的问题。20世纪后期西方学者已经指出，形式主义也是具有意识形态意味的，文学形式、技艺和语言绝不单纯是一个技术问题，本身是"有意味的形式"，是有价值指向，甚至隐含了深层的伦理指向。如果王先生的文艺实践论能加强这方面的分析和探索，那么对艺术实践本性的探索要更加完整。

　　李咏吟还指出王先生的艺术实践论虽然具有丰富的思想内容，但还不能具体运用到对文学创作实践的解释中去，"即他对文艺实践论问题进行了很好的解释，但他的思想还不能直接解释具体的文学创作本身"。在作者看来，王先生的艺术实践论，"不是以艺术创作为本位来强调实践的重要意义，而是从德性生活的理性要求来评价艺术实践的功能，多少远离了具体的文学创作实际。因而，他的艺术实践论就不能直接转变为创作的理论，而只是对创作的立法要求。"①的确，王先生对文艺对人生实践意义和价值的阐述过重，容易给人留下这样的印象，似乎是以外在的伦理要求、德行价值过多地评价艺术实践功能，多少远离了以文艺为本位的视角。根本原因，我认为还是上面提到的，对技术和制作实践的深入探索。文艺作品必然具有一个物化和制作过程，文艺的制作也绝不是单纯的技术问题，它是具有价值指向和深层的伦理要求，王先生在评论朱光潜的文艺实践观点时，实际上也涉及这一点，例如他认为文艺的"技"绝不只体现在物化阶段，而是在构思阶段就已经有所考虑，可惜，他没有对此深入探索下去，而是重心转向了文艺对人生的意义和价值阐释上，这就给人留下了过于抽象化和理论化的印象。需要指出的是，文艺的形式、技艺和语言因素最终营造的是一个完整的作品世界、艺术世界（意境）问题，这是文艺自身的内容或者说是文艺的本体，它更是与文艺对人生价值和伦理意义的影响有着直接和密切的关系。因此，不仅是王先生的文艺实践论，对整个新时期以来的文艺实践论而言，如何把文艺的内与外、道与技结合起来做深入地探讨，这可能是文艺实践论仍有待发

---

　　① 李咏吟：《审美认知到实践反思——评王元骧先生的审美反映论与艺术实践论》，徐岱主编：《在浙之滨——王元骧教授七十寿庆暨浙江大学文艺学研究所成立五周年纪念文集》，广西师范大学出版社2004年版，第107—108页。

展和提升的空间。

　　总之，文艺实践论体现我国当代文艺理论和马克思主义文论发展的重要趋势，王元骧先生在这方面的探索和尝试，其理论得失都给我们留下了宝贵的经验和深深的启迪，值得学界的关注和反思。

审美向人回归

——王元骧"人生论美学"思想简析

朱鹏飞 *

内容提要:"人生论美学"是王元骧先生近十年提出的美学理论,试图从认识论与价值论相结合的角度,构建审美、艺术与人生之间的关联。"人生论美学"着眼于"审美超越"与"审美教育",强调"超越性"是文艺不可或缺的重要价值取向,而"爱"(优美)与"敬"(崇高)的教育则是美育的两个基本内容。王元骧先生不但指出"人生论美学"重在提倡审美的超越性与为人品格的崇上性,而且生活中也努力践行这一美学原则,其知行合一的治学与为人风格堪称学界典范。

关键词:人生论美学;超越;爱;敬

一、学术进路:从"审美反映论"到"人生论美学"

学术界有学者把王元骧先生的文艺思想发展概括为"审美反映论"、"文艺实践论"、"文艺本体论"三个阶段,对于这一说法,王元骧先生在一次访谈中说:"如果按我不同时期论述的重点来看,也不妨这样说;但我不赞同认为这是我文艺思想的'转轨'。因为这三者有着内在的深刻联系。"①从早期的"审美反映论"到后期的"文艺本体论",王元骧先生的文艺思想几经发展、深化。在"文艺本体论"阶段,王元骧先生关注的核心是审美与人生的关系问题,提出了重要的"人生论美学"思想。

---

　* 朱鹏飞:博士,浙江工商大学人文与传播学院教授。
　① 王元骧、金雅:《文艺理论的使命与承担——文艺理论家王元骧访谈》,《审美:向人回归》,浙江大学出版社 2015 年版,第 297 页。

　　这种思想的转变,源自于认识的深入。按照王元骧先生的理解,20世纪五六十年代美学大讨论之后,李泽厚提出的"实践论美学"以马克思《1844年经济学哲学手稿》的思想精神来探讨审美问题,比较有说服力,因为它既不仅仅从物的自然属性,也不仅仅从人的主观心理出发来研究美,而是把美看作生产实践过程中通过"人化"的方式产生,这就为我们解释"美"这个难题打下了科学的理论基础,实现了美学研究的重大突破。但在新的历史时期,许多学者受西方人本主义思潮影响,开始把着眼点从普遍的人转向个体的人,面对这一转向,"实践论美学"过于重视宏观的人的弊端就渐渐暴露出来。为了解决这一问题,王元骧先生提出了"人生论美学"的观点:"怎么使微观的个人心理的研究与宏观的社会历史的研究统一起来?于是我想到'人生论美学',因为按我的理解,所谓'人生'是人的生存活动,所谓'人生论'就是探讨人的生存的意义和价值的学问,它的对象与我们前面谈及的'人学'一样,都是现实生活中具体的人,所不同的是我认为'人学'倾向于从理论的角度,而'人生论'倾向于从实践的角度来研究而已。……'人生论'必须把个人与社会统一起来探讨人的生存的意义和价值,并通过对个人生存意义和价值的探讨来唤醒人的良知,促进人的生存的自觉。"[1]"人生论美学"与"实践论美学"最大的不同,是它着眼于人的审美意识感性与理性的统一、个人性与社会性的统一,从而把人带到自由的精神境界,"我提倡'人生论美学'在某种意义上说也是对'文艺为人民服务'这一宗旨所作的美学论证和美学阐释。它能否成为一个新的'美学原则',那要由历史来做结论"。[2]

　　"人生论美学"与以往美学最大的不同,在于之前国内主流的美学流派多从认识论角度,去探讨文艺与审美"是什么",而"人生论美学"则不单关注文艺与审美"是什么",更关注"应如何"。因此,"人生论美学"摒弃了以往美学研究的纯认识论倾向,进而走向认识论与价值论的结合,按照王元骧先生的理解,"我认为美学的对象应该包括文学艺术,但不应局限于文学艺术,它应把人与现实的整个审美关系都纳入到自己的研究对象中,……应该把认

　　①　王元骧、陈飞龙:《求实严谨的科学态度　求实创新的科学精神——王元骧教授访谈》,《审美:向人回归》,浙江大学出版社2015年版,第331页。
　　②　王元骧、陈飞龙:《求实严谨的科学态度　求实创新的科学精神——王元骧教授访谈》,《审美:向人回归》,浙江大学出版社2015年版,第332页。

识论的研究与价值论的研究结合起来,唯此才能揭示美对于人生存的意义和价值。所以美学我认为也是一种审美的价值学、伦理学和人生学。它的意义就在于提升人的人格和境界,使人快乐、幸福"。①

　　至于为什么要在当今时代提出"人生论美学",王元骧先生谈了三条理由:第一,当前正处于一个道德滑坡时代,需要提出"人生论美学"以实现美学的价值导向。对于当前整个社会的道德滑坡现象,王元骧先生多次在文中提出批评:"我国传统的哲学是很重视个人的人格修养的,这方面在我们今天被忽视了。特别是在市场经济的条件下,在利益原则的驱使下,许多人已丧失了做人的基本品格,什么伤天害理、损人利己的事情都干得出来,这种违背做人的道德底线的行为是不能以价值多元来解释和辩护的",②"管仲说的'仓廪实则知礼节,衣食足则知荣辱',叶适说的'衣食逸则知教,被服深则近雅'。而现在看来事情并不那么简单,现在我们的物质生活较以前充裕多了,但是社会风气并没有随之改善而社会犯罪率反而节节攀升"。③ 正因为忧心于当今"衣食足"却"不知荣辱"的社会现状,王元骧先生提出了"人生论美学"的设想:"我们只有引入伦理学的观点,把社会学视角与伦理学视角结合起来,才会对社会人生以及美学上的问题作出全面而科学的解释,这就是我主张美学研究应该走向人生论美学的理由。"④第二,当今社会正处于和平年代,我们需要解决的重要问题不再是社会变革而是人性的完善,因此讨论"人生论美学"不但没有"审美救世主义"之嫌,反而具有更深刻的社会意义。在以往的动乱年代,比如梁启超所处的民族生死存亡时期,谈论"趣味"问题可能会有审美救世主义之嫌;但在当前社会历史条件下,"在人民群众取得了政权,在建设社会主义国家的今天,面对社会主义初级阶段由于某些制度的欠完善、文化教育的欠普及,以及由于社会转型期出现的价值观念的混乱和市场经济所带来的人们私欲膨胀,从主体人格方面来探讨审美对于社会主义精神文明建设的意义,我认为就不仅是正确的,而且也是十

---

　　① 王元骧、赵中华:《关于"人生论美学"的对话——王元骧教授访谈录》,《审美:向人回归》,浙江大学出版社 2015 年版,第 284 页。

　　② 王元骧、赵中华:《关于"人生论美学"的对话——王元骧教授访谈录》,《审美:向人回归》,浙江大学出版社 2015 年版,第 286 页。

　　③ 王元骧:《美:使人快乐幸福》,《论美与人的生存》,浙江大学出版社 2010 年版,第 246 页。

　　④ 王元骧:《美:使人快乐幸福》,《论美与人的生存》,浙江大学出版社 2010 年版,第 246 页。

分迫切的"。① 第三,"人生论美学"重视审美中的伦理价值取向,与中国传统审美思想是相通的,这样,有助于当代美学与中国传统美学思想开展对话。我国传统主流哲学——儒家哲学,立足于人伦纲常,因此是一种典型的人生哲学与伦理哲学,而道家哲学同样重视超越于感官之上的思想,如老子的"大音希声、大象无形"、庄子的"五色令人目盲,五音令人耳聋"等,在这种哲学思想影响下,中国传统美学特别重视审美的人生境界,"因此对于审美对象,我国传统美学思想所看重的并不是'美',即对象外在形式的合目的性,而更倾向于'品',亦即内在的品性的合目的性。这就使得对于人格的道德评判同时也成了一种审美评价",②"这都表明我们传统美学思想基本倾向与西方近代以来占统治地位的经验性的、感觉性的,即仅凭感性直观来判断的审美不同,是一种内省性的、体验性的审美,是一种人生论的美学"。③这样,在当今时代提出"人生论美学",便可以从中国传统美学中汲取丰富的理论资源,进而开展古今对话。

在一个物质富足而社会道德伦理日益滑坡的年代,忧社会之所忧、逆世风而提出"人生论美学",体现了王元骧先生作为一个传统知识分子的深刻人文情怀与高尚品德情操。他自陈:"现在社会上许多人考虑问题都太功利,对什么都没有虔诚感和敬畏感,都当作只是一种手段来达到自己的目的",④"我这个人最痛恨的就是把自己和别人当作手段,作为达到某种私利的工具,教师的工作是我感到自己最适合的选择,为国家培养人才就是我所要达到的人生目的"。⑤ 尽管对当今一些社会现象深感失望,但王元骧先生并不随波逐流,他仍然希望通过审美来改变这一道德滑坡现状,"所以对于现在的人际关系我虽有感慨,但并不悲观。我研究美学,也就是对于日益消逝的人与人之间的这种真诚的美好关系的一种热切呼唤"。⑥

---

① 王元骧:《美:使人快乐幸福》,《论美与人的生存》,浙江大学出版社 2010 年版,第 246—247 页。
② 王元骧:《论美与人的生存》,浙江大学出版社 2010 年版,第 163 页。
③ 王元骧:《再论美学研究:走两大系统融合之路》,《论美与人的生存》,浙江大学出版社 2010 年版,第 164 页。
④ 王元骧、赵中华:《关于"人生论美学"的对话——王元骧教授访谈录》,《审美:向人回归》,浙江大学出版社 2015 年版,第 288 页。
⑤ 王元骧、赵中华:《关于"人生论美学"的对话——王元骧教授访谈录》,《审美:向人回归》,浙江大学出版社 2015 年版,第 288 页。
⑥ 王元骧、赵中华:《关于"人生论美学"的对话——王元骧教授访谈录》,《审美:向人回归》,浙江大学出版社 2015 年版,第 289 页。

二、"超越"、"爱"与"敬"："人生论美学"的要旨

王元骧先生的美学思想在近十年来发生了比较大的转折变化,按照他自己的话说:"现在学界对我的了解似乎还停留在 20 世纪 80 年代,说我是'审美反映论'的代表人物。其实我的研究重点已有过几次转移,近 10 年来我研究的内容重点有两方面:文艺学的方面是'审美超越'问题,美学的方面是'审美教育'问题。"①"审美超越"问题与"审美教育"问题结合在一起,构成了王元骧先生"人生论美学"的核心内容。

第一,关于审美超越问题。国内现当代文学的发展,自"五四"前后就受到西方文学观念的强烈影响。但西方近现代文学观念的基本要旨是强调现实主义,主张文学应贴近现实、关注民生。这导致现实主义在国内文学界长期占据着主导地位,虽然新中国成立后 27 年的文学中有很强的浪漫主义成分,主张"革命的现实主义与革命的浪漫主义相结合",但随着"文革"结束,浪漫主义再次遭受批判,浪漫主义连同"神"、"英雄"、"高大全"一起,被扫下神坛,而描写苦难、小人物、平凡生活的现实主义文风再次抬头,"写真实"成为新时期文学创作的主流。然而,这种完全放逐"浪漫"与"神"的现实主义创作并没能给文坛带来多久的新鲜空气,80 年代初的纯文学风潮一过,很快就出现王朔式的"痞子文学",1986 年被称为"王朔电影年",因为这一年王朔的四部小说同时被搬上银幕。现实主义主导下的文坛并没有止步于"痞子文学",很快到了 90 年代初,就出现了贾平凹的《废都》、莫言的《丰乳肥臀》,还有众多美女作家的"身体写作"。1993 年学术界进行的人文精神大讨论,正是现实主义文学放逐"浪漫"与"神"、现实主义过于强大而浪漫主义过度萎缩从而导致人文精神失落的回音。在当代文坛,写英雄要"有血有肉"成了很多作家的机械信条,在这样偏至的现实主义倾向指导下,出现了许多表面上弘扬英雄与崇高、事实上却在解构崇高的文学作品,比如都梁的长篇小说《亮剑》,用现实主义的手法把一个英雄人物解构得鲜血淋漓,骂娘、贪小便宜成为伴随主人公李云龙一生的恶劣秉性。然而,这种现实主义

---

① 王元骧、吴蒂等:《王元骧:审美超越——从文艺学美学的视角,把一把当下社会的人文脉搏》,《审美:向人回归》,浙江大学出版社 2015 年版,第 310 页。

倾向过于明显的作品基本放逐了文学作品的超越性理想，把文学创作变成了只追求"是什么"而忘记"应如何"的纯粹生活记录，进而陷入"美即是真"的藩篱。针对现实主义文学的种种弊端，王元骧先生提出了尖锐的批评："(西方)古典主义发展而来的现实主义是建立在知识论哲学和美学思想基础上的，认为'美即是真'，审美只是为了使人获得认识的满足，所以在创作中一般都只是强调观察，强调反映外部世界的真实，而鲜有提及作家的理想、信念在文艺创作中的地位和作用。"①比如巴尔扎克，认为自己创作的目的就是忠实地向人们提供一部"法国社会的风俗史"，②列夫·托尔斯泰主张艺术家"不是按照他希望看到的样子，而是按照事物本来的样子来看事物"。③ 这种过度重视现实而轻视理想的文艺创作倾向，在王元骧先生看来是不尽可取的："现实主义……目的就在于为了帮助人们认识现实并进而改造现实，这思想无疑是值得肯定的；但在一定程度上也忽视了文艺作为一种审美的意识形态，是属于'心灵的事业'。"④忽视文艺的理想性，自然会把文艺的超越性问题放置一边，其片面性与局限性很明显，"可能会走向与自然主义合流而丧失文艺的人文精神。"⑤西方出现批判现实主义文学之后，并没有让人重返天国，而是跌进了现代主义与后现代主义"恶心"、"恐惧"、"无助"的泥潭；中国现当代文学也走出了类似的一幕，20世纪80年代初现实主义文学重新获得统治地位的结果，不是让人们活得更有理性或者更有理想，而是渐渐变成了王朔笔下的痞子、贾平凹笔下的腐儒甚至是卫慧们笔下的裸女。鉴于这样的认识，王元骧先生提出一个重要观点，就是要避免当今占主流地位的现实主义文学纯认识主义的局限，重视审美超越性对于文学创作的意义："我觉得通过对以往被我们忽视了的西方美学和文论中的超验和信仰维度的发掘和阐释，对于克服我国现实主义文论的局限，正确认识文

---

① 王元骧：《论近百年来我国对西方美学与文论的接受》，《审美：向人回归》，浙江大学出版社2015年版，第15页。

② [法]巴尔扎克：《〈人间喜剧〉前言》，《巴尔扎克论文学》，中国社会科学出版社1981年版，第62页。

③ [俄]列夫·托尔斯泰：《〈莫泊桑文集〉序》，《列夫·托尔斯泰文集》第14卷，人民文学出版社1992年版，第84页。

④ 王元骧：《论近百年来我国对西方美学与文论的接受》，《审美：向人回归》，浙江大学出版社2015年版，第16页。

⑤ 王元骧：《论近百年来我国对西方美学与文论的接受》，《审美：向人回归》，浙江大学出版社2015年版，第18页。

学在帮助人认识生活的同时,还在启发人们思考人生的目的、意义和价值,帮助人们确立美好的人生理想和人生信念方面应该有所承担,从而在理论上提高我国现实主义文论的品味,使之在认识论的基础上进而向价值论和人生论的维度推进。"①

第二,关于审美教育问题。长期以来,国内关于审美教育多重视优美教育,强调美育要让学生如坐春风、在愉快中得到成长,但这样却把审美的另一个重要组成部分——崇高忽略掉了。康德在《判断力批判》中把审美判断力分为美感和崇高感两类,其实已经阐明,崇高感也是美感的表现形式之一。优美能给人带来"爱悦感",比如对花、鸟、虫、鱼、小猫、小狗等产生的感觉;而崇高引发的则是"敬畏感","就像我们面对崇山峻岭、星空大海、伟人伟业所生的情感,它既给予我们巨大的精神压力,又能激发我们在逆境中奋起的勇气和毅力,像挫折教育、逆境教育,一切能培养勇敢精神的教育都带有这样的一种性质"。② 在当今物质富足的年代,如果只重视对青少年进行优美教育而忽视了崇高教育,"也会使他们成为温室中培育的花,经不起风吹雨打。所以在今天要实现'中国梦'、要抵制侈靡萎颓形成一种雄强的世风,我认为特别需要强化对青少年的崇高的教育"。③

既然审美教育包括优美感与崇高感教育,那么在具体美育实践中应如何进行呢? 王元骧先生认为,最重要的是进行"爱"与"敬"的教育。"要实现社会的公平、正义,在社会生活中就不可能没有爱。当然,只要社会上还存在邪恶的势力,人们也不可能没有恨的情感,否则就像没有爱那样都是情感淡漠的一种表现。但恨只能由爱而来,正是由于对美好事物的爱之深,才会有对邪恶事物的恨之切。"④除了在美育中体现"爱"的教育,同时还应注重"敬"的教育,"'敬'是一种崇敬、敬仰、敬畏的情感,它是崇高感给予人的心

---

① 王元骧:《论近百年来我国对西方美学与文论的接受》,《审美:向人回归》,浙江大学出版社2015年版,第18页。

② 王元骧、吴蒂等:《王元骧:审美超越——从文艺学美学的视角,把一把当下社会的人文脉搏》,《审美:向人回归》,浙江大学出版社2015年版,第313页。

③ 王元骧、吴蒂等:《王元骧:审美超越——从文艺学美学的视角,把一把当下社会的人文脉搏》,《审美:向人回归》,浙江大学出版社2015年版,第313页。

④ 王元骧:《拯救人性:审美教育的当代意义》,《审美:向人回归》,浙江大学出版社2015年版,第103页。

理特征。"①只有心中常存"敬"的情感,我们才能因畏惧自然的伟力而奋起、因敬仰神明与高高在上的道德律令而束己。王元骧先生直陈:"自改革开放以来,我们在物质生活方面有了很大的提高,但很多人在物欲的驱使下反而变得更缺乏同情心和敬畏感。今天社会中之所以出现那么多匪夷所思的恶行,说到底都是只紧盯住经济指标而放松对人的灵魂的塑造而导致的恶果。这是我们国家之羞、民族之痛!通过美育培养爱的情感和敬的情感,不失为对被物欲所扭曲的人性的一种疗救!"②

王元骧先生所提出的"人生论美学"之主旨,基本反映在其对"审美超越"与"审美教育"问题的探讨中。综合这两个问题,我们发现,"人生论美学"的核心思想正在于强调审美的超越性与为人道德品质的崇上性。在一个物质富足而道德日益滑坡的年代,王元骧先生试图通过审美来达到重塑人性、提升情操的目的,实在是一个有强烈社会责任感的人文学者的良心之言、肺腑之声。

三、身体力行:学者风范长存

王元骧先生所提出的"人生论美学",强调审美的超越性与为人处世的崇上性,力图给病态的社会打一剂强心针。他不但这么说,生活中也坚持做到言行一致。在专著《审美反映与艺术创造》的"作者简介"中,有一段利仁撰写的文字,称"王元骧为人正直,坦荡无私,生性淡泊,不慕名利,凡遇与个人利益相关的事,一概采取回避态度,从不主动伸手",在生活上"设身处地为别人着想",在学术上"从不把学术研究作为猎取个人名利的手段"。这应该是能代表学界看法的比较客观、公允的评价。

王元骧先生为人坦荡无私在学界是有目共睹的,他自己说过:"我当过四届(注:每届为期5年)国家哲学社会科学基金的评委,后来两届还是学科组副组长,但二十年来我个人从没有申报过国家基金,在评委中有好几位同

---

① 王元骧:《拯救人性:审美教育的当代意义》,《审美:向人回归》,浙江大学出版社2015年版,第103页。

② 王元骧:《拯救人性:审美教育的当代意义》,《审美:向人回归》,浙江大学出版社2015年版,第104—105页。

志都动员我申报,但我还是拒绝了。我的东西都是在没有一分钱资助的情况下完成的。"①担任国家社科基金评委长达二十年却从来没有申报过国家课题,不是王元骧先生的水平不够,而是因为他高风亮节把机会让给了别人而已。试想,在一个物欲横流的时代,有几人能做到这样,面对摆在眼前可得应得的利益却不沾手? 如果明白了王元骧先生的为人,再来细品他的"人生论美学",那么我们就会对他所坚守的"审美超越"、"爱"与"敬"有更深刻的理解。

当然,对于当今社会现状,王元骧先生也是深品其味,他在一次采访中称现在是一个"没有神圣感和敬畏感的时代","大环境是不适合做学问的",②甚至很多报考他的研究生也并不是出于研究学问的目的来求学,这让他感到很苦恼。但即使这样,他仍然以做学问为乐,原因有三:一是他相信"只要地球上还有人类,人类社会还有文学艺术,那么美学与文艺理论就不会消亡","像我们这样13亿人口的泱泱大国,是不会容不得几个学人的"。③ 二是虽然他的理论被某些人说成是"高蹈"的,不被多数人理解,但"我有自己的理想、信念在支撑","我说的都不是什么脱离实际的空论,而实际的道理总是会有人相信的"。④ 三是他认为历史上很多有价值的成果,当初并不被世人看好和理解,直到半世纪甚至更长时间之后,它们的价值才被人发现,所以他认为自己的理论"如果其中确是有些有价值的东西,它也就不会被历史所埋没了"。⑤

王元骧先生提出的"人生论美学"努力突破以往纯认识论美学重认知、轻价值的藩篱,试图在一个价值沦丧的时代重擎"审美超越"大旗,鼓励用"爱"与"敬"的教育救赎世人,这些不啻为一剂病态社会中的救世良方。而他高尚的"知行合一"为人品德情操,更值得我们敬仰学习,正如王元骧先生

---

① 王元骧、赵中华:《关于"人生论美学"的对话——王元骧教授访谈录》,《审美:向人回归》,浙江大学出版社2015年版,第289页。

② 王元骧、赵中华:《关于"人生论美学"的对话——王元骧教授访谈录》,《审美:向人回归》,浙江大学出版社2015年版,第293页。

③ 王元骧、赵中华:《关于"人生论美学"的对话——王元骧教授访谈录》,《审美:向人回归》,浙江大学出版社2015年版,第293页。

④ 王元骧、赵中华:《关于"人生论美学"的对话——王元骧教授访谈录》,《审美:向人回归》,浙江大学出版社2015年版,第293页。

⑤ 王元骧、赵中华:《关于"人生论美学"的对话——王元骧教授访谈录》,《审美:向人回归》,浙江大学出版社2015年版,第294页。

的自我评价所言:"我知道我的许多想法在当今社会有些'不合时宜',并不为多数人所理解,但我的文与人、言与行是一致的。我所说的也就是我身体力行的,只要我自己已尽到了责任,我也就扪心无愧了!"①诚如斯言,王元骧先生的治学风格与为人品德,均堪称一代学界楷模。

---

① 王元骧:《文艺理论的使命与承担》,《审美:向人回归》,浙江大学出版社 2015 年版,第 305 页。

关于艺术形而上学性的"再思考"

——王元骧先生艺术超越性价值论的启示

冯学勤 *

　　王元骧先生曾于 2004 年在《文学评论》上发表了《关于艺术形而上学性的思考》一文,该文与他后来发表的《康德美学的宗教精神与道德精神》、《美学研究:走两大系统融合之路》、《评蔡元培"以美育代宗教说"》等文以及 2015 年《美育学刊》上刊载的《从美感的"神圣性"说到审美与宗教的关系》的访谈,构成了新世纪以来他关于艺术和审美的形而上学思考的主要内容,具有重要的学术史价值和丰富的当代思想启示。由于笔者博士阶段曾以尼采早期的艺术和审美形而上学与晚期的谱系学关系为核心研究对象,在博士论文中揭示了尼采晚期如何随着谱系学思想的产生而对早期的艺术形而上学思想加以批判,并曾一度深深认同尼采的这种基于谱系学反思的自我批判,因此当时对《关于艺术形而上学性的思考》一文中王元骧先生称尼采晚期"抛弃艺术形而上学是一种思想倒退"产生了质疑,并在一种"为尼采辩护"的冲动下撰写了《抛弃审美形而上学:倒退还是进步?——就尼采晚期思想转变与王元骧先生商榷》一文,并在 2011 年发表在《杭州师范大学学报》上。这篇文章阐述了晚期尼采从谱系学及身体性的视角,对柏拉图、康德以及浪漫主义诸人,也就是王元骧所阐述的艺术形而上学最为重要的西方传统的批判,证明晚期尼采抛弃审美形而上学之时的谨慎性,并认为提出谱系学方法和呼吁美学及美育的身体转向是晚期尼采最具理论开创性的表现。

　　今天再回过头去看这篇八年前的商榷文章,深深感觉到自己当年在学术研究方面的不成熟。这种不成熟表现在因局限在自身狭窄的知识视野,

---

　*　冯学勤:杭州师范大学艺术教育研究院教授。

以及被发现学术新创见所产生的那种激情所操控,而对王元骧先生提出的重大理论问题及其学术和现实意义产生了忽视,多少有一种丢了西瓜捡芝麻的感觉。笔者当时曾站位于新尼采主义的角度认为,晚期尼采提出抛弃艺术和审美形而上学,是"对未来生命力更强盛之人类的呼唤",同时又把尼采提出的美学的身体视角与艺术形而上学截然对立了起来。诚然,尼采为了批判西方形而上学传统所具有"否定世俗、敌视生活、不相信感官、放弃性欲"的倾向,通过反形而上学的谱系学批判,而提出"正确的位置在肉身"、"以身体为准绳"的美学和美育教义,虽然对后世美学的发展产生关键影响,然而毕竟具有鲜明的语境特殊性和历史针对性,因此除了肯定其思想创见之外,并不能完全以拿来主义的态度而挪用其二元对立的批判立场。另外,虽然从方法论角度上看,谱系学方法与形而上学方法是对立的,然而身体理论或身体美学本身与艺术形而上学却并非真正对立。这些年来自己的思考越来越得到这个认识,实际上尼采虽然曾对柏拉图及其所代表的"苏格拉底主义"加以毫不留情的批判,然而他也肯定过柏拉图的观点即审美是"从最肉身的一直上升到最精神的"、"所有的美都刺激生殖"等等。

因此当时写作商榷文的根本动机,也即把二者截然对立起来的看法,本身就忽略了一些本不该忽略的论据,更忽略了王元骧先生写作此文的根本出发点,即对"科技理性和工业文明的片面发展所造成的异化和物化"的忧思。这种忧思在德国社会学家罗萨那里是由于科技文明的发展导致的社会化大生产加速而产生的"新异化",即"人们与过往的空间、物、行动、时间、自我和社会不断地疏离与异化",在加速的社会生活步调中,人们被"推着做那些不是自己真正想做的事情",我自己这些年来则越来越觉得由媒介技术文化、消费主义文化与大众流行文化三股力量混流发展而在当代文艺生产领域中蒸腾而起的泛娱乐化热力,正构成这种新异化最为鲜明的文化症状。在这种新异化面前,正如王元骧先生所说,艺术形而上学的历史遗产无疑具有重大的现实意义:"通过艺术活动,不仅使得被科技理性和工业文明所分解的人复归统一,而且还可以从经验世界和超验世界的沟通中使人的精神生活获得提升,完成人的本体建构,使人成为康德所说的作为本体看的人。"

正是受王元骧先生的启发,同时也是因为杜卫老师在艺术形而上学思想研究方面的影响,近年来我逐渐开始关注中国现代美学和文艺思想领域中的相关问题,去年也获得了一个"中国现代艺术形而上学思想研究"的国家项目。一年来的研究使我得到了三个粗浅的认识：第一是中国现代艺术形而上学的产生，正是王元骧先生所说的柏拉图、康德及浪漫主义的宝贵历史遗产与中国心性之学传统会通的结果，最鲜明的开端在王国维把康德、席勒思想与邵雍、陆象山一道用来阐释"风乎舞雩"之时，随后蔡元培、梁启超、朱光潜、宗白华等美学家都产生了重要的艺术形而上学思想，同时又从美学思想领域波及文艺创作领域乃至新儒学领域。第二是在中国现代艺术形而上学思想产生之后，新儒家代表人物牟宗三乃至后来的陈来等人，反向勾勒了一个儒学体系内部的审美形而上学传统，牟宗三称之为"曾点传统"而陈来称之为"神秘传统"，实际上就是"儒家审美形而上学传统"，这个传统使得在王国维处诞生的中国现代艺术形而上学具有了一条鲜明的本土学术发展主线。第三点也是我自己最感兴趣的一点是，牟宗三、陈来所反向揭橥的儒家审美形而上学传统的主体——宋明心学谱系，皆是通过一种特殊的、高度实践化甚至到明代发展为规范化、普遍化的身心训练方法——静坐来产生我们往往称之为"天人合一"的艺术形而上学体验，而这种方法到了近代甚至已被梁启超在教义中添加了艺术和审美的因素，到了当代又被美国身体美学家舒斯特曼高度推崇。这就对我当年冲动之下写的那篇商榷文的起点加以纠正：也许艺术形而上学与身体关怀并不必然发生矛盾，感性与超感性应该是一个连续性的、可升华也可沉潜的双向生成过程。

总之，王元骧先生关于艺术形而上学乃至艺术的超越性价值论的思想，给予我莫大的启示，且将继续指引我今后的研究，特借此机会向他深表感谢之意，并由衷地祝愿他健康长寿。

文论美育与"学以成人"

——逢王元骧教授从教 **60** 周年纪念感作

李 弢*

适逢昔日在杭攻博时的导师王元骧教授从教 60 周年纪念,近又读了先生的《艺术的本性》、《审美:向人回归》二书,结合前几年王先生的《论美与人的生存》和《审美超越与艺术精神》等著作,本人尝试写篇有感之作。

一、文艺的使命和理论担当

王老师自言《艺术的本性》一书是从其迄今为止所撰 160 余篇论文中,选出较满意的一半而组成的关于文艺理论和美学的集子,文集入选朱立元、曾繁仁两位先生主编的"当代中国文艺学研究文库"丛书内。该书封底印着这样的话:"在文学理论方面,[作者]认为文学作为一种精神现象说到底都是对现实生活的反映,但与近代西方流传的直观的、唯智主义的认识观不同,强调作家是作为知、意、情统一的现实的人投入创作活动的,故而在反映生活的过程中必然渗透着自己对生活的评价、期盼和梦想,这决定了文学的性质不只是认识性('知')的而更是实践性('行')的,它的价值不仅在于给人以认识生活的满足,更在于为人的活动充实心理能量和精神动力。在美学理论方面,[作者]视美为人类永恒的期盼,[肯定]它源于经验生活又超乎经验生活,认为在实践美学的基础上,从希腊文化的传统中突破出来与希伯来文化传统以及我国古代的人生论美学思想开展对话,进行融合,对于建设我国当代美学和实施审美教育都有十分重要的意义。"

---

* 李弢:同济大学人文学院中文系副教授。

以上的话,笔者认为还是可以较准确地概括出王老师自古稀之年(2004年)以来十数年的学术致思之路的。《审美:向人回归》书中有一篇同门师姐金雅教授受《文艺报》委托,与王先生题为《文艺理论的使命与承担》的访谈。文中金女士提到王老师数十年不仅始终坚守在文艺研究的领域,还不断有所突破和超越,学界同仁有将王先生过去文艺思想的发展,概括为"审美反映论"、"文艺实践论"和"文艺本体论"三个主要阶段。对于这样的概括,元骧老师基本认可,但不赞同将之看作是其文艺思想的"转轨",毋宁说这三者是有着内在的深刻联系的,后两者都是早期审美反映论的发展、深化和完善。他回顾几十年来的学术路程时说,他们这代人于学习文学理论之初很大程度上都受苏联文论的影响(王老师 1958 年秋毕业留校任教于经 1952年全国高校院系调整组建而成的浙江师范学院,该校同年冬即更名为杭州大学,1998 年又与另外三校一起回归到"新浙大"),即把认识论哲学的"反映论"当作马克思主义文论的思想基础,在对文艺的理解上往往带有直观论和机械论的倾向。从一开始他就不太认同如此仅仅从客观对象方面来理解文学,而主张应联系作家的创作个性来看待问题(如对文学典型的讨论),继之他认为文学是以作家的情感为心理中介来反映生活的,同时较系统地论述了反映的心理机制和相关内容,这也是王先生在 20 世纪 80 年代后期接受学界的"审美反映"概念并突出情感因素时的思想主张。

随着研究和思考的深入,王老师意识到情感是一种基于客体能否满足主体自身需要而生的内心体验,这种以体验的形式所表达出的对客观事物的态度和评价,不属于"事实意识"而属于"价值意识",所反映的不是"是什么"而是"应如何";而后者是一个需要通过人的活动去争取的理想尺度,由此他试图突破传统的反映论文艺观所理解的通过把文学纳入知识的系统来认识文艺的做法,进一步强调文学的职能主要是表达一种人生信念,将以充实人类实践的心理能量和精神动力(比之萨特所言的"写作是对现实的一种介入")。以上是其 20 世纪 90 年代所发系列文章的论述重点,但进入新世纪以来,王先生发现上述从价值论维度来理解文艺性质的方式仍欠周全,因为现今处在一个价值多元的时代,那么依照什么样的价值坐标来判断价值取向的正误反而显得相对重要。作为人类创造活动之产物的文艺,它是以人为对象和目的的,人是由历史和文化造就的,历史亦是"追求着自己目的的人的活动"(马克思、恩格斯语),如此的历史目的论是"人学本体论"的应有之义；而文艺也应该有与"人学本体论"联系紧密的本体论——"文艺本体论"，对于"文艺本体论"，元骧老师认为要将存在论和目的论结合起来阐发之。

考诸西方思想史，古希腊哲学中"本体论"原就与"目的论"联系在一起，如亚里士多德的形而上学就是由"本体论"和"神学"组成，这里的神是作为一切活动之目的因的"宇宙理性"，而非后世基督教上帝创世语境中的"人格神"。在德国古典哲学思想家康德那里，作为认识论中的构成原理的本体论，却在实践论和伦理学中被当作范导原理，作为引人"至善"的价值坐标保存了下来，使人如何从"实是"之人进入"应是"之人有了方向和目标。联系到传统的本体论在现代以后之所以遭到否定，根本之因乃在基于二元论的认识将世界的本体看作是一种超验之物而与经验的东西相对立，王先生由此认为若按前述人学的角度把"本体"理解为一个不断引人向"至善"境界的价值坐标，就不会全凭理性认知和逻辑推论来确立它，而要同时将本体视作一种建立在自己人生体验和感悟基础上的道义选择与追求。

借助中国传统思想的"体知"和"德性之知"，我们更能领会到文学艺术的对象是内在于人的、是由人的体验所得，它需通过自身的"着实操持，密切体认"等"心上功夫"（王阳明语）才能建立。至此，建立在"人学本体论"基础上的"文艺本体论"，务要克服二元论，走出纯思辨，而把超验与经验、信仰与知识有机统一起来，既要说明文学是什么，又要表明文学的意义何在；这就必得联系人之生存的需要，而不能孤立地从文学自身来寻求答案，而文艺也正是在这里，于完善人的本体建构上，当发挥自身应有的作用。

二、理论的力量因何而生

《审美：向人回归》书中另有一篇发表于 2012 年第 3 期《文学评论》的文章，是王老师对文学理论的性质和功能的思考，收入该书时恢复了原正题，即论《文学研究的三种模式与理论的选择》。文中元骧先生提出西方文学研究自古希腊以来，至少有三种模式，那就是规范型、描述型和反思型。

源出于古希腊思想的本体论哲学的"规范型"研究模式，从一开始就带有浓厚的理想主义色彩，它由雅典学园的柏拉图（及其老师苏格拉底）所创立,并经由柏拉图的弟子亚里士多德发扬光大。本来这种研究方式是苏格拉底和柏拉图用以反对当时"智者派"(或"诡辩派")把知识看作都是相对的这一流行观点的,他们针对性地提出,于求知活动中应该从一般出发,"在推理中寻找存在物的真理",这在后来的亚里士多德那里被肯定为"归纳论证和普遍定义"。在古希腊哲学的真理观(如亚氏)中,一切科学都以恒久之物为对象而绝不包括偶然性,"偶然性的存在是不具原因和本原的",当用这种真理观看待文学问题时,就都强调普遍性而轻视个别性,注重以"类"的样本来要求作品中的人物。这直接影响到古罗马时期的诗人和批评家贺拉斯,又进一步被欧洲新古典主义文学理论家布瓦洛所继承,发展为后世的"类型说"。其观点到了我国 20 世纪五六十年代,与机械唯物主义和庸俗马克思主义阶级分析法相结合,衍化成片面抹杀和否定特殊性与个别性、强调阶级"典型"的"真实"观,以致在创作中脱离生活实际而完全按抽象的阶级定义和庸俗社会学的公式来塑造人物并衡量价值。理论至此蜕变为僵死的法规和条框,一如"普洛克路斯忒斯的床"斫肢削足而令人生畏。

　　近代以来,上述这种追求所谓"永恒真理"的思维方式被视为一种独断论而遭到质疑和批判,文学研究的范式逐步向"描述型"和"反思型"转变。"描述型"的研究范式是在英国经验主义哲学背景上发展起来的,它深受当时兴起的自然科学的影响,认为认识只源于感觉经验,同时认为通过对事实的陈述就能推出实证知识。在获取知识的方法上通常看重经验的归纳而反对逻辑的演绎,在知识的应用上以符合经验为准则,认为只有被经验证实了的才有用、可靠,由此引发出实证主义和实用主义。它们的共同特点是反对先验设定,将理论看作只有实证意义的实用价值而无规范价值,以是否符合经验事实和直接付诸实际作为衡量理论的最高标准。从英国分析哲学思潮影响下发展起来的美国"新批评"即是如此,它最大的优势就是讲求科学精神,力求在研究中还原事实,强调从文学现象和文学作品的实际出发,重视对文本的"细读",这种研究一般只限于作品论和批评论而难以上升到本质论。其局限性至少还有三:第一,经验描述常常只停留于个别现象,难以深入到事物的内在联系去发现事物的本质规律,并形成普遍有效的知识从而上升为理论。第二,文学是作家审美意识的载体,而美不是事实属性、应是一种价值属性,它不能仅凭感觉经验、还需要通过评价活动才能够把握。这就决定了文学理论的性质不只是一种科学、还是一种学说,它不能完全回避对人生意义和价值的思考与回答,但这些在实证主义那里却在原则上遭到排斥。第三,描述性研究标举所谓的"阐释的有效性",然而现实是一个发展的过程,这种有效性应以是否符合当下事实来衡量。解释不只是一个"逻辑的过程",也是一个"历史的过程"(霍克海默语),上述研究模式把现实当作一种静止的存在,会使得理论在发展变化的现实面前丧失必要的批判能力而显得滞后。

与前面两种研究模式不同,"反思型"的研究方式有意克服前二者之间存在的对立和各自局限,它一方面强调必须立足于经验研究的基础,另一方面也认为仅凭经验事实的描述不能成为真理,经验事实要上升为理论还需经"问题"这一中间环节,和以先天的知性概念为依据来进行解释。知性概念意即观念,在理论研究中于逻辑上具有先在的地位,它在康德那里被看作是一种"普遍的立法形式",也是反思必须要有的一个思想预设和理论前提。但与规范型的思维方式不同,这观念只是逻辑在先而非时间在先,它归根到底是从经验中概括提升而来,这一思想在现代解释学家伽达默尔那里被发展为"前见"的概念,他指出理解不离前见,不过这种前见不是凝固不变的,通过实践它会使人不断地形成一种新的前理解。文学自身是诉诸人的审美感觉和审美体验的,在文学研究中这种前见不是以抽象的"普遍原则"而是须经由"趣味"才会发生作用,它与僵硬的规则不可同日而语。同时,反思型研究所立足的原理不是认识论的而是实践论的,它所依据的是一种"须通过经验才能熟习"的实践的智慧;按舍勒的说法,这种反思的思想前提不是"'不变的'理性组织",而是服从于历史变化的,它通过把那些本质观点变为功能,而"不断创造和塑造新的思维与观照形式,以及美与价值判断的形式",显然这些只有通过理解力与想象力的协同作用才能奏效。

由上可见,反思型研究的思维方式是动态的,它不把经验看作只是外部的经验,主张在经验与观念相互作用的辩证运动中来理解理论的性质和功能,且同时认为艺术趣味和修养等由经验内化的成果亦应作为理论研究所必具的主观条件。如此,理论与现实的互动使研究进入历史的视域,在解决现实问题的过程中促使理论不断求得自身的发展。联系到我国文艺创作和文学批评的现状,王先生不无尖锐地揭示,自改革开放的新时期以来市场经济得到空前发展,文艺从以往作为道德和政治工具的束缚中摆脱出来,但一度又沦为娱乐和牟利的工具,与此同时,文学批评和文艺观念呈现出相当混乱的状态；在大众面临物化和再次异化的情况下，文学创作与文艺批评也被消费文化逻辑所裹挟，每每"自足于美的消费和放纵"，有渐趋恶俗、日益放弃思想追求的危险。鉴于此，元骧老师坚持理论不能一味俯视、迎合现状，徒然为那种病态的现实辩护，而使其固有的提问能力和反思精神付之阙如，特别指出对于今天的理论学人而言，葆养应有的人文情怀，同时防止思维能力的弱化显得尤其重要。

三、审美化育的"学以成人"

王老师常年执教于浙江大学，本人还在学生时代就注意到先生所出的浙大版的著作，一般都会在书的内封附上一张自己的风景照，同时在照片的下面印有亲笔书写的一段话。《审美：向人回归》一书也不例外，这次摘抄的是德国哲学家、教育家鲍尔生的话："哲学与时代的关系与其说是反映这时代所拥有的东西，毋宁说是表现这时代所缺失的东西。"后面先生又补充道，"人们期望于美学与文艺学的大概也是这样"。

该书收入的第一篇论文是王老师谈我国百年来对西方美学与文论的接受问题，在这篇文章中他指出，文艺理论与美学思想不可分割，因为对文艺问题的理解，说到底也就是对美及人与现实审美关系之认识的理解；而美作为满足人之审美需要的物的属性，又与人的价值观念、思维方式，以及一定民族的文化传统和文化心理密不可分。西方的美学与文论，有希腊文化传统和希伯来文化传统两大系统，就前一个系统来说，它着重探讨世界的本原与始基，开启的是外向的、科学的、知识论的传统，主要给人以知识和认识上的满足，形成了古典主义美学和文论的基本特征；而后一系统发源于犹太教，开创的是内倾的、宗教的、目的论的传统，认为世界由上帝创造，美的本原在上帝，文艺被当作人与上帝交往的中介，并由此将人引向自我超越，这一传统为康德美学和浪漫主义诗学所继承

由西方古典主义发展而来的现实主义理论是建立在知识论哲学和美学基础上的，它将美与真相联，认为审美是为了使人获得认识的满足，在评价和指导文艺创作上一般多只强调观察，强调反映外部世界的真实。我国自"五四"前后开始引入诸多西方文学观念和理论，经过历史的筛选，现实主义

成为主流而得以确立,在王老师看来,其内在之因不仅在于它是西方近现代文学观念的基本走向,更在于它强调反映现实、关注民生的创作宗旨,与我们传统的文化精神以及现实的某种需要相契合。不过王先生也认为,要使现实主义文学观走向完善,在强调文艺是生活的反映之外,还应重视文艺是一种审美的意识形态、是属于心灵的事业,这就需突破古希腊感觉论、经验论美学之下把审美活动的主体仅解释为"认识主体"的偏颇,而要把人当作一个知、情、意统一的整体来看待。

因为文艺不同于科学认识,它主要通过作家审美情感的选择和评判,按其人生理想和信念重构一个世界,就像歌德所说是作家心灵的一种创造,是"外在世界"和"我的内心世界"的统一,同时在艺术与诗里,人格就是一切,而文艺作品其弊病的根源就在于作家"人格上的欠缺"。从这一点来说,有必要突破传统认识论思想的局限,依价值论和人生论的观点来审视和把握文艺,这在西方近代是为浪漫主义文论所发现和倡导,它们的倡导强化了文艺的精神向度,使其理想性、超越性的维度凸显出来,在情感、意志、信仰和理想上有利于文论品位的提高。以上在王老师看来,对于今天这个充斥物欲、信仰泯灭的时代,发挥文艺介入社会、干预生活的作用,对促使人的全面发展、社会的全面进步将有十分现实而迫切的意义。在《拯救人性:审美教育的当代意义》一文中,王老师简单回顾了 18 世纪末由德国席勒首次系统提出的审美教育思想,指出工业文明对古代社会人的破坏,就在于人的情感为欲望所同化,席勒的美育理论主要就是针对现代社会人的物化和异化而发,他期望通过美育来使碎片化的人性复归于整全的人。

席勒的思想在 20 世纪初由王国维介绍到国内,王在论教育的宗旨时说,教育就在于使人成为"完全之人物",而完全之人物必备真善美三德,三德在精神上分别对应智力、意志和感情,因之教育一事也分为三部:智育、德育(即意育)和美育(即情育)。元骧老师进一步说,一直以来我们的教育观念深受唯智主义的影响,在育才上往往偏重知识教育而忽视审美教育,结果造就的是一种没有自由意志和独立人格的工具而非整全的人,而审美之于育人意义重大,就在于"它是一种情感教育"。情感可以说是一种主体对于客体的态度体验,是一种基于客体能否满足主体自身需要的"内部感觉",它在狄尔泰看来具有独特性、内在性和深刻性等三个特点,以上特点也使得情感体验成为人的活动由认识过渡到行为的不可或缺的中介。就前面所说的需要而言,情感又可从低到高分为生理能量的需要、心理满足的需要和精神伦理的需要三个层次,某种意义上这三个层次也是人从"自然的人"向"社会的人"提升的路径和表征。而人的社会化就情感领域而言,某种意义上不过是要求情感内部的各种矛盾的构成因素,按理性和伦理的情感要求得以合理调整并优化组合,使那些生理、心理的情感在伦理的支配和调节下,调动积极因素同时排除消极成分,最终成为文明人应有的一种持久、稳定的对待生活的态度和行为方式。此中,审美教育将有着不可替代的独特功效。

王老师特别提醒我们关注康德分析审美判断的质、关系、情状这四个"契机",并非常同意李泽厚先生把其中的第三契机看作是"美的分析的中心项"的说法,这第三契机就是"无目的的合目的性"。因为这里的"无目的"是指没有可为概念所表征的实用的外在功利目的,由此说明审美不是人们像追逐功利目的那样去作刻意的追求,而是完全出于自己的兴趣和爱好自发产生的,它使人克服对周围世界反应的麻木不仁的状态,和因缺乏生活情趣导致的人与人之间的情感疏离。在对人的培养来说,这种"无目的性"终转化为"合目的性",即康德所说的"人为目的",因为审美给人带来的愉快是一种不夹杂任何利害关系的"纯粹的欣赏判断","合目的性"将有助于消除由利害冲突而生的人人之间隔阂、对立的现象,使审美判断好像"具有普遍的法则一样"把人与人之间的情感沟通起来而形成一种"共同感"(或译共通感);这促使人的情感体验"从官能的享受向道德情绪过渡",同时凭着审美情感与道德情感的某种"同质性",完成在没有道德目的的情况下,实现道德所要达到的培育人的道德情操、完善人的人格建构之目的。

在《论美与人的生存》一书中元骧老师有一篇专文,将我国古代著名的宋明理学家王阳明和德国古典哲学家康德进行对比研究,着意从美学思想上找出他们的共同之处。他认为二者都是从培养道德人格的目的出发而进入谈论审美,同时反过来又把审美视为建构道德人格的一条有效途径,对于审美的理解,二者在内在性、非功利性和人本性(以人为本、人是目的)这三个方面有共同的特点。王老师指出,在内在性原则上王阳明所强调的"致良知"不仅是一种道德原则,也是一种审美的原则,其哲学、伦理学就是美学,就是他美学思想的集中体现;在非功利原则上,王阳明把孔子、颜回、曾点的人生态度和生活方式视为"圣贤之真乐",《为善最乐文》等表明其追求的至乐,是至善、也是至美的人生境界;在人之本性原则上,孔子"兴于诗,立于礼，成于乐"的审美思想在王阳明那里被进一步发挥，后者把由"天理"内化而来的"真己"看作是"成己"要达到的目标，这一目标既是道德上的"仁"、也是精神人格上的是"美"。有了这样的主体人格，进入到至高、至善、至美的人生境界，人就在精神和行动上获得了大自由和大解放。

在明代大儒守仁先生这里，"心体是'天命之性'"、"性即理也"，他强调"《诗》、《书》、六艺"，皆学以存天理也，其"知行合一"之论道明"博学只是事事学存此天理，笃行只是学之不已"；他谈到孔子时说，"孔子气魄极大"，但学者学孔子，若"不在心上用功"，却只能做作了，又说"古人为治，先养得人心和平，然后作乐"（《传习录》）。联系到今人钱穆先生新解《论语》之首章"学而时习"条有言，"孔门论学，范围虽广，然必兼心地修养与人格完成之两义"，并说孔子已逾两千五百年，今天仍有似其所道之境，学者内心亦有似其所发之辨，盖"孔子之所启示，乃属一种通义"，其义不受时限，通于古今，"故为可贵"。2018 戊戌年立秋后的某周，第 24 届世界哲学大会首次在中国召开，大会"学以成人"的主题使古老中国的哲学和思想在世界范围内得以研讨。国际哲学联会主席 Dermot Moran 在致辞中表示，本次哲学大会的主题恰当地表达了我们对于"学"的承诺，即获取知识、沉思成人的本质，探索共同人性的含义；"学以成人"要被理解为如何通过自我改进、自我矫正、自我批评，以及通过共同学习改进人性的方式来成为更好的人。类此，文艺理论和审美教育的意义似亦可作如是解。

　　＊获同济大学"欧洲研究"一流学科建设项目"欧洲思想文化与中欧文明交流互鉴"子课题资助。

相关文献：
王元骧：《审美超越与艺术精神》，浙江大学出版社 2006 年版。
王元骧：《论美与人的生存》，浙江大学出版社 2010 年版。
王元骧：《审美：向人回归》，浙江大学出版 2015 年版。
王元骧：《艺术的本性》，复旦大学出版社 2016 年版。

王元骧与新时期以来审美
反映论的文论话语建构

郑玉明*

内容提要：钱中文、童庆炳和王元骧是新时期以来文学审美论话语建构的三位代表性理论家。王元骧坚持文艺对社会现实的审美反映，从社会现实需要出发，不断推进审美反映论的理论完善。相较钱中文、童庆炳针对新中国成立以来的极左文艺理论对文艺的政治扭曲，致力于文学审美论的话语建构以"补偏救弊"，王元骧与他们有理论取向的重大不同。同时，坚持辩证唯物主义认识论，努力推动审美反映论走向"理论具体"，也使王元骧的审美反映论话语建构在认识的"个别性"上更为深刻、系统。反思新时期以来的文学审美论话语建构，王元骧的审美反映论话语建构更具审美性、更为典型，被视为当代文论研究第一人当之无愧！

关键词：文学审美论；审美反映论；审美意识形态论；文论话语

反思"文革"期间极左政治对文艺的扭曲，肯定文艺的审美特性，是新时期以来当代文论发展的主要方向。因此，当代文论发展研究多把这一文论发展方向直接概括为文学审美论或者审美文论的建构发展。但应当特别指出，根据恩格斯在《自然辩证法》中所提出的"一切真实的、穷尽的认识都只在于：我们在思想中把个别的东西从个别性提高到特殊性，然后再从特殊性提高到普遍性；我们从有限中找到无限，从暂时中找到永久，并且使之确立起来"，这一认识中所包含的"个别—特殊——一般"这一认识发展规律①，文艺审美特性仅仅是种种不同的文学审美论观点比如审美反映论、审美掌握论、审美生产论等等在"特殊"这一思维层面上的共同看法，这些不同的文学

---

* 郑玉明：浙江工业大学人文学院副教授。
① ［德］马克思、恩格斯：《马克思恩格斯选集》，人民出版社1995年版，第341页。

审美论在"个别"这一思维层面上对文艺活动的具体认识才是彼此之间最为核心的观点区别。因此,深入到文学审美论话语建构在"个别"这一思维层面的观点不同,才能更好地把握当代文论新时期以来的发展情况。仅以当代文学审美论话语建构中最为典型的审美反映论或者审美意识形态论而论,把对文学审美论的反思和总结进一步具体到钱中文、童庆炳与王元骧这三位文学审美论代表人物对文学审美论话语建构的异同上去,对于把握新时期以来当代文学理论的发展规律,思考文学理论未来的发展创新,更具理论启示意义。

一、审美反映论或审美意识形态论话语建构概况

新时期的文艺理论研究面临着反思、批判极左文艺思潮,关注、引导文艺创作发展的重要任务,其中正确地认识文艺与政治的关系是中心问题。审美反映论或者审美意识形态论被公认为新时期以来文学审美论话语建构所取得的最重要的理论成果。正如童庆炳在进入新世纪后回忆 80 年代中期以后当代文论研究所取得的理论成就时所说,"据我所知,目前国内最重要的二十多部'文学概论'教材都采用了文学审美论或文学审美意识形态论。应该说,这是我国文学理论界在学术上打的一次胜战,其意义是巨大的"①。坚持文艺理论研究的辩证唯物主义认识论哲学基础,立足于反映论哲学并努力捍卫、尊重文艺相对于政治的审美独立性和严肃性以客观地认识文艺的性质与功能,是以审美反映论或者审美意识形态论为代表的文学审美论话语建构的主要思路。

审美反映论与审美意识形态论实质上是统一的,它们都是马克思主义文艺理论的中心观点,只是在理论表述的侧重点上存在差异。审美反映论主要针对文艺与社会生活的关系问题,着重于从文学创作主体对客体的艺术呈现活动这一角度进行理论话语建构;审美意识形态论则是针对文艺在社会结构中的位置和功能,着重于从文艺作为审美意识形态与经济基础的辩证统一关系出发来深化理论认识。文艺活动正因为本质上是对社会生活

---

① 童庆炳:《文学审美论的自觉——文学特征问题新探索》,北京师范大学出版社 2011 年版,第119 页。

的审美反映,所以才会在根本上受制于经济基础的影响、制约;而文艺与经济基础之间的相互依存、相互影响最终也是通过文艺创作主体对社会生活的审美反映所实现的。因此,审美反映论与审美意识形态在根本上是相统一的,只是认识文艺的角度所有区别。

审美反映论和审美意识形态论文论话语的建构,经历了术语和命题从提出到完善、深化发展的复杂过程。从最早只是争取尽量客观、贴切地理解文学对社会生活现实的具体反映活动,到"审美的反映"、"情感反映"和"审美反映"概念的偶尔运用,再到审美反映论、审美意识形态论的论证和完善,它们的话语建构最终是在 20 世纪 80 年代中期初步完成的。钱中文、童庆炳和王元骧在此过程中都做出了重要的理论贡献。80 年代初期,通过强调文艺的审美特性以客观地理解文艺反映社会生活的特殊性,是彼时他们共同的理论选择。而从 20 世纪 80 年代中期开始,审美反映论和审美意识形态话语逐渐走向完善,并成为文艺理论研究的主流观点。自此,"审美反映"、"审美情感"、"审美体验"、"审美评价"、"审美价值"、"感性"、"感兴"、"审美意识形态"等术语成为文学理论研究的关键词。

对文艺与政治关系的反思,对文学审美论话语的建构,最终集中在了如何看待反映论哲学原理对于文艺理论研究的意义或者说如何评价反映论文艺观这一核心问题上。长期以来,极左文艺思潮利用传统反映论文艺观的直观性、机械性错误,对"文学真实性"进行主观唯意志主义的扭曲,这直接导致不少学者在新时期强烈质疑反映论哲学原理的科学性,纷纷主张文艺理论研究放弃反映论文艺观,其中尤以刘再复的文学主体论最为激进和突出。因此,捍卫以实践为基础的辩证唯物主义认识论的科学性,对传统反映论文艺观进行创新性的阐释,成为审美反映论话语建构的重要努力方向,这也是当时不少学者的共同选择。钱中文、童庆炳和王元骧三位也是在这一理论选择下积极开展审美反映论和审美意识形态论话语建构的。

只不过,钱、童、王三人因各自在对极左文艺思潮的评价以及对文艺与政治的关系的理解等方面有较大不同,所以他们对传统反映论文艺观的反思和创新性阐释,以及他们的审美反映论话语建构,在文学审美论的共同理论取向中仍有明显的不同。相比较而言,钱中文、童庆炳因认为传统反映论文艺的不足在于直接套用辩证唯物主义哲学认识论,而没有对文艺创作活动的具体深入认识,这存在着过于哲学化、抽象化的不足,因此他们在审美反映论话语的建构中更多地重视文艺的审美特性而不是文艺创作对社会生活的"反映"。概括地说，钱中文对"审美反映"的认识，更多地关注作家创作活动中的感知性、情感性和审美创造性等特征，而不是文艺创作对社会生活的反应机制；童庆炳则深入到文艺心理学或者说审美心理学的层面，深入探讨文艺活动的个体性与社会性的统一、功利性和非功性的统一等审美特性，而不是文艺创作主体对社会生活的艺术呈现。因此，反映论哲学的关于存在与意识的辩证统一关系这一认识，在钱中文、童庆炳的文艺理论研究中事实上只是作为基本的理论原则抽象地存在着，而没有融入对文艺审美反映活动的具体认识。王元骧则不然，他的文艺理论研究始终明确坚持反映论哲学原理对文艺理论具体研究的理论指导，非常关注文学对社会现实进行审美反映的机制、特点和功能的研究，极力追求审美反映论话语的理论彻底性。

　　三人文学审美论话语建构中的这种不同在审美反映论后来的理论深化发展中也有进一步的体现。具体地说，随着 20 世纪 90 年代中期我国改革开放的深入发展和市场经济的繁荣，要求文艺应该在拜金主义盛行和道德滑坡的大环境中发挥人文实践功能，尽力捍卫人的精神和谐、灵魂健康，成为文学理论发展的重要诉求，原本要超越极左政治的强制扭曲这一理论诉求一定程度上变成了对摆脱商品经济控制的探讨。在这种情况下，钱中文继续关注文学审美特性的新变化，注意到了文学艺术极端的形式主义发展倾向中其意义、价值下滑的不良倾向，提出了文学的新理性精神命题。"文学艺术意义、价值的下滑，人文精神的淡化与贬抑，是一种相当普遍性的现象，虽然它并不代表文学艺术的全部精神。看来，20 世纪文学艺术意义的日益失落，与人的生存质量、处境密切相关。今天，一些人文知识分子正在寻找一个新的立足点，重新理解与阐释人的生存与文学艺术意义、价值的立足点，新的人文精神的立足点，这就是新理性精神。"①思考文学审美特性的发展变化，提出相应的文学理论观点，钱中文对文学审美论话语的建构仍延续着既往更为重视文艺的审美特性的理论逻辑。童庆炳也基于同样的理论逻辑，进一步提出了"文化诗学"的命题。"一个明显的事实是，我们的文学无疑在语言技巧上比新时期开始时的所谓'伤痕文学'、'改革文学'、'反思

———————

　　① 钱中文：《文学艺术价值、精神的重建》，《审美与人文》，首都师范大学出版社 2016 年版，第 329 页。

文学'、'寻根文学'等等有了长足的进步,但是热爱当下文学阅读当下文学的人们却少了很多。这里也许有很复杂的原因。但我认为原因之一就是我们的一部分作家的作品,过分热衷于玩弄语言技巧,而其作品缺乏激动人心或震撼人心的时代的人文的内容。所以文化诗学在这个时候被部分学者所关注,是顺应时代所呼唤的文学潮流的。"①"文化诗学"虽然重视文艺的文化意蕴,强调文艺与社会文化的本质关联,但文艺对社会生活的艺术呈现仍然不是其理论重心。

概而言之,钱中文和童庆炳虽然坚持马克思主义辩证唯物主义哲学认识论对文艺理论研究的重要意义,在文艺观念上仍坚持着文艺反映论的基本立场,但文艺对社会生活的审美呈现等问题始终不是他们最主要的理论关切内容。钱中文说:"新理性精神将从大视野的历史唯物主义出发,首先来审视人的生存意义。"②童庆炳同样也"力图在马克思主义思想地平线上揭示文学自身的特征",认为审美意识形态"这一观念20年来历久不衰,在我看来,至今仍是文艺学的第一原理"。③ 但文艺与社会生活的辩证统一关系,无论是文艺创作对社会生活的艺术呈现,还是文艺欣赏对社会生活的反作用,钱、童两位客观上并不重视。王元骧所提出的文艺实践论、文艺本体论和文艺人生论等审美反映论"子命题"则不然,其话语建构则始终紧紧抓住文艺对社会生活现实的审美反映活动,努力从价值论、实践论、本体论、人生论等不同的理论角度综合探讨文艺与社会现实的辩证统一关系。自20世纪80年代中期到90年代中期,王元骧所关注的主要是文艺创作对社会现实的审美呈现,通过揭示审美反映的价值活动本质,充分探讨了文学家在审美反映活动中的主体能动作用以及语言艺术媒介在审美反映中的中介作用,突破了以往传统的反映论文艺观局限于纯认识论文艺观的不足;而审美价值反映因直接作用于人的审美情感反应,能够指向人的实践意志,这使王元骧在90年代中期以后更多的是在"实践"维度,思考文艺审美活动经由对读者实践意志的陶冶和感染而具有的反作用于社会现实的功能。 文艺实践

① 童庆炳:《文化诗学是可能的》,《从审美诗学到文化诗学》,首都师范大学出版社2016年版,第468页。
② 钱中文:《文学艺术价值、精神的重建:新理性精神》,《审美与人文》,首都师范大学出版社2016年版,第329－330页。
③ 童庆炳:《文学审美论的自觉——文学特征问题的新探索》,北京师范大学出版社2011年版,第91页。

论的探索因为我国当代社会人们人生选择的多元化，审美价值的实践功能
面临的合法性危机促使王元骧进一步思考文艺本体论的问题，直至他继续
通过"文艺人生论"的探索关注文艺活动与人生实践的本质性关联。这些理
论探索正如王元骧在谈到自己 90 年代中期以后的研究是否是前期审美反
映论研究的"转型"这一问题时所做的说明："我是在沿着同一轨道推进的，
以后的这些'论'，其实都是从'审美反映论'中生发出来的，是'审美反映论'
已经蕴含了的，或者说是由于对'审美反映论'认识的深化和发展所必然导
致的理论指向。"①也就是说，王元骧是围绕着文艺与社会现实在审美意义
上的辩证统一性来展开文学审美论话语的建构的。

　　总之，钱中文、童庆炳的审美反映论或者审美意识形态论话语建构更为
强调文艺的审美特性，被概括为文学审美论是更为合适的；王元骧的审美反
映论建构则在肯定文艺审美特性的同时，对文艺对社会现实的审美反映的
"个别性"更为重视。王元骧对文艺审美反映的内容、机制和特点等的深入
探讨使他的文学审美论话语建构有其值得深入认识的特色。

二、王元骧文艺审美观念的独特性

　　重视文艺反映社会现实的审美特性，是王元骧与钱中文、童庆炳文艺理
论研究的共同点；但王元骧对文艺审美"反映"性质的特别关注，使其"文学
审美论"话语又与钱中文、童庆炳的有所不同。这是因为，理论研究在"特
殊"这一思维层次上的认识离不开对"个别"思维层次上有关认识的进一步
概括、抽象；因此，王元骧对文艺"审美反映"性质的关注使其"文学审美论"
话语建构与钱中文、童庆炳仅仅重视文艺活动的审美特性有所不同。

　　概括地说，王元骧在文艺审美观念的包容性和开放性上不同于钱、童。
钱中文、童庆炳反对传统反映论文艺观的哲学化、抽象化的错误倾向，因此
在对传统反映论文艺观进行创新性阐释时，他们更多地关注对文艺活动的
审美心理学阐释。从学理上看，即使是把美学看作艺术哲学，文艺美学研究
也属于对具体的文艺活动的抽象认识，但立足于审美心理学，能一定程度上

---

① 　王元骧：《从"审美反映论"和"审美意识形态论"说开去》，《论美与人的生存》，浙江大学出版社
2010 年版，第 297 页。

有助于具体地认识文艺活动的审美特性。"在审美反映过程中,生活现象、事物特征引起了作家的注意,在对它们感受、感知的基础上,引起创作主体对于对象的感情的体验,思想的评价,并通过感性的、具象的审美形式,予以物化。在这个过程中,既有感知和认识,也有感情和思想,既有想象和意志,也有愉悦和评价。这种种精神现象,一旦以综合的形式出现,便全都渗透着感情的因素,连思想、认识也不例外,从而构成审美的反映。"①钱中文认为审美活动是以情感为中心,把种种复杂的精神心理活动统一起来的精神活动,这种对文艺活动审美性质的描述是全面的、准确的;只不过,在贴近文艺家个体审美心理活动来认识文艺的审美特性时,相关理论认识一定程度上也存在着难以避免的理论误区。因为,审美活动在性质上是感性与理性的统一、个体性与社会性的融合,而当其感性、个体性等特征被特别强调时,其理性、社会性等性质维度无疑容易被忽视,特别是感性与理性、个体性与社会性的辩证统一机制很难被认识清楚。钱中文在谈到文艺的审美性质时,往往就只能够描述性地揭示其性质的复杂性,而无法深入地探讨其复杂性质的形成机制。比如钱中文在谈到文学的审美意识形态本质时,正确地指出文艺审美意识形态"如果不具主体的感情思想特征,就不可能是审美的创造物"②。这是因为,文学家主体的感情思想特征是保证文艺活动属于审美活动的关键。但将文学家主体的思想情感特征与文艺的审美意识形态性对立起来认识,在审美观念上还是存在着"纯粹美"观念的误区。

童庆炳比钱中文更为重视对文艺活动的审美心理学的研究。而且,不同于钱中文仅仅描述性地揭示文艺审美活动的复杂性质,童庆炳还对文艺审美心理活动的个体性与社会性、功利性与非功利性等辩证统一性关系进行过深入探索。只不过,与钱中文的文艺理论研究相类似,童庆炳为了强调文艺的审美特性而重视文艺活动主体,仍使其文艺审美观念呈现出比较明显的主张"纯粹美"的倾向。比如关于审美知觉"有关功利与无关功利的二律背反"的特性,童庆炳就仅仅重视审美知觉对欲望、功利的摆脱与超越,至多还强调了欲望、功利对摆脱与超越的消极意义,而忽视了欲望、功利实际

---

① 钱中文:《最具体的和最主观的是最丰富的——论审美反映的创造性本质》,《文艺理论研究》1986 年第 4 期。

② 钱中文:《文学是审美意识形态》,《新理性精神文学论》,华中师范大学出版社 2000 年版,第 130 页。

上对摆脱与超越功利也有着积极的正面影响作用。"审美知觉作为一个动态过程,不能简单地说是'无关欲望'、'无关功利'的,只能说它从欲望、功利的束缚中解放出来,达到无关欲望、功利的境界。"①所以,童庆炳在理论上描述审美特性时,表面看来极为辩证、客观、理性。"文学艺术所撷取的审美因素总是以其独特的方式凝聚政治、道德、认识等各种因素。"②但认真阅读他有关心理学美学的研究论著就可以发现,他的审美观念实际上也倾向于非功利性的"纯粹美"。正如朱光潜早就清楚地指明的:"一个艺术家在突然得到灵感、见到一个意象(即直觉或美感经验)以前,往往经过长久的预备。在这长久的预备期中,他不仅是一个单纯的'美感的人',他在做学问,过实际生活,储蓄经验,观察人情世故,思量道德、宗教、政治、文艺种种问题。这些活动都不是形象的直觉,但在无形中指定他的直觉所走的方向。"③童庆炳在认识审美知觉的产生时,有意无意地忽视了日常生活实践对"形象的直觉"的决定性影响,这清楚地说明了他的审美观念事实上是倾向于"纯粹美"的,这一思想偏颇明显与对新时期以前文艺沦为极左政治工具的警惕和戒备紧密相关。

王元骧因为认为文艺作为精神活动,在根本上离不开对社会现实的审美反映,由此他在对传统文艺反映论进行创新性美学阐释时,始终关注文艺审美反映活动与社会现实的辩证统一关系问题,这就决定了他的文艺审美观念不可能是形式主义的"纯粹美"观念。王元骧通过区分文艺审美反映对象在性质上的"实是"与"应是"的不同,针对文艺反映社会现实的方式创新性地提出了审美价值的评价与体验这一审美反映方式,力图立足于辩证唯物主义哲学的"认识与实践的辩证统一"这一理论基础来探讨文艺审美反映的性质、机制等核心理论问题。在从文艺审美心理学的角度研究文艺主体的创作活动时,王元骧就紧紧抓住人的心理活动中知情意的统一性,认为审美情感等情感活动不仅无法摆脱认识的影响作用,还同时指向对意志的感发和推动。这说明,王元骧所理解的"审美"始终处于与道德、宗教、政治等的复杂联系中,完全不是形式主义的"纯粹美",这就与钱中文、童庆炳有了明显的不同。而这也为王元骧从审美价值论,以及进一步从文艺实践论、文

---

①　童庆炳:《艺术创作与审美心理》,百花文艺出版社 1992 年版,第 106 页。
②　童庆炳:《文学与审美》,《文学审美特征论》,华中师范大学出版社 2000 年版,第 29 页。
③　朱光潜:《文艺心理学》,《朱光潜全集》第 1 卷,安徽教育出版社 1987 年版,第 320 页。

艺本体论和人生论美学等不同的角度深化对文艺审美活动的认识并奠定了理论基础;而钱中文、童庆炳文学审美论的"纯粹美"倾向则一定程度上限制了其理论创新的空间,使他们无法进一步拓展对文艺审美活动的开放性认识。

三、王元骧有关文艺审美意识形态功能观念的独特性

文艺活动包括文艺创作和阅读接受这两个既有连续统一性又具有明确独立性的环节。文艺理论研究如果从文艺家的角度强调文艺创作和阅读接受的连续统一性,则必然会重视文艺家对读者的影响,而对读者的主体能动性会有所忽视;而如果重视两者的相对独立性,则必然会积极肯定、维护读者在阅读接受中的主体能动性。钱中文、童庆炳在文艺理论研究中关注文艺活动的审美特性,而根据德国美学家康德的看法,审美活动是由想象力的自由活动与知性或理性的契合而形成的,这需要审美主体充分发挥自己的主体能动性,因此两人在有关文艺阅读接受的理论话语建构中特别重视读者的审美主体性,这使他们对文艺审美反映的审美意识形态功能有所忽视。王元骧所建构的文艺审美反映论话语则不然。他把包括创作和阅读在内的整个文学活动都看作文艺家的精神实践活动,认为作家个体的文艺审美反映活动同时还具有社会性的审美意识形态属性,读者的阅读接受在受制于作家影响的同时,还受到文艺作品中的审美意识形态的控制和作用。王元骧不同于钱、童,对文艺审美意识形态功能的独特看法值得关注。

钱中文对文艺阅读接受的认识,深受西方接受美学的影响。从审美价值论的角度,他认为"文学接受是文学审美价值的再创造"①,这就把文学阅读接受完全看成了读者的主体性创造活动。钱中文虽然并不否认文学作品客观的审美价值对读者的影响制约,但从理论倾向上他明显更为重视读者面对文学文本时的能动创造性。从对文学审美特性的认同出发,钱中文认为文学阅读接受的基本功能是审美功能,传统文学阅读接受理论长期关注的"教育作用"在根本上也要受到审美功能的支配、影响。他指出,"文学的

---

① 钱中文:《文学接受是文学审美价值的再创造系统》,《新理性精神文学论》,华中师范大学出版社 2000 年版,第 189 页。

教育作用，实际上是一种感情教育"①。但因为这种"感情教育"在钱中文看来并不是由文学作品的情感感染、熏陶而实现，而是由读者的审美价值再创造所完成，所以他实际上并未真正客观地认识文学阅读的"教育作用"。文学阅读接受应该是文本审美价值接受和再创造的统一。钱中文把文学看作审美意识形态，只强调文学接受对文本审美价值的再创造，文学审美意识形态对读者的影响作用明显受到了一定程度的抑制。客观地说，文学审美意识形态对读者的影响作用应该是读者被动接受与主动认同的统一。钱中文重视读者在阅读接受中的主体能动性，意味着他所关注的仅仅是读者在主动认同中对文学审美意识形态的接受。这一理论特色无疑与他在文艺审美观念上倾向于"纯粹美"紧密相关。

童庆炳对文艺功能的认识与钱中文类似，也是从文艺的审美特性出发来探讨文艺阅读作为审美活动对人的重要功能的。"艺术在发展人的精神生活，完善人性的建构，促使'人的复归'的过程中，起了一种其他任何东西都无法代替的作用。"②童庆炳认为，艺术的作用在于有利于"人性建构"，促进"人的复归"；这里的"艺术的作用"完全可以与"审美的作用"画等号。所谓"人的复归"，指的是人摆脱财产私有制所造成的仅仅追求并满足于对于物的占有的全面异化状态，而恢复人原本的能够正常欣赏事物的美、"知情意"精神能力和谐发展的精神状态。根据德国古典美学的观点，以物质欲望的满足为根本目的的生命状态，还是动物性的；在审美活动中，人才超越了对事物的质料实存的关注，上升到了对事物的形式的鉴赏，人性才开始摆脱兽性真正走向觉醒。童庆炳就是从德国古典美学的这一经典看法出发，强调文艺消费、文艺接受对人的精神价值的。

把文艺功能与审美功能等同起来，童庆炳对文艺审美特性的重视可见一斑。不过，童庆炳并未否定文艺消费、文艺接受中作品审美意识形态所发挥的影响作用。只不过，童庆炳与钱中文同样强调读者在文艺消费中对意识形态的"再生产"，而不是只关注作品审美意识形态对读者的单向控制。而且童庆炳为了强调文艺相对于政治的独立性，还明确地把文艺审美意识形态与政治意识形态平等起来看待："文学艺术作为审美意识形态是意识形

① 钱中文：《文学接受是文学审美价值的再创造系统》，《新理性精神文学论》，华中师范大学出版社 2000 年版，第 198 页。
② 童庆炳：《人的复归与艺术欣赏》，《文学审美特征论》，华中师范大学 2000 年版，第 246 页。

态中一个具体的种类,它与哲学意识形态、政治意识形态、法意识形态、道德意识形态是有联系的,可它们的地位是平等的。在这里不存在简单的谁为谁服务的问题"①。审美意识形态诚然不能简单地服务于政治意识形态,但审美意识形态客观上无疑会受制于政治意识形态。如果不承认这一点,审美意识形态的意识形态性无疑一定程度上被取消了。

与钱中文、童庆炳有所不同,王元骧始终坚持文艺审美接受中审美意识形态对读者的影响作用。特别是根据文学活动论,王元骧把文艺创作与文艺阅读接受统一起来,认为"当读者在阅读的过程中为作品所表达的思想情感所打动之后,他也就不知不觉地会在作家的审美理想支配之下,跟随作家一起去感受、体验、观察、思考、追寻和梦想,这样,也就把作家的人生理想和追求转化为读者自己的理想和追求、自己的意志和愿望、自己的意向性的心理和行为",进而强调文学活动的性质"不只是认识性的而且是实践性的"。② 而且,王元骧还强调文学活动不只是作家、读者的个体活动,还是社会性的活动,其中文艺审美意识形态影响、控制着读者的阅读接受。特别是文艺的审美特性极大地强化了文艺阅读对读者的意识形态的影响。"在审美活动中人的整个心灵活动和机体能力都得到全面的激活和强化,这就决定了没有其他任何意识形态对人所产生的影响,像优秀的文学艺术给人的审美感受和审美体验那样,使人的全身心都得到如此深刻的触动,产生如此强烈的震撼,获得如此全面的滋养。"③

王元骧肯定文艺阅读接受中审美意识形态对读者的影响作用,是根据社会现实的需要而做出的理论选择。文艺活动是作家通过审美价值对社会现实评价、体验的反映,当今时代的社会主义文艺活动应当努力发挥社会主义核心价值观对读者的人格陶冶作用,不坚持文学阅读对读者的审美意识形态功能是无法适应当下时代的文艺发展需要的。

总之,王元骧在文艺观念上坚持文艺对社会现实的反映,使其文艺理论研究能够根据社会时代发展的需要而不断推进理论的创新发展。而钱中文、童庆炳的文学审美论话语建构则因偏重于强调文艺的"超功利"审美特

---

① 童庆炳:《审美意识形态论的再认识》,《文学审美论的自觉——文学特征问题新探索》,北京师范大学出版社 2011 年版,第 95—96 页。
② 王元骧:《文学原理》,浙江大学出版社 2018 年版,第 10 页。
③ 王元骧:《文学原理》,浙江大学出版社 2018 年版,第 293 页。

性，使其理论创新的空间受到了一定程度的限制。概括地说，新时期以来的文学审美论话语建构中，钱中文、童庆炳的理论探索主要是针对着极左文艺理论的局限，以努力纠正极左政治对文艺的扭曲为目标；而王元骧则不然，立足现有的理论发展基础，不断推进对既有理论建构的创新性完善，是其理论研究的根本取向。另外，王元骧与钱中文、童庆炳的文学审美论话语建构还有一点根本性的区别，即始终坚持辩证唯物主义认识论的理论指导，不断推进理论认识走向思维具体。根据马克思主义辩证唯物主义认识的基本原理，对事物的一般本质的认识只有与特殊本质的认识结合起来后，才能实现对事物的个别的具体把握。如果说，文艺对社会生活现实的反映是文艺的一般本质，文艺创作和阅读活动的审美特性是特殊本质，那么两者的统一即文艺对社会生活现实的"审美反映"才是文艺理论认识应该达到的个别具体认识。而钱中文、童庆炳在 20 世纪 80 年代中期至 90 年代中期对文艺的审美特性的强调无疑只是实现了对文艺的特殊本质的深入把握，而还没有把"一般与特殊"统一起来，真正完成审美反映论的话语建构。两人 90 年代中期以后对审美反映论理论的深化，也同样只是在文艺的特殊本质层面上的认识深化，不能看作真正的对审美反映论观点的深化完善。所以，王元骧的观点被学术界评价为"最具审美论倾向的文学反映论"①、"更为典型的审美反映论"②不是偶然的。反观我国新时期以来审美反映论理论建构和演进的整体历程，把王先生看作既以反映论为理论基础，同时又引入马克思的实践思想，突破传统认识论文艺观唯认识论和唯科学主义倾向，把认识与实践、认识论与价值论结合起来，把文艺的现实性与超越性、科学精神与人文精神结合起来而完成自身的理论建构的当今文艺理论界的第一人是当之无愧的！

---

① 杜卫：《走出审美城——新时期文学审美论的批判性解读》，东方出版社 1999 年版，第 101 页。

② 朱立元：《对反映论文艺观的历史回顾与反思》，《理解与对话》，华中师范大学出版社 2000 年版，第 293—294 页。

试论人生论美学的独特性

李茂叶 *

内容提要：人生论美学以社会实践为基础，将审美与个体人生紧密结合，以审美来提升人生意义与人生价值，从而使个体人生充满活力与创造力，并使人生达到最高境界。它具有区别于当代其他美学思想的独特性：一是在思想资源上具有根植于中国文化的传统性；二是注重审美体验的个体性和直接性，体现在方法论上则呈现为自下而上的渐进性；三是在审美上追求人生价值的普适性。

关键词：人生论美学；根植于中国文化的传统性；自下而上的渐进性；审美体验的个体性和直接性；审美价值的普适性

自美学学科被引入我国后，国内美学界对美学的探索从未停止，先是王国维以西方美学理论来解读中国的艺术作品，20世纪30年代前后有许多美学家将西方美学理论、苏联美学理论大量移植与介绍到国内；20世纪50—60年代，围绕美的本质问题，国内学界针对美的本质展开百家争鸣；20世纪80年代以李泽厚为代表的实践美学占据主流。20世纪90年代后，随着西方美学、哲学理论的新一轮引进，国内学者开始探讨美学本土化的问题，他们吸取西方美学理论的资源，创造性地提出了美学的本土化问题，建立了生态美学、生命美学、旅游美学等流派，推动了美学理论的创新与美学学科的发展，曾繁仁、蒋孔阳、张法等人都以各自的美学思想极大地推进了中国美学的发展。长期以来我们美学的发展整体上以形而上的抽象的学理分析为主，重在理性思辨与阐释，这与西方长期以来的哲学美学传统一脉相承。这种重在学理研究的美学发展倾向极大地促进了美学学科各个方向的发

＊　李茂叶：江苏师范大学传媒与影视学院副教授。

展，但其影响更多地局限于学者与众多研究者的范围，在指导大众审美以及提高普通人的审美素养上显曲高和寡且太形而上，从而与大众的人生形成隔膜。

　　近十年王元骧等人提出的人生论美学将美学的发展推向不同于仅仅注重美学学理研究的另一个方向，即注重美学研究于具体人生的指导意义和个体审美的实践意义。王元骧先生认为，人生论"是一门研究人的生存活动及其意义和价值的学问"，"人生论美学是一种生活美学"，①它主要是"在情志的维度上"②以终极人文关怀的视角关注个体生存的美学形态。金雅女士认为，人生论美学"就是将审美与人生相统一，以美的情韵与精神来体味创化人生的境界。也就是在具体的生命活动与人生实践之中，追求、实现、享受生命与人生之美化"。③聂振斌先生提出，人生论美学至少包括四个方面的研究内容："人的生命活动与艺术的生命精神、生活与生活的艺术化、生存环境与生态环境美、文化理想与艺术—审美境界。"④尽管他们对人生论美学的含义界定有所不同，但都强调了审美与人生、审美及提升个体人生的境界之间的关系。笔者认为人生论美学就是以社会实践为基础，将审美与个体人生紧密结合，以审美来提升人生意义与人生价值，使个体人生充满活力与创造力，最终使人生因超越眼前的利害而达到更高的境界。在当今物质文明高度发达、科技理性肆意横行、人们精神追求品味低下甚至转向生理兴奋的语境下，人生论美学开辟了美学研究的一个崭新方向，并初步形成一个新的美学研究流派，这于我们当代美学研究和当代人的生存具有重大意义。笔者以为，人生论美学作为一个颇有现实意义的新兴美学流派，具有区别于我国当代其他美学思想的独特性。

一、人生论美学在思想资源上具有根植于中国文化的传统性

　　无论将人生论美学作为当代美学的一门分支学科还是一个流派，它都

①　王元骧：《关于推进人生论美学研究的思考》，《学术月刊》2017 年第 11 期。
②　王元骧：《关于推进人生论美学研究的思考》，《学术月刊》2017 年第 11 期。
③　金雅：《人生论美学的价值维度与实践向度》，《学术月刊》2010 年第 4 期。
④　聂振斌：《人生论美学释义》，《湖州师范学院学报》2015 年第 5 期。

是美学研究的一个新方向,但就其思想资源来说,中国古代的哲学、美学以及各种艺术作品、艺术理论都为其提供了大量有关人生论美学的内容。我们先从孔子的思想谈起。孔子是我国春秋末期的大思想家、教育家、儒家学派的创始人。他对人生与美的关系、对人生境界的追求在《论语》的某些片段中体现出来,并隐含在他的"天人"学说中。如"天何言哉? 四时行焉,百物生焉,天何言哉"?① 孔子对创造生命之源的"天"——即人格意义的自然——心存敬畏,因为"天降生了人,人有责任来实现这个目的,这是人的神圣使命,也就是'天命'。从这里就产生了人生的意义,使人生具有一种使命感"②。而"对自身社会使命的敬畏感和责任感"恰恰是一种崇高美,所以孔子对天地的敬畏已超越了伦理范围上升为崇高美,庄子将其称为"大美",所谓"天地有大美而不言,四时有明法而不议,万物有成理而不说"③。具体到人的生活,孔子又将审美、艺术与人生紧密联系起来。比如,他认为学习诗歌、音乐不但可以对社会秩序产生良好的引导作用,即"兴于诗,立于礼,成于乐"④,还可以使人产生美感、提升人的精神,并进一步感受到人生的乐趣。陶醉在艺术的氛围里是人生的一种享受,孔子听韶乐的审美体验即是一例:"子在齐闻《韶》,三月不知肉味,曰'不图为乐之至于斯也'"。⑤ 可见,艺术审美所产生的审美感受可以超越物欲与生理带来的快感,使人生达到超越境界,这与《列子·汤问》中韩娥的歌声"余音绕梁,三日不绝"有着异曲同工之妙,歌声之美和音乐的魅力可见一斑。《论语》中还讲述了孔子点评学生人生追求时的一件不起眼的小事:"暮春者,春服既成,冠者五六人,童子六七人,浴乎沂,风乎舞雩,咏而归。"⑥更高的人生境界是什么? 孔子认为尽管他的学生各有成就,但在大自然中放松心灵,与大自然、与他人和谐一体,达到天人合一的境界未尝不是一种理想的审美境界,这已经超越了单纯的生存、职业或物质而上升到更高的审美境界。这些都体现了孔子对审美与艺术、审美与人生之间关系的重视。连理学家程颢也以诗歌《春日偶成》记载了自己春天郊游时从大自然中得到愉快的审美体验:"云淡风轻近

---

① 孔子:《论语·阳货》。
② 叶朗、朱良志:《中国文化读本》,外语教学与研究出版社 2016 年版,第 5 页。
③ 庄子:《庄子·知北游》。
④ 孔子:《论语·泰伯》。
⑤ 孔子:《论语·述而》。
⑥ 孔子:《论语·先进》。

午天,傍花随柳过前川。时人不识余心乐,将谓偷闲学少年。"理学后继者朱熹的《春日》写道:"胜日寻芳泗水滨,无边光景一时新。等闲识得东风面,万紫千红总是春。"也是作者在融入春天的大自然后得到的审美乐趣。二人的审美体验不但有着异曲同工之妙而且朱熹的审美体验简直是程颢审美体验的翻版。这种生活中随处可见的美都可以使人达到极高的审美境界。上述材料中,无论是孔子还是其他人都自觉地通过对艺术、对大自然的审美不仅使自己的精神喜悦,而且达到了个体的人与人之间、个体的人与自然之间的和谐,反过来,此时的审美体验又激发了个体生命的创造力。上述孔子的评论、程颢与朱熹的诗,中国古代的山水诗等,都揭示了美与艺术(大自然也作为一个审美对象)与人生之间的密切联系,也是人生论美学所包含的内容。

可见,从孔子开始,历代儒学家和其他诸子百家、众多的艺术家乃至近代的王国维、梁启超和现代各个领域的思想者如朱光潜、丰子恺、蔡元培都将美与人生紧密地联系在一起,并给我们留下了大量关于人生论美学的思想资源。可见,就思想资源上来说,人生论美学具有根植于中国文化的传统性,它在我国有着悠久的历史传统,只是人生论美学思想在古代中国比较零散,既无专论亦不成体系,尤其是五四前后随着西学东渐,西化的美学"遮蔽"了我国古代人生论美学思想的光彩。当代美学家蒋孔阳先生亦是吸取了中国古代美学思想提出了人生论美学的最初观念。王元骧先生也认为"我们提倡人生论美学某种意义上也是对我国传统美学思想的一种继承和发展"[1],聂振斌认为,"人生论美学根植于中国古代美学",当代学者陈望衡、金雅、王学海、朱鹏飞、郑玉明等人也都发掘了中国传统思想资源中的人生论美学思想。我们需要将我国传统文化思想资源中的人生论美学进一步发掘、整理并取其精华,为我国当代美学建设服务,为改善当代人的生存境遇和提升个体人生的境界服务,从而更好地体现人生论美学的"中国特色"。

二、人生论美学在方法论上具有自下而上的渐进性

在美学史上,无论是浅显普及性的美学读本还是专业深奥的理论专著

---

[1] 王元骧:《关于推进人生论美学研究的思考》,《学术月刊》2017年第11期。

都极为常见,美学理论的资源非常丰富,但我们的美学理论大多沿袭西方美学的研究传统,以形而上地探讨美的本质和其他美学理论为主导,这虽然对我们美学学科的建设起到巨大的推动作用,但作为形而上探讨的美学理论对于普通大众的个体审美体验来说显然会有隔膜,因为美学理论必须借助于具体的审美实践才会起到指导作用,如何将二者融为一体,其方法之一便是依靠西方逻辑思维中的阐释、说明等方法对审美现象做出解释。但解释会停留在"知"的层面,对个体来说仅仅是一种美学知识的教育和求知的渴望,即理性的认知如果没有情感的介入,就无法使个体得到感性的审美体验,也就无法作用于人的心灵,所以"要完善和提升人的心灵世界,不仅要有知识的教育、意志的教育,还需要有情感的教育[1]"。对审美来说,内在情感驱动下的审美直觉、审美情感既是兴趣与爱好使然,也是面对审美对象时得到的直接的审美体验,不需要理性的督促。孔子也说"知之者不如乐之者,乐之者不如好之者[2]"。当然爱好与兴趣是在长期的社会实践和审美实践中养成的,同样需要理性的参与,但不可否认的是,面对审美对象,个体当下的和直接的审美体验对审美来说才是首要的和必须的,同样,对每一个个体的人生来说,以直接的体验感受世界与生命远胜过宅在室内通过间接的媒介了解世界与生命,也正因为如此,佛家才强调直面大千世界中的每一道风景并因此顿悟。但在当前网络与媒介极端发达的语境下,"人类生活的一个特点,就是体验的直接性越来越少,我们几乎是凭借媒介而生活……媒介给我们带来便利,但不知不觉中我们感受真实世界的心却迟钝了[3]"。人生论美学强调美学研究对个体生存的人文关怀,强调美学研究要从理性的维度转向情感意志的维度,使美学研究通过个体的感性的、直接的审美体验作用于个体的生存,从而使个体的生存走向更高的境界。当然,这并不是否认美学理论的指导作用,而是为了克服美学理论研究脱离个体现实人生的弊端。如果以此视角来审视人生论美学,那么人生论美学区别于我国当代其他美学思想的一大特点就是,对个体的审美来说,它强调审美者面对审美对象、沉浸于审美对象时所获得的一种直接的审美体验。在方法论上,人生论美学重视这种来自最基本的生存体验对个体情感与意志的塑造作用。当直接

① 王元骧:《美的理想不容矮化》,《人民日报》2018年7月27日第24版。
② 孔子:《论语·雍也》。
③ 叶朗、朱良志:《中国文化读本》,外语教学与研究出版社2016年版,第44页。

的审美体验与形而上的美学理论猝然相遇、与个体来自社会实践的"知"相结合时，审美于个体心灵的塑造和个体的生存显然会更高一筹。我国古代无数著名的山水诗，首先就是直接审美体验的结果。这是一种不同于西方传统美学以形而上的方法进行美学研究的独特的方法。我们将其命名为"自下而上的渐进式"的方法。

　　所谓"自下而上的渐进式"的方法，并非先进行审美再学习美学理论。人作为社会群体和生产实践中的人，其成长是立体的，也是复杂的，每个个体的人都脱离不了物质与精神的双重合力，脱离不了各种意识形态的熏陶，脱离不了家庭、学校、社会的影响。同样，审美者每一次审美心理过程的发生都是作为独特而具体的"这一个"而出现，重视个体审美体验的直接性、独特性对个体生存的影响应该也是美学研究的重要内容，这正是人生论美学的应有之义。由此可以解释朱自清与俞平伯同游秦淮河，二人所写的同题文章《桨声灯影里的秦淮河》风格为什么如此迥然不同，这同样也说明个体独特的审美体验也无法脱离社会的影响。正如王元骧先生所说"我们提倡人生论美学，就是为了改变以往把人作抽象、分解的理解，把审美关系中相对于审美对象而言的审美主体看做是处身于现实关系中的感性与理性、个人性与社会性统一的、现实的、具体的人"①。从形而下的具体的人出发，自下而上研究美学与人生、艺术与人生的关系，这就使得人生论美学拥有了一个坚实的立足点，同时也在方法论上体现出其区别于西方美学的独特性。

三、人生论美学以审美的方式指向具有普适性的人生价值

　　如上所述，人生论美学关注人生存的终极价值，并以此为使命，这种人文关怀不是关注一个人的学历、职业、收入、年龄、民族、性别、地域等因素，这些因素固然是人的生存需要关注的对象，其中任何一个层面都会影响一个人的生存，这些层面更会影响一个人的生存状况，它们让一个人去思考我该怎样发展自己、该怎样成就更好的自己，但这些层面成就的人还只是一个局限于具体生存境遇的人。显然，古往今来无数哲人都远远超越了上述层

---

① 王元骧：《关于推进人生论美学研究的思考》，《学术月刊》2017 年第 11 期。

面,他们所追问的命题是:人的存在价值与意义何在?哪怕后现代主义干脆否认人存在的价值与意义,其实也是这一追问的一个答案。当代新儒学代表杜维明教授对在 2018 年 8 月北京举行的第 24 届世界哲学大会的主题"学以成人"的阐释中认为,儒家从"己、群、地、天四个向度,即身心的整合、人和社会的互动、人和自然的持久和谐、人心天道的相辅相成,就构成了一个人之所以成人的基本框架。在这个基本框架里,我们的问题就是,何以能够真正地学而成人,何以真正地能够为己"①。杜教授从儒学的角度回答了人生存的终极价值和意义:一个人的存在其使命不是为了一己之利,也"不仅仅是为了人类的存活问题,还是为了整个宇宙大化,它能够生生不息地向前发展"②。这在孔子的"己欲立而立人、己欲达而达人"③的教诲中、在孟子的"万物皆备于我"④的胸怀中、张载的"为天地立心,为生民立命,为往圣继绝学,为万世开太平"⑤的境界中,在周恩来"为中华之崛起而读书"的宣言中,我们体悟到人的生存会有终极价值和意义,如此,人类才会创造出生生不息的优秀文化、人类文明和地球文明。人生论美学无意中与杜教授和这次世界哲学大会的主题相合,因而,人生论美学超越了其他美学学派理论思辨式的探讨,将审美最终价值指向了人类和地球的未来,这恰恰与哲学归宿殊途同归。因而,与其他美学学派相比,人生论美学在审美价值的指向上更具有普适性与超越性,用当下流行的话语来说就是"人不只有眼前的苟且,还有诗意与远方"。

有人认为人生论美学的这一价值指向太遥远,也不现实。在生存压力巨大的现实下,哪顾得了什么审美、人类、地球和宇宙?其实不然。从审美来说,并不是只有艺术才是审美的对象,当我们在凝视和倾听时,刺激并震撼我们心灵的对象都是审美对象。余秋雨认为在审美心理的发生过程中,刺激审美者的"第一是视觉,即图像,第二是听觉,即音乐,第三才是抽象转换信号,即文本。……人类的充分健全,表现在生理功能和心理功能的进一

---

　　① 杜维明:《为什么要"学做人"——关于第二十四届世界哲学大会主题的思考》,《光明日报》2018年 8 月 11 日。

　　② 杜维明:《为什么要"学做人"——关于第二十四届世界哲学大会主题的思考》,《光明日报》2018年 8 月 11 日。

　　③ 孔子:《论语·雍也》。

　　④ 孟子:《孟子·尽心上》。

　　⑤ 张载:《横渠语录》。

步释放,尤其是不借助转换信号的视觉功能和听觉功能的直接释放。学会凝视,学会倾听"①。远在甲骨文诞生前,半坡文化遗址与红山文化遗址以及岩洞上的一些原始壁画,已向我们证明了审美的发生可以与实用并行,却不是非要建立在衣食温饱之上,至少二者不一定非得是同步的。同样,《诗经》也只是当初史官从民间采集的民歌,那些没有文化的大众以"劳者歌其事"的自由态度歌唱了他们的生活中的一切痛苦快乐、忧伤委屈、幸福无奈和怨愤悲哀。我们拥有健全的眼睛和耳朵,还有今天教育给予我们的文本审美能力和其他审美能力,何愁缺乏审美对象,所谓"生活处处充满了美,只是缺少善于发现美的眼睛"。

这样,审美反而可以使人从生存压力中解脱出来,使人快乐、幸福。王元骧先生在谈及美对于人到底有着什么意义时,他说"在我看来(美)最根本的就是使人真正活得快乐、幸福"②。因为审美过程是人在面对审美对象时,在直接体验中感受到的无利害的自由和愉快,美本身就是目的,不是达到其他目的的手段。中外的哲学家、美学家都有过类似的论述,上文中孔子对音乐的评论,庄子的"人皆知有用之用,而莫知无用之用也"③的无用之用方为大用的思想,用来形容美也是恰当的,康德的"无目的的合目的性"更是对美的价值指向的最好概括。美没有功利性而直接作用于人的心灵、塑造,从而整合并提升人的人格,在高尚的人格面前,眼前的功利、心里的私欲、一时的得失,都不算什么。这时,一个人的人生境界便走得更高更远:可以变为《论语》中可以"弘道"的君子,可以将孟子所谓的"小体"变为"大体",可以变为陆象山所说的可以"立乎其大"的宇宙之体,这就走向了可以变为以人为本体的真正的"人"。

怎样成为真正的"人"? 第 24 届世界哲学大会开出的良方是"学以成人",即通过"学"来成为真正的人。学什么? 显然不单单是知识、技能,还有对自身自觉自愿的不断反省后对自己人格的不断塑造。这显然是对的,自然也包含审美的成分,但也难免带有个体理性的强迫成分。但对人生论美学来说,恐怕还是要通过审美,辅之以其他各种教育。个体审美是建立在自己各种社会实践的基础上,又是与个体感性与理性、个体性与社会性的综合

---

① 余秋雨:《中华文化四十七堂课》,岳麓书社 2011 年版,第 222 页。
② 王元骧:《美:使人快乐、幸福——"人生论美学刍议"》,《学术月刊》2010 年第 4 期。
③ 庄子:《庄子·人世间》。

结果,因此,人生论美学在践行其目标时更具有自由性,并不可避免地与"美育"联系在一起。因此,美育是通向审美的最佳的和最重要的途径,其他社会实践活动亦是其中的应有之义。

总之,人生论美学力图以美来提升人的品格与人生境界,强调了美对于人的生存所具有的终极价值意义,这与当今哲学的价值指向不谋而合,表现出与其他美学思想迥然不同的普适性价值指向,其践行的方式亦具有较强的可操作性,从而体现了美学与其他学科在致力于人的生存与人类长远发展的开阔视野。因此,人生论美学的倡导对当今社会生存陷于工作、房子、车子、教育等巨大压力与困境中的人们来说具有重要的现实指导意义。

综上所述,人生论美学根植于中国传统文化资源所体现的传统性、注重审美体验的个体性和直接性,方法论上呈现出的自下而上的渐进性,重视审美于人的生存意义上的终极性而体现出的人生价值的普适性,此三者体现了人生论美学于其他美学思想的独特性,并因此而具有现实针对性和未来指向性,是一个值得继续探讨和研究的新的美学课题。

王元骧与人生论美学的当代发展

陶水平　　张学文[*]

内容提要：中国传统美学向来将美与人生联系在一起探讨。这一人生论美学传统发端于儒道哲学，并在历朝历代的文人知识分子中得到稳固传承。具备了学科意识的近代美学先驱吸收西方美学思想，对人生论美学的理论内涵做了进一步地提升和拓展。在如何建构具有民族自身品格的美学、促成中西美学平等对话成为重要议题的当代，曾短暂中断的人生论美学被重新挖掘和复活。王元骧教授在马克思主义实践哲学的基础之上，初步建构起一个具有明确理论形态的人生论美学。至此，人生论美学经历了哲学中的审美人生论—美学的人生论美学思想—人生论美学理论这一历程。人生论美学契合了当代人文学的实践性精神，对新时代民族精神的建构具有重要意义，是一个值得继续深入探讨的重要议题。

关键词：人生论美学；历史演进；儒道哲学；王元骧；实践性

审美人生论是中华传统美学的精神核心，它构成了华夏美学思想的主脉，沉淀为中华文化的强大基因。人生论美学传统发端于儒道哲学，在历朝历代的文人知识分子中得到稳固的传承。近代中国，美学先驱们在借鉴了西方美学思想后，对它进行了进一步的理论提升，使其内涵得到进一步丰富。而在如何建构具有自身民族品格的美学、促成中西美学平等对话成为重要议题的当代，深入地挖掘、探讨并且建构具有明确理论形态的人生论美学，近年来已吸引了越来越多的学术力量参与其中。

---

　　* 陶水平：江西师范大学文学院教授、北京师范大学文艺学中心兼职研究员，博士生导师，中国中外文艺理论学会理事、中国文艺理论学会理事、中华美学会中国美学学术委员会委员；张学文：江西师范大学文艺美学硕士研究生。

一、儒道哲学中的审美人生论

一般认为,儒道互补是中国传统文化的基本形态。如果这一观点成立的话,那么基本可以说中国传统哲学是一种审美人生论哲学。因为不管是孔门儒学还是老庄道家,虽然在具体内容上有所不同,但都主张于现实的人生中实现超验的生存,而这种超验生存的实现之处便是审美的人生。

孔子讲"礼","仁"是"礼"的核心,其主要针对的是人的行为规范,因此儒学哲学通常被归为一种道德哲学、伦理哲学。但孔子规定的这套伦理规范其根基并不在一套先验的道德律(如康德哲学),也不在彼岸之神(如基督教),而是在人的心理情感。《论语·阳货》中,宰予嫌三年守丧时间过长,建议缩短为一年:"三年之丧,期已久已……期可已矣",孔子没有直接反驳他,而是直问宰予"于女安乎"?宰予答"安",其后孔子则曰"予之不仁也!子生三年,然后免于父母之怀……予也有三年之爱于其父母乎"?① 这里孔子并没有为孝悌之礼讲一番大道理,而是将其建筑在"心安"与否的基础上。可见心理情感实是其仁学的最后根基。而根据康德的知情意与真美善的对应关系,情感领域对应的是审美。因此儒家的实践理性实际上建筑在审美的情感原则之上,形成了儒家美善合一的基本精神风貌。美善之所以能合一则在于这种情感并不是动物性的情欲,而是既包含道德而又超越道德的与天地同构、达到和谐的审美情感。

儒家的经典典籍《论语》的语体风格也鲜明地表现出这种情为本体的思想特色。"三军可夺帅也,匹夫不可夺志也"②、"天何言哉? 四时行焉,百物生焉,天何言哉"③、"朝闻道,夕死可以"④等等这些"率情任性"掷地有声的句子,无不显示出在孔子对宇宙人生的思考中,情感所具有的本体性地位。从"逝者如斯夫,不舍昼夜"⑤中,李泽厚先生更是生发出了如下结论:"孔子

---

① 孔子:《论语·阳货》。
② 孔子:《论语·子罕》。
③ 孔子:《论语·阳货》。
④ 孔子:《论语·里仁》。
⑤ 孔子:《论语·子罕》。

对逝水的深沉喟叹,代表着孔门仁学开启了以审美替代宗教,把超越建立在此岸人际和感性世界中的华夏哲学——美学的大道"①。因此,儒家所追求的人生其实是一种审美化的人生。西方存在主义哲学家海德格尔认为,艺术是自行置入作品的真理,而真理是存在的显现,即艺术是对存在的显现。那么在孔子那里追求的则是将真理置入整个人生当中,在人生中践行本真的存在,人生本身就是一件艺术品。

道家也如是,只不过儒家的审美化的人生是由与天地同构凝聚为君臣父子的人际和谐。而道家则追求在天人合一的逍遥游中脱离世俗返归自然,实现物我和谐。"彷徨乎尘域之外,逍遥乎无为之业"②,是道家的理想人生。但庄子的遗世绝俗并不否弃人生,而是充满了对人生的珍视,因为他自始至终都在求"乐"。庄子之乐是天乐,所谓天乐——"与天和者,谓之天乐"③。"与天和"诉诸的并不是理性,而是超理性的情感直觉,它要求忘怀得失,忘己忘物。所以,正如李泽厚先生所指出的那样,这种天乐"实际上首先指的是一种对待人生的审美态度",道家哲学是"求精神超越的审美哲学"。④ 道家主张的值得一过的人生是逍遥自在的审美的人生。

总体而言,中国哲学不以主客二分见长,中国美学不以思辨美学见长。儒道哲学中并无作为知识对象的美,他们不约而同地将目光集中在怎样于经验的人生中实现超验的生存这一实践性议题上。而审美化的人生又成为这一问题的最终解答。他们对人生的思考中天然包含着美的情韵。这就是为什么西方哲学著作只能作为哲学文本,而儒道典籍则可以直接作为文学文本来接受。因此,华夏哲学是一种审美人生论哲学,而华夏美学则是一种人生论美学,两者实为一物。这一文化轴心时代所奠定的强大的思想传统,化为华夏民族的精神血脉得到一代又一代的传承,以至后世几乎所有的思想家、艺术家在对生命进行形上思索时最终都归于物我合一的情感陶醉。这一传统可以说支配和延续了中国美学的整个古典时代。在这一长达两千多年的时段里,由于中国传统文化形上品格与实践品格混融不分的特性(这也是"人生论"的基本特征),美学与哲学实为一家。这两者的关系可以描述

---

① 李泽厚:《华夏美学·美学四讲》,生活·读书·新知三联书店 2008 年版,第 62 页。
② 庄子:《庄子·逍遥游》。
③ 庄子:《庄子·天道》。
④ 李泽厚:《华夏美学·美学四讲》,生活·读书·新知三联书店 2008 年版,第 87—91 页。

为：美学包含在哲学中，哲学具有美学色彩。人生论美学在这一时期的形态属于哲学的审美人生论。

二、近代美学中的人生论美学

由古代向现代社会的转变，并没有使这一传统走向终结。它仍然在中国人的思维方式、生存方式、审美倾向上发挥着巨大的精神效力。

西方近代思潮的涌入，使美学逐渐取得独立，但其中仍然包蕴着浓厚的人生论美学精神。王国维可谓中国现代美学的先驱，他作为典型的儒家传统知识分子，大胆地吸收了康德、叔本华的思想，提出了著名的"境界"范畴。"境界"说沟通了审美领域与人生领域，它不仅是艺术品鉴词汇，同时也是人格品鉴、人生品鉴词汇。所谓"境界"——"境非独谓景物。喜怒哀乐，亦人心中之一境界。故能写真景物，真感情者，谓之有境界"[①]，可见艺术之境界是心中境界之物化。王国维接受了叔本华的意志哲学，认为痛苦是生存所摆脱不了的命运，因此提炼"境界"这一艺术本体以寻求解脱，使人"于此桎梏之世界中，离此生活之欲之争斗，而得其暂时之平和"[②]。针对美对人的精神拯救之效用，蔡元培则明确地提出以美育代宗教说。用审美来代替宗教来进行情感教育，使人不假借于神也能获得形上之体验，达到本体世界。梁启超则提出"趣味"范畴，"趣味"同样是溢出审美范畴而直达人生范畴的本体概念。金雅教授认为，"在梁启超这里，趣味是一种广义的生命意趣，是一种特定的审美生命精神和据以实现的审美生命状态"[③]。鲁迅提出摩罗诗力说，所谓"摩罗"便是西方文化中的魔鬼撒旦，倡导文艺作品需具有魔鬼般的强力意志。他将艺术表现与民族的精神气质联系起来考察，说明唯有具有强力的民族才能诞生出伟大的诗人，才能创造出伟大的"美术"。民族的精神是这个民族的个体精神之聚合，将"美术"与民族精神、民族命运联系起来，实际上也是将"美术"与个体人生相联系。鲁迅先生的"摩罗诗力说"明显受到了尼采的影响，提倡人生应具有强力的精神意志，与其他几位美学

---

① 王国维：《人间词话》，中华书局出版社 2010 年版，第 9 页。
② 王国维：《中国现代美学名家文丛·王国维卷》，浙江大学出版社 2009 年版，第 89 页。
③ 金雅：《"境界"与"趣味"：王国维、梁启超人生美学旨趣比较》，《学术月刊》2012 年第 8 期。

先驱相比,别有意趣。这一时期的人生论美学的一个重要特征是受到当时特定时代的救亡主题的影响,除了关注个体人生价值的实现之外,往往包含了社会、民族的普遍论的维度。经过以上四位美学家、思想家的开拓,美学不仅具有了现代学科意识,而且保存和发扬了融审美与人生于一体的传统美学精神。

　　这一美学精神后来在朱光潜、宗白华等人的阐述下,聚焦为人生艺术化命题,得到进一步展开。朱光潜先生在考察人对古松的三种态度之后,认为艺术的欣赏需要与实际生活拉开距离。但这并不能说明艺术与人生的分离,因为这里的实际生活并不等同于人生,它只是人生当中一个狭小的方面。人生应该是实际的活动、科学的活动与美感的活动的相互融合。关于艺术与人生的关系,他说道:"人生本来就是一种较广义的艺术。每个人的生命史就是他自己的作品"①。艺术与人生的同一性的根源在于"情趣","情趣"造就了艺术,也造就了值得一过的人生。这一点与梁启超的"趣味说"有异曲同工之妙。他认为,艺术与完美的人生的共同点在于:一是整体有机性;二是真诚。人生的另外两种活动——求真与向善,其根底也是美的活动,它们在最高的层次上是融为一体的,都是一种"无所为而为的玩索",是一种对趣味的追求。宗白华先生怀着强烈的现实关怀,力求为现代国人探索一种理想的人生观。他认为人生应树立起科学的人生观以及艺术的人生观。科学的人生观就是借助科学的内容以及科学的方法来安排自己的人生。而艺术的人生观虽然缺乏科学的严格根据,是一种艺术与人生的"比例对照",是"推想",但它建立在一种内在的领悟的基础上,因而个体不妨接纳一种艺术的人生态度。人生和艺术可进行"比例对照"的基础在于,两者都是将物质"形体化"、"理想化"。他说:"艺术创造的手续,是悬一个具体的优美的理性,然后把物质的材料照着这个理想创造去。我们的生活,也要悬一个具体的优美的理想,然后把物质材料照着这个理想创造去……总之,艺术创造的目的是一个优美高尚的艺术品,我们人生的目的是一个优美高尚的艺术品似的人生。"②朱光潜和宗白华作为中国现代美学的双子星,都不约而同地肯定了艺术与人生的同一关系,使得中国现代人生论美学在贯通艺术实践与人生实践的理论内涵和理论特质方面得到进一步明确。总体而

---

① 朱光潜:《谈美》,华东师大出版社 2012 年版,第 106 页。
② 宗白华:《中国现代美学名家文丛·宗白华卷》,浙江大学出版社 2009 年版,第 12 页。

言,中国近现代人生论美学在吸取了西方哲学、美学的养料之后,在学科意识的规范下,已经将传统中的审美人生论哲学思想,转化为美学中的人生论美学思想,也就是说,前者注重的是人生的美学性质,后者,注重的是美学的人生性质。人生论美学在后者当中获得了更大的学理支撑。

但是20世纪50年代后,由于特定的历史原因,中国美学丧失了这种人生维度,转向对美的本质进行纯粹知识性探讨的认识论美学,切断了美与人生的关联。但在比美学领域更广阔的人生领域,我们发现,这种审美的人生哲学仍是支撑着中国知识分子面对苦难折磨的精神支柱,它在人面对严重异化的生存空间时,唤起强大的精神力量和忍耐力。可见,审美人生观作为华夏民族的精神基因,从未也不可能被完全剔除。

三、当代人生论美学的理论建构

到了新时期,美学的主流虽然由李泽厚先生开创的实践论美学占据。但人生论美学精神也开始重新复燃,这主要体现在对"意境""韵味"等古典美学范畴的探讨与发掘上,人生论美学精神由大传统变成为一个小传统。实践论美学的核心观点为"美是人类生产实践的产物"。它在80年代走向成熟,尽管李泽厚实践美学要倡导新感性,强调世俗日常生活的美,但因其积淀说对感性的支配,学界终归普遍认定其有着忽视个体感性生存的缺陷。这使得它在80年代末期不断受到挑战,许多实践论美学的改进形态以及建立在否定它的基础上的美学形态应运而生。前者有张玉能、邓晓芒等人提出的新实践美学、朱立元提出的实践存在论美学;后者可统括在后实践美学这一条目下,包括刘晓波的"非理性美学",刘小枫的"诗化哲学",胡经之与王一川、王岳川的"体验论美学",杨春时的"生存超越美学",潘知常的"生命美学",张弘"存在论美学",以及受到后实践美学挑战后李泽厚提出的"情本体论美学"和晚近年轻学者刘悦笛等人提出的"生活美学"等等。这些理论的共同特征是或高扬美的个体性、非理性和超越性,或肯定人的日常世俗的感性生活的合法性。这种种美学理论形态共同构成了中国美学多元发展的格局,但也较多地依赖西方的理论资源。它们虽然都带有原创性质,但自身的民族美学品格仍不鲜明,对本民族自身的审美经验的理论概括和现代转化不够,因而在与西方美学的交流中长期找不到自身的定位,处于一种被动失语的状态。因而,建构一个属于我们自己的、能够体现自身民族精神的美学理论成为学界迫切的愿望。中华美学精神的要义之一便是融艺术、审美与人生于一体的审美人生论,因此将这一美学精神建构成一种明确的理论形态不失为一条合理的选择。

但是,人生论美学要完成由精神和价值取向到明确的理论形态的转变,就不得不面临如何处理美的本质、本性的基本问题。如金雅教授所言:"人生论美学……其关注的核心就是审美与生命与人生的关联问题,而其首要的和关键的问题仍是对美的内涵和精神本身的把握和理解问题,这不仅关系到人生论美学能否确立的问题,更是关系到建构怎样的人生论美学的问题"①。人生论美学不能只停留在对美学的人文性的呼唤上,它更应该实际行动起来,对美作出某种有新意的解释,以作为这一呼唤的立足点。这也是使人生论美学在新的时代背景下实现自我更新、摆脱陈腐之气、获得新生的突破口所在。

对人生论美学的理论建构进行自觉理论探索的当首推王元骧先生。王元骧先生首先是一个文艺理论家,但是晚近以来他注意到许多文艺理论的问题归根到底都是美学问题,因此逐渐将精力转向美学研究。人生论美学是建立在他人生本体论文艺思想和个人内在生命体验之上的理论选择。首先,他的人生论美学坚持美是实践的产物,是人在实践活动中所确立的人与现实的价值关系这一实践美学的基本看法。这表明他的人生论美学建立在马克思主义的实践哲学基础之上,具有更加坚实的科学根基。也正因如此,王元骧先生的人生论美学所提倡的自由不再是停留在个人主观意志或意念中的自由,而是通过实践所达到的合目的性与合规律性相统一的自由。中国传统哲学提倡"知行合一"、强调人生的道德践履,强调"志于道、据于德、依于仁、游于艺"②,强调"践仁"而"成圣";但同时也遵循"邦无道则隐"③、"穷则独善其身"④等隐忍退守以保全内心虚静的"明哲保身"哲学。这表明,在传统美学中,"逍遥游"式的心灵自由和精神自由凌驾于外在客观现实

---

① 金雅:《人生论美学的价值维度与实践向度》,《学术月刊》2010 年第 4 期。
② 孔子:《论语·述而》。
③ 孔子:《论语·泰伯》。
④ 孟子:《孟子·尽心上》。

关系的自由之上,这种自由在恩格斯看来是幻想中脱离现实而独立的虚幻的自由。王元骧先生的人生论美学作为实践论美学的补充和发展,其根基仍然建筑在实践哲学基础上。在对美的本质的看法上,仍坚持美是实践的产物这一基本观点。它所提倡美与人生的融合,并不是使人停留在自身营构的审美的乌托邦世界之内,而是激励人积极地去创造符合人自身目的的外部现实环境,以期实现外部自然的人化的同时,也实现内部自然的人化,也即是外部自由与内部自由的统一。因此,王元骧先生不仅使人生论美学有了更为坚实的理论基础,而且,在对中西美学传统思想资源进行充分吸纳和改造的基础上,对其人生论美学的具体理论内涵进行了更新。

在人生论美学的建构层面,王元骧先生对审美主体、审美客体以及审美关系这三个范畴进行了独特的阐发。首先,他认为审美主体——人,并不是抽象的人,而是具有现实性的"社会的个人"。"社会性的个人"是社会性与个体性的统一。在对人的内涵的认识上,一直存在着两种相互抵触的偏见。一种是只看到人的理性与社会性,把人看作是理性的人与社会的人。这一理性主义传统始自柏拉图,视理性为人区别于动物的根本属性。19世纪西方出现了对这一传统的反拨,自叔本华、尼采开始将人视为心理的、个体的人。王元骧认为这两种看法都是将人做了抽象的理解,而忽略了人的具体性。所谓具体性就是肯定人是作为存在于社会中的个体,美学理论的建构也应该从此出发。社会性的个体表明了人的具体性,凸显了人的过程性和流动性,由此从人的概念生发出人生的概念,表明人(人生)是一个在实践中自我创生的过程。其次,王元骧先生认为审美对象从根本上来讲是内感的、超验的,而非停留在经验的、外观的层面。前者是始源于柏拉图开创的传统,后者则始源于亚里士多德开创的认识论美学。认识论美学视域中的美是一种诉诸人的耳目感官的美,注重它带给人的悦耳悦目的直接的感官愉快。人生论美学则把美视为诉诸人的心灵的美,它所造成的是人在心灵层面的超验性体验。把美看成是感官愉悦的人往往秉持着一种享乐主义的人生哲学,视肉体欲望的满足为人生追求,化身为道德上的虚无主义者。而内感美则引领人从事精神上的自我提升。王元骧将美的经验性与超验性统一起来,并将超验性、内感性放在更为根本的位置,才能真正窥探到美对于"提升人的生存的价值,使人具有自己独立的人格而成为真正自由的人的作用问题"①。内感美之所以具有如此大的作用,是因为内感美诉诸人的体验,而体验是以情感为中心的多重心理机能的复杂活动。情感在整全人格过程中具有无可代替的作用,"只有经过情感体验使理性认识进入人的内心,化为自己的思想和灵魂,才会有助于人格的成长"②。视美为内感性的存在,意味着注重美的悦心悦意、悦神悦志功能。它使人追求精神上、心灵上的愉悦,进而激励人超越个人利害得失,舍弃小我,化身大我,在实现人的内部和谐的同时,也实现人与社会的外部和谐。因此,美也就实现了它的人生论功能。最后,王元骧认为审美关系是一种"意向性静观"关系。"静观"一词作为正式的美学术语滥觞于康德,但也多见于宋代理学美学,因而同时有着深厚的民族美学传统。一般认为"静观"表示一种隔绝意志的、只对对象形式产生兴趣的纯粹观照,对对象本身表现出一种纯然的淡漠。这样来理解形成审美关系现实发生的"静观",完全隔绝了美与意志的关系,否定了美的"合目的性"。王元骧先生则认为,"静观"在形式上虽然是无功利的,但其实质则隐含着意向性。这里所说的意向性是与无目的性相对的,指的是一种意志的指向性和目的性。因为伴随着"静观"所获得的审美情感,必然是具有意向性的。正是通过对静观的隐含意向性特征的肯定,王元骧先生表明,审美绝非是与意志无关的,它隐含着人生的终极诉求和理想信念。审美也绝非是通过舍弃一切意志活动使人获得内心和谐的乌托邦,相反,它时时刻刻提示着人的超越性存在,激发人奋勇向前。审美静观的意向性,确保了以美来建构人生幸福的可能性。

总之,王元骧先生人生论美学的逻辑起点是美的内感性和超验性,它的关于美的根源的根本性观点是实践论的观点。基于此,人生论美学在他的阐释中获得了科学的根基,并由潜在的精神情韵演化成一种明确的理论形态。至此人生论美学经历了哲学中的审美人生论—美学的人生论美学思想—人生论美学理论这一发展历程。王元骧先生的人生论美学成为当代实践论美学和此前人生美学的合题。然而,这一进程并未终止。王元骧先生的理论建构主要吸取的是中国古典哲学以及西方古典美学和近代美学理论(主要是康德美学),而对西方现代非理性哲学持一种否定态度。所以就守正与创新方面而言,其理论更偏向于前者,而后者稍显不足。后现代理论既

① 王元骧:《审美:向人回归》,浙江大学出版社2015年版,第283页。
② 王元骧:《审美:向人回归》,浙江大学出版社2015年版,第97页。

是人类对新的生存境况的现实反思,也是对现代性的理论反思,无疑具有一定的合理性。随着中国现代化建设的深入,中国社会与西方社会的同质化现象越来越严重,后现代的种种思想成果也越来越能描述中国当前所面临的现实境况。所以对人生论美学而言,如何面对这一新的人类历史境况,如何吸收和融入后现代主义思想将成为不得不加以考虑的问题。

四、人生论美学的当代价值

首先,人生论美学的话语方式具有明显的现实介入取向,符合当代人文学科的实践性品格。当代知识的总体情况是,虽然后现代的种种激烈主张并非不可怀疑,但是现代性面对这种质疑毕竟已无法自圆其说。后现代性反理性至上、反形而上学、反主体性的根本主张,造就了当代去中心、去体系化、去学科化的知识状况。知识的对象从主体的理知、形而上学弥散至人的世俗感性生活。从理性到感性,意味着人开始从自身的感受出发去寻求生存的意义,而不是依靠理性沉思去寻求终极真理,进而实现人生价值。从对"应然"的理性追索转向对"本然"的感性生命体验,再以感性的"本然"为"应然",使得当代人文科学具有越来越突出的实践性和应用性品格,实践性成为当代性的应有之义。也正因如此,美学作为一种偏于情感体验的传统"感性学"被这个时代所急切地需要而走向重视实践的实践感性学或感性实践学,其实践性品格也愈发凸显。因此,中国当代美学的理论建构应回应美和艺术的实践担当及人生意义建构问题。

人生论美学自古以来都将美与人生联系在一起,如何实现人生的美化是人生论美学的核心命题。这里"美化"中的"美"不仅仅是指优美、崇高等,其他美学范畴也是其中应有之义。如在儒家哲学中,人生美化既包括"虽千万人吾往矣"①的刚健之美,又提倡曾点气象、颜回乐处的朴质之美。道家有忘怀得失、忘己忘物,提倡自由人格的逍遥之美。近代王国维以"境界"为核心的人生论美学,吸取了叔本华的意志哲学,具有悲剧的美学色彩。梁启超以及后来的朱光潜和宗白华,都注重艺术与人生在"趣味(情趣)"上的相

---

① 孟子:《孟子·公孙丑上》。

通性，指向一个富于创造性的人生。可以说，人生论美学当中包含着取之不尽的人生指引价值。这种注重人的心性力量的培养的实践性当然与直接指导人安排日常生活的实践性有所差别，但这种融理性与感性、形而上与形而下于一体的品格，不失为对片面强调美本质思辨的认识论美学和后现代以来一味重感性轻理性的美学的双重补救与双重超越。

其次，人生论美学对于当代民族精神的建构也有不可忽视的意义。人生论美学作为中华传统美学的重要精神标识，内涵十分丰富，它不仅关乎美学，也集中地包含了中华民族的优良精神传统。因而对它的深入挖掘与阐释不仅仅关系到美学的发展，同时也关系到当代中华民族的精神文明建设，关系到中华美学和艺术精神的建构，因而具有深切的理论意义和现实意义。

建立自身民族精神的任务是迫切的。一个民族要实现持续的发展必须要有内在的精神支撑。这一精神支撑不可能来自其他，只能来自"是其所是"，来自传统的根基。新中国成立前三十年，由于特殊的历史原因，中华民族精神传统的传承被阻隔。这种阻隔所造成的结果并不是华夏心理积淀的完全断裂（因为它已经深入民族个体的深层人格当中不可排除），而是理论在民族自我认同和接受上的迷茫。这一后果的影响是深远而长久的。所谓的民族精神的确立，更核心的命题其实是塑造民族的自我认同意识。改革开放之后，现代性和后现代性这两个在西方具有先后承续关系的历时性的思想价值，成为共时性的问题几乎同时涌入中国。思想界呈现出一片繁荣景象的同时，显得多元混杂。尽管民族身份的自我认同也不断复兴，但此时，整个民族以经济建设作为第一要务，商品社会迎面而来，加之传统精神自身也要在新的时代背景下被加以重新认识和清理，因而具有新的时代特质的民族精神的建构仍在路上、仍在过程之中，民族精神的塑造成为一个越来越紧迫的时代任务。审美人生论凝聚了中华民族的传统智慧，有理由成为推进这一任务的重要着力点。因此，我们认为，近年来以王元骧先生等人为代表的当代浙派美学传承和弘扬了中国现代浙派美学的优秀传统，他们在当代人生论美学和人生论美育学研究方面所取得的一系列重要学术成果，成为当代中国美学研究的一个学术重镇和标志性理论形态，是推动当代中国美学的创新发展的重要贡献。总之，王元骧先生引领的当代中国人生论美学及其更为实践化的理论形态即人生论美育学，具有重大理论意义和实践价值，有着广泛的学术前景和旺盛的学术生命力。

论王元骧先生的美育观

张　齐[*]

内容提要：在当代诸多美育理论中，王元骧先生的著述可以自成一格。他的美育思想与学思历程相应，经历了反映论、实践论、本体论及人生论诸阶段，在审美反映论中仅处于萌芽状态，而在人生论美学中则最终趋于成熟，这种发展既有因应于时代的创新精神，亦有根植于人性的永恒意义。他的美育思想除了"趣美"及"求真"的价值导向外，还关联着人生根本的道德、幸福、至善的祈向，这些价值导向在他对康德及马克思等人物经典作品的研探中作了辐辏于"美"的崭新阐述。王元骧先生的美育观以人学作为其理论根基，既有深刻而厚重的学理积淀，又有真切而突出的现实关怀，此外，他还以其笃实刚健的教研践履树立了堪称典范的人格美的丰碑，这对当今学界尤具启示意义。

关键词：王元骧；美育；人生；至善

自从教以来，王元骧先生多年在文艺理论、美学研究的基础领域精耕细作，他苦心孤诣的学思探索与悲天悯人的生命体验水乳交融，又经历了漫长岁月的淬炼和润泽，而结出令人欣羡的丰硕成果，学界中人对此均有目共睹。作为早已卓然名家的学者，先生的思想兼具理论创新、终极眷注和现实关切的品格，其在各个时期的论说，也引发了学界持久的震荡和回响。近年来，针对先生思想的专门评析也陆续涌现，大体来看，已触及了其著述的较多面向，但对先生的美育观，则有欠阐扬。事实上，先生对美育的思考，坚持从最为根本的理论问题以及人的实际生存境域出发，一以贯之于文艺理论及美学论著，其持之有故，言之成理，置诸当代诸多美育理论之中，亦不遑多

---

　*　张齐：浙江大学文艺学研究所博士生。

让,而自成一格。今试加以述评,就教于诸位方家。

一、守恒与创新:美育观的理论嬗变

王元骧先生在学术上崭露头角颇早,继而则受时代及政治钳制,直到改革开放之后,才真正全身心投入教学及研究之中,并以文艺美学理论的致广大而尽精微著称于世。据先生自道及其他学者绍述,其学思历程一般被划分为审美(情感)反映论、文艺实践论、文艺本体论三阶段,及至近年,先生亦究心于人生论美学。当然,这数阶段各论题之间,并非判然相别,而是或前后因革损益,或彼此砥砺汇融。旧学商量,愈加邃密;新知培养,益转深沉。就其美育理论来说,亦可大致分为与此相应的四个脉络贯通的序列。

应当说,王先生自从事教学活动伊始,便对美学颇为留意,亦曾著美学讲义,但未见专作发表,至于独立的美育理论,则更付诸阙如。然而,这并不意味着他对此完全忽略。细究其作,先生的美育观仍隐然可辨,只是以萌芽状态潜伏于其文学理论之中,并未脱胎而出。因此,其初期的审美教育观主要寓托于文学功能论。① 在此时期,王先生出于对以往文学研究中机械唯物主义反映论的纠偏以及对当时过分强调文学主体性的批判,将自己先前所提出的“艺术的基本特性是情感”的命题加以修正,以“审美反映论”作为哲学基础,重新探究文学的本质,并将其界定为“审美意识形态”。它既有意识形态的一般性质,又有其特殊本质,这是由审美反映(亦即主体的审美体验对审美对象的评价而做出的反映)所决定,故而其性质是情感的而非认识的(这两者亦非截然对立,而是既有区别,又有联系)。归根结底,文学的功能取决于其性质,不过其具体实现还需借助社会心理作为中介环节。文学作为审美意识形态,与其他意识形态对人的心理产生影响的特点不同:“它不只是从某一方面,而是从知、意、情三方面同时作用于人的心灵。”②这分别形成了文学的认识、教育、愉悦作用。为了既将各种作用分别考察清楚,又全面领会其总体特征,先生借鉴了系统论的方法。依此观照,这三种作用虽然各自有别,然而都具备文学系统整体的特有性质:由审美情感的渗透所

---

① 在《艺术的认识性与审美性》一文中,亦曾提及美(包括艺术美)对人的价值,但并未详细展开。

② 王元骧:《论文学的功能》,《审美反映与艺术创造》,杭州大学出版社1998年版,第171页。

赋予的审美特性。这就决定了文学无论在何种意义上对人产生影响，必以审美体验为心理中介。也只有以此为中介，文学的三种作用才不致分裂而是交融为一体。文学作为一种审美意识形态，其认识作用与科学不同，它以感性形式反映生活，将间接经验转化为直接经验，从而让读者更好地认识外部世界，也能够通过塑造形象、传达情感的方式帮助读者反观自己，从而认识内部世界，并加以改造、完善、提升。因此，在认识作用之中，亦具审美因素和教育作用。在探讨文学的教育作用时，先生反对将文学视作道德附庸，而着眼于文学对读者道德情感的培养，即通过文学形象所诱发的想象去进行体验，乐人之所乐，悲人之所悲，由此情感的积累，而促使人的道德认识转化为道德行为；此外，经由读者体验作家寄托在作品中的审美理想及审美评价，也可以获得直接的道德认识上的启悟。相较于其他意识形态，文学除了具备共同的认识和教育作用之外，还因其审美特性而独具愉悦作用。对读者而言，文学艺术能够净化低级情欲、以想象来补偿生活中不能满足的愿望，从而对情感进行调节和陶冶，而不致沦于感觉的快适。故而此愉悦作用之中，也渗透着教育因素。通过对文学功能的立体综合考察，王先生确凿地证明了文学教育功能的渊源、特性及实现方式。虽然此期对美育的探讨包孕于文学功能论中，但事实上，构成其日后美育理论的重要元素如审美情感、人格心理结构等，都可于此找着最初根柢。

　　从审美反映论的立场出发，将文学视作审美意识形态，克服了以往将文学混同于科学的倾向，但这仍是笼罩在认识论视域下对文学所做的静态考察，虽也涉及价值论，却未充分展开，由此论及的文学功能，也只是其性质的附属品。事实上，文学的性质在很大程度上恰恰是由其功能所决定的。所以，为了更加精确地厘清文学的性质，还有必要从价值论和实践论来进行探讨。（值得注意的是，王先生此时已不局限于文学，而更多地合文学艺术而论。）鉴于对当时市场经济高速发展所造成的物欲膨胀、人心陷溺的现实问题深感担忧，又受了康德道德哲学的决定性影响，先生对实践的解释，未从本体论出发，也不仅仅将其视作艺术的创造活动，而更多采取的是价值论的立场。艺术的价值不只取决于对生活真实而深刻的反映，更取决于对人的精神需要的满足及其蕴含的审美情感对人生实践的间接推动作用。"艺术作为一种精神现象，一种社会的意识形态，它的实践的本性主要也在于按照普遍而自由的原则改造人的意志，为人生实践确立高尚的目的和理想。"①如此界定的艺术本性，反而要仰仗于其功能了。与此相应，包涵于其中的艺术教育功能，也因为被纳入到"人是目的"的理论视域之中，而大大丰富了其内涵。在康德那里，本来"作为目的看的人"是"道德的存在者"，不过王先生并不认为这就意味着艺术是道德的附庸，与此同时，他也明确与唯美主义者划清界限，而通过论证审美情感在人的心理结构中的作用，彰显艺术功能的独特价值。人的心理作为知、情、意三者有机结合的整体，情感处于认识与意志的中介地位，审美情感的培养辐射到认识和意志两极，使认识向自觉的意志及行为过渡，从而强化对艺术作品中昭示的人生目的的理解与追求。这种情感并不像情境性的情感那样稍纵即逝，而能积淀并稳定下来，有助于人在德行方面形成自动的习惯，这标志着人格的完成，也即"人是目的"这一目标的最终实现。这段时期对于艺术教育功能的高度体认，甚至直接催生了《审美教育与人格塑造》一文，其中所谈的"美育"虽然还是特别倾心于艺术美，但美育的话题终于破土而出了。② 在这里，美育对智育、德育的辐射，以及对人格完善和社会化的内在陶染，仍是之前论题的继续，但都收摄于美育这一中心，而作了全新的审视。

文艺的实践性是以价值论作为其内在神经的，但若作进一步究索，则价值所示的"应如何"倘无客观根据，反将使人陷入相对主义的迷惘中去。由此，本体论研究的必要性开始凸显。本体论原具知识论和目的论双重意涵，针对以往学者长期将其割裂开来的状况，先生重新寻求两者的统一，而其落脚点便在于"现实的人的活动、活动的人"。人的活动不独改造世界，亦且塑造自身，使人不仅生存于经验的物质的世界，追求有限的相对的目的；亦祈望于超验的精神的世界，追求无限的终极的目的。两个世界、两种目的之间必然产生张力，使处身于其中而有所自觉的人不断趋向"自我超越"，这也是人区别于动物、人之为人的本性所在。具体到文艺创作而言，真正的作家也必定具备此种自我超越的人格精神，他也必须致力于在作品中营造那引人实现自我超越的审美境界。这使得"超越性"成了评判文艺作品价值的根据。当然，这种超越也并非仅仅为了超越而超越，而是有明确目的指向，即

---

① 王元骧：《艺术的实践本性》，《探寻综合创造之路》，陕西师范大学出版社 2000 年版，第 154 页。

② 王元骧：《审美教育与人格塑造》，《文学理论与当今时代》，浙江大学出版社 2002 年版，第 410 页。

至善境界的实现。文艺本体论(或艺术形而上学性)的探究,仍然一如以往与康德思想有密切的学缘,并将对康德美学的创造性解读作为学理依据。在此解读中,如何准确厘定审美对人实现自我超越的意义始终是重中之重的问题。先生认为,康德之作《判断力批判》,是为了在现象界与物自身之间搭建中介桥梁,从而实现两者间的过渡。康德通过"美的分析"与"崇高的分析",层层推进,最终导出了"美是道德的象征"。这表明所谓的"无利害"、"无目的"只是审美判断的前提而非结论,事实上审美自有其最终目的,"审美可以沟通经验世界和超验世界,现象世界和本体世界,目的就是为了使人从现实的种种利害关系的束缚中解放出来,而实现人的生存自由,因为这种自由不是在自然关系中而只有在道德人格中才能实现"①。先生谦虚地表示:"我在辨正对康德美学思想的曲解和误解时,是否就不会陷入到另一种曲解和误解,我不敢完全保证。"②然而他确实以这种解读路径,找到了抵制批判科技理性、商业文明发展所造成的人性异化和社会风气败坏的理论资源,并将其熔铸成为自己美育思想的坚强柱石。先生这一时期的美育观,更多是从哲学而非文学艺术理论的视域出发,而使其思想深度得到了空前的拓辟。由于对审美超越性的强调,也使美育观重心发生了明显变化。一方面,"美"的内涵不再局限于"优美","崇高"也得到格外的强调,它比"优美"在引人实现超越的作用上所处的位阶显然要更高。③ 另一方面,此期更加重视美育与德育的关联,而对美育与智育关系的兴趣似渐隐褪,故而审美中所蕴含的道德和宗教精神、审美对于人性异化的拯救功能,便成为此期美育观的焦点。

　　最近十年来,先生又致力于倡导和构建"人生论美学",这并非无源之水,其酝酿的渊源可追溯到很早,至少在开始思考文艺的实践性时,就已初露端倪:"(康德)赋予他的伦理学以鲜明的美学的色彩,甚至在某种意义上完全可能说是一种广义的美学。"④这可视作"人生论美学"的先声,而在其

---

　　① 王元骧:《何谓"审美"——兼论对康德美学思想的理解和评价问题》,《审美超越与艺术精神》,浙江大学出版社 2006 年版,第 154 页。

　　② 王元骧:《"美是道德的象征"——康德美学思想辨正》,《审美超越与艺术精神》,浙江大学出版社 2006 年版,第 61 页。

　　③ 王元骧:《美育并非只是"美"的教育》,《审美超越与艺术精神》,浙江大学出版社 2006 年版,第243—258 页。

　　④ 王元骧:《艺术的实践本性》,《探寻综合创造之路》,陕西师范大学出版社 2000 年版,第 148 页。

后的文艺本体论探讨中又得到了延续和深化,当它终于作为一种美学理论提出时,则已境界宏开、堂庑特大了。"人生论美学"在其理论脉络中的渐次呈显,是在日益深入的中西之争和古今之辩的广阔背景下开始的。通过对西方美学史的梳理,先生发现其中有两大系统,一由柏拉图吸取东方神秘主义而开创,一由亚里士多德以古希腊自然哲学为基础而开创。"总的来说,柏拉图的传统是内省的、是超验的,是一种人生论、伦理学的美学;而亚里士多德的传统是外观的、经验的,是一种知识论、认识论的美学。"①这两种传统在后世某些思想家那里有渗透融合,但其基本倾向仍大致可辨。在西方美学的发展历程中,前者渐被遮蔽,而后者大行其道。自美学学科进入我国以来,虽然一开始两种倾向都存在,但新中国成立后由于认识论哲学的支配地位,遂至亦以后者为主导,而人生论传统则退居其次。故先生认为,若欲使当前美学研究向前推进,则应将两大系统结合起来。如此,美学就不仅属于知识论、认识论,亦属价值论、人生论范畴,其对象也不限于艺术,而涵盖了现实人生,这就使美学研究走向审美、艺术、人生三者的统一,而且这也能在很大程度上与我国传统美学进行真正的对话和融合。因为在先生眼中,我国传统美学思想的基本倾向是内省性、体验性的审美,亦即人生论的美学。"两大系统的融合落实在审美教育的理论上。"②这就将美育理论提到了无与伦比的重要地位。我们甚至可以这样断言,人生论美学本身就是彻头彻尾的美育学。单就先生这一时期美育理论在其著述中所占分量来看,其比重之大也是此前任何阶段都未出现过的。而且,此期他对我国早期美育学的先行者如梁启超、蔡元培等,也都有深入研讨。人生论美学既是继承以往美学研究成果,故而一方面,美育理论亦延续了前期主题,即以审美教育培育情感,使人成为知情意统一的整全之人,从而拯救人性,不致被物欲裹挟而异化。另一方面,人生论美学不再局限于艺术审美,而将人在世上为实现高远理想所进行的生命践履亦视作艺术性的;此外由于受到以康德为进路的宗教思想影响,人生论美学尤重美的崇高之维,进而格外强调美的超

---

① 王元骧:《美学研究:走两大系统融合之路》,《论美与人的生存》,浙江大学出版社 2010 年版,第103 页。这种说法后来又调整为希腊文化传统与希伯来文化传统,但与前说内涵大致相同,没有根本冲突。而且就思想史的演变来看,希伯来—基督教一系确与柏拉图有深厚渊源。见《论近百年来我国对西方美学与文论的接受》,《审美:向人回归》,浙江大学出版社 2015 年版,第 1 页。

② 王元骧:《再论美学研究:走两大系统融合之路》,《论美与人的生存》,浙江大学出版社 2010 年版,第 158 页。

验性乃至神圣性,甚而将美作为"世间的上帝"①。这些思想渗透到其美育观中,而使其说涵养了笼括乾坤的气魄和通贯神人的灵韵。至此,融合了先生精微理论思辨与真切人生体验的美育观,最终臻于成熟。

二、为己与成人:美育观的价值导向

作为文艺理论和美学的重要组成部分,美育的最根本价值取向当然是"美"。除此之外,先生进行文艺理论和美学研究,都是为了解决基本问题,正因如此,尽可能贴近事实地对文学艺术乃至其他审美现象作出科学的解释和说明,也是其重要任务,这就决定了"求真"是其美育观的必然价值取向。如前所述,先生的美育观在前期也十分重视这两者之间的关系,无论是探讨文学的认识功能,还是美育与智育的关系,都可视作其美育观中求"真"价值取向的结果。但自20世纪90年代中期以后,随着对人性在物欲侵蚀下愈来愈趋异化的现实状况的担忧,美学与伦理学关系进入其学术探索的核心领域,康德哲学成为除马克思之外,他所依凭的最为重要的理论资源。康德伦理学所探讨的基本价值如道德、幸福、至善等,也频频出现于其文艺理论及美学著述中。不过,先生对这些价值理念的内涵理解并非照搬康德,而多有创造性的熔铸。

自古及今,人们对美和道德之间的关系便众说纷纭,最为常见的误解是将美作为传达道德的工具和手段。然而如此一来,美的独立性便取消了。但美显然又与道德有着内在渊源,不能将两者截然分开,故而如何在保证美的独立地位的前提下解释美育隐含的德育功能,便成了理论难点。为了解决这个问题,首先需要清晰地厘定美和道德两者各自的内涵。如前所述,先生在审美反映论和文艺实践论时期的美育观主要还是就文学艺术的功能来谈的,此期虽也接触了康德道德哲学,并借用了其"实践"概念,但这时所谈论的"道德"还是偏重于社会性的道德意识和规范,而未提到本体论的高度。先生始终坚持文艺的根本特性在于审美,虽认可文艺的教化功能,但从未将文艺视作图解道德观念的工具。文艺之所以具有道德教育作用,是以文艺

① 王元骧:《评蔡元培"以美育代宗教说"》,《审美:向人回归》,浙江大学出版社2015年版,第185页。

作品中蕴含的情感体验为中介而产生的，并不是将其直接作为道德教条的宣谕。情感对意志具有润泽之效，能使道德被认识到，继而使道德行为的实施由强制而转为自愿，从而内化为真正的德性。可以说，这是先生美育观的精要所在，亦贯穿了其后的文艺本体论及人生论美学。当然，由于后期受康德影响日深，故侧重于从哲学层面厘清审美的内涵，然仍是以情感为纽带，探讨审美与道德产生关联的缘由。在国内学界，康德美学长期被误解为形式主义，至于他所说的"美是道德的象征"，则又被认为是其思想体系的矛盾。先生疏浚源流，从批判叔本华的审美解脱论和戈蒂耶的唯美主义入手，重释了审美的"无利害性"、"无目的性"，认为审美实际上包含了"最高的利害关系"，有其"最终的目的"，此即道德人格的成就。此外，又因审美判断力是反省的判断力，是从个别和特殊出发去寻求一般和普遍，不像规定的判断力，是将特殊归入给定的普遍下思考。所以，为了保证文艺作品的审美特性，就不能按照规定判断，而应当按照反省判断的思维方式来进行创作。①这就从哲学层面解释了文学艺术乃至世间一切美，何以不能作为道德观念的图解。此外，为了真正达到美对道德人格建构的作用，优美与崇高两者不可偏废。优美与物的纯形式相关，而没有实际利害，能够化解自私粗野的欲望，而培养人们"爱"的情感，但过分注重优美和爱，会使人性情柔化，沉溺其中，意志消沉，所以这就反显出崇高的重要性。崇高在形态上与美相反，在于"大"、"无形式"，能够激发起人们"敬"的情感，这与人们对于道德法则的敬畏是相通的。正因如此，在达至道德上的善的历程中，崇高比优美更进一步。将崇高纳入到美育中，极大地扩展了审美教育的领域，逸出了仅限于文艺教育的狭小天地，而包纳了天地宇宙和人世沧桑，使审美与人生趋向统一。在先生看来，虽然康德美学无论是方法还是理论型态都停留于思辨的领域，但对美与道德关系的论证，至今仍有极重要的意义。

　　审美与幸福的关系历来也是言人人殊。这主要也是由于审美和幸福两者各自内涵界定不够清晰。但幸福的体验必然伴随着情感上的愉悦、快乐，这是毋庸置疑的。所以讨论审美与幸福，便会涉及审美令人愉悦、快乐的作用。这当然也是美育所要达到的目的。早在审美反映论时期的《论文学的功能》一文中，先生就已经注意到文艺的愉悦作用。这种愉悦有别于单纯的

---

　　①　王元骧：《何谓"审美"——兼论对康德美学思想的理解和评价问题》，《审美超越与艺术精神》，浙江大学出版社 2006 年版，第 143—149 页。

感官快适，并且也因其对人情感的净化和理想愿望的补偿而包含有教育的因素。从先生的理论发展轨迹来看，他真正开始探讨美与幸福的关系，还是在深入了解康德哲学以后。随着体验和思考愈趋深入，在人生论美学中，他终于提出，美对人的意义"最根本的就是使人真正活得快乐、幸福"①。这种快乐和幸福既不同于享乐主义者仅仅追求物质和感官欲望的满足，又不同于那种伊壁鸠鲁主义的只求心灵的无欲无求式的自我享受；其根本性质乃是审美（优美和崇高）体验时所生的无利害的自由愉悦。先生在论述时，屡次征引康德为据，不过严格来说，视审美为真正的幸福，这种表述最早似是源于席勒，而非康德。席勒固然受康德影响颇深，但将审美与幸福关联在一起，却是席勒的首创。席勒区分了三种不同性质的幸福，"感性的善只能使一个人幸福"、"绝对的善只有在一般无法假定的条件下才能使人幸福"、"只有美才能使全世界幸福"②。这种区分也带有鲜明的康德哲学的痕迹，只是此处"幸福"，在康德那里是"愉悦"。康德哲学中的幸福当然也有不同的层次，就其最常见的用法来说，实际是指感性欲求的满足，亦即"自然幸福"。对于是否存在因道德完善而产生满足感的"道德幸福"，康德则持保留态度，绝大多数场合他否认此一概念，但亦偶有承认时。③ 此外，康德还论及与至高的善相配称的"洪福（永福）"。综观康德美学与伦理学的著述，他并未明确提出审美自身就是幸福。不过，就审美是人之为人的根本需要来看，这种需要的满足，也未尝不可视之为一种"幸福"。这种幸福因其兼具普遍性和特殊性，既保留了个体的独特性，又不会局囿于一己之私，而尤值得推崇。正因如此，其中萦系着先生之所以视美为"真正的快乐和幸福"的苦心。

此外，将美与至善相关联，也是受到了康德哲学的绝对影响。"至善"在康德哲学中位于诸价值层级之冠，康德认为，哲学从古希腊开始，就是教人求达至善之术的学问，他也正是基于此来探讨何谓"至善"的。在他看来，"至高的东西可以意味着至上的东西，也可以意味着完满的东西"④。前者仅仅意味着道德上达到绝对的纯粹，而后者除了以前者为必要条件之外，还

---

① 王元骧：《美：使人快乐、幸福——"人生论美学"刍议》，《论美与人的生存》，浙江大学出版社2010年版，第238页。

② ［德］席勒：《美育书简》，徐恒醇译，中国文联出版公司1984年版，第146页。

③ ［德］康德：《纯然理性界限内的宗教》，李秋零译，《康德著作全集》第6卷，中国人民大学出版社2007年版，第75页。

④ ［德］康德：《实践理性批判》，邓晓芒译，人民出版社2003年版，第151页。

要求有与之相配称的"幸福"。康德的"至善"就是在"德"与"福"的精确配称的意义上来讲的。① 他反对斯多亚派"德行就是整个至善"和伊壁鸠鲁派"幸福就是整个至善"的看法,认为德福的全然配称,是有限的人终其一生所无法达到的,必须在无限时间进程以及最高的原始的善的作用下才能保证,故而康德悬设了"灵魂不朽"和"上帝存在"。在至善格局中所达到的"幸福",被康德称之为"永福"(一译"洪福")。由此可见,这种"永福"是一种应然的希望,只有在永恒中才能达到,而不能指望在今生今世得以实现。② 王先生认为,康德提出"美是道德的象征",美能沟通现象与本体、经验世界与超验世界,使人进入"最高的善",亦即"至善"。这种"至善"显然只是道德向度上的,而将感性欲求的满足(自然幸福)剔除在外了。在先生看来,康德并未将幸福看作只是当下的物质享受,而应是精神上的自我满足。"当一个人对'至善'抱有坚定的理想和信念,并矢志不渝、不屈不挠地为之奋斗,虽然他不一定在现实生活中直接得到什么,但他的内心却会感到无比的快乐。由于这种幸福感不是以具体的时间和条件为转移的,所以康德称之为'洪福'。"③这种理解事实上是先生据其前见而对康德所作的阐发,这与其将审美视作真正的幸福,又将"上帝"视作美的象征和代名词的看法是相洽的,但毋庸讳言,未必合于康德原本以"上帝存在"和"灵魂不朽"所保证的德福相一致的"至善"之意。不过,这种细微处的误解,并不意味着先生在宏观上对康德本来的"至善"之意便没有期许。人生的苦难、命运的不公、社会的失范等问题,先生时时感同身受并深致忧忧,只不过他将此类问题的解决方式寄望于社会学;自己更关注的则是如何面对精神迷惘、信仰失堕、道德沦丧的当今社会,从伦理学、心理学的视角,建构一种疗救人心的美学乃至美育理论。因而,若从大处着眼,则可见先生试图通过审美以升到至善之境的用心,实非有些人所批评的是一种高蹈不切实际的空谈。他对审美救世主义,一直有着清醒的批判和同情的理解。

　　总而言之,先生所倡导的美育,与道德、幸福和至善息息相关。无论是

---

　　① 《礼记·大学》有"止于至善"之语,其所谓"至善"亦仅就人之道德修养所臻至的境界而言。为免与康德的"至善"发生误会,牟宗三先生便将其译作"圆善",似更为契合其原意。

　　② [德]康德:《实践理性批判》,邓晓芒译,人民出版社2003年版,第176页。

　　③ 王元骧:《康德美学的宗教精神与道德精神》,《审美超越与艺术精神》,浙江大学出版社2006年版,第273页。

道德性的完善、幸福感的获得，还是至善的悬设，其实都昭示着永为古往今来的人们所盼望的自由之境。而审美与此三者的相即相融，使先生的美育观也成了以"自由"为终极价值导向的思想。可以说，这种思想不独是先生自己赖以安身立命的根本，也为当今社会不知所从的芸芸众生开示了敦德励行的方便法门。正因如此，这既契合了孔子所倡的"为己"之学，又实实在在是一种"成人"之道。

三、宏愿与高标：美育观的现实意义

康德曾说："美只适用于人类。"①在美的缔造和品鉴的天地中上下求索，透露着人之为人的最灵动的消息。所以，在最为究竟的意义上，美的遭际总是牵系着人类的命运，可惜在历史汪洋中的各种汹涌潮流的冲击下，寻求美的航程从来就不是一帆风顺，而总是颠沛流离。可以这样说，人在多大程度上失落了美，也就在多大程度上失落了人自身，也必定要再花费多大的力气将其找回。职是之故，通过真正的美育来复返人之真性，并非是为了顺承某一世的政治形势，亦非是为了随从某一时的学术潮流，而自有其历史的和形而上的必然性。能够秉承此种理念来建构美育理论者，亦必因之而使其学说具有深度回应时代而又不为时代所局限的高远意义。

"人"是王元骧先生进行自觉的美学理论建构的最初起点和最终目标。描绘理想中的应然人生境界，审视当前的实然人生状态，以求通过审美加以疗救，塑造整全而丰富的人格，是贯穿其全部美育观的内在脉络。在回答"人是什么"这个问题时，先生始终坚持马克思主义的立场，从"感性与理性的辩证统一"作为衡鉴，检讨历史上众说纷纭的诸家观点。他认为，各家认识分歧虽多，"归结起来，又都是环绕着感性（肉体、个人性、经验性）与理性（灵魂、普遍性、超验性）之间进行的"②。（需要说明的是，这里的"理性"偏指实践理性、道德理性，而非理论理性、思辨理性）无论在中国还是西方的哲人那里，都存在或此或彼的偏颇，虽也有人力图将二者统一起来，但多停留

①　［德］康德：《判断力批判》，邓晓芒译，人民出版社2002年版，第44页。
②　王元骧：《论人、文学、文学理论的内在张力》，《论美与人的生存》，浙江大学出版社2010年版，第86页。

于思辨领域,未找到解决问题的现实基础。王先生根据马克思所说"人的活动"和"活动的人",致力于探究人的感性与理性和谐统一之道,既承认了人的感性需求的合理性,又承认了人的精神需求的必要性,二者不可偏废。与此同时,王先生又根据康德"人是目的"的思想,并融合了希伯来—基督教文化中对于人的内心经验的深刻体察,以及对于信仰的无比崇尚,而确证了人的存在的根本特性就在于不断地突破自己以求生命的超越,并最终达到人格的完善。由于以德性为准,故而这种超越不会成为原始自然生命的无度放纵及宣泄,反而充满了崇高而庄严的神圣感。人的心理结构通常被划分为知、情、意三部分,而情感在人格的成长和完善中起着认知和意志所不能及的作用,唯有真正有情者才能意识到自己的个人存在,并能以情感情,超越自己的个人存在。若欲使情感纯正,则必需情感教育。"而美育,就是实施情感教育最为切实有效的途径。"①如前所述,美育并非仅仅只是"优美"的教育,还有必要进行"崇高"的教育,两者一主"爱"的情感、一主"敬"的情感,共同作用,才能使人的精神得以升华,而趋向超验的神圣。如此之美和美育,对于当代社会中人的生存和发展尤具特殊价值。现代人最严重的问题即在于"异化",异化存在多个面向,而最为根本的即是产品的异化,使人反而受其生产之物的支配和奴役。在当代,进入信息社会和消费社会后,这种状况进一步加剧,从而使得知识商品化、人性欲望化,这两者的合流,使得人成为了彻底的工具,人生的目的寄托在稍纵即逝的物质享受上面,而丧失了高尚的精神追求。而审美活动却能带给人自由愉快,使人超越一切利害关系的束缚、强制和奴役,使人摆脱异化劳动,将劳动审美化,并将这种审美扩大到整个生活领域,最终实现人生的艺术化,并完成人生的本体建构。先生并不讳言这种理论带有某种乌托邦的性质,然而"乌托邦的伟大使命就在于,它为可能性开拓了地盘以反对对当前现实事态的消极默认"②。这正如先生经常引述的柯罗连科《火光》中那漆黑如墨的河上的火光,它召唤着心有灵犀的人不停地朝那里划去,尽管他们可能终其一生都未必能够到达。

此外,王先生的美学思考与建构并非只重学理层面的分析,他的著述莫不针对着历史中遗留的问题及当前社会中凸显的弊病而发。若将他的美育

---

①　王元骧:《拯救人性:审美教育的当代意义》,《审美:向人回归》,浙江大学出版社 2015 年版,第 101 页。

②　[德]卡西尔:《人论》,甘阳译,上海译文出版社 1985 年版,第 78 页。

观置于美学及美育理论的发展中,更可见出其殊胜意义。就美育的学科性质来看,它与美学、艺术学、教育学都有着密切关联,故而美育除了理论层面外,还不得不兼顾制度与实践层面的问题。由于学缘背景及学术志趣,王先生一直致力于基础理论的耕耘,并对许多聚讼纷纭的问题都形成了独到而连贯的解答。无论中西,美育的历史可谓源远流长,但真正的美育学的成立,却是从席勒才萌兆的。在我国虽有礼乐教化的悠久传统,但美学及美育的系统形成,也是在 20 世纪前半期西学东渐的时代背景下,由王国维发其端,梁启超、蔡元培等人承其绪,而逐渐蔚成风气的。鉴于这一时期的教育基本目标在于新民强国、启蒙救亡,而美育理论及实践也笼罩于其下。虽然王国维等人在确立美育独立地位、探讨美育的根本性质、完善美育的手段、发扬美育与人生论融合的民族特色等方面功不可没,但从总体来看,仍是要让美育承担救世之道的任务,这就过于高蹈而不切实际了。而新中国成立以后以至"文革"的相当长一段时间,受毛泽东《在延安文艺座谈会上的讲话》及相应的文艺政策的影响,文艺教育直接为意识形态服务,美育的政治化、功利化渐趋极端,最终导致的结果是美育作为"美的教育"却消亡审美特质。改革开放以后,虽然美育重新回归国家教育方针中,但其理论基础一直无法稳固。其中,一方面是对以前美育思想基础认识论的机械延续,使学院内的美育僵化为知识性的学科,忽略了美育在情感、想象、创造等领域的独特作用,从而遮蔽了美育作为人文学科的价值;另一方面则是出于对"文革"期间过度压制人的欲望的反抗,导致主体性意识凸显,但这主体并非以道德主体为依归,而畸形地偏落于欲望主体,长此以往,遂至人心摇荡、世风颓丧,几至于不可收拾。正是针对这种种乱象,王先生的理论起到了正本清源、建纲立极的作用。他植根于马克思主义,从人的自由发展和全面解放出发,重申了感性和情感在培育整全人格中的重要地位,论述了美育与智育,尤其是德育的深刻联系,延续了 20 世纪初美育与人生关联的优良传统;又从社会历史的、实践的维度入手,为解释审美活动的生成和发展确立了牢固的基础,从而避免陷入审美救世主义的虚幻中去。他通过对人的全面考察,在融合了西方两大美学传统的同时,基于实践论、本体论的立场,重新奠定了美学及美育的哲学基础,对以往的认识论哲学作了很好的扬弃,并对肆意张扬感性欲望、刻意追求物质生活享受的"日常生活美学"作了深刻的批判。此外,他还立足于我国哲学传统,倡导人生论美学,既突破了西方哲学中经验与超验的对立与隔离,又扩展了审美的范围,丰富了美育的内容,使得审美及美育从此不仅仅限于文学艺术的教育,而拥有了无比广阔的天地。

最后,尤其值得称道的是,王先生所倡导的美育观与其人生践履是切实地陶铸在一起的,三者浑然不可分割。这种学问与生命相即相融的状态,对当今学界尤具典范意义。"王元骧的一生,是寻美与审美的一生,他一生皆在探索美的价值与意义。"①先生幼年即具极佳审美禀赋,后虽从事理论研究,而艺术修养则随之愈趋深厚。除文学之外,他还对其他诸多艺术门类如绘画、音乐、建筑等有不凡的鉴赏趣味,甚至能够进行书法、音乐、小说等专门的创作,并达到了相当高的水准。他在八十多岁高龄仍学而不厌,诲人不倦,勤于著述,敏于时政,是《周易》所言"天行健,君子以自强不息"的最好诠释,而他几十年如一日的甘于淡泊的日常生活,可以说真正复活了先儒颜回那种身居陋巷、箪食瓢饮而不改其乐的高尚人格精神。这种对于人生的深度挚爱,对于美的极度痴迷,对于教育的高度虔敬,正是他致力于艺术形而上学及审美教育的理论探索以求重新撑起世人精神天空的最强劲动源。雅斯贝斯说:"教育,不能没有虔敬之心,否则最多只是一种劝学的态度,对终极价值和绝对真理的虔敬是一切教育的本质,缺少对'绝对'的热情,人就不能生存,或者人就活得不像一个人,一切就变得没有意义。"②教育并不只是传授知识、贩卖技能,也并不只是激活智慧和创造力,真正的教育意味着教育者必得在人之为人的根柢处卓然有所挺立,必先使自己成为足堪效法的人格丰碑,才有可能指引人类前进的理想道路;必先以自己的全部生命作为薪柴,投入精神的熊熊大火之中,才有可能点亮人类历史的沉沉黑夜。诚然,在"势"与"利"的巨轮倾轧之下,个人的坚守无异螳臂当车,总显得微乎其微,但这绝不是可有可无的。正是在此关键处的抉择,透露出人之所以为人、师之所以为师的最动人的气象。可惜的是,有心人不难发现,在当今学界乃至教育界,如当年韩愈所说的"师道之不传也久矣"的状况愈演愈烈,教育及教育者正日渐丧失其应有的品性与追求。不独中小学老师在强大的应试教育压力下如此,即便大学教授,也一再弃守原有的精神高地。当今中国学界,从事于人文教育乃至美育的学术研究者,单就数量来看,不可谓不多,

---

①　李咏吟:《康德——黑格尔美学遗产与王元骧的探索》,浙江大学文艺学研究所编:《文艺学的守正与创新》,浙江大学出版社 2014 年版,第 136 页。

②　[德]雅斯贝斯:《什么是教育》,邹进译,生活·读书·新知三联书店 1991 年版,第 44 页。

但真正有人文情怀者，却是少之又少。甚至可以这样说，当今许多专门从事人文学科研究的学者们，正是最为缺乏审美情调的人。量化的考核标准、严峻的生存压力、资本的诱惑、权力的笼络，使得他们在很大程度上也已经成为马克思所说的异化最严重的一类人，以致出现了某些倡导审美的学者恰恰极为缺乏美的教养的怪现状。这固然由于体制的钳制与逼迫，但从业者缺乏应有的省察和操守，也是不争的事实。学问与生命的分离既已到了如此触目惊心的程度，又何谈承继先贤，启迪后学！当然，若仅将人文学术研究视作职业之一的话，在这行当，也的确会涌现出许多"厉害的"、"有影响力的"人物。然而在此之中，有人依赖的是聪明，有人仰仗的是关系，有人凭借的是权势。但众所周知的是，"人文化成"这一古圣先贤所垂范的理想境界，其实需要投入自己的全幅生命来作见证的。许多冠以学者名号的人之所以未能至此，实非不能也，乃不为也。瞻视王先生六十年来的教学思考历程，毫无疑问的是，他以自己的切实践履为当今学者昭示了这一高卓的治学育人境界。康德说过："榜样的力量是无穷的。它既可能巩固良好的教导，也可能将其抵消。"①这既是对身为教育者的一种极高的期许，又是极大的鞭策。今既有先生导夫先路，树以高标，吾辈及后来者理应黾勉以进，庶几不负其传道育人之苦心。

---

① ［德］康德：《论教育学》，赵鹏、何兆武译，上海人民出版社 2005 年版，第 40 页。

第二辑

文艺学美学基础问题研究

文学理论知识体系的间性结构

——基于我国改革开放四十年的学术史

赵宪章*

内容提要:改革开放四十年来,我国文学理论知识体系的大概模样已经形成,这可以通过中西间性、古今间性、内外间性、上下间性和左右间性等略窥一斑。每一间性都是矛盾双方的辩证统一,更有新知识在间性中浴火重生。此"五大间性"可以简化为五种关系,它们之间相互交织,织就了改革开放四十年文学理论之有机整体,凝练为知识体系的内部张力和驱动力,助推我国文学理论在自我更新、不断完善中渐次生长。

关键词:文学理论;知识体系;间性结构

回望改革开放初期,无论关于伤痕文学的时评,还是文艺学方法论大讨论,我国文学理论密切联系文学现实,曾经引领一时学术风气之先。可以说,80年代的文学理论,不仅对当时的文学研究,而且对整个人文社会科学,在思想解放、观念更新和方法探索等方面,都产生了积极而重要的影响。80年代既是改革开放四十年文学理论初试锋芒的年代,同时也是整个四十年文学理论的高牙大纛,开启并确立了此后的学术立场和延展方向。四十年后的今天,我们的文学理论在观念更新、研究方法、论域广度、学术视野、文献整理等诸多方面,都发生了重大的、根本性的改变,此前单一的、固化的庸俗社会学模式已被彻底摈弃,百家争鸣、各领千秋的态势持续至今。可以预见的是,此态势有可能在相当长时段内延续下去,有可能顺延如此路数继续前行。如是,说明我国文学理论知识体系的大概模样已经形成。

那么,这一知识体系的大概模样是什么呢?这可以通过考察其内部结

---

*　赵宪章:南京大学文学院教授。

构进行总体性把握。探讨这一问题的必要性在于：知识体系一旦被建构起来，就有可能成为某种传统而被因袭，影响甚或规定着未来的知识再生产；未来的新知识也只能基于现有知识体系，在现有知识体系的母胎中孕育而生。就此而言，适时回望和探讨文学理论的知识体系，有益于该论域的守正与开新；只有使其存在样态或其内部结构裸露出来，不可见的成为了可见的，我们才可能自觉地、适时地做出某种必要的调整。

首先需要界定"知识体系"的概念。它显然不是指零散的、个别的、孤立的、具体的知识点和知识域，也不是杂多知识的汇集、堆砌或仓储，而是各种知识之间的有机联系；正是它们之间的这种"有机联系"，使不同的知识凝练成了一个有机整体，从而建构了相对稳定的知识生产模式。文学理论的知识体系同样如是，它并不是马克思主义文论、中国传统文论、外国文论、基础理论等几大板块的拼盘，而是包括这些板块在内且又不限于这些板块的各种知识之间的互文关系。研究发现，正是各种知识点、知识域之间的有机联系及其互文，建构了知识体系的内部间性，各种知识因此而被相互激活，进而凝练成为相对稳定的结构整体，即所谓"知识体系"。

也就是说，我们对知识体系的考察不能囿于具体知识本身，而是要考察各种、各类、各论域知识的"间性"关系。此"间性"首先是一个充满矛盾的二元对立，更是使新知识浴火重生的辩证统一。正是这种间性关系及其复杂的互文与互动，才使我们的文学理论充满了张力和内驱力。概言之，基于改革开放四十年来的文学理论史，我们至少可以归纳出中西间性、古今间性、内外间性、上下间性和左右间性等五个方面。现就此"五大间性"分别作一简要描述，以此管窥改革开放四十年我国文学理论知识体系的大概模样。

一、中西间性

早在一百年前，王国维就曾提出学无中西的思想。① 今天看来，这一问

---

① 王国维：《国学丛刊·序》，原文曰："学之义不明于天下久矣。今之言学者，有新旧之争，有中西之争，有有用之学与无用之学之争。余正告天下曰：学无新旧也，无中西也，无有用无用也。凡立此名者，均不学之徒。即学焉，而未尝知学者也。"姚淦铭、王燕主编：《王国维文集》（下），中国文史出版社2007年版，第516页。

题被提出作为事件的本身,就是中国学术现代转型的表征,表征了如何处理中西关系乃此转型过程绕不开的症结。个中真委可以由过往的历史事实说话:西学催生了中国学术的现代转型,中国学术的现代转型借助了西学的理论与方法。王国维主张的"学无中西"剑指中学与西学孰高孰低、孰优孰劣之类的价值判断,并没有也不可能否认二者的互文和互鉴;恰恰相反,互文、互鉴是王国维本人一直倡导并身体力行的学术理念。参考罗钢教授的最新研究可知,王国维诗学方法的真谛在于借鉴西方理论研究中国问题,甚至包括"意境说"在内的著名理论,主要也是从西学那儿拿来的。[①] 王国维之后的现代学术史也可以清楚地表明,无论专治中学还是专治西学,不以对方为参照很难有"现代性"意义上的突破,最多只能是某一传统论域的自然延展。

　　回望改革开放四十年的文学理论,王国维当年所论及的中西关系,可谓又一次真实地再现在我们面前。首先是大量译介西方理论,包括方法论讨论在内,以及此后兴起的文化研究、女性主义、后殖民与后现代,叙事学与修辞学,以及实践美学、形式美学、生态美学和身体美学等,无不援自西学或受西学影响。西学思潮对于四十年中国文论的影响可谓汹涌澎湃,前者几近淹没了后者的存在,或者说几近成了后者的代名词,以至于有学者惊呼我们的文论患了"失语症"。[②] 奇怪的是,几乎与此同时,中国传统文论的资料整理和学术研究同样在火热行进中,"传承国学""复兴儒学"之类的口号此起彼伏,四十年来一直没有消停。也就是说,排山倒海的西学潮流并没有弱化中国传统文论的研究。真正有意思的现象出现在世纪交替前后:本来专治中学或专治西学的一些学者,普遍开始眺望对方的知识域,即中国文学与文论方面的学者希望了解西学的理论与方法,西方文学与文论的学者希望使用中国文学与文论的材料与资源,诸如此类。这并不是简单"比较研究",那属于另外一个学科(比较文学),而是在原驻地不变的境况下遥望彼岸世界,希望从对方获取创新的资源、灵感和方法。总之,中学和西学究竟是一种什

---

　　① 罗钢:《意境说是德国美学的中国变体》《"被发明的传统"——〈人间词话〉是如何成为国学经典的》,依次见《南京大学学报》2011 年第 5 期、2014 年第 3 期。从某种意义上说,罗钢的缜密研究验证了陈寅恪在《海宁王静安先生遗书序》中对王国维"取外来之观念与故有之材料互相参证"的概括。当然,用"互相参证"表述王国维在这一问题上的学术方法是否准确,有待进一步推敲。

　　② 曹顺庆:《21 世纪中国文化发展战略与重建中国文论话语》,《东方丛刊》1995 年第 3 辑。又见曹顺庆:《文论失语症与文化病态》,《文艺争鸣》1996 年第 2 期;再见曹顺庆、谭佳:《重建中国文论的又一有效途径——西方文论的中国化》,《外国文学研究》2004 年第 5 期。

么关系？这一早在改革开放伊始便被热议的话题，四十年来便被不断重述，被不断翻新、不断讨论，洋务运动时期延续下来"体用"之争也不时泛起，李泽厚的"西体中用"说更是引发过轩然大波。①

无论这类讨论、争论的最后成效如何，其本身已足以表明在中、西两学的碰撞中，中国学人充满了忧患和焦虑。以笔者之见，中学和西学的互鉴往往因人而异、因事而异，不同学者处于不同的语境中针对不同对象，在处理中西关系时往往有很大差异，并没有固定的"体用"模式，何况"体用"本身也不能概括中西互文、互鉴的全部。洋务派的"体用"概念主要定位在了"政体"与"实用"，那么，就学术研究而言，中西关系就要宽泛许多、复杂许多，"体用"概念并不适合直接搬运到学术研究中。如果一定要找到二者关系的普遍性和规律性，那么，这就是中学和西学在当下中国已经难以绝对两分，中内有西、西内有中的新知正在成长，孤立的、纯粹的中学或西学研究，即便穷经皓首，也只能止于在某一具体领域做得最好，很难产生具有鲜明时代特色和广泛影响力的高水平研究，更不可能达到王国维那样足以影响学术史的水平，文学理论作为理论建构之学科尤其如此。②

王国维以来的中国现代学术史证明，即便研究同一个问题，诸如文学与社会、文学与语言等等，西方学者可以无视中学的存在，但是中国学者却不能无视西学的存在，道理诚如前述：中西互鉴是中国学术现代转型的催化剂；反之，"西中互鉴"在西方学术史上并没有发生类似的巨大作用。也就是说，中学和西学的互文和互鉴并不是对等的，以至于有学者对此还耿耿于怀。在这一意义上，如何处理好中西关系，也就成了改革开放四十年中国文学理论知识体系特有的间性结构。

---

① 李泽厚认为，"全盘西化"和"中体西用"各有片面性，"只有去掉两者各自的片面性，真理才能显露，这也就是'西体中用'"。李泽厚：《中国现代思想史论》，天津社会科学院出版社2004年版，第338页。

② 我在应邀为教育部撰写的"学科导学"条目中已经涉及这一问题，即认为王国维之"学无古今中西"的观点，对于文艺学这一学科再适合不过了，因为文艺学的核心是建构文学基础理论，在学术资源和论域范围等方面可以超越时空的限制。详见赵宪章：《中国语言文学导学·文艺学》，《中国研究生》2013年第8期。

二、古今间性

"古今间性"与"中西间性"是一个问题的两个方面,都属于中国学术史现代转型必然遭遇之境况,王国维之"学无中西"与"学无古今"的观点也是同时并提的,均出自他为罗振玉《国学丛刊》所写的序言。道理很简单:王国维所处的时代既是中西互文、互鉴的时代,同时也是古今交替的时代;前者贯穿后者全过程,属于后者的催化剂,后者则以其现代性进程回应前者。

当然,中国的现代性进程是一个漫长的旅途,不可能一蹴而就;即便 21世纪的今天,我们也不能说完成了这一转型,特别是在社会心理、思想文化、意识形态等诸多方面,距离彻底的现代性还有相当长的路程。疾风暴雨式的古今交替是可见的、短暂的,而不可见的、深层次的古今交替则是漫长的、渐进的。就此而言,王国维时代所面临的古今关系问题并未消弭。例如,面对传统,侧重"维护"还是侧重"革新";面对现实,侧重宣教其存在的合理性还是侧重批判它的谬误……诸如此类之两种倾向、两种声音,改革开放四十年来一直同时并存,两者的调门也一直都非常高昂。1996 年西安"中国古代文论的现代转换"研讨会,可看作试图对"失语症"病患开药方。此后,"失语症"与"古文论的现代转换"(另有"西方文论的中国化"之类),实则是一个问题的两个方面,被学术界长时间讨论不休,相关论文发表无数,堪称四十年文学理论的一大景观。尽管此类讨论大多止于"标语口号式",但是讨论本身的意义还不能全盘否定,所以就有学者对此展开过长篇专题研究。①

首先需要确认的是,"古今关系"是整个人文学术不可回避的问题,并非中国文论所独有,这和人文科学作为"历史科学"的属性密切相关。如果说自然科学史是人类在认识自然的道路上留下的一串"脚印",她属于"过去"而不属于"现在",那么,人文精神的历史就完全不同了,她并不属于"过去"、还没有"过去",仍然影响着"现在"、就是"现在",人文精神遗产总是以其现代价值在人类记忆中永存。就此而言,文学的历史就是文学的"现在式",或者说她的"历史"和"现在"是一个整体,"文学史"总是以"现在"的方式存活

---

① 参见顾祖钊:《中西文艺理论融合的尝试——兼及中国古代文论的现代转换》,人民文学出版社2005 年版;黄念然:《中国古代文论研究的现代转型》,中国社会科学出版社 2006 年版,等等。

着。同义反复,如果说人类对自然的认知由初级到高级是一种"阶梯式"发展,后者是对前者的"超越"和"替代",那么,人文精神的生成和发展则不是这样,她更像人的自然生成:人从其成为"人"开始就是一个整体,他不是先长下肢再长上身、最后长脑袋,而是"横空出世"和"整体膨化",成年人的"现在"早在母胎中就已经"完形"了,他(她)的问世和后来的成长源自生命细胞的"整体膨化",这是一个"格式塔"(完形)的生长过程。因此,人文精神的历史回顾和学术研究并不像科学史那样轻松得意,它是一种厚重的、整体的、揪心动魄的文化反省。在这一意义上,历史与现在之"古今纠结"是包括文学理论在内的整个文学研究、整个人文学术的普遍现象,无论中西。

就中国的特殊性而言,他的古代社会是一个超稳定结构,王朝的更替并没有改变社会的性质。只是近代以来,特别是五四运动之后,清帝逊位、民国开元,中国社会才发生了根本性的改变。这种改变在中国历史上是断崖式的、颠覆性的,与西方历史具有明显的阶段性截然不同,于是决定了"古今关系"在我们的语境中与西方有所不同:西方学术史属于阶段性的"后浪推前浪"的历史,新理论、新方法总是在批判前人的基础上确立自己的存在;中国学术史则是一种超稳定结构,属于"深挖洞"的历史,两千年前出现的理论、概念至今仍被持续地解读着、研究着、讨论着,"道""礼乐""天人合一""神形兼备"等,就像无限深邃的洞穴蕴藏着千秋世代的迷思,似乎饱含了无穷的意义而难使后人的阐释稍作消停。于是,中国现代学人一方面饱含现代性的急切向往,另一方面又有"剪不断,理还乱"的历史情结;一方面,中国的现代性进程不可能是西方的翻版,另一方面,这一进程又必须与某些过往做些了断。

改革开放四十年来的文学理论,就是在这样的"古今间性"中艰难前行的。重写文学史、新编(重编)各种理论批评史、关键词或基本概念的历史梳理、各种历史文献的大规模整理,以及文学与历史关系方面的理论批评等,都是学界在古今关系方面的积极探索,探索如何在"古今间性"的意义上重述历史、发现未来、获取新知。就像"大众文化"或"文化工业"那样,本来是西方世界新生的现象和理论,90 年代流转到我国之后,便被披上了"历史的映像"——《印象·刘三姐》《东京梦华》《宋城千古情》《六祖大典》等实景演出,彻底改变了"大众文化"或"文化工业"之原属地的模样。①　如果说这是"洋为中用"和"古为今用"的成功范例,那么,我们的理论(特别是下述"文化研究"理论),似乎尚未对这类现象进行过像样的学理阐释。

三、内外间性

"内外间性"指文学之内部研究和外部研究的间性关系。这一命题源自韦勒克与沃伦合著的《文学理论》。②　尽管有学者认为这一划分并不科学,但就其产生的巨大影响而言,文学之内部和外部研究及其关系,毫无疑问是贯穿四十年文学理论始终的重要问题。

韦勒克与沃伦合著的《文学理论》之所以产生巨大影响,排除该书本身的因素而单就接受语境而言,在于此著极其精准地刺痛了我们的理论神经:被韦勒克打入冷宫的"文学的外部研究",诸如社会历史方法、思想史方法等,是我们最熟悉、最常用的;相反,韦勒克倍加推崇的"文学的内部研究",诸如文学作品的存在方式、文学的叙事和修辞之类,对于我们而言却十分陌生,或者本来并不陌生、因被其赋予了全新意义而显得陌生。这就是中国和西方长期阻隔之后,在学术观念和研究方法等方面的严重错位,错位幅度之大令人难以置信。重要的更在于,韦勒克在文学研究方法方面的这一价值观,恰恰应和了我国文学理论寻根文学本体、追问审美属性的强烈愿望,而这一愿望恰恰是改革开放初期摆脱庸俗社会学困扰的强劲动力。

新时期文学理论试图摆脱庸俗社会学的困扰,使文学回归到文学本身、理论回归到学术本身,应当首推朱光潜对一个老问题的"质疑"。论文的篇幅虽然不长,但却震耳发聩,恰似刺破蒙昧世界的一溜火光。③　论文的主旨

---

①　笔者曾和陶东风教授在深圳华侨城一起观看海盗表演,当时我们俩就讨论过这一问题;类似"英雄救美"之类的海盗节目没有任何历史依据,更不要说一般狂欢和群体娱乐节目了,这是基于"娱乐至死"观念的西方大众文化;中国大众文化所走的完全是另外一条道路,值得我们进行比较研究。

②　韦勒克和沃伦合著的《文学理论》是我国改革开放之后最早翻译介绍过来的 20 世纪西方文学理论名著之一(刘象愚等译,生活·读书·新知三联书店 1984 年第 1 版),也是对我国改革开放四十年影响最大的文学理论名著之一。该书的主体部分是第三部和第四部,约占全书五分之四篇幅。第三部是"文学的外部研究",第四部是"文学的内部研究"。

③　朱光潜:《上层建筑和意识形态之间关系的质疑》,《华中师院学报》1979 年第 1 期。

是反对将意识形态与上层建筑画等号,实质在于呼唤文学与政治松绑,从而为此后彻底摒弃"文学为政治服务"、凸显文学的审美属性清除路障。此文发表在改革开放伊始,可谓"黎明即起,洒扫庭除"①,朱先生的先见之功应予铭记。可见,所谓文学之"内部研究",是与文学的独立性、自主性、审美性联系在一起的,尽管不能将它们画等号;同理,韦勒克对于文学之"外部研究"的贬斥,客观上助推了我国文学理论尽快挣脱庸俗社会学的影响,尽管不能将"外部研究"与庸俗社会学画等号。

　　几乎与此同时,文化研究也在中国大地悄然兴起,90年代波及文学理论,金元浦、陶东风等学者相继发表高见,相关论文、论著、译著、会议等铺天盖地,气势如虹,引领一时学术风骚。文化研究的兴起被誉为是文学理论的"扩容",实际上很难自圆其说:文学理论刚刚摆脱庸俗社会学的缠绕,还没来得及充实和完善自身,何来"扩容"之必要、之余力、之闲暇?后来的实践证明,"扩容"说只是文化研究游离文学的口实;从此,"没有文学的文学理论"开始泛滥。至于将文化研究誉为"跨学科",更是一种自诩和自娱:"跨学科"概念源于自然科学,本义是在不同学科之间发现新问题,这些问题只有在不同的学科之间才能被发现,新材料、新能源、新医药等就是跨学科的产物。"文化研究"则是一个无所不包的"筐",什么都可以往里装,前提是无视任何学科的存在,谈何"跨"?文化研究既不是"文学的内部研究",也不是"文学的外部研究",因为"文学"在这里已经难觅踪迹。当然,它的兴盛也不是偶然的,就其合法性而言,西方学者鼓吹的"从文学理论到理论"是其主要理由。② 文化研究译介了大量西方论著,尽管距离文学甚远,但是也为文学理论开阔了眼界,增添了域外参照;遗憾的只在于没有将西方理论植入中国大地,没有在"内外间性"中生发出公认的、对本土大众文化具有阐释力的新理论,例如前述大众文化移植到我国之后何以披上"历史的映像",对于此类极具中国特色的重要问题,不见任何有深度的学理阐释。

　　与文学外部研究和文化研究相反,90年代开始兴起的文学叙事学、文

---

① 朱柏庐著,戴翊清撰:《治家格言绎义》(卷上),光绪刻有福读书堂丛刻本。

② 乔纳森·卡勒等西方学者常用"从文学理论到理论"描述文学理论的现代趋向,从而成为文学理论转向文化理论的口实和理由。我国学者同样如是,《文学评论》就曾连续发表过类似的文章,例如2008年第5期发表了周宪教授的《文学理论、理论与后理论》;才时隔半年,即2009年第2期,又发表了姚文放教授的《从文学理论到理论》。两篇论文的观点与西方学者完全相同,均认为从以前的"文学理论"到当下广义的"理论"乃大势所趋,是文学理论的"转向"。

学修辞学、文学文体学、文学符号学和形式美学等，所走的则是不同的路径——基于"文学是语言的艺术"这一理念，通过文学的语言形式阐发文学的意义。毋庸讳言，由于我们的"文以载道"传统根深蒂固，文学外部研究继续掌控文学理论之主流话语是毫无疑问的；当然，是否掌控"主流话语"，与其学术价值无关。无论怎样，文学之"内部"和"外部"研究，作为改革开放四十年逐渐形成的两种模式（此前是庸俗社会学模式一统天下），不会在短时间内合二为一，也没有必要、没有可能合二为一。"内部"与"外部"作为文学理论知识体系的间性结构，只可能在对立的统一中寻求某种协调或平衡，在互文、互鉴中完善和发展自身，进而生出"内""外"难以明分的新知。

四、上下间性

80年代兴起的"美学热"深刻影响了改革开放四十年我国文学理论的知识体系，"不读康德便不能言理论"成了业内格言。于是，以康德、黑格尔式的"形而上"模式鸟瞰文学的世界成为惯常。就此而言，80年代的"美学热"极大地改变了我国文学理论的研究路径：此前，文学理论侧重"形而下"，即由文学经验出发提炼、概括文学的普遍性，这是我国文学理论的历史传统；此后，文学理论侧重"形而上"，依托抽象概念展开逻辑推演的路数开始盛行。无论学者的职业身份是美学的还是文学理论的，习惯于"哲学美学"的理论抽象成了常态。源自哲学美学的思辨理性和逻辑推演，取代了我国传统文论注重经验现象的表达方式，一直延续至今，且乐此不疲。

就西方文学理论史而言，在19世纪下半叶文艺心理学开始萌生之际，曾经出现过由"形而上"向"形而下"的转折。当时，实验美学的奠基人费希纳激烈抨击康德以来的美学忽视审美经验的研究、将全部注意力放在思辨推理上的"自上而下"（von—oben）方法，认为这种方法从最一般的概念下降到具体的特例，是一种悬空式的思辨研究。费希纳大声疾呼，要求用一种"自下而上"（von—unten）的方法代替旧的研究模式，即用从特殊到一般的归纳方法代替从一般到特殊的推理演绎的方法。由此，费希纳第一次将实验方法应用到美与艺术的研究,开启了文艺心理学研究的新时代。① 朱光潜自谓他的文艺心理学秉承的就是费希纳的这一理念,即将文艺经验、而非"玄学"概念作为研究的前提和出发点。② 由此看来,"形而上"和"形而下"属于审美和文艺研究的两种路数,二者对于学术研究并行不悖,在学术史上的交替出现也属于惯常现象,不足为奇。

奇怪的是"形而上"路径在我国盛行四十年来并没有大的突破,大凡此类理论成说基本上属于西方的"舶来品",或仅限于业内、圈内人士之自说自话、自娱自乐,与鲜活的文学现象距离甚远,所以常被贬斥为空对空的"屠龙术"。退而言之,如果说我们的此类理论确实"上去了",那么它为什么"下不来"呢? 而康德黑格尔的"形而上"为什么具有永久魅力? 关于这一问题,我们不能不反思学术方法的民族性,不能不承认中国学人更善于归纳而不是演绎,中国学术传统更注重经验现象而不是抽象玄理。总之,"经验方法"是我们的学术传统,是最具民族性的方法论优势。我们应该学习西方,但是不能"邯郸学步",更不能数典忘祖。③

由此使我们联想到 20 世纪西方哲学对于逻各斯中心主义的批判。这种批判显然是针对西学的弱点,但是不一定适用于中国学术史,道理很简单:有碍于中国学术的绝非逻各斯,甚或恰恰相反,强化逻各斯的力量反而是经验方法所需要的。④ 换言之,中国文学理论确实需要从西方哲学、美学中获取思辨的力量,包括逻各斯的力量;但是,面对这些"舶来品",我们需要彻底消化,目的只在强身健体,如此而已。有了强健的体魄,自然会产生强大的气场,使我们有勇气、有办法、有成效地直面自己的问题,这就是"拿来主义"。反之,将西方理论快递过来直接使用,甚或将其视为西天神圣而膜

---

① 参见拙著《文艺学方法通论》第四篇第一章《文艺心理学方法导论》,浙江大学出版社 2006 年第 1 版。

② 参见朱光潜《悲剧心理学·序》,人民文学出版社 1983 年版第 13 页。

③ 关于"经验方法"(或称"文艺学经验方法"),可参见拙著《文艺学方法通论》,浙江大学出版社 2006 年 6 月第 1 版。

④ 我国学界通常将"逻各斯"等同于中国哲学中的"道",如是,我们需要像西方现代哲学解构逻各斯中心主义那样解构"道"吗?"道"概念像"逻各斯"那样有碍于西学而有碍于中国学术吗? 这显然是卯榫不合的中西对译。以笔者之见,我们应从思维方式或学术方法的角度理解现代西方哲学对于逻各斯中心主义的解构。至于德里达解构逻各斯的理由——"表音文字"使意义延缓出场——更是指鹿为马式的谬说:声音是语言的第一物性载体,因此,相对表意文字而言,表音文字与意义的传达同步,表意文字反而有可能使意义延缓出场。可见,即便在西学语境中,解构逻各斯中心主义这一命题也不是无懈可击的。

拜之，或者反复阐释而自得其乐，也就不是鲁迅先生提倡的"拿来主义"，应被名之为"快递小哥"的"快递主义"了。

总之，我们应当明确善于"形而下"是中国学术的民族特点。明确这一点不是为了孤芳自赏，更不是倡导一意孤行，而是为了分析这一民族特点的优势和局限，在此基础上有针对性地研习"形而上"以补我之不足，从而使我们的传统优势最大化，劣势得到遏制而被最小化，在"形而上"和"形而下"的间性关系中游刃有余。

五、左右间性

"左"和"右"，或曰"左倾"和"右倾"，这一本来意指革命队伍内部之不同思想倾向的概念，早在我国新民主主义革命时期便被挪用过来指称进步文学内部的两种不同倾向，说明文学与思想、文学与政治有着密切关系。这种关系是文学史上的事实，无论古今中外，概莫能外。"或左或右"作为一种既定的成说，当然会影响到文学理论自身的倾向性，于是也成为了萦绕改革开放四十年的内在间性。

需要首先澄清的是：新时期以来，尽管人们习惯用"左"和"右"分别指称"激进"和"保守"两种不同的思想政治倾向，但是，这和文学理论家所研究的对象不可以画等号。例如，无论研究马克思主义文论，还是研究中外文论史或文学基础理论，与思想政治倾向方面的"或左或右"是两码事；更多、更常见的情况往往相反：某些高喊马克思主义口号的人，骨子里不一定真正信仰和践行马克思主义；某些一直标举"启蒙主义"的大旗者，在生活世界里扮演的却是"反启蒙"的营生。一言以蔽之，不能依据"研究什么"和"说什么"进行思想政治倾向方面的价值判断。难怪我国历代文人一直感叹"知易行难"，说明始终保持"言行一致"并不是轻而易举可以达到的人格境界；特别是在物欲横流的环境里，名利诱惑往往会使一些学人忘却斯文，品行操守在某些人心目中已被大大弱化，一些"公众名人"或位高权重者之所说、所论和所主张的东西，往往与其生活世界里的实际严重相左。

当然，"左右间性"对于改革开放四十年文学理论的意义，主要并非在学人品行的道德判断，更多、更广的意义在于文学理论自身的发展。2010 年前后关于实践存在论的讨论,就非常值得回味:首先是董学文教授及其弟子们激烈地批评朱立元教授倡导的实践存在论,认为其无非是把马克思主义的实践观同海德格尔的存在论进行了畸形拼凑,悖离了马克思主义;然后是朱立元及其弟子们毫不示弱地回击,从"实践"概念、实践论与存在论的关系等方面力辩清白。① 由于这场争论的参与者过于集中在董、朱两教授及其各自的门生,也就难免留下了人为操弄的抓痕,但其意义还是不容全盘否定,特别是在坚持和发展马克思主义、马克思主义美学的中国化和现代化等方面,留下了许多值得进一步反思的问题。值得反思的还在于一个近乎常识的问题:我们之所以坚持马克思主义,是因为实践证明它是真理,其中的因果逻辑不可以颠倒,因为马克思主义不是教条,更不能是供人贴金和争宠的对象。就建构我国文学理论的知识体系而言,坚持和发展马克思主义是为了更好地探索文学真理、接近文学真理,其中的因果逻辑同样不可以颠倒;重要的在于理论探索本身(例如"实践存在论")是否更接近了真理,而不在于它"姓什么",或出身于哪个族系。

"左右间性"对于改革开放四十年文学理论的意义,更在于我们的理论对鲜活的文学现象能够产生何种影响。有些作家自称从不顾及他人对其创作的评价,这显然是故作姿态,实乃前述中国文人言行不一的佐证。问题的关键在于我们的理论对于文学现象的阐释力、影响力能有几何? 例如 2005年之后关于文学与审美意识形态的讨论②,无论从引发这次讨论的动机(通编教材的话语权),还是从这次讨论的主题本身,都是不值一哂的,尽管其规模和影响远大于"实践存在论"。就讨论的主题而言,文学与意识形态的关系虽然不能说是一个伪命题,但是显然已经不是当下"文学人"所最关心的问题了;当下的作家、读者等"文学人"最关心的是"好作品"问题。如果我们的文学理论能以"好作品"为中心,将"好作品"的创作、阅读和传播作为研究

---

① 依次参见董学文等《"实践存在论"美学、文艺学本体观辨析——以"实践"与"存在论"关系为中心》,《上海大学学报》2009 年第 5 期;朱立元等《对近期有关实践存在论批评的反批评——对董学文等先生的批评的初步总结》,《上海大学学报》2011 年第 1 期。另见张瑜《马克思存在论的出场——实践存在论美学论争的理论意义》,《广西师范大学学报》2013 年第 1 期

② 参见董学文:《文学本质界说考论——以"审美"与"意识形态"关系为中心》,《北京大学学报》2005 年第 5 期;钱中文:《对文学不是意识形态的"考论"的考论》,《文艺研究》2007 年第 2 期;童庆炳:《实践是"审美"与"意识形态"结合的中介——对近期"文学审美意识形态论"质疑的三点回应》,《文化与诗学》2009 年第 2 辑,北京大学出版社 2009 年 12 月出版。

的主题和重心，对于我国文学现象的阐释力和影响力就会大大加强，所谓"左、右"问题，也就可能迎刃而解。

就此而言，新时期以来我国文学理论中的"或左或右"争论（参与者并不自谓"或左或右"），都存在脱离文学现实、罔顾文学期待的倾向，在某些情况下成了圈内人士相互攻讦掣肘的口实。所谓"脱离文学现实"，意味着"或左或右"的争论与文学现实无关；所谓"罔顾文学期待"，意味着文学理论游离了文学之所以成为文学的"文学性"。无论"脱离"还是"罔顾"，归结到一点是弱化而非强化了文学本身，从而使文学理论演变为一般思想史或政治学意义上的高头讲章。如是，文学理论对于当下文学现象也就失去了阐释力和影响力；反之，将文学理论恰当地定位于文学本身，则可以超越"或左或右"的纠缠；即便涉及"左""右"间隙，也是以文学事实说话，而不是在批评某一偏向时仅将政治标签作为杀手锏。

无论如何，改革开放四十年来的"左右"之争，一方面延续了五四"革命文学"的传统，另一方面又有新时期、新时代的新特点。其"新特点"最突出的表征就是广大文学受众对于"好作品"的热切期待，我们的文学理论应该明确意识到这种期待的迫切性超过了以往任何时代。如果能够以此统领"左右"之争，堪当文学理论知识再生产的大方向。当然，这并不意味着"左右"之争的终结，"左右"之争并没有结束，也不可能结束。我们不能将"左右"之争视为文学理论的不幸，恰恰相反，作为文学理论的内在间性，如果始终紧扣文学本体，将有益于提升知识再生产的能力和质量。

需要说明的是，上述"五大间性"绝非完美概括，更不是四十年文学理论的完整描述，只能是为回望过去提供了一种视角，并且难免笔者本人的倾向与偏好，绝不可能做到"纯客观"。我们完全可以选择另外的视角、另外的立场讨论此类问题。就本研究的视角和立场而言，我们之所以拈出"间性"概念，意在凸显知识体系中的对立统一具有新知生成之可能，就像"间性"概念原初本义所强调的"第三性"①，无意对间性中的双方或某一方进行价值评判。

---

① 据黄鸣奋考证，"间性"原来是一个生物学术语，意指在男女之外另有男中有女、女中有男的"第三性"（黄鸣奋：《网络间性：蕴含创新契机的学术范畴》，《福建论坛》2004 年第 4 期）。我们在本研究中起用"间性"概念，不仅仅是指文学理论存在二元对立，更是为了强调在"二元"中有可能生出"多元"、在"对立"中有可能生出超越性的"新知"。

在这一意义上，"五大间性"所揭示的，是该时段我国文学理论知识生产背后的某种机制，并非文学理论本身。我们对于"五大间性"的描述相互交叉，因为它们并不是各自孤立的，而是相互联系、相互交织，共同织就了文学理论的知识体系。这种概括当然是基于文学理论的学术史，实则就是文学理论史的五种张力和内驱力。以笔者之见，正是这些张力和内驱力，使我国文学理论在过往的四十年中能够自我更新、不断完善并渐次生长。

明确"五大间性"的意义在于唤醒文学理论的自觉，提醒我们应该自觉到文学理论所处的多维语境，进而为我们最应当关注什么提供参照。由于"五大间性"是一种网状结构，其中的"结点"串通四面八方、上下左右，孤立地看待和评价每一结点不足为训。就此而言，任何有意义的选题、命题，都应当契合其中某个或某些结点；反之，远离这些结点的所谓"研究"，其意义和价值便会大打折扣——如前所述，最多只能是某一传统论域的自然延展。

如前所述，"五大间性"既然经过了四十年的历史而渐次生成，那就说明它已经成为了具有生命力的实存，不会很快发生根本性改变，可能要延续相当长时段，直至我们的文学理论走向自觉自由、成熟老到。毫无疑问，这个目标还很遥远，这条道路还很漫长。我们还面临很多无解的问题，这些问题将长时间令我们困惑、迷茫。

2019 年 5 月修改

"文以载道"新议

刘锋杰 *

　　在文道关系研究上，郭绍虞曾有一个三分法，分为"文以贯道"、"文以载道"与"文以明道"。不少学者像他一样，认为"明道"好，"明"不像"载"只表示一个简单的搬运动作；而"贯"字用得少，只指韩愈的创作。今天的学者则提出新见，主张"文以穿道"，"穿"可体现对于"道"的突破，表明作家在"道"的面前不是被动而是主动的。我也试图主张"文以生道"，认为更能体现作家主体对于"道"的生发，符合"生生之谓易"的中国精神。不过，仔细想来，新命名虽然揭示了某些被遮蔽的东西，但还是不宜置换老命题，大家习惯这种称谓了。

　　自宋代正式提出"文以载道"以后，它能成为古代文论的核心概念，必有其原因。"贯道"说的是文学把"道"贯通起来，传承发扬；"明道"说的是文学把"道"阐明出来，发扬光大；"穿道"和"生道"都强调文学对于"道"的改造创新。但是，这些都偏向揭示文学对"道"的作用，讲文学有这样的功能。"载道"说的是文学应有什么样的内容，所以"载"字比其他几个更贴切。这本来就是一个比喻，像西方人用"镜子"或"明灯"来说文学一样。比喻都有歧义。如果从概念发生史而不是从比喻义上来看"文以载道"，可能更准确一些。当然，在理解"文以载道"时，考虑其他称谓的补充性，可以使内涵更丰富更明确。

　　在认识"文以载道"时，人们往往将其简化为"文—道"关系二项式，但其实是"文—载—道"关系三项式。这个变化很重要。在二项式里，忽略了"载"的作用，只把"载"当作简单的动作，没有注意它的重要性。在三项式里，"载"不仅是搬运，而且是主体的一次自觉的经过思考与选择的实践行

---

　　*　刘锋杰：苏州大学文学院教授，博士生导师。

为。孔子在《论语》中说过"志于道"的话,移用到此,"载道"不就是"志道"吗?"志"由谁来施行,当然是作家主体。所以,作家主体在载道中起着关键作用,没有作家主体的"志","文"与"道"就谈不了恋爱,发生不了关联。孔子的"志于道"、孟子的"浩然之气"、司马迁的"发愤著书"、韩愈的"不平则鸣"等,都为载道提供了源源不断的作家主体论述。有了这个主体,载道变成了活生生的生命承担与创造,而非如同死板地把东西搬到车上那般无聊了。"文以载道"是不缺乏主体承当的,这更符合文学史实。

关于"文以载道"的另一个误解是把它与近代以来的功利主义相等同。不错,载道观强调文学对于社会生活的批判纠正功能,但因此就认为它否定文学的审美性,则是十分不妥的。主张"文以载道"的韩愈、柳宗元、欧阳修与苏轼都是文学大家,如果他们都否定文学的审美性,能够写得出来一流的杰作吗?那么,理解的偏差到底发生在哪里呢?在于古今文学观存在差异。今人倡导的是"纯文学"即"小文学"观,古人倡导的是"杂文学"即"大文学"观,以今人看古人,古人的文学观当然会显得审美性不足。可是,如果把载道观与此前的文质论相比较,"文以载道"的出现恰恰提高了文学的审美性。文质论以"文质彬彬"为标准,防止"文胜质则史,质胜文则野",倡导文质的统一。由于当时的"文"具有"修饰"义,"质"又主要指"礼义",确实把"文"工具化了,轻"文"重"礼"是必然的。在文质论中,"文"的地位不高,审美性也不足。到了文道论中,这两者都发生了变化。刘勰在《文心雕龙·原道》里强调"圣因文以明道",正式提出"文以载道"命题,同时也大大提高了文学的审美性。他将"文"分为三种即"天文"、"地文"与"人文":"天文"指的是"日月叠璧,以垂丽天之象";"地文"指的是"山川焕绮,以铺理地之形";"人文"指的是历代圣贤写出来的文章。与文质论的一个重要区别在于刘勰认为"文"的出现是一种自然而然的现象,不是依附于某个东西(如"礼义")出现的,如此一来,"文"的独立性不言而喻了。另外,在谈到"天文"与"地文"时,刘勰肯定了它们的气象恢宏,变化万千,可知文采是如此精妙。这用来评价"人文"也一样,它同样气象恢宏,变化万千。在比较自然与人心时,刘勰更看重人心,认为"无识之物,郁然有彩;有心之器,其无文欤"。这表明,"人文"比"天文""地文"更精妙,所以他要讨论"为文之用心"了。到了刘勰这里,文道关系明确了,"文"的审美性明确了,怎么能说"文以载道"仅仅重视功利而不重视审美呢?文道论是对文质论的本体化与审美化,倡导"文以载道"一点儿也不影响作家创造性的正常发挥,只有那些死板地抱着理论教条而不放的作家才会在创作的路上越走越窄。

从"五四"开始,"文以载道"常被攻击,说它宣传"封建礼教",服务于统治阶级,开历史的倒车,漠视人民群众的利益。其实不然。将"道"释成"封建统治的政治主张"是片面的,"道"指的是政治的根本、蓝图与灵魂,近于"政治哲学"讨论的"政治应当如何"而非"政治已然如此"。如孟子强调"得道多助"、"失道寡助",这个"道"指的是"仁政"而非在位者的政策,"得道"就是使老百姓过上小康生活,足以"养生送死",社会上的鳏寡独孤者有人照顾,实现普遍的社会正义。孔子批评"苛政猛于虎",柳宗元创作"捕蛇者说",也正意在揭示民众的生活困苦,期望"仁政"的出现。"道"与一般的"政治"、"统治"概念有别,它是历史积累下来的关于应当如何进行政治活动与治理的一种思考与抽象,指向古代的"三代之治",试图用古代以来所产生的社会理想为今后的政治治理立法,所以"道"是指导一般政治的,而一般的政治应当是"道"的精神的体现。具体而言,它表现在政治治理中就是追求"仁政",以此督促统治者好好治理国家,以便创造出富足、和谐、幸福的社会生活。表现在文学创作中就是维护"道"的权威与"仁政"思想,揭露社会黑暗与展示美好人生,以此激发民众的生活热情,也警告统治者不要犯下逆"道"大错,贻误民族国家的发展机遇。当然,也有人利用载道来载私意,加强封建皇权,强化专制统治,但那是利用而已,不能算在载道观的核心内涵中。"文以载道"表达了人民群众对于美好生活的向往,这哪里是为统治阶级服务,这是在真正地为人民群众说话。

如果用今天的文论术语来看"文以载道",应该称其为"现实主义的创作精神",它主张面向社会现实进行创作,表现民生疾苦,追求安康、和谐与美好的生活。所以,"文以载道"总是反对脱离现实的形式主义创作倾向,唐代的古文运动针对的是"绮丽不足珍"的骈丽文风;宋代的古文运动反对当时的"西昆体"与"太学体",这两种文体内容空虚,文风或浮或涩;桐城派"阐道翼教",提出的"义法说"强调创作应该言之有物,修辞立诚,仍然是与文学上的虚假现象作斗争。在文学史上,每当形式主义文风盛行,载道观就应声而起。但是,更应该称其是"儒家现实主义",这样才能与"批判现实主义"、"社会主义现实主义"、"魔幻现实主义"相区别。"儒家"二字代表了这个现实主义全面体现着儒家的社会理想与美学理想,它将美好生活与文学创作结合起来,体现知识分子的忧患情思,坚持真善美的统一,追求"仁政"的实现与人民群众生活水平的极大提高。"儒家现实主义"与没有理想的、逃避现实的、无视民生疾苦的假大空文学倾向是对立的,相斗争的;与逃逸于山林的文学,沉浸于个体的文学,耽享于感官快适的文学,是冲突的,相排斥的。"儒家现实主义"创造了批判的、理性的审美力量。

"儒家现实主义"对于今天是有启示作用的,即倘若文学创作不能与民众的美好生活向往相结合,不能体现出作家对于世道人心的强烈针砭,不能批判那些错误有害的思想倾向,文学创作就会走向萎缩,就会失去民众的喜爱,就会丧失自身的价值。

本文为国家社科基金重点项目《"文以载道"观的发生、嬗变与当代价值研究》(18AZW001)阶段性成果。

以脑科学解读康德审美无利害论

——在王元骧老师审美性研究的启发下

李志宏*

　　自改革开放以来，中国文论最重要的关键词就是"审美性"。但是，虽然人们经常地使用这一概念，却很少对这一概念的内涵做出深入阐释和界定，往往只是简单地把它同康德"审美无利害"的论述相关联。以笔者的视野，王元骧老师是最早对审美性内涵进行深入研究和阐释的学者。王元骧老师1990年就发表论文《艺术的认识性与审美性》，对审美性概念做出初步界定，认为所谓艺术的审美特性"就是指通过艺术家的审美感受和审美体验为中介来反映生活所赋予作品的一种属性"①。2006年发表的论文《何谓"审美"？——兼论对康德美学思想的理解和评价问题》对学界有关审美性的种种不正确阐释加以辨析，对康德的审美无利害理论做出深刻的阐发。此外，王元骧老师还在多篇文章中对康德有关审美无利害性的理论进行了深刻的研究和阐释，代表了中国当代文论中文艺审美性研究的最高成果。王元骧老师的这些研究蕴含着非常深刻的思想，具有极大的启发性，特别是提示我们要对康德美学给予更多、更深入的关注，对康德审美无利害论加以深入解读。

　　的确，在文艺理论和美学的发展进程中，康德美学是一个绕不过去的山峰。无论哪个理论体系，都要对康德美学有所交代。

　　康德关于审美活动特性的经典表述是："鉴赏是通过不带任何兴趣的愉悦或者不悦而对一个对象或者一个表象方式作评判的能力。这样一种愉悦的对象就叫做美的。"②由此开始，康德美学思想表现出一条非常完整而深

---

　　* 李志宏：吉林大学文学院教授。
　　① 王元骧：《艺术的认识性与审美性》，《文艺理论研究》1990年第3期。
　　② ［德］康德：《判断力批判》（注释本），李秋零译注，中国人民大学出版社2011年版，第40页。

刻的脉络,大致是:并不是去寻找并探讨一个本体论意义上的"美"的事物或美本身、美本质;对于鉴赏判断的对象或人们日常生活中所说的审美客体,都应该称之为"美的",即它们都是美的事物;美的事物原本是一般事物,一般事物因为主体的美感而被称为美的事物;美感不是来自于生理性感官的感觉,不能是由事物中的"美"刺激而生成;美感是种内在感觉,在主体无利害关注的鉴赏判断中形成;在鉴赏判断中,当对象的表象引发美感时,就表明这一表象具有主观合目的性,即具有同主体愉快或不愉快的情感相对应的适合性;反过来看,这时的主体也具有同对象物的表象相对应的适合性,即二者间形成对象性的适应关系;鉴赏判断的内在过程是想象力和知性按照一定比例形成的自由游戏;主体之所以能进行这种自由游戏,其最后原因可能是深藏在主体中的超感性基体。

　　在康德看来,审美活动最关键的因素存在于主体的反思判断之中。康德说:"一切都归结到鉴赏的概念。"[①]主体的鉴赏判断是康德写作《判断力批判》的重中之重。康德对鉴赏判断的分析显现出了一种非常有价值的思想方法。他不是像柏拉图的本体论路径那样,围绕着审美的外部状态进行阐述,而是要深入审美的内部,探究主体审美的心灵能力,也就是要探究大脑审美时内在的认知活动的机理。这符合康德哲学所具有的"哥白尼式革命"的特点,也为美学研究走出柏拉图本体论困境提供了可能,开辟了审美活动内部规律的研究。

　　但是,由于当时的脑科学还不很发达,康德只能猜测到大脑内存有一个可称之为"超感性基体"的东西在发挥着决定性的作用,此后就再也走不下去了。今天,200多年过去了,在现代认知神经科学即脑科学充分发展的条件下,已经可以在相当程度上对康德的局限性加以弥补了。康德一些难解的阐述也可以得到合理的解释。

　　康德美学的核心问题是审美的无利害性问题。对此,以往的认识并不是很深刻、很到位。人们往往以为,康德的这一论述表明,审美不能有任何利害性价值。人们常说,审美的对象不是对象物,而是对象物的形式;对象物的形式是没有任何功利价值的,因此造成了审美无功利性。这种看法有一定道理。就具体而直接的审美关系而言,与审美主体的审美认知直接相

---

① ［德］康德:《判断力批判》(注释本),李秋零译注,中国人民大学出版社2011年版,第69页。

关的客体对象物,的确只是客体对象事物的形式而不能说是对象事物本身。虽然从存在的角度看,事物本身与事物形式是不可分割的,但在人的思维中,二者可以抽象开来分别对待。这时,事物的形式不等于事物本身,当然也不是事物本身的利害价值。尽管如此,毕竟事物本身与事物形式是不可分割的。事物本身的利害价值会对其形式产生影响,使得其形式在利害性价值方面不能绝对地独立。

但是,有的论点以为二者是可以绝对独立的,以为审美可以完全不顾及对象事物本身的存在而只顾及对象事物的形式;或者,虽然也看到了事物本身与其形式的统一关系,但为了追求形式的无利害性,就要求事物本身也是无利害的;甚至以为,只有毫无用处的东西才是美的。从这一思路出发,当以文艺为审美对象时,这些论点也以为文艺的审美性只能表现在作品的语言、结构、表现手法等无利害价值的形式上。它们还以为,如果作品的内容具有了特定的社会功利价值,就要伤害审美性,因此必须加以排斥。这样的审美无利害观,是对康德美学思想的误解。

王元骧老师论证了康德的阐述中美与善和崇高的密切联系,肯定地指出了审美的社会功用,是在正确方向上对康德审美无利害思想的深刻解读,同时还论证了"审美既是功利的又是无功利的"论点。

理论是需要不断深化发展的。在这一基础上继续深入思考,可以发现进一步的问题:在目前所说"审美既是功利的又是无功利的"论点中,审美的功利性发生在具体的审美活动过程之后,属于审美活动的社会功用。一定的功用必定来自于一定的结构。因此,审美社会功用的具体意义要同审美对象物的结构组成即其内容密切相关。如果作为审美对象的艺术作品描写的是人类的一般情感或一般的人性之善,则其社会功用就表现为一般的人性之善。那么,如果作品表现的是具体而特定的情感呢? 例如,不同的阶级或意识形态有不同的善恶价值和观念,作为审美之后的功用是不是可以有特定的社会功利性价值? 文艺的社会主义意识形态功能同资本主义意识形态功能怎样有所区别?

要看到,目前的世界还不是大同世界。不同的社会存在造成了不同的社会群体和相应的利害价值,不同的社会群体有不同的善恶观念。存在决定意识。这种现实社会中功利价值的不同必定要反映到作为精神活动的审美中。作为审美活动终端的社会功用,与审美活动前端的状态有直接的关联。即,审美之后的效果取决于审美之前或审美之中的样态。如果审美之后具有特定的社会功利性,则审美之前、之中也要具有特定的社会功利性。

那么,在审美过程之前和审美过程之中能不能有利害性呢？现代美学对这一点还缺少细致的研究。在很多人看来,似乎是不可以有利害性的。其实,按照康德的阐述,至少在审美过程之前也是有利害性的。康德在《判断力批判》第 41 节第 1 段中有非常重要的一段话:

> 宣布某种东西是美的所借助的鉴赏判断,必须不以任何兴趣为规定根据,这一点上面已作过充分的阐明。但由此却得不出,在这判断被作为纯粹的审美判断而给出之后,不能有任何兴趣与它相结合。不过,这种结合永远只能是间接的,也就是说,鉴赏必须首先与某种别的东西相结合被表现出来,以便能够还把对一个对象(当一切兴趣都在它身上时)的实存的愉快联结在关于它的纯然反思的愉悦之上。因为在(关于一般事物的)知识判断中所说的话,即 a posse ad esse non valet consequentia[从能够到存在的结论无效],这里在审美判断中也适用。这种别的东西可以是某种经验性的东西,亦即人的本性所固有的偏好;或者是某种理智的东西,作为意志能够先天地由理性来规定的属性;这二者都能够包含对一个客体的存在的愉悦,这样就能够给对于无须考虑任何兴趣独自就已经让人喜欢的那种东西的一种兴趣提供根据了。①

这段论述表明,康德认为事物的利害性与无利害的审美之间有种间接的联系。而且,事物的利害性可以为审美的无利害性提供根据。即,对于具有利害性的"客体的存在的愉悦",是无利害性美感的基础。在康德的阐述中,"客体的存在"就是指具体概念、具体事物。具体事物可以具有特定的利害性。由此可知,既然对于具体事物的愉悦是鉴赏愉悦的根据,则意味着现实利害性是审美无利害性的根据。这本是非常有深意的论点,对于我们理解康德的审美无利害论至关重要。但是,对这段阐述人们一直没有加以充分注意。其可能的原因,一是康德自己对此没有做深入的阐释,二是人们很

---

① ［德］康德:《判断力批判》(注释本),李秋零译注,中国人民大学出版社 2011 年版,第 121 页。

难理解,事物在存在方面的功利价值怎样成为审美无利害性的根据。不过,我们现在可以对康德的这一阐述加以深刻地理解了。

借鉴脑科学成果,中国形成了认知神经科学美学的理论,提出了"审美认知模块论"假说,认为:人在面对某一事物时,可以对其外在样态形成形式知觉;如果这一事物于人有利害关系,就能形成同利害价值相关的意义领悟并引发利害性的情感。形式知觉、意义领悟、情感反应等认知环节都有相应的神经中枢。当这三者同时被激活时,就同时地分别在大脑的不同位置上中形成一定的锋电位。发放频率相近(大约在40赫兹之内)的几个不同锋电位可被大脑的更高一级系统整合在一起,形成特定而稳定的暂时神经环路,构成了大脑的一种"软结构",即"形式知觉中枢＋意义领悟中枢＋情感反应中枢"的功能性结构。对这一功能性的结构,我们称之为一般性的认知模块。以一般性认知模块的建立为前提,再看到类似的事物及其形式时,就可形成直觉性的反应。

认知模块的形成过程是大脑神经系统自动完成的,具有内隐性。其作用大致相当于康德所说的"人性的超感性基体"。根据这个假说,认知模块的建构过程要以事物的利害价值为基本根据。正是依据事物的利害价值,事物的外在形式才能同情感建立起直接的联系。如果事物是于人有利的,则引发肯定性情感,形成具有肯定性情感的认知模块。由于只有经过认知模块的作用才能将事物形式与主体情感直接关联,因此审美必须以认知模块的事先建立为前提条件。

当然,一般性认知模块还不等于审美的认知模块。但审美的认知模块必须由一般认知模块转化而来。这一转换需要一个重要的条件,即人对自己身体状态及生存环境的意识。当人的身体处于急切的利害性需求状态时,例如在生命危急之中,在极度饥寒交迫之中,首先关注的是对象物的利害性价值,不会关注到对象物的外形。当人处于非利害状态时,就可以不去关注对象物的利害价值而把知觉停留在对象物的形式上。一旦遇到与既有肯定性认知模块相匹配的物体及其形式,则其利害价值就由于不被主体关注而处于隐蔽状态,认知模块中的意义中枢不被充分而显著地激活,从而形成了形式知觉中枢与情感反应中枢的直接关联。这时,一般认知模块就转化为审美认知模块,构成审美的核心结构。审美的非利害性就来自于这一过程。

　　审美认知模块系由与肯定性情感相关联的一般认知模块转化而来,审美认知模块及审美活动必须以肯定性一般认知模块的事先建立为前提。而肯定性一般认知模块是在有利性基础之上才得以建立的。这表明,审美非利害性建立在利害性基础之上。这一过程作为审美的必要条件一定是发生在审美活动之前,表现出利害性在审美发生之前的存在和作用。被这一过程所决定,美的事物本身是需要具备有利性的。这就正如康德所说的那样,若要能够审美,首先要使鉴赏判断同对象事物的"利益"间接地结合起来;由此形成的利害性愉悦感将为美感奠定基础。即,审美愉悦是由利害性愉悦转化而来。可见,无利害性的美感是间接地同事物的利害性相关联的。这是审美既有利害性又无利害性的机理。

　　康德美学思想是非常深刻的,值得我们加以深入探讨。王元骧老师的相关研究是我们今天深入进行审美性研究,特别是进行康德美学研究的重要引领,引发了学界的关注,启发了思路的扩展,具有重要的学术地位和深远的影响。

修辞学复兴与当代语言修辞学批评建构

赵奎英 *

内容提要:中西方的文学理论似乎面对一种同样的困境,那就是尽管所有文学活动都包括世界、作者、作品、读者四个要素,但很少有哪一种文学批评和文学研究能明确地把这个四个要素同时纳入视野之中。20世纪西方伴随着语言学转向兴起的现代修辞学理论对修辞行为整体的研究则为突破这种困境提供了某种可能。而受现代修辞学理论影响的布斯的小说修辞学研究,作为诗学与修辞学研究相结合的杰出成果,同时也开启了一种把文学作为作者与读者之间的语言交际活动的,把作者、作品、世界和读者同时纳入视野进行四元通观的文学批评和文学研究的新思路。以这种四元通观的修辞学框架为基础,再融合借鉴其他理论,则有望发展出一种新的能够同时把作者的表层意图和无意识动机,文本的结构形式和修辞选择,作品的审美效果和社会意识形态功能,文本生成和接受的世界和文化语境同时纳入视野的"语言修辞学批评"。而这种语言修辞学批评对那种更具有综合性、动态性和整体性的当代文学理论无疑具有重要的建构作用。

关键词:修辞学复兴;小说修辞学;语言修辞学批评;言语行为诗学;四元通观

一、文学理论研究的困境与修辞学的复兴

我们知道,艾布拉姆斯在他的《镜与灯》中曾指出,文学活动总要涉及四个要素,即作品、作家、世界和读者。尽管任何像样的批评理论多少都考虑

---

　* 赵奎英:南京大学艺术学院教授。

到了所有这四个要素,但几乎所有的理论都只明显地倾向于两个要素之间的关系或其中一个要素。正是由于各自的侧重点不同,西方历史上形成了四类不同的批评理论模式:关注作品与世界关系的"摹仿说",关注作品与作者关系的"表现说",关注作品与读者关系的"实用说",以及把作品视为一个独立自足的客体孤立地加以研究的"客观说"。① 艾布拉姆斯的研究重心是西方浪漫主义文论的根源和发生过程,重点在 19 世纪及 19 世纪以前的西方文论传统。但通过对 20 世纪以来的主要西方文论流派进行梳理不难发现,不仅是以往的西方批评理论,现代西方批评理论也往往是围绕着这四个要素中的某一个要素展开的,只是他们对这个四要素,亦即对作者、作品、世界和读者的理解发生了一些变化而已。如对作者的理解经历了由关注作者的意识情感到关注深层的无意识心理的变化;对作品的理解经历了由关注作品内容到关注文本形式的变化;对读者的理解经历了由强调读者对作品的接受到强调读者对作品的创造的变化;对世界的理解经历了由把世界看成本体实在到把世界看成文化建构的变化等等。这样来看,20 世纪以来的西方文学理论和文学批评,也可以说仍然是围绕着作者、作品、世界和读者形成了四大主要研究系统:即以作者深层心理分析为中心的精神分析、心理分析文论,以文本形式分析为中心的俄国形式主义、英美新批评、结构主义等文论;以读者研究为中心的接受理论、解释学理论;以及注重文学与(世界、历史)文化关系的西方马克思主义文化批判理论、新历史主义批评、女性主义批评等种种文化批评理论。

　　这些以某一要素为中心的文学研究或文学批评模式,从单个方面来看无疑都取得了很高成就,但由于只关注文学活动的一个方面而忽视或无视其他方面,使人们难以对文学活动获得全面深刻的理解。就像索绪尔批评历史语言学不能揭示的语言本质时所说的,人们不断地从山的这一边跑到山的那一边,永远也无法从整体上看清那座山。在西方文论史上,尽管有些理论派别或理论家也试图突破这种单一中心论的研究模式,但取得的成效并不理想,目前国内影响甚巨的文学理论教材,虽然也曾提出过对文学活动的四个要素进行"整体观照"的目标,但就目前来看,这一目标实际上尚未真正实现。我们不禁发问:究竟是一种"整体观照"的文学理论根本就不可能,

① ［美］艾布拉姆斯:《镜与灯——浪漫主义文论及批评传统》,郦稚牛等译,北京大学出版社 1992 年版,第 7 页。

还是因为我们没有找到进行整体观照的理论视野和理论基础才让们陷入如此的困境?

　　我们知道,任何"看法"都是与"视野"相关的,我们之所以无法能看到文学活动的全貌,一个根本原因或许在于我们没能找到一种能把文学活动作为动态整体加以把握的统观全局的理论视角。同时,众所周知,文学是一种语言的艺术,人们的语言观念直接影响着人们的文学观念,一种文学理论总是在某种语言哲学观念或语言学理论的或隐或显的主导下生成的。从艾布拉姆斯梳理的西方文论史上那四种文学批评的主要模式,模仿说、实用说、表现说和客观说来看,没有哪一种不是伴随着某种语言哲学观念和语言学理论兴盛起来的。古代模仿说与古老的"词物对应论"和语言起源上的"拟声说",实用说与古代修辞学,表现说与 18 世纪的语言起源论上的"感叹说",客观理论与 20 世纪语言学转向以来的语言学、语言哲学,都具有明显的一致性。语言哲学观念、语言学研究不仅为文学批评提供方法论工具,而且语言观念的变革本身,也往往正是文学观念、文学研究或文学批评变革的重大促进因素。从这一意义上说,语言观念基础不变革,语言理论视野不更新,文学理论也很难发生真正的革命。我们今天之所以无法看到文学活动的全貌,建立一种真正的能把作者、世界、作品、读者都统合起来的动态的、综合的文学理论,或许还在于我们未能找到一种能把文学活动统合起来的语言观念基础和语言理论视角。而 20 世纪西方伴随着语言学转向兴起的现代修辞学和言语行为理论则为突破这种理论困境提供了可能和希望。

　　我们知道,20 世纪西方哲学领域出现了"语言学转向",这一转向对哲学、诗学以至整个人文社会科学都产生了深刻影响。从文学理论领域来说,语言学转向最直接的后果是促使了关注文学作品语言的语言学诗学的产生。语言学转向不仅促使了文学研究领域的语言学诗学的产生,同时也促使了语言学领域的关注语言有效运用的"修辞学的复兴"。在西方传统中,语言学、修辞学、逻辑学本来都具有一种亲缘关系,最初的所谓的"修辞"就是指"语言修辞"。语言学与修辞学的这一亲缘关系,也使得 20 世纪西方的"语言学转向",促使沉寂了数个世纪的古老的修辞学再次兴起。在当今西方的"修辞学复兴"运动中,有个人物值得特别注意,那就是美国文学批评家、修辞学家韦恩·布斯(Wayne Clayson Booth)。

　　布斯在有关"修辞学复兴"的演讲中说:"如果认为修辞就是人们为了改

变彼此思想却没有给出适当理由而做之事,那么我们完全可以说我们生活在一个前所未有的修辞时代。"① 布斯把修辞学分成"拙劣修辞学"和"良好修辞学",认为前者是通过奉承或欺骗方式达到劝说的目的,而良好修辞学则是"使同类参与到相互劝说的行为中去,即相互质询的行为,这极有可能成为一件高尚之事"②。布斯希望的是,我们能够处在一种"良好修辞学"而不是"拙劣修辞学"的时代。这种良好的修辞学时代,"视相互劝说为一种生活方式;我们在沟通交流中存在"③。布斯还希望:在一个修辞学时代,"各种专业化的修辞学,不论狭义或是广义,至少都应像非修辞学模式的文学史或文学批评那样得到专业上的尊敬"④。并且对文学研究者呼吁:"如果你想要做一件严肃的学术工作又不愿意受到不适当的社会非议,如果——像我们大多数人一样——你想让你的作品跟社会的现实需求有所联系",那么你当"从纯文学转向修辞学"。⑤ 并且指出"如果你认为自己正在从事的文学研究不算最卑微之事,似乎跟修辞学并无太大联系",那么从修辞学家的视角来看待你的课题,你也能够有所发现,也能够得到乐趣和成果。⑥

　　不论你是否接受布斯的观点,但可以肯定的是,现代修辞学的复兴,为"诗学"与"修辞学"的结合研究提供了新的可能性。而布斯本人的小说修辞学研究,则正是诗学与修辞学研究相结合的杰出成果。布斯以他的诗学与修辞学的结合研究,打破了西方自亚里斯多德以来的"纯诗学"传统,同时也开启了一种把文学作为作者与读者之间的语言交际活动的,能把作者、读者、作品和世界同时纳入视野进行统合观照或称"四元通观"的修辞学批评和修辞学诗学的新思路。

二、布斯的小说修辞学研究与"四元通观"的修辞学批评范式

　　尽管在西方传统中,诗学与修辞学一直具有紧密的关系,但二者还是作

---

①　[美]韦恩·布斯:《修辞的复兴》,周宪主编,穆雷等译,译林出版社 2009 年版,第 52 页。
②　[美]韦恩·布斯:《修辞的复兴》,周宪主编,穆雷等译,译林出版社 2009 年版,第 54 页。
③　[美]韦恩·布斯:《修辞的复兴》,周宪主编,穆雷等译,译林出版社 2009 年版,第 57 页。
④　[美]韦恩·布斯:《修辞的复兴》,周宪主编,穆雷等译,译林出版社 2009 年版,第 58 页。
⑤　[美]韦恩·布斯:《修辞的复兴》,周宪主编,穆雷等译,译林出版社 2009 年版,第 58 页。
⑥　[美]韦恩·布斯:《修辞的复兴》,周宪主编,穆雷等译,译林出版社 2009 年版,第 59 页。

为不同的学科被严格区分开来了。这种区分是从亚里斯多德对诗与散文（修辞术）的区分开始的。亚里斯多德对诗与散文的区分，是从语言形式和效果功能两个大的方面来说的。从形式上看，他是从有韵与无韵对"诗"与"散文"进行区分的，有韵者为诗，无韵者为散文；从功能效果上来看，他则是从理性认知与实践行动两方面对诗与散文进行区分的。在亚里斯多德看来，"修辞术的定义可以这样下：一种能在任何个别问题上找出可能的说服方式的功能"①。修辞术的目的是说服，它的功能是实践行动。而诗则被视作出于求知和审美目的的模仿，它与实践行动是没有关系的。尽管亚里斯多德诗学并非不重视善，但善不构成诗之为诗的本质内容。黑格尔对诗与散文的区分与亚里斯多德相一致，实际上也是从这两个方面进行的。单从后一方面来看，黑格尔指出，诗歌是一种"自由的艺术"，诗歌的唯一目的在于在其独立而完整的作品中"创造美和欣赏美"，而散文（演讲术）则具有"越出艺术范围之外"的"实践方面"的功利目的。"在诗里，目的和目的实现都直接在于独立自足的完成的作品本身，艺术的活动不是为着达到艺术范围以外的某种结果的手段，而是一种随作品完成而马上就达到实现的目的。在演讲术里却不然，演讲术只把艺术当作一种听用的助手；它的真正目的却和艺术不相干，而是实践方面的教训，鼓舞和政治情况和法律规定之类，因此演讲术只着眼到一种要采取的行动，但是这种行动或决定并非随演讲而终结和完成，而是还有待于许多另样的活动。"②

　　亚里斯多德和黑格尔对诗学与修辞学的区分，确立了西方把纯文学作品作为研究对象的、特别关注其认识和审美功能的理性主义的"纯诗学"传统。在这种传统中，散文不仅因为其"无韵"，更因为其"有用"而被排除在诗学的研究范围之外。这种纯诗学传统产生了深远影响，它在 20 世纪 60 年代以前的西方文学批评中一直都占有很大市场。但在 20 世纪修辞学的复兴运动中，修辞学和诗学虽然也曾被一些学者继续区分开，但那种强调二者联系的研究，却更加引人注目。如伯克（Kenneth Burke）的《动机修辞学》明确指出"诗也是有用的"，诗的话语也是有动机的。③ "诗性动机的确来自于一种追求完善的原则"，但完善原则又不能在过于简单的意义上来理解，追

---

① ［古希腊］亚里士多德：《修辞学》，罗念生译，生活·读书·新知三联书店 1991 年版，第 24 页。
② ［德］黑格尔：《美学》第三卷下册，朱光潜译，商务印书馆 1979 年版，第 46 页。
③ Burke, Kenneth. *Rhetoric of Motives*, Berkley: University of California Press, 1969，p. 5.

求完善的动机远远超越诗或诗学话语的领域。① 没有哪一种形式的话语是没有动机的,哲学和文学当然也不例外。"文学是理解动机的一种手段"。"修辞学和诗学两者之间没有绝对区别,两者都是研究话语的:修辞学研究所有话语活动(包括演讲和日常话语活动),诗学(文学)则研究话语的一种即诗歌和其他文学话语形式;两者都运用在听众或读者身上唤起情感,形成态度,诱发行动。"②正是与修辞学的这种现代进展相一致,在文学研究领域,出现了把诗学与修辞学统一起来的新趋势,而韦恩·布斯的小说修辞学研究,正是这方面的最具代表性的成果。布斯的小说修辞学研究集中在他的著作《小说修辞学》之中。用布斯自己的说法,《小说修辞学》的目的就是要"集中深入地探讨修辞与艺术能否和谐共存这一问题"③。根据布斯的研究,小说也是有修辞动机的,也是讲究修辞效果的,也是使用修辞手段的。小说使用的修辞手段,"也就是史诗和小说的作者在自觉或不自觉地把读者引入他的虚构世界时"所使用的各种叙事技巧。小说所使用的各种叙事技巧之所以被视为一种修辞手段,原因乃在于,在布斯看来,文学不是可以脱离开读者的纯粹客观的存在,它是作者与读者之间依据各种叙事技巧进行交流的艺术,它也追求交流的实际效果,因此也是具有实用动机的。作家使用这些叙事技巧的目的是为了控制和影响读者,这类似于修辞学家(演说家)使用修辞手段去控制和影响他的听众。布斯的小说修辞学因此既是从修辞学角度对小说叙事技巧的研究,也是从诗学、美学角度对小说修辞手段的研究。

布斯的小说修辞学对叙事技巧或修辞手段的研究,是从现代小说叙事理论对"展示"与"讲述"的区分开始的。所谓"展示"就是指那种用"客观的"、"非个人性"的、"戏剧化"的叙述方式直接"呈现"故事而不作任何评论的叙事方式,这种方式为现代小说所常用;所谓"讲述"就是指"作家"或作为作家的"可靠叙述者"直接在作品中出面的叙事方式,在这种方式中,作家常对作品中的事件和人物发表评论,这种方式为传统小说所常用。布斯指出,福楼拜之后,许多作家和批评家都认为,展示是艺术的,讲述是非艺术的,展

---

① Burke, Kenneth. *Language as Symbolic Action*: *Essays on Life*, *Literature*, *and Method*. Berkeley: University of California Press, 1966, p.38-39.

② 从莱庭、徐鲁亚:《西方修辞学》,上海外语教育出版社 2007 年版,第 322—323 页。

③ [美]韦恩·布斯:《小说修辞学》序言,付礼军译,北京大学出版社 1987 年版,第 2 页。

示要比讲述优越。坚持"展示优于讲述"的现代叙事理论,还提出如下几条普遍规则:真正的小说必须是现实主义的;所有的作家都应该是客观的;真正的艺术无视读者;从美学上讲:眼泪与笑声都是赝品。这四条抽象规则实际上分别涉及文学与"世界"(现实主义的文学必须对世界进行展示)、文学与"作者"(作家必须用"客观"的不介入的方式写作)、文学与"作品"(文学是一种排斥修辞动机的、不以读者效果为目的的"纯形式"),文学与"读者"(读者也应该具有客观性)四个方面。布斯不同意这种把"展示"与"讲述"对立起来的简单划分以及"展示"优于"讲述"的武断观点,布斯指出,要想从作品中完全清除作家的声音是不可能的。"即使把代表作家声音的形式全部清除,留下来的东西仍然会显示出不光彩的人工痕迹","因此,作家的判断总是存在的,对那些知道怎样发现这种判断的人来讲,它的痕迹总是明显的。……纵使作家可以在一定范围内选择他的伪装,他决不可能使自己消失。"①

正是以此基点,布斯对文学批评中那些作为教条的普遍规则逐一进行了批驳。针对"所有的作家都应该是客观"的观点,布斯在对客观性的三种性质,"中立性、公正和冷静"进行考察后指出,作家是不可能完全客观的,"伟大的小说正是产生于隐含作家所具有的感情和评价"的。② 对于"真正的艺术无视读者"这样的教条,布斯指出这种敌视读者的态度来自各种关于"纯艺术"或"纯诗"的理论,各种纯理论"都排除所有明显的修辞,因为修辞显然不是纯诗的因素"。③ 并像我们前面已经指出的那样,布斯也是把这种纯艺术理论追溯到亚里斯多德对于诗与散文的区分。他指出:"自亚里斯多德开始,诗歌理论就认为诗中的明显修辞成份是罪恶。"④与现代批评家不同的是,亚里斯多德并未完全排除诗的修辞因素,明确承认诗人的职责之一是对观众产生效果。但亚里斯多德虽然看到了诗歌总是影响观众,但他总体上还是明确反对诗歌中的可以辨别的明显修辞因素,认为"诗学并非研究观众的各种效果","只有在研究修辞学的时候,我们才必须关心观众的特殊

---

① [美]韦恩·布斯:《小说修辞学》,付礼军译,北京大学出版社1987年版,第24页。
② [美]韦恩·布斯:《小说修辞学》,付礼军译,北京大学出版社1987年版,第94页。
③ [美]韦恩·布斯:《小说修辞学》,付礼军译,北京大学出版社1987年版,第99页。
④ [美]韦恩·布斯:《小说修辞学》,付礼军译,北京大学出版社1987年版,第99页。

要求"。① 亚里斯多德尽管从未把各种问题推向极端,但他对诗与修辞的区分可谓是一切此类区分的总根源。以这一区分为滥觞,加上各种现代哲学理论的推波助澜,那种关注纯形式而忽视各种读者效果的小说理论便走向极端。布斯通过对大量优秀的具体作品的研究指出,修辞不可能从诗中清除出去,诗也不可能离开所谓的"外在因素",我们从各类文学作品中都可以发现作家使用各种感动读者的修辞手段。对于"眼泪和笑声都是赝品"这条涉及读者的情感、信念和客观性的抽象规则,布斯则指出它与审美距离说的关联。但布斯指出,审美距离事实上是由许多不同的效果构成的。并指出"任何的文学作品——不管作家创造作品时是否想到了读者——事实上都是根据各种不同的兴趣层次,对读者的介入或超脱进行控制的精心设计的系统。唯一限制作家的便是人类兴趣的范围"②。布斯把人类的兴趣划分为三大类:智力或认识的,性质或审美的,实用的。与各种纯诗学对于单纯的认识和审美兴趣的强调不同,布斯认为"小说结构本身,因而连同我们对它的审美理解,就经常是建筑于这种实用,就其本身来看是'非审美的'材料之上"③。

通过对以上四条抽象规则的驳斥和一番系统卓越的分析,布斯可谓令人信服地肯定性地回答了"修辞与艺术能否和谐共存"的问题,他的小说修辞学研究也成为把"诗学"与"修辞学"结合起来的经典范例。布斯通过这种结合研究突破了西方自亚里斯多德以来形成的两千多年的纯诗学传统,让文学研究面向更开放的社会实践领域。布斯的研究表明,文学语言与其他言语活动一样,也是要使用修辞的。"我们已经看到作者不可能选择避开修辞学;他只能选择他想采用哪种修辞学"。④ 文学使用修辞并非仅仅是通过对修辞格的使用来达到某种纯粹的美学效果,他实际上与其他一切修辞性的言语活动一样,也具有影响和控制读者情感的修辞意图,他也会使用一切修辞手段来达到他期望达到的修辞效果或修辞目的。在文学活动中,"所有的作者直接叙述也好,间接言说也罢,都是以隐含的形式登场,作为'处于一

---

① 〔美〕韦恩·布斯:《小说修辞学》,付礼军译,北京大学出版社 1987 年版,第 100 页。
② 〔美〕韦恩·布斯:《小说修辞学》,付礼军译,北京大学出版社 1987 年版,第 129—130 页。
③ 〔美〕韦恩·布斯:《小说修辞学》,付礼军译,北京大学出版社 1987 年版,第 139 页。
④ 〔美〕韦恩·布斯:《修辞的复兴》编者前言,周宪主编,穆雷等译,译林出版社 2009 年版,第 8 页。

切小说体验之中心'的读者的对话伙伴。"①作为"读者对话伙伴"的作家潜藏在文本中"作为隐含的作家"对读者效果实施控制,读者也会作为"隐含的读者"影响作家的修辞手段的选择和话语文本的构成。而这种修辞手段的选择和话语文本的构成又必然与现实世界、与具体的修辞情境发生关系。由此,布斯的这种把诗学与修辞学结合起来的小说修辞学研究,让我们看到了这样一种文学批评和文学研究的新范式:那就是把作者、作品、读者和世界作为相互交通、相互作用的四个元素同时纳入视野进行共通观照,把文学作为作者与读者之间的语言交流活动来进行动态整体把握的修辞学批评和修辞学诗学范式。布斯的小说修辞学开启出的这种"四元通观"的修辞学范式,对那种综合的、动态的、整体的"语言修辞学批评"和"言语行为诗学"建构都具有重要的推动作用。而布斯的研究之所以能够做到这一点,是与他对现代修辞学理论的借鉴相关的。

三、语言修辞学批评建构与动态综合的文学理论研究

现代修辞学研究关注一种完整的、全面的交际理论。就像从莱庭在《西方修辞学》中所说的,现代修辞学的特点是同时关注"听众"、"意图"和"话语结构"。现代修辞学家把语篇看成是意图的体现,认为作者意图的形成受听众或读者的影响,而话语结构则是实现意图的结果。"现代修辞学既涉及传统修辞学的创作(creation)或生成(genesis),也涉及解释(interpretation)或分析(analysis),即分析作者(说者)和读者(听众),分析时间和地点,分析动机(motivation)和反应(response)。"②借鉴现代修辞学研究的成果,无疑有助于将文学活动的四要素——作者、读者、世界、作品有机整合在一起,以突破文学理论史上以其中一个要素为单一中心的文学研究,以促成一种把世界、作者、作品和读者同时纳入视野,把文学作为在作者与读者之间展开的以文本为媒介的话语交流活动的动态的整体的文学理论的建构。

对于从话语交流的角度理解文学,建立一种更具综合性、动态性的文学理论的问题,近年来越来越引起一些学者的注意。但人们更多是从奥斯汀

---

① [美]韦恩·布斯:《修辞的复兴》编者前言,周宪主编,穆雷等译,译林出版社 2009 年版,第 8 页。

② 从莱庭、徐鲁亚:《西方修辞学》,上海外语教育出版社 2007 年版,第 338 页。

(J. L. Austin)开创的言语行为理论入手思考重构一种动态的整体的言语行为论的文学理论或称"言语行为诗学"的。言语行为理论的基本观点是，语言不仅是用来描述世界的，而且是用来做事的，并且语言用来做事或者说"施事"的功能，是比"描述"功能更基本的功能。这样一来，衡量语言的最主要标准就不再是是否与世界相符合的真假标准，而是是否采用了适当的方式让语言具有言语行为的"力量"以对世界产生效果或影响了。于是，"语力"和"语效"就代替传统的"语义"成为言语行为理论关注的重心。在奥斯汀看来，一个完整的言语行为要很好地实施言语效力，它必须涉及一系列的要素：如共同接受的规约程序；一定的说话者；一定的语境；说话者说出的一定的话；说话者实施的言语行为；言语行为参与者(说话者)拥有的特定思想和情感；言语行为参与者(受话者)在听到话后产生的相应的思想、情感和行为等。① 从这里可以看出，言语行为理论与西方传统的强调语词与事物之间存在着对应关系的广义的"词物对应论"(这里的"物"既指客观实在也指观念实在)不同；也与以结构主义、后结构主义语言学为代表强调语词与事物、能指与所指之间的对立与分裂，把目光专注于词与词之间关系的"词物分离论"不同。前者把语言看成世界的摹本或表象，坚持的是语言再现或表现的功能；后者把语言看成独立自主、空洞无物的形式系统，它强调的是语言自我指涉和自我建构的功能。如果说传统的"摹仿说"和"表现说"正是以传统的"词物对应论"为基础，那种专注于文学语言自身的、把文学作为自主客体加以研究的形式主义或"客观说"正是以这种"词物分离论"为基础的。② 就像我们前面已经指出的，无论是只关注文学与世界关系的"摹仿说"，还是只关注文学文本自身的形式主义或"客观说"，它们都属于单一中心论的文学批评和文学研究。但奥斯汀开创的言语行为理论，由于关注语言的施事性功能，强调的是语言发挥实践效力的动态过程，它同时涉及说话者、受话者、言语环境、规约程序、话语，行为等多种因素，的确有助于一种把世界、作者、作品和读者同时纳入视野的，把文学活动作为动态整体来研究的当代文学理论的建构。

　　关于言语行为理论对于建构那种动态的整体的文学理论的意义，我们

---

　　① 　J. L. Austin, *How to Do Things with Words*, 外语教学出版社、牛津大学出版社 2002 年版，第 14—15 页。

　　② 　详见赵奎英:《混沌的秩序:审美语言基本问题研究》，花城出版社 2003 年版，第 56—80 页。

留待以后再作详论,我们这里主要想说的是,不仅是奥斯汀开创的言语行为理论,而现代修辞学理论,如伯克的新修辞学对修辞动机的研究,布斯的小说修辞学对于小说修辞手段和修辞效果的研究,对于那种动态整体的文学理论,甚至对于那种"言语行为诗学"亦具有重要的建构作用。而实际上,奥斯汀的言语行为理论,如果不经过研究者的转换、阐发的话,并不能为文学研究提供直接的理论根据。因为在奥斯汀看来,文学语言并不是一种标准的"言语行为",他是把文学语言作为语言规则的"病变"或"退化"排除在以言行事的话语之外的。他认为"不管恰当与否,我们的施事性话语都只能被理解为出现在通常的语言规范里的话语",而像"舞台上的演员说出的施事性话语,或者出现在诗歌中的话语,或者一个人的独白",在一种特有意义上"都是空洞或无效的"。① 语言在这种情况下都是以一种特殊的方式,一种清晰的而不是严肃的方式被引用的。它们寄生在通常的语言用法上,都属于那种语言规则的"退化"。而"所有这些都被排除在我们的考虑之外"②。奥斯汀的学生塞尔(John R. Searle)虽然对奥斯汀的观念进行了系统的修订,但也是在其理论的基础上,把虚构性的文学话语看作是寄生在正常的言语行为之上的"伪装"的言语行为。他说:"我的第一个结论是:虚构作品的作者伪装施行一系列的以言行事行为,一般说来,是指伪装施行断言型的以言行事行为。"③而后,几乎每一个想把言语行为理论应用于文学语言研究的人,无论是国内还是国外的学者,都不能不首先面对奥斯汀的难题,费上一番心思,找出种种理由,或做出各种解释以说明文学语言如何也是一种言语行为,也是具有言外之力、言外之效的。

我们决不否定那种种解释和努力的合理价值,我们只是认为要理解文学语言也是具有言外之力的行为,还有另外的或许也更为便捷的途径。那就是把文学话语与修辞挂上关系。只要我们承认文学语言也是一种修辞话语,就得承认文学语言同时也是一种具有言外之力的言语行为,因为修辞的目的就是说服,就是要取得言外之力和言外之效,修辞学从它产生之日起就

---

① J. L. Austin. *How to Do Things with Words*. 外语教学出版社、牛津大学出版社,2002 年版,第 22 页。

② J. L. Austin. *How to Do Things with Words*. 外语教学出版社、牛津大学出版社,2002 年版,第 22 页。

③ John R. Searle. *Expressing and Meaning*. Cambridge:Cambridge University Press, 1979, p. 65.

内含着一种"言语行为之视野"。① 而要做到这一点并不困难。文学活动作为一种语言实践活动，它实际上也是作家通过对语言的特殊使用与读者进行交流的活动，作家创作因此也面临着如何通过对语言的有效使用来达到他所追求的表达效果的问题。而这一问题实际上也正是一种语言修辞的问题。因为所谓"修辞"，就是"指运用语言进行有效交流的艺术"；而修辞的意义正在于运用各种语言手段"努力提高语言的表达效果"②，以对受话者的情感或行动产生某些影响。文学活动不可能不重视文学语言的表达效果，它也不可能不重视语言的修辞问题。既然文学语言与修辞艺术密切相关，关注文学语言的诗学就不能不与修辞学相遭遇。虽然早在亚里斯多德那里，"修辞学"与"诗学"是两门不同的学问，但从一开始它们就有着一些共同关心的话题。而根据现代修辞学理论，文学语言与修辞话语都具有修辞动机和修辞意图，都能产生修辞效果，因此文学语言也是一种修辞话语，因此也具有言外之力，也是言语行为。另外，就像一些研究者所指出的，奥斯汀的言语行为理论实际上也受到伯克修辞学影响③，"而言语行为理论本身也具有修辞学倾向"④。由此我们可以说，现代修辞学对于言语交际行为整体的研究，也将为那种新兴的言语行为诗学提供直接的理论和方法方面的支撑。而布斯的小说修辞学研究开启的那种"四元通观"的修辞学的文学批评和文学研究框架，实际上在"言语行为理论"与"言语行为诗学"之间正起到了一种关键的桥梁性的作用。

根据韦恩·布斯的小说修辞学以及现代修辞学研究，文学活动作为在作者与读者之间展开的以语言文本为媒介的语言交流活动，也是具有修辞动机的（涉及"作者"心理），也是使用修辞技巧的（涉及"文本"形式），也是追求修辞效果的（涉及对"读者"影响），也是依据一定的修辞情境（涉及"世界"和"文化"）生成并在一定的修辞情境中被解读的。这种修辞学的文学批评和文学研究框架无疑具有把文学活动的四个要素同时纳入视野的理论优势。但我们同时也要认识到，这种现有的修辞理论框架虽然能把文学活动的四个要素统合起来进行动态的整体的观照，但如果仅仅依靠这一修辞学

---

① 贺又宁：《修辞学：言语行为之视野》，民族出版社2008年版，第26—50页。
② 王希杰：《修辞学通论》，南京大学出版社1996年版，第22页。
③ 邓志勇：《伯克修辞学思想研究述评》，《修辞学习》2008年第6期。
④ 陈汝东：《言语行为理论的修辞学价值取向》，《修辞学习》1996年第4期。

框架,对于一种更为理想的文学批评和文学研究范式来说仍然是不足的,因此我们还需要在这一修辞学框架的基础上,再融合借鉴其他语言学理论和文学批评理论,并加以综合改造,才能形成一种新的更具综合性也更具普适性的"语言修辞学批评"。

首先,现代修辞学的修辞动机研究,关注的主要是有意识动机,而对无意识动机的研究不够深入,布斯的小说修辞学也更适合分析被意识很好地控制的"心理型"作品,而不太适合分析被无意识暗中主导的"幻觉型"作品。① 因此我们还需要以精神分析心理学对现代修辞整体理论进行拓展和深化,把修辞动机分成有意识动机和无意识动机,把修辞分成有意识的"心理型"修辞和无意识的"幻觉型"修辞,以适合对更多类型的作品的批评分析。其次,现代修辞学认为作者的修辞选择是作者修辞意图的体现,而作者修辞意图的形成,又是预先考虑到读者接受或修辞效果的结果,这说明修辞整体理论是考虑到读者在修辞活动生成中的积极作用的。但现代修辞学虽然考虑到了读者在作者修辞意图和文本生成中的能动作用,但他对修辞效果的分析,强调的主要还是作者的修辞活动如何对读者产生效果,仍然相对忽视了读者的修辞视野、修辞水平和修辞解读活动对修辞效果实现的意义。因此还要借鉴解释学和接受美学,加强读者在修辞学批评中的能动作用。

再者,现代修辞整体理论和布斯的小说修辞学所强调的修辞效果,更多的是实用修辞的意识形态说服功能,并不完全适合于对文学修辞功能的说明。实用修辞的主要功能是说服,但文学修辞既具有实用修辞的说服功能,也具有非实用性的审美功能,它既通过修辞格的使用制造审美效果,也通过其他修辞技巧的使用,去影响读者的情感态度、思想观念和信仰价值体系,并使之采取一定社会行动。意识形态功能和审美效果是文学修辞的双重效应。因此,我们还应对实用语言活动的修辞(实用修辞)和文学语言活动的修辞(文学修辞)进行相对区分,把现代修辞学理论应用于文学批评时,适当注意文学修辞活动的特殊性。同时,在分析文学修辞的社会意识形态功能时,还可融合借鉴把语言视作"以言行事"的言语活动的"言语行为理论"和强调语言与社会文化和各种意识形态相互作用的"话语批评分析"理论。

另外我们还需要注意的是,对修辞活动的整体研究,有时会因为对系统

---

① 荣格在《心理学与文学》(冯川、苏克译,生活·读书·新知三联书店 1987 年版,第 110—111页,第 127 页)中曾对幻觉型作品和心理型作品进行区分。

整体性的注重而影响到对单个环节尤其是文本环节的更加深入细致的分析，因此，我们在对文本的修辞技巧进行分析时，在修辞整体理论的基础上，还可融合借鉴列日学派"新修辞学"的修辞格研究成果，以及俄国形式主义、英美新批评和结构主义叙事学的文本分析策略。最后还应注意到，在结构主义基础上形成的列日学派新修辞学，以及俄国形式主义、结构主义的文本分析都特别注重文本在语言学、修辞学层面上生成运作的技术程序，而相对忽视了作家的修辞选择实际上是一个受多种因素影响的复杂的精神活动。因此，我们对它们的借鉴是在一种更具综合性的视野中进行的，我们将同时注意到在语言的修辞选择背后隐含着作家的存在观念或生存状态；深层心理或即时情绪；文化观念或宇宙思维模式，并因此从哲学的、心理学的、文化学的角度加以分析，以更好说明文本修辞生成的存在、心理和文化根基。

　　总之，我们力图在布斯的小说修辞学研究开启出的修辞学框架的基础上，再融合借鉴精神分析心理学、现代语言学以及文本分析和解释学、接受美学等的研究成果，力图发展出一种新的能够同时把作者的表层意图和无意识动机，文本的结构形式和修辞选择，作品的审美效果和社会意识形态功能，文本生成和接受的世界和文化语境同时纳入批评视野的"语言修辞学批评"，再以这种语言学修辞学批评，促进一种新的更具有综合性、动态性和整体性的文学理论范式的生成。这种新的文学理论范式，既与建立在"词物对应论"基础上的西方传统的摹仿再现与表现的文学理论不同，它不否定文学反映现实或表现情感的功能，但它同时强调文学对读者的效果，强调文学对塑造或改变言外实现的实践功能；这种文学理论范式也与建立在"词物分离论"基础上的现代形式主义文论不同，它不排除对文学的形式技巧进行分析，但他把文学的形式技巧放在作家与读者的语言交流活动中来理解；他不否定这些技巧所具有的展示性的美学效果，但他同时强调作者如何通过对这些修辞手段的使用来实现对读者的情感、信念进行影响、控制或改造的功能。因此，这种形式分析必然与价值判断联系在一起，具有情感色彩和价值内容。这种更具综合性、整体性和动态性的文学理论范式，无疑更有助于我们达到对文学活动的更深刻更全面的理解，也更有助于文学发挥它重塑人类生活的重大作用。当然，追求这种更具动态性、整体性、综合性的文学理论范式，不是要以整体研究排除个别研究，不是要以同一性消除异质性，而是在各种单一视角的研究已取得很高成就的基础上，敞开一种综合研究的可能性，并尽可能真正彰显文学作为活动的动态性。

审美能力分析

刘旭光 *

内容提要:对审美能力之构成的认识,是一个历史发展的过程,在过去三百年中,审美能力可以发展为由三个层次构成的综合能力:在经验层次上,它包括理智、情感、想象、感觉,以及它们在经验中锻炼出的敏感;在先天层次上,审美能力包括对于诸表象力之间的自由与和谐之关系的敏感,以及丰富的想象力、成熟的理性、鉴赏力、天才式地对审美理念的感悟与赋形能力,以及高尚的道德情操,特别是对自由的感悟与追寻;在审美行为的特殊性的层面上,想象力、直觉与体验这三种自由而自觉的非理性能力,成为审美能力的特殊部分。

关键词:审美能力;鉴赏力;impassioned contemplation;想象力;直觉;体验

"审美"这种人类行为,直到 18 世纪才得到命名:在 18 世纪上半叶及之前,欧洲人用"趣味判断"(tasty)这个词来命名之,在 18 世纪下半叶,德国人首先使用了 aesthetics 这个词来命名这种行为,并且以此定名。对这种行为的深入研究和反思,也是在 18 世纪才得以展开。而中国对这种行为的认识,一直是以"品鉴"或者"玩尝"来指称,直到 19 世纪末期,才开始用"审美"这个外来词来命名这种行为。无论中西,在过去两百多年中,似乎在"审美"究竟需要什么样的能力这个问题上,没有形成共识。

问题的复杂性在于,在具体的实践中,审美有时候显得像一种非理性的直觉能力,但有时候又显得像理性化的判断过程,有时候还是一种情感体验行为。有一些美学理论强调直觉能力,是希望强调"审美"的自律性和审美

---

* 刘旭光:上海大学文学院教授,博士生导师。

判断的普遍性,这种理论认为审美是一种独立的先天能力;有一些美学理论强调审美是一种综合,是想强调"审美"的综合性和经验性,也是为了对诸种欣赏或品鉴行为表现出宽容与吸纳的态度;有一些美学理论强调情感体验,是为了强调审美与个体生命活动,与个体的感受之宣泄的关系,强调审美是独立的感受能力。在众说纷纭中,现在需要对审美这一行为进行"分析",将之分析到不可再分的"元素",再来建构审美的行为机制,才能说清楚什么是"审美"这一行为。

对审美能力的分析,不能通过逻辑分析完成,我们不能明确地指定一次审美行为,进而具体地分析这个行为是怎么进行的,是怎么构成的,是怎么实现的。因为我们不能明确地指定一个具体的"审美"作为分析对象,过去三百年间,关于什么样的行为是"审美的",是没有共识的,即便在今天也缺乏共识,因此我们所能做的是进行历史分析,也就是分析历史上人们曾经认为哪些行为、哪些知觉能力是审美的构成部分,通过历史分析,再进行逻辑建构,这是我们在人文学科内所能从事的"分析"。

一、审美能力分析的初步尝试

18 世纪初有一批美学家,如英国的经验主义者和新柏拉图主义者们:洛克、夏夫兹博里、哈奇生、艾迪生、凯姆斯勋爵等人,开始讨论审美非功利性,讨论审美情感或者说美感,并对美感经验进行初步分析。

最初的尝试来自洛克,他认为"美"的观念是复杂观念的一种:"美,就是形相和颜色所配合成的,并且能引起观者的乐意来。"①这就意味着美就是形式因素及其引起的愉悦的综合,是由诸种简单观念联结而成的复杂观念。洛克的这个方法叫作观念联结论,这本质上是把"审美"这一行为分析为"感知"和"快感体验",同时由于美是复杂观念,因此"审美"这一行为也包含着对于观念的"反思"。洛克本人没有对审美进行直接分析,但他所代表的经验分析的方法成为 18 世纪美学的主要方法,这种方法的应用很快引发了对审美能力的分析。

---

① 　［英］洛克:《人类理解论》(上册),关文运译,商务印书馆 1983 年版,第 132 页。

我们所说的"审美"在当时英国人的语境中被称为趣味判断。要进行趣味判断需要什么样的能力？

经验主义者首先发现了"情感"在审美中的作用。夏夫兹博里在其学说中确认了感觉和情感在人类意识与行为中的重要性，他认为情感是把个体凝聚起来的纽带，人不仅有自私的个体情感，也还有社交性情感，这种情感促使人们乐于相互交往，相互关怀。同时，情感还是人们对自己和他人的行为进行判断的主要能力，这种能力可以引发"愉悦"。夏氏认为美的事物可以引起我们愉悦情感，而美的事物给我们的愉悦本质上是对我们直觉所知的反应，是直觉到宇宙普遍秩序和它在最高知性中的本源，这一直觉认识是对所有最伟大之真理的认识的独特的形式，这种直觉知识是靠感觉获得的。① 夏夫兹博里的这种审美观暗含着这样的思想：审美首先是对宇宙的普遍秩序的"理解与认识能力"，是有其理性基础的；其次，这种认识是通过"直观甚至直觉"而获得的，这是它的特性，似乎它不经过判断；最后，在直觉到这种普遍秩序时会产生"愉悦的情感"，而这种愉悦会成为我们的美感，这种美感似乎可以成为我们的感觉的一部分，并且在我们的审美中成为目的。

在夏夫兹博里的美学中，诞生了"非功利性的情感愉悦"，这个观念说明，要进行审美判断，就应当有一种引起非功利性的愉悦的情感能力。夏夫兹博里的这个观念构成了现代美学的核心观念，但问题是，这是一种什么样的能力？

由于这种情感的本质是对宇宙之理性秩序的感知，那么，当人们判断一物为美时，人们是怎么感知到这种感性形式背后的理性秩序的？他认为知觉外在形式需要外在感官，领悟内在精神却必须凭借另外的能力，这种能力他称之为"内在的眼睛"。

> 眼睛一见到形象，耳朵一听到声音，美的结果就立刻产生了，优雅和和谐就被人知晓并承认。行为一被观察到，人类的感情和情感一被觉察到（它们大多数一被觉察到也就被感受到），一只内在的眼睛就立刻分辨出来，并看到美丽和标致，可亲和可赞，与丑陋、愚蠢、可憎或可鄙截然不同。人们怎会不承认，这些区别在自

---

① 对夏夫兹博里这一思想的概括，见 Paul Guyer. *A History of Modern Aesthetics*. valum 1, Cambridge University Press . 2014,p39.

然中有其基础,这种分辨力本身是自然的,并且只能来自自然?①

　　这显然是一种先天的内在的直观能力,而这种能力具有智性,可以直观到"一般性"。这有点像我们现在所说的"直觉"。这就意味着,审美不是单纯而直接的快乐,那种由理性秩序所决定的愉悦才是美感的本质,因此,审美需要直觉,但只凭简单的直觉是不够的,还需要理性;但这种理性不同于逻辑推理能力,而是对生命与自然的内在秩序的把握能力,这种能力伴生着令人陶醉的喜悦。这就意味着,夏夫兹博里把审美能力分析为一种融会了感觉、情感和理性的综合性能力,这种能力表现为一种直觉,这种能力有其独立的先天的基础,因此它是一种独立的单一能力,可以称之为——内感官。

　　夏氏的这个设想被稍后的美学家哈奇生明确化为这样一个观念:在审美中,人依靠一种特殊的先天能力,即"内在感官或趣味"来感知美。他认为外在感官是被动地接受事物,至多可以精确地辨别事物的性质,但把外部世界作为整体来感知,并且具有直接的和非功利性的情感反应,这是内感官完成的。② 这个关于内感官的想法,还包含着一种理论设定:一方面,美的原因总在于事物的秩序与法则,另一方面,我们有相同的直觉能力,因此,我们对于对象的审美感知是相通的,夏夫兹博里称之为"共同感"。20 世纪之初的德国现代美学家卡西尔认识到了夏氏关于内感官和共能感理念的要义,指出夏夫兹博里"审美直觉概念的特点是,他不承认我们非得在理性与经验、先验与后验之间二者选一。他对美的沉思就是要说明如何去克服支配着 18 世纪一切认识论的基本冲突,并且把精神置于一种能超越这种冲突的新的优势地位。……美是一种具体的基本倾向,是一种纯粹的能力,是精神的原始功能"③。

　　夏夫兹博里的分析在 18 世纪产生了深远的影响。1756 年,爱丁堡艺术、科学、工艺和农业促进协会举办关于"趣味"的征文比赛,休谟的参赛论

① Shaftesbury, *Characteristiks of Men, Manner, Opinions, Times. The Moralists*, III. ii, vol. II, Birmingham: John Baskerville, 1773, p111.

② 见哈奇生:《论美与德的观念的根源》(Hutcheson, *An Inquiry into the Original of Our Ideas of Beauty and Virtue in Two Treatises*, Indianapolis: Liberty Fund, Inc. 2004, pp. 56－59.)

③ [德]卡西勒:《启蒙哲学》,顾伟铭译,山东人民出版社 1996 年版,第 317 页。

文《趣味的标准》提出了别样的看法，他认为，如果美是一种情感，而趣味则是感知美的能力，那么趣味便无可争辩地存在差异，原因是"由同一事物所激起的上千种不同的情感都是正确的，因为情感不表现真实存在于对象中的东西"①。由于情感不表现真实存在于对象中的东西，因此它就不具有客观性，或者说，没有客观尺度，这显然否定了情感在审美之中的作用，但休谟马上提出，在具体的审美经验中，多数人都有一种直觉能辨别出不同作家、作品的好坏，例如弥尔顿优于奥格尔比，艾迪生强于班扬，这种直觉具有一致性。这的确是事实，但这种一致性的根源在哪里？休谟提出，艺术创作存在着某些法则，这些法则符合人性中共同的情感，所以遵循这些法则的作品就能给人们都带来美的享受，虽然这些法则既不是推理的产物也不是永恒不变的，有些法则甚至还未被人发现或创造出来。换言之，但凡给人美感的作品必然遵循着某些符合情感规律的艺术法则，如真实的人物、合理的故事、恰当的比例、各部分对于整体目的的适宜性等。但这些法则是怎么被认识到的？休谟的观点是："心灵中那些较精致的情绪有一些细腻的性质，需要许多适当条件的共同作用使它们依据它们普遍的和确定的原则顺利、准确地表现出来。"②这就是说，人类的心理结构都是相同的，情感有其普遍与确定的原则，因此具有某种性质的对象必然会在所有人那里引起相同的情感，只要条件合适。在这个观点的基础上，休谟提出了对于审美能力的这样一种分析："有健全的理智，并与精致的情感相结合，又通过锻炼得到提高，通过比较得到完善，还能清除一切偏见，如此的批评家方能称得上有这种可贵的品质；因而，只要能发现这些品质，它们的评定就是趣味和美的真正标准。"③

休谟显然认为，审美是一种综合能力，需要他所说的"内感官"、"健全的理智"、"精致的情感"和一定的审美"经验"。这种分析即肯定了审美有其先天基础，比如内感官（共通感）、理智和具有普遍性的情感，又具有这些能力的经验性的应用，是先天判断和经验判断的结合。休谟的这个分析很快得

<hr />

① ［英］休谟：《〈趣味的标准〉及其他随笔》（Hume, *Of the Standard of Taste and Other essays*, ed. John W. Lenz, Indianapolis：The Bobbs-Merrill Company, Inc., 1965, p. 6.）

② ［英］休谟：《〈趣味的标准〉及其他随笔》（Hume, *Of the Standard of Taste and Other essays*, ed. John W. Lenz, Indianapolis：The Bobbs-Merrill Company, Inc., 1965, p. 8.）

③ ［英］休谟：《〈趣味的标准〉及其他随笔》（Hume, *Of the Standard of Taste and Other essays*, ed. John W. Lenz, Indianapolis：The Bobbs-Merrill Company, Inc., 1965, p. 17）

到了补充,1759 年英国人博克在他的《论崇高和美》的第二版出版时,增加了一篇名为"论趣味"的导言,回应了三年前休谟关于趣味标准的讨论。他承认趣味与理性是完全不同的两个领域,但他仍然确信趣味领域存在客观规律,人们可以通过研究其对象的性质、研究人的自然构造将它们揭示出来,就像人们在理性领域所取得的成果那样。博克把趣味看作是"心灵中被想象的作品和雅致艺术感动,或对其形成判断的那种或那些官能"①。不过,想象虽是趣味的核心,但他把想象这一概念还原为更基本和确切的概念,亦即感觉。他认为,人们了解外在对象的一切先天能力可归为感觉、想象和判断三种,而感觉则是最先发挥作用的。博克指出,想象是感觉的再现,只不过想象是"一种创造性的力量,它可以随意表现感官所接受的事物意象的秩序和方式,也可以以一种新的方式、根据不同的秩序重新组合这些意象"②。而判断则来自对对象之相似性的判断,它需要知识的储备,是理性的职能之一。

在这三种能力中,对于审美而言,感觉、想象是本质性的,而理性判断与综合只是辅助性的。理性的判断不能改变趣味的性质,但却能够使人得到更丰富的快乐,因此也造成不同的人的趣味在程度上的差异。这个观点相比于休谟的观点,强调了感觉与想象。

现在综合英国人对于审美能力的分析,它包括理智、情感、直觉、想象、感觉,以及它们在经验中锻炼出的"敏感"。也就是说,一个人要会审美,就必须要有成熟的理智——认识事物内在的秩序;丰富的情感——可以产生愉悦的情感;活跃的想象力——组建意象;敏锐的感觉——对对象的物质特性的直接感知,以及一种在经验中获得的敏感。而这些能力融合在一起,对对象的审美是像"直觉"一样直接发生的。这其中想象力和直觉显然是审美这种行为的特性,但它们不能离开理性与感觉。

对审美能力的分析最细致和深入的成就来自德国人鲍姆嘉通,鲍姆嘉通在 1735 年的博士论文《诗的哲学默想录》中,用 Aesthetic 一词来指称"审美",并对审美作了这样一个定位:"可感知的事物"(是通过低级的认知能

---

① 　[英]博克:《论崇高和美》(Burke, *A Philosophical Enquiry into the Origin of our Ideas of the Sublime and Beautiful*, ed. Boulton, London: Routledge & Kegan Paul Limited, 1956, p. 13.)

② 　[英]博克:《论崇高和美》(Burke, *A Philosophical Enquiry into the Origin of our Ideas of the Sublime and Beautiful*, ed. Boulton, London: Routledge & Kegan Paul Limited, 1956, p. 16.)

力)作为知觉的科学或"感性学"(美学)的对象来感知的。① 这说明审美是一种认知能力,但这种能力相比于理性,是低级的。在1739的《形而上学》中他说:"相关于感觉(sense)的认识与呈现的科学就是Aesthetics。"②他马上给这个词给了一个夹注:"低级认识功能的逻辑,优雅(grace)与沉思(muse)的哲学,低级的gnoseology③,优美地思考的技艺(art of thinking beautifuly),类理性认识能力的技艺"。④ 在1750年的《美学》中,鲍姆嘉通对审美这种行为又作了分析,其观点可总结如下:

> 它是一种"思维",具有一种类似理性的能力,包括——认识一致性的能力;认识差异性的能力;感官性的记忆力;创作能力;判断力;预感力;特征描述的能力。这种分析有点繁琐,他称之为"类理性能力",这显然是进行艺术创作时必需的能力。关于理性能力,他的分析是智慧(wit),特性、证明、普遍性、提炼(reduce),再加上统一性(indifference),特别是愉快与不愉快。之外,他还列出了欲求(desire)和想象力,表象能力,这构成了他所认为的全部的"审美能力"。⑤

鲍姆嘉通的分析显然比英国人要深入,他有修辞学家的气质,并且是按修辞学的方式分析"审美",但鲍氏的分析失之琐碎,他能够分析整个审美行为的认知能力,但没有提炼出对于审美而言真正独特的东西。

---

① [德]鲍姆嘉通:《诗的哲学默想录》,第116节,王旭晓译,文化艺术出版社1987年版,第169页。

② [德]鲍姆嘉通:《形而上学》(Alexander Baugarten. *Metaphysics. A Critical Translation with Kant's Elucidations*, *Selected Notes*, *and Related Materials*. Translate and Edited with an introduction by Courtney D. Fugate and John Hyers. Bloomsbury Publishing Plc,2013. p205.)

③ 这个词颇难翻译,它是上名词gnosis+logy构成的,gnosis的意思是灵界知识、神智、神秘的直觉。Gnoseology的意思最外在的意思是关于认识的科学,第二层的意思是对于认知过程的认识,第三层含义应当是"神思"。

④ Alexander Baugarten. *Metaphysics. A Critical Translation with Kant's Elucidations*, *Selected Notes*, *and Related Materials*. Translate and Edited with an introduction by Courtney D. Fugate and John Hyers. Bloomsbury Publishing Plc, 2013. p205.

⑤ 刘旭光:《回到康德之前:鲍姆嘉通美学思想再研究》,《学术界》2016年第2期。观点总结自鲍姆嘉通的《美学》,特别是《形而上学》。(Alexander Baugarten. *Metaphysics. A Critical Translation with Kant's Elucidations*, *Selected Notes*, *and Related Materials*. Translate and Edited with an introduction by Courtney D. Fugate and John Hyers. Bloomsbury Publishing Plc,2013. p237.)

二、康德:纯粹审美能力的建构

　　18 世纪初中期的欧洲人基本上分析出了审美能力的构成与基本性质，但这些能力是怎么融合为"审美"这种行为的？ 这一点一直没有得到有效的回答。现在，需要把它们融合在一个先天原理，或者说，要把这些在经验中分析出的能力统合在一个叫趣味判断——我们叫"审美"的能力中，而这种能力具有先天原理，需要做的是:在哪里确立这一先天原理？ 在这一先天原理中，诸种(或者说哪些)能力是怎么成为一个整体的？

　　在哪里确立审美的先天的原则？ 康德在"判断力"这个领域中探寻审美的先天原则，他认为在知性和理性之间有一个中介环节，这个环节叫"判断力"，这个环节是有其先天原则的，而审美作为趣味判断，是判断力的一部分，它应当遵循"判断力"的先天原则。其次，愉快或者不愉快的情感是审美的必然结果，"凭愉悦下判断的能力就是鉴赏"①，这一点康德接受了英国人的观点，现在康德试图说明，愉快有其先天基础。 遗憾的是，传统上修辞学家们的分析和英国人所做的研究，都是出于对鉴赏能力的培养与陶冶上，但康德明确地说:"对于作为审美判断力的鉴赏能力的研究在这里不是为了陶冶和培养趣味(因为这种陶冶和培养即使没有迄今和往后的所有这类研究也会进行下去的)，而只是出于先验的意图来做的。"②康德要解决的是一个原理问题:审美是不是先天综合判断？

　　审美就其先天原则来说，它是合目的性判断，是"建立在自由概念之上的"对象的"表象之形式的合目的性判断"，这是审美所遵循的根本原则。 这个判断就其性质而言是反思判断;就其效果，或者说判断的普遍性而言，是先天综合判断;就其评判的尺度而言，或者合目的性之目的而言，是愉悦或者不愉悦的情感。

　　审美是以愉快的情感为目的的反思判断活动。 这就意味着，有一种先天的"愉悦情感"可以作为目的;其次，审美者(或者说每一个人都)具有反思判断力。 这是最重要的两种能力，这两种能力是先天的。

---

　　① 〔德〕康德:《判断力批判》，邓晓芒译，杨祖陶校，人民出版社 2002 年版，导言第 25—26 页。
　　② 〔德〕康德:《判断力批判》，邓晓芒译，杨祖陶校，人民出版社 2002 年版，序言第 4 页。

先说这种先天的"愉悦"。在鉴赏判断中,主体先直观一个对象,凭先天的纯直观能力、知性和想象力,或许还要加上"先验图型"①,形成"表象",因此康德称之为"诸表象能力"。表象能力在产生表象的过程中会产生一种自由游戏的内心状态,这种状态具有"内心状态的普遍能传达性",这个"内心状态"是鉴赏判断的"目的",它本质上是"诸表象力在一个给予的表象上朝向一般认识而自由游戏的情感状态"②,而"表象力"又是指想象力和知性,因此这种内心状态"无非是在想像力和知性的自由游戏中的内心状态"③,在这种状态中,诸种能力处在自由游戏状态,从而会有自由感,这种自由感是"愉悦"的先天根据,是鉴赏判断的结果和审美愉悦的原因。在鉴赏的反思判断里,这种愉悦就是目的,或者说,在鉴赏判断中,这种愉悦是每个人都期待着的,"并与客体的表象联结在一起,就好像它是一个与客体的知识结合着的谓词一样"④。这种愉悦可以被反思判断判断出来。这就是鉴赏判断的先天机制。

通过对这一先天机制的建构,康德把审美视为反思判断力对表象的形式所做的判断,判断的合目的性是一种作为"普遍可传达的内心状态"的先天愉悦。就康德所做的分析来看,对于审美能力,他作了一次综合,并将之视为一种单一的先天能力,这种能力保证了审美是先天综合判断,而这种"普遍可传达的内心状态"构成了康德所说的"共通感",这实际上是对英国人的共同感理论的深化。这套理论由于不是从经验层面是对审美的分析与总结,因此康德没有把鲍姆嘉通在经验中分析出的许多能力纳入审美,但对英国的新柏拉图主义者和经验主义者的主要观念,却作了选择性的吸收,甚至,夏夫兹博里这位柏拉图主义者所继承的"理念"观念,也被康德改造为"审美理念"而在鉴赏判断中获得了合目的性之目的的地位,而且,借助于审美理念⑤,康德完成了对于鉴赏判断的二律背反的超越。因此,"审美理念"

---

① 关于先验图型在表象形成中的作用,康德没有详说,但笔者认为没有先验图型,感性杂多就不能被统觉,从而不能形成作为整体的表象。这一观点的详解,见刘旭光:《审美表象如何产生:论图型在康德美学中的意义》,《中国社会科学院研究生院学报》2017 年第 4 期。

② [德]康德:《判断力批判》,邓晓芒译,杨祖陶校,人民出版社 2002 年版,第 52 页。

③ [德]康德:《判断力批判》,邓晓芒译,杨祖陶校,人民出版社 2002 年版,第 53 页。

④ [德]康德:《判断力批判》,邓晓芒译,杨祖陶校,人民出版社 2002 年版,第 26 页。

⑤ 对于康德的"审美理念"的思想,见刘旭光:《论"理念"在康德美学中的作用——重构康德美学的一种可能》,《学术月刊》2017 年第 8 期。

是康德对审美能力之分析的独特的发现与贡献。

虽然康德对于审美的分析集中在先天层面,但仍然有几点是对审美能力的认识富于启迪性的。首先,他确定审美是一次主动的"判断",而不是被动的感知,而"判断"有其先天基础,也就是判断力,判断力是审美的前提,这是康德超出英国人的地方。其次,他承认有一种独立的先天能力——鉴赏力,它是鉴赏之所以可能的先天条件,"鉴赏力就是(不借助于概念而)与给予表象结合在一起的那些情感的可传达性作先天评判的能力"①。鉴赏力是审美能力的核心,鉴赏力可否被提高?由于判断力是主体必须"独立"做出的判断,而且这一判断是"主观的",它不需要别人的经验与指导,也不需要服从法则与规范,它不是建立在概念之上,它是主体之自由与独立的一种呈现方式,因此,鉴赏力本身是不可教的,鉴赏力的提升只能通过这样一种方式:"如果他的判断力通过练习而变得更加敏锐了,他才会自动放弃他以前的判断"②。这种练习之所以有效的原因在于,"在一切能力和才能中,鉴赏力恰好是这样的东西,由于它的判断不能通过概念和规范来规定,它最需要的是在文化进展中保持了最长久的赞同的东西的那些榜样,为的是不要马上又变得粗野和跌回到最初试验的那种粗糙性中去"③。

在康德关于鉴赏力之性质的观念中,他确立了审美作为主体的主观的自由判断,这就意味着,审美能力的真正提升,一方面是通过教化使得判断力不断敏锐化,另一方面是,审美是自由判断,它是非概念的,它需要主体的敢于判断的勇气。审美能力的培养是启蒙活动的一个环节,或者说,是进行启蒙的一种手段。

还需要强调一点,由于"审美理念"和道德理念具有亲缘关系,因此,美学史上和具体的审美活动中关于审美与道德相关的理论与实践经验就获得了理论上的说明,他进一步指出:鉴赏"激起的那些感觉包含有某种类似于对由道德判断所引起的心情的意识的东西"。④ 这就说明,道德理念的情感和对于审美理念所引发的情感具有相通性,因此就鉴赏判断与道德判断之间的关系,康德发表了这样一段话:"由于鉴赏根本上说是一种对道德理念

---

①　[德]康德:《判断力批判》,邓晓芒译,杨祖陶校,人民出版社 2002 年版,第 138 页。

②　[德]康德:《判断力批判》,邓晓芒译,杨祖陶校,人民出版社 2002 年版,第 124 页。

③　[德]康德:《判断力批判》,邓晓芒译,杨祖陶校,人民出版社 2002 年版,第 125 页。

④　[德]康德:《判断力批判》,邓晓芒译,杨祖陶校,人民出版社 2002 年版,第 201—202 页。

的感性化（借助于对这两者作反思的某种类比）的评判能力，又由于从它里面、也从必须建立在它之上的对出于道德理念的情感（它叫作道德情感）的更大的感受性中，引出了那种被鉴赏宣称为对一般人类都有效、而不只是对于任何一种私人情感有效的愉快：所以很明显，对于建立鉴赏的真正入门就是发展道德理念和培养道德情感，因为只有当感性与道德情感达到一致时，真正的鉴赏才能具有某种确定不变的形式。"①

显然康德从"类比"的角度肯定了审美愉悦与道德的关系，并且指出了这一点：道德理念与道德情感对于审美具有基础性的作用。这个结论并不新鲜，它是柏拉图主义者一贯的主张，但论证的过程却深入具体地说明了审美与道德情感、道德观念之间的关系，这个结论具有审美的实践意义，因为这实际上说明——道德情感的培养和道德观念的认同是审美的必要条件之一。

从对审美能力的分析的角度来说，康德首先给出了关于审美的先天机制，在这个先天机制中发生作用的，是表象力——包括先验想象力和知性，是先天的愉悦的情感（按康德的分析是自由感），是共通感，是审美理念，在崇高判断中还需要"理性"，以及起间接作用的道德理念与道德情感，当然，最关键的还是"判断力"。判断力有其先天原则，但判断力的经验应用却是审美得以实现的必然，因此敏锐的判断力、表象力、对于先验情感的敏感和共通感、丰富的想象力、成熟的理性、一定的道德情操，这构成了康德所分析出的"审美能力"。

对于审美能力的构建，康德的理论有一点是不能令人满意的，他认为鉴赏有其"天才"，天才作为一种能力不仅是艺术的创造能力，也是审美鉴赏的能力，天才是审美理念和艺术形象之间桥梁，而审美也需要能够反思出审美对象中的理念。康德相信，判断力有其先天根据，但判断力的应用却没有先天法则，因此，审美作为自由的判断，是不能被教会的，也不能被引导，它更像是一种天才般的直觉，这就产生了审美中的神秘主义，似乎审美之中有一种神秘的力量或者能力，导引着审美者发现艺术与自然中的美。这一点在后世的美学中，特别是形式主义者的理论中，一直有回响。

---

① ［德］康德：《判断力批判》，邓晓芒译，杨祖陶校，人民出版社2002年版，第204页。

三、Contemplation 与直觉：19 世纪对审美能力之认识的拓展

虽然 18 世纪的审美观基本上涵盖了我们对于审美是一种什么样的知觉行为的认识，但仍然有两个课题需要深化：第一，情感在审美中的作用没有被强调，它往往被视为审美的结果，而不是被视为审美的能力之一；第二，审美活动与认识活动的差异还需要被更明确地分析出来。

从 19 世纪初期开始，审美的特殊性就在实践和理论等方面得到了肯定。审美既是一种包含着理性认识的沉思与直观，又是情感体验与想象活动。因而，直观，特别是审美活动中经常出现的直觉活动，得到了认可；同时，体验，以及与体验伴生着的想象活动，也得到了肯定。在这约 100 年中，审美作为一种特殊的感知方式，其特殊性，得到了充分认识。结果，直觉、contemplation、激情这些词所标示的那些能力，成为审美能力的必要的组成部分。

认为人类有一种"直觉"能力，并且在理论上承认这种能力，是 19 世纪美学的主要成果之一。这种认识的源头在新柏拉图主义。在柏拉图的思想中，理念是可以通过直观而被认识到的，这一点对 18 世纪初夏夫兹博里的美学中有深刻的影响，"对于夏夫兹博里而言，美的事物给我们的愉悦本质上是对我们直觉所知的反应，是直觉到宇宙普遍秩序和它在最高知性中的本源，这一直觉认识是对所有最伟大之真理的认识的独特的形式，这种直觉只是靠感觉获得的"①。夏夫兹博里的这个观点在之后两个世纪的批评理论中影响巨大，人们认识到在文艺创作和审美活动中确实存在一种非理性的认识，而这种认识可以把握到理念性的东西和美的事物与艺术之中独特的意蕴。新柏拉图主义者们的这种观念，得到了德国古典美学的强有力的支撑。

康德之后的德国理念论（idea）意义上的唯心论（idealism），总体上有一种直观主义倾向：存在一个超越性的"本体"，而这个本体必须被认识到，因此很容易推论出这样一个观点：本体可以被直观。谢林因而宣称"因为我们

---

① Paul Guyer. *A History of Modern Aesthetics*. valum 1，Cambridge University Press . 2014，p39.

的整个哲学都是坚持直观的立场,而不是坚持反思的立场,例如康德及其哲学的那种立场,所以我们也将把理智现在开始的一系列行动作为行动,而不是作为行动的概念或范畴来推演"①。但问题是,抽象的本体是否可以被直观?——不可以,通过感性直观不能达到理性的一般性,对这个问题康德的解决办法是提出一个"审美/感性理念"(Aesthetic Idea),它是可以被直观的一般。之后的形而上学家们"让可以被直观的感性形式与可以被反思的理性内容在更高的层面上统一起来,让本体处于可以被直观的状态,也就是让抽象的本体感性化,这样就可以通过感性直观而直达本体"②。黑格尔把这一"统一"称为"理念",而理念是可以感性显现的,它就是"美",而审美,就是把这个过程倒过来,这就使得,审美应当是一种既直观,又能够体悟出或者反思"理念"的这样一种行为。谢林因此提出这样一个概念——理智直观,他说:"理智直观的这种普遍承认的、无可否认的客观性,就是艺术本身。"③谢林的这种思路很快成为德国唯心论美学的共识——审美作为直观就是理智直观,这在黑格尔与叔本华的审美观念中得到了更加全面的展开。产生于19世纪晚期的现象学的直观理论,特别是现象学的审美直观论,显然也是这种审美观念的历史形态。但是这种既直观又反思的状态究竟是一种什么样的能力或者行为?

在19世纪欧洲人的美学理论和诗学中,反复出现一个词——"contemplation"。这个概念在波德莱尔或者沃尔特·佩特这样的批评家的文章中,在叔本华的散文中,反复出现,这个词在汉语中通常译为"凝视",有时候也译为"沉思",但就这个词的内涵来看,实际上是"直观"与"沉思"两种行为的结合。哲学家们从认识论的角度所给出的"理智直观",在批评家眼中,就是沉思与直观相结合的"一种行为",而审美就是这样一种状态,或者说,审美就是这样一种能力。

在contemplation之中是不是包含着反思判断,它和直观所具有的形式感受力之间是不是可以形成一个统一能力?它究竟仅仅是一种观看对象的态度,还是一种先天能力?这个词有其漫长的观念史的源流,其主要意思是与行动相对应的"静观",而作为一个宗教术语,指对上帝的沉思与凝视,以

① [德]谢林:《先验唯心论体系》,梁志学、石泉译,商务印书馆1997年版,第117页。
② 刘旭光:《审美的历史与审美的重建》,《学术月刊》2016年第1期。
③ [德]谢林:《先验唯心论体系》,梁志学、石泉译,商务印书馆1997年版,第273—274页。

及在这个过程之中与上帝融为一体的状态。在宗教家看来,这种行为是可以训练出来的能力,而批评家们似乎用这个词来指称欣赏者进入"审美状态"的"方式",或者说"审美状态"本身。但审美状态仅仅是审美的前提,还不是审美本身,因此,contemplation 作为审美能力而言,是其所标示的直观与反思两种能力被融合为一个行为,这个行为把传统上所说的"直观",进一步智性化为"直觉"。

在康德意义上直观(perceptual intuition)这个词是指通过对客观事物的直接接触而获得的感性认识,但 19 世纪的哲学家发现直观之中是有意义发生的,直观行为是具有创造性,因此,这个词被赋予了汉语所说的"直觉"这层意思。

"直觉"是这样一个过程:外界事物刺激感官产生感受,感受本身无形式,但当心灵运用综合和创造性联想赋予感受或印象以形式时,就产生了具体形象。这种获得具体形象的过程叫"直觉",这种观点来自克罗齐。

克罗齐把"表现"视为艺术创作的本质,而"表现"的认知根据是"直觉",鉴赏本质上是"审美的再造",即,艺术家通过直觉进行创造性的表现,而欣赏者在面对艺术作品时,是通过自己的直觉再进行一次创造性的表现。在艺术创造与艺术鉴赏之间是相通的,因为直觉是普遍的,艺术家是拥有直觉的创造的天才,鉴赏者同样是拥有直觉的天才,天才和鉴赏力是统一的,"要欣赏但丁,我们就必须把自己提升到但丁的水平"①。这个观点把审美能力天才化,或者说狭隘化了。

克罗齐认为"直觉"有一种表现性:"每一个真直觉或表象同时也是表现。没有在表现中对象化了的东西就不是直觉或表象,就还只是感受和自然的事实。心灵只有借造作、赋形、表现才能直觉。"②这个观点与康德的直观理论的不同之处在于,直觉是一种心灵的表现活动,而直观还只是感性认识的一个环节。"心灵"这个词,德文中是 geist,英文中可译为 spirit/mind,是这两个词的合意。汉语中可以译为:精神,灵魂,心灵。直觉意味着心灵性的"感悟"在直观活动中、在形成表象的过程中呈现出来。这既可以解释艺术创造活动中艺术家形成艺术意象的过程,也就是康德所说的把审美理念感性化的过程,也可以解释审美的过程——以直觉的方式领会作品中的

---

① ［意］克罗齐:《美学原理》,朱光潜译,上海人民出版社 2007 年版,第 164 页。

② ［意］克罗齐:《美学原理》,朱光潜译,外国文学出版社 1983 年版,第 14—15 页。

心灵性的因素,比如形式语言的特殊意味以及内在的意义与情感等。问题是,直觉是一种先天能力,还是一种后天的在经验中习得的能力? 一般认为,直觉是一种非理性化的认识能力,但它却可以起到理性的作用。直觉似乎是自由意志的结果,如果审美的过程就是直觉的过程,那就意味着有的人不能审美,如果他的直觉能力不够强的话。这种审美观潜藏在后期印象主义、当代表现主义、抽象主义以及所有的非理性主义的艺术与审美实践中,成为当代审美文化中神秘而令人向往的部分。但另一方面,直觉又是基于人类的职业、阅历、知识和本能存在的一种思维形式,是可以通过教化与训练而获得的一种"敏感",或者"机敏",进而形成审美感觉。①

就当代人的审美而言,无论直觉的源头是什么,人们都承认了直觉是审美能力的必要组成部分,也是体现审美独特性的核心部分。

四、Enthusiasm、impassioned contemplation 与想象力

除 contemplation 和直觉之外,18 和 19 世纪的美学,特别是批评理论和创作理论中,还有更重要的发现:一些特殊的情感状态和想象力。在 18 世纪中期到 19 世纪初期的德国美学中,日常情感的复杂和多样,以及情感共鸣与宣泄的愉悦,并没有被纳入美学思考的领地,日常情感不构成先天综合判断,而对情感的表现也没有被视为艺术和审美的核心功能,这一点无论在康德还是黑格尔的美学中,都有所体现②。但是在具体的审美经验中,情感,特别是激情,的确是审美与艺术创造不可或缺的一部分,因而,在那些由艺术家们撰写的笔记、前言、创作心得等理论著作中,在艺术批评家的理论著作中,都会强调激情的重要作用。这是艺术家与艺术批评者对审美的认识与哲学家们的认识有不同的地方,哲学家们的理性分析似乎无法进入情感这个非理性的领地,结果就无视它。但是无可否认地是,审美确实需要激

---

① 关于敏感、机敏与审美感觉的思想,源于加达默尔与杜夫海纳的思想,它们在审美中的作用之详细的分析见刘旭光:《论审美经验的"真理性"——对诠释学美学的再诠释》,《西北大学学报》2017 年第 2 期。

② 康德在对审美的分析中,承认"表象力的自由游戏"所带来的愉悦情感在审美中的核心地位,但是多样而复杂的日常情感没有被考虑。

情，它要么是审美的前提，要么是审美的基本状态，要么是审美的结果，它是审美不可或缺的部分。但是要在理论上承认这一点，就需要具体的分析什么是情感，以及它在审美中具体地起到了什么作用？

在 18 世纪以降的英法批评传统中，情感在审美中的作用非常受重视，特别是激情（impassion），几乎被视为艺术创作与审美活动的源动力。在批评家们的理论中，指称激情的往往是两个词，一个是 passion，一个是 enthusiasm。

Enthusiasm 这个词的源头在于柏拉图主义，柏拉图以这个词来指称神灵附体的迷狂状态，这个状态也是充满激情的状态，在柏拉图的理论中，这种激情状态是艺术创作的本真状态，是灵感激发的必然条件，似乎也是艺术欣赏的必然状态，特别是在对悲剧的欣赏中。这个词影响深远，不单单是因为新柏拉图主义源远流长，更主要的原因在于，在审美，在对艺术作品的欣赏中，的确存在着狂热与激情状态，而不仅仅是静观式的 contemplation。

这个词所代表的不仅仅是狂热与激情，它与灵感本身也有区别，而且会引起复杂的情感状态："enthusiasm 是一种强大而深广的力量，它与精微的判断力有关，是这个世界上最难被全面而确切地理解的东西，……当心灵被幻象所吸引，紧盯着某些真实的对象或关于神的纯粹幻觉的时候，当心灵看见或以为看见某些奇异或超常的事物时，它便会有恐惧、欣喜、困惑、畏惧、崇敬等诸如此类的情感，或因这些场景而异常激动，因而就有了某些广阔的、震撼的（如画家们所言）和非凡的东西。而这就是狂热这个名词的由来。"[①]

这个解释来自 18 世纪初期的英国美学家夏夫兹博里，心灵——奇异之物——恐惧、欣喜、困惑、畏惧、崇敬等诸如此类的情感——对非凡之物的领会，这个链条构成了夏氏所描述的"enthusiasm"的内涵，这肯定不是柏拉图的原义，这段话可以成为浪漫主义美学观的核心观念，尽管夏氏是一个新柏拉图主义者。这个观念本质上给出了一个关于审美的新的模型，这个模型与德国人的反思判断模式不同的，与基督教的静观传统也不相同。在这个链条中，心灵的激动状态以复杂的情感状态的形式，被纳入审美过程中，这就使得情感的感受状态，或者说心灵的激动状态不是要被审美消解的对象，

---

① Shaftesbury, *Characteristiks of Men*, *Manner*, *Opinions*, *Times*. Birmingham：John Baskerville，1773，pp. 52—53.

而是审美过程的必要环节。

　　夏夫兹博里的思想仅仅是 17、18 世纪的欧洲情感理论的一部分,霍布斯、笛卡尔、斯宾诺莎等哲学家都开始研究情感的性质,而卢梭、狄德罗、歌德等文学家与批评家,以及杜博斯等美学家都在强调情感对于文艺与审美的意义,诸如 passion、affect、emotion 和 feeling 等词逐步在文艺批评中,特别是在对于审美经验的具体描述中成为经常出现的词。在诸种情感理论中,欲望的表现,特别是身体的感受性,成为情感观念的基本出发点,斯宾诺莎就认为,情感是“身体的感触(affection),这些感触使身体活动的力量增进或减退,顺畅或阻碍,而这些情感或感触的观念同时亦随之增进或减退,顺畅或阻碍”①。但是“情感”现象从人的主体性的角度来说,有一个重大缺陷:情感是被动的,不自由的,它是由外在事物决定的。这不符合时代的价值观念,因此,哲学家们开始寻找主动的情感,或者说,体现着主体自由的情感,并且把这种情感纳入到审美之中。这种做法的根源在斯宾诺莎,他把情感从性质上分为被动情感(passion)和主动情感(action)两类,前者基于不正确的观念,其产生和程度增减都是为外在事物所决定,而主动情感则基于正确的观念。因而斯宾诺莎认为,欲望和快乐是主动情感,而痛苦则是被动的情感。②

　　主动情感的提出具有深远的美学意义,而且,斯宾诺莎相信“心灵能够将它的情感加以整理,并将这些情感彼此联系起来使其有秩序”③。这就意味着在情感领域中,主体的主动情感仍然是心灵自由的体现,是应当被表现的情感。同时,在情感体验中,“当心灵观察它自身和它的活动力量时,它将感觉愉快,假如它想象它的活动力量愈为明晰,则它便愈为愉快”④。这就能说明,为什么情感表现与体验能够让我们愉快。斯宾诺莎的情感观实际上是审美中的情感论的理论基础,情感的表现因此可以与 contemplation 一样成为人的自由的呈现方式。这种情感观实际上是 17、18 世纪的美学的核心,也是 19 世纪的美学观的基础。

---

　　① [荷]斯宾诺莎:《伦理学》,贺麟译,商务印书馆 1997 年版,第 98 页。
　　② 对于情感的起源与性质及划分的详细论述,见斯宾诺莎之《伦理学》第三部分《论情感的起源与性质》,见具体引文见斯宾诺莎:《伦理学》,贺麟译,商务印书馆 1997 年版,第 145 页。
　　③ [荷]斯宾诺莎:《伦理学》,贺麟译,商务印书馆 1997 年版,第 252 页。
　　④ [荷]斯宾诺莎:《伦理学》,贺麟译,商务印书馆 1997 年版,第 142 页。

　　夏夫兹博里与斯宾诺莎的情感理论,再加上休谟在《人性论》的第二卷《论情感》中所传达的关于情感认识,都传达出这样一种观念:情感能确证世界、自我的存在和意义,情感推动着人类社会的活动,也推动人类趋向理智与完善。如果把这种情感观与浪漫派的文艺对于激情的赞扬和表现,对于艺术的情感效果的肯定结合在一起,就能说明,为什么英法的批评理论会把审美理解为情感表现与情感体验的过程。当然,仅仅是情感表现与情感感受不能说明审美对于意义的把握,因此,19 世纪的批评家沃尔夫·佩特在他的鉴赏理论中使用了一个具有调和意味的词"impassioned contemplation",这个词是浪漫派的激情观念和新柏拉图主义者与理性主义的沉思观念的结合,由欲望而起的激情与静观沉思相结合,他用这个词来解释解释华兹华斯的创作,认为艺术应当表现人类最伟大的与最普遍的情感,并且充满对这种情感的沉思①。按这个观念,审美也应当是对这种情感的体验与沉思。佩特的这个观念在浪漫派的批评家那里,几乎是共识,爱伦·坡同样认为:"存在于人的精神深处的那个不朽的本能,显然就是一种美感","那个最纯洁、最升华、而又最强烈的快乐,导源于对美的静观、冥想"。② Impassioned contemplation,这成为了自 19 世纪中期以来批评家和艺术家们公认的"审美状态",而这种状态究竟是不是一种可以被教化与训练的"能力",这一点批评家们没有想太多。

　　关于情感,这显然是先天能力,这是一个人类学问题,而不是认识论问题。可虽然情感丰富与强烈程度是由生理上的先天差异造成的,但后天的情感经历显然有作用,特别是在审美,在艺术作品的欣赏中,借助于想象力,读者会获得一定的情感经历,并且在积淀中,成为他的情感的一部分。德国人采用另外一种方式,他们把情感理念化了,使得情感可以成为理性理念的一部分,成为可反思的对象。因而,情感实际上是被能力化了,它成为"审美"这种行为能力的必要成部分,它一方面指源自生理欲念与人生阅历的情感感受力,另一方面,它是被理念化了的,包含着意义与价值的精神状态。在前一方面,情感是生命化的,在后一方面,情感是道德化的,或者说精神化

---

①　Pater,*walter. Appreciations, with an Essay on style*. New York: The Macmillian company, 1903. p62.

②　[美]爱伦·坡:《诗的原理》,赵京安主编:《唯美主义》,人民大学出版社 1988 年版,第 65、67页。

的。前一种意义上的情感能力有其先天基础,并且可以在人的社会性的生存过程中被强化,而后一种情感能力有其理性基础,可以通过道德教化与价值引领而获得。

在审美中对情感的认同,必然带来对与情感活动相伴生的想象活动的认同。在当代人的审美观中,想象力的活跃以及审美对于想象力的培育都是理所当然的,但历史地看,承认想象力在艺术与审美中的作用,在近代最先见于莎士比亚这类的艺术创作者的经验之谈,莎士比亚在他那著名的《亨利五世》的开场白中,对于想象在艺术中的功能与魅力进行了热情洋溢的赞美,而后的浪漫主义者们和启蒙思想家们都把对于情感的宣泄与艺术的创造和想象结合起来。狄德罗在《论戏剧诗》中说:"想象,这是一种素质,没有它,人既不能成为诗人,也不能成为哲学家、有思想的人、有理性的生物,甚至不能算是一个人。"①

整个 18 世纪的艺术家与理论家都同意这个观点,但问题是想像力是什么?康德给出这样一个回答:

> 想象力是把一个对象甚至当它不在场时也在直观中表象出来的能力。既然我们的一切直观都是感性的,那么想象力由于使它唯一能够给予知性概念一个相应直观的那个主观条件,而是属于感性的;但毕竟,它的综合是在行使自发性,是进行规定的而不像感官那样只是可规定的,因而是能够依照统觉的统一而根据感官的形式来规定感官的,就此而言想象力是一种先天地规定感性的能力,并且它依照范畴对直观的综合就必须是想象力的先验综合,这是知性对感性的一种作用,知性在我们所可能有的直观的对象上的最初的应用(同时也是其他一切应用的基础)。这种综合作为形象的综合,是不同于没有任何想象力而单靠知性作出的智性综合的。②

这首先说明想象力是一种感性能力,是对感性杂多进行综合的能力,是

---

① [法]狄德罗:《论戏剧诗》,徐继曾、陆达成译,《狄德罗美学论文选》,人民文学出版社 1984 年版,第 161 页。

② [德]康德:《纯粹理性批判》,邓晓芒译,杨祖陶校,人民出版社 2002 年版,第 101 页。

统觉的统一得以实现的前提,它体现为把一个不在场的对象在直观中表象出来,就这一点而言,艺术创造就是以想象力为前提的。在这个理论中,艺术家们关于想象力的猜测变成了一种认识论的基本原理。

其次,想象力是知性认识的前提,是规定感性的能力,因此,它又可以被视为知性的一部分,或者说,它是感性与知性的桥梁,是经验认识的必要条件。

把康德的这种对于想象力的认识,还原到他的美学中,可以作这样一个判断:想象力在鉴赏判断中,是形成表象的能力,在崇高判断中,是协助理性把对象把握为一个整体的能力,它是"审美"这种人类行为先天条件。但康德没有明确地说想象力是审美的必然环节;反思判断力中想象力确实是起作用的,但只是前提性的作用。

想象力确实具有某种意义上的"创造"能力,但这个创造是有限的,休谟就指出:"人的想象是再自由不过的。它虽不能超出内在的和外在的感官所提供的那些观念的原始储备,却有不受局限的能力把那些观念加以掺拌,混合和分解,成为一切样式的虚构和意境。"[①]如果仅仅是掺拌与混合,那么它的创造性就有限,后来康德在《实用人类学》里提出想象力(facultas imaginandi)作为不以某种直观能力为前提的创造:"……要么是创制的,这就是本原地表现(exhibitio originaria)对象的能力,因而这种表现是先于经验而发生的;要么就是复制的,即派生地表现(exhibitio derivativa)对象的能力,这种表现把一个先前已有的感性直观带回到心灵中来。"[②]这就使得想象力成为"表现"意义上的创制,部分地肯定了想象力的创造性。

但这种有限的肯定在 19 世纪的批评理论中产生了惊人的变化,想象力在审美中上升为"各种能力的王后",这个观点来自批评家兼诗人波德莱尔。他在 1859 年发表的《1859 年的沙龙——给〈法兰西评论〉主编先生的信》这篇文章中,以现代艺术为视角,讴歌了想象力在现代艺术中的功能与作用。文章中有两个小节,标题分别是《诸种能力的王后》和《想象力的统治》,仅仅这两个标题就足以说明他对"想象力"的功能的认识。就想象力的作用,波德莱尔认为:

　　　它是分析,它是综合,但是有些人在分析上得心应手,具有足够

---

① 转引自朱光潜:《西方美学史》,人民文学出版社 1979 年版,232 页。

② [德]康德:《实用人类学》,邓晓芒译,上海人民出版社 2005 版,第 49 页。

的能力进行归纳,却缺乏想象力,……它是感受力,但是有些人感受很灵敏,或许过于灵敏,却没有想象力。……它在世界之初创造了比喻和隐喻。它分解了这种创造,然后用积累和整理的材料,按照人只有在自己灵魂深处才能找到的规律,创造一个新世界,产生出对于新鲜事物的感觉。它创造了世界,就理应统治这个世界。①

这段话可以看作浪漫派美学的宣言,"想象力"取代了"理性"成为艺术王国的统治者,波德莱尔所说的想象力,似乎是康德的"理性"概念和后来的克罗齐所说的"直觉"概念的合体。在评论另一位浪漫派作家——爱伦坡的作品时,波德莱尔说:"想象力是一种近乎神的能力,它不用思辨的方法而首先觉察出事物之间内在的、隐秘的关系,应和的关系,相似的关系。他赋予这种才能的荣誉和功能使其具有这样一种价值(至少在人们正确地理解作者的思想时是如此),乃至于一位学者如若没有想象力就显得像是一位假学者,或至少像是一位不完全的学者。"②波德莱尔对于想象力的认识在之后的100余年中被不断地引用,显然,想象力的自由创造摧毁了摹仿观念,成为现代艺术的主人,并且获得了理性才具有的认知能力,而且无需借助任何概念与规则。想象力成为非理性的直觉式的认知能力与自由创造能力的结合,成为一切创造性行为本源。这一点一直没有被怀疑过。

艺术创造中的想象力在审美中是不是同样起作用? 或者说,没有想象力,是不是就不能审美? 如果说在审美中包含着对于审美对象的内在的意义与精神的感悟,而这一感悟在波德莱尔的意义上,就是想象力,那么想象力是不可或缺的。同时,在审美活动中的确存在着因为感动而自由联想的状态,比如海德格尔对于古代神庙的诠释和对梵·高的那张绘画——《鞋》的解读,的确可以说是想象力的产物。

思接千古,神游八荒,浪漫派的审美观实际上设定了,或者在具体的实践经验中发现了一种新的才能,这种才能并不是人人都有的先天能力,似乎也不是经验中可以习得的,更像是一种天才的先天能力。这种能力既是直觉与感悟,又是创造与统觉的能力,这种有待确证的才能被19世纪的批评

---

① [法]波德莱尔:《1846年的沙龙:波德莱尔美学论文选》,郭宏安译,广西师范大学出版社2002年版,第355页。

② [法]波德莱尔:《1846年的沙龙:波德莱尔美学论文选》,郭宏安译,广西师范大学出版社2002年版,第177页。

家们命名为"想象力"。这似乎并不是 18 世纪的哲学家们所讨论的"想象力",但是 20 世纪的人显然认可了 19 世纪的人命名的这种天才般的非理性能力。这种能力是不是审美所必需的,批评家们没有明说,但显然,如果不能够认识到那些伟大的作品是这种才能的结果,是否还能够欣赏这件作品?是不是说,只有天才的鉴赏家,才能够欣赏天才的作品? 如果说艺术家不用思辨的方法而首先觉察出事物之间内在的、隐秘的关系,应和的关系,并且把这种关系表现出来,那么正确的欣赏当然是领会到作品所表现的这种关系! 如果这个推论是合理的,那就意味着,如果"审美"也包含着这种能力,那它也是一种天才般的非理性的,非普遍性的能力,这种能力不是靠知识积累与理性训练可以获得的。这听起来有点神秘,但浪漫派的文化精英主义者们一定会赞同这一点,而审美民主主义者们会反对这种把审美神秘化的做法。因而,这种非理性的,具有创造力的想象力究竟是不是审美能力的组成部分,会引起争议,伽达默尔和卢卡契肯定不会同意,但格林伯格和罗杰·弗莱肯定同意。

五、感知与体验

在 19 世纪的审美观念中,对对象的感知是不纳入审美的,因为按康德的说法,通过对对象的直观而获得的"对象的表象"才是真正意义上的审美对象,因此,对象的物质实在在具体的审美中被抽离了,这保证了审美的非功利性,也是鉴赏判断在其"质"的方面的规定性,这是康德美学所奠定的现代审美理论的基础。但在 20 世纪的审美中,对对象的物质构成的感知,被纳入到审美行为中来,更明确地说,是由对对象的质料的感知而获得的愉悦。这在当代的审美文化中非常明显,这就形成了通过感官对对象的品鉴。

通过感官对对象的品鉴,以对象的质料为对象,这就会首先形成关于对象的感觉,但这种人化了的,社会化了的感觉有其深度,因此,这种感觉实际上就是对深度感觉中的意义与价值的直观。这就形成了两个层次的愉悦,一个层次的愉悦,是康德所说的快适,是对象以其质料对我们的欲念的满足,这种快适是功利性的,是主观性的，是不自由的，这种快适不具有审美性；第二个层次的愉悦，是由于感官感知到了对象存在的深度，把握到其中包含着的意味，从而获得的合目的性的愉悦，这种感觉是非功利性的，是自由的感觉，是有深度的感觉，而这种愉悦因此体现出审美性。在第二个层次上的感觉，是"审美感觉"。在审美感觉中，暗含着一种反思性，或者说，是对感官感觉的反思，这就可以理解我们如何在感觉的变化中获得愉悦，在感觉的新奇中获得愉悦，以及在感觉的一般性中获得愉悦，如果这种一般性承载着我们的记忆与情感的话。①

　　这就意味着，对对象的"深度感知"是可以获得审美愉悦的，这就能解释当代审美文化不断官能化的趋势，而这种趋势在现代艺术中表现为对艺术的媒介的深度感知：雕塑应当呈现出石头的质感；油画应当呈现出颜料的肌理与笔触；建筑应当表现建筑材料的质感。这种观念在理论上的表达来自克莱门特·格林伯格和麦克尔·弗雷德这样的艺术批评家。格林伯格认为：

　　　　很明显，每类艺术的特长与其媒介的特质是相一致的。自我批评的任务就是从每类艺术的特殊效果中排除任一可能从或是被其它艺术的媒介借鉴的效果。从而使每类艺术变得更纯粹，并从这种纯粹中得到质量标准以及独立的保证。在这里，"纯粹"意味着自我定义，而艺术中的自我批评就是自我定义的极端化。现实主义，幻觉主义艺术掩盖了艺术的媒介，即用艺术来掩盖艺术。现代主义则利用艺术引起对艺术的注意。构成绘画媒介的限定性——扁平的表面，画框的形状，颜料的性能——曾被古典大师们视为消极因素，其存在只能被含蓄地或间接地默认。现代主义绘画则视这些同样的局限为积极因素，应被毫不隐瞒地显示出来。②

　　艺术的"纯粹"意味着必须还原到艺术的媒介，而媒介首先是感知的对

---

① 刘旭光：《感官鉴赏论》，《浙江社会科学》2017 年第 1 期。
② ［美］格林伯格：《现代绘画》，秦兆凯译，《美术观察》2007 年第 7 期。

象,被感知到的独特性,才是艺术独特性的起点,这就把感知到的差异放到了审美行为的最前面。继这种观点之后,物之"物性"成为艺术呈现的对象,而物性显然是需要被"感知"的,因此,在鉴赏行为中,对对象之物性的感知,就成为鉴赏不可或缺的部分。① 这就意味着,感知作为一种审美能力成为当代人的审美行为的一部分。

与这种感知论相伴的是 19 世纪后期出现,而在 20 世纪的美学中大放异彩的观念——体验。如果说,20 世纪的审美观就是指对对象的体验过程,这个判断似乎不算过分。对意义与价值的反思判断的部分,实际上被一种称之为"体验"的行为取代了。

"体验"这个词在德语、英语与法语中语义有差异②,有些强调经验,有些强调经历或者阅历,但是,在诸多美学家的理论中,或者在审美活动中,人们使用这个词的时候,"体验"有其特殊的认识论意义。这种认识论意义源于狄尔泰的生命美学,是一个具有批评性质的概念,之后在胡塞尔的现象学那里被哲学化,成为认知的必然环节,甚至是审美的必要环节;最后在海德格尔的领会观与梅洛·庞蒂的肉身感知观念中得到升化与泛化,并且潜藏于他们对对象的欣赏或者审美中,对解释学美学、接受美学、表现主义、符号学美学都产生了深远影响,并且被视为艺术创造的准备阶段和审美的必然过程。③

"体验"一词是以下多重"行为"或者"含义"的综合:它首先是指生命化的个人感受,这种感受的获得是个体性的,是个人的生活经历与情感历程的积淀的过程,是个体对于世界的个人化的主观的认识,这种认识是最真切的、最自我的、最直接的,是感性的直接的知觉的结果。在这个意义上,"体验"是每一个个体的"真知",虽然是个体的经验、情感历程的结果,可以通过共鸣而获得普遍性,也指具有自明性的经验认识。从这个意义上讲,"体验"是一种先天能力,是感性感受力以及它在意识中的积累的结果,它是人的基本的生命能力。其次,现象学家认为体验的过程,就是意识的意向性构成和

---

① 对这个问题的深入讨论,见麦克尔·弗雷德在《艺术与物性》(张晓剑、沈语冰译,江苏美术出版社 2013 年版)中的分析。

② 对这个差异的详细描述,见刘旭光:《论体验——一个审美范畴在中西汇通中的生成》,《复旦学报》2017 年第 1 期。

③ 对体验一词的历史生成与具体内涵的分析,见刘旭光:《论体验——一个审美范畴在中西汇通中的生成》一文的深入分析。

意义统一体的建构过程,从这个意义上讲,体验是认知的真正的开端,是"真知"的开始。在体验中,"意义"得以发生,因而,体验的过程在现象学看来,就是意义的发生过程。再次,体验这种认知的特殊性在于,它不是基于概念的一般性,也不是基于理性的建构,它是认识主体在生存过程中,在世界之中,在与它者共在之中形成的"在之中"的领会,是在世的"领会",这种"领会"先于认识,却是一切认识的源头。最后,体验也是以认识主体以其身体对外部世界的直接感知,他的身体感知本身是作为认知图式引领主体对于世界的认识,它是认识的源头。这种身体"感知"观在审美与艺术中体现为对对象的质感的感知性的体验,质感作为对象以其存在给予我们的直接的感官感受,在 20 世纪的艺术实践中成为需要去呈现或表现的对象,而这种感官感受又成为审美与鉴赏的一部分。最后,体验包含了想象力的自由和情感的发生,体验获得的是主体饱含着情感性的对对象的认识,也引导主体的自由想象。

"审美"的过程是不是就是"体验"的过程。生命美学和现象学美学似乎给出了肯定的回答,但考虑到判断在审美中的作用,似乎仅仅体验是不够的,但是无论如何,对于一个 20 世纪的人,当他被要求进行审美时,他大约首先会想到"体验",特别是情感体验。因此,体验当然是审美的一种必要能力,且这种能力是生命性的,是先天的,因此,如果审美就是体验的过程,那么让审美者进入体验状态就是审美了。

尾论:对审美诸能力的逻辑整理

我们对于审美能力的历史分析,从结果上看是令人失望的,因为构成"审美"这一行为的诸要素在过去三百年中似乎没有形成共识,如果把古代中国人的审美也考虑进来,那似乎意味着在"审美"这个被文明寄予厚望的领域中,时代性的与文化性的差异在其中实际上被放大了,而不是被跨越了。我们的分析所能得出的,实际上是关于构成"审美"这一行为的一个可选择的菜单,这个菜单总结起来,是由以下因素构成:

在经验层次上,它包括理智、情感、想象、感觉,以及它们在经验中锻炼出的敏感。这是 18 世纪的人在审美问题上的观念:一个人要会审美,就必须要有成熟的理智、丰富的情感、活跃的想象力，敏锐的感觉，以及一种从经验中获得的对于差异的敏感。

在其先天层次上，审美能力包括：表象力——包括先验想象力和知性；先天的"愉悦的情感"（按康德的分析是自由感），这种愉悦的情感是共通感的基础；还需要具有先天基础的"审美理念"，在崇高判断中还需要"理性"，以及起间接作用的道德理念与道德情感；当然，最关键的还是"判断力"，特别是反思判断力，判断力有其先天原则，但判断力的经验应用却是审美得以实现的必然，在审美中它呈现为"鉴赏力"。而能够自由驾驭表象力、审美理念与判断力并获得愉悦情感，需要另一种先天能力——"天才"。综合起来，审美就是对于诸表象力之间的自由与和谐之关系的敏感，以及丰富的想象力、成熟的理性、鉴赏力、天才式地对审美理念的感悟与赋形能力，以及高尚的道德情操，特别是对自由的感悟与追寻，这构成了康德所分析出的"审美能力"。

至于"审美"所需要生命状态，则是一种融合了直观与沉思，能够把直观与对意义与价值的反思结合在一起的能力或者说状态，这种能力被命名为contemplation。这种状态与饱含着欲念与意志的"激情"结为一体，成为一种既沉思，又沉醉，既洞察，又痴迷的状态。这个状态作为一种生命状态，也被认为是"审美状态"。这种状态或许本身不构成"能力"，但如何才能够进入状态？这应当是个能力问题，但如何进入这种状态却不是理性能分析的问题。从创作的角度讲，艺术家们曾经借助于酒精和大麻来进入这种状态，据说梅毒在发作时也会产生类似效果，但这只能带来激情，不能解释如何产生contemplation。基督教借助于虔诚的"入定"般的沉思进行修行，似乎在这种修行中自然而然能进入这种状态。但以上都是经验的偶然性的领域，不是理性可以分析的部分。就审美而言，如何进入到这种生命状态，或者在这种状态中审美是怎么发生的，还没有被分析过，但批评家们和宗教家们相信，在对一物进行欣赏时，或者直观一个对象时，对象会打动我们，感染我们，会把我们引入这种生命状态。因此，不是审美使我们进入了这样一种生命状态，而是我们在直观某物，被其打动，才进入审美状态，从这个意义上讲，审美不是一种认识行为，而是一种生命状态。

最后，在审美行为的特殊性的层面上，由于在审美中，存在着非理性的知觉能力、情感的活跃、对于一般性的感性的直接的认识，而这又是理性观念解释不了的,因此,就需要一种非理性的能力,这种能力有别于理性认知的认识状态,但是借助于对对象的非理性的、非概念的知觉,既把握到对象中的特殊性,又可以领会到对象中的一般性,进而达到对意义与价值的洞察与反思,同时还可以解释情感在其中的发生与作用。这种能力被 19 世纪中后期的理论家们描述为想象力、直觉与体验,这些能力一方面是具有本质直观式的感性认识能力,另一方面是体现着主体的自由认知与自由创造的表象力,这些能力还是与主体的情感与生命状态相关的知觉能力。正是有了这些特殊的能力,审美这种特殊的知觉活动才得以实现。揭示与描述这些特殊能力,几乎是 20 世纪以来非理性的审美观的核心任务。直觉、体验和想象力这三种能力是自由而自觉的非理性的能力,人皆有之,但有强弱之分,或者说有先天差异。有些人的这三种能力强烈而自由,可以成为天才的艺术家;有些人的弱,只能按理性的方式认知,这些人不适合艺术创造。从审美的角度来说,直觉、体验与想象力同样是审美的必要能力,无论审美对象是自然还是天才的艺术,凡被这些非理性能力把握到的,都是理性无法明晰解释或者描述的,因此,也只能为非理性的直觉与体验所领会。

通过以上的历史分析,对于当代人的审美经验来说,审美当然需要理性能力,需要敏锐的感觉与丰沛的情感,在这一点上我们的时代并不反对 18 世纪的经验主义者与理性主义者,但就当下的审美实践来看,仅仅这些认知能力是不够的,审美能力有其普遍的部分,也有与其他知觉行为相比独特的部分。关于它的普遍的先天基础,康德给出了关于审美的先天结构,这一结构保证了审美是先天综合判断,但从具体的审美经验来看,先验表象力及其内在的自由与和谐、共通感、主观合目的性判断等等分析只是给出了审美的机制,但不能够说明审美中的一些非理性状态。审美不仅仅是反思判断问题,虽然康德意识有一些无法分析的能力在其中起作用,并且用"天才"一词来总述这些能力,但就人类具体的审美实践来看,问题依然被简单化了。19 和 20 世纪以来的艺术家们强化了创作与审美活动中的非理性的因素,这种现象促使批评家和美学家们把审美不仅仅视为一种认知活动,更是一种独特的生命状态,并且在这种生命状态中,他们把直觉、体验、想象力等非理性的知觉活动上升到审美的核心能力,也可以说,是把一种超越理性之束缚的生命的自由状态与人以非理性的方式对"自由"的知觉状态,认定为"审美的",并且相信这种知觉状态中包含着"创造"与"意义的表现"。

　　纵观三百年来人们对"审美能力"之构成的历史分析,无论是艺术创造者还是理论家,都不指望通过"审美"这种行为来认知世界,发现真理,审美不是一个客观的合目的性行为,因而,审美行为在其构成上,就渐渐地走出理性认知的领域,而成为主体进行自由创造与自由表现的领地。它会吸收理性的理想性与对意义与价值的确立,但放弃理性的逻辑性;它吸收感性的直接性与感受性,但放弃感性的被动性;它吸收情感的生命性与主观性,以及情感的感染力,但放弃情感的应激性;它吸收"愉悦"的积极性与肯定性,但放弃愉悦的功利性。三百年的历史进程,把"审美"引向由自由理性所追求,由自由知觉所承载,由自由愉悦所实现的生命状态,这个趋势是不是意味着,审美能力最本源的部分,是人类对于精神的自由状态的追寻与感悟能力?

　　对审美能力的分析所得到的结果,必定是要素性的与片断性的,就一次实现了的"审美"而言,这些能力是按什么样的机制动作,或者按什么样的进程整合为一个具有统一性的行为,这就需要在能力分析的基础上,再进行构成机制的建构,这已经是另一次研究的任务了。

　　本文为国家社科基金重点项目《"审美"的观念演进与当下形态研究(18AZW003)》的阶段性成果。

文学理论霸权的颠覆与文学批评的重建

肖伟胜[*]

内容提要:本文主要分析批判了长期以来中国文学理论与文学批评、文学史之间存在着的权力支配关系,力图厘清文学理论存在的霸权谱系,进而通过解构的策略来重新激活文学批评作为审美经验创生的无穷生命力,在此基础上,让文学理论、文学批评和文学史真正回到属于自身的领地。论文最后分析了随着当代社会向符号化的形态发展,文学批评不可避免地要转向文化批评的必然性。

关键词:霸权;解构;复位;历史目的论;进步的神话;文化批评

长期以来,由于我们受到来自苏联文艺学研究模式的巨大影响,文学研究一般被划分为文学批评、文学史和文学理论这三大部类。在这三者之中,文学史是对文学进程及其发展规律的探讨,而文学理论是对文学总体性的抽象概括,并对文学史和文学批评提供基本理论的支持,相比而言,文学批评由于只是对具体作家、作品或文学现象的个别研究,因而一直受到文学理论和文学史研究者的轻视乃至贬斥。在这种研究模式中,我们已经习惯于将着眼于具体作品的体验和感悟的批评置于以所谓探求"普遍规律"为鹄的的文学理论和文学史之下。在这里,理论的普遍性意义永远大于对个别作品的论述解释,个别作品只有成为理论的佐证才有价值,否则将被视为错误或无聊的东西。如此一来,文学理论便总以探求所谓科学的普遍真理而高高凌驾于文学批评之上,至多将其视为构建宏大系统的琐碎织料。毋庸置疑,这种带有严重科学主义倾向的研究模式由于重规律而轻个别,关注抽象而忽视具体,因而极其漠视文学研究区别于科学研究所特有的人文品性。

---

　*　肖伟胜:文学博士,西南大学文学院教授。

在这种抹带浓厚科学主义色彩惯习的引领下，有血有肉的诗学史即批评史往往变成了"让诗学史实材料说话"的文献选辑、汇编，或者成为了诗学命题、观点、观念即思想的演变史，这种抽取了生命血汁单剩"骨骼"的苍白文学批评史不是沦为将诗学史实材料的考证作为自己的要务，就是耽溺于对文学批评方法的追逐和操演。因而，在这样的诗学史观的操控下，我们的审美感觉、经验不但没有变得敏锐、细腻和丰富，反而日益地粗糙、麻木和萎缩，甚至丧失了起码的文学嗅觉。究其根本原因就是诗学史长期以来漠视文学是个体独特生命体验的结晶之品性。如果要将文学批评史重新染上生命的血色，就必须更新陈旧的诗学理念，激活文学批评作为审美经验创生的场域。也就是说，文学批评理当是诗学理论活生生的生长域，绝不是理论武器的实战操演场。从某种意义上说，批评就是新理论的正在生成。正是在对具体文学现象的感兴批评中，新的诗学理论开始寻找自身的生长沃土。

重新厘定文学理论与文学批评、文学史之间的复杂关系，并不意味着完全抛弃作为文学本体论承诺的文学基本原理，而是要打破长期以来形成的文学理论高高凌驾于文学批评、文学史之上的惯习，即对陈旧的诗学理念进行解构和批判。那么，怎样才能实现解构的任务进而激活批评实践无穷的创生力呢？正如德里达所指出的，要践履解构的职责，首先是回顾，也就是说行使记忆的权力，去了解我们所生活于其间的文化是从哪里来的，传统是从哪里来的，权威和公认的习俗是从哪里来的；也就是必须为在今日文化中占主导地位的东西作谱系学研究。那些如今起规范作用的、具有协调性、支配性的因素都有其来历。而解构的责任首先正是尽可能地去重建这种霸权的谱系：它从哪儿来，而为什么是它获得了今日的霸权地位？其次，解构的责任自然是尽可能地转变场域。这就是为什么解构不是一种简单的理论姿态，它是一种介入伦理及政治转型的姿态。因此，其意图也是去转变一种存在霸权的情境，那自然也就等于去转移霸权，去叛逆霸权并质疑权威。从这个角度讲，解构一直都是对非正当教条、权威与霸权的对抗。这对所有的情况都是通用的，解构以某种肯定的名义运行，它并非一种目的，但它总是一种肯定的"是"。我常强调解构不是"否定"这样一个事实，它是一种肯定，一种投入，也是一种承诺。① 具体到我们所探讨的论题上，就是首先必须对

① ［法］德里达：《书写与差异》（上册），张宁译，生活·读书·新知三联书店 2001 年版，第 15—16 页。

"文学理论"或文艺学这个概念进行谱系学考察,即要行使记忆的权力,去了解今天居于公认权威地位的文学理论是如何演生出来的,在此过程中,到底是哪些规范性、协调性、支配性的因素使其成了公认的习俗? 也就是要集中探讨这样一个中心问题:文学理论从哪儿来,而为什么是它获得了今日的霸权地位?

事实上,中国文学理论或文艺学之所以一度获得如此辉煌显赫的地位,这与它所承载的创建现代民族—国家的想象密不可分。美国著名学者安德森在《想象的共同体——民族主义的起源与散布》一书中认为,现代民族国家是一种想象的政治共同体,而这种"想象的共同体"的崛起主要取决于以下因素:世界性宗教共同体、王朝以及神谕式的时间观念的没落,以及资本主义与印刷科技之间的交互作用,国家方言的发展等。① 从民族主义形成的文化根源上来看,资本主义所创造的可以用机器复制,并且通过市场扩散的印刷语言是民族意识形成的基础。换言之,对安德森而言,"民族"这个"想象的共同体"最初而且最主要是通过文字(阅读)来想象的。很显然,作为在中国现代性进程中形成的印刷语言之一种的文学理论或文艺学,自然担负起建构民族意识的重任。事实上,它就是以民族—国家为依靠的巨型寓言,遵循现代性统一化的历史目的论和线性的进步神话。马克思"五阶段"社会发展学说的历史寓言所采用的这种黑格尔式的宏大叙事模式决定了对普遍性、抽象性的重视,从中国文学理论或文艺学为创建宏大的民族国家想象所提供的一整套表征体系来看,普遍性观念可以说具有无穷大的威权。在这一观念的宰制下,个别的、感性的和异质的因素就合乎逻辑地成了被排除的对象,特殊性和多样性当然也就被抹杀了。这样一来,文学理论学科在很长一段时间内,主要围绕着"文学基本原理"展开,它对文学的本质、文学的意识形态性质、文学的社会作用、文学的发展规律、作家的创作方法、文学作品的构成特征等进行了定性阐释,目的是把对文学的本质规律确定在主导意识形态认可的意义上。② 也就是为现代民族—国家意识的形成提供想象性资源。反过来,文学理论由于背后强大的现代民族—国家意识的牵引,使得它成为立法者、真理的绝对权威,这种主要通过引经据典获取的

---

① [美]安德森:《想象的共同体——民族主义的起源与散布》,吴叡人译,上海人民出版社 2003 年版,第 2、3 章的相关内容。

② 陈晓明:《元理论的终结与批评的开始》,《中国社会科学》2004 年第 6 期。

权威事实上既不能统领规范文学批评,更不用说有效地阐释当下中国的文学创作实践。

另一方面,由于中国文学理论或文艺学是以现代民族—国家为依靠的巨型寓言,因而它除了遵循现代性统一化的历史目的论,还必须内在地蕴含着对进步的信仰。事实上,这两者具有涵摄的逻辑关联,即二者是现代性同一叙述模式不同的侧面。兴盛于启蒙运动以降的"进步"观念事实上具有深远的宗教根源,即它预设了历史过程的目的或终点,而这一目的或终点的设置体现的是基督神学的末世论期待。从某种意义上讲,"进步"观念实际上是以一种世俗化的翻版接受了关于人类堕落以及通过上帝恩典加以救赎的思想传统。① 这种立足于历史正当性基础之上、而历史又被加以目的论理解的进步信仰,对于非宗教性而拒绝历史终点的中国文化传统而言,只有在传统自然正当性思想即天道或天理世界观濒临崩塌的危机情况下,才能被接受并被普遍化。另一方面,无论在西方还是中国,对进步的信仰都是现代化运动的观念前提。可以说,没有作为价值的"进步"观念,就无法理解所谓现代性。因此,"进步的信仰理所当然地主导了 20 世纪的中国精神。或者说,'进步'的观念,是 20 世纪中国精神传统不可分割的一部分"②。一旦接受了进步的信仰,就意味着以一种新的眼光观看世界和历史:世界必定从低级向高级、由简单到复杂进展,人类也将随之不断完善。很显然,这是一种一元线性的时间观念,同时也是一种在时间直线上的价值判断,它意味着:在时间直线上越往前的文化形态要比越往后的文化形态进步(先进),或者说,今天和未来的社会文化,在价值上要比过去的社会文化优越。如此这般,现代性就把"新"推举到至高无上的神圣地位。在这种追逐"新颖"的迷思中,一切"新"皆合理。一切"旧"都没有存在的理由,都应遭到无情的淘汰。"新"意味着革命,意味着挑战,意味着否定,意味着批判。只要以"新"的名义,没有什么事不可以,没有什么形式不可以用。因为"新"是时代的要求,是历史的要求。因为"新"代表了进步,代表了事物发展的真理,代表了未来的希望。中国文学理论或文艺学作为现代性巨型寓言的一部分,于是在进步神话的蛊惑下,自 20 世纪 80 年代以来不断地追逐西方的最新理论与批评方法。从俄国形式主义、结构主义到符号学、西方马克思主义,从精

---

① ［美］希尔斯:《论传统》,傅铿、吕乐译,上海人民出版社 1991 年版,第 371 页。
② 高瑞泉:《中国现代精神传统》,东方出版中心 1999 年版,第 32 页。

神分析、后结构主义到东方主义、女性主义，从后殖民、后现代主义一直到当下的文化研究，在这场逐新的冒险游戏中，后来者毋庸置疑地具有真理上的权威性，他们往往凭借时间上的优势而引领学术潮流之风尚。

综上所述，由于中国文学理论或文艺学是以现代民族—国家为依靠的巨型寓言，承载了为现代民族—国家意识的形成提供想象性资源的要务，因此，它一方面要遵循现代性统一化的历史目的论，这就导致了其对文学本质规律的确定必须符合主导意识形态的认可；另一方面，与历史目的论相伴而行的对进步的信仰也必然成为中国文学理论或文艺学发展的内在逻辑，这种现代性诉求将其引入"新之崇拜"的迷思之中。正是现代性的历史目的论和对进步的信仰这两个支配性因素导致了文学理论对于文学史、文学批评高高在上的凌驾姿态，于是，长期以来文学理论不是建立在具体的批评实践基础上来获得阐释的有效性和真理性，而是要么通过现代民族—国家的政治性想象，要么就是通过对未来完全新颖的进步想象来赢得自身合法性的正当来源。这样一来，文学理论一方面既满足了现代民族—国家政治性想象，同时又通过自身不断翻新的面容兑现了现代性的进步神话。至此，既然我们已将中国文学理论的来源进行了一番谱系学的考审，并且挖掘了蕴藏在其中起支配性作用的现代性因素，也就是说已经阐明了文学理论如何演生的内在机制，那么，文学理论为什么获得了今日的霸权地位这样的问题也就豁然明朗了。

要打破长期以来形成的文学理论高高凌驾于文学批评、文学史之上的惯习，单只重建这种文学理论霸权的谱系还不够，还得实行解构的第二步，即尽可能地转变场域，去转变一种存在霸权的情境。也就是要去肯定，去投入，去重新建立一种承诺。要打破文学理论长期以来的存在霸权并不意味着反过来将文学批评凌驾于它之上，我们并不赞成将文学理论完全批评化，进而宣判文学理论的终结，事实上他们应当各自有属于自身的领地。不过要文学理论复归其位，就首先必须将其从现代民族—国家的政治性想象中挣脱出来，从现代性之进步神话的迷梦中解放出来，只有这样，文学理论才能真正找回自身，我们也才能较为合理地厘清文学理论与文学批评纠结缠绕之关系。文学理论或文艺学作为探讨文学本质性规律的一门学科，它一方面要从本体论上解决文学的终极性承诺，即从文学哲学的高度来回答什么是文学的问题。对于这个颇具本质主义色彩的基本问题，在今天盛行的后现代主义看来已然是一个伪问题，根本不值得深究。但是否文学本体论的问题就真的如那些后现代主义者所说的过时了，不值得我们费心思琢磨了呢？我们知道，在尼采之后，形而上学的本体论常常处在受敌之中。尤其是解构主义对本体论的打击，很容易给人留下这样的印象，似乎他们只是一些无底棋盘的嬉戏者，可以任意地嘲弄柏拉图和"逻各斯中心主义"。但实际情形不是这样，其实像德里达、巴特等解构主义者，他们所给出的不过是另一种本体论，或者说是在重写、改写本体论。正如王乾坤所指出的，"文学本体论就是论文学本体，而文学本体不过就是文学自身，是它之为它的根据，我们怎么可以躲开这样的文学自身啊？这就像吃饭一样，'吃什么、怎么吃'有时令时尚，但'吃'本身怎么可能过时呢？……反本质主义不过是解构'吃'的'霸权'，他们反对任何'吃'的方式意识形态化，但不曾一般地反对'吃'，毋宁说他们在捍卫着'吃'的纯粹性"①。同样，文学理论要真正回到纯粹的自身，就不能仰赖现代民族—国家政治性想象和现代性的进步神话来获取自身存在的合法性，而是要从超验视域的角度来寻求文学之为文学的终极根据，只有这样才能重新建立起对文学的本体论承诺。在本体论意义上，文学理论的确应当为文学批评提供方向性指引，因而在价值序列上也要高于文学批评和文学史。

　　另一方面，长期以来文学理论是在世俗现实功利层面上硬性地将文学批评、文学史置于自身的宰制之下，而不是在本体论意义上应然地居于文学批评、文学史之上。正如陈晓明一针见血所指出的："目前被称为文学研究的领域，主要是由文学理论和文学史研究两方面构成，文学理论的兴趣集中在元理论话语反复演绎，而文学史的研究则更像是历史观和理论观的具体展开。"②针对这样的严峻情势，我们除了在终极视域的角度合理地摆正文学理论与文学批评、文学史之关系外，还必须尽可能地转变场域，去转变文学理论存在的霸权的情境，也就是要激活文学批评作为审美经验创生的场域。换句话说，要使文学理论这门学科重新焕发活力，就必须更多的朝具体的批评发展。在这种新的场域中，文学批评、文学史不再是理论武器的实战操演场，相反，文学批评应当是诗学理论活生生的生长域，使新理论的正在生成。正是在对具体文学现象的感兴批评中，而不是在创建宏大民族—国

---

①　王乾坤：《文学的承诺》，生活·读书·新知三联书店 2005 年版，第 15 页。
②　陈晓明：《元理论的终结与批评的开始》，《中国社会科学》2004 年第 6 期。

家政治性想象与进步神话的蛊惑中,新的诗学理论开始寻找自身的生长沃土。

　　建基于具体文学现象审美阅读之上的文学批评,一方面是对浸润在作品中个体独特生命体验的发掘,另一方面,在此审美经验的创生过程中它又再现了个别作品之与艺术观念的关系,并据此完成了再现个别作品本身的观念的任务。在此意义上,可以说文学批评既是审美观照又是思想的过程,正如诺瓦利斯所指出的,“同时既是思想又是观照的东西是批评的萌芽”①。但这并非意味着文学批评的过程是由审美观照和思想两个先后的环节所构成,事实上,在具体感兴的文学批评活动中,审美观照和思想由生命体验的活力所穿透而贯通成一个生气勃发的过程。如此看来,我们必须从“过程性”的角度来重新厘定文学批评的特质。按照“过程神学”的观点,任何过程都包含着“转变”与“共生”。“转变”表明了事件从过去到现在将流向未来的连续性(successiveness);“共生”是指那些构成暂时过程的实在的个体,是瞬间生成的现在。共生的过程没有时间性,因而它是永恒的。在共生的瞬间,过程的每一个单位都享受着主观直接性(subjective immediacy),又体现为享受,即领悟和感受。②

　　如果我们用“过程神学”于历时与共时两个向度之“过程”含义来对照文学批评的审美体验活动,就会发现文学批评所传达的特殊的意识或经验即体验正契合“过程”的精微要义。体验,来自德文“erlebnis”,是动词“erleben”即“经历”的名词化。而“erleben”又是“leben”即生命、生存、生活的动词化。英文中没有完全对应的词,而往往译作“活的经验”(lived experience)。据伽达默尔的考证,它是到 19 世纪 70 年代才由狄尔泰加以术语化的。从语源上看,显然,“体验”是一种跟生命活动密切相关的经历。这个词语体现了双重意义:一是“直接性”,即不依赖概念、判断和推理而对生命的瞬间直觉;二是“由直接性中获得的收获,即直接性留存下来的结果”。③ 这意味着,“体验”首先是一种生命历程、动作,其次才是内心形成物。与指称一切心理形成物的“经验”概念不同,“体验”则专指与艺术和审

　　① 〔德〕本雅明:《本雅明文选》,陈永国、马海良编,中国社会科学出版社 1999 年版,第 6 页。

　　② 〔美〕小约翰·B.可布、大卫·R.格里芬:《过程神学》,曲跃厚译,中央编译出版社 1999 年版,第 2—7 页。

　　③ 〔德〕伽达默尔:《真理与方法》,洪汉鼎译,上海译文出版社 1999 年版,第 77—78 页。

美相关的更为深层的、更具活力的生命领悟、存在状态。从社会学语境来看，"体验"又与西方现代性的发生息息相关。按照海德格尔的说法，标识现代性的一个重要的现象就是艺术进入了美学的视野，也就是说艺术作品成为体验的对象，艺术被看作人的生活的表达。① 无论对艺术享受还是对艺术创作来说，体验都是决定性的源泉。一切都是体验。这使得作品降低为单纯的"体验激发器"；同样的，作品的创造也被视为了专断的主体的天才的成就。正是在西方现代"主体性转向"的此种情势下，体验（erlebnis）到了狄尔泰时代才"突然一下子成了常用的词"。

因而，在文学批评的体验发生活动中，从历时来看，它无疑有一个从过去到现在将流向未来的连续性阅读流程；在共时维度上，每一个审美阅读的瞬间并没有飘忽即逝，而是鉴赏主体在领悟和感受中创生了具体的独特审美经验，并超越了时间获得了永恒性。因而，在共生的审美创化过程中，每一个瞬间都是崭新的，都是"现在"。从现象学观点来看，这种纯粹的现时就是海德格尔所谓的"本真的现时"，在这种时间性的"绽出"状态中，"现在"总是现在"如何如何"，即得到解释的现在，这是一个特定的现在，而不是除了计数上的差异外毫无区别和规定的"一刻"。所以只要我们说到"现在"，我们就总已经将之领会为"某事正发生之际"。由于"本真的现时"是当下，并不是转瞬即逝的时间点，它恰恰是一种持存。在这种时间性绽出中，已在和将来与当下一起到时，一起存在。② 从而让存在者不是作为经验的东西或作为可用或有用的东西出现，而是作为其自身出现，这样审美体验的"现在"便进入了存在的永恒王国。伽达默尔据此概括说："如果某个东西不仅被经历过，而且它的经历存在还获得一种使自身具有继续存在的意义的特征，那么这种东西就是体验。以这种方式成为体验的东西，在艺术表现里就完全获得了一种新的存在状态。"③

由此可见，在文学批评的审美体验发生活动中，一方面是个体对于生命状况的直觉观照，另一方面这种审美观照对于个体本身具有持久的可以不断回味咀嚼的重要意义，这个意义就来自于在不依赖概念、判断和推理而对

---

① ［德］海德格尔：《林中路》，孙周兴译，上海译文出版社1997年版，第63页。
② ［德］海德格尔：《存在与时间》，陈嘉映、王庆节译，熊伟校，生活·读书·新知三联书店1999年版，第461页。
③ ［德］伽达默尔：《真理与方法》，洪汉鼎译，上海译文出版社1999年版，第78页。

生命的瞬间直觉中获得的收获,即直接性留存下来的结果,而这个结果就是前面所说的正在生成的思想。这些思想没有"概念"那种严格的术语式的意义,它拒斥任何定义,在它们的内涵里孕育着无期的"期待",只有假道于想象力而非逻辑的力量才能体会到。这种漂移、流动的"不确定性"使得这些思想的内涵保持一定幅度的波动性,其本质是有意识地回避静止、单一化和封闭性,从而持有不断生成新的审美经验的蓄势。本雅明由此认定,批评是每一部作品的散文内核的准备。这里,"准备"(darstellung)的概念要按化学意义来理解,即通过一个确定性过程生成一种物质,在这个过程中,其他物质都要服从这个过程的摆布。① 因而,这种批评既是过程又是产品。文学批评通过重构已经构成的东西,它补充、更新、重新制作作品,进而将作品本身的秘密倾向发掘了出来,完成其隐蔽的意图。由此看来,文学批评属于作品自身的意义,在审美观照的回味过程中,批评又超越了作品,使作品成为绝对的。因而,这些在审美体验中创生的思想呈现了个别作品纯洁、完美的品格。据此我们可以赞成施莱格尔的如下论断:"完全陶醉在一部诗作的印象之中是好的而且是必要的,……也许只有在特殊情况下才通过内省证实一个人的感觉,把感觉提高到思想的水平……并完成它。但是,从所有那些特殊的东西中抽象出来,以至于——在徘徊中——掌握普遍的东西,也同样是必要的。"②显然,文学批评是一种审美观照和思想回味的往复过程,在此过程中,批评的核心意向不是判断,而是一方面对作品的完成、实现和系统化;另一方面是对其绝对因素的分解,最终表明与艺术理念的关系。在这个意义上,文学批评中创生的思想并不与哲学本身发生竞争,相反,它在以多样性表现出来而潜藏于作品之中的问题范式上与哲学具有一种最深的亲和关系,批评的任务就是发掘这种问题范式。通过发掘,问题范式以其特有的形式显示出来,如此这般,批评最终表明可以把作品的真理内容论证为最高的哲学问题。然而,即便如此,作品中的真理并不能看作一种答案,可以肯定地说,它是一种需要通过审美体验而达至的东西。正如本雅明那个生动的比喻所揭示的,如果把成长着的作品比做燃烧的火葬柴堆,那么立于柴堆前的批评家就像炼金术士,对于他而言,只有升腾的火焰才保持着诱惑力,亦即活的东西。因此,批评家深入真理,真理的活火焰在已经成为过去的厚重的柴堆和已经被体验过的余烬中继续燃烧。

---

① [德]本雅明:《本雅明文选》,陈永国、马海良编,中国社会科学出版社 1999 年版,第 41 页。
② [德]本雅明:《本雅明文选》,陈永国、马海良编,中国社会科学出版社 1999 年版,第 9 页。

　　文学批评作为一种表述，它由作品而引起，而其继续存在却独立于作品。但这并非意味着能将其与艺术作品分开，并非就像有些学者所说的那样，批评史"完全是思想史中的一个分枝，跟当时所产生的实际文学关系并不大"①。相反，对于当下的文学批评来说，当务之急应当是，必须要从根本上纠偏延续多年主张理论指导批评、批评服从理论需要的庸俗马克思主义文论模式，从漂浮的灰色理论高地尘落到活生生的文学具体分析和评价过程中来。我们只有回到文学理论创生的鲜活现场，认清诗学的概念、范畴和观点得以演生的过程，秉着"回到事实本身"的现象学精神，重新还原文学批评作为审美经验创生的核心场域和动力机制，这样方能避免自从有了"文学批评史"或"文学理论史"，诗学就"死了"的尴尬局面。从而诗学史即文学批评史也就不再完全是一个"史"的历时概念，它同时也是一个共时概念，因而，它关注的不只是此诗学概念、命题和表达方式与彼诗学概念、命题和表达方式的历时关系，更主要的是关注此诗学概念、命题和表达方式是如何呈现、演生出来的，也就是要从过去的诗学材料的汇辑或追逐诗学方法的片面嗜好之泥淖中挣脱跃拔出来，通过呈现、描述诗学言说方式、诗学观念的内在构成特质和创生"流变"方式，敞显诗学审美体验活动的感受性、变化性、动态性、共生性、瞬间性以及永恒性。这样的诗学史就是染上生命血色且具有丰沛创化力的活的审美体验史，也是鉴赏者可以通过感受和领悟每一个充实的瞬间而能达至永恒的历史。

　　不过，面对当代社会日益地形象化与符号化，一切都向文化象征领域转化的新形势，文学批评不可避免地要向文化批评发展。文学理论只有不断地调整自身而以开放的姿态面对当代文化和社会的挑战，才可以大有作为。它不再是对文学本质规律的穷尽，而是通过对当代符号化的文化文本的文学性进行分析阐释，进而获得其不断更新的生命力。如此看来，文化批评并没有消解理论，而是使文学理论找到了新的更有活力的资源。在这样的状况中，理论就不单只是实现对文学本体论的承诺，而是将自身化解到无数具体独特而生动的文学文本中，化解到文化现象中，化解到无处不在的图像和符号中，也就是化解到一切具体的感性批评中。正是在这浓缩着独特生命体验的批评起始点，我们得以迎来了文学理论真正复位和复活的时刻。

----

　　①　［美］韦勒克：《近代文学批评史》（第一卷），杨岂深、杨自伍译，上海译文出版社 1997 年版，第 9 页。

"至法无法"论的当代意义

刘毅青*

内容提要:"至法无法"或曰"无法之法"是中国文论和美学的一个重要问题,对它的理解关涉到对中国文艺的创作论的理解以及在审美品位上的定位。法度与自然所构成的理论辩证只能放在道与艺张力的背景中才能得到恰切的理解。本文通过对文献的追溯与文艺理论阐释的印证,对相关论述进行辨析,进而认为:"法"的获得来自技艺训练、技艺习惯养成为本能。但一味地在技巧上求工,只能在技巧上有突破,并不能达到"无法"之"法"的境界,此一境界来自修养,而不仅仅是技巧的娴熟。技巧的飞跃来自主体精神修养境界的提升,修养是最终突破技巧的关键。对"至法无法"的理论建构不能局限于文献的梳理,而应该从中国哲学美学的层面展开,并将其置于当代的文论语境中进行对话,以激活其中的价值。在本文看来,"至法无法"的理解价值体现在古典文论与美学所持有的理论能够为审理当代问题带来新的思路,提供具有启发性的观点。

关键词:至法无法;当代意义

中国古典文论的现代转化是学界讨论已久的问题。在当下学界思考"文化自信"的语境中,此一论题又有着迫切性,它关涉着如何吸收古典文论建构当代中国文论的理论目标。在本文看来,问题的实质是要探索如何激活中国古典文论,使之成为具有当代性的文艺理论,为当代的中国文论提供思想资源。古典文论的当代意义需经现代阐释才能得以彰显,这种现代阐释就是将古典隐含的思想阐发出来:一方面这种阐发不能脱离文献,任意发挥,而应符号古典文论原意;但另一方面阐释又不能拘泥于古典的文献本

---

* 刘毅青:文学博士、美学博士后,南昌大学人文学院特聘教授,博士生导师;绍兴文理人文学院研究员,硕士生导师。

身,要以当代的问题意识将其激活,使其能够回应当下的问题。可以说,这种现代阐释是古典原意与当下问题相激荡所产生出的新的意义。一直以来,学界的古典文论研究重视对文论观念范畴的文献梳理,不太重视对观念范畴的理论阐释,较少将其与当代的问题意识关联起来,也就无法将其落实在当代的文论建构中,使其成为具有理论活力的观念。对于古典文论来说,唯其能够对当下的问题提供理论的资源,才能够让其自身焕发出生命力,真正实现当代化,从而不是只能放在博物馆里当古董,仅仅供现代人瞻仰。对于诸多的古典文论范畴或者观点,要激活其内在的理论张力,就必须摆脱古典文论固有的研究路径,即不能停留在范畴史的研究。以文献为中心展开的范畴史只是研究的基础,还应从理论的角度将其理论内涵阐发出来,在追溯其内涵与发展流变的基础上,重视其理论内涵的挖掘与深化,对其具体的观点在一种现代的理论的语境里进行阐发。本文尝试以中国古典文论中的"至法无法"为例,在理论的语境中对其意义进行阐发,以激活其所具有的当代理论意义。

一

中西艺术所关注的理论问题是有差异的,比如西方长久的诗与哲学之争,在中国文论里没有被思考过。同样的,中国文论所关注的道与艺的关系在西方也付诸阙如。中国文化里诸艺皆通于道,诸艺合于道,道作为艺术的境界内在于艺中。道要通过技来实践,只是道的层次高于技而已,这并不表明技不重要。相反,没有技的突进,道根本无法实现。因此,在中国文艺里,技道双进,技艺与道同等重要。艺术作为一种身心技艺,是体证悟道的最佳途径,艺术中所体现出来的人的精神与创造指向道的境界。而"技"在中国文论中与"法"有着极为密切的关系,后世谈艺者也多将"技"与"法"连用为"技法",二者在某种程度上是等义的。从一个比较文论的视野来看,德国汉学家卜松山(Karl Heinz Pohl)发现:"法度与自然是中国文学艺术理论和创作中的一个饶有趣味的问题,至少在中国古典诗歌和绘画中,法度与自然就像一个铜钱的两面一样,互相依存,互相补充,密不可分。"①在他看来:"法度与自然又不仅仅是一个纯文艺问题,实际上贯穿于整个中国的哲学和社会思想中。关于法度和自然的讨论也并不只是文学或美学思想的争论,而是涉及某种文化模式,涉及那种被称为'文化心理结构'的更深一个层次的东西。"②中国学者蒋寅在批评诸家成说之后,指出"中国人对法的观念实际是由法入手,经过对法的超越,最终达到无法即自然的境地,概括地说就是'至法无法'"。"至法无法"是中国古代诗学在技巧问题上的终极观念,"这一植根于中国古代传统观念的命题在漫长的历史演变中贯串于中国文学各部门的技巧理论尤其是诗论中,深刻地影响着古代诗论家对文体、结构、章法、声律、修辞等一系列问题的基本看法"。③ 也就是说,中国文论中对"法"的理解最终落实在"至法无法"的理论表达中,这正是本文以"至法无法"为例,探讨如何展开古典文论的现代阐释的原因所在。

学界对此有着较多的讨论,蒋寅与卜松山是中国学界与汉学界对此研究的最为全面的,他们都梳理了从"法"到"至法无法"逐渐形成与演变的过程,揭示了"法"尤其是"至法无法"的内涵。只是在本文看来,"至法无法"作为中国文论所着重讨论的问题,还有更为深刻的理论内涵与思想渊源,与中国文论所关注的道与艺有着内在的理论关联,必须放置于其中进行研究。也就是说"法",尤其是"至法无法"应在整个中国文论体系当中去理解。"至法无法"不能仅仅被视为技巧论,而应该是一种创作论。创作论既包含着创作主体——作者,也包含着作品与读者,技巧论仅仅是作者论。创作论包含技巧论,技巧论只是创作论的一个部分。"至法无法"不仅解释了作者的创作,更包含着作品的特质,这是诸多学者在理解"至法无法"时所忽视的。

二

"法"字起源很早,《管子·心术上》:"法者,所以同出不得不然也,故杀禁诛以一之也。""不得不然"意为不得不这样,说明了"法"作为规则的强制

---

① ［德］卜松山:《中国文学艺术中的"法"与"无法"》,《东南文化》1996 年第 1 期。
② ［德］卜松山:《中国文学艺术中的"法"与"无法"》,《东南文化》1996 年第 1 期。
③ 蒋寅:《至法无法:中国诗学的技巧观》,《文艺研究》2000 年第 6 期。

性。东汉许慎的《说文解字》云:"灋,刑也,平之如水,从水;廌,所以触不直者,去之,从廌去。"根据许氏释语"法"主要意思有二:其一是公平裁决,做到平之如水,故而从水;其二"廌"(古同獬豸或解豸)是中国古代传说中的一种独角兽,生性正直,见到不公平的人,"廌"就会用角去顶,因此也就有了"去"。总之,"法"是使人遵守规则,可以将"法"理解为规则,强调它的规范统一作用。而先秦思想史里,儒法对立,法家以"法"而名家。从法家来看,"法"首先代表着人自己制定的法律和规章。卜松山认为,在中国古代思想家那里,"法"又代表宇宙的规律和秩序。不过,《道德经》中有"道法自然"的说法。之后,南北朝时佛教入华,梵文的 Dharma 被译为"法",意指佛教的教义的总合,又是现实世界的本原,与道教的"道"有相似的意义。因此,从中国思想史来看,"有两重意义上的'法':即儒家和法家的关于人类创造和传承的法则,和道教、佛教关于宇宙世界变化万端的自然的法则"。① "法"的这两重意义基本奠定了其用之于文论的内涵。

就中国文论来看,"法"的观念在文论中成熟于唐,律诗正成熟发展于此时。律诗对格律有着严格要求:平仄、对仗、音律、用典,正适用于法则之意,至此抒情观念"沉淀为对各种不同的'法'也即通过技术性把握而获得的有节制的表达的寻求"。② 可见,"法"在诗歌批评中,"通常是指声律、结构、修辞等各方面的手法与技巧的运用"。③ 这是"法"在文论中的第一个方面的含义。

唐代,"法"在诗论中运用甚广。有唐一代的诗论主要是以"法"为中心论述作诗的规则和技巧,《诗格》成为诗论的主要形式,以《诗格》命名的著作为数众多。但这种讲作诗规则与技巧的著作甚不受重视,唐代的诗格及诗法著作亡佚甚夥,"这类专讲声律规则、诗体特征和修辞技巧的诗学启蒙书更成为三家村学究的专利,论诗者无不鄙薄之。"④这说明"法"所代表的重视诗歌具体的规则与技巧的文艺观点不受重视。"法"作为一种论诗的观念复兴于宋。宋代谈"法"已经吸收了禅宗有关"法"的思想,"法"不再仅仅是

---

① 〔德〕卜松山:《中国文学艺术中的"法"与"无法"》,《东南文化》1996 年第 1 期。
② 〔美〕高友工:《中国抒情美学》,《北欧中国古典文学研究名家十年文选》,江苏人民出版社 1996 年版,第 48 页。
③ 蒋寅:《至法无法:中国诗学的技巧观》,《文艺研究》2000 年第 6 期。
④ 蒋寅:《至法无法:中国诗学的技巧观》,《文艺研究》2000 年第 6 期。

指在诗歌创作中的一些具体的修辞、格律、结构等诗歌形式方面的规则,而是进而指在艺术创作中存在的艺术技巧与普遍规律,也就指向了创作论。这构成了"法"在文论中的第二层意思。

江西诗派发明"活法"说,其含义就多以第二层为主,摆脱了将"法"视为具体的诗歌技巧的看法。江西诗派的"活法"说与其"点铁成金"、"夺胎换骨"的观点相一致。江西诗派主张学习与模仿前人,虽袭前人诗意但通过自身的点化,在继承的基础上强调创新。作为江西诗派美学思想核心的"活法"取自苏东坡的"活法"美学,苏轼《道智法说》云:"法而不智,则天下之死法也。道不患不知,患不凝;法不患不立,患不活。以信合道,则道凝;以智先法,则法活。道凝而法活,虽度世可也,况延寿乎?"①《书吴道子画后》则云:"出新意于法度之中,寄妙理于豪放之外。"②黄庭坚在此基础上提出了"心法",到吕本中则提出"活法悟入"的思想,吕本中《夏均父集序》云:"学诗当识活法,所谓活法者,规矩备具而能出于规矩之外,变化不测而亦不背于规矩也。是道也,盖有定法而无定法,无定法而有定法。知是者,则可与言活法矣。"③这里所言就是对诗歌技艺的规则的超越,必须基于对基本规则的掌握,指出"活法"与"死法","定法"与"无定法"之间存在着辩证关系。这就影响了后来文艺评论中"有法""无法"的探讨,比如元代郝经就有类似的观点:"文有大法无定法,观前人之法而自为之,而自立其法。彼为绮,我为锦,彼为榭,我为观,彼为舟,我为车,则其法不死,文自新而法无穷矣!"④明代徐增也说:"余三十年论诗,只识得一个'法'字,近来方识得一个'脱'字。诗盖有法,离他不得,却又即他不得。离则伤体,即则伤气。故作诗先从法入,后从法出,能以无法为有法,斯之为'脱'也。"⑤影响最大的是清画家石涛(1641—1717)在其《画语录·变化章第三》中提出的:"'至人无法',非无法也,无法而法,乃为至法。"

---

① 苏轼:《东坡志林》卷 3,《传世藏书·杂记》第 1 册,海南国际新闻出版中心 1995 年版,第 18—19 页。

② 苏轼:《苏东坡全集》前集卷 23《书吴道子画后》上册,中国书店 1991 年版,第 306 页。

③ 吕本中:《夏均父集序》,《中国历代文论选》第 2 册,上海古籍出版社 2001 年版,367 页。

④ 郝经:《答友人论文法书》,胡经之编:《中国古典文艺学丛编(一)》,北京大学出版社 2001 年版,第 308 页。

⑤ 徐增:《而庵诗话》,胡经之编:《中国古典文艺学丛编(一)》,北京大学出版社 2001 年版,第 334 页。

三

按照蒋寅的看法，"至法无法""可以说是艺术观念发展到成熟境地的一个标志，它意味着艺术创作中独创性概念的终极确认。"①为此，蒋寅特地引用济慈的话："诗歌天才必须在人的身上自求活计：不能靠法则和规定促其成熟，而是要凭自身的感觉和警觉。凡是创造性的东西必须自我创造。"②他旨在说明："至法无法"绝不会是中国诗学的独有观念，其他民族的艺术理论一定也有类似的理论，济慈的话实际已证实了这一点。卜松山也抱相同的观点，在他看来：

康德的"天才"与中国的"气"相似。二者都是一种气质或倾向，能将自然的生命力转化成一种精神的和艺术的东西。苏东坡将自己的创造力描述成"如万斛泉源，不择地而出"，写作时"如行云流水，初无定质"，"常行于所当行，常止于所不可不止。"这些思想与康德的天才观恰好相合。如此创造出的作品不显露任何人造的痕迹，因而不可教。就这一观点来说，康德的说法与《庄子》寓言故事中所说的轮扁的故事含义相同。③

也就是说，蒋寅与卜松山一致都认为，至法无法体现的是张扬艺术家的主体精神，将文艺创作视为作家才能的显现，文学的创造性就体现在其独创性之中。但将独创性视为艺术创造的核心内容，这个观点从根本上讲是西方浪漫主义以来的观念，具有艺术现代性之特征，其实并不能用以解释中国尤其是"至法无法"所代表的道家的创作思想。

蒋寅与卜松山两位学者都将注意力放在创作论上，觉得浪漫主义的主体性和老庄的主体论之间没有什么不同，他们都相信这二者都强调了作者在创作中的核心地位，作品是作者的独创性产物。但这种看法不能解释为

---

① 蒋寅：《至法无法：中国诗学的技巧观》，《文艺研究》2000年第6期。
② 蒋寅：《至法无法：中国诗学的技巧观》，转引自韦勒克《近代文学批评史》第2卷，上海译文出版社1989年版，第257页。
③ ［德］卜松山：《中国美学与康德》，《国外社会科学》1996年第3期。

何浪漫主义的作品是慷慨激昂的,而山水画与山水诗的审美品格却是含蓄的。就作品的美感意识来看,作品的审美映照的是创作主体的精神境界。作者对外在自然与社会所采取的立场与态度,决定了其观看与观察的视野,山水画与浪漫主义诗歌在审美上的巨大差异映照着二者创作主体在精神上的不同。道家虚静主体的审美经验与浪漫主义完全不同。与建立在西方现代性哲学基础上的浪漫主义主体不同,"至法无法"的主体是亲和自然造化,虚静其心以接受其点化的主体。"无法至法"的主体创作状态来自"虚静"的修养,是中国画美感的来源。创作主体与其作品的美感意识之间有无可分割的关联,其自然观与其直观呈现自然的审美旨趣是一致的。山水画安稳、含蓄、深厚的情感不同于浪漫主义诗歌热烈、高扬的情感,山水画超然的宇宙观、意境悠远的审美情趣,包含着对创作者胸怀虚静的要求。与不断加强的自我中心的现代主体观念不同,老庄哲学的主体的工夫体现在不断地做减法。① 这也使得石涛借山水画的自然所呈现的无以言表的情感与沉默,在画面之外依然挥之不去。石涛山水画高踞画史之巅在于其中的自然包含着令人崇敬的神性,这种神性能够涤荡观画者的心灵,其创造的主体也自然表现为对自然的尊崇,唯有将心斋之之后的无我才能感知到山水中的这种精神。山水画的主体不可能是那种充盈着自我张扬之热烈情绪的浪漫主义者,不可能是那种自我意识强烈的现代性主体,而是那种在自然的空阔与浩渺面前保持着谦卑的虚静之心,以接受自然的精神馈赠的"虚"的主体。与浪漫主义通过高度意象化的象征来表达情感与观念不同,山水画通过直观的显现来表达其精神境界。山水画之所以是一种典雅的审美趣味,在于山水大师能够虚静其心,借助朴素而节制的笔墨表达强烈的情感,其情感与精神的高超不在于情感以外激烈的形式表达,反而在于其自我的隐蔽,以凸显自然的伟岸。石涛的画笔墨简练以至于透彻,其沉静的气势、单纯的构图,在人与自然的和谐之中同时孕育着内在的张力,是山水画美感的典范。山水画在主题与形式上没有浪漫主义那样的丰富性,其克制、简省的笔墨散发着道家的美学气质。但就在这种简练的形式与主题中蕴含着丰富的内容,令人回味。浪漫主义的主体观念无助于深化对山水画的理解,就像我们无法从柯尔律治和济慈的诗歌中领略石涛与八大山人的意境一样。以诗歌来

---

① 　基于这种减法的自我,我以前曾经拈出"负的主体"的提法,那是受到冯友兰"负的形而上学"的启发。(参看刘毅青:《哲学研究》)现在看来,回到庄子的用词,用"虚"的主体更为恰当。

说，钱钟书曾指出："和西洋诗相形之下，中国旧诗大体上显得情感有节制，说话不唠叨，嗓门儿不提得那么高，力气不使得那么狠，颜色不着得那么浓。在中国诗里算'浪漫'的，比起西洋诗来，仍然是'古典'的；在中国诗里算得坦率的，比起西洋诗来，仍然是含蓄的；我们以为词华够浓艳的，看惯纷红骇绿的他们还欣赏它的素淡；我们以为'直恁响喉咙'了，听惯了大声高喊的他们只觉得不失为斯文温雅。同样，从束缚在中国旧诗传统里的人看来，西洋诗空灵的终嫌有痕迹，淡远的终嫌有火气，简净的终嫌不够惜默如金。"①这种审美意识的差异实际上说明二者在创作的观念上有着根本差异，二者具有不同的创造主体观念。对两种主体观念的辨析才真正有助于我们理解"至法无法"中所蕴含的创造主体的理论意义。

四

在古希腊，艺术被视为是制作，而不是创造。因为创造就意味着从无到有，在古希腊乃至基督教的观念中，这种无中生有的能力只有神才具备。艺术一直被视为是一种模仿行为，艺术是工匠的制作，工匠的工作就是通过模仿去制作一个作品。西方的创作论到浪漫主义之后发生了一个转折，康德为浪漫主义的创造观奠定了哲学基础。康德《判断力批判》奠定了现代艺术的主体性哲学基础，将主体视为创造性的根源。康德的天才论将创造和天才的观念结合在一起，天才与想象力发生了关联。康德说："美的艺术必然要作为天才的艺术来考察。"康德强调这种天才的创造是通过天才艺术家的各种心理机能的协调而实现的。在康德哪里，想象力和理解力构成了天才的心灵的能力，想象力与理解力的自由活动是艺术家创造的灵魂，作品是天才的精神产物，天才给美的艺术作品灌注生气，赋予作品以灵魂。这种看法意味着艺术家如同上帝一样，创造就是从无到有。正如艾布拉姆斯所说的，"它是一种动因，是诗人的情感和愿望寻求表现的冲动，或者说是像造物主那样具有内在动力的'创造性'想象的驱使"。②《圣经》里上帝造人，人本来

---

① 钱钟书：《中国诗与中国画》，《七缀集》，上海古籍出版社1994年版，第16页。
② ［美］M.H.艾布拉姆斯：《镜与灯：浪漫主义文论及批评传统》，北京大学出版社2004年版，第20页。

自泥土,上帝吹气使其有了灵魂,也就是说人的灵魂来自上帝的赋予。

　　济慈是西方浪漫主义的重要诗人,他对于文艺的创造性的观点代表的是浪漫主义以来西方文论的观点。浪漫主义创造观念的思想基础是西方现代的主体性哲学。它为浪漫主义确定了现代以来的艺术自律的观念。创造性与艺术自律是一体两面,艺术要为自己划定界限,证明自己的价值,就必须要说明艺术是具有独创性的精神活动。也就是说,对艺术独创性的强调就是为了论证艺术具有自主性,艺术的目的就在于艺术本身。从而创造性在艺术中也变得格外的重要。既然艺术的目的在于自身,艺术并不包含其他的目的,那么艺术活动只有成为创造性的活动才能达成其自身的目的。但"至法无法",是不能如此来理解的。道家美学并不是建立在以艺术自主为目的的现代性哲学上,"至法无法"说里的主体自觉意识完全不同于西方浪漫主义的主体自觉意识。浪漫主义的主体是实体性的,是建立在主客二分基础上的主体性。浪漫主义认为艺术本质上是主体内心世界的外化,外部的东西必须先经过主体的情感和精神塑造才能变为作品。如果用艾布拉姆斯的比喻,艺术家就是一个"发光体"。而中国的主体却是基于主客合一的思想,其主体是"虚静"以待万物的。如果用艾布拉姆斯的比喻,它更接近于镜子。将二者等同起来显然是一种错位,这种理解遮蔽了"至法无法"的真正内涵。

　　中国传统的"艺"是大概念,尤其老庄的艺是道术技艺的总称。在西方浪漫主义进入中国以前,中国并无艺术自律的观念,艺术自律与中国的现代性是同步发展的。中国艺术创作强调"外师造化,中得心源"。中国艺术将主体心灵视为创造的源泉,但是中国的创造主体是有一个经由工夫修养获得虚静的精神的过程。相比西方浪漫主义以自我情感为中心的主体,虚静主体成就的是负的主体,其特质就在于要化解个体情感与欲望,以容纳自然万有。与浪漫主义的表现论相比,虚的主体仿佛是模仿论,但是虚的主体没有预设现象背后有一个本体,而是将映照万物作为宇宙本身存在的证明,这样创造出的作品宛如自己从自然中生长出来的一样,不过是假以人手而已。对于创造来说,虚的主体承接了"无"的内涵,也就是要从有法转化为"无法"。"虚"的主体将自我的主观意识与成见悬置起来,让心灵像镜子一样,映照自然万物,而艺术的最高境界就是要将自然万物呈现出来,以达到以天合天,即作品一经创作出来,仿佛就是早已存在着,只是被艺术家所重新发现了似的。审美的创造唯有放弃通过悟性概念固定化的思维意识,才可能使创作过程呈现出主观能动性,这就是我们常说的"天赋"。石涛所谓:"无法而画,乃为至法",其追求的就是将技巧融化在自然本身。"落墨不多而心魄抒意,其笔墨潜伏于山脉,行走于松间。'笔墨不孤行',这正是观石涛的绘画给人的感觉。"①

　　虚的主体是无我的主体,也表现为彻底的个性自由。《庄子·外篇》中有宋元君画史的故事,就是阐明此理。彻底地放开束缚,就是让负的主体不受欲望干扰,对道家来说这是创造力的根源,唯有在此状态中人才能够获得自身的先天能力,受到自然本身的启发。作为再现自然的山水画,其创造源泉在于自然。对创作主体来说,接受大自然的熏陶就要将自身后天积累的习气消除,通过虚静(这并不是一种宗教体验,而是通过接受自然的启发,进入自然的内部)真正发现自然。"虚"的主体以忘我的修养方式进入自然,人的先天创造力来自于本能的激发,本能只有在无我的虚静之中才能得到最大的发挥,空静的状态消解了后天的意识与欲望。主体的虚静之心其目的是为了从模仿中走出来,更为直接地面对自然,徐复观曾经将此比拟为现象学的悬隔。老庄哲学对中国美学的影响就体现在其虚静的主体观念中。

　　正是从修养与虚的主体所生成的创造力的角度,我们可以发现蒋寅将"庖丁解牛"中庖丁所说"臣之所好者道也,进乎技矣"理解为"就诗学而言,有法即是技,神而明之的'无法'才是道"是对庄子的误读。他正确地指出了,中国古代诗论家对技法的根本态度是反对执着于固定的法,而追求对法的超越,最终达到"无法"的境地。此所谓"无法",并不是随心所欲,混乱无章,而是与自然之道合,达到通神的境界。② 这种观点当然不错,但是庖丁解牛所包含的内涵并不仅仅限于此。其实,卜松山就指出,"无法"之"法"讲究的是灵活地掌握和运用"法"。一方面艺术创作的过程不是由所学的方法,而是由艺术家自身的灵感主导的;另一方面充分依赖自己的直感所创作的艺术品,又要符合创作对象的自然法则和规律。艺术创作就像庖丁解牛一样,在"技道两进"。③ 在他看来,"无法"之"法"来自"通过模仿古人和师

　　① 乔念祖、改志华、邵菁菁:《〈石涛画语录〉与现代绘画艺术研究》,人民美术出版社 2007 年版,第129 页。
　　② 蒋寅:《至法无法:中国诗学的技巧观》,《文艺研究》2000 年第 6 期。
　　③ [德]卜松山:《中国文学艺术中的"法"与"无法"》,《东南文化》1996 年 1 期。

从成法达到了对诗歌艺术的某种直观的把握,这是一种能力,一种功夫。练功的过程,就要求适应于传统。练功使技艺提高,也使自己归属于传统。"①如果说蒋寅未能进而探讨诗人如何能够与自然之道合,那么卜松山所忽视的则是他自己提到的"功夫"在中国文论中真正的内涵。

对法的强调源自文艺创作开始意识到艺术创作来自艺术家的主体心性,曹丕《典论·论文》里开始将其归结为作者本有的气,而这种文之根源的气源自天生,而非后天习得。刘勰在《文心雕龙》的养气篇中则不同于曹丕,认为这种作为艺术创造性根源的气能够在后天的环境中被护养,而护养的重点并不在习练技艺上,更多地在于主体的精神。从江西诗派的活法与死法到石涛的"至法无法"观念,都吸收了禅宗关于法与修行关系的观念。在禅宗的思想体系中,"法"是指佛法的修行有一定的规矩与方法,禅宗论"悟",主要是认为修习佛法的次第并不是严格不可逾越的,而是可以一超直入,但无论如何并不能脱离具体的修持方法。"法"在宋代兴起,工夫论在宋代开始完善,这两者之间有着内在的关联——都是重视主体的修养,将主体的心性修养视为文艺或道德成就的根源。卜松山也承认,"复古派强调的对'法'的领悟,不仅是一种文学训练,同时也是理学家所主张的一种思想修养。师法先哲的诗作,意味着吸取其思想精神并与之保持一致,因为文学的典范同样也是道德上的典范。"②也就是说,江西诗派谈法与禅宗的修行有关,但追究其观念的核心内容,"至法无法"的思想根源其实是在老庄的有无哲学。虽然"至法无法"作为一种创作论到石涛最终确定下来,并影响了其后有关文艺创作的观念,比如郑板桥也力倡"无法之法",但其思想的根源在老庄哲学,尤其是老庄关于主体虚静的观念。《庄子》里最显著阐明主体虚静修养获得创造力的是《达生》篇中的一个故事:

> 梓庆削木为鐻,鐻成,见者惊犹鬼神。鲁侯见而问焉,曰:"子何术以为焉?"
> 对曰:"臣,工人,何术之有? 虽然,有一焉。臣将为鐻,未尝敢以耗气也,必齐以静心。齐三日,而不敢怀庆赏爵禄;齐五日,不敢怀非誉巧拙;齐七日,辄然忘吾有四肢形体也。当是时也,无公朝,其巧专而外滑消。然后

---

① ［德］卜松山:《中国文学艺术中的"法"与"无法"》,《东南文化》1996 年 1 期。
② ［德］卜松山:《中国文学艺术中的"法"与"无法"》,《东南文化》1996 年 1 期。

入山林,观天性。形躯至矣,然后成见镽,然后加手焉。不然则已。则以天合天。器之所以疑神者,其是与!"

这里说的就是艺术创造的技艺来自"以天合天"的精神境界,而要达到"以天和天"的境界,就要静心斋戒,也就是通过虚静工夫来澄净精神。因此,唯有修养深厚的艺术家才能达到"至法无法"的境界,"至法无法"并不是意味着一个毫无功力的艺术家就能够凭借灵感创造出前无古人的作品,"至法无法"不是灵感与天才的产物,而是修养功夫的产物。

以天合天就是只有以虚无之心才能接纳自然,呈现自然,就艺术创造而言,"法"的获得来自技艺训练、技艺习惯养成为本能。但一味地在技巧上求工,只能在技巧上有突破,并不能达到"无法"之"法"的境界。此一境界来自修养,而不仅仅是技巧的娴熟。技巧的飞跃来自主体精神修养的境界提升,修养是最终突破技巧的关键,"无法"之"法"包含了技进于道的关系。中国古代诸艺皆通于道,艺之极致即道的境地。

五

中国艺术精神的审美意识里,理性与情感是相统一的;作为艺术创造本质特征的主体情感与其理性思维并不处于两极对立,中国艺术精神强调艺术的审美本质是情与理、自然与道德的和谐统一,是由艺术家的人格精神统摄的。中国山水画中的艺术真实就不是认识论的真实、对象主体心理的真实,而是主体情感真实与自然形象的融合。中国画的审美需要审美者从再现自然的角度来看待艺术真实,要注意真实性与主观精神、抽象与具象之间的融合关系。中国艺术精神的审美功能不限于对生存困境的超越,更在于在审美的过程中主客体的互相融合所导致的对主观世界和客观世界的双重升华。

西方现代艺术传统倾向于从事物的现象中不断寻找、发现自然的本质,以及现象背后被自然和社会化的人的本质。本质与现象处于对立的两极,本质比现象优先,本质在现象之外,本体对现象的超越是外在的超越。而中国艺术所追求的道虽然是制约着万事万物行为的法则,它超越人的具体生存，是抽象的，具有形而上的意味，但它并不与万事万物的现象本身相对立，它是一种内在的超越。

西方艺术受宗教影响之远之巨，可说于今仍不绝于屡。西方最伟大的艺术作品在形而上的精神层面上亦离不开上帝，都是以上帝作为思索的对象。宗教联系的是天国与世俗，西方艺术的最高境界乃是对超绝上帝的向往，对人生终极的爱与死的思索也脱不了上帝的影子。

而中国艺术里面不存在宗教化的"上帝"实体，只有一个"道"的虚体——虽具有形上性，但不脱离现实的器具层面。故此，老庄哲学中没有天才的观念，将创作归于天生的，天性的，不同于天才。浪漫主义的主体按照艾布拉姆斯的看法是一个发光的主体，能够自身发出创造性的光芒。如果沿用艾布拉姆斯的比喻，老庄的主体更接近于镜子——庄子中的镜子的比喻，不拒不迎。

法与自然之间的辩证，是说要通过无法的精神修养，使得自身的创造性恢复到自然而然的境界。最高境界的创造是从心底流露出来的自然而然的东西，不是来自有意识的努力。但是无意识的创造性需要有长期的技艺训练，让技艺成为本能，然后忘记技艺的具体规则。当技艺成为艺术家的创作本能之后，艺术成就的高低就在于艺术家的精神境界，作品的境界就映照着艺术家的精神境界，从而修养就成为比技艺更高层次的创造性资源。

对于技艺来说，没有法则就无法传承。虽然技艺在传承中总是缺失的，但法具有一定的规范性的内容，作为基础，是可以延续下去的。因此，中国古代并不否认技艺。法本身从无中所产生，最终要回归无法。任何学习，法度是基础，真情激发而忘法创造，即有法而无法。法本身就包含形而上与形而下，"无法之法"突出了从形而下到形而上的过程，而这种由技进道的过程，是经由修养工夫获得的。

技艺的不可传授性实际也为下一代的创造留下了新的可能性，技艺不可避免地在一代一代的传承中遗失，又一代一代地重建。自然是艺术的根源，要将艺术视为自然的流露，不是人工制造出来的。这就是为什么"无法之法"是重要的，因为任何的法都会对自然造成约束。法自然就是回到自然，自然就是原初的意思。道法自然，从老子的思想来看，法有回到的含义。回到原初就是说，创作的最原始冲动是作者内心对自然物的喜爱，希望能够将自然给予自身的感动表现出来。

　　中国美学虽然推崇"无法之法"的独创性,艺术史上那些经典大多来自即兴之感发而为,王羲之的《兰亭序》就是如此;但另一方面中国书画强调临摹古人书画,都将自身的艺术根源追溯到前代的大师。当代法国汉学家幽兰教授长期进行中国传统艺术理论和美学研究,并身体力行地从事中国传统书画的创作实践,她致力于还原中国传统艺术与美学的本来意蕴。她认为,中国艺术与西方艺术不同的是中国艺术等于自我发展和人格完善的方法。[①] 中国古典美学崇尚临摹,却最忌模仿。中国美学的典范是以神为最高境界,相比较来说不重形。中国古典美学从西方美学体系来看其特点在于艺术是艺术家自身的性情表现,故而反对模仿。当代中国以跟风仿制、"山寨"闻名,其实并不说明中国传统技艺不重视个性的创造。中国传统的技艺特别强调体悟自省,"师父领进门修行在个人",一个师傅教出来的徒弟,各个技艺都不一样。比如说,太极拳源出于一门,但发展到当代,太极拳的流派众多,陈氏、杨氏、孙氏、武氏等等,如果算上更多的小流派,太极拳如今不下几十种。从这些流派的外形、架子、体势,大致看得出来是属于太极拳类型的拳路,但在具体的内功心法与动作细节上却千差万别。这其中的原因就是,虽然是一个师傅教的同样的拳架,但习练者练到一定程度,都会融入自身的理解和体悟,形成自己的风格。这种风格从根本来说受制于习练者自身的天赋条件。书法艺术就典型地体现出这种特点,一个老师教出的学生,每个学生写的字都不一样。正如《文心雕龙·体性》所说:"各师成心,其异如面"。人文一致是中国文论的一贯看法。表面来看,似乎是将人品与艺术创造的成就进行了简单的对应,"人品不高,落墨无法"成为传统谈文论艺的重要尺度。它究竟有无道理呢?钱钟书先生曾经对此观点进行了批评,指出了文学史与艺术史中,人品与艺术成就不一致的现象。尤其在当代的美学语境中,学界普遍秉持艺术自律的观念,将艺术与道德联系在一起似乎有违艺术自律的观念。针对此,笔者曾经指出,《文心雕龙·体性》篇所说的"文如其人"必须要从修养美学的角度进行理解。在传统诗学中,文如其人是与虚静等工夫修养联系在一起的,"文如其人"其实包含着对作者主体修养的要求。[②]

　　说到底中国文人画与诗歌所关注的"无法之法",对法的关注点不在创

---

① 参看[法]幽兰:《中西美学理论与实践反思》,《哲学与文化》2008 年第 7 期。

② 刘毅青:《中国诗学解释中的人格解释学》,《古代文学理论研究》2003 年第 28 辑。

造出一个具有创新性的作品,其重点是在于他将艺术作为自身个性的传达方式,要在众多的同类题材里,体现出个人性,也不在乎是否是一副美的,或者好的作品。究其竟,绘画或者诗歌是其个性完成的标准,也就是其人格的显现,其精神的传递。绘画或是诗文与修养的关系就此体现出来了,既然文艺是个性的体现,那么其修养的高低就直接通过文艺体现出来。故此习艺者重视个体的修养,一方面文艺是修养的体现,另一方面文艺本身也是修养的方式。

当代学界按照西方的艺术理论阐发中国的文论时,常常暗含了西方的纯粹艺术观念。其实,为艺术而艺术的这种艺术自律是值得怀疑的。就中国传统来说,缺少纯粹的艺术观念,为艺术而艺术的艺术自律思想在中国传统中并不占主要的地位。究其竟,视艺术为创造与视艺术为自我的修养代表了中西方两种不同的美学观。以艺术为创造就要艺术脱离生活,视艺术高于生活;而艺术作为修养则将艺术作为自己的生活方式,将艺术视为源自作者修养的结果。"正是从这种人格映射的艺术观出发,中国绘画形成了相应的批评标准。所谓神韵、气质、情趣,所谓格调,所谓境界,看起来是在评价作品,实质上是在评价人格,说到底,艺术作品境界的高低,就是作者精神、人格境界的高低。"[1]此人格并非仅仅为人伦道德,而是一种天地之境界。故此,在独创性与模仿学习前人之间,二者是统一的。这不同于西方艺术在二者之间存在着深深的焦虑与断裂,尤其在现代艺术那里,对创造个性的推崇将会成为艺术本身存在的根由。

从根本上,现代艺术在主体论上与现代性是一致的,都是被欲望或理性控制的单一的自我主体,"现代艺术与形而上学一样崇拜人的主体性,忽视艺术的感性形式,将客观世界对象化,人与世界处于割裂与对立之中,造成现代艺术形式感的破碎"。[2]故此,西方现代美学无法对现代艺术提出有效的批判,对创造极度张扬的现代艺术也从而具有极大的破坏性。[3]依德国

---

[1]　潘公凯:《自我表现与人格映射》,http://art.people.com.cn/n/2013/0123/c354387-20303969.html。

[2]　刘毅青:《光:从哲学史到艺术史——现代艺术的形而上学本性》,《南昌大学学报》(社科版)2005年第2期。

[3]　参看刘毅青:《光:从哲学史到艺术史——现代艺术的形而上学本性》,《南昌大学学报》(社科版)2005年第2期;此外张世英:《西方现代画派的哲学:人的主体性与自我表现》《学术月刊》2009年第2期)、杨大春:《何种看,看什么:现象学与"光的暴力"》(《哲学研究》2010年第8期),也部分涉及这一观点。

汉学家雷德候的看法："西方人好奇的传统根深蒂固,热衷于指明突变与变化发生的所在。他们的意图似乎在于学会缩短创造的过程并使之更加便捷。在艺术中,这种勃勃雄心可能造成一种结果,那便是习惯性地要求每一位艺术家及每一件作品都能标新立异。创造力被狭隘地定向于革新。而另一方面,中国的艺术家们从未失去这样的眼光:大批量的制成作品也可以证实创造力。他们相信,正如在自然界一样,万物蕴藏玄机,变化将自其涌出。"①卜松山也认识到西方这种对独创性的强调才导致了今日的状态——任何事物,只要新奇,就可被视为艺术,可以被当作艺术品兜售。②

"至法无法"说明了中国文论里创造的意义在于彰显创作者的生存深度,而不在于所谓的个体的独异性,故而创造并不以形式的新异为目的。创作者所彰显的个性经由工夫修养带有深刻的生存论内涵,体现了生命的积累,故此临摹的意义也就在于将传统的生命转化为自身的生命,体现生命的延续性。

中国艺术与西方艺术的不同之处在于中国艺术着眼于自我发展和人格的完善方法,中国人更多的将艺术看作一种修养和生活方式。故此,以西方现代自律的纯艺术观念来研究中国艺术无疑会削足适履。美国汉学家格雷厄姆·帕克斯也看到了这一点:"实际上西方将审美作为经验的一个特别种类而独立出来的倾向在中国人的世界中是不存在的,在中国,审美和伦理都是与为追求精神和身体上的康乐而进行的修养联系在一起的。中国人一般不喜欢分类:这可以从其诗歌、书法、绘画、音乐和园林建造等艺术之间的紧密联系和互相贯通之中得到明证。"③故此,法度在中国艺术理论里虽然是关于技艺能力的,但是这些技艺的艺术创造论与伦理观念相一致,这是中国

---

① [德]雷德候(Lothar Ledderose):《万物:中国艺术中的模件化和规模化生产》,张总等译,生活·读书·新知三联书店出版社 2005 年版,第 11 页。

② [德]卜松山:《中国美学与康德》,《国外社会科学》1996 年第 3 期。

③ [美]格雷厄姆·帕克斯:《思想着的岩石,活着的石头:对中国人爱石的反思》,《第欧根尼》2006 年第 2 期。

艺术理论的特殊之处。将技艺与作者的品格相关联并不仅仅出于一种教化的道德立场,而是说对于创造而言,道德境界实实在在地对艺术的创造产生了影响,艺术家的精神境界确实地影响了作品的境界。

西方的创造观与中国的修养艺术观的差异就在于,自我的修养需要超越自我,而创造则是个体的自我意识的无限膨胀。正如金观涛指出的,正如文化中的现代性是用个人自主性解构统一意识形态一样,把现代艺术的本质定义为否定共有现实而崇尚个人的特殊感受已被人们普遍接受。这恰恰是西方现代艺术最根本的困境:"我们无需多说现代艺术发展中这些表现不断纯粹化的过程,它既是一种艺术的解放,也是一种表现的狂欢节,人们从来没有见过如此丰富缤纷的形象。但是,它带来的后果也是众所周知的,这就是艺术作品公共性的丧失。现代化的一个本质特征是事实和价值的分离,事实是客观的、公共的,而价值只是对事实的评价,它是主观的、个人的。这种分离使得个人在价值选择上获得无限自由,但同时必定意味着个人审美和价值判断丧失公共性,成为纯私人的事情。自古以来,艺术家之所以可以以艺术作为自己的生命,这是因为艺术具有超越个人的普遍意义。现在画家画画已沦为类似表达个人隐私的活动,这无异于宣布艺术作为一种终极关怀的死亡。"①从而,中国传统的艺术创作能够获得养生的效果,而西方现代艺术创作则是消耗生命的。②

艺术创作最重要的是创造性,但是创造性常常不以主观愿望为转移。创造灵感作为一种潜在的活动,是以表层意识,主动意识的弱化为条件的。当不在后天努力的时候,它自然而然地到来。道家的无为就指出,在创造过程中,主观上强烈的创造愿望并不能实现创造性。创造性有待于虚静的精神境界,以虚无的心态等待创造灵感的来临。当然,西方艺术则通过对自身的感官刺激来激发灵感,进而通过酗酒与吸毒等极端的方式让自己进入精神的高度兴奋来获取灵感。但这种对灵感的刺激最终伤害了艺术家的身心,故而西方现代艺术常常以艺术家的身心受损为代价。在中国美学里,自

---

① 金观涛、司徒立:《作为学术研究的绘画》,《当代艺术危机与具象表现绘画》,香港中文大学出版社 1999 年版,第 57 页。

② 西方许多作家为了寻找灵感就要借助药物的刺激,达到致幻的效果,比如柯尔律治就吸食大麻,以刺激灵感。而当代硅谷的科技精英们为了获得超强的创造力也在大量服用各种刺激大脑的药物,而吊诡的是,冥想这种精神修炼也是他们获取创造力的方式。

然作为最高的审美境界,其创造来自一种虚无的精神状态,以无为的境界与自然相遇。

创造与修养的艺术观的差异就在于,自我的修养需要超越自我,而创造则是个体的自我意识的无限膨胀,这恰恰是现代性最根本的困境。正如哲学家、汉学家安乐哲在对现代性的分析中指出的:"技术发展的一个主要结果是公众范围萎缩、个人范围膨胀。个人的满足不断代替公共责任,成了过好生活的突出特征。由此造成的主要后果是带有缺陷的唯我论(solipsism),在这一唯我论中,不受身体和道德约束的笛卡尔式的自我意识遨游于虚拟的时空之中。"[①]自我意识伴随着现代性的扩展而发展,而自我意识与科技的发展,技术的进步之间有着内在的联系。正如安乐哲所说:"即使既是生产的工具,也是表现自我的工具,它对所处的环境因素日益具有控制力。如此受到控制的环境越来越滑向个人的种种满足。"[②]也就是说,技术的扩张与极大限度的使用是与个体自我意识的膨胀相一致的。因此,从自我的角度来看,技艺与技术的区别就在于,技艺的提高依赖自身技能的提高,而技术的提高依赖工具性能的提高。对于技艺来说,人所使用的工具本身是固定的,而技术的提高由于过度地依赖外在的工具性能。在技术中工具成为对象,人与对象是分离的,而在技艺中人自身既是施动者又是对象,人与对象是统一的。一种技艺的实现更多的是依赖于人如何能与工具达到统一。因此,从自我的发展来说,技术加速了人与世界的分裂,而技艺则以身心的统合为目的。庄子那里,自由的实现就在于在具体的技艺中获得身心的统一,使得自己变得更纯粹。正因为这种自由是在对自我的生理欲望和知性欲望的超越中实现;在这种身心合一的境界中,技艺能够给人以心灵的满足,这种自由足以抵抗技艺本身的单一。从艺术的创造层面来说,这种技艺形成一种个人所独有的风格,这种风格与作者本人是一体的,是无可复制的。而从审美的超越目的来说,技艺中体现了审美,技艺的施展过程中实现了更高层次的自由,而技术并不能朝向更高层次的审美超越。胡军所说不无道理,西方的认识论研究带来了身心割裂的负面后果,破坏了个体生存角度所蕴含的身心统一的和谐状态;而对比西方传统中身心二元

---

① 〔美〕郝大维、安乐哲:《先贤的民主——杜威、孔子与中国民主之希望》,何刚强译,江苏人民出版社2004年版,第18页。

② 〔美〕郝大维、安乐哲:《先贤的民主——杜威、孔子与中国民主之希望》,何刚强译,江苏人民出版社2004年版,第18页。

的哲学传统,中国传统中的身心一如明确了人之所以成为生动、完整的人恰在于身心一如基础上心之于身的主宰,正是中国的这种身心一如揭示出人的精神超越之可能的条件,为在现代社会仍能延续中国几千年来那份对家国天下的担当意识和济世情怀找到内在的根据和动力。① 故此,从修养美学的观点出发,我们可以对西方的现代艺术观念提出一种深刻的反省。

中国美学对工夫的重视,说明中国美学的目的并不在于作品本身的创新性,而是为了从作品中体会到作者的精神修养的深度。对于中国古典文艺来说,其艺术的创造性最终并不表现在作品本身的独特性上,而在于体现了艺术家在创造过程中所付出的深厚的工夫。人工智能技术的日益发展,电脑具有了高超的自动生成功能,这种自动生成使得任何以作品的新异性作为创造性的艺术变得相形见绌。这说明艺术的本质不在于其创新性,电脑所创作出来的音乐、画面乃至文本,具有巨大的新意,但这些产品即使再悦耳,再奇特,也不是艺术。从根本上来说,中国古典艺术强调了艺术是一种生活的修养实践方式,其实践性突出的是人的自身的精神品格,而不是成为雅玩的消费品。只有当作品中看到人的精神创造时,它才是艺术的,艺术与人的修养实践是联系在一起的,艺术不只是产生于以作者命名的文化产品。对文人来说,艺术之所以重要,就在于它体现了人的品格与努力,缺乏人的品格就无所谓艺术。艺术与人的修养之所以是不可分离的,就在于离开了人的修养,艺术就丧失了其最终的目的。艺术从来不具有自身的目的。离开了人的品格修养,美只能是一个空洞的所指。而艺术之所以不能被规则化为“法”,就在于艺术品不是规则设定的机械产品,它必须体现人的修养。

艺术作品从根本上只能从存在论意义上来理解,因为艺术作品之所以有意义,人类之所以需要艺术,并不仅仅在于艺术提供了娱乐,创造出了令人震惊的形式,而在于其中所包含着的人类的形而上的追求。文艺之所以要付诸修养就在于,文艺是人的精神存在的方式,是人类通向道的境界的途径。文艺的意义不仅仅在于作品本身所具有的审美效果。“至法无法”的理论意义就在于此。

本文为笔者主持的国家社科基金项目(18BZW024)的阶段成果。

---

① 胡军:《从身心关系理论审视精神超越之可能》,《社会科学》2009 年第 3 期。

文学研究中的"关键词批评"现象及反思

黄　擎*

近年来,我国文学研究领域出现了引人注目的关键词写作现象,已有数十种相关著作、丛书,《外国文学》《南方文坛》《人大复印资料·文艺理论》等学术刊物还设立了关键词专栏,相关论文更是数以百计,中外有关机构合作的"中西文化关键词"计划也进入了具体实施阶段。"关键词批评"孕育于文化研究的母体之中,源自英国伯明翰学派与"新左派"领军人物雷蒙·威廉斯的创造性想法。在"关键词批评"中,雷蒙·威廉斯突破了传统的研究范式和学科疆域,另辟蹊径,从社会大视角和多语境角度诠释文化及其时代新质。20世纪90年代以来,"关键词批评"以其极富创新性的研究理念在我国产生了显著的学术影响力,成为一种重要的理论资源和研究路径。"关键词批评"的影响力波及众多学科领域,对中国学术界、思想界、文化界的整体影响日益凸显。"关键词批评"在推动我国文学研究深入发展的同时,还在鲜活的批评实践中表现出了一些新的趋向,给文学研究以较大的启示,但也出现了一些需要我们注意规避的理论"陷阱"和实践误区。

一、"关键词批评"的萌生与发展

雷蒙·威廉斯的《关键词:文化与社会的词汇》(1976)一书,开创了以关键词解析为社会和文化研究有效路径的独特方法,是"关键词批评"兴起的标志。不过,"关键词批评"的萌生却早在雷蒙·威廉斯1958年推出的《文化与社会:1780—1950》一书之中。雷蒙·威廉斯在此书中曾联系社会历史

---

*　黄擎:浙江大学中文系教授。

变迁考察"工业"(industry)、"民主"(democracy)、"阶级"(class)、"艺术"(art)、"文化"(culture)这五个在现代社会意义结构中极为重要的词语的语义嬗变和用法变化,开始了其"关键词批评"的早期实践。当年,雷蒙·威廉斯本想让《关键词:文化与社会的词汇》作为《文化与社会:1780—1950》的附录出版,后因故未能如愿。经增补后这部分内容于 1976 年独立成书,1983再版时又增加了 21 个词条,总词条量臻达 131 个。在"关键词批评"中,雷蒙·威廉斯以核心术语为考察重心,从历时和共时层面进行梳理,揭示出词语背后的政治思想倾向与人文踪迹,具有独到的研究视角和开阔的理论视野。

雷蒙·威廉斯的《关键词:文化与社会的词汇》问世后"备受关注,广为征引"[①],"关键词批评"也在经历了 20 世纪 50—80 年代的萌生阶段后,于20 世纪 90 年代进入较为广泛的运用阶段,至今方兴未艾。西方学界对人文社会科学不同领域中的关键词进行了较为深入的研究,尤以文化研究和文学研究领域为甚。如《文学理论关键词》(Julian Wolfreys, *Key Concepts in Literary Theory*, 2002)、《文学与文化理论批评关键词》(Julian Wolfreys, *Critical Keywords in Literary and Cultural Theory*, 2004)、《新关键词:文化与社会的词汇》(Tony Bennett, Lawrence Grossberg, Meaghan Morris (eds.), *New Keywords:A Revised Vocabulary of Culture and Society*, 2005)、《当代文学关键词》(Steve Padley, *Key Concepts in Contemporary Literature*,2006)等。尤为值得一提的是,出现了罗杰·韦博斯特的《研究性的文学理论导论》(*Studying Literary Theory:An Introduction*, 1990)、安德鲁·本内特与尼古拉·罗伊尔的《关键词:文学、批评与理论导论》(*An Introduction to Literature, Criticism and Theory*, 1995)、乔纳森·卡勒的《文学理论:简短的导论》(*Literary Theory:A Very Short Introduction*,1997)等新型文学理论著述。与我们熟知的以雷纳·韦勒克、奥斯汀·沃伦合著的《文学理论》为代表的流派理论史书写模式不同,这些论著采用的是以文学理论的核心范畴、问题或关键词为主的写作模式,这显然在很大程度上受到了"关键词批评"的影响。

此外,一些著名的学术出版公司还推出了"关键词批评"系列丛书,如包

---

① 付德根:《词义的历史变异及深层原因——读雷蒙·威廉斯的〈关键词〉》,《文汇读书周报》2005年 5 月 6 日第 9 版。

括《文化理论关键词》(*Key Concepts in Cultural Theory*,1999)、《传播与文化研究关键词》(*Key Concepts in Communication and Cultural Studies*,1999)、《后殖民研究关键词》(*Post-Colonial Studies：The Key Concepts*,2000)等三十余种在内的"劳特里奇关键词系列"(Routledge Key Guides)。不仅如此,劳特里奇出版公司还以"一词一书""一人一书"的方式推出了一批专著类的关键词研究和批评家研究丛书,如包括《自传》(*Autobiography*)、《殖民与后殖民主义》(*Colonialism/ Postcolonialism*)、《文化/元文化》(*Culture/ Metaculture*)、《话语》(*Discourse*)、《哥特式文本》(*Gothic*)等三十余种在内的"批评新成语"(the New Critical Idiom)系列丛书,以及包括《萨义德》(*Edward Said*)、《法农》(*Frantz Fanon*)、《保罗·德曼》(*Paul de Man*)等当代文学和文化批评家在内的"批评思想家"系列丛书。① 这批著作的问世,无疑增强了"关键词批评"在西方文学研究领域的影响力度。

随着文化研究渐成显学,"关键词批评"近年登陆我国后也被广泛接受和大量运用,产生了较大影响,成为文学研究的重要羽翼与理论参照。我国新的时代语境既有引入"关键词批评"的内在需求,也为其勃兴提供了适宜的文化土壤。世纪之交,我国社会步入全面发展、急剧转型的快车道,互联网时代的到来更使我国的社会、文化映现出多元共生、繁杂斑驳的镜像。在资讯爆炸、术语迭出的文化语境中,透过错综复杂的表象深入有效地把握问题要义和学科发展重心,成为我国学术界的集体诉求,"关键词批评"恰恰在这方面给我们以极大的理论启迪。国内已有多种与"关键词批评"有关的出版物和文章,其中有关文化研究、文学研究的成果最为丰赡。如陈思和的《中国当代文学关键词十讲》(2002)、洪子诚和孟繁华主编的《当代文学关键词》(2002)、陈耳东等编著的《佛教文化的关键词:汉传佛教常用词语解析》(2005)、廖炳惠编著的《关键词200:文学与批评研究的通用词汇编》(2006)、赵一凡等主编的《西方文论关键词》(2006)、管怀国的《迟子建艺术世界中的关键词》(2006)、王晓路等的《文化批评关键词研究》(2007)、柯思仁等的《文学批评关键词:概念、理论与中文文本解读》(2008)、施旭升主编的《中外艺术关键词》(2009)等。此外,还出现了陶东风主编的"文化研究关

① 参见王晓路等:《文化批评关键词研究·序论:词语背后的思想轨迹》,北京大学出版社2007年版,第8—9页。

键词丛书"(含《现代性》《文化与文明》《意识形态》《文化研究》《互文性》5本,2006)、周宪等主编的"人文社会科学关键词丛书"等(含《文学关键词》《语言学关键词》《美学关键词》《文化研究关键词》等 17 本,2007)。

与此同时,《外国文学》《人大复印资料·文艺理论》《南方文坛》《电影艺术》《信阳师范学院学报》等刊物还专辟了"文论讲座:概念与术语""关键词解析""当代文学关键词""电影学关键词""中国现代文学关键词"等"关键词批评"专栏。此外,《读书》2006 年第 1—4 期也刊登了汪民安等撰写的一批有关文化研究关键词的词条,《民族文学研究》2004 年第 3 期则在"民族文学关键词"专栏介绍了"(口传)史诗""史诗创编""史诗集群"等词条。在中外有关人士和机构的共同努力下,"中西文化关键词"计划也进入了具体实施阶段。该计划最初由哈佛大学出版社人文部主任 Lindsay Waters 博士、中山大学王宾教授等于 1996 年酝酿,在中国文化书院跨文化研究院和欧洲人类进步基金会的支持下,1997 年 7 月在巴黎召开了第一次工作会议,该研究计划正式立项。"中西文化关键词"计划首先提出了五个关键词——"真""善""美""自然""经验",每一个关键词将由中西方各一位学者用自己的母语撰写独立成章的论文,每一篇论文都要译成另外两种语言,五个词构成《关键词》的第一分册,并以中、法、英三种文字出版①。在文学研究领域频现关键词的同时,文学创作中也出现了题名直接与关键词相关的小说,如辛唐米娜的短篇小说《关键词》(《青年文学》2005 年第 22 期)、王棵的短篇小说集《守礁关键词》(2005)、盛琼的长篇小说《生命中的几个关键词》(2003)等,这些小说创作虽与"关键词批评"无甚关联,但由此也可足可见出关键词日趋强大的影响力。

毋庸置疑,"关键词批评"的开拓者和推进者以他们新颖独到的学理思考和充满生机的批评实践,冲击着传统的批评理念和批评话语,显示了强劲的理论穿透力。然而,"关键词批评"尚未进入纵深发展阶段,主要原因在于学术界对"关键词批评"自身的研究相对薄弱。目前,除《关键词与文化变迁》(《读书》1995 年第 2 期)、《"所指"变迁下的文化史:论雷蒙·威廉姆斯的"关键词"研究》(《上海大学学报》2007 年第 3 期)等屈指可数的专论性文章外,学界的"关键词批评"研究主要表现为三种形式:一是相关出版物的序

---

①   参见任可:《"中西文化关键词"计划》,《世界汉学》1998 年第 1 期。

言和书评,如陆建德、刘建基分别为雷蒙·威廉斯《关键词:文化与社会的词汇》中译本所写的《词语的政治学》(代译序)和《译者导读》、朱水涌为南帆主编的《二十世纪中国文学批评99个词》所写书评《关键词、话语分析与学术方法》(《当代作家评论》2004年第2期),以及冯宪光的《文化研究的词语分析——雷蒙·威廉斯〈关键词〉研究》(《绵阳师范学院学报》2006第3期)、付德根的《词义的历史变异及深层原因——读雷蒙·威廉斯的〈关键词〉》(《文汇读书周报》2005年5月6日)等;二是在论及英美文化研究和评析雷蒙·威廉斯论著学说时顺带提及其《关键词:文化与社会的词汇》一书,如王宁的《当代英国文论与文化研究概观》(《当代外国文学》2001年第4期)、李兆前的博士论文《范式转换:雷蒙德·威廉斯的文学研究》(2006)等;三是文学批评类教材,目前仅有蒋述卓、洪治纲主编的《文学批评教程》(武汉大学出版社,2010)在第六章"文学批评的类型"中专节简要评析了"关键词批评"。总体观之,"关键词批评"在国内虽然应用广泛,但对"关键词批评"自身的研究却仅处于散论式零星评介的起步阶段,"关键词批评"及相关研究尚有较大的发展空间。

二、"关键词批评"的新变与推进

"关键词批评"在世纪之交步入快速发展期后,除继续在文化研究领域大放异彩之外,在文学理论与批评领域也表现出不可小觑的力量。虽然"关键词批评"的历史并不久远,但在理论承传中已显示出一些新的特点和趋向。"关键词批评"延续了雷蒙·威廉斯紧密联系特定社会历史文化语境研究关键词生成和演变的做法,但在批评实践层面出现了不少新变和推进。就文学研究中的"关键词批评"而言,这种新变与推进主要表现在以下三方面:

其一,不再仅以从词源学角度追溯关键词的源起为批评中心,而是以从文学批评视野考察那些关键词在批评历史和实践中的生发和演变为重心,以期有益于文学批评理论与相关学科的建构和发展。

1998年4月,有关专家在广州召开的有关"中西关键词计划"会议上达成了如下共识:不必过分拘泥于对这些关键词的意义进行繁复的训诂考证,而要特别注意描述和分析它们在社会生活中具有巨大活力和影响的领域(Force-field)。该计划关注的焦点在于把握这些关键词如何给每一种文化以特殊的组织和风格,如何构成了文化活力的储存库①。洪子诚、孟繁华在编撰《当代文学关键词》时,也谈到"社会主义文学""两结合创作方法""手抄本""鲜花""毒草""阴谋文艺"等关键词于中国当代文学学科的重要性,并明确提出中国当代文学应该有属于它自身的基本概念,因为这些概念联系着中国当代文学的特殊问题,体现了它的独特性质②。而古风的《从关键词看我国现代文论的发展》(《文学评论》2001 年第 5 期)、黄开发的《真实性·倾向性·时代性——中国现代主流文学批评话语中的几个关键词》(《中国现代文学研究丛刊》2002 年第 3 期)、刘志华的《"典型"的"纯粹"与"负累"——"十七年文学批评"关键词研究》(《学术论坛》2006 年第 7 期)、刘登翰的《双重经验的跨域书写——美华文学研究的几个关键词》(《文学评论》2007 年第 3 期)、张勇的《"摩登"考辨——1930 年代上海文化关键词之一》(《中国现代文学研究丛刊》2007 年第 6 期)等论文,均从关键词角度审视特定研究对象或特定历史时期文学研究的特点及文论的发展脉流。其中,刘登翰的《双重经验的跨域书写——美华文学研究的几个关键词》通过对一些关键词的阐释,探讨了美华文学的语言形态、文化内质和族性规约,移民历史和移民者的文学书写,移民生存状态的不同导致书写状态的"唐人街写作"和"知识分子写作",移民作家从国内到海外的双重经验和跨域书写,百年来美华文学文化主题变迁及其与 20 世纪中国文学的互动关系等美华文学研究的一些基本问题。刘志华的《"典型"的"纯粹"与"负累"——"十七年文学批评"关键词研究》则对"十七年文学批评"的核心概念"典型"进行了深入探究,指出其内涵的不断改写构成了"十七年文学批评"的重要现象,也记录着中国当代文学复杂变迁的微妙症候。作者认为,"典型"往往依托于"人物"和"形象"言说自身,与"新的人物""(新)英雄人物"及"中间人物"等概念有着紧密联系。张勇的《"摩登"考辨——1930 年代上海文化关键词之一》在 20 世纪 30 年代上海社会文化历史语境中对"摩登"一词进行了细致考辨,对其在汉语情境中的意涵生成和语义演变予以了翔实梳理。作者认为,作为英文"modern"的音译词,汉语中的"摩登"一词于 20 世纪 20 年代末期

---

① 参见任可:《"中西文化关键词"计划》,《世界汉学》1998 年第 1 期。
② 参见洪子诚、孟繁华主编:《当代文学关键词》,广西师范大学出版社 2002 年版,第 1 页。

出现,至 30 年代,意涵趋于"时髦"之意,渐与"现代"分野。作者指出,在左翼文学运动和新生活运动等话语力量的强势影响下,"摩登"很快被赋予了明显的负面意涵。的确,通过考察"摩登"的词义及词性色彩的变迁,我们可以管窥中国在现代化实践过程中不同文化力量和政治力量之间复杂的纠缠关系。这类"关键词批评"跳出了词源学的窠臼,在特定批评视野中辨析关键词的流变,有助于在审辨反思重要词语内涵演变的基础上推动相关学科的深入发展。

其二,表现出了注重紧密联系文学文本进行批评实践的趋向。

由于雷蒙·威廉斯主要是在社会历史文化语境的变迁中捕捉关键词语义的生发流变,所以很少联系文学作品进行阐析,而近年文学研究中的"关键词批评"愈来愈倾向于紧扣文学文本进行关键词释义。安德鲁·本尼特和尼古拉·罗伊尔在《关键词:文学、批评与理论导论》中对 32 个关键词进行解析时,就注重将理论研究与文本范例分析有机结合起来。据笔者统计,该书在 32 个词条中讨论过的文学作品多达 127 部。如在探析"怪异"(queer)这一关键词时,作者对亨利·詹姆斯的短篇小说《丛林猛兽》(*The Beast in the Jungle*,1903)进行了细致解读,提出同性恋话语不仅存在于艾德里安娜·里奇等同性恋话语的写作之中,也会以隐蔽、扭曲的形式存在于看上去属于异性恋话语的写作之中。作者正是在对文学问题的多元探讨和文学文本的多维解读中,"呈现了文学理论的多种可能途径","挑战了我们对文学通常的理解与认知,激发我们对文本进行审视与重读的欲望"[①]。

"关键词批评"在我国的文学研究中还被应用于作家作品研究,如管怀国的《迟子建艺术世界中的关键词》(2006)、安本·实的《路遥文学中的关键词:交叉地带》(《小说评论》1999 年第 1 期)、刘保亮的《阎连科小说关键词解读》(《名作欣赏》2008 年第 10 期)、李凤亮的《小说:关于存在的诗性沉思——米兰·昆德拉小说存在关键词解读》(《国外文学》2002 年第 4 期)等。管怀国在《迟子建艺术世界中的关键词》中从"民间立场""童年视角""回归式结构"等关键词出发,探析了迟子建小说的艺术特色。刘保亮的《阎连科小说关键词解读》则注意到阎连科的小说在方言的开掘和使用上的独具一格,认为这有助于恢复和表达对乡土的原初感觉。作者提出,"合铺"

---

① 〔英〕安德鲁·本尼特、尼古拉·罗伊尔:《关键词:文学、批评与理论导论·译者序》,汪正龙等译,广西师范大学出版社 2007 年版,第 4—5 页。

"命通""受活"这些河洛方言是解读阎连科"耙耧小说世界"的关键词和象征性符码,让人直接触摸到了耙耧土地文化的脉搏。"合铺"揭示了耙耧婚姻并非以爱情为基础,更多的是礼俗仪式上的身体占有;"命通"体现了耙耧人对苦难人生的阐释和梦想;"受活"则从"身体的享乐"这一意涵演化为了"幸福的追求"。上述这类紧密联系小说文本氛围和文化意味的关键词解读,在很大程度上避免了研究者一厢情愿的过度阐释,也显示出了"关键词批评"在文本细读上的有效性。

其三,编撰体例有所突破,文论性得以进一步彰显。

雷蒙·威廉斯在《关键词:文化与社会的词汇》中虽然采用的还是传统辞书按音序编排的体例,但在对词义的简略梳理和精当辨析之中也隐含地表达了自己的个人观点与批评立场,体现了传统辞书所不具备的文论性。安德鲁·本尼特和尼古拉·罗伊尔合撰的《关键词:文学、批评与理论导论》就在编撰体例上进一步突破了辞书性,彰显了文论性。作者提供了一种新颖的文学理论与文学批评范式,在编排上也显示出了独具匠心的系统建构。他们以文学活动中的 32 个关键词结构全书,以"开端"这一章开始,以"结局"这一章结束。这种编排看上去序列井然,而各词条又是相对独立的,读者其实可以从其中任何一章开始阅读,各章合起来又共同构成了文学活动的各个方面和大致风貌。作者在论述每一个核心范畴时都力图呈现出问题的起源与流变,揭示该问题的生成语境和变形图景,具有厚重的历史感和强烈的时代感。

相较而言,我国文学研究领域中"关键词批评"的"编选""编著"的色彩更为浓重些。这些"关键词批评"往往先在相关刊物上设立关键词词条专栏,一两年后再将这些论文集结成书。如洪子诚、孟繁华主编的《当代文学关键词》就建基于《南方文坛》自 1999 年第 1 期起开设的专栏"当代文学关键词",赵一凡、张中载、李德恩主编的《西方文论关键词》也是在《外国文学》2002 年第 1 期起开设的专栏"文论讲座:概念与术语"基础上完成的。赵一凡、张中载、李德恩主编的《西方文论关键词》文论性更为突出,它以 83 篇独立论文的形式汇聚成书,用一词一文的形式对西方文学及文化批评理论中的关键用语和时新词汇予以明晰阐释。该书在明确所选术语与概念的源流、内容、特点和演变,凸显中外学者及其观念之间交流对话的学术效应的同时,还反映了西方文论在我国的接受、发展、变异及其独立品格①。在目前国内所有的"关键词批评"论著中,陈思和的《中国当代文学关键词十讲》体例上突破最大,文论性也最强。作者选择了"战争文化心理""潜在写作""民间文化形态""共名与无名""中国文学的世界性因素"这五个极富创见的当代文学史研究的关键性术语,各选录了两篇论文,一篇是对所涉及关键词的阐述,一篇是相关的当代文学个案研究。这种编撰方式"以理论研究来推动文学批评,以批评实践来检验理论探索"②,体现了理论研究与批评实践的有机结合。

上述新变和推进昭示了"关键词批评"在雷蒙·威廉斯之后的发展新路向,也显现了"关键词批评"在新的时代语境之下的勃然生机和研究实绩。鉴于学术界对"关键词批评"自身研究的不足,我们更应在中西对话与交融的背景下,客观审视"关键词批评"在中国化批评实践中的得失,注重发扬其优质因素,规避其可能产生的副作用,以期更好地发挥其批评功能。

三、"关键词批评"的启示与"陷阱"

文学活动宛如一个纵横交错的网络,那些起着核心作用的基本概念和批评术语就是这个网络经纬线脉相交处的"网结"。雷蒙·威廉斯以历史语义学为写作方法进行关键词的钩沉,通过细腻的考辨梳理,凸显这些词语背后的政治立场和人文印迹,呈现相关问题的源起与流变。可以说,"关键词批评"开启了以阐释核心术语反思学科建设和发展的研究新视窗,提供了一种全新的研究范式,对文学研究具有重要的借鉴意义。这种借鉴意义主要体现在以下两个方面:

第一,由于"关键词批评"不仅甄别遴选那些起到核心作用的关键词,进而洞察词义的嬗变衍生,还尤其注重这些核心语汇被遮蔽的边缘意义,这就有助于研究者重视并选择蕴含巨大理论能量、关系学科魂灵命脉的核心术语,严谨辨识其语义来源,并在社会发展和历史演变中梳理词义的扩展与转

---

　　①　参见赵一凡、张中载、李德恩主编:《西方文论关键词·编者序》,外语教学与研究出版社 2006年版,第 2—3 页。

　　②　陈思和:《中国当代文学关键词十讲·自序》,复旦大学出版社 2002 年版,第 3 页。

换,从而更好地把握本学科的基本问题和发展趋势。这样既实现了宏观研究与微观研究的有机结合,又做到了历时研究与共时研究的有效兼顾,对科学认识这些关键词的全部内涵,并借此反思学科发展的脉流及瓶颈问题具有很大的镜鉴意义。雷蒙·威廉斯认为,关键词指在某些情境及诠释中重要且相关的词语,以及在某些思想领域中"意味深长且具指示性"的词语①,他就是紧密围绕"文化"与"社会"选择与之息息相关的 131 个关键词的。我们知道,一个词语的意义并非仅限于辞典意义,在不同历史时期和不同文化背景中还会发生意义裂变。雷蒙·威廉斯在"关键词批评"中正是通过探询词语意义的变化过程,从语言角度深入社会、政治、文化、思想及其历史演进的过程,揭示其间隐匿的意义差异、断裂和张力。

南帆也提出,每一个时代都会产生一些隐含了这个时代最为重要的信息的关键性概念,这些关键性概念在特定文化网络之中占据着"核心位置",并成为复杂的历史脉络的聚合之处。南帆认为,在很大程度上,阐释这些概念也就是从某一方面阐释一个时代②,他主编的《二十世纪中国文学批评 99个词》就力图阐释这样一批活跃在 20 世纪中国文学批评史上的关键性概念。雷蒙·威廉斯还透过意义变异的表象洞悉了许多重要的词义往往都是在社会历史发展中由优势阶级所形成的这一真相——在社会史中,很大程度上,许多关键的词义都是由占优势的阶级塑形的,并由某些特定行业所操控,从而导致一些词义被边缘化③。基于此,雷蒙·威廉斯冀望"从词义的主流定义之外","找出那些边缘意指"④。雷蒙·威廉斯不仅不认同由优势阶级所掌控的那些重要词义的权威性,且要通过细致地辨析和揭示词义的流变,尤其是"主流定义"之外的"边缘的意指",来削减这种或显或隐地烙有主流意识形态印痕的词义的权威性。这种对关键词词义的全面考量和把握,在权力话语与传媒话语共同营构话语霸权的当下,对我们尤其具有警醒意义。

---

① See R. Williams, *Keywords: A Vocabulary of Culture and Society*, New York: Oxford University, 1985, p15.

② 南帆主编:《二十世纪中国文学批评 99 个词》,浙江文艺出版社 2003 年版,第 1—2 页。

③ See R. Williams, *Keywords: A Vocabulary of Culture and Society*, New York: Oxford University, 1985, p18.

④ See R. Williams, *Keywords: A Vocabulary of Culture and Society*, New York: Oxford University, 1985, p24.

第二,"关键词批评"所具有的反辞书性品格在方法论上给日趋程式化和成见化的文学研究以极大启示。雷蒙·威廉斯曾反复强调他的《关键词:文化与社会的词汇》并非一本辞典,也非学科的术语汇编,而是对文化与社会类词汇质疑探询的记录①。由此可见,雷蒙·威廉斯只是借鉴了辞书编撰的外壳,其重心是落在对文化与社会问题的解析之上的。洪子诚、孟繁华谈到《当代文学关键词》的编撰动机时也表示,主要不在于"编写一本有关当代文学主要语词的词典,以期规范使用者在运用这些概念时的差异和分歧,进而寻求通往概念确切性的道路",而是"质疑对这些概念的'本质'的理解,不把它们看作'自明'的实体,从看起来'平滑''统一'的语词中,发现裂缝和矛盾,暴露它们的'构造'的性质,指出这些概念的形成和变异,与当代文学形态的确立和演化之间的互动关系,通过从对象内部,在内在逻辑上把握它们,来实现对'当代文学'的反思和清理"②。人文学科的很多概念本来就处于动态变化之中,"关键词批评"也相应地表现出了极富弹性的批评思维特征。因此,采用"关键词批评"的研究者虽然在甄鉴各种观点的基础之上形成了自己的看法,却并不试图给出一个最后的结论。陈思和就在《中国当代文学关键词十讲》序言中坦言所论五个关键词的内含意义是他在文学史研究的实践中逐步形成和丰富的,尚且处于尝试之中,因而本来也就没有什么确定的意义③。这种充满学术张力的研究方式与思维方式,表明研究者认识到这些概念的意义与鲜活的阐释实践不可分割,其阐释意图超越了提供关于关键词界说的"标准答案"的企冀,而是更加注重关键词的开放性与流变性,重视其生成语境、基本意指及在批评实践中的不断发展。

"关键词批评"在我国的文学研究中方兴未艾,并表现出了非常宽泛的适用性。而在新概念、新术语层出不穷的文学语境中,认真清理核心术语对相关学科的健康发展尤为重要。一方面,关键性的词语在批评实践中的使用频率极高,并切实有效地推进了批评的进程;另一方面,学界往往在对这些核心范畴的理解和使用上存在着不可忽视的混杂性。因而,对关键词进行细致的梳理、反思、甄别、滤汰就显得十分必要。我们在充分认识"关键词

① See R. Williams, *Keywords: A Vocabulary of Culture and Society*, New York: Oxford University, 1985, p15.
② 参见洪子诚、孟繁华主编:《当代文学关键词》,广西师范大学出版社2002年版,第2—3页。
③ 陈思和:《中国当代文学关键词十讲·自序》,复旦大学出版社2002年版,第3页。

批评"理论价值的同时，也要清醒地看到一些问题的端倪，注意规避一些理论"陷阱"和实践误区，力争有新的提升与拓展，为"关键词批评"在更多研究领域的纵深发展及与西方文论界展开对话提供良好的理论支撑，并宕开更为广阔的发展空间。

从这种意义上说，我们在"关键词批评"中要慎防的一大理论"陷阱"就是避免政治视角从"一维"成为"唯一"。"关键词批评"萌生之初即与政治视角紧密相连，雷蒙·威廉斯视词语为社会实践的浓缩、政治谋略的容器，注重在语言的实际运用、意义变化中挖掘其文化内涵和政治意蕴。雷蒙·威廉斯曾直言《关键词：文化与社会的词汇》一书对词义的评论并非不持任何立场，他在对词义的细微辨析中往往也暗含针砭。陆建德曾以雷蒙·威廉斯对"福利"（welfare）词条的释义为例，指出其结尾所言"福利国家（the welfare state）这个词汇出现在 1939 年，它有别于战争国家（the warfare state）"，这就巧妙地通过"welfare"与"warfare"这两个头尾押韵的词语的对照，婉曲地讽刺 20 世纪七八十年代提出削减福利待遇的那些政界人物有 1939 年第二次世界大战爆发时纳粹德国的法西斯分子之嫌疑，有力地抨击了撒切尔夫人及其追随者①。然而，政治视角只是文学研究的重要维度之一，我们在"关键词批评"的实践中既要重视词语背后的政治意味和意识形态色彩，又要避免政治视角从"一维"成为"唯一"，以免重蹈中国特殊时代症候下文学研究的历史覆辙。

同时，我们还要注意避免"关键词批评"的霸权化和快餐化，这也是"关键词批评"已初步显露出的实践"误区"。从某种程度上讲，关键词的流变是一个社会、时代或学科的发展历史和研究前沿的浓缩。因此，研究这些词语及其概念的内涵厘定、发展流变的"关键词批评"受到学界的重视，是相关学科发展到相对成熟阶段的自然产物。正是在这个意义上，"关键词批评"具有极大的理论价值。然而，正如雷蒙·威廉斯当年不仅注重关键词的所谓"权威"意义，还特别关注其被边缘化了的意义一样，我们在"关键词批评"的实践中不要仅仅重视关键词——它们本来就是相关学科的强势话语——更要注意不能因此而遮蔽其他非关键性的词语及其昭显的文学现象、文学问题，以免由于唯关键词马首是瞻而造成"关键词霸权"现象。此外，现今的学

---

① 陆建德：《词语的政治学（代译序）》，见［英］雷蒙·威廉斯：《关键词：文化与社会的词汇》，刘建基译，生活·读书·新知三联书店 2005 年版，第 5 页。

术界本来就存在着热衷于发明新概念和新名词的浮躁现象,在文化"麦当劳"时代,我们也要注意不要让"关键词批评"扮演助长这一不良批评倾向的角色,以免出现"关键词批评"的快餐化和简单化。毕竟,只有抓住那些能够真正有力阐释文学现象和解决文学问题、富含理论创见的批评术语,才能在批评实践中激发"关键词批评"的生机与活力。

　　原载《浙江大学学报》2011 年第 4 期,《高等学校文科学术文摘》2011 年第 5 期转载

制度美学概念刍议

程　勇[*]

内容提要：制度美学的概念由制度与美学组合而成，体现的问题意识是制度与审美的一体互动性，亦即在制度与审美一体互动视野中思考制度与审美的问题，包括制度之美、审美生活的制度建构、审美制度三个层面。制度美学是从社会生存感觉、人性、真理、正义等维度思考制度本体，认为审美生活的理念与形式都应体现制度建构的要求，审美生活的合法性在于塑造朝向制度认同建构的社会感觉共同体，美学本身也存在制度问题，既指美学思想的制度化，也指借由审美制度，才可能形成对美与审美的理解以及据以开展的审美实践。

关键词：制度美学；制度之美；审美生活的制度建构；审美制度

“制度美学”系“制度”与“美学”的组合，则要讨论制度美学的概念，需先厘定“制度”与“美学”这两个基础性概念，进而分析二者组合形成的新义。但这并非易事，因为这两个概念的内涵与外延都不是单一的，而是共时性地存在着多种理解与界说。我不打算对其进行历史的逻辑的考索与辨析——这是学术史研究的任务，而只是结合已有理解与界说给出自己的解释，以便为后续讨论建立一个可依据的基础。

什么是美学？在我看来，美学有广、狭二义。广义的美学是一种世界观，而且是一种基础性的世界观，亦即一种基础性的看待和理解世界的视野与方法。当我们认为世界是和谐的、有秩序的存在时，就是在运用美学世界观，这观点实是美学的观点。如哲学家赵汀阳所论：“用来描写世界的概念体系始终是以‘混乱/秩序’作为基本格式的，比如‘必然/偶然’‘因果/自由’

---

　*　程勇：浙江工业大学人文学院教授。

'普遍/特殊'，都与之同构。这些看起来很科学很逻辑的概念体系在本质上更像是美学观点。"①而物理学家 A. 热所说"终极设计者只会用美的方程来设计这个宇宙"，"审美事实上已经成了当代物理学的驱动力。物理学家已经发现了某些奇妙的东西：大自然在最基础的水平上是按美来设计的"②，也可以支撑这一理解。

所谓基础性，意谓对于人类生存而言，美学世界观具有时间与逻辑上的优位性，诸如科学世界观、宗教世界观等等都是在这个基础上发展起来的。这是说，美学乃是人看待世界的源初视野，人向来是以审美的眼光建构与想象世界，并将此建构与想象的世界视作世界之本然，由此造成源发性的初始经验，即在揭示世界的同时将人与世界合一，而这个世界乃是充满活力与魅力的初始世界。在世界观的意义上，"美属于真理的自行发生（Sichereignen）。美不仅仅与趣味相关，不只是趣味的对象"③，因而与真和善相比，美更具基础性。这可以解释为什么在似乎更具逻辑严密性的科学世界观发展起来之后，人们还一厢情愿地相信艺术想象、艺术虚构的真实性。

狭义的美学是研究审美生活的知识思想系统，是"审美意识的理论形态"④，而审美意识"是人与世界关系或者说人对世界的态度的最高阶段"，"审美意识中的天人合一是一种高级的万物一体的境界，它不是间接的分析，不是知识的充实，不是功利的缠绕，不是善恶的规范，但它又不是同这些没有任何联系的，就像原始的天人合一阶段尚未发生这些一样，它包含间接性、知识性、功利性和道德性而又超出之"⑤。审美生活是人之本源性/理想性的生活方式，意谓为人所必需却未必达成因而始终开放。审美生活的可能性本非艺术活动所能穷尽，但经过了劳动分工与文化分立的历史进程后，艺术活动最终被确立为体现人类审美意识的典范形态，美或审美被确立为艺术的第一原理，艺术生活被视为典型的审美生活，因而长久以来美学也被

---

① 赵汀阳：《世界观是美学观点》，《文明》2007 年第 5 期。

② ［美］A. 热：《可怕的对称——现代物理学中美的探索》，熊昆译，湖南科学技术出版社 1999 年版，第 9，10 页。

③ ［德］马丁·海德格尔：《艺术作品的本源》，《林中路》，孙周兴译，上海译文出版社 1997 年版，第65 页。

④ 叶朗：《美在意象》，北京大学出版社 2010 年版，第 3 页。

⑤ 张世英：《进入澄明之境——哲学的新方向》，商务印书馆 1999 年版，第 241 页。

理解为研究艺术与美的理论与学科。不过,在后现代社会,面对社会生活日趋审美化的事实,这种具有历史合理性的理解已显得偏狭,美学存在空间的拓展必然导致美学自我定位与认知的变革。

在已有人类历史开展及自我理解的框架中,审美生活与相应的审美意识的开放性,体现为时代性、地域性、民族性、阶级性等维度,而对审美意识、审美生活的描述与分析,又存在多种视野、路径、方式,如此就形成了不同形态的美学。例如,西方用古典的思维方式和"学"的标准去掌握美学,就形成了"以美的本质为核心的美学"、"以审美心理为核心的美学"、"以艺术的共同规律为对象的美学",而中国"既无美学这个角度,又对美学进行了深刻的研究,因而可以称之为有美无学的美学"①。因而,不仅审美生活空间具有开放性,这从根本上决定于生活空间的开放性,思想审美生活的美学也必然因之具有多样性。甚至可以说,如果说美学是具有普遍性的,则美学必定先行设定了特殊性的加入,非此则其普遍性亦无以确立。

什么是制度?我的看法是,在最一般意义上,制度可以被理解为一些规则或规范,其功能在于规定和协调人们的关系。制度有"正式制度"、"非正式制度"之别,但二者有内在联系并共同构成制度的整体:"构成社会基础的非正式制度产生于自发形成的过程。这些非正式的习俗和准则,通过提供有关社会行为人预期行为的相关信息,稳定了社会预期并且构建了社会生活",而"正式制度是基于非正式的习俗和准则而设计和创立的","随着正式制度的创立,法律和政府一起被引入到了社会生活的体系之中"②。社会生活的空间与复杂性决定了制度安排与结构的空间与复杂性,而"安全和经济是制度安排,从而也是制度结构存在的两个基本原因",在各项制度安排中,必须要提到意识形态,因为"意识形态是减少提供其他制度安排的服务费用的最重要的制度安排"③。

制度之存在,乃是基于人之社会关系,或者说人之所以发明制度,乃在于建立适应人之生存需要的社会关系。人与制度共生,人背负制度而生,并在制度中生成。而建立何种类型的社会秩序与行为模式,固化何种形态的

---

①　张法:《中西美学与文化精神》,北京大学出版社1994年版,第5—6页。

②　[美]杰克·奈特:《制度与社会冲突》,周伟林译,上海人民出版社2009年版,第178页。

③　林毅夫:《关于制度变迁的经济学理论:诱致性变迁与强制性变迁》,见R.科斯等:《财产权利与制度变迁——产权学派与新制度学派译文集》,刘守英等译,上海三联书店1991年版,第378、379页。

社会关系,建构何种性质的认同与自我认同,又决定于某种制度所体现的价值观念,只有这价值观念被内化或者说心灵化,外在的规范、规定、要求才可能成为人们自觉自愿的选择。人们之所以尊奉某种制度,反对某种制度,虽然根本原因是安全与经济的考虑,具体到个体,那就是生存的可能与质量如何,但首先取决于这些价值观念内化的程度,或者说某种制度被实施的程度。而要使制度成为可能,亦即使某种规范以及其中蕴含的价值观念被普遍性地接受下来——理想的状况就是心悦诚服地认同,那就需要作为实体存在的组织、机构、部门、人员等,其功能就在于使那些规范以及价值观念合法化,引导制度认同建构的实践,对那些违反或恪守制度的行为予以制裁与奖掖,这同时也就是在宣示制度的权威性。

如此可说,制度可以区分为三个层面,即制度作为规范、制度作为组织、制度作为价值,三者构成的整体可称之为制度文明,而当我们强调其作为规范与价值时,则可称之为制度文化,如果特别强调制度蕴含的价值观念,又可称之为制度精神。进而,可以说,如果一种思想,一种价值观念,被确立为建构社会秩序、生活形式的规范,以及建构各种认同(例如国家认同、族群认同、文化认同)的基础,并由一定的国家机构、社会组织承担传递与维护之责,因而具有某种程度的强制性时,这一过程就可称之为思想、观念的制度化,同时也是社会生活一体化的过程。

现在我们可以来讨论制度美学的概念了。

从构词方式说,制度美学是一个偏正式的合成词,"制度"用以限定、修饰"美学",意谓一种关于制度或与制度相关的美学。这虽有助于确定制度美学的问题域及其思想方向,但还不足以揭示其内涵,确定其研究对象,还需要在"制度"、"美学"构成的释义网格中,显明其蕴含的多种看待视野与问题意识。在我看来,大致有如下几种可能:

第一,从美学的视野思考制度问题,即将制度确立为一种审美对象,认为完美的制度是体现制度之美的美的制度,并据以思考制度设计、制度安排、制度认同等问题。在此意义上的制度美学视野中,完美的制度不但是符合政治学、经济学原则的制度,能维持与促进社会秩序的稳定、社会运行的效率,而且必定是在价值和形式上都令人心悦诚服的制度,而令人心悦诚服的制度也就是美的制度,这里面有感觉与情感认同的问题。

具体点说,完美的制度以建构和谐有序的社会为内在目的,这是基于美学世界观而展开的想象；制度认同建构需要诉诸国家政治、经济、军事等硬实力，以及人的理性能力，但对于完美的制度而言，其认同的形成却更需要诉诸个体感觉、情感、信仰的力量，实现基于个体之身体存在感的对于制度的认知与认同；制度是人的造物，完美的制度在理念、形式诸层面都不仅要体现安全与经济的考虑，还应体现基础性的世界观，符合人性人情之深层需要，这一意义上的制度同样可以被视作人的艺术作品。如果承认人的生存是制度性的，而制度会造成人的生存感觉，则从审美的角度审视制度问题，即与社会感觉共同体建构相关，与人性相关，与真理和正义相关，如此则制度美学也就是从社会生存感觉、人性、真理、正义来思想制度本体。

第二，从制度的视野思考美学问题，即对审美生活的理解以及审美生活建构问题。制度是规则、价值、组织，其功能是固化社会关系，维护社会秩序，这种关系与秩序涵盖了政治、经济、文化诸层面，体现着其间的互动，而具体表现为社会生活的建构与组织，包括审美生活的建构与组织。在此意义上的制度美学视野中，审美生活固然呈现为个体性品质，固然要基于个体的心性需要与能力并由个体实现，但并不是私己性的，而是具有公共性，即具有表达与分享的普遍性要求。

更重要的是，审美生活是建构制度认同与秩序的重要力量。这既指审美生活的理念与形式都应体现制度建构的要求，审美生活的合法性在于塑造朝向制度认同建构的社会感觉共同体，也意味着审美生活本身即存在秩序，是制度化的，而审美生活秩序不仅是政治和文化秩序的符号表征，本身也是社会生活秩序的构成和表现。因此之故，并非所有类型与品质的审美生活都为某一特定制度所需，因而具有存在的合法性，而特定制度出于建构与维护自身之合法性的需要，也必定会动用其掌控的权力、资源，通过制度安排即将审美生活纳入制度当中的方式，规范与引导审美生活的生产与再生产，这也包括美学知识的生产与传播。

第三，美学本身也存在制度问题，这既指美学思想的制度化，也指借由审美制度，才可能形成对美与审美的理解以及据以开展的审美实践。在此意义上的制度美学视野中，美学被视作意识形态，而意识形态本身就是一种有效的制度安排，因此必定存在美学思想的制度化，或者说意识形态化，用以规范与引导审美生活的建构，这种建构的核心指向是制度之价值及其存在的认同与维护。至于美学意识形态之成型，从根本上决定于某种美学思想与特定制度蕴含的价值观念的适应性,但也体现着思想与权力互动、博弈的一般情形,而制度化了的美学思想也因此获得一般意识形态拥有的权威性与排他性,这种权威性与排他性得到了制度力量(比如国家权力机构)的保证。

至于审美制度,则是文化制度的重要构成部分。作为制度,审美制度包括规范、组织、价值三层面,以引导、规约审美观念、审美趣味、审美选择、审美表达的方向及其实现方式。只有透过审美制度的"滤镜",审美生活图景才得以建立起来。美学思想的制度化与审美制度存在内在关联,美学思想制度化的成果是审美制度的形成,某种审美制度的存在也同时意味着某种美学思想的制度化,二者都旨在通过审美生活的建制化,以建立模式化的感觉结构、情感结构,进而实现社会生活的一体化、意识形态话语的再生产。

这三种可能情况,可以理解为制度美学概念的三种意义、制度美学研究的三个层面。其间的内在关联,使制度美学的概念具有足够的涵摄性与充分的解释性,不仅可以涵摄与解释审美生活的丰富性,也可以涵摄与解释美学自我理解的丰富性。制度审美,审美生活的制度建构,美学思想的制度化,审美制度,这些问题的展开必然会涉及审美与制度的互动与一体化,可以说,制度美学研究的问题意识就是制度与审美的一体互动性,是在制度与审美的一体互动视野中思考制度与审美的问题。如果我们承认制度、审美与人的共生共存关系,那么,对制度与审美的一体互动关系的描述与阐释,就应是美学研究不可或缺的重要维度,是我们理解美学(特别是如果我们把美学看作是人类自我理解的一种方式)的必要途径,也是作为知识思想系统的美学的有机构成。

这大致可以显示制度美学概念的内涵与外延,勾勒制度美学研究的意向与图景。不过,在现代学术体制下,要使制度美学的命名与研究获得合法性,不仅需要在思想空间中通过逻辑的推演与想象呈现其可能性与必要性,还需将其置于美学知识共同体中进行审查,以呈现其历史的必然性。事实是,上述意义的制度美学概念虽不见提倡,但制度美学研究三个层面所涉及的问题,却并不缺少关注。

例如,对于制度之美与制度审美的问题,柏拉图就早有识见。在《会饮篇》中,他说人要把握"美本身",要"先从人世间个别的美的事物开始,逐渐提升到最高境界的美,好像升梯,逐步上进,从一个美形体到两个美形体,从两个美形体到全体的美形体；再从美的形体到美的行为制度，从美的行为制度到美的学问知识，最后再从各种美的学问知识一直到只以美本身为对象的那种学问，彻悟美的本体"①。美的行为制度虽比美的形体要高，但还低于美本身，是通过爱与回忆而对美的理式的分有，而要把握美的行为制度或行为和制度的美，则需要人的智慧。② 他还在《法律篇》中将制度等同于艺术作品："我们的城邦不是别的，它就摹仿了最优美最高尚的生活，这就是我们所理解的真正的悲剧。"③

柏拉图不仅提出制度之美，且将制度之美视为美的理式的具体分有，也给出了制度之所以美的解释。然而，正如陆扬所论，传统美学还是"将美限定在形象上面"，倒是杨振宁谈物理的美、陈省身谈数学的美，"秉承的未必不是柏拉图的美学传统"，而文化研究、日常生活审美化的阐释需要，"在一定程度上正呼应了柏拉图视之为高于美色甚至美德的法律和行为制度的美"④。

近年来，中国学人也有相关思考。例如，李新市就明确提出"中国制度审美"的概念，认为在宏观、中观、微观各个层面的制度设计上都应体现审美要求，要提高人们的制度审美能力、增强人们的制度审美意识。⑤ 例如，张法论"政治美学"："整个与政治紧密相关的外在形象都是政治美学的领域，比如，建筑上，每一体现政治仪式的公共空间，每一与政治理念相关的纪念场馆；服装上，每一体现政治观念的着装定制、仪式，每一与政治相关的仪式设计，活动上，每一与政治活动相关的会议程序设计；每一与政治相关的仪式结构。总之，政治的每一方面都有其外在体现，这些外在体现都要为政治利益的最大化服务。独有的政治理念，构成了政治美学的核心，政治美学的审美的形式，有助于政治理念的完美实现。"⑥政治制度大概是人类最重要的制度发明之一，而政治理念以及体现政治仪式、政治观念的建筑、服装、仪

① 柏拉图：《柏拉图文艺对话集》，朱光潜译，人民文学出版社1963年版，第273页。王太庆则将"美的行为制度"译作"各种行动中以及各种风俗习惯中的美"，见其所译《会饮篇》，商务印书馆2007年版，第64页。

② 参看阎国忠：《柏拉图：哲学视野中的爱与美——一种神话学的建构》，《北京大学学报》2012年第4期。

③ ［古希腊］柏拉图：《柏拉图文艺对话集》，朱光潜译，人民文学出版社1963年版，第313页。

④ 陆扬：《日常生活审美化批判》，复旦大学出版社2012年版，第120—121页。

⑤ 李新市：《中国制度审美若干问题初探》，《西北工业大学学报》2012年第4期。

⑥ 张法：《政治美学：历史源流与当代理路》，《文艺争鸣》2017年第4期。

式结构诸方面的外在形象,也就是政治制度之美。

虽然如此,在西方型的美学传统中,制度之美与制度审美的问题并未获得充分开展,反倒在深度与广度上都有拓展的可能。这大概与长久以来将美学理解为美的艺术的哲学有关,与康德以来审美静观、审美无功利思想的偏至化发展有关,也与现代社会工具理性化、文化领域的专业分化有关。时至今日,经济与文化的全球化进程,愈来愈普遍化的人类社会由表及里的"审美化过程"①,正在促进美学的变革,经过后现代精神洗礼的人类知识体系,也正在打破学科壁垒的基础上进行重组,这可在知识论上证成制度之美、制度审美的概念及其展开的问题域。

至于审美生活的制度建构,则从来都是美学思考的重要问题。在《理想国》中,柏拉图借苏格拉底之口说:

> 我们要不要监督他们,强迫他们在诗篇里培植良好品格的形象,否则我们宁可不要有什么诗篇？我们要不要同样地监督其他的艺人,阻止他们不论在绘画或雕刻作品里,还是建筑或任何艺术作品里描绘邪恶、放荡、卑鄙、龌龊的坏精神？哪个艺人不肯服从,就不让他在我们中间存在下去,否则我们的护卫者从小就接触罪恶的形象,耳濡目染,犹如牛羊卧毒草中嘴嚼反刍,近墨者黑,不知不觉间心灵上便铸成大错了。因此我们必须寻找一些艺人巨匠,用其大才美德,开辟一条道路,使我们的年轻人由此而进,如入健康之乡;眼睛所看到的,耳朵所听到的,艺术作品,随处都是;使他们如坐春风如沾化雨,潜移默化,不知不觉之间受到熏陶,从童年时,就和优美、理智融合为一。②

审美生活对城邦公民的人格塑造有重大影响,所以必须借助国家体制力量,对其类型、品质、题材、形式等进行规范、约束。

这是审美教育思想的滥觞,也是审美政治学、审美意识形态思想的肇端。而国家体制力量,则如阿尔都塞所说,包括镇压性国家机器(如政府、军队、监狱)与意识形态国家机器(如教育、政治、文化等制度),"按各自的情况

---

① [德]沃尔夫冈·韦尔施:《重构美学》,陆扬、张岩冰译,上海译文出版社2002年版,第40页。
② [古希腊]柏拉图:《理想国》,郭斌和、张竹明译,商务印书馆1986年版,第107页。

(首要或辅助性地)运用镇压或意识形态的双重方式'发挥功能'"①。柏拉图的上述主张,就体现了这两种国家机器的功能。

柏拉图开辟了西方美学话语建构的一条线索。从希腊化时期到古典主义、文艺复兴、启蒙运动,再到法兰克福学派、阿尔都塞学派,政治与美学上的左派与右派,或者肯定运用制度力量规范审美生活的正当性,或者揭示与批判审美生活制度化对人之自由本性的压制,而这又与对审美与政治、意识形态关系的理解相关。特里·伊格尔顿说:

> 审美从一开始就是个矛盾而且意义双关的概念。一方面,它扮演着真正的解放力量的角色——扮演着主体的统一的角色,这些主体通过感觉冲动和同情而不是通过外在的法律联系在一起,每一主体在达成社会和谐的同时又保持独特的个性……另一方面,审美预示了麦克思·霍克海默尔所称的"内化的压抑",把社会统治更深地置于被征服者的肉体中,并因此作为一种最有效的政治领导权模式而发挥作用。②

虽是针对 18 世纪以来的现代美学话语,却也恰当地解释了看待审美活动的两种视野。是否认同审美生活的制度化,决定于人们所持的审美看待视野与制度认同的符合程度,亦即某种社会制度需符合预期,且相信对审美生活的制度安排不仅有益于制度认同的塑造,而且能使人们"在达成社会和谐的同时又保持独特的个性"。

与此相关的是美学思想的制度化、审美制度问题。人类学家克利福德·格尔兹曾论及美学思想制度化的必要性:

> 宗教思想、道德思想、实践思想、美学思想也必须由强有力的社会集团承载,才能产生强大的社会作用。必须有人尊崇这些思想,鼓吹这些思想,捍卫这些思想,贯彻这些思想。要想在社会中不仅找到其在精神上的存在,而且找到其在物质上的存在,就必须将这些思想制度化。③

---

① [法]路易·皮埃尔·阿尔都塞:《意识形态和意识形态国家机器》,见陈越编译《哲学与政治:阿尔都塞读本》,吉林人民出版社 2004 年版,第 335—337 页。
② [英]特里·伊格尔顿:《美学意识形态》,王杰等译,广西师范大学出版社 1997 年版,第 16 页。
③ [美]克利福德·格尔兹:《文化的解释》,纳日碧力戈等译,上海人民出版社 1999 年版,第 359 页。

美学思想的制度化,亦即通过制度力量的运用,将某种审美理念、审美生活模式、艺术规矩确定为尊奉不移的圭臬。所谓制度力量不一定是政治性的,也可能是经济性的,或者是那些虽有失偏颇却根深蒂固的文化惯例、风俗习惯,它们可能会携手而行,但彼此间也可能存在摩擦和冲突,需要适应和化解。例如,借政治之力推行的美学思想,未必就适合某种文化传统中的审美惯例。

从政治治理的角度思考美学思想的制度化,往往与主张审美生活的制度化是一回事。这是因为,确认某种审美生活在政治、文化上的合法性,主张运用强制性的国家体制力量以维护之,乃是基于与这种审美生活相应的审美理想,因而必须要确立这种审美理想以及相关话语在意识形态领域里的权威性。

在西方美学传统中,这一思想仍可追溯到柏拉图,而17世纪法兰西学院制定并强制要求艺术家遵循的新古典主义,则无论在理论还是实践方面都颇具典范性。"高乃依的戏剧《熙德》(1636)首演所引发的关于古典学说(the doctrine classique)有效性的论争,这是走向确立封建专制主义文学体制的关键一步。构成高乃依这出悲剧批评标准的那些规则,当时既不被大多数剧作家所承认,也不被公众所认可。只是由于黎世留和法兰西学院的干预(两者都赞同高乃依的批评家),这些规则才获得了官方认可的文学信条的地位,获得一种在19世纪以前不容争议的有效性","法国古典文学被用来服务于封建专制主义国家的表征要求"。①

至于审美制度,则是在晚近兴起的审美人类学研究中提出的概念。在宽泛的意义上,诸如文学制度、艺术制度的概念也可归诸一类。"审美制度是文化体系中隐在的一套规则和禁忌"②,"审美制度体现在两个层面:一个层面是精神观念的层面,包括习俗、禁忌、信仰、审美传统、意识形态等方面……另一层面是物质层面,包括具体的文化机构、场域、仪式活动及文化媒介等方面","体现了文化体系对美和艺术的理解和规定,主要体现在审美主体的塑造、文学艺术等审美客体表达机制、机构和氛围等方面。审美制度直接制约了人的审美观念、审美趣味、审美选择、审美表达和文学艺术的创造

---

① 　[德]彼得·彼格尔:《现代主义的衰落》,见周宪选译《激进的美学锋芒》,中国人民大学出版社2003年版,第73—75页。

② 　王杰:《审美幻象与审美人类学》,广西师范大学出版社2002年版,第159页。

等方面"①。在很大程度上,审美制度决定了人们对美、审美、艺术的基本看法,进而规范和引领各种形式的审美实践。例如,彼得·彼格尔就认为:"文学体制在一个完整的社会系统中具有一些特殊的目标;它发展形成了一种审美的符号,起到反对其他文学实践的边界功能;它宣称某种无限的有效性(这就是一种体制,它决定了在特定时期什么才被视为文学)。"②

如上引述虽不免挂一漏万,却也不仅能够证明制度美学的概念实有学术史依据,而且还可显示这一概念的涵摄性。以制度美学的概念为关键词,可以梳理、勾勒出一条美学思想史的文脉与轨迹,也可描摹与权力、制度勾连互动的人类审美生活的历史图景,这可以视为提出制度美学概念、从事制度美学研究的一个意义。不仅如此,制度美学的概念其实是提供了一个建构主义的解释维度或思想路径,可借以达成对美学与人类审美生活的一种理解与认同,其核心意指是诸如美、审美、艺术等等被建构而非预成的存在与模式,只有将其置于由众多制度因素构成的社会网格、文化脉络中,才能得到恰如其分的理解。

进而,制度美学研究会给我们这样一种启示:既然审美生活与制度是一体互动、彼此建构的,二者同为人类生存之不可或缺,是从人之为人的根本规定性中生长出来的,那么,如果不能改变这一事实,那就去改变制度,以解决审美生活在理论与实践层面存在的种种危机。这正如杰弗里·J.威廉斯所说:"从各种意义上说,制度产生了我们所称的文学,或更恰当地说,文学问题与我们的制度实践和制度定位是密不可分的","借用马克思的说法,关键是不仅要将制度理论化,更要将制度加以修改"。③

---

① 张良丛:《审美制度:走出审美的象牙塔》,《文艺理论与批评》2013 年第 5 期。
② [德]彼得·彼格尔:《现代主义的衰落》,见周宪选译《激进的美学锋芒》,中国人民大学出版社2003 年版,第 73 页。
③ [美]杰弗里·J.威廉斯:《从制度说起》,见其编著《文学制度》,李佳畅、穆雷译,南京大学出版社 2014 年版,第 1、14 页。

谈弗美尔的绘画

邹广胜 *

几年前我有幸去参观阿姆斯特丹国立博物馆（Rijksmuseum，Amsterdam），令人惊奇的是，博物馆宣传册页的封面既不是众所周知的伦勃朗的《夜巡》与《犹太新娘》，也不是亨德里克·阿维坎普的《隆冬溜冰者》与哈尔斯的《艾萨克与比阿特丽克斯夫妇肖像》，甚至也不是赫尔斯特的《明斯特条约庆祝宴会》与埃文丁根的《戴大帽子的少女》，而是弗美尔的《倒牛奶的女佣》，这幅无论在过去还是在今日都可视为象征着荷兰物质富足，气定神闲的画作。

弗美尔是荷兰黄金时代最著名的画家之一，其艺术成就现已获得与伦勃朗、梵高齐名的国际声誉，然其在中国艺术界及知识界的影响与伦勃朗及梵高相比还有待提高，特别是其画作所隐含的特有的宁静气质是其他艺术家所无法比拟的，反观充斥当今艺术界的慌乱与污浊无疑具有补偏救弊的作用。阿姆斯特丹国立博物馆还收藏了弗美尔其他三件重要的作品：《读信的蓝衣女子》《小巷》《情书》四件作品，画前总是不断地站着很多游人在沉思欣赏，使我很想在这几幅心仪已久的画作前留影的想法也作罢了，而我是很少产生这种想法的。但这种感受至少印证了我对弗美尔画作的热爱并不仅仅是我个人情趣的反映，乃是弗美尔画作魅力与影响深广的证明。由此也可看出弗美尔在现在的荷兰，乃至欧美艺术界的重要地位，他是与伦勃朗、梵高齐名的荷兰艺术大师。然而遗憾的是在中国，正如他开始沉默在西方艺术史二百年之久一样，现在还基本沉默在中国的艺术界，其影响远不及伦勃朗，更不要说梵高了，很少能见到关于弗美尔的高质量的画册、论文、论著，甚至是译注。特别是国内仅见的基本关于弗美尔的图书大都不够精美，

---

　* 邹广胜：浙江大学中文系教授。

可能是出版社为了降低印刷成本的缘故,但精美细致的构图与光彩照人的色彩正是弗美尔画作的基本特点。

约翰内斯·弗美尔(Johannes Vermeer 或 Jan Vermeer)(1632—1675)是荷兰 17 世纪伟大的风俗画大师,他的一生都工作生活在荷兰的代尔夫特(Delft),因此也被称为代尔夫特的弗美尔,有时也被称为约翰尼斯·范·德梅尔(Johannes Van der Meer)。弗美尔作为荷兰黄金时代最伟大的画家之一,却被人遗忘了长达两个世纪之久,但在今日西方艺术界已享有与梵高、伦勃朗一样的声誉,成为举世闻名的世界级艺术大师。特别是弗美尔由于他自己独特的真实而亲切的艺术风格、精严的构图、明亮的色彩、温馨的意境,宁静的韵致、对光与色的巧妙运用,对后来很多艺术大师,如梵高、达利、马奈等产生了极为深远的影响。梵高画中所经常出现的黄蓝两色,正是弗美尔画作的基本色调,而这两种色调在弗美尔的时代确是少见的。在2008 年东京大都会美术馆举办的名为《动静之间:液晶绘画展》中,日本著名的"戏仿"艺术家森村泰昌就表演了一段名为《回首》的视频,此视频就模仿了弗美尔的名作《戴珍珠耳环的少女》,以此向弗美尔致敬,与靳尚谊通过模仿弗美尔的三幅杰作向弗美尔致敬一样。波兰著名诗人亚当·扎加耶夫斯基曾在他的诗歌《弗美尔的小女孩》中说:

> 弗美尔的小女孩,如今很出名,
> 她望着我。一颗珍珠望着我。
> 弗美尔的小女孩的双唇
> 是红的、湿的、亮的。
> 啊弗美尔的小女孩,啊珍珠,
> 蓝头巾:你全都是光
> 而我是阴影做的。
> 光瞧不起影,
> 带着容忍,也许是怜悯。

(黄灿然译)

亚当·扎加耶夫斯基之所以钟情于弗美尔的绘画,正在于其与弗美尔一样善于在日常生活中发现美,把日常生活陌生化,并赋予其神圣之光。正如美国文学评论家苏珊·桑塔格在《重点所在》一书里对扎加耶夫斯基作品的评价:"这里虽然有痛苦,但平静总能不断地降临。这里有鄙视,但博爱的钟声迟早总会敲响。这里也有绝望,但慰藉的到来同样势不可挡。"这个评价也适用于弗美尔的画作。

　　丹纳在《艺术哲学》中谈到弗美尔生活的时代时说:"今日全世界没有一个地方享有象荷兰那么多的自由,人与人间的和睦竟能使平民不受大人物责骂,穷人不受富人责骂……没有人为了宗教而受审问。……人与人绝对平等。……至于文化和教育,正如组织和管理的技术一样。他们比欧洲的国家先进两百年。……民族艺术就在这样的形势中产生的。所有别具一格的大画家都生在十七世纪最初的三十年内。"①当然荷兰艺术的发展更直接与当时普遍的对艺术的尊重与爱好有关,而这种尊重与爱好自然也与自由的大环境密不可分:"即使最清寒的布尔乔亚,也没有不想好好地收藏一些画的。一个面包店的老板花六百佛罗伦买梵·特·美尔画的一幅人像。除了室内的清洁和雅致以外,图画就是他们的奢侈品。"②丹纳所描述的当时荷兰文化的特点,我们在弗美尔的绘画中都可看到,因为弗美尔画中主人公的墙上大都装饰着各种各样的画,如《天文学家》《音乐课》《拿天平的女人》《拿葡萄酒杯的女孩》《玻璃酒杯》《坐在小键琴边的女士》《站在小键琴边的女士》《写信的女子和女佣》《信仰的象征》《音乐会》《弹吉他的女人》《情书》《中断音乐课的女子》等,其他如《拿水杯的女子》《读信的蓝衣女子》《弹鲁特琴的女子》《地理学家》《绘画的寓言》《士兵和微笑的女子》墙上悬挂的则是地图,至于《打盹的女人》《写信的女子》中墙上也挂着类似画作的画框,由于艺术的处理画中的图像则被模糊简化了。如果再考虑到图画中充斥的各种来自东方的瓷器、壁毯等,应该说对艺术的热爱已成为当时流行的时尚与潮流。弗美尔笔下普通市民的日常生活与日常劳作也都显示了令人感动的优雅与和谐,画中没有纷争,没有危机,没有狂热的情感,甚至没有戏剧性,人物都是平静地沉浸在自己的事务之中。与其说是他们爱好自己的工作,倒不如说是毫无怨言地承受,平静地、日积月累地、不厌其烦地重复着自己的劳作,如《倒牛奶的妇女》《织蕾丝花边的女人》《天文学家》《地理学家》等。他们的日常生活也是如此,读信、写信、绘画、弹琴、恋爱、交谈、科学研究、倒

①　[法]丹纳:《艺术哲学》,傅雷译,安徽文艺出版社1991年版,第297—300页。
②　[法]丹纳:《艺术哲学》,傅雷译,安徽文艺出版社1991年版,第302—303页。

奶、饮酒等，无不如此。弗美尔的绘画中充满了一种自然质朴、精确自然、神秘静谧的诗意。特别是弗美尔画中的房间里常常充满了阳光，这些柔和而优雅的阳光往往使画中寻常的人物充满了一种超出日常生活的神性，而这种神性并不是表现一个普通人物的个性，而是艺术家所追求的普遍存在的理想，这种朴素的场景通过光的渲染散发出一种令人感动的神圣之光，特别是这种光往往从左边的窗口射进来，就更加使我们能深刻地感受到它。弗美尔画中的主人公多是女性，给我们以深刻的印象。这自然与他的生活环境，特别是家庭环境中多以女性为主有关，特别是《戴珍珠耳环的少女》中宁静纯真的回眸一瞥所散发出的自然而神秘的美，更是令人难以忘怀，说其可以与《蒙娜丽莎》相提并论并不为过，只不过《蒙娜丽莎》的美更成熟，更优雅，而《戴珍珠耳环的少女》的美则更清澈无瑕。这是弗美尔最著名的代表作之一，这幅尺幅很小的油画（44.5cm×39cm），曾被荷兰艺术评论家戈施耶德称为"北方的蒙娜丽莎"，但她确实具有一种与《蒙娜丽莎》不同的美：回眸惊鸿一瞥的少女侧身向着画家，也向着我们这些观画者凝望，她身着朴素的黄色外衣，黄色的外衣正与她头上自然下垂的柠檬色头巾相呼应，而白色的衣领、蓝色的头巾又鲜明而和谐地统一在一起，粉红色的脸庞，殷红的嘴唇，显得健康而又宁静，耳朵下的泪型珍珠垂挂在头巾下的阴影之中熠熠生辉，与同样大小的两只眼睛遥相呼应，更引人注目，同时也与整幅画全黑的背景形成鲜明对比，好似她从不知名的远方走来。最令人难忘的就是少女的神情，正如蒙娜丽莎的微笑让人着迷一样，少女的神情也同样让我们站在画前神秘莫测，久久不忍离去，是什么如此吸引我们？她的眼睛、她的珍珠如黑暗中相联的三盏明灯，让我们驻足，她微启的嘴唇似乎在回答我们的询问，更似乎在从自己的世界与沉思中惊醒，无意中看到了我们，清澈的眼神显露出她纯洁无暇的内心世界，我们都在这无瑕的一瞥中杂念顿消。

在弗美尔的画作中能与《戴珍珠耳环的少女》相提并论的也只有创作于1666年左右的《绘画的寓言》了，它是弗美尔最大尺幅的画作（120cm×100cm），现藏于维也纳艺术史博物馆，其初创的原因大致起于让购画者能够观赏到作者高超的绘画艺术，所以弗美尔一直都把它放在自己的画室里，没有出售。希特勒也曾一度拥有，但后来被维也纳艺术史馆购得。绘画的内容是一位画家背对着观者在全身心地描绘一个装扮成头戴花环的女子的肖像，女子左手执长号，右手怀抱着一本大书，背对着墙上的荷兰地图，似乎在沉思，又似乎面含羞涩，掩藏着心中的秘密，难以回答画家的揶揄，只是等待着他把自己的肖像描绘成画中的女神。也就是这种充满胜利喜庆的氛围吸引了好大喜功的希特勒的购买欲望。但画中精美的帷幕、细致的吊灯、黑白相间的地砖、窗外透来的阳光、条形花纹的上衣，彰显了艺术家出神入化的艺术技巧。整幅画面温馨、华美，也表达了艺术家名传后世的自我期许。这幅画也往往被认为是弗美尔最优秀的代表作之一，英国 BBC 在制作《旷世杰作的秘密》系列节目中就选择了弗美尔的这幅画来作为自己的主题。西班牙超现实主义画家达利就非常崇拜弗美尔，也很崇拜弗美尔的这幅《绘画的寓言》。对于这位极富有革命意识的画家，很难想象他会始终如一地崇拜某个画家，而令人惊奇的是，在世界上无数伟大的画家中，达利最崇拜三位伟大的画家，他们就是拉斐尔、弗美尔和委拉斯凯兹。在一般人看来，这三位画家的画风甚至和达利的画风有着根本的不同。达利早年就依靠对弗美尔的研究使自己古典风格的绘画水平到了惊人的地步，如他 1945 年创作的《面包篮》和后来的复制品都得益于弗美尔的艺术风格。特别是有一段时间达利对弗美尔《制带人》的研究达到了偏执狂的程度，并绘制了《维米尔的〈制带人〉的偏执狂批评研究》。① 关于《戴珍珠项链的少妇》，达利说："我发现在《戴珍珠项链的少妇》一画中就像在所有的绘画作品中一样，神圣会聚集在艺术家没有明显地画出的东西上，但已充分地表达了自我。"② 达利在《我的秘密生活》中曾明确声明自己"反对伦勃朗，拥护维米尔"，③ 甚至当阿兰问及，当人类在一小时之内全部消失，他有权利抢救一幅画，但这幅画不是他的画，他选择哪一幅时，他回答道："维米尔的《艺术家的画室》，这幅画在维也纳。"④ 达利有多幅名画都直接来自维米尔的作品，当然达利在引用弗美尔的作品时比靳尚谊更多地加入了自己超卓的想象，以此来表达自己对绘画的思想。如《可以作为椅子使用的弗美尔幽灵》就来自弗美尔的《艺术家的画室》，《消失的影像》来自弗美尔的《窗前读信的少妇》等。弗美尔的绘画常常被一种宁静所笼罩，画中的人物神情庄重，即使在他的画作《士兵和面带笑容的女孩》中，女孩"笑"得也是有些矜持，面带羞涩。至于在《老

① ［西］达利等：《达利谈话录》，杨志麟译，中国人民大学出版社 2003 年版，第 158－159 页。
② ［西］达利等：《达利谈话录》，杨志麟译，中国人民大学出版社 2003 年版，第 50 页。
③ ［西］毕加索等：《现代艺术大师论艺术》，常宁生等译，中国人民大学出版社 2003 年版，第 233 页。
④ ［西］达利等：《达利谈话录》，杨志麟译，中国人民大学出版社 2003 年版，第 63 页。

鸨》中举杯的男人，这个男人也有时被认为是弗美尔的自画像，他的笑容也不是那种激烈的大笑，而是一种不自然的，好似在摆着笑的姿势等待着画像的样子。弗美尔的绘画是那么宁静，那么含蓄，真给人如孔子所说的"素以为绚兮"的感觉。沃尔夫林在论述意大利文艺复兴著名画家安德烈·德尔·萨尔托的绘画时说："他是人世间的宠儿，甚至他的圣母也有一种尘世的优雅。他对生机勃勃的动作或强烈的感情没有兴趣，而且除了平静的伫立或漫步的姿态以外，他不越雷池半步。但在这范围内他创造了一种令人陶醉的美。"①沃尔夫林对萨尔托绘画的评价也非常适合弗美尔的绘画。弗美尔的宁静风格与伦勃朗及梵高对人物内心复杂世界的刻画形成鲜明对比。当然，在一些理论家看来，萨尔托与弗美尔宁静的画风和米开朗基罗、达芬奇、伦勃朗等画家的画风相比而言，往往由于缺乏强烈的感情与戏剧性而被看作是没有骨气、胆怯、缺乏冒险精神的表现，但他们的作品所呈现出的另一种与众不同的朴实而安详的美，这种美却更容易和一种理想的终极道德观念相联，也许《论语》"仁者静"正是萨尔托、弗美尔画中宁静世界所隐含的价值取向的最好说明。当然，这种外在的和谐与内心的宁静并不是艺术家周围世界的特点，它是艺术家心灵与想象的产物，同样，伦勃朗及梵高艺术戏剧化的风格与他们戏剧性的性格与人生密切相关，正如弗美尔平静的绘画与他平静的心情与人生有关一样。弗美尔生活在自己的日常世界中，而他的题材也取自这些日常的事件，因此观看弗美尔的绘画正如走进他的、也是当时荷兰大多数中产阶级的日常生活中一样。弗美尔不仅仅是一个摄影师，一个机械的图像采集师，他更是一个画家，一个深刻思考日常生活存在的哲学家。《台夫特之景》中太阳把光线投射在新教堂的尖顶上，这束完美而安详的阳光与其说它来自画外的太阳，倒不如说来自弗美尔的内心世界，因为弗美尔的每一幅绘画都充满了阳光，是弗美尔为自己的绘画增添了光影，他的绘画世界比当时荷兰中产阶级的现实生活，甚至是自己的现实生活更美，更令我们神往，也更令我们怀念与感动。

在丹纳看来，弗美尔对荷兰日常生活的描绘正反应当时荷兰的兴旺发达及其日常市民生活的情感世界。弗美尔属于荷兰当时众多描写日常生活用作家庭装饰的画家中的一位，他们的绘画由于来自日常生活中真实的人

---

① ［瑞士］沃尔夫林：《古典艺术——意大利文艺复兴艺术导论》，潘耀昌译，中国人民大出版社2004年版，第185页。

与事而呈现出共同的特色："这些作品中透露出一片宁静安乐的和谐,令人
心旷神怡;艺术家象他的人物一样精神平衡;你觉得他的画图中的生活非常
舒服,自在。画家的幻象显然不超越现实,似乎跟画上的人物一样心满意
足,觉得现实很圆满,他想添加的不过是一种布局,在一个色调旁边加上一
个色调,加上一种光线的效果,选择一下姿态。"①《倒牛奶的女人》中简朴的
生活、丰满的身体与宁静的表情不禁使我们想到老子所说的:"是以圣人之
治,虚其心,实其腹,弱其志,强其骨。常使民无知无欲,使夫智者不敢为
也。"②这种简朴生活的神圣化,并不仅仅是一种艺术的美化,更是一种人生
的理想。特别是那从窗外投射来的阳光,它一样地投射到富人、穷人身上,
并无任何偏爱,更让我们感受到那来自自然万物的关爱和简朴生活本身的
意义。生活是充满了艰辛,正如生活简朴的弗美尔依然要抚养十几个儿女,
但正如加缪笔下的西西弗斯,陀思妥耶夫斯基笔下的穷人一样,他们的尊
严、幸福与美正来自他们对现实无言的承受,用温柔的心情享受着来自自然
万物的爱抚。也正是弗美尔这种对日常生活的爱与赞美导致了他与伦勃朗
的根本不同。丹纳在《艺术哲学》中说伦勃朗,在荷兰的画家中"只有两人越
过民族的界限与时代的界限,表现出为一切日耳曼种族所共有,而且是引导
到近代意识的本能;一个是拉斯达尔,靠他极其细腻的心灵和高深的教育;
一个是伦勃朗,靠他与众不同的眼光和泼辣豪放的天赋。伦勃朗是收藏家,
性情孤僻,畸形的才具发展的结果,使他和我们的巴尔扎克一样成为魔术家
和充满幻觉的人,在一个自己创造而别人无从问津的天地中过生活"。③ 丹
纳把伦勃朗的艺术风格与古希腊罗马的艺术风格进行了对比,他说:"希腊
人和意大利人只看到人和人生的最高最挺拔的枝条,在阳光中开放的健全
的花朵;伦勃朗看到底下的根株,一切在阴暗中蔓延与发霉的东西,不是畸
形就是病弱或流产的东西;穷苦的细民,阿姆斯特丹的犹太区,在大城市和
恶劣的空气中堕落受苦的下层阶级,瘸腿的乞丐,脸孔虚肿的痴呆的老婆
子,筋疲力尽的秃顶的匠人,脸色苍白的病人,一切为了邪恶的情欲与可怕
的穷困潦倒不安的人;而这些情欲与穷困就象腐烂的树上的蛀虫,在我们的
文明社会中大量繁殖。他因为走上了这条路,才懂得痛苦的宗教,真正的基

---

① ［法］丹纳:《艺术哲学》,傅雷译,安徽文艺出版社 1991 年版,第 304 页。
② 陈鼓应:《老子注译及评介》,中华书局 2001 年版,第 71 页。
③ ［法］丹纳:《艺术哲学》,傅雷译,安徽文艺出版社 1991 年版,第 305 页。

督教,他对圣经的理解同服侍病人的托钵派修士没有分别;他重新找到了基督,永久在世上的基督。……在一般贵族阶级的画家旁边,他是一个平民,至少在所有的画家中最慈悲。"①丹纳认为,在刻画人物精神世界的深度与广度上只有莎士比亚能与伦勃朗相比,但在如何像希腊人与意大利人那样"看到人和人生的最高最挺拔的枝条,在阳光中开放的健全的花朵",弗美尔就具有了与伦勃朗根本不同的能力与价值取向。

在17世纪荷兰黄金时代的画家中伦勃朗是一个众所周知的人物,与伦勃朗相比弗美尔则显得更像一个谜。虽然他今日的声誉已于伦勃朗齐名,但关于他的生平与艺术历程除了很少的文献资料外,大多淹没在艺术史家的各种推断之中。就弗美尔一生流传下来的仅有的三十多幅作品来看,几乎件件都令人称奇,也就是这些伟大的艺术作品使他在美术史上的地位不仅与他同时代的伦勃朗,也与后来的梵高相提并论。弗美尔与伦勃朗根本不同,弗美尔是那样的单纯,不像伦勃朗那样如包容一切的大海与天空,招引着无数人的眼光与好奇,他就像一泓碧潭一条小溪清澈见底,唯有情有独钟的人才久久不忍离去。他们之间有着很多惊人的对比:伦勃朗生前就已获得了他应有的声誉,但弗美尔却没有那么幸运,他在去世后二百多年才获得了认可;伦勃朗辉煌时曾衣食无忧,并曾有富有的妻子为后盾,但弗美尔一生都平凡清贫,长期居住在岳母家里,和妻子卡塔琳娜一起为要养活十一个孩子而挣扎,生活上主要依靠父亲留下的旅馆和当艺术经纪人的收入来维持他那庞大的家庭开支,同时还受岳母的周济。根据档案记录证明,弗美尔花费了大约三年时间才全部支付了加入圣路加行会所需的区区六盾。特别是弗美尔的晚年,经济由于1672年法国入侵尼德兰导致艺术品市场的瓦解而突然陷入窘境,只好以借贷度日,最后不得不宣布破产。生计无所依靠的弗美尔于1675年12月15日在困顿中突然去世,时年43岁。妻子在回忆他的早逝时说:"由于(经济损失)的缘故,还有养家糊口的巨大负担,个人也没有多少家产,他精神恍惚,从此一蹶不振。竟在一天或一天半之后就去世了。"②他妻子卡塔琳娜在求助于代尔夫特市政当局时也说,弗美尔的死是因为"自己的作品一张都卖不掉,而且,叫他损失惨重的是,他只能枯坐,看着自己买进却卖不出去的大师画作,因为这个问题,因为孩子的沉重负

①　[西]丹纳:《艺术哲学》,傅雷译,安徽文艺出版社1991年版,第305—306页。
②　Brad Finger: *Jan Vermeer*, Prestel Verlag, Munich Berlin London New York, 2008, P69—70.

担,身无分文的他陷入衰弱、颓废,为此郁结在心,然后,仿佛发狂一样,原本健健康康的他,只不过一天半的光景,就撒手而去"。① 弗美尔死后债台高筑,甚至还欠面包店很多钱。于是,他的财产被清理,绘画被出售或拍卖,现今这些绘画大都被收藏在从他的家乡荷兰到美国、法国、德国、奥地利等世界各地,其中三幅,包括他的代表作《戴珍珠项链的女孩》《代尔夫特之境》收藏在离代尔夫特最近的海牙皇家摩里斯宫里。弗美尔生活在 11 个孩子之中的忙乱与环境的吵闹是可想而知的,但这一切在他的画作中竟然没有一点显现,他的画作完全充满了安静与优雅。普通人的日常生活成了弗美尔绘画的源泉,他对女性细微深刻的刻画、日常生活场景生动感人的写照、绘画中精美的细节、对日常家具的深厚感情、对阳光与宁静的赞美都来自他对自己繁忙而充实的日常生活的感叹,同时我们在他的画中也能感受他对飞速发展的时代的赞美,甚至他自己的绘画还采用了一些科学的方法来取景构图。弗美尔的时代是一个科学发生巨大进步的时代,那时,路易十四建立了天文台,牛顿发明了反射望远镜,惠更斯发现了土卫六,航海中开始用木星的卫星来定位等等,这一切对于一个对航海有着特殊感情的国家——荷兰来说无疑具特别重要的意义,他与列文虎克的亲密友谊更是加深了他对科学的关注与赞美。弗美尔与显微镜的发明者列文虎克都生于 1632 年,并生活在同一座城市——代尔夫特,列文虎克甚至最后成了弗美尔财产的托管人。弗美尔两幅著名的关于科学家的画作《天文学家》《地理学家》显然都是以同一个模特为模型画出的,地理学家身后的地球仪、桌子上的地图、手中的量规、沉思而又志存高远的眼光,天文学家的星象仪、打开的书本、二者专注深思的表情都表达了作者对于一个完美科学家的形象的理解,也表达了他对崇高的科学及勇于献身的科学精神的无限赞美。这一切都使人联想到无数科学家、冒险家、商人他们为经济、文化的交流所付出的巨大代价,及其所蕴含的无数浪漫想象。明亮的窗口所带来的阳光正如来自另外一个世界的恩典,把荷兰的每一个房间都照射得令人倍感温暖。科学家的绘画主题既不是爱情,也不是道德的寓言,而是更为现实的对一个广大而生机勃勃的外在世界的向往与探讨。这是旅行者、商人及探险家的世界,那里充满各种令人惊奇的新事物、新信息,它也强迫那些接触到这新世界的人必须以一

---

① ［加］卜正民:《维梅尔的帽子——从一幅画看全球化贸易的兴起》,刘彬译,文汇出版社 2010 年版,第 219 页。

种新的视觉与价值来重新看待世界与自我。至于这个模特是否就是列文虎克,还没有定论,但其确实准确而形象地表达了当时人们普遍对于地理、天文及无限广阔的外部世界的向往与探索。

在对日常生活事物的处理上,弗美尔与伦勃朗也根本不同,弗美尔对日常生活用品的精美刻画与伦勃朗大都把无用的细节淹没在黑暗之中的做法形成了鲜明对比。如他的《倒牛奶的女人》中女人深浅不一的上衣、微微倒出的牛奶、粗糙的面包表面、条纹清晰的挂蓝,令我们印象深刻。特别是女人头顶墙上无用的钉子及其投下的淡淡阴影,还有其他几颗拔过钉子留下的洞痕,真是令我们对艺术家的苦心孤诣不得不发出赞叹:这个钉子显然以前是曾悬挂过东西的,正如它旁边依然悬挂着提篮和水壶一样,这样的钉子在我们小时候的墙上常常也能看到,它之所以没有被取下来,是因为还需要它下次悬挂东西,这即将悬挂的东西也正是生活的希望。人们就是被这些看似简单的日常生活牵挂着,这看似无用的钉子及其周边依然散落的钉眼,借助弗美尔的光线,借助他对日常生活温柔而亲切的描绘使其具有了无法言喻的温情,短暂看似毫无意义的日常生活便就此获得了某种永恒,在近五百年后的今天让我们看来,依然是那样生动、亲切而感人,让人充满怀念与遐想。在伦勃朗的绘画题材中,宗教题材占据了很大的比重,但题材与画作所体现的并不是宗教所最终追求的神圣的宁静,而是一种伦勃朗式的宗教激情,即使是《沉思的哲学家》中的宗教学家表现也是的深思的宗教激情或以宗教的激情来深思。其他取材自宗教的画作,如《耶稣在以马忤斯》《一百盾》《被拿住的奸妇》《浪子回头》《木匠家庭》《三个十字架》《扮成使徒保罗的自画像》《耶利米哀悼耶路撒冷的毁损》等都取材自富有寓意性的圣经故事,其他如《夜巡》《杜普教授的解剖课》《伯萨撒之宴会》则充满了宏大而复杂的场景,人物的内心也充满了紧张的矛盾。伦勃朗一生反复刻画的戏剧化的自我画像也是他与弗美尔根本不同的重要表现。当然动荡而复杂的画面必须要有大尺幅的构图来与之相配,并借助整幅绘画周围阴暗部分所展示的神秘气氛以引起观画人情感的动荡与沉思,伦勃朗也时常希望能通过画巨幅油画使自己声誉大振。① 伦勃朗这些戏剧化的特点总能吸引时代的眼球,也因此更容易成为时代的焦点与中心。而弗美尔正好与此相反:他仅仅

---

① [美]房龙:《伦勃朗的人生苦旅》,朱子仪等译,北京出版社 2002 年版,第 130 页。

注重日常的题材,没有大场面,只有一些简单的日常场景,如读信、写信、交谈、织布、倒奶、一个人的自弹自乐,没有内心的争斗与欲望,仅有人物平静的外表与简单的动作,甚至他的人物很少出现微笑(只有《士兵与少女》中的少女出现了少有的微笑)。而且大都是简单的小尺幅的构图,[①]只靠整幅绘画所呈现出的精美与宁静来打动观者,而这些平淡温馨的场景是很难打动那些追求宏大场面与激烈动荡感受的观众的内心的。他们两位简直就是艺术的两极,二人的个人生活也呈现出极大的不同,伦勃朗的生活充满了动荡与起伏,他的艺术生涯与个人情感生活也无不如此,从而展现了一种浪漫主义的风格,而弗美尔的生活则充满了宁静,甚至他艰难的日常生活也是一种普通人所常常经历的困苦,所以他的绘画既是他日常生活的反映,也是他内心精神世界的写照。弗美尔画中的人物感情细腻,如《音乐课》中教师并没有在聆听音乐,也没有在看钢琴或乐谱,而是在时刻注视着弹钢琴女孩的脸,他内心隐约的情感与欲望显露无遗,这细微的处理让人感受到画家对人物内心世界的精微体察。弗美尔画中的人物不是没有欲望,而是压抑了欲望,内心的情感被宁静的神情和安详的氛围所笼罩,化为平静的深水,如《倒牛奶的女佣》中丰满的形体、怎没有欲望呢、其他如《花边缝纫者》《读信的蓝衣女子》《写信的女子与女仆》《情书》《坐在小键琴边的女士》等无不如此。然而这种欲望并不是被一种充满饥饿的邪气所控制,而是如牛马在丰沛的草原上悠荡一样,没有争夺,没有吵闹,没有紧张,大家都固守着一种"强身弱志"的原则,相安无事。即使如《老鸨》这样的题材也仅仅是充满一种世俗的欢乐而已。她们的形象充分显示了经济的兴旺、营养的丰富、家庭的幸福,这些世俗的绘画与追求与当时主流意识的宗教画形成了鲜明的对比。

---

　　①　创作于1685年现藏于荷兰阿姆斯特丹国立美术馆的《倒牛奶的女人》尺幅是45cm×41cm,创作于1666—1667年现藏于美国华盛顿国家美术馆的《戴红帽的女孩》尺幅是23cm×18cm,著名的《台夫特城景色》创作于1660—1661年,现藏于荷兰海牙莫瑞修斯博物馆,尺幅是96.5cm×115.7cm,创作于1665年现藏于荷兰海牙莫瑞修斯博物馆的《戴珍珠耳环的少女》尺幅是44.5cm×39cm,创作于1666—1667年现藏于维也纳艺术史博物馆的《绘画的寓言》尺幅最大,是120cm×100cm,创作年代不详,现藏于巴黎卢浮宫的《做蕾丝边的少女》尺幅是24cm×21cm。创作于1669—1670年间的《情书》尺幅是44cm×38.5cm,现藏于阿姆斯特丹国立美术馆。由此来看,弗美尔作品的尺幅大都很小,所以当收藏家巴尔塔萨·德·芒特尼斯在代尔夫特拜访弗美尔,要买他的画时,就认为他的画作太小,而且往往只有一两个人物,且又要价太高。因为在17世纪,一幅画的价值往往取决于作品的大小、复杂性和精美细部的数量,而弗美尔很少创作大尺幅的作品,并往往用一两个人物来紧扣主题,这也许是他不合时代画风、不受时代青睐的一个重要原因。

这种充满宁静的古典主义风格与"高贵单纯，静穆伟大"的古希腊风格有相通之处，正如梅因斯通所指出的："这些特点让我们想起：'古典'这个词还有另一层含义，也就是用来形容伟大的荷兰画家扬·弗美尔的《德尔夫特景色》的那层含义。""比较一下弗美尔的《看信的少妇》，也可看出'古典'这个词用来指和谐、宁静和平衡时，可适用于与古罗马毫无联系的艺术品。"①无论怎样，伦勃朗因为描述了复杂的人生及人性让我们肃然起敬，但弗美尔描述了富足温馨的人生，而这正是今日中国人的普遍向往。从这个角度讲，在今日的中国弗美尔比伦勃朗更具有现实意义。

当然，弗美尔画作所呈现的古典主义审美趣味是一种融合巴罗克风格的古典主义，苏珊·伍德福德在《剑桥艺术史·绘画观赏》一书中通过对比贝里尼的文艺复兴作品《首席长官洛雷达诺》与弗美尔的《绣花边的人》来说明弗美尔的巴洛克风格。她说："试看贝里尼作品底部的坚硬的横栏、抬得笔直的头（包括平视的眼睛、水平的嘴巴和横着的鼻子），和在一个与画面平行的平面上绘制的半身塑像。把这些特征与《绣花边的人》进行比较：她坐在一个边角上，后面的肩膀退入深景，头微斜，这样她的目光就偏向左下方；光线从右面进来，照亮身体右边而把左边投入阴影，这样就使绘画表现出统一性。"②通过伍德福德的分析，当然她也是为了印证沃尔夫林的古典主义理论。沃尔夫林在《艺术风格学：美术史的基本概念》中就通过分析弗美尔画中的纵深感来揭示其与同时代画家的基本区别及其所隐含的巴罗克风格，在沃尔夫林看来，《代尔夫特的风景》中虽然街道、河面和附近的堤岸几乎全是用纯粹的狭长带形来展示的，但其通过色彩，特别是天空中云彩所具有的逐步的由暗到明所形成的纵深感使观者的眼光不断地从近处的岸边到河边、街道，直至远方的被房屋遮挡而无法看到的天际。即使《音乐课》这样的室内画也同样表现了这种强烈的纵深感，虽然初看起来，这部作品在房间构图及内容上与丢勒的《圣杰罗姆》没有太大的区别，但作品所展现的纵深感正是它风格新异的基本标志，也是沃尔夫林所谓的巴罗克风格的象征："如果这幅复制品在光和色上较真切的话，我们的这位画家风格上的新要素当然会显露出来；不过即使在这里，也可以看到某些因素，这些因素毫无疑问地使人想到巴罗克风格。首先，这是一系列的透视的大小，是与背景相比

---

① ［英］梅因斯通：《剑桥艺术史·17世纪艺术》，钱乘旦译，译林出版社2009年版，第71—72页。
② ［英］苏珊·伍德福德：《剑桥艺术史·绘画观赏》，钱乘旦译，译林出版社2009年版，第92页。

有显著尺寸的前景。这种急转直下的缩减是由接近的观测点产生的,它总是要加强纵深的运动。在地面图案上的外观也有同样的效果。展开的空间被展示为一条有最显著的纵深运动的走廊,这是一个重要的母题,这个母题在同一意义上起作用。"①沃尔夫林与伍德福德的分析揭示了弗美尔的巴罗克风格,其实,这种巴罗克风格既是艺术家个体艺术风格及情趣的展现,也是画家根据被刻画人物根本不同的个性、职业特点、社会身份特点等所作出的必然选择。首席长官洛雷达诺表情严肃,身体笔直,摆出正襟危坐的样子乃是为了充分显示其职业性质与其人物性格的庄严神圣,但绣花边的女工不同,她在工作时必须屈身低首,目光注视着自己手中的织物。弗美尔乃是采用一种当时流行的现实主义风格,为了展示一个工作中的女性形象,低垂的头、弯曲的肩膀、摆满加工衣料以至于必须坐在桌子角边的局促都是工作的需要,整个画面不过是显示这是一个普通的劳动者的形象,和那些追求浮华充满幻想的巴罗克风格在取材、趣味、表现手段等都有着根本的不同。以今日的审美习惯来看,取自世俗题材的弗美尔画作自然是更为亲切自然,和当时占据主导地位的伦勃朗式的绘画风格比较起来截然不同,甚至有些离经叛道倾向。从伦勃朗大量的圣经题材来看,他也可说是另一种形式的古典主义,直接取自现实生活题材的弗美尔仅仅是在艺术风格及其表达手段上,也就是仅仅在形式上体现了一种古典主义的审美趣味。正如丹纳指出的,弗美尔的绘画正是当时新兴的荷兰市民中产阶级审美趣味的反映,日常简朴的生活、现实环境的风景画、静物画、肖像画等,正反映了他们的日常生活内容及其精神价值追求。虽然少数画作仍然具有传统宗教画的寓意,如《称天平的女人》《绘画的寓言》《信仰的象征》,还有一些直接取材于圣经的作品,如《狄安娜和她的女伴》《基督在马大和玛利亚家》等,但整体上弗美尔的绘画大多是以现实为源泉,无论在内容上,还是在形式上都突破了意大利佛罗伦萨画派多取材圣经、威尼斯画派多取材希腊神话的局限。这在弗美尔的《代尔夫特之景》中就可看出:层层倒影的河面、岸边停栖的小船、令人熟悉的建筑、三五成群交谈的人们、蓝天中飘浮的大片白云、远远耸立的教堂尖塔等等,无不是眼中活生生的自然与生活。画中河港两岸码头上停歇的船只,或在港口停留的小货船都表明了荷兰当时商业与航海事业的发达,

---

① 〔瑞士〕沃尔夫林:《艺术风格学:美术史的基本概念》,潘耀昌译,中国人民大学出版社 2003 年版,第 103 页。

特别是画中反复出现的读信、写信主题更是呈现了海上贸易发达的荷兰很多人被卷入全球人口流动浪潮的情景。这位一生很少远行的"居家画家"也深刻地感受到了这种社会的动荡与巨变,不得不在画中反复出现这个日常的话题。至于《小巷》则更是对真切的街头巷尾的描绘了,坐在门前缝衣的女人、跪在地上正在擦洗地板的女仆、正在洗刷抹布的女人等真是一场真切感人、令人怀念不已的温馨生活场景。正如布列逊《视觉与绘画:注视的逻辑》指出的"维米尔以前所未有的精确记录其知觉"。① 是的,弗美尔摄影般的自然与精准是任何观看过弗美尔绘画的人所一致得出的结论,当然这种精确也是与一种同样松散的自由的风格并列地呈现在画布上的。如《绘画的寓言》中整齐的花格地板、精美的服饰、别致的吊灯与粗犷的窗帘的编织图案、墙上地图的大致轮廓及富于变化的光线的明暗等和谐地交融在绘画之中,而这一切都隐含在画面中的画家刚刚开始创作的图画之中。这幅画,我们才刚刚看到它开始的一部分,这也是弗美尔在画中呈现绘画过程使现实的绘画与未完成的虚拟画作虚实结合的完美构思。看似平凡的弗美尔绘画又往往蕴含着一定的宗教道德寓意,这又在某种程度上显示了弗美尔与殖民地时期荷兰传统绘画的必然联系,如直接取材自希腊神话题材的绘画《狄安娜和她的女伴》中洗脚的形象自然使人联想到耶稣基督在最后为门徒洗脚的故事。《基督在马大玛利亚家》则来自耶稣把聆听讲道的玛利亚置于忙于世俗服务的马大之上的故事,其隐含了圣经的教导是更高的存在的寓意。《信仰的象征》也是直接来自基督教题材,特别是画中墙上悬挂的巨幅耶稣受难图更是直接宣示了基督教的教义,女主角抚胸昂视的造型也是基督教题材中常见的信道者为耶稣及世人苦难哀悼的形象。除此之外,他的《拿天平的女子》中的宗教寓意则较为含蓄,有研究者认为这是以怀孕时期的妻子卡塔琳娜为模特画制的,画作描述了下腹微微隆起的卡塔琳娜正站在几乎被完全遮蔽的窗前称量黄金重量的情景,在当时的荷兰是非常普遍的,由于经济的迅速发展,各种黄金的流通物由于反复使用而常常遭受磨损,重量也常常发生变化,因此为黄金称重不仅是很重要,也是很常见的工作,由于其重要性,自然也是很隐蔽的工作。画中的卡塔琳娜平静而专注的眼睛全神贯注在她的工作之中,同时也似乎在体味着身为母亲的喜悦,她是

---

　　① [英]布列逊:《视觉与绘画:注视的逻辑》,郭杨等译,浙江摄影出版社 2004 年版,第 122 页。

如此地沉浸在自己的工作之中,似乎外面的世界已完全不存在,甚至珠宝盒上熠熠闪烁的珍珠链、桌上随意取出等待称重的金项链与金银币都很难引起她的注意,她的目光紧紧注视着那只权衡一切的天平,据用放大镜观看过的理论家说,那上面并无一物。当然,称上面的东西是可有可无的,更为重要的是称要保持它应有的平衡,卡塔琳娜身后的那幅以典型的弗兰德斯风格绘制而成的画则暗示了她的工作的真正意义,不是为自己谋求财富,而是要为神的意志寻求公正。这幅画中画的题材同样来自圣经,内容是上帝在进行最后的审判,最后的审判自然也应该包括卡塔琳娜每次给黄金称重的行为。上帝用他的道德标准来为每一个世人的行为与内心称重,他并不关注世人的物质财富,他关注的是每一个人真正的道德水平。因此画中的卡塔琳娜并没有把自己的目光聚集在珍珠与黄金项链上,她关心的是天平的两边是否平衡,商品是否物有所值,人知否各得其所,因此吸引我们视线的整个画面的焦点并不是珍珠、黄金与白银,而是卡塔琳娜宁静地审视一切而又甘愿接受最后审判的神情。这样,墙上众人等待审判的动荡与卡塔琳娜脸上的宁静就形成了鲜明的对比。当然,这种动荡与宁静在本质上都是一而二二而一的,因为称量珍珠与黄金本身就是明辨是非权衡善恶。

贡布里希也把弗美尔看作与伦勃朗一样伟大的画家。在贡布里希看来,正如很多伟大的音乐没有歌词一样,一副取材于日常题材的绘画也同样能伟大不朽,题材并不是决定一个艺术家是否成功的标志。为此贡布里希说:"弗美尔好像是个慢工出细活的人。他一生没有画很多画,其中也很少表现什么重大的场面。那些画大都表现简朴的人物正站在典型的荷兰住宅的一个房间里。有一些表现的不过是一个人物独自从事一件简单的工作,诸如一个妇女正在往外倒牛奶之类。弗美尔的风俗画已经完全失去了幽默的图解的残余印迹。他的画实际上是有人物的静物画。很难论述到底是什么原因使这样一幅简单而平实的画成为古往今来最伟大的杰作之一。但是对于有幸看过原作的人,我说它是某种奇迹,就难得有人会反对我的意见。它的神奇特点之一大概还能够被描述出来,不过很难解释清楚。这个特点就是弗美尔的表现手法,他在表现物体的质地、色彩和形状上达到了煞费苦心的绝对精确,却又不使画面看起来有任何费力或刺目之处。像一位摄影师有意要缓和画面的强烈对比却不使形状模糊一样,弗美尔使轮廓线柔和了,然而却无损其坚实、稳定的效果。正是柔和与精确二者的奇特无比的结

合使他的最佳之作如此令人难以忘怀。它们让我们以新的眼光看到了一个
简单场面的静谧之美，也让我们认识到艺术家在观察光线涌进窗户、加强了
一块布的色彩时有何感觉。"①弗美尔喜爱表现普通人日常生活中宁静的瞬
间景象，并从中发现令人难以忘怀的诗意能力，这是同时代的其他画家所难
以达到的。他一反依靠宏大的宗教题材来获得空洞威严的作法，让普通人
和平常的生活绽放出感人的光彩。他的风格与法国著名画家夏尔丹的画风
极为相似，他们的画作都没有花哨的戏剧效果，也没有故作惊人的暗示，但
朴实而感人的氛围却是其他画家所无法比拟的。所以贡布里希在《理想与
偶像》中以弗美尔的《代尔夫特的景象》为例来思考"艺术是否有一种改善的
作用"这个历来就困惑艺术家及哲学家的老问题，他说："我想以弗美尔
（Vermeer）的《代尔夫特的景象》（*View of Delft*）作为范式，因为在几星期
前我有过这种奇妙的感受。这是一种有改善作用的感受吗？这完全得取决
于你用'收益'一词指的是什么。我不安地发现，有一种本意良好、结果却不
好的宣传说：艺术是对你有益的，会使你成为一个更好的人或公民，但可悲
的是，这一点已被多次证明是错误的，事实是有一些暴君和恶棍也有敏锐的
审美眼光。这并不是说欣赏艺术不能留下永久的印象，也不是说欣赏艺术
不是一种有丰富作用的感受。我们珍惜这类观看所留下的记忆，我们只希
望我们能够随意地完全唤起以往欣赏艺术所获得的体验。"②贡布里希体会
到了艺术，特别是弗美尔《代尔夫特的景象》这样伟大的艺术给人以美好影
响，但他同时也看到了这种影响的有限性，因为历史上无数的阴谋家、战争
狂都是狂热艺术的爱好者，正如希特勒、戈林都非常喜欢弗美尔的艺术。事
实上，艺术正如炎炎盛夏的清风，虽然它无法改变盛夏的大局，但如果没有
凉风的吹拂，人生只能遭受更多的灾难。

　　也许由于家庭生活的直接原因，我们可以看到在弗美尔的画中女性占
据着绝对主导的地位，无论是工作中的女性，如《倒牛奶的女佣》《织花边的
女工》《拿天平的女人》《打瞌睡的女人》等；还是从事简单的日常生活，甚至
是纯粹休闲中的女性：《坐在小建琴边的女人》《音乐会》《弹吉他的女人》《音
乐课》《弹鲁特琴的女子》《中断音乐课的女子》《坐在维基拿琴边的女子》等，
她们在享受着生活；即使那些纯粹的肖像画，如《戴红帽的女孩》《年轻女子

---

① ［英］贡布里希：《艺术的故事》，范景中译，广西美术出版社 2008 年版，第 430—433 页。
② ［英］贡布里希：《理想与偶像》，范景中等译，上海人民美术出版社 1989 年版，第 322—323 页。

肖像》《戴珍珠项链的女子》《拿笛子的女子》等都充分展示了女性自身的富
足、沉静与价值；至于几幅少有的以圣经和神话为主题的关于女性的画作，
如《圣徒布希德》《耶稣在马大玛利亚家》《狄安娜和她的女伴》《信仰的力
量》，也同样使女性的主导地位得以展示。这其中，有几幅特别令人感兴趣
的是以男女对话为主题的画作，如《音乐会》《音乐课》《中断音乐课的女子》
《拿葡萄酒杯的女孩》《玻璃酒杯》《军官和微笑的女子》等，更是通过男女神
态及画中男女位置的对比，也就是男性注视甚至有些恳求的目光及女性大
多处于画中心的位置来展示女性显著的地位变化，而这在同时代其他的画
家中，如伦勃朗的画中是绝少看到的。男性对女性注视恳求的目光已经充
分说明了女性地位的新变化，随着贸易的发展，金钱自然占据着人们生活的
主导地位，创造金钱、占有金钱的男性在社会中自然占据更多的主动地位。
正如《军官和微笑的女子》中的军官一样，我们也许能隐约感受到他的霸气
与不可一世，这种霸气在《拿葡萄酒杯的女孩》中两位争风吃醋的男性身上
也可看出，一位因为得到女性的青睐而洋洋得意，另一位则因为丧失了女子
的垂青而不顾尊严地垂头丧气。但同时，我们也能看到，在金钱主导的经济
浪潮下，随之而来的另一股浪潮也正在暗暗涌动，那就是随着人口流动的增
加与人际交往的频繁，随之而来的浪漫与幻想也同样慢慢地在改变着人们
的情感世界，特别是给女性的生活与内心世界平添了无数的想象空间。这
几幅描写男女交谈场面的绘画，也许是他们正在谈婚论嫁，男性的讨价还价
与不断恳求正显示了女性的地位已经悄然发生变化。女性的微笑、沉着、自
信、对局面的控制与画中的中心主导地位，至少反映了在一个经济飞速发展
的时代，美与浪漫的情感正在悄然取代财富的地位成为衡量爱情价值的软
货币，而体察入微的弗美尔用他精准的笔触揭示了这种悄然涌动的新变化。
其中女性的穿戴也同样是展示女性地位的一种象征，最为典型的就是对珍
珠、项链、华美的服饰、繁复挂毯的描绘，同时也展示了弗美尔精美的艺术技
巧。弗美尔有很多幅画作都刻画了女性耳畔上的珍珠，如《写信的女子》中
两耳上悬挂的珍珠，《绘画寓言》中女子耳畔的一串珍珠，《音乐会》中两个女
子耳畔都垂挂着珍珠，其他如《戴红帽的女孩》《主仆》《年轻女子肖像》《弹鲁
特琴女子》《写信的女子与女佣》《情书》《戴珍珠项链的女子》《拿笛子的女
子》等中女主人耳畔均垂挂着大珍珠，当然还有最为著名的《戴珍珠耳环的
少女》中的大珍珠。弗美尔描绘的这些珍珠形体都很大，且光彩熠熠，给人

以富丽堂皇的感觉，上面隐约出现的形状与轮廓又往往使人联想起戴它的女子所处的房间的情景。无论这些珍珠是否让人怀疑它们的真假，但珍珠所呈现的富足与祥和确实和弗美尔绘画充实而宁静的风格保持着和谐。

此外读信的女子也是弗美尔痴迷异常的题材：《窗前读信的女人》《写信的女子》《写信的女子与女佣》《读信的蓝衣女子》《主仆》《情书》等，反映了信在以航海为重要生活组成部分的荷兰人的日常生活中所起的重要作用。当然，情书也是一种重要的主题，是当时荷兰人精神自由的一个象征，特别是年轻女子的信件。信是人与人交流的一种特殊方式，它使观画人很容易产生无限的遐想。在弗美尔众多以信为主题的绘画中，《读信的蓝衣女子》给笔者的印象最深。这幅画的女主人是一位已有身孕的女子，她身穿宽大的蓝衣，修长的裙子，朴素的装扮透露着雅致高贵的气息。她站在充满阳关的窗前，似乎迫不及待地放下手中的工作，来不及坐下就急切地打开从远方寄来，或者是从别人手中传来的书信，她脸上隐约的急切说明这是她期盼已久的信，现在终于到了。这使我们不禁想到凡隆恩在《伦勃朗传》中描述的大诗人翁德尔在港口边常常等待远在东印度群岛的儿子消息的情景，[1]椅子上的坐垫也似乎暗示着窗外的寒冷与她内心不露声色的着急的思念的张力。她神情端庄，完全沉浸在信中，周围的一些仿佛都已静止，不复存在，空着的两张椅子，微微露出的桌子的一角，给人惆怅之感，这本应该是写信人的位置。虽然我们不知道这封信从哪儿来，又是谁的信件，但墙上简略的地图与她专注的神情大致可以让我们揣测，这封非常重要的信应该是从一个遥远的地方寄来，也许读信的女主人常常张望着这张地图期盼着这封渴望已久的信。这封信应该与她微微隆起的腹部有关，那是一个延续着过去的传奇故事，而这正是信的真正主题。另一幅同样著名的《窗前读信的女子》则与《读信的蓝衣女子》有所不同：与《读信的蓝衣女子》以蓝调为主给人以清冷的感觉不同，《窗前读信的女子》则以暖色为主调，它更多给人以温馨之感。画的主人可能是一位少女，在阅读情人或未婚夫寄来的信件，我们同样能从她完全沉浸在信中的专注神情中感受到，这是一封期盼已久的信，这种持久也许是由她殷切的渴望产生的，所谓一日不见如三秋兮，她的专注使我们不难想象到她内心的渴望与激动，也许她在重温，或是猜到了她一直萦绕

---

① ［荷］约翰尼斯·凡隆恩：《伦勃朗传》，周国珍译，上海美术出版社 1997 年版，第 5 页。

在心头的故事？旁边桌上精美瓷盘中散落的水果正是她内心慌乱的象征，她对信的专注，对外界的一无知觉，心潮的起伏都在波浪一般的土耳其地毯与如乱石一般散落的水果上显现出来。在这几幅以信为主题的画中，女性无论是在写信还是在读信，那另一个写信或读信的男子都没有出现，他仅仅出现在画中女子与读者的想象之中，然而正是这种毫无边际的想象使弗美尔的画充满了一种若有若无的怀念与感伤，也许那远在天边近在咫尺的写信人与收信人并不像我们的画中人那样痴情与专注，衷肠无限、风情万种的信不仅仅是一种内心的展示，它同样也是一种内心的掩藏——愈是随着空间距离的增大而愈是无法知道写信人的真相。

弗美尔常常以全神贯注地做某件事的女性作为画的主角，画作也往往有两种基本色调组成：黄色与蓝色。以黄色为主的画作自然以《戴珍珠耳环的女孩》《倒牛奶的女佣》《织花边的女人》为代表，其他如《窗前读信的女人》《拿葡萄酒杯的女孩》《玻璃酒杯》《写信的女子》《主仆》《写信的女人及女佣》《士兵与微笑的女子》《弹吉他的女人》《情书》《老鸨》《弹鲁特琴的女子》《戴珍珠项链的女子》《坐在维吉那琴边的少女》等，充满整幅画的黄色给人以强烈的印象，使整幅画既显得温馨亲切，又给人以高贵富足的感觉，充分显示了弗美尔试图丰富画面、丰富生活的美好愿望。普鲁斯特在《追忆逝水年华》中就描写了作家贝戈特虽然有病在身，仍然坚持去参观弗美尔《代尔夫特小景》，并在参观时突然去世的情景。作家临死前的各种意识与弗美尔用点画画出的景色融为一体，普鲁斯特重点强调了弗美尔经常采用的黄色，小说中写道："但是一位批评家在文章里谈到弗美尔的《德尔夫特小景》（从海牙美术馆借来举办一次荷兰画展的画）中一小块黄色的墙面（贝戈特不记得了），画得如此美妙，单独把它抽出来看，就好像是一件珍贵的中国艺术作品，具有一种自身的美，贝戈特十分欣赏并且自以为非常熟悉这幅画，因此他吃了几只土豆，离开家门去参观画展。……最后他来到弗美尔的画前，他记得这幅画比他熟悉的其他画更有光彩，更不一般，然而，由于批评家的文章，他第一次注意到一些穿蓝衣服的小人物，沙子是玫瑰红的，最后是那一小块黄色墙面的珍贵材料。他头晕得更加厉害；他目不转睛地紧盯住这一小块珍贵的黄色墙面，犹如小孩盯住他想捉住的一只黄蝴蝶看。'我也该这样写，'他说，'我最后几本书太枯燥了，应该涂上几层色彩，好让我的句子本身变得珍贵，就像这一小块黄色的墙面。'这时，严重的晕眩并没有过去。在天国的磅秤上一端的秤盘盛着他自己的一生,另一端则装着被如此优美地画成黄色的一小块墙面。他感到自己不小心把前一个天平托盘误认为后一个了。他心想:'我可不愿让晚报把我当成这次画展的杂闻来谈。'①这一段正是普鲁斯特再现了他自己在 1921 年 5 月在巴黎网球博物馆参观荷兰画展时观看弗美尔作品突感不适的情景。② 身体虚弱不宜出门的普鲁斯特坚持要去观看弗美尔的作品,并被其画作中所特有的安宁、坚实、丰富、平易所折服。我们从这段文字中也能深刻感受到普鲁斯特对弗美尔的情有独钟。《追忆逝水年华》第一部《在斯万家那边》的主人公斯万就是一个弗美尔的热爱者,书中多次提到他要重新开始对弗美尔中断的研究。③ 普鲁斯特在这里如弗美尔点彩画一般精确地再现了贝戈特去世前对弗美尔绘画的感受及绘画对自己创作的启发,特别是对墙壁如蝴蝶一般金黄颜色的描写,及其如中国艺术品的评价更是令人印象深刻,这与他对奥黛特的卧室中中国装饰,如中国瓷器、丝绸、兰花、菊花、小摆设等的描绘形成了对照。④

弗美尔的蓝调绘画则彰显了他的艺术的开拓性,大量使用的蓝色给他画中的女主人增添了一种高雅与神秘之感。《戴珍珠耳环的女子》中鲜艳的蓝头巾,《倒牛奶的女人》的蓝围裙,《地理学家》的蓝袍,《绘画寓言》中的蓝衣女子,《拿笛子的女子》的蓝衣,《弹鲁特琴的女子》的蓝窗帘,《信仰的力量》中的蓝裙等,特别是《坐在小键琴边的女士》《站在小键琴边的女士》《拿水杯的女子》《读信的蓝衣女子》等基本上以蓝色为基调,而《读信的蓝衣女子》更是给人以深刻的印象。在 1888 年,梵高曾就《读信的蓝衣女子》中复杂的着色、精致的色彩搭配发表过评论,他说:"这位不同寻常的艺术家在调色时,使用了蓝色、柠檬黄、珍珠灰、黑和白。的确,在他的画中没有几幅我们可以发现全部色调。但是,柠檬黄、暗灰色和浅灰色调和在一起就是他画作的特征,正如委拉斯开兹把黑色、白色和粉红色调和在一起一样。"⑤弗美尔非常喜欢钻石蓝,这种钻石蓝成了弗美尔画作一个最为典型的标志之一,这种色彩对后来的印象派及其他现代绘画,如梵高、马奈、莫奈、蓝色时期的

---

① [法]普鲁斯特:《追忆逝水年华》(下),周克希等译,译林出版社 2008 年版,第 1633 页。
② [法]普鲁斯特:《追忆逝水年华·普鲁斯特年谱》(上),李恒基等译,译林出版社 2008 年版,第 35 页。
③ [法]普鲁斯特:《追忆逝水年华》(上),李恒基等译,译林出版社 2008 年版,第 144、174 页。
④ [法]普鲁斯特:《追忆逝水年华》(上),李恒基等译,译林出版社 2008 年版,第 161 页。
⑤ Brad Finger: *Jan Vermeer*, Prestel Verlag, Munich Berlin London New York, 2008, P111.

毕加索等都产生了重要的影响,如毕加索1900—1904年蓝色时期的《母与子》《蓝色自画像》及1905年创作的《拿烟斗的男孩》《扇子女人》等都显示出了弗美尔蓝色画风的基本特征,只不过弗美尔的蓝色更多的是一种优美,而不是一种沉郁。梵高之所以是19世纪众多崇拜弗美尔的画家之一,与他崇拜弗美尔对色彩大胆而精妙的运用有很大关系。弗美尔惯常使用的蓝色颜料由于主要产自以阿富汗为中心的中东地区,同时在伊斯兰绘画与建筑中也能经常发现被大量运用,因此这种色彩的运用能产生一种强烈的美丽、精致而神秘的东方情调,这也是各种现代主义对蓝色情有独钟的原因之一。同时,马奈、莫奈的人物画中的色彩、人物、构图、整体风格等很多方面都出现和弗美尔绘画相似的风格,如弗美尔的《绘画的寓意》中画家的条格上衣的样式在莫奈的《绿衣女人》、马奈的《铁路》《坐船的人》、塞尚的《坐在红扶手椅里的塞尚夫人》等人物画中反复出现过多次。特别是他反复运用的蓝色、黄色、白色等更是被这些印象画家情有独钟。当然弗美尔画中其他因素的存在也加强了弗美尔画作的神秘异国情调,如《窗前读信的女人》中的瓷盘、《中断音乐课的女子》中桌上乐谱旁边的中国瓷壶、《打盹的女人》面前的瓷盘与瓷壶、《戴珍珠项链的女子》桌上的瓷罐与瓷碗、《音乐课》中桌子上的瓷壶、《拿葡萄酒杯的女孩》中的瓷器果盘、《老鸨》手边的青花瓷杯,这些瓷器与《倒牛奶的女佣》中的普通奶罐、《玻璃酒杯》的瓷酒壶迥然不同,它们装饰着精美的图案,熠熠闪光的中国瓷器也许正来自当时外贸发达异常的东印度公司,它们都是富足的商人用以炫耀的奢侈品。在弗美尔作品中反复出现的方格地砖也是如此,如《音乐课》《坐在小琴键边的女士》《站在小琴键边的女士》《绘画的寓言》《写信的女子与女佣》《信仰的力量》《音乐会》《情书》《弹鲁特琴的女子》中黑白相间具有大理石般质感的地砖、《拿葡萄酒杯的女孩》、《玻璃酒杯》中黄黑相间的地砖等,这些地砖排列精美,严格按照物理学的视觉效果画出,不仅体现了弗美尔精确的科学精神,同时也呈现出一种典型的异国风调。地砖上浅浅的图案素描具有中国瓷器的风格,与弗美尔画中墙上窗前常常悬挂的色彩丰富的土耳其壁毯形成了鲜明的对照,同时也更使弗美尔的绘画呈现出一种精致的神秘感。这些价值连城的挂毯和瓷器既展示了当时荷兰贸易的高度发展及普通人生活的富足,也反映了弗美尔对异国情调的热爱及对普通人美好生活的祝福。

　　这种异国情调也是贸易发达的荷兰黄金时代所普遍存在的一种审美趣

味,关注时代的弗美尔就在他的绘画中表现了这种审美倾向:普通的市民阶层由于经济的富裕而对绘画艺术产生了欣赏与购买的需要,同时他们的审美趣味也体现其中,市民把自己的目光从虚无缥缈的历史及神话世界转向了生动亲切的现实,他们在强大的自我之中发现了人生的价值,这样日常生活便在绘画中取得了主导地位,兴盛发达的荷兰文化对生活与外界事物所保持的强烈兴趣及信心也迫使艺术家更多地从现实生活取材,关注市民阶层对自身生活题材的欣赏及纯熟艺术技巧的追求。这种艺术技巧的追求也是为了能更生动准确地表达现实而存在的,它充满活力、亲切与诗意的效果,而不是像后期的巴罗克艺术所追求的那样夸张、宏丽、矫饰、繁复,使艺术脱离了丰富而坚实的现实生活基础,这是黄金时代荷兰文化的基本价值倾向。赫伊津哈在《十七世纪的荷兰文明》中这样评价弗美尔,他说:"弗美尔和他的许多朋友一样表现的是日常生活。为何他很少在肖像画中去表现生活呢? 显然不是因为他难以洞悉题材的深度。他会展示一位男人、最好是一位妇人,这个人做简单的事情,处在简朴的环境里,表现出关爱的细心,或看信,或倒牛奶,或候船。所有的人物似乎都从平凡的生存状态中移植到了澄明和谐的背景中;在那里词语无声,思想无形。任务的行为笼罩在神秘的氛围里,宛如梦境中的人物。'写实主义'一词似乎是完全格格不入的。一切都具有诗意的烈度。如果我们仔细看,我们就会发现,弗美尔画中人物如其说是 16 世纪荷兰的妇人,倒不如说是来自挽歌世界的人物,和平、宁静。她们的服装也不是特定时代的服装,其穿戴犹如幻境,亦如蓝色、白色与黄色的和谐结合。闪光、生动的红色不太贴近弗美尔的心——即使那光辉的大作《画室》(*The Painter in his Studio*)也不响亮、不闪光。容我斗胆断言,宗教题材正是他失手的题材,比如《基督在厄玛邬》(*Christ at Emmaus*)就不成功。正是因为他关心的首先不是福音故事,而是用色彩体现题材的好机会。虽然他个性突出,但他是名副其实的荷兰画家,他不提出神秘创作原理;从严格意义上说,他缺乏一种固定的风格,至少从这一点说,他是地地道道的荷兰画家。"①因此,弗美尔对现实生活的刻画并不是以一种简单机械的自然主义态度来刻画他所处的生活环境,即使如艺术史家所指出的,弗美尔已经采用了暗箱技术来达到对环境更加真实地,甚至于如照相机一般

---

① [荷]约翰·赫伊津哈:《十七世纪的荷兰文明》,何道宽译,花城出版社 2010 年版,第 67 页。

真实地描写荷兰平民生活世界,如《绘画寓言》中墙上的地图竟然和真实的
地图完全一致。当然,在描写自然社会环境的同时也反映了画家及购买者
的情感、愿望与理想,这一切都反映了他对生活其中的荷兰及其民众的一种
美好的情感与深切的爱。即使如弗美尔的《代尔夫特之景》《小巷》《绘画的
艺术》那样逼真,也同样反映了画家对现实与艺术的基本理解:他绘画自然
风景与室内风景并不是走出室外,而是按照自己的意愿象戏剧一样在自己
的想像中设定风景,这也就是为何弗美尔的绘画总是充满阳光、人物的表情
总是那么平静、画面总是充满了温馨与和谐的情调的原因。这至少是与他
自己充满嘈杂与艰辛的生活环境相背离的。绘画中所包含的隐喻更是说明
了艺术家对艺术与人生的理解与愿望。正如韦斯特曼在解释《绘画的艺术》
时所说的:"艺术的任务不完全是摹仿自然,这是人所尽知的。对艺术家在
工作中面对绘画艺术可能出现的几种状态,有些画家进行了详细地描述。
维梅尔的工作画室,表面上看来是个很生动的情境,已经被他的遗孀叫做
《绘画的艺术》(*The Art of Painting*)。维梅尔将画中的旁观者定位为一个
正站在挂毯后面偷看画家和他的模特的角色。这表明了欣赏者的世界和一
个更加冷色调、更加和谐的图画世界的界限。《绘画的艺术》并不是一幅肖
像画:欣赏被画像者的背影,这恐怕是很难让人接受的——即使是对最具创
新精神的肖像画法来说也是如此。而且,当代的人也应该看出了画家身上
奇异的服装是不符合历史场景的,而是属于过去。偷看者发现画家正在画
一个女人,她头戴花冠,手上拿着一个喇叭和一本书。凯撒·尼拔为克莱奥
(Clio)配置了这些装饰物,掌管历史的希腊女神缪斯(Muse):花冠代表者她
带来的荣誉,喇叭代表着她授予的名声。荣誉和名声是绘画创作的最好动
力和奖赏,尤其是因为它的欺骗性而获得的,桌子上的石膏面像暗示了这一
点。当然,'历史'画是对艺术的最高挑战,但是维梅尔对这种传统所做的文
字阐释,表现了一种历史的典型——在他所专长的风俗画里,似乎具有讽刺
效果。这里的历史,也意谓尼德兰的历史,主要指政治上的,正如荷兰脱离
之前的十七省联合时期的那幅重要的地图所暗示的。但在尼德兰悠久的传
统中精心创作的这幅画本身,也包含了一部尼德兰的艺术史。"①弗美尔艺
术作品中这种理想化的表达使他的作品经常充满阳光,同时也使他的作品

① 〔荷〕威斯特曼:《荷兰共和国艺术(1585～1718)》,张永俊译,中国建筑工业出版社2008年版,第169页。

时刻和真实的现实生活保持着距离,由此柯耐尔说他的作品比伦勃朗及哈尔斯的作品更使我们充满与历史及现实的距离感:"作为人来说,她比委拉士开兹的《宫女》或哈尔斯的《杨克·拉普与其情人》中的人物形象显得更遥远。从卡拉瓦乔得到启示并使我们同对象接近的恰是巴罗克美术中的浪漫的一面,在维米尔作品里有着某种具有更为古典的距离感,某种客观性,这种客观性反映了17世纪中叶压倒这种风格的一种逆流。"①是的,正如梵高在1888年8月致他弟弟提奥的信中所说的:"我并不力求精确地再现眼前的一切,我自如而随意地使用色彩是为了有力地表现我自己。"②弗美尔的画作既表现了他眼中的世界,也表现了他内心的向往。如《倒牛奶的女佣人》中简单的构图、简朴的厨房、怀旧的氛围、健壮的叠起裙角的妇女、悬挂的篮子与马灯、日常的面包和牛奶、透出光线的烟熏的窗口,整幅画的主题都在女主人随遇而安、自我满足的神情中得到了最高的体现。这是弗美尔绘画的基本情调,没有激动人心的场面,也没有令人感慨万千的思想,有的只是心如止水的平静,明暗交错的构图、纯熟的技巧、鲜艳的色彩、丰满的体格、宁静的氛围,和谐完美地统一在一起,既令人充满无限的遐想,又让人安详平静。正如王国维在《人间词话》中所说的艺术中"有造景,有写境,此理想与写实二派之所由分。然二者颇难分别。因大诗人所造之境,必合乎自然,所写之境,亦必邻于理想故也"。③ 伟大的诗人与画家无不是如此,所有伟大的艺术家都是浪漫主义与现实主义的完美结合。

鲍曼在《个体化社会》中谈到弗美尔时说:"人们会认为,像马蒂斯或毕加索、佛梅尔或鲁本斯这样历时已久并且德高望重的大师们已经坚实地扎根于永恒之中。但是,他们也要通过公开展示和大肆宣传才能强行进入现代的视阈,大众因事件的片段性和短暂性而趋之若鹜,一旦兴奋过去,便把注意力转向其他同样是片段性的事件。"④是的,在这个没有持久,只有此时此刻的片段的后信息化时代,传统追求永恒、以建筑哥特式大教堂、以绘制巴罗克壁画为荣的审美时代已渐行渐远,但是否这就意味着人类对终极真

---

① [美]柯耐尔:《西方美术风格演变史》,欧阳英译,中国美术出版社2008年版,第239页。
② [美]奇普编:《艺术家通信——塞尚、凡·高、高更通信录》,吕澎译,中国人民大学出版社2003年版,第47页。
③ 王国维:《人间词话》,上海古籍出版社2000年版,第1页。
④ [英]齐格蒙特·鲍曼:《个体化社会》,范祥涛译,上海三联书店2002年版,第329页。

理的思考已毫无意义,对美的探索与追求仅仅就是人类虚无缥缈的幻想呢？
其实这种以沉浸在短暂的快乐之中为终极目标的时代在人类历史上也是反
复出现过,所谓阳光之下无新事,那些对人类的精神世界做出过巨大贡献的
人即使被短暂的忘记,但他的价值也将被重新记起,正如沉默了几百年后仍
被人发现的弗美尔一样。由于弗美尔的生平所指甚少,所以法国作家埃蒂
安-约瑟夫·泰奥菲尔·托雷(Etienne-Joseph Theophile Thore)就称弗美
尔为"代尔夫特的斯芬克斯",就是他推动了 19 世纪中叶对弗美尔的"重新
发现",他同时还发现了另一位荷兰绘画大师哈尔斯。① 但弗美尔的发现过
程,正如很多伟大的艺术家,如梵高、塞尚等被发现的过程一样,既充满了必
然性也充满了戏剧性。其中,荷兰画家汉·米格伦伪造大量弗美尔画作的
事已成为世界艺术史上极为罕见的奇谈,特别是,他以弗美尔的名义伪造了
绘画《基督和他的情人》,并以大约 150 万荷兰银币的高价卖给了德国法西
斯头子赫尔曼·戈林。这场闹剧既抬高了米格伦自己的身价,也加深了人
们对弗美尔的敬仰。在 20 世纪弗美尔的接受史中,另一位最崇拜弗美尔的
伟大艺术家就是西班牙超现实主义画家萨尔瓦多·达利,他以自己独有的
方式对弗美尔表达了他终生的崇敬,甚至认为《绣花边的女工》足以与西斯
廷教堂相媲美,他的多幅画就直接来自弗美尔的画作:1934 年创作的《可以
用做一张桌子的代尔夫特的弗美尔的鬼魂》以怪诞狂放的方式对弗美尔的
画作《绘画的艺术》进行了戏仿,1955 年他从弗美尔的《绣花边的女工》获得
灵感,创作了自己版的绣花边的女工。② 另一件在弗美尔的艺术影响史上
特别值得一提的是,英国著名畅销书作家特蕾西·雪弗兰根据弗美尔的生
平与画作创作的小说《戴珍珠耳环的女人》被著名导演皮特·韦伯 2002 年
搬上银幕,虽然电影与小说有很多臆想的成分,但无疑确使弗美尔再次吸引
了全世界的目光,也使他的画作更为广泛地为世人景仰。中国当代著名画
家靳尚谊也以自己独特的方式向弗美尔表达了敬意,他于 2011 年 6 月 11
日在中央美术学院美术馆向世人展览了他创作的《向维米尔致意》的画作,
其中包括《惊恐的戴珍珠耳环的少女》《新戴尔夫特风景》《戴尔夫特老街》三
幅。作者虽然有一些改变,融入了自己对弗美尔及其故乡代尔夫特的复杂
感受,如:睁大了《戴珍珠耳环的少女》的眼睛,甚至在胸前增加了一只半露

---

① 　Brad Finger: *Jan Vermeer*, Prestel Verlag, Munich Berlin London New York, 2008, p110.

② 　Brad Finger: *Jan Vermeer*, Prestel Verlag, Munich Berlin London New York, 2008, p112.

的手,以突显少女对飞速发展的现代文明,也可说是画者本人对飞速发展的现代文明惊诧的神情;《新德尔夫特的风景》增加了一些新建筑,如房子和桥;《德尔夫特老街》则增加了现代的橱窗,骑摩托车的人等。正如靳尚谊自己所说:"大感觉还是以前的那张画,但仔细看呢有许多现代的因素。这三张画的基本构思都是一样的。"特别是三幅作品在整体上所呈现出来的与原作基本一致的宁静祥和的古典情调并没有被作者加入的新元素冲淡,甚至绘画的尺幅都没有改变,因此整体上呈献给观看者的仍然是一种临摹的风格。所以三幅绘画放在一起称为《向弗美尔致意》也是合适的。在弗美尔与中国艺术的关系中,有些理论家甚至称董其昌为"中国的弗美尔",或者称弗美尔为"荷兰的董其昌",但董其昌与弗美尔的相似之处与靳尚谊与弗美尔的相似之处非常不同,甚至与董其昌离开上海去北京追求真正的中国画风根本不同,弗美尔终其一生都生活在自己的故乡。但正如董其昌看到了来自欧洲的版画一样,弗美尔也看到了绘在丝绸、瓷器上的中国绘画,二者都或多或少地受到了来自另外一个遥远国度的根本不同的艺术品风格的影响。[①]

伦勃朗一生的大起大落、弗美尔一生的默默无闻,最后二者都在悲惨中离开人世。特别是弗美尔的一生从未有享受到成功的欢乐,在当时的人看来,他不过是一位依靠绘画并经营绘画借以生活的手艺工匠而已。虽然他是小镇圣卢克工匠行会的头领,但据说和他一样具有此种头衔的有 80 人之多。[②] 但正是在这种平凡的生活中孕育了真正伟大的艺术,弗美尔只是到了 19 世纪之后才被收藏家和鉴赏家视为伟大的艺术家。他从小生活在父亲开张的小旅店里,后来又与孩子们一起居住在岳母位于老长堤的房子里,他的画作也大多是在这里完成的。后来房子被拆掉,弗美尔一生很少离开过家乡,现在的代尔夫特没有留下任何他的遗迹,这也是大多数生前默默无闻的艺术家的共同遭遇吧。他的生活既不像梵高那样充满动荡,他的画作也不如伦勃朗那样让时人充满好奇,一生平淡无奇且画风宁静朴实的弗美尔只是到了后来才让人真正体会到他的伟大与卓越。因此,除了一些简单

---

① [加]卜正民:《维梅尔的帽子——从一幅画看全球化贸易的兴起》,刘彬译,文汇出版社 2010 年版,第 21 页。

② [加]卜正民:《维梅尔的帽子——从一幅画看全球化贸易的兴起》,刘彬译,文汇出版社 2010 年版,第 3 页。

的历史档案外,只有通过他的画作来了解这位伟人的内心世界了,正如人们了解康德只有通过阅读康德的著作一样。创作于1658年左右的《小街》,我很荣幸地在阿姆斯特丹国家美术馆看到,与此同时还看到了伦勃朗的那幅众口皆碑的《夜巡》。但我却对弗美尔的作品情有独钟,我站在弗美尔的画作前久久不忍离去,土黄的房子上隐隐闪现着灰白的砖缝,坐在门前缝补衣物的主妇、在水池前冲洗的女佣、跪在门前玩耍的儿童,简朴而宁静的景色中洋溢着恬静怡然的感觉,纯朴温馨的感觉恰似又梦回到儿时的村庄。当时唯一的想法就是要在弗美尔的画作前留个影,这是我很少有的想法,(另一次是在纽约杜莎夫人蜡像馆的甘地像前。)虽然我去过欧美很多著名的大博物馆,但在弗美尔的画作前却很难抵挡这种情有独钟的诱惑,当时很想找人为自己和弗美尔的画作留一张合影,但遗憾的是,弗美尔也有很多其他的崇拜者,他们也如我一样站在弗美尔画作前,久久不忍离去,或沉思,或浅浅低语,我也只好悻悻地从人缝中拍了几张弗美尔画作的照片悄悄离开了。想想《追忆逝水年华》中普鲁斯特关于其黄色斑点的亲切描写,真是让人神伤,这朴素的街道,温馨的回忆,让人一旦想起,便充满爱意。弗美尔的绘画是如此朴素,以至于他经历了长久的被人遗忘的沉默,而今日他之所以能深深打动我们,也许就在于当时的他、他画中的人物同今日的我们一样都是纷繁的日常生活中再普通不过小人物吧。这不禁又使我想起在卢浮宫参观弗美尔《花边女工》的情景。记得当时已经是参观一整天即将离开卢浮宫了,但还没有看到弗美尔的作品,便匆忙之中询问服务人员它的位置,服务人员说在另外一层,看我是否有运气在闭馆之前看到,我便慌慌张张地小跑起来,但这又被服务人员制止,因为在博物馆不能奔跑,最后幸运的是竟然看到了这幅渴望已久的作品。但这幅作品是如此之小(24cm×21cm),以至于如果没有弗美尔的大名就很容易被观众错过。然而仍然有不少观众在琳琅满目的画作中唯独驻足在这幅精美的小画前仔细品味,这不禁使我们思考,这幅把普通的劳众画得如此神圣,把日常的劳作画得如此富有诗意的画作是怎样的画家呢?这位编织蕾丝的少女的神情是那样专注平和,她对工作的喜爱与对劳作的沉浸正如倒牛奶的女佣一样让人不禁对生活充满感激与赞美,而这种赞美。我们在女孩沐浴在如神一般的光芒中也能感受到,这种光芒在当时的绘画中大都是献给那些永传千古的圣经或神话中的人物的。女孩的黄色服装,金色的头发更加深了整幅画作温馨与神圣的气氛,两缕散出的红白丝线如两条小河一样从箱子中泄出，让人不禁发出惊叹与赞美，这真是一幅让瞬间的日常生活转化为永恒的艺术之美的传神之作！

弗美尔终生生活在自己的家乡代尔夫特，这个令人感觉甜美的"小桥流水人家"的乡镇正是荷兰这个低地国家城市的普遍特征，而他去世后也是埋葬在这座城市的老教堂的地下。这看似狭窄的生活圈子竟然产生出这样伟大的艺术家不禁使我们想起伟大的苏格拉底与康德，他们都有弗美尔这样的经历，很少离开家乡，但他们都达到了人类精神文明的顶峰。这真使我们不禁感叹，那些走遍欧美却无任何民主、自由、博爱精神的游走者，也许是他们游览世界更多是借助飞机、火车、汽车，而弗美尔、苏格拉底、康德则是徒步来探索脚下的大地与人类的精神世界，所以他们在某种程度上走得更远，站得更高，看得更广，想得更深。简明扼要应该是欣赏艺术的根本原则，一切都在眼中与心里，内心的感动是最为根本，最为重要的，言说太多就会无意间过分展现自己，还是让这位伟大而又沉默的画家和画作自己开口说话，去感动每一个走到画前的人。

作为形式话语的"势"范畴

樊宝英*

内容提要："势"是中国古典文学艺术中颇具特色的一个审美范畴。在数千年的历史流变中,折射着形式话语的批评理路,内蕴着"语言之势"、"意象结构之势"、"多重意蕴之势"的审美内涵。作为形式话语的"势",是基于中国文化"一分为三"思维模式而致,消解了西方二元对立的理性偏执,凸显出两极之间的交融互摄、旁通统贯,更多融合了"执两用中"的思想特色。

关键词：势;形式;范畴;一分为三;二元对立

"势"是中国文学艺术中一个颇具特色的审美范畴,贯穿中国古代文学艺术史数千年。"势"最早运用于哲学、政治、军事等领域,其范围相当广泛。有"兵势","势者,因利而治权"①;有"权势","势治者则不可乱,而势乱者则不可治"②。后来移用论及文学艺术。有"书势","形势递相映带"③;有"画势","夫言绘画者,竞求容势而已"④;有"文势","因情立体,即体成势"⑤。"势"究竟为何物,具有何种内涵,历来不乏研究者的追问。对其理解可谓见仁见智,争讼不已。本文从形式的角度,进一步探讨"势"的历史渊源、审美内涵以及所形成的文化机制。

---

* 樊宝英:文学博士,浙江外国语学院人文学院教授。
① 孙武:《孙子兵法》,李荃注,上海古籍出版社 2000 年版,第 21 页。
② 韩非:《韩非子新校注》,陈奇猷注,上海古籍出版社 2000 年版,第 955 页。
③ 蔡邕:《九势》,陈思编:《书苑菁华》卷 19,北京图书馆出版社 2003 年版,第 707 页。
④ 王微:《叙画》,俞剑华编:《中国古代画论类编》,人民美术出版社 2004 年版,第 385 页。
⑤ 周振甫:《文心雕龙译注》,中华书局 2000 年版,第 278 页。

一

　　"势"本身是意蕴极为丰富的一个审美范畴。根据对"势"的综合研究，或把"势"视为"形势"，或视为"布势"，或视为"气势"，或视为"情势"，或者视为"文势"。就"文势"而言，或把它理解为"姿态"，或理解为"风格"，或理解为"趋势"，或理解为"张力"①，等等。但概而言之，对"势"的理解，多取内容义理的一脉，而对其形式意义的基本理路，仍把握得不够深入。事实上，有些学者早已注意到"势"的这一内涵。黄侃就主张"势"是一种"法度"："势当为槷，臬之假借。其字通作藝，本为射的，以其端正有法度，则引申为凡法度之称。作臬作槷作藝一也。"②范文澜也认为"势"是一种"标准"："势者，标准也，审查题旨，知当用何种体制做标准。标准既定，则意有取舍，辞有简择，及其成文，止有体而无所谓势也。"并指出"此篇与《体性》篇相参阅，始悟定势之旨"。③黄侃、范文澜将"势"视为一种"法则"或者"标准"，视为定体之后谋篇布局的一种方法，其思路并非空穴来风，而是渊源有自。这可以说上接先秦"形势"、兵法之"势"，中接魏晋南北朝书画之"势"，下引隋唐五代诗格之"势"。先秦时期，对"势"也多有论述。《周易》云："天行健，君子以自强不息；地势坤，君子以厚德载物。"④司马迁《史记·六国表》云："便行势利。"⑤其中"势"便是"形势"之义。兵家孙武讲"势"，其核心思想是重在排阵布局。"任势者，其战人也，如转木石，木石之性，安则静，危则动，方则止，圆则行。""故善战人之势，如转圆石于千仞之山者，势也。"⑥排兵布阵既要充分考虑自然环境的态势，又要考虑到自然事物的形态，二者机缘巧合才能发挥"势"的最大潜力和功效。魏晋南北朝时期，以"势"论艺大行其道，形成了"势"的文学艺术场域。论书法之"势"者，有钟繇《隶书势》、刘邵《飞白书势》、晋卫恒《四体书势》、王羲之《笔书论》、成公绥《隶书势》，等等。书法家

---

① 程敏：《"势"范畴研究综述》，《齐齐哈尔师范高等专科学校学报》2008 年第 1 期。
② 黄侃：《文心雕龙札记》，中华书局 1962 年版，第 107—108 页。
③ 范文澜：《文心雕龙注》，人民文学出版社 1958 年版，第 532—534 页。
④ 陈梦雷：《周易浅述》卷 1，上海古籍出版社 1983 年版，第 82 页。
⑤ 司马迁：《史记》，中华书局 1959 年版，第 685 页。
⑥ 孙武：《孙子兵法》，李荃注，上海古籍出版社 2000 年版，第 131 页。

所论"势",既强调了字形形体及其用笔规范的要求,又强调了超越于字形之上的笔势或"字势"。对书法中的形、势关系,康有为说得非常清楚:"古人论书以势为先。中郎曰九势,卫恒曰书势,羲之曰笔势,盖书形学也,有形则有势,兵家必重形势,拳法亦重扑势。意故相同,得势便则已操胜算。"①论绘画之"势"者,有顾恺之《论画》、宗炳《画山水序》、王微《叙画》,等等。顾恺之讲究"置陈布势"②;宗炳说:"是以观画图者,徒患类之不巧,不以制小而累其似,此自然之势。"③画论之"势",既强调了外表形象规范的"经营布置",又强调了对"形似"的超越,对气势神韵的追求,所谓"墨能栽培山川之形,笔能倾覆山川之势"。④ 画家既要模山范水,随物赋形,又要表达客观对象的内在精神。正如萧绎《山水松石格》所言:"设奇巧之体势,写山水之纵横。"因此,到了魏晋南北朝时,"势"的内涵已分兵两路,既有重"形"之一脉,又有重"神"之一脉,折射出当时形神论的论争状况。对此,孙立先生强调:"'势'乃由一种植之象的'埶'字生发而来,作为'势力'、'权势'、'格式'、'样式'、'情势'、'气势'、'趋势'之义的'势'字在先秦以至汉晋有着广泛的使用。其用于书画领域,起自于东汉,兴盛于两晋,定型于南北朝,终成为一个重要的艺术理论范畴。古人选择'势'作为论书析画之'话头',一则取其'样式'、'格式'之意;二则'势'在使用中逐渐增加的'气力'、'趋势'等语义,非常切合书画等艺术门类在用笔、布局结构诸方面动态表现的特质适合'意会'这一中国传统思维的模式,遂成为被广泛接受的艺术范畴。"⑤置身同时代的刘勰撰写《文心雕龙·定势》篇,专门讨论"文势",与之形成遥相呼应之势。刘勰对"情"、"体"、"势"三者关系予以充分论证,体现出对"势"之"样式"、"格式"含义的重视。刘勰《文心雕龙·定势》篇云:"夫情致异区,文变殊术,莫不因情立体,即体成势也。势者,乘利而为制也。如机发矢直,涧曲湍回,自然之趣也。圆者规体,其势也自转;方者矩形,其势也自安;文章体势,如斯而已。"⑥刘勰一方面强调"势"的形成离不开作家的情感,而人的情感犹如"形势"、"地势"一样,各有其性,各有其体。所谓"圆者规体,其势也自转;

---

① 康有为:《广艺舟双楫》,黄简编:《历代书法论文选》,上海书画出版社1981年版,第640页。
② 顾恺之:《论画》,见张彦远:《历代名画记》,上海人民美术出版社1964年版,第133页。
③ 宗炳:《画山水序》,见张彦远:《历代名画记》,上海人民美术出版社1964年版,第133页。
④ 石涛:《石头画语录》,人民美术出版社1962年版,第62页。
⑤ 孙立:《释"势"》,《北京大学学报》2011年第6期。
⑥ 周振甫:《文心雕龙译注》,中华书局2000年版,第278页。

方者矩形,其势也自安",呈现出自然之势。这是一种"任势"。所谓"形生势成,始末相承。湍回似规,矢激如绳"。① 这明显受到兵家"势"之思想的影响。另一方面刘勰还强调作家还要"因地制宜",所谓"势者,乘利而为制也",充分调动各种文学之"术",形成文学的体势。这是"择势"。所谓"绘事图色,文辞尽情,色糅而犬马殊形,情交而雅俗异势"。② 因此,刘勰的"体势",既是作家性情的自然流荡,又是对作家情性的规范,同时还是文体展示出来的整个态势及风貌。所谓"因情立体,即体成势"、"形生势成"。隋唐时期,"诗格"大兴,言"势"者多论及诗式诗法。旧题王昌龄《诗格》论诗有"十七势"、"诗有语势三",主要讲诗的章法、句法;皎然《诗式》单列"明势"一则,侧重讲章句结构、安排之法,涉及诗篇的整体风貌。此种风尚一直延及宋元明清。

二

从"势"的历史流变中可以见出,"势"之形式内涵的呈现绝非单一因素形成的,既涉及文学的语言层面,又涉及文学的意象结构层面,同时还涉及文学的多重意蕴层面。

第一,语言之势。汉语是一种特殊的单音表意文字。就语音而言,古汉语单音节占优势,对音节的要求相对简单,不像西方语言受多音节限制。因此,古汉语容易构成音节整齐的对称和谐。就语法而言,汉语词法缺少形态变化,讲究词性的不定性、多义性,不像西语那样,名词有性、数、格的变化,动词有时、态、式的不同。因此,汉语语法弹性强,有些句子完全不用虚词,甚至连动词都不用,可以采用列锦的方式,并置名词组成句子。就外在形态而言,汉语是一种方块字,其单音节方块字的逐个排列必然趋向整齐、均衡、对称之美。所以汉语言本身的这种特点为汉语言讲究声音美创造了条件。正是汉语的这些特点,中国文学表现出自身的语言之势,如"声势"、"语势"、"句势"。《文心雕龙·声律》篇说:"凡切韵之动,势若转圜,讹音之作,甚于

---

① 周振甫:《文心雕龙译注》,中华书局 2000 年版,第 283 页。
② 周振甫:《文心雕龙译注》,中华书局 2000 年版,第 279 页。

枘方。"①声律和谐、音韵优美的声音,自然会产生圆转流动的文势。所以刘大櫆强调"因声求气",因气求"势"。所谓"盖音节者,神气之迹也;字句者,音节之矩也。神气不可见,于音节见之"、"论气不论势,文法总不备"。② 同时,声势之美又带来了圆转有致、回环流动的"语势"、"句势"。徐寅《雅道机要》云:"凡为诗者,须分句度去著:或语,或句;或含景语,或一句一景,或句中语;或破题,或颔联,或腹中,或断句;皆有势向不同。"句与句、联与联之间的布置安排可能形成对比、照应、交迭等张力关系,形成新的文势。所谓"若语势有对"③、"高手有互变之势"④。

第二,意象结构之势。文学作品中的情感意象或故事情节通过艺术化的衔接、转换、对照、锁合可以形成文学的结构之势。包世臣强调"盖文家关键,必在审势"⑤,其论文势归纳出"行文六法"⑥,主要包括奇偶、疾徐、垫拽、繁复、顺逆、集散的交错运用。金圣叹也极为重视"势",力在离合、缓急、虚实、顺逆、擒纵、反正、远近、曲直等处去探求。所谓"一篇笔势,只是一伏一起"⑦、"一顿一接,便令笔势踢跳之极"⑧,等等。金圣叹在《水浒传》第四回指出:"鲁达、武松两传,……故其叙事亦多仿佛相准。如鲁达救许多妇女,武松杀许多妇女;鲁达酒醉打金刚,武松酒醉打大虫;鲁达打死镇关西,武松杀死西门庆;鲁达瓦官寺前试禅杖,武松蜈蚣岭上试戒刀;鲁达打周通,越醉越有本事,武松打蒋门神,亦越醉越有本事;鲁达桃花山上,踏匾酒器,揣了,滚下山去,武松鸳鸯楼上,踏匾酒器,揣了,跳下城去。皆是相准而立,读者不可不知。"⑨在同一章或间隔数章,因设置的故事相同、相近或者相反,从而引起审美的均衡对称感觉。金圣叹所言的"相准而立",就是"行文要相形

① 周振甫:《文心雕龙译注》,中华书局2000年版,第305页。
② 刘大櫆:《论文偶记》,人民文学出版社1959年版,第4—6页。
③ 王利器校注:《文镜秘府论》,中国社会科学出版社1983年版,第296页。
④ 王利器校注:《文镜秘府论》,中国社会科学出版社1983年版,第317页。
⑤ 包世臣:《艺舟双楫》,商务印书馆1935年版,第35页。
⑥ 包世臣:《艺舟双楫》,商务印书馆1935年版,第5页。
⑦ 金圣叹:《天下才子必读书》,周锡山编校,《金圣叹全集》,万卷出版公司2009年版,第264页。
⑧ 金圣叹:《贯华堂第五才子书水浒传》(上),周锡山编校,《金圣叹全集》,万卷出版公司2009年版,第141页。
⑨ 金圣叹:《贯华堂第五才子书水浒传》(上),周锡山编校,《金圣叹全集》,万卷出版公司2009年版,第87页。

势"①。在金圣叹看来，所谓"势"就是段与段、篇与篇、章与章之间由虚实、起伏、抑扬、前后等环节的互补、对立或相反呈现的结构之势。金圣叹说："故古人用笔，一笔必作数十笔用。如一篇之势，前引后牵，一句之力，下推上挽，后首之发龙处，即是前首之结穴处，上文之纳流处，即下文之兴波处。东穿西透，左顾右盼，究竟支分派别，而不离乎宗。"②

第三，多重意蕴之势。中国文学艺术向来崇尚"以形写神"，追求"言外之意"，讲究空灵氤氲之美。因此，"意"与"势"常常联系起来，追求多重意蕴之势。皎然《诗式》卷一在"三不同：语、意、势"一则中说："偷语最为钝贼。……其次偷意。……其次偷势。才巧意精，若无朕迹。盖诗人偷狐白裘于阛阓中之手。"皎然把"偷势"作为最高层次的创造，因为它能够了无痕迹地表达精深之意，所谓"才巧意精，若无朕迹"。由此他进一步提出"诗有四深"："气象氤氲，由深于体势；意度盘礴，由深于作用；用律不滞，由深于声对；用事不直，由深于义类。"所言"体势"，显然是超越于语言、意象结构、意义之上而又弥漫其间的氤氲气象。王夫之对"意"、"势"的互动关系表述得最为清晰："把定一题，一人，一事，一物，于其上求形模，求比拟，求词采，求故实，如钝斧子劈栎柞，皮屑纷霏，何尝动得一丝纹理？以意为主，势次之。势者，意中之神理也。……意已尽则止，殆无剩语：天矫连蜷，烟云缭绕，乃真龙，非画龙也。"③文学创作不模拟写实，追求形似，而是应强调神韵和意趣，所谓"以意为主"、"寓意则灵"。但是"意"如何变得有张力，变得"气象氤氲"，还需靠"势"的寓寄。所谓"势者，意中之神理也"。否则，"意已尽则止"。可见"意"为"势"主导，而"意"又为"势"所深化。王夫之进一步论述"势"、"意"之寓寄关系，认为"无字处"、"空白处"彰显着"势"，也更隐含着多重甚至无穷之"意"。他说："论画者曰：'咫尺有万里之势。'一'势'字宜着眼。若不论势，则缩万里于咫尺，直是《广舆记》前一天下图耳。五言绝句，以此为落想时第一义。唯盛唐人能得其妙，如：'君家住何处？妾住在横塘。停船暂借问，或恐是同乡。'墨气所射，四表无穷，无字处皆其意也。"④文学

---

① 金圣叹：《贯华堂第五才子书水浒传》(下)，周锡山编校：《金圣叹全集》，万卷出版公司 2009 年版，第 489 页。

② 金圣叹：《唱经堂第四才子书杜诗解》，周锡山编校：《金圣叹全集》，万卷出版公司 2009 年版，第 227 页。

③ 戴鸿森笺注：《姜斋诗话校笺》，人民文学出版社 1981 年版，第 48 页。

④ 戴鸿森笺注：《姜斋诗话校笺》，人民文学出版社 1981 年版，第 138 页。

作品中的"意"绝非是一种直白之意,而是讲究"余意","无穷之意"。正如司空图《与极浦书》所说:"象外之象,景外之景,岂容易可谭哉? 然题纪之作,目击可图,体势自别,不可废也。"多重之"意"的最佳效果体现在空白之"势"之中。正所谓:"诗之灵在空不在巧。"① "律诗之妙,全在于无字处。"② 文学作品的意义不在其实处,而在空白处。作为文本幽深绵缈、难以穷尽的内在结构,在客观上包含着意义阐释的无限可能性,为读者提供了一个无垠的审美想象空间,可谓"文外重旨"。

三

作为形式话语"势"的内涵呈现,并不是偶然的,它有着自己的文化渊源。法国哲学家余莲(又译于连)在《势——中国的效力观》一书中,曾对中西"势"观进行了跨文化分析。他说:"中国人的势观既不是机械论的,也不是目的论的。"③ 西方哲学也讲"势",称之为"布置"或"装置",只不过是建立在机械论和目的论的基础之上,其基本的共识是强调因果关系,其核心意思有两个方面:一是设置一个形而上的范型决定着一切;二是人为地将世界分为内容与形式、理性与感性、动态与静态、内因与外因、可然与必然、宏观与微观等层面的二元对立。中国古代的"势"则不一样,既排除了西方至高无上的第一推动力,也排除了由单独的事件组成的因果链条,亦排除了置身事外的主体"我"的理性介入,旨在通过两极互动来建构现实世界。余莲说:"它(中国思想)将每一个现实都看作是随着对立的两极之相互作用这个唯一的道理而变化的封闭体系。该两极建立了一切的趋势,它们彼此抗衡而又互相应和地运作着,现实中各个层次里都见得着它们:从自然秩序里的阴阳的关系(或说天/地),到社会的秩序中君臣的关系(或说男/女),从书法艺术里上下的关系(或说浓/淡、迟/速等等),到诗词创作中的情景的关系(或说虚/实、平/仄等等)。这个已设定的两极体系会以交替作用的方式来制造变化,犹如由布局所牵引出的生成之趋势,并且变化使一切'事实'得以继续

---

① 袁枚:《随园诗话》,人民文学出版社 1982 年版,第 467 页。
② 刘熙载:《艺概》,上海古籍出版社 1978 年版,第 73 页。
③ 〔法〕余莲:《势——中国的效力观》,卓立译,北京大学出版社 2009 年版,第 64 页。

出现，不论其形式如何。"①

　　中国古代的"势"之所以如此，实受到中国传统文化"一分为三"思维模式的影响所致。中国哲学视周流天地，无所不包的"道"为万物之宗，天下之母。"道生一，一生二，三生万物。万物负阴而抱阳，冲气以为和"。"道"分化为阴阳二气，二气相交，生生不已，从而产生了天地万物人。天地万物人，因气化氤氲，相感相应，和荣共生，形成了一个以道为本体，以气为形态，以万物和谐为指归的宇宙生命统一模式。因此，中国古代的"势"，完全不同于西方的形式观。西方总是把形式切分为心智的理型（或模范，或原型）与感官的形式，并认为作为一种永恒霸权的前者决定着后者，而后者只是前者的体现而已。如柏拉图的理式世界之于现实世界，亚里士多德的形式之于质料，普洛丁的存有观念形式之于具体轮廓等等，都是以二元对立的方式来切割这个世界。中国古代的"势"作为形式话语，恰恰消解了西方二元对立的偏执，融和了"一分为三"的"中庸"思维方式，更多地强调双方的互动互涵。余莲（于连）说："中国并未将心智形式与感官形式分别思考，亦不以为本质是一种不变动的形式。……中国与希腊不同，并不将可见与不可见（或是感官的与心智的、原则与原因）做截然的区别。……在希腊世界的形式，突出、固定且绝对，是一种称霸的形式；而在中国采取相反的态度将注意力放在隐晦且持续的事物之上。"②表面看来，中国人好像很喜好把一切事物都分为"两端"，但实际上因受"执两用中"思想的影响，并不追求二者之间的对立，而是强调二者之间的交融互摄、旁通统贯。这一思维同样体现在文学艺术之中。就叙事而言，中国传统并不是将"事"视为一个真正的实体，而是视为事与事之间的空间布展与关联，是彼此互含的循环往复。美国汉学家浦安迪将它概括为"二元补衬、多项周旋"③的美学模型。就抒情而言，中国传统更强调"情景交融"、"虚实相生"、"韵味无穷"，法国汉学家余莲（于连）将它概括为"两者的遇合和互动"。④　因此，中国古代的"势"作为一种形式话语，不是追求两极的对立、对抗，而是强调由表及里、层层相生的互动、互涵。这

　　①　[法]余莲：《势——中国的效力观》，卓立译，北京大学出版社2009年版，第321页。
　　②　[法]弗朗索瓦·于连：《本质或裸体》，林志明、张婉真译，百花文艺出版社2007年版，第80—81页。
　　③　[美]浦安迪：《中国叙事学》，陈珏译，北京大学出版社1996年版，第47页
　　④　[法]弗朗索瓦·于连：《本质或裸体》，林志明、张婉真译，百花文艺出版社2007年版，第47页。

一特点从根本上来说受惠于传统文化阴阳"相间"的圆融思维。

本文为浙江省哲学社会科学规划课题（编号：13NDJC186YB）及浙江省高校重大人文社科项目攻关计划课题（2013GH010）阶段性成果之一。

文艺批评标准及其运用的限度

——从钟嵘对陶渊明、曹操的评价谈起

田淑晶[*]

钟嵘《诗品》被誉为"百代诗话之祖",章学诚评价其"思深而意远"。[①]《诗品》仿效班固《汉书·古今人表》的九品论人,将汉以讫齐梁的一百二十三位五言诗人分成上、中、下三品。[②] 钟嵘之所以作《诗品》,且采取三品论诗的方式为诗人定优劣,是因为他的现实关怀。《诗品·序》中言道,当时士俗好诗,然而,诗坛淆乱:作者不识诗人与作品的优劣,论诗者"随其嗜欲,商榷不同",以致"淄渑并泛,朱紫相夺,喧嚣竞起,准的无依"。[③] 钟嵘"疾其淆乱"而作《诗品》,意图提供评诗的准的,使人能够辨识诗人与作品的优劣。然而,事与愿违,后世一些评论者不认同《诗品》对某些诗人的品评,《诗品》的品评引发了新的争议。本欲去其淆乱、提供准的,因何制造了另一种"淆乱",值得深思。

钟嵘有他的诗学理想,《诗品》不似后世一些诗话那样随意,它是有着明确、统一的批评标准的严肃文学批评。《诗品》中诗人的品级评定皆依循标准,是钟嵘批评标准的具体运用。鉴于此,探寻是什么导致与钟嵘创作意图相悖的事情发生,应关注《诗品》的文学批评标准及其运用。后世对《诗品》品评的不认同中,关于曹操当居何品,后世论者与《诗品》的观点差距很大;关于陶渊明当居何品,讨论甚夥。不妨结合《诗品》对二人的品评和后世对这种品评的批评来探讨。

---

　*　田淑晶:天津社会科学院文学所副教授。

　①　叶瑛:《文史通义校注》,中华书局 1983 年版,第 559 页。

　②　一百二十三之数,采纳的是曹旭的梳理。参见曹旭《诗品集注》"序言"部分,上海古籍出版社 2011 年版。

　③　钟嵘著,曹旭集注:《诗品集注》,上海古籍出版社 2011 年版,第 74 页。

一、《诗品》品评陶渊明、曹操的标准与后世的不认同

关于《诗品》的评诗标准研究者多有归纳，如王叔岷就总结出六条标准。[①]　总观《诗品》论诗和评诗，其中有核心且贯彻全书的标准。《诗品》谓"诗之至"：

> 故诗有六义焉：一曰兴，二曰比，三曰赋。文已尽而意有余，兴也；因物喻志，比也；直书其事，寓言写物，赋也。弘斯三义，酌而用之，干之以风力，润之以丹彩，使味之者无极，闻之者动心，是诗之至也。若专用比、兴，则患在意深，意深则词踬。若但用赋体，则患在意浮，意浮则文散，嬉成流移，文无止泊，有芜漫之累矣。[②]

以诗之等级言，"诗之至"自然是最高等级的诗。《诗品》"诗之至"阐释中包含着钟嵘衡量诗的角度以及该角度上的标准。简要说来，赋、比、兴属表达方式，这一角度的标准为赋、比、兴是否兼用和用得恰当；"味之者无极，闻之者动心"属于接受效果，这一角度的标准为是否有不尽的滋味、是否感动人心；"干之以风力，润之以丹彩"着眼点为诗文本的构成，这一角度的标准为是否有风力和丹彩。尽管就最好的诗而言，以上三个方面存在因果关联，不宜拆开来解，然而，《诗品》评诗对三个方面"分而用之"。其中，"风力"与"丹彩"运用最多，是其核心的、贯彻始终的标准，也有研究者称其为"根本标准"。

丹彩，属于文本语言方面的衡量。用古代文论术语表述，为诗文本"文不文"、"工不工"的问题。儒家诗学观提倡文质彬彬，南朝文坛风习重文采。钟嵘接受儒家诗学观，同时受时代风习的影响，诗语之"文"是其评诗的核心标准。至于"风力"很难明确解释。在范畴表述上，它与"风骨"、"骨气"等很接近。作为评诗标准，风力与诗语之文可分立。但是，《诗品》评诗衡量风力便会衡量语言之文，故而，风力与诗语之文在《诗品》中相并而又分立。《诗

---

① 王叔岷：《钟嵘诗品笺证稿》，中华书局2007年版，第25—34页。
② 钟嵘著，曹旭集注：《诗品集注》，上海古籍出版社2011年版，第47、53页。

品》品评陶渊明、曹操的主要标准是风力与诗语之文，而对二人品级起决定作用的是诗语"文不文"方面的衡量。

《诗品》列陶渊明为中品，言陶渊明"协左思风力"，但"世叹其质直"。①从评语看，陶渊明并不失"风力"，可在世人眼中其诗不文。钟嵘与世人的看法不同，他言道："'欢言酌春酒''日暮天无云'风华清靡，岂直为田家语邪！"②"田家语"在当时的意思为"不文"或者鄙俗，评语中的"质直"与其当是语异义同。钟嵘认为，陶渊明的"欢言酌春酒""日暮天无云"并非质直无文。由此看，钟嵘选陶渊明入品，是因为陶诗符合他的评诗标准，其诗有风力、诗语文。尽管在钟嵘的时代，陶渊明的诗文受到一些人的欣赏，江淹将陶渊明作为诗人看待，然而，"文学家"不是陶渊明被首要标举、普遍流行的身份。如《文心雕龙》论九代作家，未及陶渊明；沈约《宋书》把陶渊明列入"隐逸传"而不是"文学传"。《诗品》论诗，三品之间有优劣之分，但所有入品者都"是"诗人或者说杰出的诗人。钟嵘选陶渊明入品对陶渊明的文学家身份有发现之功，而这种发现缘于陶诗与钟嵘评诗标准的符合。钟嵘把陶渊明列入中品，据其评语推断，陶诗"文"之品级不高为决定因素。在《诗品》中，作为批评标准的"文"有等级。《诗品》于五言诗人首标曹植，其评价曹植为"骨气奇高，词彩华茂"③。"华茂"与诗之至的"丹彩"含义相通。依据这个标准，需要分辨其有文还是无文的陶诗，即使确认其有"文"之诗，也不能跻身上品之列。

《诗品》列曹操为下品，评语为："曹公古直，甚有悲凉之句。"④《论语·阳货》有言："古之愚也直。"如果"古直"与此有源出承袭关系，那么其意当与陶渊明评语中的"田家语"类近。"悲凉"并非曹诗的疵处，而应是其入品的原因。《诗品》接受"诗可以怨"的儒家诗学观，推崇悲文怨词。它追溯诗源，以《国风》《楚辞》为两大源头，这两大源头都有怨、悲之词，《诗品》对其怨、悲持肯定态度。在对诗人的品评中，《诗品》品评列入上品的古诗谓其"意悲而远"⑤，品评上品的李陵诗谓其"文多凄怆，怨者之流"⑥，品评班婕妤诗谓其

---

① 钟嵘著，曹旭集注：《诗品集注》，上海古籍出版社 2011 年版，第 336—337 页。

② 钟嵘著，曹旭集注：《诗品集注》，上海古籍出版社 2011 年版，第 337 页。

③ 钟嵘著，曹旭集注：《诗品集注》，上海古籍出版社 2011 年版，第 117 页。

④ 钟嵘著，曹旭集注：《诗品集注》，上海古籍出版社 2011 年版，第 478 页。

⑤ 钟嵘著，曹旭集注：《诗品集注》，上海古籍出版社 2011 年版，第 91 页。

⑥ 钟嵘著，曹旭集注：《诗品集注》，上海古籍出版社 2011 年版，第 106 页。

"怨深文绮"①。由此看,《诗品》之所以把曹操置于下品,是因为其诗"直"而"不文"。《诗品·序》言"三祖之词,文或不工"②,可为证明之一。

从诗语"文不文"以及"文"之品级方面衡量,《诗品》将陶渊明置于中品、曹操置于下品。这种品评在后世遇到反拨,如有明确直言《诗品》对二人的品级评定有问题的,王世贞《艺苑卮言》谓钟嵘《诗品》"折衷情文,裁量事代,可谓允矣,词亦奕奕发之",但是,在品级评定上多不允,其中将曹操列为下品"尤为不公";③沈德潜言陶渊明为"六朝第一流人物",其诗"自能旷世独立",钟嵘将其目为中品"不智";④王士祯言其少时深喜《诗品》,后发现其舛谬。王士祯所发现的舛谬就包括品级评定的问题,他认为陶渊明、曹操"宜在上品"。⑤

文学是语言的艺术,要求文学语言之"文"无可辩驳,《诗品》以此无可指摘的标准品评陶渊明、曹操缘何不被后世认同?

二、有效的批评标准与失效的批评

从苏轼、元好问对陶渊明的评论中,能够参详出《诗品》对陶渊明、曹操的品评不被认同的各种原因。

史上苏轼对陶渊明的喜爱很著名,以致有陶渊明因苏轼而名显之说。苏轼与苏辙书言"渊明诗不多,然质而实绮,癯而实腴,自曹、刘、鲍、谢、李、杜诸人,皆莫及也";⑥在《评韩柳诗》中,苏轼言道:"所贵乎枯淡者,谓其外枯而中膏,似淡而实美,渊明、子厚之流是也。"⑦苏轼这类论说带有透过表面观其实质的意味,而他所观到的实质是陶诗"文"。这种"文",表面看来"不文"。以苏轼对陶渊明的欣赏,陶诗貌似不文之文为上品之文。苏轼谓陶诗为睹道之语,言:"盖摘章绘句,嘲弄风月,虽工亦何补。若睹道者,出语

① 钟嵘著,曹旭集注:《诗品集注》,上海古籍出版社 2011 年版,第 113 页。
② 钟嵘著,曹旭集注:《诗品集注》,上海古籍出版社 2011 年版,第 442 页。
③ 王世贞:《艺苑卮言》,丁福保辑:《历代诗话续编》中册,中华书局 2006 年版,第 1001 页。
④ 沈德潜:《说诗晬语》,丁福保辑:《清诗话》,上海古籍出版社 1978 年版,第 532 页。
⑤ 王士祯:《古夫于亭杂录》,中华书局 1988 年版,第 102 页。
⑥ 苏辙:《子瞻和陶渊明诗集引》,《栾城集》下册,上海古籍出版社 2009 年版,第 1402 页。
⑦ 苏轼:《评韩柳诗》,《苏轼文集》第 5 册,中华书局 1986 年版,第 2109 页。

自然超诣,非常人能蹈其机辙也。"①据此看,在苏轼眼中,陶渊明不文之文是一种自然美。元好问《论诗绝句》:"一语天然万古新,豪华落尽见真淳,南窗白日羲皇上,未害渊明是晋人。"②元好问推崇落尽豪华的天然美。就对陶渊明的评价而言,元好问欣赏的天然,究竟是对陶诗语言的纯粹欣赏,还是联系其人生经历的评价,无从断定。但可以断定的是,元好问认为陶诗"文",这种"文"是一种天然美,它处于审美的最高层级。

从批评标准看,苏轼、元好问都没有放弃诗应"文"的标准。换言之,他们与钟嵘坚持的是同一标准。但是,苏轼、元好问对"文"的理解与钟嵘不同。在钟嵘的思想中,"文"的内涵不包括苏轼、元好问欣赏的那种自然美、天然美,尽管他谓陶诗"文体省净"。所以,钟嵘认为陶诗有文,但非至文。在苏轼、元好问那里,《诗品》时代所嗟叹、钟嵘亦不欣赏的陶诗之质直,被认为是自然之文、天然之文,其为文之至。苏轼与钟嵘论陶诗的作品基础也反映出这一点。钟嵘认为陶诗有风华清靡与质直两类,他肯定第一类,并据其评定陶渊明的品级。从苏轼的和陶诗看,苏轼没有钟嵘那样的类分。钟嵘以摘句的形式举出陶渊明风华清靡之诗,其中"欢言酌春酒"出自陶渊明《读山海经》其一,"日暮天无云"出自陶渊明《拟古》诗之七。苏轼《和陶拟古》包括陶渊明《拟古》诗中的第七首,这意味着苏轼并不认为这首诗与陶渊明的其他诗不同,它们都"质而实绮"。陶渊明《拟古》诗的第七首,钟嵘认为其风华清靡,并非质直不文,但也非文之至;苏轼认为其"质而实绮",实为至文。同一首诗因为评价标准不同,不但被阐释为不同的语言风貌,而且导致不同的品级认定。

钟嵘没有否定时人之见,他也认为质直者不文,他发现陶诗中另一些风华清靡的作品。因为陶诗部分有"文",或者反言之,因为陶诗有质直不文者,其有"文"的作品亦非"丹彩"、"华茂"之至文,所以钟嵘选陶渊明入品,但将其置于中品。在后世的评价中,《诗品》及其时代批评的陶渊明的质直之文被欣赏,并被推为"至文",陶渊明因而被尊崇。由此可见,导致《诗品》对陶渊明的评价与后世不同乃至被后世诟病的原因,来自钟嵘依据的批评标准——诗应有文。诗应有文,这条标准本身没有问题,钟嵘运用它来衡量陶诗也没有问题,这条标准可以用来衡量古今中外任何一位诗人。但是,钟嵘理解的"文"在内涵上不包括苏轼、元好问所推崇的"文"之内涵,这构成其

---

① 葛立方:《韵语阳秋》,何文焕辑:《历代诗话》下册,中华书局 2004 年版,第 507 页。
② 郭绍虞笺释:《元好问论诗三十首小笺》,人民文学出版社 1978 年版,第 60 页。

"文"之边界与局限,从而在根源上决定了钟嵘只能把陶渊明列入中品。中品的论定因"文"之内涵局限的突破、边界的扩大,在后世牵引出陶诗评价史上的分歧。

钟嵘对陶渊明品评的事与愿违,就像文艺批评标准本身的局限与边界;钟嵘对曹操品评的事与愿违与此不同,它缘于批评标准运用的限度。脱离具体的批评看"诗应有文"这条批评标准,它具有普遍适用性。然而,后世对曹操的欣赏少有"文"这个观照角度。如:敖陶孙谓曹操诗:"魏武帝如幽燕老将,气韵沉雄。"①胡应麟《诗薮》谓"魏武雄才崛起","其诗豪迈纵横,笼罩一世"。② 沈德潜《古诗源》谓孟德诗"沉雄俊爽,时露霸气"。一般认为,曹操的四言诗豪迈俊爽,但是《古诗源》选录的曹操诗包括《薤露》《苦寒行》《蒿里行》等五言诗。③ 许学夷《诗源辨体》比较钟嵘与后人对曹诗的欣赏,言道"钟嵘兼文质,而后人专气格",王叔岷认为许学夷此说"颇有见地"。④ 从《诗品》曹操的评语与后人对曹诗的欣赏看,许学夷发现了钟嵘与后人欣赏曹诗的角度之不同。这种不同即钟嵘较后人多了一个衡量标准,那就是诗语之文。《诗品》以诗语之文的标准衡量曹操,曹操居下品并无不妥。但是后世欣赏曹操没有这样的权衡角度,故此,与《诗品》对曹操的评价大不同。以后观前,《诗品》诗之文的评诗标准并不适合曹操,以此标准衡量降低了曹操,因而在后世遇到反拨。

就文艺批评论,一方面,任何标准与标准的运用都有其局限。对于触及其局限的作家、作品,可能如《诗品》对陶渊明、曹操的评价,有遮蔽、有降低,甚至是不被纳入视域之中;另一方面,难以想象没有标准依据的批评。如果比较优劣,又需要坚持同一批评标准,这更增加了触及批评标准及其运用限度的可能性。无论中国还是世界上的文学评价,都在评较优劣。而重要奖项对于文学创作、文学阅读有重要导向作用,对文学理论亦有重要影响。故而,对于决定优劣的文艺批评标准,应该对其本身和运用的限度有清醒的认知、抱有警惕。另外,文学评论虽然提倡多元,但多元不意味着毫无准的可依,我们祈望普适的、具有活性的标准。由此,如何恰当看待文艺批评标准本身及其运用的局限,应当引起重视和深入思考。

---

① 敖陶孙:《诗评》,《宋诗话全编》第 7 册,江苏古籍出版社 1998 年版,第 7541 页。

② 胡应麟:《诗薮》,周维德集校《全明诗话》第 4 册,齐鲁诗社 2005 年版,第 2582 页。

③ 沈德潜:《古诗源》,中华书局 2006 年版,第 90 页。

④ 王叔岷:《钟嵘诗品笺证稿》,中华书局 2007 年版,第 326 页。

审美教育论与诗性政治

——席勒美学思想的革命性

张秀宁[*]

内容提要：审美教育论、游戏理论、审美救世论构成了席勒美学的基本框架和基本内容，其中审美教育论显得尤其重要。席勒对这一理论充满自信，认为可以经由审美教育通达人们梦寐以求的自由与道德相互协调的至境，同时又能解决个人与集体、自由与自律、国家与社会之间的重重矛盾。这实际上也是席勒诗性政治中最具实践性的部分，席勒是"政治美学"名副其实的开启者。在席勒的时代，这是一个前卫、大胆、充满魅力的命题，也是一个后来给席勒带来巨大声誉和持续性地产生历史影响的命题。

关键词：审美教育；诗性政治；自由；席勒

"诗性政治"是以艺术化、想象性的方式对现实政治问题进行干涉、评判和解决。对现实问题进行诗性的解决进而缓解焦虑是人类行为的重要表现与特征。席勒的审美教育论，从哲学的意义上讲，是其艺术本体论的一次总结；从现实的角度讲，是他解决当时政治问题的重要策略；从理想的角度讲，是其诗性政治的重要目标和路径。审美教育的特点在于，能够充分而全面地渗入个人、社会、国家，并对以上诸元都产生影响且取得一定的效果。

一、审美教育与革命

作为一个时代的巨人，席勒所思考和试图解决的问题都是庞大的、根本

---

* 张秀宁：《南京邮电大学学报》（社会科学版）编辑部主任。

性的。在他目力所及之处,艺术的、审美的问题固然是一个重要的问题,但远不足以覆盖席勒的一切思考,甚至只能代表席勒思索的起步阶段。席勒绝非雕章琢句之士,如何才能达到完美的人、理想的社会才是他苦苦思索的终极问题,这也是他倾力追求的终极目标。而审美教育理论则是他发掘和设立的主要路径。

在席勒的代表作《审美教育书简》中,"席勒第一次把迄今获得的关于艺术的本质和作用的认识与当时历史现实联系起来"①。并将他欲解决的问题的最终扭结确定在"人"的身上。在席勒眼中,他所处的时代并不是一个美好的时代——"时代的精神就是徘徊于乖戾与粗野、不自然与纯自然、迷信与道德的无信仰之间;暂时还能抑制这种精神的,仅仅是坏事之间的平衡。"②至于人,则是社会上层腐朽、下层粗野,无人能够承担令人类文明进步的职责。因此,改变人的现状就成为了建构更美好未来的必须,必须通过培育更加完善的人来建构完善的社会和国家。以上构成了席勒书写《审美教育书简》的基本动力。

考察席勒的思路可以看出,席勒对于时代的基本判断是悲观的。席勒在当时亲历了科技颠覆性的进步和法国大革命颠覆性的影响,但这两个产生巨大震撼的事件并没有令席勒乐观起来。相反,对于科技,他认为那是人加速异化的源头,"在我们这里,类属的图像也是放大以后分散在个体身上——但是,是分成了碎片,而不是千变万化的混合体,因而要想汇集出类属的整体性就不得不一个挨一个地去询问个体。几乎可以这样说,甚至我们的心力在经验中的表露也是被分割的⋯⋯就是整个阶级的人也只是发展他们天禀的一部分,而其余的部分,就像在畸形生物上看到的那样,连一点模糊的痕迹都看不到。"③至于在政治方面,法国大革命的血腥更是让席勒心存反感,他认为:"现在,国家与教会、法律与道德习俗都分裂开来了;享受与劳动、手段与目的、努力与报酬都彼此脱节了。人永远被束缚在整体的一个孤零零的小碎片上,人自己也只好把自己造就成一个碎片。"④也就是说,席勒认为科技与政治的变动从整体上来说并没有给人带来好处,相反,人的

---

①　范大灿:《德国文学史》,译林出版社 2006 年版,第 358—359 页。
②　［德］席勒:《审美教育书简》,冯至、范大灿译,上海人民出版社 2003 年版,第 42 页。
③　［德］席勒:《审美教育书简》,冯至、范大灿译,上海人民出版社 2003 年版,第 45—46 页。
④　［德］席勒:《审美教育书简》,冯至、范大灿译,上海人民出版社 2003 年版,第 47—48 页。

境遇更加糟糕，人脱离了"整体性"而变得"碎片化"，愈加成为手段而不是目的。人的碎片化、片面化的存在方式不仅诱发了席勒对于人的完整性的追索，同时，也正是基于这种现实困境，他第一次将人类的此在以及人类的感性、欲望，纳入人类的存在之阈，进而表现出强烈的人本主义倾向。

　　在席勒之前，无论是柏拉图还是康德，都表现出明显的忽视人的感性存在的特征。尤其是康德，认为自然和自由之间存在一条不可跨越的鸿沟，理性的理论领域与理性的实践领域分属于人的知和意两部分。但是"后者应当对前者有某种影响，也就是自由概念应当使通过它的规律所提出的目的在感观世界中成为现实；因而自然界也必须能够这样被设想，即它的形式的合规律性至少会与依照自由规律可在它里面实现的那些目的的可能性相协调"。① 所以，这里最关键的问题在于作为自由意志的主体如何克服感性和欲望的制约。当康德在写完《纯粹理性批判》与《实践理性批判》这两部以知识理性和道德理性为核心的著作后，他又开始涉入人的审美判断力的研究。"对康德而言，这就是某种审美意义，康德或许会仰仗审美以求在不定多变的主观感觉和无情严格的理解之间找到一条难于表述的第三条道路。"②审美作为第三条道路，其目的就是要证明人如何在自然的世界中实现自由，这更多的是一个人类学的问题，而不仅仅是美学问题。"美是道德的象征"是康德《判断力批判》的核心。审美判断力和目的论批判，前者论及美与崇高，后者由自然目的论直至道德目的论。自然—美—道德是该书结构上的安排，而自然—合目的性—终极道德目的是其表达的深层意蕴。

　　《判断力批判》表明了理性在情感领域内的合法性，审美是建立于人的共通感之上的非推论的普遍的一致性，主体消融在客体之中，借助于审美，人仿佛在瞬间把握到了自然的本质。而这种审美的主观的合目的性实际上与自然的客观合目的性属于一种类比关系。康德认为自然本身就是一个合目的性的有机体，这个有机体尽管没有向我们展现出它本来的面目，但是潜在的目的性是存在的。这个有机体存在的终极目的就是道德的人。人之所以不同于其他动物，在于人是唯一的理性的存在，正是这种理性使人能够获得自由。由此可以看出，康德所关心的终极对象是理性的个体。康德并非像那些推崇审美力量的人，将审美视作人性的完美状态，相反，美的理想之

---

① ［德］康德：《康德三大批判精粹》，杨祖陶、邓晓芒编译，人民出版社 2001 年版，第 399 页。
② ［英］伊格尔顿：《审美意识形态》，王杰译，广西师范大学出版社 2001 年版，第 26 页。

所以成立,恰恰是因为有纯粹理性的参与。因此,他的最终目的在于道德,称之为道德至上也不为过。那么,康德的目标就并不在于调和感性和理性,而是阐述自由意志可以在自然界实现。

康德对于感性和理性的调和的非彻底性,在席勒那里得到了继承与发展,从而真正实现了二者在美的领域内的和解,其具体表现就是他所创立的人本主义美学。正如黑格尔所说:"席勒的大功劳就在于克服了康德所了解的思想的主观性与抽象性,敢于设法超越哲学局限,在思想上把统一与和解作为真实来了解,并且在艺术里实现这种统一与和解。"①于是席勒把自由从康德式的、高不可及的形而上学拉向了大地,认为自由本身就是人的诗性的存在,审美的人才是自由的人。

二、审美是一种解放力量

席勒对他的时代进行了严厉的批判——"在现代这场戏里画出的是些什么样的形象! 不是粗野,就是懒散,这是人类堕落的两个极端,而这两者却汇集在同一个时代里!"②在社会的下层阶级中"我们看到的是粗野的、无法无天的冲动,在市民秩序的约束解除之后,这些冲动摆脱了羁绊,以无法控制的狂暴急于得到兽性的满足"。③ 而社会的上层中,"文明的阶级则显出一幅懒散和性格败坏的令人作呕的景象,这些毛病出于文明本身……启蒙对人的意向并没有产生多少净化的影响,反倒通过准则把腐败给固定下来了"。④ 席勒生活的时代,正是法国大革命如火如荼的年代,于是席勒的美学亦有其现实的所指,"席勒并未将其美学建立在疏空的概念上,他试图为困扰着他时代人们的那些问题——为什么法国民众合法的争取民权自由的斗争并未导致自由和人性,而是暴力和恐怖。"⑤由此,追逐某种更为完善甚至理想的状态就成为了自然而然的需求,无论社会的上层还是下层,无一

① [德]黑格尔:《美学》(第一卷),朱光潜译,商务印书馆1997年版,第76页。
② [德]席勒:《审美教育书简》,冯至、范大灿译,上海人民出版社2003年版,第39页。
③ [德]席勒:《审美教育书简》,冯至、范大灿译,上海人民出版社2003年版,第39页。
④ [德]席勒:《审美教育书简》,冯至、范大灿译,上海人民出版社2003年版,第40页。
⑤ Walter Grossmann. Schiller's Aesthetics Educatio. *Journal of Aesthetics Education*, Vol. 2. No. 1. 1968;31—41.

例外都需要教化来使其达到理想状态。席勒认为"希腊人"和"希腊"是这一理想状态的目的和终极——"他们既有丰富的形式,又长于形象创造,既温柔,又刚毅,他们把想象的青春和理性的成年结合在一个完美的人性里。"① 尤其在他的诗歌《希腊的群神》中,这种完整性更是得到了诗意的描绘:"那时,万物都注满充沛的生气/从来没有感觉的,也有了感觉/人们把自然拥抱在爱的怀中/给自然赋予一种高贵的意义/万物在方家们的慧眼之中/都显示出神的痕迹。"② 而如今"希腊国家的这种水螅性如今已被一架精巧的钟表所代替,在那里无限众多但都没有生命的部分拼凑在一起,从而构成了一个机械生活的整体"。③ 由此,席勒以二元对立的方式建立起对"近代"的基本描述,在这一描述中,"近代—古代","近代人—希腊人"之间的矛盾与张力构成了他理论叙述和解决方案的基础。

然而,可以看到的是,无论是席勒的批判还是其解决方案都在一定程度上缺乏稳定的根基,因为不管是时代的危厄还是理想的完美,显然都不具备一个可供掌握和操作性的标准。也就是说,何等标准下,才算是"粗野"和"无法无天",在何等情况下才算是"完美的人性"和"整体的国家",席勒并未给予充分论证和说明。所以,客观地讲,《审美教育书简》是驱使未经实证的对象去达到一个未经论证的目标,也就是说作为教育主体的"希腊人"和教育客体的"近代人"在话语层面上的意义远远大于实践层面上的意义。因此,在理解席勒的审美理论这一问题上,必须要充分考虑其空想性。

在席勒的理念中,审美教育的主体即"希腊人"所拥有的特征是完整、和谐、统一,席勒不惜把最高的评价加诸希腊人身上,希腊人被想象为人的初始、完美阶段,他们先天所拥有的种种才能、品质没有被剥夺或片面地使用,其一切品质都是混合、均一进而完整的。从中可以看出席勒对"人"的赞誉和自信。"希腊人"既然能够成为审美教育的主体和目标,实际上也就意味着"人"的一种历史资源和未来可能性,也就是说人无论在遥远的过去还是未来,都能够达到这种完整、和谐、统一的境地。这也意味着前文中对"近代人"的评价貌贬实褒,也即近代人的不良现状源自外在条件的变换,通过改变或者抵消外在条件,近代人就可以恢复到曾经的完善状态。不难看出,席

---

① [德]席勒:《审美教育书简》,冯至、范大灿译,上海人民出版社 2003 年版,第 44 页。
② [德]席勒:《席勒文集》第 2 卷,张玉书等译,人民文学出版社 2005 年版,第 38 页。
③ [德]席勒:《审美教育书简》,冯至、范大灿译,上海人民出版社 2003 年版,第 48 页。

勒这一看法来自于一种古老的观念,即相信人先天具有某种要素,或被某一超验法则所决定,而使其臻于善。这一观念不同程度地显现于斯多葛学派、卢梭和康德的论述之中,席勒从他们的论述中获取了养分。当然,这一思想的聚焦所在主要是伦理方面,其所言之"善"和席勒赋予希腊人的"完善"并不能绝对重合,但其内在理路却并无太多对立之处。席勒显然对斯多葛学派与康德更有偏爱,更加认同外在的条件或法则对人的属性的决定性作用。因而他也相信,通过对外在条件的修正和抵消,可以使人性得到改善。

而审美教育的客体,也即"近代人",则是遭到了压抑、分裂、强迫的人。"给近代人造成这种创伤的正是文明本身。只要一方面由于经验扩大和思维更确定因而必须更加精确地区分各种科学,另一方面由于国家这架钟表更为错综复杂因而必须更加严格地划分各种等级和职业,人的天性的内在联系就要被撕裂开来,一种破坏性的纷争就要分裂本来处于和谐状态的人的各种力量。这样,直觉知性和思辨知性就敌对地分布在各自不同的领域,怀着猜疑和嫉妒守护各自领域的界限。由于人们把自己的活动限制在一定的范围,因而随之在自己身上为自己建立了一个主宰,这个主宰在不少情况下是以压制其他的天禀为己任的。一方面,过分旺盛的想象力把知性辛勤开垦的地方变成一片荒芜,一方面抽象精神又在扑灭那可以温暖心灵和点燃想象的火焰。"①席勒相信由于文明发达进而导致了近代人得不到全面发展,只能任由自己某一方面的能力获得最大幅度的、甚至是超过界限的运用,并且致使人本身不得不服从于这种片面应用所带来的"好处",从而导致人内在的碎裂、偏颇和闭塞。这显然与后来马克思提出的"异化"理论异曲同工,在《1844 年经济学哲学手稿》中,马克思宣称"劳动所产生的对象,即劳动的产品作为一种异己的存在物,作为不依赖于生产者的力量,同劳动相对立。劳动的产品是固定在某个对象中的、物化的劳动,这就是劳动的对象化。劳动的现实化就是劳动的对象化。在国民经济学假定的状况中,劳动的这种现实化表现为工人的非现实化,对象化表现为对象的丧失和被对象奴役,占有表现为异化、外化"。② 这显然就是席勒理论的延伸和具体化,而事实也确实如席勒所预料和判断的,"他亲手创造出来反对自身的、异己的对象世界的力量就越强大,他自身、他的内部世界就越贫乏,归他所有的东

---

① ［德］席勒:《审美教育书简》,冯至、范大灿译,上海人民出版社 2003 年版,第 47 页。
② ［德］马克思:《1844 年经济学哲学手稿》,人民出版社 2008 年版,第 52 页。

西就越少。"①这样,作为主体的人日益丧失了自己的主体性,逐渐成为对象的奴隶,这就是席勒笔下的"近代人"所处的基本状况和所面临的基本问题。

所以,所谓审美教育,就其运动轨迹而言是审美教育的对象向着主体无限靠拢、合而为一的过程,也是碎裂得到弥合、偏颇得到修正和闭塞得到缓解的过程。在这一运动过程中,人从原本逼仄、狭隘的空间中得到扩展进而得到解放,而扩展的路径则是审美。

三、审美的人是自由的人

审美教育作为席勒的主要路径,其落脚点并非仅仅是"美",所指向的是更为庞大的目标,即前文所述的"完整、和谐、统一"。这样一些抽象的描述显然不足以深入阐释席勒的根本诉求。固然,无论席勒的现实判断还是他的终极追求都不乏想象性,但是,席勒所描绘的理想图景仍然可以细加分析,在其描述的"审美教育——完整、和谐、统一"这一运动过程之中,仍然存在着相当多卓有价值的成分。

大体上,作为审美教育的目的,席勒的追求可以分为三个方面,即美的追求、伦理追求、政治追求。所谓美的追求,既可以视为理想人的充分条件,也可以视为理想人的必要条件。在席勒看来,人只能以审美为路径,才能超越时代的限制和禁锢,进而达到理想境界。同时,凡是达到理想境界的人,也必然是接受过足够的审美训练的人。而审美作为手段,最终所达到的目的也绝非仅限于审美领域之内,而是直抵伦理和政治领域。在席勒看来,经由审美路径所塑造的人必然是道德的人,而道德的人所进行的政治必然是道德的政治。这样,审美就成为了必须的手段。同时,美、伦理、政治这三个方面的追求也得到了统一。经由审美,席勒对人提出了伦理要求和政治要求,这是其审美教育论的重要内容,也是理解席勒追求的重要前提。

在席勒的审美教育乃至整个哲学、美学思考中,"人"都是其思考的重心所在,曾有论者称席勒的美学是"人本主义美学",这是很有道理的。席勒赋予了人极高的价值——"人成其为人,正是因为他没有停滞在纯自然造成他

---

① 〔德〕马克思:《1844年经济学哲学手稿》,人民出版社2008年版,第52页。

的那种样子,他具有这样的能力,可以通过理性回头再走先前自然带他走过的路,可以把强制的产物改造成为他自由选择的产物,可以把物质的必然升华成道德的必然。"①席勒对审美问题的一切发掘探索,终归都是为"人"而服务的,这也是整个启蒙运动的主要出发点。

在席勒的描述中,"人"得到了全新的定义,"人从感官的轻睡中苏醒过来,认识到自己是人,环顾四周,发现自己已在国家之中。在他还未能自由选择这个地位之前,强制力就按照纯自然法则来安排他。但是,这个强制国家仅仅是由自然的规定而产生的,而且也仅仅是根据这一自然的规定而计划的。人是有道德性的,因而他过去和现在都不会满足于这个强制国家"。② 这也就是说,人出现之后,就遭到了"强制力、自然法则、强制国家"规约和限制,"人"在席勒那里是背负着镣铐登上历史舞台的。由此,审美成为了一种解放的力量,美神借助于诗艺来展现真理,将自由赋予人类,并复归自然。"现在,兽性的界限变得模糊/人道浮现在开朗的前额上/思想,这个庄严的陌生者/从惊讶不已的大脑里往外奔冲/现在,人已经站起,对那些星星/指着君王般的脸庞/他富于表情的眼睛向着崇高的远方/仅仅对太阳光致敬鞠躬/微笑在脸颊上绽放/充满灵感的游戏的声音/扩展成为赞歌传颂/在湿润的眼睛中情感浮动/系上充满秀美的腰带/笑话就宠爱地对活泼的嘴唇进涌。"③正是"借助于审美体验,人们获得生命的自由感和心灵的解放感,因而,审美体验总是人的自由意识的呈现,它只想人类解放的目标:生命的自由"。④

席勒首先论证了经由审美路径解放人的可能性,在他的描述中,人首先有其历史使命与历史目的,"每个个人按其天禀和规定在自己心中都有一个纯粹的、理想的人,他生活的伟大任务,就是在他各种各样的变换之中同这个理想的人的永不改变的一体性保持一致。这个在任何一个主体中都能或明或暗地看到的纯粹的人,是由国家所代表,而国家竭力以客观的、可以说是标准的形式把各个主体的多样性统一成为一体。这样,就有两种可能的方式使时代的人与观念的人相遇合,因而国家在众多的个体中如何保持自

---

① [德]席勒:《审美教育书简》,冯至、范大灿译,上海人民出版社 2003 年版,第 24 页。
② [德]席勒:《审美教育书简》,冯至、范大灿译,上海人民出版社 2003 年版,第 25 页。
③ 张玉能:《秀美与尊严》,文化艺术出版社 1996 年版,第 371 页。
④ 李咏吟:《价值论美学》,浙江大学出版社 2008 年版,第 473 页。

己的地位也有两种方式：若不是纯粹的人制服经验的人，国家消除个体，就是个体变成国家，时代的人净化成观念的人"。① 也就是说人先天就应该完成其解放"纯粹的、理想的人"这一终极目标。这种具有目的论色彩的判定为席勒以下的论述提供了不证自明的基础。

根据席勒对人的理解，人的构成分为两个部分——"可在人身上分辨出持久不变的和经常变化的两种状态，持久不变的，称为人的人格；变动不居的，称为人的状态。"② 而人格和状态各有不同的基础，在席勒看来，人格的基础是"自由"，而状态的基础则是"时间"。席勒以神的神性作为比附、加以说明，认为人的人格和神性是趋同的，正如上帝宣称自己是"自在而永在"的一样，人格的特质也与之类似，"最根本的标志，即功能的绝对启示（一切可能的事物都有现实性）和表现的绝对一体性（一切现实的事物都有必然性）当作它无限的任务"。③ 而状态则是随机应变，伺时而动，随着时间的变换而不断变更。这种先天的结构造成了人的双重任务"把必然转化为现实，使现实服从必然的规律。这两种力可称作感性冲动和形式冲动"④。感性冲动来自于人的物质存在，形式冲动来自于人的绝对存在，这又正与"状态"和"人格"相对应。这种二元观念可以追溯到古老的"灵—肉"二元观念，不难看出席勒对"状态—人格"的区分也是这一古老思想之树所结出的果实。

但是席勒显然不满足于在这种传统意义上的二元世界中探讨人的解放问题，因为在他包括无数以前的哲人看来仅仅仰赖于"灵、理性、精神……"或"肉、感性、物质……"都无法让人进入更加完善的境界。因此，摆在席勒面前的路径有二，要么在人身上发掘二元以外的"第三元"；要么寻求二元的融合再生。对此，应该说席勒所选择的是一条兼容折中的路，为了解决这个古老的问题，他创造了"游戏冲动（Spieltrieb）"这一概念，他认为当"人同时有这双重经验，即他既意识到自己的自由同时又感觉到他的生存，他既感到自己是物质同时又认识到自己是精神，在这样的情况下，而且绝对地只有在这样的情况下，人就会完全地关照到他的人性，而且那个引起他关照的对象，对他来说就会成为他那种已经实现的规定的一个象征，因而……也就成

---

① ［德］席勒：《审美教育书简》，冯至、范大灿译，上海人民出版社2003年版，第33页。
② ［德］席勒：《审美教育书简》，冯至、范大灿译，上海人民出版社2003年版，第88页。
③ ［德］席勒：《审美教育书简》，冯至、范大灿译，上海人民出版社2003年版，第91页。
④ ［德］席勒：《审美教育书简》，冯至、范大灿译，上海人民出版社2003年版，第95页。

为无限的一种表现"。① 在这种情况下,"将会在人身内唤起一个新的冲动,而且正因为那两个冲动在它之中一起活动,所以孤立地看,它同那两个冲动中的每一个都是对立的,有理由称它为新的冲动。感性冲动要求变化,要求时间有一个内容;形式冲动要废弃时间,不要求变化。因此,这两个冲动在其中结合在一起进行活动的那个冲动,即游戏冲动……所指向的目标就是,在时间中扬弃时间,使演变与绝对存在、变与不变合而为一。"② 可以看出,在席勒的描述里,游戏冲动的出现取决于一种"双重的经验",用席勒的说法就是既意识到自由又感觉到生存,既感到自己是物质同时又认识到自己是精神,这样人就达到了一种理想的统一状态。而游戏冲动既与感性冲动、理性冲动相悖,但又是两者结合的产物。经过一系列辩证的推论,席勒创造出的"游戏冲动"成为他建筑审美教育大厦的基础。

在席勒的论述中"游戏冲动"等同于"审美冲动","游戏"等同于"审美"。席勒认为"美是从两个对立冲动的相互作用中,从两个对立原则的结合中产生的,因而美的最高理想就是实在与形式尽可能最完美地结合和平衡。但是这种平衡永远只是观念,在现实中是绝对不可能达到的。在现实中,总是一个因素胜过另一个而占优势,经验能做到的,至多也是在两个原则之间摇摆,时而实在占优势,时而形式占优势。因此观念中的美永远是一种不可分割的单一的美,因为只可能有唯一的一种平衡,而经验中的美则永远是一种双重的美,在摇摆时可以以双重的方式,即从这一边和另一边打破平衡"。③ 也就是说,理想中的美是一种理念,现实中的美是实在与形式博弈的结果。而理想中的美又存在着双重性——"溶解性"和"振奋性",即能够使人优雅和谐的动力和令人凌厉振奋的动力。这样,美先天所具备的这种能力就使其可以教化人类。但是,由于理想中的美仅仅是理念中的存在,呈现于现实世界之中的美要么是溶解性压倒了振奋性,要么是振奋性压倒了溶解性,所以无论是两种情况中的哪一种,在与人类发生互动的时候必然不能起到和理想美一样的效果,瑕疵和错讹必然存在。同时,人本身也存在着诸多不同,不可一概而论,在席勒看来,人身上既有"粗野与冷酷"的痕迹,又有"软弱和衰竭"的可能,表现在不同人的身上,其具体情况也必然不同,正如席勒

---

① 〔德〕席勒:《审美教育书简》,冯至、范大灿译,上海人民出版社 2003 年版,第 113 页。
② 〔德〕席勒:《审美教育书简》,冯至、范大灿译,上海人民出版社 2003 年版,第 113 页。
③ 〔德〕席勒:《审美教育书简》,冯至、范大灿译,上海人民出版社 2003 年版,第 129 页。

所批判的社会上层的腐朽和下层社会的粗野，恰与他所归纳的人的上述特征形成对应关系。所以，针对"紧张的人"（粗野的人）与"松弛的人"（腐朽的人），席勒开出了"溶解性的美"与"振奋性的美"两种药方。

在席勒的《秀美与尊严》里，他区分了两种不同的美——即秀美与崇高，显而易见，秀美对应的是"溶解性的美"，崇高对应的是"振奋性的美"。这种二元、调和的思想是席勒思想的基本结构。席勒就如一个医师，力图以调和为手段来消除人的腐朽与粗野，但是调和仍然只是席勒对人的完美设计的初始阶段，将人塑造为他所想象和设计的理想状态才是审美教育的最终目的。这一理想状态可以有多重命名，席勒曾经称之为"审美的人""道德的人""自由的人"等等，一言以蔽之，可以称为"完善"。这种完善意味着线性时间的终结、意味着普遍运动的停滞、意味着顶峰和不能再超越的至境。这是席勒对于人类的最重要的期许和努力，具有一目了然的虚幻性和理想性。席勒站在康德的肩膀上，在理论上彻底取消了上帝的位置而代之以理想的人，他深刻地认识到了人在现实境遇中的不完美性，于是进行了一场女娲补天式的战斗。席勒所进行的一切努力，都是试图把"人"扶到"上帝"的位置。他的诗性政治想象和建构都是围绕这一目的而进行的。这也反过来说明席勒的政治想象在结构上与上帝至上的时代并无根本上的不同，他显然无法理解和接受一个松散的、各行其是甚至无必然目的的世界。聚拢这个日渐分崩离析的世界、重建秩序，是席勒不懈努力的方向。尽管这种努力不无西西弗的意味，但却为我们提供了一个历史的样本，从中可以看出从某种信仰、时代、意识形态中挣扎而出是何等的艰难。

附　　录

从"审美反映论"到"艺术人生论"

——王元骧教授访谈录

苏宏斌[*]　王元骧

王元骧,男,1934 年 10 月生于浙江省玉环县(今玉环市)楚门镇,祖籍浙江省永康县(今永康市)。1958 年毕业于浙江师范学院,留校从事文学理论、美学等课的教学与研究工作,现为浙江大学人文学院教授、博士生导师。其研究以建立在实践论基础上的审美反映论为理论支点,吸取本体论、价值论、人生论哲学的思想精华,力求把审美、文艺、人生三者统一起来,使文艺既反映人生又回归人生。代表作有《审美反映与艺术创造》《审美超越与艺术精神》《论美与人的生存》《审美:向人回归》《文学理论与当今时代》以及论著性的教材《文学原理》等,其论著曾多次获得中宣部、教育部、中国社会科学院、浙江省人民政府的嘉奖,其中一等奖六次。

一

苏宏斌:在 2018 年 11 月召开的"我国当代文艺理论建设暨王元骧教授从教 60 周年学术讨论会"上,学者普遍认为您的文艺思想一直处于发展和变化之中,有些学者还把您的思想发展概括为四个阶段:20 世纪 80 年代的审美反映论、90 年代的艺术实践论、21 世纪初的文艺本体论和近年来的艺术人生论或曰人生论美学,请问您是否认可这种划分? 您如何看待自己思想的发展过程?

王元骧:是的,我虽然从事文艺理论和美学教学研究已有六十年,但我

* 苏宏斌:浙江大学中文系教授。

从不以为自己已经真理在握，而始终把自己看作是通向真理道路上的跋涉者和求索者。对于文艺理论和美学的一些基本问题的认识，本着"路漫漫其修远兮，吾将上下而求索"的精神，从上下八方来吸取相关的理论资源来充实、完善、甚至修正它。这使我在不同时期的研究往往有不同的重点，如同大家所说的把"反映论""实践论""价值论""本体论""人生论"等都摸了一遍，但在我的思想中，这些"论"都是从能动的反映论，亦即建立在实践基础上的辩证唯物主义的认识论中引发、派生出来的，它们之间有着内在的逻辑关系，很难机械划分看作是彼此独立的认识阶段，更不能理解为"转向"。所以，若要追问我的思想的理论起点是什么，那么我自以为就是能动的反映论，它贯彻于我全部研究的始终，只是随着时间的推移不断地丰满、完善而趋向成熟。

苏宏斌：认识论文艺观在今天似乎都不被人们看好，但您何以把能动的反映论作为研究的逻辑起点？

王元骧：这固然与我所接受的教育有关，但我也确实认为这是客观真理。因为文艺作为一种精神现象，不可能主观自生，说到底是反映社会现实的产物，它的性质也只有联系作品产生的社会现实才能获得准确和科学的揭示。要是像"新批评"那样把作品比作从树上摘下来的果子，与果树、土壤等不再有什么关系，那还能对其作出正确的解释吗？不过对于"反映"这个概念，我们也不能简单地理解为只"摹仿"或"再现"，它的对象不只是外部世界，也包括人的内心世界，像一些抒情类文学那样。因为作家的思想感情虽然原本属于内心活动，但当它成为作家反映的对象时，就已经被"二重化"了，就像黑格尔说的"心灵从它的主位变成自己的对象"。这就使得反映的方式不只是通过观察，也包括通过体验和想象。所以即使描写的是一些虚幻的境界，如《桃花源记》等，也就像卢梭说的是冬天里的春天、监狱外的自由世界，或狄金森说的严寒里的温暖、黑暗中的阳光那样，只要我们以唯物辩证的而非机械的观点联系作者当时所处的时代，就不难判断这是存在于当时人们心灵深处的一个真实的世界，是人们意志、愿望的体现。这难道不也是生活的反映吗？但由于传统反映论是在近代自然科学的影响下发展起来的，带有明显的直观论、机械论和唯知（唯科学）主义的倾向，以致在解释较为复杂的文艺现象时发生困难。它的这些局限，我在 20 世纪 60 年代就有所察觉，但直到 80 年代从马克思主义那里，甚至在"文学主体性"理论那里得到某些启发,同时也为批判"文学主体论"全盘否定反映论的需要,依据马克思、恩格斯所说的"从物质实践出发来解释观念的东西",来改造直观的反映论,将其置于作家人生实践的基础之上,并结合文艺活动的特点,把"审美反映论"作为我们思考文艺和美学问题的理论指导。这些思想集中体现在我在 80 年代后期所写的《反映论原理与文学本质问题》(载《文艺理论与批评》1988 年第 1 期)等文中。

二

苏宏斌:实践的内涵在历史哲学、认识论、价值学、创制学中是不完全一样的,您怎样理解实践这一概念?

王元骧:总体来说,我认为实践是一种创造价值的活动,是人们追求一定目的的意志行为,所以从实践出发来解释观念的东西突出了人在反映活动中的主导和能动地位,因为大千世界中,不是什么都能成为人们反映的对象的,只有在实践中与人发生某种联系后,才能进入人的意识领域。由于实践主体的动机和目的不同,也形成了反映的两种形式:一是"是什么",是现实世界所提供的事实意识;二是"应如此",是为了为人的行为确立目的性,按人的意愿所裁定的价值意识。而审美意识就是这两者的有机结合。这是因为审美是一种情感活动,情感是根据客体能否满足主体需要而生成的情绪体验。我们把文艺界理解为审美的意识形态,就是表明它的对象总是在作家人生实践中形成,并经过作家的审美体验反映到作品中来,它总是体现着作家个人、甚至他所处的时代人们的意志和愿望。传统文艺观认为,文艺与科学的性质和内容是一样的,区别只是它们的存在方式,即文艺以形象,科学以概念、公式来反映生活。与之不同,我们认为文艺向我们显示的不仅是"真",而且是"美"和"善"。这决定了它不同于科学,总是以探讨社会人生的意义和价值为己任,其目的是为人的实践确立普遍而自由的行为原则。所以我后来都联系人的生存的需求来探讨美和文艺的问题,这是我近年提倡"人生论美学",也就是"艺术人生论"的思想根源。

苏宏斌:但后来您又为什么把重点转向"文艺本体论"?

王元骧:因为我很快就感到认识到此还不能解决问题。现在是一个价值多元的时代,我们凭什么去确立评价美的正确的依据和标准呢? 于是我就想到文艺"本体论"。"本体论"源于古希腊哲学,它所探讨的是世界的本源和始基,为我们看待现象世界提供一个终极的理论依据,像毕达哥拉斯的"数"、柏拉图的"理念"、亚里斯多德的"神"("宇宙理性")以及中世纪哲学中的"上帝"都属于当时本体论研究的对象。特别是到了基督教神学那里,本体论探究的对象从世界的本源逐渐演变为人的生存的根基和依托。但它在古希腊就被"怀疑学派"看作是不可验证的"独断论"而予以批判和否定。到了文艺复兴时期,随着对基督教神学批判的深入和许多人文主义思想家对人的自然本性的片面颂扬,这一长期以来维护人的生存的根基被动摇了;再加上科学理性与商业文明的推动,更是使人日益沦为物的奴隶,以致社会风尚日趋败坏。康德虽然看到世界的本体不能为认识所证明,但为了挽救萎颓的世风,他还是继承了古希腊本体论所隐含的"目的论"的思想,并吸取了基督教神学的理论资源,把古希腊的"宇宙本体论"改造成"人学本体论",被马克思称之为"本体论在现代社会的胜利复活"。这一思想之所以为马克思所肯定,以我之见,就在于它是以"人学"为依托,集中地体现在"人是目的"这一口号上,认为在一切都互为手段和目的而构成的整个自然系统中,唯有人有意识和自我意识,能超越必然律的支配而具有自己的自由意志和独立人格,不需要以其他目的为条件,仅仅凭着其作为理性的存在者的人格而成为目的本身,并且是自然界的最后的目的。所以他说的"作为本体看的人",实际上就是从历史的高度对人的本质所作的认识和阐明,为人生实践指明方向,为价值评判提供依据。他还把审美看作是沟通感性和理性、个人与社会、经验世界和超验世界,完成人的本体建构的重要途径。受这一思想的启发,我对实践的理解从原先认识论的视域又进一步扩大到价值论和人学的视域,克服了传统认识论文艺观视文艺的性质为"真",文艺的功能为"知"的片面性,突出它作为一种艺术美与人的行为的内在联系,认为它按照普遍而自由的原则来改造人的意志,为人生实践确立高尚的理想和信念,为人的行为立法,从"知"与"行"的统一看待文艺的性质和功能。这在我 20 世纪 90年代中期所写的关于艺术的实践本性的文章,如《实践的思想与马克思主义文艺理论研究的变革》(载《江苏社会科学》2002 年第 1 期)中都有谈到。稍后,针对近十年来随着市场经济在中国的发展,人的异化和物化的加剧,社会风尚的变化以及文艺日益商品化的倾向,又在《关于艺术形而上学性的思考》(载《文学评论》2004 年第 4 期)等文中提出"审美超越性"的问题,旨在阐释美作为一种人生的理想和信念,它使人在经验生活中看到一个超越经验生活的世界,把人不断引向自我超越而免于沉论。

三

苏宏斌:这样看来,您所说的本体论指的就是研究世界和人生的终极依据的学问,也就是人们通常所说的形而上学。不过,西方现代思想一直致力于批判和超越形而上学,我国当代许多学者对这一趋势也深表赞同,对于这个问题您是怎样看的?

王元骧:我向来反对随大流,认为面对目前文艺理论界思想极其复杂的状态,更需要有自己的分析和判断。所以我不赞同对形而上学采取一概否定的态度,而主张参照康德的思想,对知识形而上学和道德形而上学作区别对待。我认为形而上学作为知识的终极根源虽不可知,但作为生存的终极情怀则不可无。尽管它只是"理性的对象"而非"理论的对象",是"主观的确信"而非"客观的确实",只是人们在人生实践过程中根据自己的体验和感悟所做的道义上的选择,是未经认识和实践所验证的,但却能在人的生存活动中形成张力,从积极的意义上,使人的境界因之不断获得提升;从消极的意义上,使人的行为由此而有所约束。因此,尽管伏尔泰对宗教怀有强烈的批判态度,但他还是认为世界上即使没有"上帝",也得要造出一个来。一个人要是在生活中失去了敬畏感和约束力,那么他什么事都干得出来。现在社会上出现了一些不良现象,很大程度上是由于"上帝"在人们心目中完全崩溃,许多人丧失了敬畏感,他们的行为已完全没有约束力了。

苏宏斌:您的这些论述具有强烈的现实性,让我感到您的思想切中时弊,也纠正了中国当代思想界某些学者一味追新逐异、盲目追随西方的弊病。从您的论述来看,您所说的审美超越性似乎是指文艺和审美能够使人超越个人的利害得失,舍弃小我,成就大我,这是否意味着您把人的社会性置于个体性之上?

王元骧:我只是主张把个人性与社会性统一起来。我觉得这是人类发展也是人学本体论向我们指示的一个大方向。从人类发展的历史来看,从猿人到智人再到现代人,就是人进入社会,经由社会和文化塑造而成为马克思说的"社会性的个人",是"社会造成作为人的人"的过程。蓝德曼在《哲学人类学》中谈到,动物是上帝塑造完成后才降生到世间的,它天生就有着后天生存的一切能力;而人来到世间还只是一个半成品,只有经过社会的再塑造才能成为人。现在有些地方发现的狼孩、熊孩、豹孩,尽管十多岁了,但不仅不会说话,而且只能爬行而不会直立行走,就足以说明人的社会性(包括语言、思维、行为规范等)是在社会交往过程中培养起来的。卡西尔认为"人类不应当用人来说明,而人应当用人类来说明",我认为这是千真万确的道理。所以我们在肯定个人的地位的时候,还应反对原子的个人主义,不应认为人完全是自己成长的,凭个人的能力就能生存和获取一切的。我认为能否达到个人性与社会性的统一,以及这种统一所达到的程度的高下,应该被看作是人的发展水平的一个根本性的标志。但是在如何看待统一的问题上,人的认识也经历着一个辩证发展过程:一般说,在古代思想家那里所看重的主要是人的理性、社会性,这类思想一直延续到近代,甚至到黑格尔那里,还视人为"无人身的理性"和"理性的工具",明显带有贬低和无视个人性的倾向。但是我们不能反过来像意志哲学、生命哲学、生存哲学等那样,把人仅仅看作是个体的、心理的人,甚至生物学的人,像存在主义那样把个人与别人完全对立起来而视"他人是我的地狱"。事实证明,要是人的个人性片面发展而离开社会的约束和行为的规范,那只能给人类带来灾祸。所以我认为把个人性与社会性的统一作为对人的本体的终极定性,乃是从历史的高度对人的发展的一种预期和指向。就像康德在谈到"理念"时所说的,它作为一个"完善性的观念",虽然难以完全达到,但可以为人树立一个方向和目标,使人通过自己的努力不断接近它。我们今天普及美学、提倡审美教育,开拓人的情怀,提升人的境界,就是把两者引向统一的有效途径。所以我认为审美超越的基本精神并非要达到"舍弃小我成就大我","把人的社会性置于个体性之上",而恰恰是为了把社会性与个人性统一起来。因为审美总是建立在个人的感觉体验的基础上,所以黑格尔说"知解力是不可能掌握美的,因为知解力不能了解上述的统一"。审美是一种个人的精神享受,它不可能强求一律而只能遵循个人的趣味和判决,陶渊明爱菊、周敦颐爱莲、林和靖爱梅、郑思肖爱兰,各人所爱不同,这种个人的"偏爱"只要不发展成为"偏见",都应得到社会的尊重。这就使得在审美的活动中,个人的趣味、爱好、追求都能得到最充分的发展和解放,最能显示个性的丰富性和多样性;但审美又不只是停留在感觉快适的水平,而要给人以文化上的享受和满足,是人类文明、文化发展到一定历史阶段才出现的人的精神生活。所以审美判断虽然是以个人的感觉的形式而非概念的形式作出的,却总是为社会所普遍认同。

四

苏宏斌:熟悉您思想的人都知道,您早年主要研究的是文学理论,近些年来却逐渐把重心转向了美学理论。听了您的这些论述,我似乎有些明白了您的研究重心发生转移的原因,不过我还是想请您明确地谈一下,这种转向主要是出于理论的必然还是出于现实的需要?

王元骧:文学理论属于人文科学。人文科学研究的是人、人的生存活动及其意义和价值,它不同于考古学、文献学,其学科本性决定了文学理论研究必须从现实出发,以现实中的问题为对象,针对现实的问题作出自己的回答,唯此才会有生机和活力,才会推动自身不断发展和进步。因此,现实情怀应该是人文学者的第二本性。但现实的需要只不过是外在的要求和动力,就理论本身来说,能否解决实际问题首先还看它能否说服人,能否做到马克思说的"抓住事物的根本",能否正确地揭示事物的本质规律。因为规律性显示的是事物发展的必然性和可能性,"可能性"按黑格尔所说是"潜在的现实性",它能指引人们通过自己的努力使之化为现实。所以那种未经深入研究和科学论证而人为制造的没有学理依据的"理论"是一种"伪理论",是难以从道理上说服人的。

至于"转向"美学,那是因为我对美学早有兴趣,只是由于长期从事文学理论教学以前少有顾及。其实文学理论与美学是密不可分的,只是由于20世纪五六十年代的美学大讨论,让人们把注意力只是集中在美是主观的还是客观的、美的主客观的统一是心与物的统一还是社会性与自然性统一,以及美感是否就是美的反映等较为表层的问题上,没有深入到文艺创作、文艺作品和文艺欣赏等具体问题上去,因而被人理解为似乎是两门截然分离的学科。因为美是通过感觉体验即审美情感与人建立联系的,而文艺作为"审美的意识形态"，既是作家对现实社会审美反映的产物，又是通过作用于读者的审美情感而影响社会人生的。人的情感是由动物性的情欲发展、提升而来的，两者的区别就在于情欲是自然的、本能的、只是维系着一己的私利，它会把个人的需要和别人的需要对立起来，这就造成人与人之间利害的冲突。情感是情欲经由社会、理事、文化的重塑而产生并随社会、历史和文化的发展而不断提升的，而审美情感又不同于日常情感，它如同康德所说的，给予人的是一种"无利害的自由愉快"。所以在审美活动中，我们不仅可以消除人与人之间情绪上的对立，而且经由情感的交流，还能把人们的心灵沟通起来，使你的愉快仿佛就是我的愉快，你的悲伤仿佛就是我的悲伤，你的痛苦仿佛就是我的痛苦，这样就把自己的心灵拓展了，境界提升了。这就是我所理解的审美超越，也就是超越了个人的有限性而进入别人的空间，把自己和别人看作一体，唯此才会甘愿为别人奉献和牺牲。这不就是把感性与理性、个人性与社会性、经验性与超验性统一起来了吗？席勒之所以认为要使"感性的人"上升为"理性的人"，必须经过"审美的人"，就是由于他看到了情感体验在提升人格上的重要作用。这一理论在今天来谈让人倍感亲切。

苏宏斌：您在《探寻综合创造之路》一书"后记"中也谈到，您在 20 世纪 90 年代中叶以来思想的发展和转向，是为了回应中国社会现实中出现的物欲膨胀、精神萎靡等现象，试图通过审美和美育来提升人的道德修养，实现人的精神救赎。不过，这种社会现象并非中国所独有，而是伴随着西方近代工业文明而产生并长期存在的，也是从席勒以来的西方审美现代性理论所关注的老话题。请问您所倡导的审美超越论和人生论美学与西方现代思想相比有何特色和发展？

王元骧：这确实是个老话题，但我认为人文社会科学不同于自然科学，自然科学探索的是自然规律，自然的奥秘是永远不能穷尽的，不时会有新说推翻旧说，所以在自然科学中总是以新的否定旧的来显示自身的发展；而人文社会科学所研究的是社会和人生的问题，只要这些问题在社会上仍然存在，它就永远不会过时。两者之间就像雨果在谈到科学与文学的差别说的，"一个科学家会使另一个科学家被人遗忘，而一个诗人不可能使另一个诗人被人遗忘"，对于文学来说"今天的杰作明天仍是杰作"。人文社会科学也是这样，只要社会上还存在欺诈现象，孔子的"己所不欲，勿施于人""君子喻于义、小人喻于利"的伦理学说就不会过时；只要社会上还存在不公、不平，柏拉图的国家学说中的"公平、正义"也不会过时。再说,对于前人的学说,我们总是在一定语境下来进行研究,就像现代解释学所说的,总是"在你中发现我"借以表达自己的思想的,不可能不经过自己的改造只是简单地重复前人的观点。就席勒的美学思想来说,虽然他认为审美可以克服人性的分裂,把感性的人与理性的人统一起来,但这一观点是在极其思辨的领域内完成的,并带有鲜明的审美救世主义和审美乌托邦倾向。所以我们今天按马克思《1844 年经济学哲学手稿》的思想对之加以新的阐释,把人性的分裂视为资本主义异化劳动的产物,联系一定的社会关系来思考,把解决人性的异化与解决社会的问题结合起来进行研究,我认为就是一种理论上的创新。至于"人生论美学",在吸取席勒思想精华的基础上,把审美主体视作置身生存活动中的"社会性的个人",克服其抽象的人性论的观点,不仅从"情—理"、从知的内化(即席勒说的"使认识经过心灵进入头脑")转化为意的激活,而且从"情—志"的维度(即意的外化,意志经由情感的激活)转化为行为,来理解审美所要达到的感性与理性统一的人,这更是席勒所未曾论及的。

五

苏宏斌:您的这个提法令人耳目一新,我感觉在当代美学研究中是一个突破。不过,怎样才能找到这两种关系之间的接合点?

王元骧:情感与意志的关系问题在我脑子里出现实际上已很久了,因为要谈艺术的实践本性,就不能不涉及意志的问题。我在《实践的思想与马克思主义文艺理论研究的变革》一文中认为,"艺术的实践本性主要在于按照普遍的自由的原则来培育人的意志,为人生实践确立高尚的目的和理想……通过意志立法来控制和调节人的心理结构和功能,达到充实、提高、强化实践的内部环节和内在动力的作用,从而把认识性与实践性统一起来"。只是当时还没有明确作为一个理论问题来谈。既然审美能实现人的感性与理性、个体性与社会性的统一,是关涉对人格结构的改造和提升的问题,这就不仅涉及情感与理智的关系,还必然涉及情感与意志的关系。以往的美学研究除了受认识论思维方式的影响,在谈论审美教育时不仅主要着眼于情感与理智的关系,即探讨通过审美体验把认识内化为自己的思想情感,而且还由于受灵肉二分、心物二元论的影响,切断了情感与意志的关系。于是,审美与生活趋向分离,达不到建构知、情、意统一的整全人格的目的。而事实上,情感作为对象能否满足主体需要而生成的内心体验,乃是一种"意向性"的心理,一种内在的行为指向,如同王阳明说的"一念发动便是行"、文德尔班说的"判断就是行动"那样,是"理"过渡到"志"、"知"过渡到"行"的心理中介。在这个问题上,我的认识之所以一直处于犹疑状态,是由于我思想中长期横着一道槛,即康德说的审美的方式是"静观"的,"它既无感性的利害感、也无理性的利害感强迫人们去赞许",以致被理解为与意志无关。

苏宏斌:那么,怎么使您走出这种摇摆状态,把意志看作是审美情感所固有的内隐倾向?

王元骧:首先,我发现以往美学研究的误解之一是把意志完全等同于"欲望"。为此,我曾写过一篇《"需要"和"欲望":正确理解"审美无利害性"必须分清的两个概念》(载《杭州师范大学学报》2014 年第 6 期),对之做过初步的探讨,认为"欲望"这个概念在哲学中原本有多种含义。从古希腊哲学来看,柏拉图从"德性论"的观点把它看作是一种本能的欲求,因其自然性和非理性的倾向视之为人性中的低劣部分来批判和排斥,而亚里士多德从"灵魂学"的观点认为它是人的灵魂的固有属性而并无善恶之分。但从新柏拉图主义及中世纪基督教神学开始,柏拉图的观点就处于主导的地位,以致到了霍布斯等人那里,明确地把它与人性之恶,如贪婪、野心、争斗联系起来,视之为永不满足的个人欲求。根据上述认识,后来我把意志这一追求一定目的的人的行为,理解为一个层级的系统,它既包括仅与个人私利联系在一起的欲望,也包括超越个人利害关系的意向和愿望。而康德之所以把审美看作是"静观"的,其认识的出发点是认为审美的对象只不过是存在于人们心里的表象,并"不系于事物的实际实在",它把物质的东西虚化了,这样就使人们在观赏美时不再受物质上的利害关系支配,仅凭对象的外观就感到自由愉快。他这里所说的"利害"显然只是指"欲望"而言。认为唯有排除一切杂念,全神专注于对象,才能把自己的情感移入到对象之中,在与对象开展情感的交流中产生审美的体验,并不表明他完全否定审美与意志的联系。他从关系的契机把审美判断界定为"没有目的的合目的性",就是表明它虽然不为"有限目的",如牟利、教训、娱乐等服务,但却有一个无限的、终极的目的,即以"人为目的"。何况在崇高的分析中,他更是把审美与意志直接联系起来,认为它能"唤起对自己本身生命的崇敬","发现自身无限的力量",把崇高感看作是一种生命力提升的状态,认为它能强化和激励人的意志。

苏宏斌:然而在中国学界对审美关系的研究中,把审美与意志截然分开的认识长期以来好像一直处于支配地位?

王元骧:是的。这一思想大概起源于叔本华,他把意志狭隘地理解为"欲望",即他所说的"生存意志",认为人的生存活动就是这种求生的"欲望"在不断地冲动和挣扎着,就像不能解除的口渴。不能满足自然是痛苦,一旦满足了又会感到厌倦,这又是痛苦,从而使得人生像钟摆那样,永远在痛苦的两极来回摆动。所以在叔本华看来若是要解除痛苦,唯有从根本上否定人的生存意志。于是他从康德那里找到"静观"的思想为依据,认为它可以使人消失于对象之中,忘却了自身的存在和处境、自身的欲望和需求。他以观看落日为例,说明在实际生活中,乞丐与国王的地位和处境有着天壤之别,但当他们在欣赏落日时,就会"自失"于对象,这时从狱室中和在王宫中看去都是同一落日,他们之间身份、地位的差别就消失了。所以他认为审美作为一种"纯粹的认识形式",是意志的"清净剂",它带给人的是"真正的清心寡欲",使人"意识到一切身外之物的空虚",并让人在痛苦中达到暂时的解脱。这样,就把审美与生活分离开了,使审美成了对现实人生的一种逃遁,艺术的实践性也就无从谈起。

20世纪初王国维从日本引进西方美学理论时,就是按叔本华的观点解释康德的。如在《红楼梦评论》中,王国维认为按曹雪芹的构想,"玉即欲也",贾宝玉的"玉"即象征"欲",就是叔本华的"生存意志",从而答出全书的情节的寓意就是"自犯罪、自加罚,自解脱",即演绎人生的解脱之道。后来,朱光潜又借助克罗齐的"直觉说"以及我国在道、释思想基础上发展起来的"静观说",进一步论证审美为一种脱离现实人生以求超凡脱俗的养心术,以"超脱"而非"超越"、以"逃离"而非"介入"为人生的理想,与康德美学的精神已有很大差别。正是经历了这样一番思想的比较和鉴别之后,我在《关于推进"人生论美学"研究的思考》(载《学术月刊》2017年第11期)中,才明确康德的"静观"说与意志并不是完全对立的,并提出要使我国的美学研究有进一步的发展,还应将对美学的理解从以往的"情—理"的维度进一步推进到"情—志"的维度,从而延续艺术的实践本性的路向,为"人生论美学"找到一个科学的理论基础。可见,这一思想的产生并非一时的心血来潮,是经过长期的酝酿和思考形成的理论成果。

苏宏斌:看得出来,您的这个观点背后蕴含着深厚的学术积淀,我相信一定会引起学界的重视和关注。那么,在您所构想的"人生论美学"中,"情—志"的关系处于何种地位?

王元骧:我认为"人生论"就是研究人的生存活动及其意义和价值的学问。人总是生存在一定的现实环境中,必然要受多种客观条件,包括自然的、社会的乃至自身的条件制约。正是这些条件的综合的力量,决定了个人的命运、遭际、境遇,也决定了人要实现自己的人生目的,必然处在与自己的命运、遭际、境遇的抗争中,要靠意志付出巨大的努力。意志与人的行为不可分离,虽然学界以前谈到审美的功能时,都把培养整全(即知、意、情统一)的人为目标,但这些论述一般都只是在思辨、理论的层面展开,没有完全摆脱认识论的思维方式,加上受灵肉二分、心物(身)二元论的影响,只是着眼于审美可以"改变人的心理意向",未能与人在实际境遇中的生存活动结合起来,进入到现实人生的层面。我认识到这一理论局限,是受了黑格尔的一句话的启发。他说"人的实际存在是他的行为","只有在行为中人才是现实的"。所以,我认为要使美学真正进入人的生存世界,与人的实际行为结合,就应该从"情—理"的维度进一步向"情—志"的维度推进。因为审美是建立在情感体验的基础上的,情感不同于认识,认识是思维的活动,离不开抽象和推理,这就必然趋向主客二分。而体验由于具有亲历性的特点,会使人仿佛置身于对象世界,与对象融为一体,这在伦理学上就是超越"自我"的"一体之仁",一种"爱"的情感。它不仅能使意志从"强制"转化为"自由","他律"转化为"自律",还能成为意志的驱动力量,使得审美情感同时也是道德情感,这才使人会有真正的道德行为。所以雪莱认为"道德中最大的秘密是爱,要做一个至善的人,必然有深刻周密的想象力,他必须投身于旁人与众人的地位上,必须把同胞的苦乐当作自己的苦乐",这是看待一个人的德性的根本标准。

六

苏宏斌:但这是否还可以理解为所谓审美超越就是从个体性向社会性

超越？马克思曾经说过，个性的自由和全面发展是人类解放的重要标志，这是否表明审美超越具有双向性，从社会性向个体性的发展也是一种超越？

王元骧：你的问题可能反映了不少人的疑虑。其实我们认为通过审美可以开拓人的情怀、提升人的境界，就是为了使理性与感性在个人身上统一起来，化"他律"为"自律"，把社会的要求转化为自己内心的意愿，使"自然的人"经由社会、文化和美的教化成为"自由的人"。所以席勒认为"如果道德人格（亦即理性的人）只能牺牲自然人格（感性的人）才能保持，那就证明人还缺乏教养"。这表明审美的目的是借助美的力量重塑个体的天性。当然，人的教养需要多方面的工作协调进行，其中认识的教育尤其为人们所推崇。但认识是思维的活动，它通过对感性事实的分解、抽象以求达到对事物本质规律的把握。这使得在认识过程中作为主体的人与情感和意志分离成为笛卡尔所说的"一个在思维的东西"，一个纯然是"理性的人"。而美作为整体的存在是非"知解力"所能把握的，唯有人们把全身心都调动起来投入其中，才能领略。这说明美只能是对现实的个人而存在，要是离开了个人的感觉和体验，它就会化为乌有。对于审美的超越性之所以会出现你的这种疑虑，我认为主要是由于传统美学是在近代知识论、认识论哲学的基础上发展起来、分离出来的，先天带有认识论思维方式把事物加以分解、抽象的印记，也就是按从感性到理性这一思维活动的轨迹来理解审美的社会效应，将其看作不过是使人从"感性的人"上升为"理性的人"的中介环节，而以"理性的人"为它所追求的最终目的，这样个体的人就被消解了，这是对"自由的人"的一大误解。其实，审美自由无非是使人格结构中的知、情、意达到全面而协调的发展，使意志不受理智强制而经由情感内化为自己的意愿，化"他律"为"自律"，这样它造就的不仅是道德的人格，而且也是审美的人格了。道德行为以"善"为目的，"善"虽然不同于"利"，但它毕竟是一种"外部现实性的要求"。按卢梭对"自由"所作的"自然的自由""社会的自由"和"道德的自由"这样三个等级来看，它虽然超越了"自然的自由"而实现"社会的自由"，不再受"欲望的利害感"强制，却仍不免要受"理性的利害感"强制。因为按康德的观点，判断一个人的德性不在于"行其所是"而在于"志其所行"，不在于其行为的效果，而在于其行为动机，唯有在"先天理性"所颁布的道德律令指引下行动，他才是真正有道德的人。尽管康德强调这种道德律不是外在的，还须内化为内心的要求（即化他律为自律），才能在个人行动上落实，但毕竟还没有完全排除理性的强制,像审美那样进入完全自由的状态。因此我想到,如同冯友兰在谈到"境界"时说的在"道德境界"之上还有一个"天地境界"那样,应该把"审美境界"置于"道德境界"之上。这样不仅可以避免"天地境界"的神秘性和虚幻性,使之进入现实人生,还可以在人生实践中凭着审美所培养的感悟能力,把宇宙的精神融入个体的生命。就像苏轼在游赤壁时领略到"人生的须臾"和"长江的永恒"这一哲理那样,感悟人生的意义,意识到凡是一己的利害得失都是暂时的,唯有进入"天(社会、人类)人合一"的境界,才会有永恒的价值。这种从审美感悟中获得的人生感悟,如同参禅那样,虽然不可言说,但由于来自自身经验,所以比通过理性接受的真理更为深刻、内在,更能转化为自己的人生态度和实际行动,这就让人不仅进入道德的人生,而且也进入审美的人生了。这两种人生境界之间的区别可以用两个例子来说明:《中庸》记载孔子把"知、仁、勇"视为天下之"达德",但这还只是从伦理学的角度所做的理性说明,但《论语·子罕》中的"知者不惑,仁者不忧,勇者不惧",以我之见就是超越了道德的自由,从道德境界进入审美境界了。因为只有当人们完全排除利害的迷惑、得失的计较和成败的恐惧,在行动中把主观目的性与客观规律性统一起来,本着"原天地之美而达万物之理"的精神,全身心地投入人生实践中去,才会达到这种精神上的大自由和大解放。这样,人生的态度同时也成为一种审美的态度。这就克服了以往学界片面理解"静观"所造成的审美与人生分离的倾向,把审美、艺术、人生三者统一起来。这就是我的研究最终要达到的目的,但只是以往还是一种尚不明确的意向,现在由于你的问题才使我作出这样的思考,不知是否有助于理解如何使社会性统一于个体性? 也不知我的思考能否回答你的问题?

苏宏斌:您的这个回答把中西思想熔于一炉,学养深厚、极富见地,对我们理解个体与社会、审美与道德之间的关系很有启发。不过总的看来,您主张反映论解决的是"知"的问题,人生论解决的是"行"的问题,两者各有侧重,不可偏废,这与您前面强调的建立在实践论基础上的能动反映论是您一生思想的出发点如何求得统一?

王元骧:你提出的问题按"体""用"二分的观点来看,也就是前者偏重实体,后者偏重功能。但从"体用不二"或"体用合一"的观点看来,事物的功能不是从外部强加的,而是由事物自身的潜质所决定的,如同严复所说,有牛之体才会有牛之用,有马之体才会有马之用。所以美与艺术之所以能介入人生、服务人生,是由它们自身的潜质所决定的。我们把通过审美反映赋予艺术的美的价值属性以及价值意识视为一种实践的意识,这隐含着审美终将介入现实人生的必然性,只不过还要经过读者和观众的欣赏,使这种"潜在的"功能转化为"实在的"功能。所以我把文艺理论研究的对象界定为"一定历史条件下人的文学活动",认为只是从作家或作品或读者中的一维来研究都是片面的。在谈论文学艺术的性质时,我特别强调要把实体与功能统一起来去加以理解。

苏宏斌:您的解释让我对您的思想有了深入的理解,现在我们谈的主要是您以往文艺思想发展的轨迹,请问您今后还有什么打算?

王元骧:以上所谈的问题以前也曾谈过,但由于只凭感觉和印象,显得不够深入。最近由于要选编一部文集,把一些早年写的东西也看了一下,所以比以前所谈的要细致、深入、准确得多。有些同志似乎感到我的文艺思想有些变化不定,相信这些谈话对于准确地把握我思想发展的主线和内在逻辑会有一定的帮助。至于今后的打算,对于我这把年纪的人来说,就很难说了。首先,争取在这半年内把文集编好,日后若有余力,我想就结合中国古代的人生论美学和对谈话中提到的一些新问题作进一步的思考和研究。希望你继续给我指点和帮助。

苏宏斌:感谢您就我提出的问题所作的翔实、全面的解答。从这些答复中可以看出,您一生的理论探索有着十分连贯的逻辑脉络,构成了一个有机的统一体,堪称一个富有中国特色的马克思主义文论体系。令我尤为钦佩的是,您在这篇访谈中还提出了不少富有新意的观点,这表明您到了八十多岁高龄思想还在不断发展。衷心祝愿您能够健康长寿,也祝愿您的思想能够百尺竿头,更进一步!

原载《文艺研究》2019 年第 6 期

守正创新是建构当代文艺学
话语体系的必由之路

——"我国当代文艺理论建设暨王元骧教授
从教 60 周年学术讨论会"会议综述

俞圣杰 *

内容提要:2018 年 11 月 16—18 日,"我国当代文艺理论建设暨王元骧教授从教 60 周年学术讨论会"在杭州举行。学者们对王元骧教授的文艺思想进行了全面回顾和深入探讨,对他为我国当代文艺学建设所做出的贡献给予了充分肯定。同时,与会学者围绕"我国当代文艺理论建设"这一主题,对马克思主义文论的中国化与当下文艺理论的热点等问题发表了自己的看法,以期为文艺学的未来发展培育出新的学术生长点。

关键词:守正创新;王元骧;当代文艺理论建设

2018 年 11 月 16—18 日,"我国当代文艺理论建设暨王元骧教授从教 60 周年学术讨论会"在杭州举行。本次会议由中国中外文论学会、浙江大学人文学院、杭州师范大学艺术教育研究院联合主办,浙江大学文艺学研究所承办。来自中国社会科学院、北京大学、复旦大学、南京大学、中国人民大学、山东大学等四十余所高校和科研院所的专家学者参加了本次会议,对王元骧教授的文艺思想进行了全面回顾和深入探讨,对他为我国当代文艺学建设所做出的贡献给予了充分肯定。同时,与会学者围绕"我国当代文艺理论建设"这一主题,对马克思主义文论的中国化与当下文艺理论的热点等问题发表了自己的看法,以期为文艺学的未来发展培育出新的学术生长点。

---

* 俞圣杰,浙江大学中文系文艺学专业博士生。

一、王元骧的学术贡献和人格风范

六十年来,王元骧先生一直献身于学术研究和教学工作,为建设具有中国特色的马克思主义文艺学做出了卓越贡献。对于王元骧先生的学术贡献和人格风范,与会学者给予了高度评价,誉之为"中国当代文艺学界的康德"。

对于王元骧教授的治学风格,中国中外文论学会会长高建平教授用"守正创新"四个字来加以概括。他认为,王先生一方面坚持自己的学术观点,随着时代的发展,又研究新问题,既守住学术之正,又能面对新形势、新任务,做出新的应对和新的创造。中国文艺理论学会会长南帆指出,王元骧教授是具有突出成就的老一辈文艺理论家,对马克思主义文艺理论和美学思想有深入研究,在学理基础上阐述的许多真知灼见,给学术界同仁带来了深刻启迪,其学术足迹不断地出现在文艺理论的前沿地带,为改革开放以来的文艺理论建设做出了突出的贡献。中国社会科学院党圣元教授则论述了王元骧文学理论的"风骨",认为王先生的文章充满文气,文辞刚健,又善于锻炼文骨,文脉贯通不板滞,言语凝练不混杂,同时取纳经典著作,广泛吸收中外文论精华,具备风清骨峻的境界,这为当今学术写作树立了一种典范。山东大学曾繁仁教授认为王元骧先生拥有守固创新的学术品格,他一方面始终坚持马克思主义唯物史观,坚持唯物的实践的能动的反映论,另一方面又创新地吸收新世纪以来一切有价值的文学理论成果,走出了一条突破和超越传统的反映论文艺观的理论道路。谭好哲教授认为王元骧先生从文学反映论到审美反映论再到反映论与人生论并举的理论追求与拓展,体现了他对文艺性质与功能理论认识上的深化,是对中国文论界的巨大贡献。

除了高度评价王元骧先生的学术贡献之外,与会学者还对其人格风范赞誉有加。浙江大学副校长何莲珍教授在致辞中指出,王元骧先生是浙江大学广大教师队伍中的杰出代表,他一直潜心学术,心无旁骛,淡泊名利,志存高远,充分彰显了浙江大学所要树立的学术风范。南京大学的赵宪章教授评价王元骧先生是一个真诚和高尚的学者,能够做到不以学术观点差异论亲疏,以超越功利的态度从事学术研究,为当代学人树立了典范。中国人民大学的张永清教授指出,王元骧先生无论是在生活方式、道德修养,还是在学术思想等方面都与康德有着高度的相似性,堪称是"中国当代文艺学界的康德"。值得一提的是,这一说法引起了与会学者的强烈共鸣,会后的相关报道也多次加以引用,几可视为学界的定论。与之不同,有的学者则看到了王元骧先生更为生活化的一面,他认为王先生所从事的是一种"快乐学术",真正地将身心放松和学术追求融为一体,贯彻了"学术人生"的要义,值得每位学者学习。

除此之外,不少学者纷纷回顾了自己与王元骧先生的学术交往经历,讲述王先生对自己的巨大影响。他们一致认为,王元骧先生恪守学人本分,肩负学术责任,开拓思想空间,追求学术真理,这种对学术精神的坚韧据守符合时代需要,对当今社会的精神建设和文化生产具有重要意义。

二、王元骧文艺思想的发展历程与理论建构

王元骧教授成名于 20 世纪 80 年代,他所倡导的审美反映论和审美意识形态论堪称那个时代的主导性理论形态。不过从那以后,王先生并没有故步自封,而是不断进行理论探索,勇于突破自我,又相继提出了艺术实践论、文艺本体论等新的理论主张,直到近年已八十高龄,仍然孜孜于人生论美学的建构。对于王先生文艺思想的发展过程及其内在逻辑,学者们也进行了广泛而深入的探讨。

扬州大学的姚文放教授指出,王先生的文学理论探索显示了从"审美反映论"到"审美意识形态论",到"文学实践论""文学价值论",再到"文学本体论"的清晰路径。这"五论"不仅具有内在的逻辑联系,而且呈现出不断深入、不断进取的趋势,体现了一种递进性。中国社科院徐碧辉研究员从文本细读角度对王元骧的审美反映论进行了探讨,认为他在坚持辩证唯物主义的反映论的前提下,强调反映包括了对于世界与人类自身意义的认识与评价,包含着浓重的人文情怀,这也正是王元骧后期转向人生论美学的理论基础。浙江大学苏宏斌教授将王元骧文艺思想的发展过程划分为审美反映论、艺术实践论、文艺本体论和艺术人生论四个阶段,指出其每一阶段都是在前一阶段的基础上发展而来,既使其理论体系不断趋于完善,又回应和包

容了社会变革向文艺理论提出的各种现实问题。杭州师范大学单小曦教授认为王元骧先生的学术立足点始终是反映,这种反映超越了传统的反映论甚至高于审美,它涵盖了精神实践与生产,能够贯穿起整个文艺活动。

除了梳理王元骧文艺思想的发展脉络之外,不少学者还着力探讨了其内在的维度和张力。浙江大学金健人教授认为,王元骧文艺思想的内在结构可以概括为纵横两轴和虚实八维:横轴左端是"认识"维度,右端是"实践"维度,纵轴上端是"个体"维度,下端是"群体"维度,中心焦点则是"人"。当个体与认识发生关系时构成了"心理"维度,个体与实践发生关系时构成了"人生"维度;当群体与认识发生关系时构成了"意识"维度,群体与实践发生关系时构成了"社会"维度。这些轴线和维度相互交织,构成了一个严密的逻辑体系。中南民族大学彭修银教授指出,王元骧文艺思想能不断实现自我超越,就在于王先生始终将学科定位、研究对象、基本规范的学科范畴、必需的入思方法、话语体系的中国化表达等作为一个整体来探讨,呈现出理性与感性形态、理论建构与话语张力、历史与现实、现实与未来之间内在沟通的逻辑结构。东北师范大学王确教授梳理了王元骧先生不同时期文论思想的变化,指出其思想始终贯穿着审美反映论和审美意识形态论的基本根据,这种理论的生命力来自于其调试自身并与所处的理论和文化语境保持学理协调的方法和格局。河南大学张清民教授将王元骧教授的学术创新概括为"有限制"的创新,是站在文艺社会学立场,运用马克思主义思想对经典问题进行新的阐释,这是一种需要高度学术素养的治学方法,更是一种学术情怀,值得每一位学者学习。

此外,美学研究与现实人生的结合是王元骧先生近几年来着力的方向。针对这一话题,学者们也发表了自己的看法,肯定了王元骧先生人生论美学的理论价值,认为它克服了以往美学研究脱离人生的局限,使之落实到对个人生存的人文关怀上来,把我们对审美价值的理解从情理维度推进到情志维度,并对之作出全面深入的开掘,从而发挥美学引导人生、激励人生的积极价值。

三、王元骧文艺思想的当代意义

王元骧文艺思想的当代意义是本次会议探讨的另一个热门话题。与会学者普遍认为,王元骧先生的理论探索始终充满着强烈的现实关怀,从20世纪80年代起,他所提出的每一个重要的学术观点,几乎都是为了回答我国当代社会现实的变革所提出的理论问题,这使他的文艺思想始终充满了强烈的现实意义和当代价值。

浙江大学王杰教授称王元骧先生是一位马克思主义美学家,在去马克思主义化、去反映论化思潮流行的今天,王先生以审美反映论独步中国美学界,建设性地发展了中国的马克思主义美学。苏州大学刘锋杰教授将王元骧先生的学术追求定位为马克思主义文论的中国化,通过对现实问题的观照继承发展了马克思主义,使得原有的经典反映论、实践论有了更好的理论周全性。浙江省社会科学院项义华研究员则认为,王元骧先生始终在马克思的基点上进行美学思考,这为学界树立了一个良好的典范。马克思主义文艺学在中国的发展也必须回到马克思,吸收马克思身上的西方人文传统,并结合后马克思时代的思想进展进行反思和深化,为马克思主义文艺美学开辟新的阐释空间。南京大学汪正龙教授指出,王元骧先生始终将马克思主义的唯物、实践、辩证观点作为解决文艺问题的基本指导原则,同时积极创新,以审美情感为心理中介与现实生活建立联系,将马克思主义美学的反映论、实践论与意识形态论统一了起来,实现了新时期马克思主义文论创新。绍兴文理学院范永康教授看到了王元骧与西方马克思主义文论家的不同,认为他从"审美反映论""文学价值论""文学本体论"等多种视角,阐发出了"审美意识形态"的审美性、价值型、实践性、人文性,建构出了具有当代中国特色的马克思主义文学本质观。

在继承王元骧先生文艺思想成果的基础上,如何在现实社会的新变化中反思当下文艺文化现象并进行有效的理论研究与生产?与会者对此进行了深入探讨。江西师范大学陶水平教授有感于时代风气,指出了王元骧先生所推崇的崇高美价值。王元骧先生在人生论美学的基础上,将美学和文艺学融为一体,创造了价值论、实践论和本体论的内在融合,达到了崇高的学术境界和精神境界,这对我国当代社会的精神文明建设做出了重要贡献。吉林大学李龙教授对新时期40年来的文论话语系统进行考察,认为新时期文论的三个逻辑起点人本主义、审美和启蒙共同构成了"人是什么"这个问题,对这一问题进行反思时应将人置于共同体的层面,这样就延续了王元骧先生关于人的解放何以可能这一审美主义思路。杭州师范大学丁峻教授提醒大家要注意当今美学的危机,认为当代美学囿于笛卡尔的主客二元论思想范式而陷入了严重的困境,而王元骧的文艺思想则在一定程度上超越了这种二元论的思维方式,这是对 21 世纪中国文艺学建设的独特贡献。温州大学傅守祥教授有感于当今文艺乱象,指出其背后是将"艺术与人生"关系剥离、淡化、错位甚至倒置,将"为人生"庸俗化、低俗化甚至恶俗化,鉴于当前的审美乱想和文化迷须,亟须将兼具中华传统美学特色与现代美学精神的"人生论美学"发扬光大,推动重建文艺的"公共性"与审美伦理。杭州师范大学冯学勤教授深受王元骧先生艺术形而上学思想的影响,面对当今泛娱乐化现象导致的新异化,他认为应倡导艺术活动的价值,通过艺术在经验世界和超越世界的沟通来提升人的精神生活,完成人的本体建构。

　　除了探讨王元骧的文艺思想之外,不少与会学者还发表了自己对于我国当代文艺学发展的看法。江西师范大学赖大仁教授认为,目前文论界出现一种"知识论"转向的趋势,也就是把文艺理论看成某种特定的"知识"形态,从而有意无意地消解了文论作为"理论"形态的特质与功能,对此应该给予足够的重视和关注。温州大学马大康教授主张,审美活动是行为和语言的深度融合,文论的建设要摆脱语言中心主义的牢笼,建构出一个中西互补的新解释学体系。南昌大学刘毅青教授则尝试从古为今用的角度对中国文学批评进行重新阐释,打破中国古代文体论的孤立状态,将文体论与筋骨说、肌理说、体系说等作为一个整体来研究,以此来突破中国古代文体论研究的固有范式。

　　总的来说,本次会议特色突出,议题集中,讨论深入。中国中外文论学会会长高建平在大会总结中指出,中国中外文论学会自成立以来,以学会的名义为一个学者召开这样的专题会议,可以说是开了先河。这次会议既是向王元骧先生致敬,也是向中国文论致敬。当下,亟须在世界文论界和美学界发出中国声音,这要求学界不断总结像王元骧文艺思想这样的优秀文论成果,在学术讨论和争鸣中追求真理、收获经验,迎来理论的蓬勃发展。期望今后学界同仁们能继续互相扶持,共同努力,坚持守正创新的学术品格,将中国文艺理论的建设与研究工作推向深入,为建构中国当代文艺学话语体系而不懈奋斗。

我国当代文艺理论建设暨王元骧教授从教 60 周年学术讨论会召开

《中国社会科学网》记者　张雨楠

　　浙江大学中文系的王元骧教授是我国当代著名文艺理论家,他长期为建构具有中国特色的马克思主义文艺学进行不懈的探索,在基础理论研究方面取得了丰硕的成果,受到了学界的广泛肯定和赞誉。为了回顾王元骧教授的学术人生,探讨其文艺思想的发展历程和当代意义,2018 年 11 月16—18 日"我国当代文艺理论建设暨王元骧教授从教 60 周年学术讨论会"在杭州举行。本次会议由中国中外文论学会、浙江大学人文学院、杭州师范大学艺术教育研究院主办,浙江大学文艺学研究所承办。

　　中国社会科学杂志社总编辑、中国文学批评研究会会长张江教授,浙江大学副校长何莲珍教授,中国中外文论学会会长高建平教授,中国文艺理论学会会长南帆教授在开幕式上致辞,对王元骧教授在文艺理论建设过程中做出的重要贡献表达了敬意和感谢。浙江大学人文学院院长楼含松教授主持开幕式。

　　何莲珍代表浙江大学的全体教职员工,向来自全国各地的专家学者表示了诚挚的问候和热烈的欢迎。她指出,此次会议名流荟萃、风云际会,这既是对王元骧先生卓越学术成就和高尚道德品格的充分肯定,也是对浙江大学建设和发展的极大支持,她对此表示衷心的感谢。在她看来,王先生是浙江大学广大教师队伍中的杰出代表,他一直潜心学术,心无旁骛,淡泊名利,志存高远,充分彰显了浙江大学所要树立的学术风范。她预祝大会圆满成功,并且相信此次会议一定会结出丰硕的学术成果,对浙江大学文艺学学科的发展起到积极的促进作用。

　　高建平代表中国中外文论学会,向王元骧先生表示祝贺,感谢王先生写出许多优秀的学术文章,培养出众多文论界精英,使学界从中受益无穷。他从三个方面对王先生的学术成就和治学态度做出了充分肯定。首先,是对基础理论研究的重视。王先生一生坚持文艺学基本理论研究,说现实问题,碰理论难题,这是从事理论研究的学者需要的素质,在今天尤为难得。其次,是守正创新的学术风格。王先生一方面坚持自己的学术观点,随着时代的发展,又研究新问题,既守住学术之正,又能面对新形势、新任务,做出新的应对和新的创造,这在当下是难能可贵的。再次,是矢志不渝、心无旁骛的治学精神。王先生一生坚守学术的恒心、良心和真心,值得广大学者学习和借鉴。

南帆代表中国文艺理论学会致辞,他指出,王先生是具有突出成就的老一辈文艺理论家,理论功底扎实,学养深厚,著述丰富,对马克思主义文艺理论和美学思想有深入研究,在学理基础上阐述的许多真知灼见,给学术界同仁带来了深刻启迪,令人钦佩。他积极参与文艺理论界的学术讨论,既尊重别人的意见,同时又勇于争鸣,其学术足迹不断地出现在文艺理论的前沿地带,为改革开放以来的文艺理论建设做出了突出的贡献。

此次大会云集了山东大学曾繁仁教授等众多国内学者,未到会的学者也纷纷发来了贺信。大家对王元骧教授的学术成就和道德品格做出了高度评价,认为他堪称当代学者的楷模。会议设有大会发言和青年论坛两大板块,为与会学者的充分交流创造了良好的条件。来自全国高校与科研院所的一百余位专家学者参加了会议,分别围绕"王元骧文艺思想的发展历程""王元骧文艺思想的当代意义""王元骧与马克思主义文艺学的中国化"等论题,展开了翔实而充分的讨论。在广大学者对王元骧先生的赞誉和敬佩之中,充溢着学界对于美好学术人生的肯定和期待。

原载《中国社会科学网》2018 年 11 月 19 日

85 岁王元骧仍在守正创新
整个学科正向他表达敬意

《钱江晚报》记者　方时列

　　11 月 17 日上午,杭州南山路上的玉皇山庄,百余名来自全国各地的人文学者,在这里举行一场名为"我国当代文艺理论建设"的学术研讨会。会议的主办单位,是中国中外文论学会、浙江大学文学院、杭州师范大学艺术教育研究院。

　　文艺理论是基础学科,这个理论体系,在五光十色的当代文学艺术研究领域并不起眼,但内行人知道这场会议的分量:当代中国这个学科的顶尖学者,几乎都在会场里坐着。

　　会议一共收到近六十篇论文,受到邀请的学者,上台宣读他的论文概要,每个人限时 10 分钟,时间到了,下面会有人提醒。会议还设有评议人,与主持人一起坐在前台,每一个半小时左右,评议人会对前面的发言做一个总结、点评、梳理。

　　但这个十分正规的学术会议,有一个与众不同的地方:

　　上台发言的学者,从四〇后到九〇后都有,每个人发言前,都会走到前台,对坐在第一排中间的一位老人鞠一躬,而这位白发苍苍的老人,每次都会从座位上站起来,欠欠身,回礼。

　　这位老人,是浙江大学人文学院的教授王元骧。2013 年《钱江晚报》的《文脉》专栏曾对他进行过专访,那一年,王老先生 80 岁,今年,王老先生 85 岁了。

　　之所以大家都要向王先生致意,是因这次会议还有一个"副题"——"王元骧教授从教 60 周年学术讨论会"。

几十年穿着不变
他是浙大的一道风景

　　记者坐在会场的后面，看着王老先生起身回敬发言人时的背影，觉得有一丝眼熟，怎么会这样呢？想了很久，突然意识到，是衣服的原因。王先生穿的这件外衣，5 年前记者采访他之前，在网上查找王先生资料时，看到的照片中，他就是穿这件衣服。

　　那张照片，是王先生 60 岁左右拍的。也就是说，就算当时它是一件新衣服，王先生穿着它，也已有 20 多年了。

　　"王先生是浙大西溪校区的一道风景。"浙大人文学院苏宏斌副院长说。"他每天固定时间起床、做研究、穿着中式衣服和解放鞋散步，就像康德。"

　　"中国当代文艺理论界的康德"，是好多位发言的学者对王元骧老人的评价。

　　王老在学术界有崇高的威望，很大程度上与他《文学原理》这部经典学术著作有关。这部初版于 1989 年的著作，几十年来都是国内各大院校文学相关专业的必读书，甚至是课本，一直到现在，已经出到第四版了。在会场上当工作人员的冯昌教，是浙大人文学院文艺学的硕一学生，他告诉记者，《文学原理》正是他考研的教材。

　　论起来，小冯大概算是王元骧的徒孙了。来参加会议的学者，很多人在学术道路上得到过王老先生的帮助，比如来自江西师范大学的赖大仁教授说，他在读博期间便与王先生就学术问题通信，王先生鼓励他将这些信件集结形成论文发表，为此他觉得受益终身。

　　来自南京大学的赵献章教授则是与王先生在学术上有过争议的学者，几十年前在一次学术活动中，他们因观点不同不欢而散，但"王老师一直对我很好，对我的学生也很好"，赵教授深受感动，"不以学术观点的差异而论亲疏。王先生是为己治学，超越名利的"。

　　"当今国内这个学科的学者中，还在继续学术研究的，王老是年纪最大的前辈，"中国文理论学会会长南帆说，"王老是有风骨的！"

　　文艺理论是基础学科，并非显学，与会的学者大多是在这门略显冷僻的学科中默默耕耘的人，大家轮流上台，讲述与王老的交往，在表达对王老的尊重中，流露出相互勉励的意思。

又一位学者上台,向王老鞠了一躬后说:"我觉得,我们整个学科今天都在向王老致敬!"

从教 60 年
他始终与现实在对话

"守正创新",是来参加会议的中国中外文论学会会长高建平对王元骧的评价。

"守正"这个词,用在王元骧身上有非常明确的指向。南帆教授说,王元骧先生一直真诚地运用马克思主义原理对文学艺术进行研究,而且一以贯之。

"有些人把马克思主义当招牌,挂在嘴边,像王先生这样的学者,在中国学术界很难得。"高建平教授说。

一位学者上台回忆当年听王老师课的情景:那还是上世纪 80 年代,他在当时的杭州大学听王老师的大课,二三百人的大教室,还要抢位子。王先生教学上相当严谨,写得一手非常漂亮的字,他讲喜剧、悲剧理论,讲得全场鸦雀无声,大家生怕漏听掉了一个字,算是大学里最好听的课之一。

"王老师是多才多艺的。"苏宏斌说,王老师会拉小提琴,还会谱曲。另一位老杭大中文系的学生回忆,一次上课,讲到深处,王老师顺手拿起粉笔,在黑板上一笔画出一个洋气的美女头像,仅用了短短的两三秒钟,所有的学生一下子被震住了。

守正之后是创新。

"他始终与现实在对话。"南帆说。

"他的理论总是能回答现实问题"、"王老师 2007 年写的论著,现在看也不过时"……一个一个学者上台,讲述自己对王元骧学术的理解。

"人生论美学"是王元骧最新的学术理论,很多学者在提交的大会论文中,就是谈自己对这一理论的理解。

高建平把他对王先生的评价归结为三个"心":初心、诚心、恒心。"他是一个活的例子,可以教会青年学生什么叫'不忘初心'。"他说。

王元骧

生于 1934 年 10 月。浙江玉环楚门人,浙江大学中文系教授、博士生导师。全国知名的文艺学、美学理论家。

1958 年毕业于浙江师院(现浙江大学西溪校区前身)中文系,留校从事文艺理论和美学的教学与研究工作。其论著把认识与实践、认识论与价值论、科学精神与人文精神有机地结合起来,并吸取相关学科的研究成果,对文艺问题进行立体交叉的全方位考察,在国内外理论界独树一帜。

主要学术论著有《论美与人的生存》《审美超越与艺术精神》《文学理论与当今时代》《审美反映与艺术创造》《文学原理》等。

原载《钱江晚报》2018 年 11 月 18 日

经济发展了精神上也要同步前进

《钱江晚报》记者　王元骧

　　与五年前的专访一样，这一次记者对王元骧先生的采访也是用了书面的形式。因为，先生的听力不好——1973 年在防空洞工地劳动时，他的耳朵被震聋了。

　　因不能接听电话，去年年初，王元骧先生开始用上了微信，却给自己起了个名字叫"背时佬"。这个小小的细节，恰恰叫人想到，在他的从教 60 周年学术研讨会上，来自各地的大家对他的评价——既坚守自我，又与现实对话。

　　王元骧 85 岁了，他依然在思考。

　　就这五年而言，他的总结是"为建设有我国特色的美学、文艺学理论出点微力"，同时，他也关注到了"快餐文化"的流行与其背后的原因。我们的经济是发展了，但是先生希望"精神上也要同步前进"——这才是一个强国应有的节奏。

为人上，我为别人着想
为学上，我从不跟风赶潮

　　钱报记者：王先生，钱江晚报《文脉》栏目，在 2013 年曾对您进行过专访。一晃五年过去了，这五年您身体还好吗？能不能简单介绍一下，您在这五年主要思考和研究的内容？

　　王元骧：目前我身体状况还可以，只不过精力已一年不如一年了。这几年我思考的问题主要是在文学理论上，在继承反映论文艺观的基础上，把认识论与实践论统一起来；在美学问题上，在继承实践论美学的基础上，把希腊传统和希伯来传统统一起来，而使我们对文艺的性质有一个更为全面而深入的理解，为建设有我国特色的美学、文艺学理论出点微力。

钱报记者：您的从教 60 周年研讨会，是从什么时候开始策划准备的？从教 60 年，您一定有很多感想，能不能和我说说？

王元骧：这次会议最初是由原杭师大校长杜卫倡议，然后得到浙大人文学院领导积极响应和支持而决定召开的。当领导为此事与我商量时，我认为对促进我国当今文学和美学理论的发展有一定的意义，也就默认了。但提出不要惊动年事已高的名家和公务繁忙的领导，让一些对讨论问题有兴趣的学生自愿出席。不想现在规模搞得这么大，学界的主要领导和专家都在繁忙的工作中抽空专程前来，这让我深感不安。

钱报记者：加了您的微信，看到您的微信名是"背时佬"，我不禁笑了。您什么时候开始有微信的？取这个名字，有什么说法吗？您觉得您和这个时代，"相背"的地方有哪些？

王元骧：我因为听力丧失，已不能接听电话，自去年年初开始用微信。

"背时佬"这个名称对我很适合。我一辈子都不曾赶上过形势，总是与潮流格格不入。现在是一个个人主义膨胀的时代，但我却始终不愿放弃自己固有的信念和原则。在为人上，我觉得凡事总要设身处地为别人着想，有必要时甚至应该放弃自己的利益而成全别人。在为学上，我从不跟风赶潮，认准了的就会坚持走下去，而不怕别人讽刺、嘲笑，更不想取悦、讨好别人。您看这还不算背时吗？

理论不是死的知识
而是活的智慧

钱报记者：2015 年您曾赠我一本著作：《审美：向人回归》，提到许多随着时代的变化，社会普遍审美观的变化，尤其是快餐文化以及人们对物质的态度。近几年来，随着中国改革开放的进一步深化，以及互联网时代的到来，您对当代人的审美观有什么新的发现和评价？

王元骧：现在的文艺作品我都没有看，一则没有精力，二则值得看的东西也好像不太有。有空只是看看电视，但也只看新闻和一些纪实性的节目，像"综艺节目"之类，偶尔掠到一点，发现都是些"快餐文化"，也就立即换台了。我问过周围的老师，他们也从不看这些东西。我为此曾向电视台的同志反映过意见,他们的回答是"这不是给你们看的"! 可见还是受到不少观众的欢迎。

这些"快餐文化"在当今流行我觉得有两个原因:一是在市场经济大潮冲击下,电视也完全被商品化了,二是像这些快餐文化会吸引这么多人,也一定程度上反映了受众的文化素质。从理论上分析,更与人们分不清审美文化与消费文化、美感与快感的区别有关。

不认识美丽的根本精神就在于它是"合目的性(善,即合乎人的意志愿望的)和合规律性(真,即合乎历史发展和社会进步的)的统一",它所给予人的是一种精神上的愉悦,不像感觉快适那样,只图一时的感官刺激和情绪宣泄,甚至是一种精神的麻醉剂而存在。它能陶冶人的情操,开拓人的情怀,提升人的境界,使人本着"原天地之美而达万物之理"来处身行事。这是一个健全的人格和文明的社会最根本的标志。

要是我们经济发展了,而在精神上不能同步前进,我们也不可能成为一个社会主义的强国,所以我很希望我们的文化部门能提高自身的责任感和使命感,不要老是把眼光紧盯在经济效益上。

钱报记者:从事文学理论研究的人现在越来越珍贵,您觉得,在这个时代学文艺理论、美学理论,从个人生活到其他更高的层面,有什么新的价值或者说意义?

王元骧:我国自古以来就缺乏理论的传统,强调经世致用,所以人们往往按实用主义的观点来看待文学理论,视理论为像是当年鲁迅所批评与所谓"文章作法"、"小说作法"那样,以为学了理论,不会写作的就会学会写作,不会欣赏的就会学会欣赏。这实在是一大误解。

理论所解决的是一个观念的问题。

如文学是什么? 它对社会人生有什么意义和价值? 怎样的作品才是好作品? 等等。理论为我们看待文学问题确立一种视界和眼光,使人在看待复杂的文学现象时,不至于失去方向,这就是许多大作家如巴尔扎克、雨果、歌德、席勒、列夫·托尔斯泰、高尔基、鲁迅、茅盾等都兼攻理论的原因。

它不是死的知识而是活的智慧,我们有了相应的经验才能理解它的道理,也只有凭借一定的方法才能在实际应用中生效。它的具体途径也就是文学批评。

文学的发展,就是由创作、阅读和批评三者相互作用、相互促进的过程,这是为大量事实所证明了的道理,相信人们也会渐渐认识到这一道理的。

　　钱报记者:谢谢王老师!

记者:方时列

原载《钱江晚报》2018 年 11 月 18 日

编后记

　　2018 年 11 月 16—18 日,由中国中外文论学会、浙江大学人文学院和杭州师范大学艺术教育研究院共同主办的"我国当代文艺理论建设暨王元骧教授从教 60 周年学术讨论会"在杭州市玉皇山庄顺利举行。此次会议参会学者达一百余人,堪称名流荟萃,盛况空前,文艺学界的许多知名学者纷纷到会,对王元骧先生的文艺思想进行了全面、深入讨论,对王先生的学术贡献和人生境界给予了高度评价。《中国社会科学报》等多家媒体对会议的盛况进行了详尽报道,在学界引起了热烈反响。《钱江晚报》在报道中称:"这是整个学科在向一位学者致敬",一时被人们传为美谈。

　　一年后的今天,在这部会议论文集编定之际,回想会议的举办过程,我的心情仍旧难以平静,充满着难以言表的感激之情。我最想感谢的是原杭州师范大学校长杜卫教授。从某种意义上来说,没有他的支持就没有这次会议的成功举办。王元骧先生是我国著名的马克思主义文艺理论家,为他举办一次全国性的学术研讨会,是我们这些受业弟子和学界同仁的共同心愿。在他 70、80 寿辰之际,我们都曾向他表达了这一愿望,但他都因不愿打扰大家而婉言谢绝了。直到 2017 年上半年,杜卫教授又一次提出了这一动议。他专门致电向我表示,王先生已经 80 多岁高龄,对我国的文艺学事业贡献卓著,在学界德高望重,我们理应为他举办一次会议。他还郑重承诺,愿意由他所在的杭州师范大学艺术教育研究院与浙江大学人文学院联合举办此次会议,在人力、物力方面予以大力支持。有了杜卫教授的这番话,我当即登门与先生商议此事。一番陈说之后,先生终于应允了下来。考虑到次年就是先生任教 60 周年,我们遂决定把会议放到 2018 年下半年举行。在整个会议的筹办过程中,杜卫教授与其同仁陈星教授、冯学琴教授等,与我们密切配合,帮助我们克服了诸多困难,为会议的顺利举行做出了巨大的贡献。

　　令我感动的人和事还有很多。王元骧先生曾经担任过中国中外文论学会的常务理事，因此当我们开始筹办此次会议的时候，他特地叮嘱我征求高建平会长的意见。高先生在听了我的介绍之后，当即表示他愿意第一个报名参加，并且主动提出由中国中外文论学会联合举办。高先生对会议的筹备过程也十分关心，给我们提出了许多有益的建议。会议期间，他不辞辛劳，既在开幕式上发表了热情洋溢的讲话，又在闭幕式上为大会做了全面的学术总结。原山东大学校长曾繁仁先生已年近八旬，仍坚持到会，在发言中深情地回忆了他与王元骧先生多年来的深厚情谊，让与会学者为之感动不已。中国文学批评研究会会长张江和时任中国社科院研究生院党委书记的张政文先生，不仅前来参加会议，还慨然应允为王元骧先生拟出版的文集筹集资金。除了到会的学者之外，时任浙江省社科联主席蒋承勇教授、北京师范大学文艺学研究中心主任赵勇教授等，由于公务繁忙而无法到会，但他们还是坚持向会议发来了贺辞。除了这些知名学者之外，浙江大学文艺学研究所的博士研究生俞圣杰、张执中、沈阅、肖文婷、冯昌教、张隽、陈广春、于嘉龙等人，承担了繁重的会务工作。可以说，没有他们的辛勤付出，就没有会议的成功举行。

　　本次会议论文集的出版，得到了浙江大学人文学部、人文学院和中文系的大力支持。责任编辑宋旭华先生承担过王元骧先生多部著作的出版工作，也为这部论文集付出了大量的心血。在讨论编辑体例时，由于本论文集是会议论文集，一些时间性的、特定性的表述保持了原貌，特此说明。朱首献教授在会议论文的征集和编排方面出力甚多，丁心怡、王之琪、潘林晓和周钟乐等同学承担了论文集的校对工作，在此一并予以感谢！

苏宏斌

记于 2019 年 11 月 18 日

图书在版编目(CIP)数据

审美·艺术·人生：王元骧文艺思想研讨会论文集 / 苏宏斌主编.
— 杭州：浙江大学出版社，2020.10
ISBN 978-7-308-20631-0

Ⅰ．①审… Ⅱ．①苏… Ⅲ．①王元骧－文艺思想－文集
Ⅳ．①I206.7－53

中国版本图书馆 CIP 数据核字(2020)第 186026 号

审美·艺术·人生:王元骧文艺思想研讨会论文集

苏宏斌 主编 朱首献 副主编

责任编辑	宋旭华	
责任校对	蔡 帆	
封面设计	周 灵	
出版发行	浙江大学出版社	
	(杭州市天目山路 148 号 邮政编码 310007)	
	(网址:http://www.zjupress.com)	
排 版	杭州朝曦图文设计有限公司	
印 刷	广东虎彩云印刷有限公司绍兴分公司	
开 本	710mm×1000mm 1/16	
印 张	32	
字 数	512 千	
版 印 次	2020 年 10 月第 1 版 2020 年 10 月第 1 次印刷	
书 号	ISBN 978-7-308-20631-0	
定 价	98.00 元	